I0761507

STEPHEN KING

Stephen King es autor de más de sesenta libros, todos ellos bestsellers internacionales. Sus títulos más recientes son *Holly*, *Cuento de hadas*, *Billy Summers*, *Después* y *La sangre manda*. Su novela *22/11/63* estuvo entre los diez mejores lanzamientos de 2011 según *The New York Times Review* y ganó el premio al mejor thriller de *Los Angeles Times*. Algunas de sus obras más emblemáticas, como la serie *La Torre Oscura*, *Cementerio de animales* o *Doctor Sueño* han inspirado grandes proyectos cinematográficos. Uno de ellos, *It*, ostenta el título de ser la película de terror que más ha recaudado en la historia del cine. Le ha sido concedido el premio Audio Publisher Association Lifetime Achievement en 2020, el PEN American Literary Service en 2018, la National Medal of Arts en 2014 y la National Book Foundation Medal for Distinguished Contribution to American Letters en 2003. Vive en Bangor, Maine, con su esposa Tabitha King, también novelista.

TAMBIÉN DE STEPHEN KING

Holly

Cuento de hadas

Billy Summers

Fin de guardia

Quien pierde paga

Después

La sangre manda

El visitante

IT (Eso)

La Cúpula

Doctor Sueño

Cujo

Misery

Mr. Mercedes

El resplandor

La milla verde

El Instituto

22/11/63

Cementerio de animales

Si te gusta la oscuridad

No tengas miedo

No tengas miedo

Stephen King

Traducción de
Carlos Milla Soler

VINTAGE ESPAÑOL

Título original: *Never Flinch*
Publicado por acuerdo con el autor, representado por The Lotts Agency, Ltd.

Primera edición: julio de 2025

Copyright © 2025, Stephen King
Todos los derechos reservados.

Publicado por Vintage Español®, marca registrada de
Penguin Random House Grupo Editorial USA, LLC
8950 SW 74th Court, Suite 2010
Miami, FL 33156

Copyright de la traducción © 2025, Carlos Milla Soler

La editorial no se hace responsable por los contenidos u opiniones publicados en sitios web o plataformas digitales que se mencionan en este libro y que no son de su propiedad, así como de las opiniones expresadas por sus autores y colaboradores.

Penguin Random House Grupo Editorial apoya la protección de la propiedad intelectual y el derecho de autor. El derecho de autor estimula la creatividad, defiende la diversidad en el ámbito de las ideas y el conocimiento, promueve la libre expresión y favorece una cultura viva. Gracias por comprar una edición autorizada de este libro y por respetar las leyes del derecho de autor al no reproducir, escanear ni distribuir ninguna parte de esta obra por ningún medio sin permiso previo y expreso. Al hacerlo está respaldando a los autores y permitiendo que PRHGE continúe publicando libros para todos los lectores. Por favor, tenga en cuenta que ninguna parte de este libro puede usarse ni reproducirse, de ninguna manera, con el propósito de entrenar tecnologías o sistemas de inteligencia artificial ni de minería de textos y datos.
En caso de necesidad, contacte con: seguridadproductos@penguinrandomhouse.com.
El representante autorizado en el EEE es Penguin Random House Grupo Editorial, S. A. U., Travessera de Gràcia, 47-49. 08021 Barcelona, España.

Impreso en Colombia / *Printed in Colombia*

Información de catalogación de publicaciones disponible
en la Biblioteca del Congreso de los Estados Unidos

ISBN: 979-8-89098-450-0

25 26 27 28 29 10 9 8 7 6 5 4 3 2 1

Para Robin Furth, con cariño y gratitud
por tus arduos esfuerzos

Trig

1

Marzo, y hace un tiempo desapacible.

El Círculo de Abstinencia se reúne en el sótano de la iglesia metodista de Buell Street todos los días laborables entre las cuatro y las cinco de la tarde. En rigor, es una reunión de Narcóticos Anónimos, pero también asisten muchos alcohólicos; normalmente el salón del Círculo de Abstinencia está abarrotado. Según el calendario, ya es primavera, lo es desde hace casi una semana, pero en Buckeye City —conocida a veces como el Segundo Error del Lago, siendo Cleveland el primero— la primavera real llega con retraso. Cuando termina la reunión, flota en el aire una tenue llovizna. Al anochecer, arreciará y se convertirá en aguanieve.

Veinte o treinta asistentes se congregan cerca del cenicero situado junto a la entrada y encienden pitillos, porque inhalar nicotina es una de las dos adicciones que les quedan, y después de una hora en el sótano necesitan ese chute. Otros, la mayoría, doblan a la derecha y se encaminan hacia The Flame, una cafetería a una manzana de allí. El café es la otra adicción que aún pueden permitirse.

A uno de los hombres lo aborda el reverendo Mike, que

también asiste a estas reuniones y a otras muchas con regularidad; el Reve se está recuperando de su adicción a los opiáceos. En las reuniones (asiste a dos o tres al día, fines de semana incluidos) se presenta diciendo: «Amo a Dios, pero por lo demás soy un yonqui como cualquier otro». Esas palabras siempre se reciben con gestos de asentimiento y murmullos de aprobación, aunque a algunos de los asiduos más veteranos el Reve los aburre un poco. Lo llaman Mike Libro Grande, por su costumbre de citar (textualmente) largos fragmentos del manual de Alcohólicos Anónimos.

El Reve da un enérgico apretón de manos al hombre.

—No se te ve mucho por aquí, Trig. Debes de vivir en el norte del estado.

No es ahí donde Trig vive, pero se lo calla. Tiene sus razones para ir a las reuniones fuera de la ciudad, donde es poco probable que lo reconozcan, pero hoy ha sido una emergencia: acudir a una reunión o beber, y después de la primera copa ya no tendría la menor opción. Lo sabe por experiencia.

Mike apoya una mano en su hombro.

—En tu intervención, Trig, se te notaba preocupado.

Trig es un apodo de la infancia. Es el nombre con el que se identifica al principio de las reuniones. Ni siquiera en las de AA y NA de fuera de la ciudad habla apenas, excepto por esa presentación inicial. Por lo general, en las reuniones de discusión dice: «Hoy solo quiero escuchar», pero esta tarde ha levantado la mano.

—Soy Trig, y soy alcohólico.

—Hola, Trig —ha respondido el grupo. Pese a hallarse en el sótano, no en la iglesia, conservan la práctica del diálogo litúrgico propia de las reuniones evangélicas. El Círculo de Abstinencia es, de hecho, la Iglesia de los Perdedores y los Derrotados.

—Solo quiero decir que hoy estoy bastante alterado. No quiero explicar nada más, pero eso necesitaba compartirlo. No tengo nada que añadir.

A eso los demás responden con susurros: *Gracias, Trig* y *Aguanta* y *Sigue viniendo.*

Ahora Trig cuenta al Reve el motivo de su preocupación: acaba de enterarse de que hace dos días falleció un conocido suyo. El Reve le pide más detalles —intenta sonsacárselos, de hecho—, pero Trig se limita a decir que la persona cuya pérdida lamenta murió en chirona.

—Rezaré por él —dice el Reve.

—Gracias, Mike.

Trig se marcha, pero no hacia The Flame; recorre tres manzanas y sube por la escalinata de la biblioteca pública. Necesita sentarse y pensar en el hombre que murió el sábado. Que fue asesinado el sábado. Que fue apuñalado el sábado, en la ducha de la cárcel.

Encuentra una silla desocupada en la hemeroteca y coge un ejemplar del periódico local, solo por tener algo que sostener. Lo abre por la página cuatro, que incluye una nota sobre un perro perdido que ha rescatado Jerome Robinson, de la agencia Finders Keepers. La acompaña una foto de un joven negro apuesto y sonriente con el brazo alrededor de un perro grande, quizá un labrador retriever. El titular se reduce a una sola palabra: **¡ENCONTRADO!**

Trig, pensativo, fija la vista en la foto pero no la ve.

Su verdadero nombre salió en ese mismo periódico hace tres años, pero nadie ha establecido la conexión entre aquel hombre y el que asiste a las reuniones de recuperación fuera de la ciudad. Aun cuando aquel artículo hubiera incluido también una fotografía suya (no era así), ¿por qué habrían de relacionarlo? Aquel hombre tenía una barba un poco canosa y usaba lentillas. En esta otra versión, va afeitado, lleva gafas y aparenta menos edad (eso es por haber dejado la bebida). Le gusta la idea de ser una persona nueva. También le pesa. Es la paradoja con la que convive. Eso, y el recuerdo de su padre, que desde hace un tiempo acude a su mente cada vez con mayor frecuencia.

Déjalo estar, piensa. *Olvídate de eso.*

Hoy es 24 de marzo. Se olvida solo durante trece días.

2

El 6 de abril, Trig, sentado en la misma silla de la hemeroteca, mantiene la vista fija en la noticia destacada del dominical de hoy. El titular anuncia, o más bien clama: **BUCKEYE BRANDON: ¡ES POSIBLE QUE EL RECLUSO ASESINADO FUERA INOCENTE!** Trig ha leído el artículo y ha escuchado tres veces el podcast de Buckeye Brandon. Fue Buckeye, el autoproclamado «Bandido de las Ondas», quien sacó a la luz la noticia y, según él, ese «es posible» sobraba. ¿Es cierta la información? Trig considera que, teniendo en cuenta la fuente, debe de serlo.

Lo que te propones hacer es una locura, se dice. Y es verdad.

Si lo haces, no habrá vuelta atrás, se dice. Y también es verdad.

En cuanto empieces, tendrás que seguir adelante, se dice. Y esa es la mayor verdad de todas. El mantra de su padre: *Tienes que perseverar hasta el amargo final. Sin miedo, sin echarte atrás.*

Y… ¿qué sentiría? ¿Qué sentiría si hiciera una cosa así?

Necesita reflexionar un poco más. No solo para tener más claras las ideas sobre lo que se propone hacer, sino para dejar pasar un tiempo entre lo que ha averiguado por gentileza de Buckeye Brandon (también gracias a este artículo de fondo) y los actos —los *horrores*— que tal vez cometa, para que nadie establezca la conexión.

Espontáneamente, acude una y otra vez a su memoria el titular sobre el joven que rescató al perro robado. Era de una simplicidad máxima: **¡ENCONTRADO!** Trig solo puede pensar en lo que ha perdido, en lo que hizo, y en cómo reparar el daño causado.

Capítulo 1

1

Ya es abril. En el Segundo Error del Lago se funden por fin los últimos restos de nieve.

Izzy Jaynes llama con los nudillos a la puerta del despacho de su teniente por cortesía y entra sin esperar la respuesta. Retrepado en su silla, Lewis Warwick tiene un pie apoyado en la esquina del escritorio y las manos laxamente entrelazadas sobre el abdomen. Da la impresión de que medita o sueña despierto. A Izzy no le extrañaría que así fuera. Al verla aparecer, Warwick se endereza y vuelve a apoyar el pie en el suelo como corresponde.

—Isabelle Jaynes, la investigadora sin par. Bienvenida a mi guarida.

—Para servirte.

Izzy no le envidia el despacho, porque sabe que conlleva un sinfín de gilipolleces burocráticas, acompañadas de un aumento de sueldo tan insignificante que podría considerarse testimonial. Ella se contenta con su modesto cubículo en el piso de abajo, donde trabaja con otros siete inspectores, incluido su actual compañero, Tom Atta. Es la silla de Warwick lo que Izzy codicia. Reclinable y con un respaldo alto diseñado para el relax de la columna vertebral, es una silla que propicia la meditación.

—¿Qué puedo hacer por ti, Lewis?

Él coge un sobre de tamaño carta del escritorio y se lo entrega.

—Dime qué opinas de esto. Sin compromisos. Puedes tocar el sobre con total libertad. Lo ha manoseado todo el mundo, desde el cartero hasta Evelyn, la de abajo, y a saber quién más. Pero quizá haya que examinar las huellas de la nota. En parte según lo que tú digas.

El sobre va dirigido al INSPECTOR LOUIS WARWICK, EN COURT PLAZA, 19. Debajo de la ciudad, el estado y el código postal, en mayúsculas aún más grandes, se lee: ¡CONFIDENCIAL!

—¿Lo que *yo* diga? El jefe eres tú, jefe.

—No estoy escurriendo el bulto, es asunto mío, pero respeto tu opinión.

El sobre está abierto por un extremo. No figura remitente. Izzy despliega con cuidado la única hoja de papel que contiene, sosteniéndola por los bordes. El mensaje, redactado casi con toda seguridad con ordenador, está impreso.

Para: teniente Louis Warwick
De: Bill Wilson
Cc: jefa Alice Patmore

En mi opinión, debería añadirse un corolario a la fórmula de Blackstone. Creo que debería castigarse a INOCENTES por la MUERTE innecesaria de un inocente. ¿Habría que condenar a muerte a quienes han causado esa muerte? Diría que no, porque entonces esas personas desaparecerían y terminaría así su sufrimiento por lo que hicieron. Eso es cierto incluso si obraron con la mejor intención del mundo. Deben reflexionar sobre sus actos. Deben «maldecir el día». ¿Tiene eso sentido para usted? Para mí sí, y con eso basta.

Mataré a 13 inocentes y 1 culpable. De ese modo sufrirán quienes causaron la muerte del inocente.

Esto es un acto de EXPIACIÓN.

BILL WILSON

—Uy —dice Izzy. Con el mismo cuidado que antes, dobla la nota y la introduce en el sobre—. Aquí alguien está como una regadera.

—Eso sin duda. He buscado en Google la fórmula de Blackstone. Dice…

—Ya sé lo que dice.

Warwick vuelve a apoyar el pie en el escritorio, y esta vez entrelaza las manos tras la nuca.

—Ilústrame.

—Es preferible que diez personas culpables escapen a que un solo inocente sufra.

Lewis mueve la cabeza en un gesto de asentimiento.

—Ahora el doble desafío, donde hay más puntos en juego. ¿De qué hombre inocente podría estar hablando nuestro regadera?

—Puestos a adivinar, diría que es Alan Duffrey. Apuñalado el mes pasado en Big Stone. Murió en la enfermería. Luego Buckeye Brandon, el podcastero, lo proclamó a los cuatro vientos, el muy bocazas, y la noticia salió también en el diario. Tanto en un caso como en el otro se hablaba del individuo que se decidió a confesar que había inculpado falsamente a Duffrey.

—Cary Tolliver. Tenía cáncer... de páncreas, en fase avanzada..., y quería irse con la conciencia tranquila. Dijo que no era su intención que Duffrey muriera.

—Así que esta nota no es de Tolliver —dice Izzy.

—Difícilmente. Está ingresado en el Kiner Memorial, ya en las últimas.

—La confesión de Tolliver llegó un poco tarde, ¿no te parece? A burro muerto, la cebada al rabo.

—Puede que sí, puede que no —contesta Lewis—. Según Tolliver, envió su confesión en febrero, días después de diagnosticársele la enfermedad terminal. Nadie hizo nada. Luego, tras el asesinato de Duffrey, Tolliver acudió a Buckeye Brandon, alias el Bandido de las Ondas. Allen, el ayudante del fiscal, sostiene que todo eso son gilipolleces suyas para llamar la atención.

—¿Tú qué crees?

—Yo le veo cierta lógica a la versión de Tolliver. Según él, solo pretendía que a Duffrey le cayeran un par de años. Dijo que el verdadero castigo era que su nombre constara en el Registro.

Izzy lo entiende. De ese modo habrían prohibido a Duffrey residir en zonas de seguridad infantil o cerca: colegios, áreas de juego, parques públicos. Le habrían prohibido comunicarse por medio de mensajes de texto con menores, a excepción de sus hijos. Le habrían prohibido tener revistas pornográficas o el acceso a porno por internet. Habría estado obligado a informar al agente encargado de su supervisión de cualquier cambio de lugar de residencia. Figurar en el Registro Nacional de Delincuentes Sexuales era una condena a perpetuidad.

Si hubiera vivido, claro.

Lewis se inclina hacia delante.

—Dejando de lado la fórmula de Blackstone, que en realidad no tiene mucho sentido, o yo no se lo veo, ¿hay algún motivo para preocuparnos por ese Wilson? ¿Es una amenaza o una gilipollez? ¿Tú qué dices?

—¿Puedo pensármelo?

—Por supuesto. Pero más tarde. Quiero saber qué te dice el corazón ahora mismo. Lo que sea no saldrá de este despacho.

Izzy se detiene a reflexionar. Podría preguntar a Lew si la jefa Patmore ha expresado su opinión, pero ese no es el estilo de Izzy.

—Ese hombre está loco, pero no cita la Biblia ni *Los protocolos de los sabios de Sion*. Ni padece el síndrome del sombrero de papel de aluminio. Esto podría ser un despropósito. Si no lo es, hay motivos para preocuparse por él. Probablemente sea alguien cercano a Duffrey. Diría que su mujer o sus hijos, pero no tenía ni lo uno ni lo otro.

—Un solitario —dice Lewis—. Allen insistió mucho en eso durante el juicio.

Izzy y Tom conocen ambos a Doug Allen, uno de los ayudantes del fiscal del condado de Buckeye. El compañero de Izzy llama a Allen el Tragabolas, por un juego de mesa que les gusta a sus hijos. En otras palabras, es ambicioso. Lo que también induce a pensar que posiblemente Tolliver haya dicho la verdad. Los fiscales ambiciosos no ven con buenos ojos que se anulen condenas.

—Duffrey no estaba casado, pero ¿tenía pareja?

—No, y si era gay, seguía en el armario. En lo más *hondo* del armario. No hay rumores al respecto. Gerente de crédito del First Lake City Bank. Y estamos *dando por sentado* que este tipo se refiere a Duffrey, pero sin nombrarlo concretamente...

—Podría ser otra persona.

—Podría ser, pero no es probable —responde Lewis—. Quiero que tú y Atta habléis con Cary Tolliver, en el supuesto de que siga en el mundo de los vivos. Hablad con *todos* los conocidos de Duffrey, en el banco y en cualquier otro sitio. Hablad con el tío que defendió a Duffrey. Conseguid *su* lista de contactos conocidos. Si hizo bien su trabajo, estará al tanto de todas las personas con quienes Duffrey se relacionaba.

Izzy sonríe.

—Sospecho que querías una segunda opinión que confirmara lo que tú ya habías decidido.

—Concédete algún mérito. Quería la segunda opinión de Isabelle Jaynes, la investigadora sin par.

—Si lo que buscas es una investigadora sin par, deberías llamar a Holly Gibney. Puedo darte su número.

Lewis baja el pie al suelo.

—Aún no hemos caído tan bajo como para externalizar nuestras investigaciones. Dime qué piensas *tú*.

Izzy golpetea el sobre.

—Pienso que este tipo podría ir en serio. ¿«Debería castigarse a inocentes por la muerte innecesaria de un inocente»? Puede que eso tenga sentido para un chiflado, pero ¿para una persona en su sano juicio…? Lo dudo.

Lewis deja escapar un suspiro.

—Los verdaderamente peligrosos, los que están locos y al mismo tiempo no lo están, me provocan pesadillas. Timothy McVeigh mató a más de ciento cincuenta personas en el edificio Murrah y era un individuo totalmente racional. Describió a los niños que murieron en la guardería como daño colateral. ¿Quién hay más inocente que un grupo de críos?

—Crees que va en serio, pues.

—*Quizá* vaya en serio. Quiero que Atta y tú le dediquéis

un tiempo. A ver si encontráis a alguien tan indignado por la muerte de Duffrey...

—O tan desolado.

—Claro, eso también. Buscad a alguien tan fuera de sí, por una razón o por otra, como para enviar esta amenaza.

—¿Por qué trece inocentes y un culpable, me pregunto? ¿Eso equivale a un total de catorce, o el culpable es uno de los trece?

Lewis niega con un gesto de la cabeza.

—Ni idea. Podría haberse sacado el número de la manga.

—Otro detalle sobre la carta —señala Izzy—. Sabes quién era Bill Wilson, ¿no?

—Me suena vagamente, pero ¿cómo no va a sonarme? Tal vez no sea un nombre tan corriente como Joe Smith o Dick Jones, pero tampoco es precisamente Zbigniew Brzezinski.

—El Bill Wilson en quien estoy pensando fue el fundador de Alcohólicos Anónimos. A lo mejor va a las reuniones de AA y está dándonos una pista en esa dirección.

—¿Como si quisiera ser detenido?

Izzy se encoge de hombros dando a entender: *No tengo opinión.*

—Enviaré la carta al laboratorio forense, aunque de poco va a servir. Dirán: ninguna huella, fuente informática, tipo de papel de impresora corriente.

—Mándame una foto.

—Eso puedo hacerlo.

Izzy se levanta para marcharse. Lewis pregunta:

—¿Te has apuntado ya al partido?

—¿Qué partido?

—No te hagas la tonta. Armas contra Mangueras. El mes que viene. Yo seré el capitán del equipo del Departamento de Policía.

—Ah, todavía no he encontrado el momento, jefe. —Ni tiene la menor intención de hacerlo.

—El Cuerpo de Bomberos ha ganado tres años consecutivos. Este año vamos a por la revancha, y más después de lo que pasó la última vez. Lo de la pierna rota de Crutchfield, ¿sabes?

—¿Quién es Crutchfield?

—Emil Crutchfield. Policía motorizado, que trabaja sobre todo en el lado este.

—Ah —dice Izzy, y piensa: *Los hombres y sus jueguecitos.*

—¿Tú no jugabas antes? ¿En aquella universidad donde estudiaste?

Izzy se ríe.

—Sí. Allá cuando los dinosaurios rondaban por la tierra.

—Deberías apuntarte. Piénsatelo.

—Me lo pensaré —contesta Izzy.

No tiene intención.

2

Holly Gibney levanta la cara hacia el sol.

—T. S. Eliot dijo que abril es el mes más cruel, pero a mí esto no me parece muy cruel.

—Poesía —dice Izzy con displicencia—. ¿Qué vas a comer?

—Tacos de pescado, creo.

—*Siempre* pides tacos de pescado.

—No siempre, pero casi. Soy un animal de costumbres.

—No me digas, Sherlock.

Pronto una de ellas se pondrá en pie y se incorporará a la cola frente al Fabuloso Puesto de Pescado de Frankie, pero de momento siguen sentadas tranquilamente a su mesa de pícnic, disfrutando del cálido sol.

Izzy y Holly no siempre han mantenido una relación especialmente cercana, pero eso cambió a raíz de su encuentro con un par de ancianos profesores universitarios, Rodney y Emily Harris. Los Harris estaban locos y eran muy peligrosos. Podría aducirse que Holly se llevó la peor parte, ya que se enfrentó a ellos cara a cara, pero fue la inspectora Isabelle Jaynes quien se vio obligada a informar a muchos de los seres queridos de las víctimas de los Harris. También tuvo que explicar a los seres queridos en cuestión qué habían hecho los Harris, y eso tampoco fue plato de buen gusto. Las dos mujeres conservaban las cicatrices, y cuando, pasado ya el interés de la prensa (tanto nacional como local), Izzy telefoneó a Holly para preguntarle si quería quedar a comer, Holly accedió.

«Quedar a comer» se convirtió en algo semirregular, y entre las dos se formó un cauto vínculo. Al principio, hablaban de los Harris, pero con el paso del tiempo eso fue a menos. Izzy empezó a hablar de su trabajo, Holly del suyo. Como Izzy era policía y Holly investigadora privada, tenían áreas de interés similares, aunque rara vez superpuestas.

Holly tampoco había renunciado por completo a la idea de atraer a Izzy al lado oscuro, y menos ahora que su socio, Pete Huntley, se había retirado y la había dejado sola al frente de Finders Keepers (con la ayuda esporádica de Jerome y Barbara Robinson). Al proponérselo a Izzy, recalcaba que Finders no aceptaba casos de divorcio.

«Espiar por el ojo de una cerradura, rastrear en las redes sociales. Mensajes de texto y teleobjetivos. Uf».

Cuando Holly planteaba la posibilidad, Izzy siempre decía que lo tendría en cuenta. Lo que significaba, pensaba Holly, que Iz cumpliría sus treinta años en el cuerpo de policía municipal y luego se retiraría a un apartamento en un edificio contiguo a un campo de golf en Arizona o Florida. Probablemente sola. Perdedora dos veces en la lotería del matrimonio, Izzy sostenía que no buscaba otro rollo, y menos de tipo conyugal. Según dijo a Holly durante una de sus comidas, ¿cómo iba a llegar a casa y hablarle a su marido de los restos humanos que habían encontrado en el frigorífico de los Harris?

«Por favor —la interrumpió Holly en esa ocasión—, no mientras intento comer».

Hoy han quedado a almorzar en el Dingley Park. Al igual que el Deerfield Park, al otro lado de la ciudad, el Dingley puede ser un entorno poco recomendable de noche («un puto mercado de droga», así lo define Izzy), pero durante el día es un lugar de lo más agradable, sobre todo con un tiempo como este. Ahora que el calor viene de camino, pueden comer en una de las mesas de pícnic, no muy lejos de los abetos que rodean la vieja pista de patinaje sobre hielo.

Holly se ha vacunado hasta las cejas, pero en Estados Unidos el covid sigue matando a una persona cada cuatro minutos, y ella no quiere correr riesgos. Pete Huntley aún padece las secuelas de su lucha contra el virus, y la madre de Holly murió a causa de eso. Así que ella mantiene la cautela: se pone la mascarilla en espacios cerrados y lleva un botellín de gel hidroalcohólico Purell en el bolso. Covid aparte, le gusta comer al aire libre cuando hace buen tiempo, como hoy, y espera con impaciencia esos tacos de pescado. Dos, con una ración extra de salsa tártara.

—¿Qué tal Jerome? —pregunta Izzy—. Vi que el libro sobre su bisabuelo el gángster entró en la lista de más vendidos.

—Solo durante un par de semanas —precisa Holly—, pero eso les permitirá poner «Best seller de *The New York Times*» cuando salga la edición en tapa blanda, lo que favorecerá las ventas. —Holly quiere a Jerome casi tanto como a su hermana Barbara—. Ahora que ha terminado la gira de promoción del libro se ha ofrecido a ayudarme en la agencia. Dice que es trabajo de investigación, que su próximo libro tratará de un «detective privado». —Expresa con una mueca lo mucho que le desagrada ese término.

—¿Y Barbara?

—Estudia en el Bell College, aquí en la ciudad. Literatura inglesa, claro. —Holly lo dice con lo que, a su juicio, es un orgullo justificado. Los dos hermanos Robinson son autores publicados. El libro de poemas de Barbara, por el que ganó nada menos que el premio Penley, salió hace un par de años.

—A tus chavales les va bien, pues.

Holly no pone ningún reparo a eso; aunque los señores Robinson están vivos y gozan de excelente salud, Barb y Jerome son en cierto modo «sus chavales». Los tres han vivido guerras juntos. Brady Hartsfield… Morris Bellamy… Chet Ondowsky… Los Harris. Vaya si fueron guerras.

Holly pregunta qué novedades hay en el mundo de la gente de azul. Izzy la mira pensativamente y al cabo de un momento dice:

—¿Puedo enseñarte una cosa en el teléfono?

—¿Es porno? —Izzy es una de las pocas personas con las que Holly bromea sin sentirse incómoda.

—Supongo que en cierto modo sí.

—Ahora me pica la curiosidad.

Izzy saca el teléfono.

—Lewis Warwick recibió esta carta. También la jefa Patmore. Échale una ojeada.

Entrega el teléfono a Holly, que lee la nota.

—Bill Wilson, ¿eh? ¿Sabes quién es?

—El fundador de AA. Lew me llamó a su despacho para

conocer mi opinión. Le contesté que yo me andaría con cuidado. ¿Tú que crees, Holly?

—La fórmula de Blackstone. Que dice...

—Es preferible que diez culpables escapen a que un hombre inocente sufra. Blackstone era abogado. Lo sé porque en Bucknell elegí la especialidad de estudios jurídicos. ¿Piensas que este individuo podría dedicarse al derecho?

—Diría que no es una deducción acertada —responde Holly con relativa amabilidad—. Yo no he estudiado derecho en mi vida, y sin embargo lo sabía. Lo incluiría en la categoría de conocimiento medianamente común.

—Tú eres una esponja de información —señala Izzy—, pero lo acepto. Al principio, Lew Warwick pensó que tenía algo que ver con la Biblia.

Holly vuelve a leer la carta y dice:

—Me parece que el hombre que escribió esto podría ser creyente. En AA se insiste mucho en la figura de Dios: «Déjalo todo en manos de Dios», ese es uno de sus lemas. Está también la costumbre del alias, más eso de la expiación, que es un concepto muy católico.

—Eso reduce la lista a, digamos, medio millón de personas —comenta Izzy—. Una gran ayuda, Gibney.

—¿Podría estar esa persona indignada..., es un suponer..., por lo de Alan Duffrey?

Izzy bate palmas en un aplauso silencioso.

—Aunque no lo menciona concretamente... —señala Holly.

—Lo sé, lo sé, nuestro señor Wilson no menciona a nadie, pero parece lo más probable. Pedófilo asesinado en la cárcel, y luego resulta que quizá no era pedófilo. Los tiempos coinciden, más o menos. Te has ganado que te pague yo los tacos.

—Te tocaba a ti de todas formas —recuerda Holly—. Refréscame la memoria sobre el caso Duffrey. ¿Puedes?

—Claro. Pero prométeme que no me robarás el caso y descubrirás por tu cuenta quién es ese Bill Wilson.

—Prometido. —Holly lo dice sinceramente, pero siente interés. Esta clase de asuntos le despiertan una atracción innata, y eso la ha llevado a veces por extraños derroteros. El único problema de su trabajo cotidiano es que le exige sobre todo rellenar formularios y mantener conversaciones con fiadores, más que resolver misterios.

—Abreviando, Alan Duffrey era el gerente de crédito del First Lake City Bank, pero hasta 2022 fue solo un empleado del departamento de préstamos metido en su cubículo como cualquier otro. Es un banco muy grande.

—Sí —contesta Holly—. Lo sé. Es mi banco.

—También es el banco del Departamento de Policía, y de no pocas empresas locales, pero eso no viene al caso. Se jubiló el gerente de crédito y dos hombres competían por el puesto, que representaba un sustancioso aumento salarial. Alan Duffrey era uno de ellos. Cary Tolliver era el otro. Duffrey consiguió el cargo y Tolliver consiguió mandarlo a la cárcel por consumo de porno infantil.

—Una reacción un poco extrema —comenta Holly, y parece sorprenderse cuando Izzy rompe a reír—. ¿Qué? ¿Qué he dicho?

—Nada..., en fin, una salida de las tuyas, Holly. No diré que sea eso lo que me gusta de ti, pero puede que llegue a gustarme, con el tiempo.

Holly mantiene una expresión ceñuda.

Izzy, todavía sonriente, se inclina hacia delante.

—Hols, eres un prodigio de la deducción, pero creo que a veces pierdes de vista la verdadera esencia de la motivación criminal, en particular cuando se trata de delincuentes trastocados por la rabia, el resentimiento, la paranoia, la inseguridad, los celos, lo que sea. En lo que Cary Tolliver admite haber hecho hay un motivo económico, eso sin duda, pero estoy segura de que intervinieron también otras causas.

—Reconoció su culpa cuando Duffrey fue asesinado, ¿no? —dice Holly—. Acudió a ese podcastero que siempre anda buscando trapos sucios.

—Sostiene que admitió su culpa *antes* del asesinato de Duffrey. En febrero, tras recibir el diagnóstico de cáncer terminal. Envió una carta de confesión al ayudante del fiscal, y sostiene que el ayudante del fiscal se quedó de brazos cruzados. Así que al final se lo contó todo a Buckeye Brandon.

—Ese podría ser el motivo de la expiación.

—Esto no lo escribió él —asegura Izzy tocando la pantalla del teléfono con el dedo—. Cary Tolliver está muriéndose, y no le queda mucho. Tom y yo vamos a interrogarlo esta tarde. Así que mejor será que vaya a buscar nuestra comida.

—Para mí, ración extra de salsa tártara —dice Holly cuando Izzy se levanta.

—Holly, nunca cambias.

Holly alza la vista, una mujer menuda con el pelo cano y una parca sonrisa.

—Ese es mi superpoder.

3

Esa tarde, en la oficina, Holly rellena formularios de seguros. Comprende la inutilidad de odiar a las grandes compañías de seguros, pero desde luego las ha incluido en su Lista de Cacas, y *detesta* sus anuncios de televisión. Es difícil odiar a

Flo, la mujer de Progressive Insurance —y no solo porque Jerome Robinson dijera una vez: «¡Se parece un poco a ti, Holly!»—, pero es fácil odiar a Doug y su ridículo emú Limu, y a Mayhem, el hombre de Allstate. Aborrece al pato de Aflac…, a este, gracias a Dios, ya lo han retirado, junto con el cavernícola de GEICO (aunque no puede descartarse que tanto el pato como el cavernícola vuelvan). Como investigadora que ha trabajado con peritos de muchas compañías, conoce su gran secreto: la diversión se acaba en cuanto se presenta una reclamación, en especial si es cuantiosa.

Esta tarde los formularios son de Global Insurance, cuyo engatusador televisivo es Buster, el Burro Parlante, con su molesta risa en forma de rebuzno. Buster, presente en todos los formularios, despliega una sonrisa (un tanto insolente) y le enseña su enorme dentadura. Holly detesta los formularios, pero le complace saber que en este caso el Burro Parlante de Global pronto no tendrá más remedio que reintegrar el valor de unas joyas sustraídas en un allanamiento de morada. Entre sesenta y setenta mil dólares, menos la franquicia. A no ser que ella localice las piedras preciosas desaparecidas, claro está.

—A ver, ¿quién va a bajarse ahora del burro? —dice Holly a su despacho vacío, y no puede contener la risa.

Suena el teléfono, no el de las llamadas profesionales sino el particular. Ve la cara de Barbara Robinson en la pantalla.

—Hola, Barbara, ¿cómo estás?

—¡Estupendamente! ¡Estoy estupendamente! —Y lo parece, rebosante de entusiasmo—. ¡Tengo una noticia magnífica!

—¿Ha entrado tu libro en la lista de más vendidos? —Esa sería en efecto una excelente noticia. El de su hermano subió hasta el puesto número once en la lista del *Times*. No llegó a colarse entre los diez primeros, pero no estuvo nada mal.

Barbara se echa a reír.

—Los libros de poesía, a excepción de los de Amanda Gorman, no entran en las clasificaciones. Tendré que conformarme con cuatro estrellas en Goodreads. —Se interrumpe—. *Casi* cuatro.

Holly opina que el libro de su amiga debería tener *cinco* estrellas en Goodreads. *Ella* desde luego lo calificó con cinco. Dos veces.

—¿Y cuál es la noticia, Barb?

—¡Esta mañana he sido la decimonovena oyente que ha llamado a K-POP y he conseguido dos entradas para el concierto de Sista Bessie! ¡Ni siquiera lo han anunciado todavía!

—No tengo muy claro si sé quién es —contesta Holly…, aunque *casi* lo sabe. Probablemente lo sabría si no tuviera la cabeza tan saturada por las preguntas de las aseguradoras, todas sutilmente sesgadas para favorecer a la compañía—. Recuerda que ya empiezo a tener una edad. Mi conocimiento y disfrute de la música popular prácticamente terminó con Hall & Oates. Siempre me gustó aquel rubio.

Además, tiene un interés nulo en el rap y el hip-hop. Piensa que tal vez le gustara esa música si tuviera el oído más joven y más fino (se le escapan muchas de las rimas) y si estuviera más en sintonía con las serenatas callejeras de los artistas a quienes escuchan Barbara y Jerome, personas con nombres exóticos como Pos' Top, Lil Durk y —el preferido de Holly, aunque no entiende ni remotamente sobre qué rapea— YoungBoy Never Broke Again.

—*Deberías* saberlo, Holly; es de tus tiempos.

Ah, piensa Holly.

—¿Una cantante soul?

—¡Sí! Y góspel.

—Vale, ya lo sé —dice Holly—. ¿No tiene una versión de una canción de Al Green? ¿«Let's Stay Together»?

—¡Sí! ¡Era *una pasada*! ¡Yo la canto en el karaoke! La canté en directo en el festival de primavera de mi último curso en el instituto.

—Yo me crie escuchando Q102 —dice Holly—. A muchos roqueros de Ohio como Devo y Chrissie Hynde y Michael Stanley, pero eran blancos. En Q no ponían mucha música negra, pero esa versión…, esa la recuerdo.

—¡Sista Bessie arranca la gira de su vuelta al escenario aquí! ¡En el auditorio Mingo! Dos conciertos, todas las entradas ya agotadas en los dos, pero yo tengo dos… *¡y pases entre bastidores!* Ven conmigo, Holly, dime que vendrás, por favor. —En tono lisonjero, añade—: También canta un poco de góspel, y sé que eso te gusta.

A Holly sin duda le gusta. Es una gran fan de los Blind Boys of Alabama y de los Staple Singers, sobre todo de Mavis Staples, y, aunque apenas se acuerda de Sista Bessie, o de la mayor parte de la música de la última década del siglo XX, le encanta ese viejo soul sólido y sublime de la década de los sesenta, gente como Sam Cooke y Jackie Wilson. También Wilson Pickett. Una vez intentó ir a uno de los conciertos de *The Wicked Pickett*, pero su madre se lo prohibió. Y ahora que ha acudido a su memoria Mavis Staples…

—En los años ochenta se hacía llamar Little Sister Bessie. Por entonces yo escuchaba la WGRI. Una emisora pequeña de AM, que dejaba de emitir al anochecer. Ponía música góspel. —Pero Holly solo escuchaba la GRI cuando su madre no estaba en casa, porque muchos de esos grupos, como BeBe & CeCe Winans, eran negros—. Recuerdo a Little Sister Bessie cantando «Sit Down, Servant».

—Seguramente era ella antes de hacerse…, o sea, superfamosa. El único disco que grabó después de retirarse era todo góspel. *Lord, Take My Hand*. Mi madre lo pone mucho, pero a mí me gusta lo otro. Dime que vendrás conmigo, Holly. Por favor. Es el primerísimo concierto, y nos lo pasaremos genial.

El auditorio Mingo trae a Holly malos recuerdos, que guardan relación con un monstruo llamado Brady Hartsfield. Barbara estaba presente en aquella ocasión, pero no fue ella quien aporreó a Brady; de eso se encargó la propia Holly. Con malos recuerdos o sin ellos, es incapaz de negarle nada a Barbara. O a Jerome, si a eso vamos. Si Barb dijera que tiene dos entradas para ver a YoungBoy NBA, accedería. (Probablemente).

—¿Cuándo es?

—El mes que viene. El 31 de mayo. Tienes tiempo de sobra para despejar tu agenda.

—¿Es muy tarde? —Holly detesta trasnochar.

—¡No, nada tarde! —Barbara sigue rebosando entusiasmo, la desborda la felicidad, lo cual alegra el día a Holly en grado sumo—. Empieza a las siete; habrá terminado a las nueve, nueve y media, como mucho. Seguramente la propia Sista no quiere acostarse tarde. Ya es mayor, debe de rondar los sesenta y cinco.

Holly, que ya no considera los sesenta y cinco una edad muy avanzada, no hace ningún comentario.

—¿Vendrás?

—¿Te aprenderás «Sit Down, Servant» y me la cantarás?

—Sí. ¡Sí, dalo por hecho! Y tiene un grupo de soul magnífico. —Barbara baja la voz y, casi en un susurro, exclama—: ¡Algunos son de *Muscle Shoals*!

Holly no sabe ni remotamente qué es Muscle Shoals, pero no importa. Y quiere que Barbara se lo trabaje un poco más.

—¿También cantarás «Let's Stay Together»?

—¡Sí! Si así consigo que vengas, la cantaré en el karaoke hasta no poder más.

—Pues vale. Quedamos en eso.

—¡Hurra! Pasaré a buscarte. Tengo un coche nuevo, que he comprado con el dinero del premio Penley. ¡Un Prius, como el tuyo!

Charlan un rato más. Barbara le cuenta que apenas ve a Jerome desde que él volvió de su gira. O bien anda ocupado con la investigación para el nuevo libro, o ronda por la oficina de Finders Keepers.

—Yo tampoco lo veo desde hace unos días —dice Holly—, y, cuando lo vi, se le notaba un poco depre.

Antes de cortar la llamada, Barbara (sin disimular su satisfacción) afirma:

—Más depre se quedará cuando se entere de que vamos a ver a Sista Bessie. ¡Gracias, Holly! ¡De verdad! ¡Nos lo vamos a pasar fenomenal!

—Eso espero —dice Holly. Añade—: No te olvides de que has prometido cantarme. Tienes una excelente vo...

Pero Barbara ya ha cortado.

4

Izzy y Tom Atta suben en ascensor a la cuarta planta del Kiner Memorial. Cuando salen, unas flechas en la pared les dan a elegir entre Cardiología (derecha) u Oncología (izquierda). Doblan a la izquierda. En el puesto de enfermeras enseñan sus placas y preguntan por la habitación de Cary Tolliver. Izzy advierte con interés el momentáneo amago de disgusto en el rostro de la enfermera de guardia: una contracción hacia abajo de las comisuras de los labios, que asoma y desaparece al instante.

—Está en la 419, pero seguramente lo encontrarán en el solárium, tomando el sol y leyendo una de sus novelas de misterio.

Tom no se anda con rodeos.

—Según he oído, el de páncreas es de los malos. ¿Cuánto tiempo cree que le queda?

La enfermera, una veterana que aún viste rayón blanco de la cabeza a los pies, se inclina hacia delante y habla en voz baja.

—Según su médico, es cuestión de semanas. Un par, supongo, quizá menos. Lo habrían mandado ya a casa de no ser porque lo cubre su seguro, que debe de ser mil veces mejor que el mío. Entrará en coma, y después buenos días, buenas tardes, buenas noches.

Izzy, conocedora de la arraigada inquina de Holly Gibney contra las compañías de seguros, dice:

—Me sorprende que el seguro no haya encontrado la manera de desentenderse. Es decir, inculpó falsamente a un hombre que luego acabó asesinado en la cárcel. ¿Lo sabía?

—Cómo no voy a saberlo —contesta la enfermera—. Alardea de lo mucho que lo *siente*. Ha venido a verle un *pastor*. ¡Lágrimas de cocodrilo, eso pienso yo!

—El fiscal desistió de procesarlo —dice Tom—. Según él, Tolliver tiene mucho cuento, así que él no carga con nada y la compañía de seguros carga con la factura.

La enfermera alza la vista al techo.

—Tiene mucho de algo, eso desde luego. Pasen primero por el solárium.

Mientras recorren el pasillo, Izzy piensa que, si hay una vida después de la muerte, puede que Alan Duffrey esté allí esperando al que en otro tiempo fue su colega, Cary Tolliver.

—Y tendrá unas palabras con él.

Tom la mira.

—¿Cómo?

—Nada.

5

Holly pone ante sí el último formulario de Global Insurance, suspira, coge el bolígrafo —estos formularios, a saber por qué, debe rellenarlos a mano para tener una mínima opción de encontrar la quincalla perdida— y enseguida lo deja. Levanta el teléfono y examina la carta de Bill Wilson, quienquiera que sea en realidad. No es su caso, y jamás se lo birlaría a Isabelle, pero, aun así, Holly nota que se le enciende una luz interior. Con frecuencia su trabajo la aburre, hay demasiado papeleo, y ahora mismo los encargos —los buenos, los atractivos— escasean, así que siente interés. Hay también otra cuestión, aún más importante. Cuando se le enciende esa luz interior…, le encanta. Lo adora.

—Esto no es asunto mío. Zapatero a tus zapatos, y déjate de otros tratos.

Uno de los dichos de su padre. Su difunta madre, Charlotte, tenía mil aforismos muy contundentes; su padre solo unos cuantos… y ella los recuerda todos. Pero ¿cuáles podían ser esos otros tratos del zapatero? No lo sabe y reprime el impulso de consultar en Google la procedencia del refrán. Sí sabe cuáles son los suyos: rellenar este último formulario y después acudir a los peristas y las casas de empeños en busca de un montón de joyas robadas a una viuda rica de Sugar Heights. Si las encuentra, recibirá una bonificación de Buster el Burro Parlante. *Que seguramente echará él mismo por el culo*, piensa. *Muy a su pesar.*

Suspira, vuelve a coger el bolígrafo, lo deja y opta por escribir un e-mail.

Iz: Esto ya lo sabrás, porque es muy evidente, pero el tipo que andas buscando es listo. Habla de la fórmula de Blackstone, que no forma parte del vocabulario de un hombre sin cultura. Reconocerás que eso de que debería castigarse a inocentes por la muerte innecesaria de un inocente, aunque parezca una idea descabellada, es una frase bien compuesta. Equilibrada. En la nota, toda la puntuación es perfecta. Fíjate en que utiliza los dos puntos en el encabezamiento y Cc en referencia a la jefa Patmore. Hace años, cuando yo estudiaba correspondencia comercial, eso significaba «copia carbón». Ahora solo quiere decir «enviado también a», y es de uso corriente en el mundo profesional. Eso me induce a pensar que quizá Bill Wilson se dedique a un trabajo administrativo.

Pasaré ahora al nombre: Bill Wilson. No creo que ese hombre se lo haya sacado de la manga. (En el supuesto de que sea un hombre). Yo no descartaría que conociera al hombre asesinado, Alan Duffrey, en AA o NA. (También en el supuesto de que sea Duffrey a quien se refiere el autor de la carta). Tal vez puedas ponerte en contacto con alguien que vaya a esas reuniones. Si no, yo tengo un informante que está en NA y es muy franco al respecto. Es camarero (nada menos) y lleva seis años limpio y sobrio. A lo mejor él, o alguien a quien tú puedas sonsacar información, sería capaz de localizar a una persona bien hablada y con buena presencia. O incluso una persona que quizá hiciera algún comentario sobre Duffrey en una reunión, o sobre «Ese tío que apuñalaron en la cárcel». La cuestión del anonimato en AA y NA complica las cosas, pero podría localizarse a ese hombre por esa vía. Las probabilidades son escasas, lo sé, pero es una línea de investigación.

HOLLY

Coloca el cursor sobre Enviar, pero decide añadir unas frases más.

> ¡PD! ¿Te has fijado en que escribió mal el nombre de pila de Lewis Warwick? Si detienes a alguien que, según crees, podría ser tu hombre, no le pidas que escriba su nombre. Repito: este tipo no es tonto. Pídele que escriba algo así como: «Lewis Black nunca me cayó bien». Fíjate en si pone «Louis». Seguramente todo esto ya lo sabes, pero estoy aquí sentada, sin nada que hacer.
>
> H

Lo relee y añade: «¡PPD! Lewis Black es un humorista». Reflexiona y llega a la conclusión de que Izzy podría pensar que Holly la considera tonta o una absoluta inculta. Lo borra y al cabo de un instante se dice: *Bien podría no saber quién es Lewis Black*, e incluye de nuevo la línea. Ese tipo de cosas la atormentan.

Bill Hodges, el fundador de Finders Keepers, señaló una vez a Holly que sentía un exceso de empatía por las personas, y cuando ella contestó: «Lo dices como si fuera algo malo», Bill dijo: «En este oficio, puede serlo».

Envía el e-mail y se insta a dejar de meterse en camisa de once varas (una expresión muy propia de Charlotte Gibney) y empezar a buscar las joyas desaparecidas. Pero continúa ahí sentada aún durante un rato, porque le ronda por la cabeza algo que ha dicho Izzy.

—No, no Izzy. *Barbara*.

Holly domina la informática —ese fue el cauce por el que Jerome y ella establecieron su vínculo—, pero, en cuestión de citas, es de la vieja escuela y lleva una agenda en el bolso. Rebusca en el interior, la saca y pasa las hojas hasta llegar al final de mayo. Ahí ha escrito: «Kate McKay, AM 20h. Quizá». AM equivale a auditorio Mingo.

Holly va al cine con relativa frecuencia desde que remitió el covid (siempre con mascarilla incluso si la sala está a medio aforo), pero casi nunca va a charlas y conciertos. Aun así, se planteó la posibilidad de asistir a la charla de McKay. Siempre y cuando no tuviera que hacer mucha cola, claro está, y en el supuesto de que consiguiera entrada. Holly no está de acuerdo con todo lo que McKay defiende, pero, cuando habla de los abusos sexuales que padecen las mujeres, Holly Gibney coincide plenamente. Ella misma sufrió abusos sexuales de joven y la mayoría de las mujeres a quienes conoce —incluida Izzy Jaynes— han pasado por eso de un modo u otro. Además, Kate McKay posee lo que Holly considera *autosuficiencia*. Holly, poco autosuficiente ella misma, ve ese rasgo con buenos ojos. Supone que demostró cierta autosuficiencia en el asunto de los Harris, pero aquello fue básicamente una cuestión de supervivencia. También de suerte.

Decide que ya aclarará más tarde el misterio de la doble programación en un mismo día. Como aún tiende a sentirse culpable de todo, supone que quizá sea ella quien anotó mal la fecha. En cualquier caso, por lo visto, el destino ha querido que la noche del sábado 31 de mayo esté en el auditorio Mingo, y, por más que admire la autosuficiencia de Kate McKay, en esencia prefiere estar con Barbara.

—Joyas —dice, y se pone en pie—. Debo encontrar las joyas.

Los formularios de Global Insurance pueden quedar para más tarde.

6

Izzy, quizá inspirándose en un folleto que recibió por correo o en un programa de televisión, se ha formado una vaga idea de cómo debería ser el gerente de crédito del First Lake City Bank. Un poco rechoncho, pero bien arreglado, con un buen traje, colonia (no demasiada), una sonrisa afable, listo para decir: «¿Cuánto necesita?».

Cary Tolliver no es ese hombre.

Tom y ella lo encuentran adormilado en la sala de la cuarta planta con un ejemplar de una novela policiaca titulada *Toxic Prey* abierto sobre el pecho. En lugar de un elegante traje con chaleco, viste una ajada bata de hospital encima de un pijama arrugado con caras de Hello Kitty. En las hundidas mejillas exhibe un asomo de barba entrecana. Su cabello tira a largo y tira a ralo. En las calvas se entrevén placas eccematosas amarillentas. En el rostro, la piel no cubierta por la desigual barba es tan blanca que casi parece verdosa. Está esquelético, excepto por el abultado vientre, que es enorme. *Como un champiñón a punto de esporular*, piensa Izzy. A un lado hay una silla de ruedas y al otro se alza el soporte de un gotero. Cuando se acercan, Izzy advierte que Tolliver no huele muy bien. En realidad, eso no es del todo exacto. En realidad, apesta.

Tácitamente, Tom e Izzy se separan, situándose él junto a la silla de ruedas y ella al lado del gotero, cuyo líquido transparente penetra en el dorso de la mano de Tolliver.

—Despierte, Cary —dice Tom—. Despierte, bella durmiente.

Tolliver abre los ojos, que tiene enrojecidos y legañosos. Mira primero a Tom Atta, después a Izzy y luego nuevamente a Tom.

—Polis —dice—. Ya le conté al fiscal del condado todo lo que sé. Le escribí una carta. El muy cabrón no movió un dedo. Siento que Duffrey fuera asesinado. No era eso lo que debía ocurrir. No tengo nada más que decir.

—Bueno, quizá un poco más sí —responde Tom—. Iz, enséñale la carta.

Ella saca el teléfono e intenta entregárselo. Tolliver mueve la cabeza en un gesto de negación.

—No puedo sostenerlo. Estoy demasiado débil. ¿Por qué no me dejan morir en paz?

—Si puede sostener ese libro, puede sostener esto —dice Izzy—. Léala.

Tolliver coge el teléfono y se lo acerca a la nariz. Lee la carta de Bill Wilson y se lo devuelve.

—¿Y? ¿Es que creen que este tipo piensa que yo soy el culpable? Pues vale. Pese a que intenté retractarme, vale. Que venga y me mate. Me haría un favor.

Izzy no ha pensado que «Bill Wilson» pueda considerar a Tolliver la persona culpable..., aunque sospecha que Holly sí lo ha hecho ya.

—Necesitamos su ayuda —dice—. Bill Wilson es casi con toda seguridad un alias. ¿Sabe quién podría haber escrito esto? ¿Quién tenía una relación con Alan Duffrey tan estrecha como para lanzar una amenaza así?

—Puede que la carta sea una gilipollez, pero, si no lo es, podría usted salvar unas cuantas vidas —añade Tom.

—A mí no me van los niños —contesta Tolliver, e Izzy advierte que está empastillado hasta las cejas—. Eso ya se lo dije a los otros polis. Y al cabrón del fiscal. El material que encontraron en mi ordenador lo guardé solo para que me creyeran. Lo eliminé, y después, cuando enfermé, lo recuperé. Envié a Duff duplicados de la mayor parte. —Cuando dice

«Duff», contrae el labio superior como un perro al gruñir, e Izzy ve que le faltan algunos dientes. Los que le quedan se le están ennegreciendo. Desde luego apesta: *eau de pisse*, *eau de merde* y *eau de mort*. Izzy está deseando marcharse y respirar un poco de aire limpio.

—Él tenía revistas además de la mierda del ordenador —señala Tom—. He hablado con Allen y he leído el expediente de camino hacia aquí. Una de ellas se titulaba *Uncle Bill's Pride and Joy*, «El orgullo y la alegría del tío Bill». ¿No lo encuentra asqueroso?

—Si fue usted... —empieza a decir Izzy.

—Sí, fui yo, y el cabrón del ayudante del fiscal Allen lo sabe. Le mandé una carta en febrero después de recibir el diagnóstico. Se lo expliqué todo. Le di datos que no aparecían en la prensa. No movió un dedo. Duffrey debería haber salido de la cárcel. El culpable es *Allen*.

—*Si* fue usted —repite Izzy—, nos da igual cómo lo hizo. Lo que ahora nos preocupa es quién podría haber escrito esta carta.

Tolliver no la mira. Mantiene la vista fija en Tom. A Izzy no la sorprende: cuando trabaja con un compañero de sexo masculino, por lo general los sujetos de sexo masculino actúan como si ella no estuviera. Las mujeres hacen lo mismo.

—Las revistas las compré en la dark web —contesta Tolliver—. Las metí furtivamente en su casa..., la trampilla de acceso al sótano no estaba cerrada con llave..., y las escondí detrás de la caldera.

—Díganos quiénes mantenían una relación estrecha con Duffrey —le pide Izzy—. ¿Quién podría haberse cabreado tanto como para...?

Tolliver sigue ajeno a su presencia. Es a Tom Atta a quien habla, y va entrando en calor.

—¿Quiere saber cómo descargué el material en su ordenador? Se lo expliqué todo a Allen, pero ese cabrón no me hizo ni caso. Así que cuando acepté el hecho de que me moría..., lo acepté hasta cierto punto, supongo, como cualquier persona..., se lo dije a Buckeye Brandon. *Ese* sí me escuchó. Envié a Duffrey un aviso supuestamente del Servicio Postal. Un paquete con la dirección equivocada. Todo el mundo sabe que eso es *phishing*, hasta las *abuelas* saben que es *phishing*, pero ese tarado..., en teoría lo bastante listo para ser gerente de crédito, pero en realidad no más listo que un interruptor averiado..., ese tarado fue y clicó el enlace. A partir de ahí lo tuve en mis manos. Le mandé un archivo zip oculto en su declaración de renta. Pero mi intención no era que acabara muerto. Por eso confesé.

—¿No porque se enterara de que iba a morir? —Aunque esa no es la razón por la que están aquí, Iz no puede contenerse.

—Bueno..., claro. Eso tuvo algo que ver. —La mira por un instante y después desplaza de nuevo la atención hacia Tom—. Parte de la culpa tiene que atribuirse al individuo que lo apuñaló, ¿no? Yo solo quería que, al salir de la cárcel, constara en el Registro. Aquel ascenso me correspondía a mí. Me correspondía a mí, y me lo robó. —Asombrosamente, Tolliver se echa a llorar.

—Contactos —dice Izzy. Se plantea tocar a Tolliver en el hombro descarnado para redirigir su atención, pero no se anima a hacerlo. Tiene el estómago revuelto por el hedor que despide—. Los conocidos de Duffrey. Ayúdenos, y lo dejaremos en paz.

—Hable con Pete Young, del departamento de préstamos. Claire Rademacher, la cajera jefa. Duffrey estaba compinchado con esos dos. O con Kendall Dingley, el director de la sucursal. —Vuelve a contraer el labio superior como un perro al gruñir—. Kendall es tonto de remate. Consiguió el puesto de director solo porque su abuelo fundó el banco y su tío dirige el Cuerpo de Bomberos. Hay un parque que lleva el nombre del viejo Hiram Dingley, ¿sabe? También a Kendall debería haberle enviado un poco de material infantil, todo el mundo habría pensado que Duff y el tarado de Ding estaban metidos en eso juntos, pero me abstuve porque soy buen tío. Sé que no lo cree, pero en el fondo soy buen tío. Duff no paraba de lamerle el culo al tarado de Ding. Por eso consiguió el ascenso.

Izzy anota los nombres.

—¿Alguien más?

—Quizá tenía amigos en su barrio, pero de eso no sé na... —Hace una mueca y alza su barriga de embarazada. Deja escapar un trompetazo de flatulencia, y, cuando Izzy percibe el olor, piensa que es tan intenso que podría levantar ampollas en la pintura—. Dios, qué dolor. Tengo que volver a mi habitación. Ahora ya se habrá reactivado la bomba de morfina. Acérqueme la silla, ¿quiere?

Tom se inclina hacia delante, dentro de la nube de hedor, y baja la voz.

—Cary, aunque estuvieras ardiendo, no mearía encima de ti para apagar el fuego. Si lo que dices es verdad, mandaste a un hombre inocente a la cárcel, donde fue apuñalado y tardó un día en morir. ¿Crees que eso tuyo es dolor? Lo suyo sí fue dolor, y no lo merecía. Te daría un puñetazo en esa tripa grotesca, pero te tirarías otro pedo.

—Me abandonó mi mujer —dice Tolliver. Sigue llorando—. Se llevó a los niños y me abandonó. Lo hice tanto por ella como por mí. Siempre andaba quejándose de que no podíamos permitirnos tal cosa o no podíamos permitirnos tal otra, ¿y quién me enterrará? ¿Eh? ¿Quién me enterrará? ¿Mi hermano? ¿Mi hermana? No contestan a mis e-mails. Mi madre dijo…

—Me trae sin cuidado lo que dijera.

—… dijo: «Recoges lo que siembras». ¿No es una putada?

Levanta las caderas y suelta otro trompetazo. Izzy dice:

—Salgamos de aquí. Ya tenemos todo lo que puede darnos.

—Lo confesé todo —dice Tolliver mientras ellos salen—. *Dos veces.* Primero al cabrón del ayudante del fiscal, después a Buckeye Brandon. No tenía por qué hacerlo. Y ahora ya me ven. Ya me ven.

Izzy y Tom regresan al puesto de enfermeras. La veterana del uniforme blanco de rayón rellena impresos.

—Ese hombre quiere volver a su habitación. Dice que la bomba de morfina ya debe de haberse reactivado —la informa Izzy.

Sin alzar la vista, la veterana contesta:

—Puede esperar.

7

Mayo, y hace un tiempo magnífico.

En las afueras de la ciudad, no muy lejos, hay una zona residencial rodeada de bosque que se conoce como Upriver. Limita por el norte con un parque de bolsillo donde unas cuantas personas realizan posturas de meditación que tal vez se llamen «asanas» (o tal vez no). A Trig le da igual cómo se llamen. Esas personas miran hacia el horizonte, no a él. Eso le favorece. Ha comprado una hamburguesa en un autoservicio, pero la ha echado al asiento del acompañante después de un par de bocados. Está demasiado nervioso para comer. La carta que envió a la policía era una advertencia. Esto es la hora de la verdad.

Duda si será capaz de hacerlo. Cómo no va a dudarlo. *Cree* que quizá sea capaz, pero es consciente de que no lo sabrá con certeza hasta que haya completado la acción. De niño mataba ardillas y pájaros con una escopeta de perdigones, y eso se consideraba aceptable. Se veía con buenos ojos, de hecho. La única vez que su padre lo llevó a cazar ciervos, no le permitió cargar con un arma real. Su padre dijo: «Conociéndote, seguro que te caes en un agujero y te vuelas un pie». Papá aseguró a Trig que, si veían un ciervo, le dejaría disparar, pero no vieron ninguno, y él estaba casi seguro de que su padre no le habría entregado el arma aunque lo hubieran visto. Papá se hubiera reservado el disparo para él.

¿Y ahora va a estrenarse matando a un hombre? Trig es consciente de que tan pronto como traspase esa línea no habrá vuelta atrás.

La calle situada detrás del parque de bolsillo tiene un nombre gracioso: Anyhow Lane, «Pasaje de Cualquier Modo». No tiene salida. Trig ha estado aquí tres veces antes y sabe que la Senda de Buckeye pasa cerca del extremo cerrado de la calle. La Senda es un recorrido de veintinueve kilómetros. Antes era una vía de tren, pero hace treinta años, con financiación del condado, retiraron los raíles y los sustituyeron por un ancho camino de asfalto que serpentea entre árboles y matorrales hasta desembocar junto al peaje de la autovía y terminar en los aledaños de la ciudad propiamente dicha.

Al final de Anyhow Lane hay una pequeña plaza de tierra batida con un cartel que reza: PROHIBIDO APARCAR A PARTIR DE LAS 19.00 HORAS. En cada una de sus anteriores visitas de reconocimiento había una polvorienta pala cargadora Komatsu aparcada allí, indiferente al cartel, y esta tarde allí sigue. Por lo que Trig ve, es muy posible que lleve años ahí y que ahí permanezca durante otros muchos. Le permitirá poner a cubierto su coche, y eso es lo único que le importa. Más allá se extiende un bosque con varios carteles en los que se lee SENDA DE BUCKEYE y NO TIRAR BASURA y PASEE A PIE O EN BICICLETA BAJO SU PROPIA RESPONSABILIDAD.

—Eh, papá; eh, papá.

Su padre murió hace mucho tiempo, pero Trig a veces le habla de todos modos. Eso no lo reconforta, no exactamente, pero siente que le trae suerte.

Trig aparca detrás de la pala cargadora y coge una mochila y un mapa de senderismo del asiento trasero de su Toyota. Se carga la mochila a los hombros y se guarda el mapa en el bolsillo de atrás. De la consola central saca un revólver Taurus de cañón corto, calibre 22. Se lo mete en el bolsillo delantero derecho. En el izquierdo lleva una fina carpeta de piel que contiene trece tiras de papel. Deja atrás los bancos de pícnic, una papelera llena de latas de cerveza y un poste pintado en el que cuelga un mapa plastificado de la Senda. En sus inspecciones anteriores ha visto en la Senda a numerosos excursionistas y ciclistas, a veces de dos en dos o de tres en tres —circunstancia poco propicia para sus intenciones de hoy—, pero a veces solos.

Puede que hoy no vea a nadie solo, piensa. *Si no veo a nadie, será una señal. «Detente ahora que aún estás a tiempo, antes de rebasar la línea. En cuanto rebases la línea no habrá vuelta atrás».*

Eso lo lleva a pensar en un mantra de AA: *Una copa es demasiado y mil no son suficientes.*

Viste un jersey marrón y una sencilla gorra marrón promocional calada casi hasta las cejas. La gorra no muestra ningún logo que pudiera recordar un viandante. No se dirige hacia el oeste sino hacia al este, para que el sol no le ilumine la parte de la cara que queda a la vista. Se cruza con una pareja de ancianos en bicicleta rumbo al oeste. El hombre lo saluda. Trig alza una mano pero no habla. Sigue adelante. A unos dos kilómetros el bosque es menos denso, y allí la Senda bordea una urbanización donde los niños estarán jugando en los jardines de las casas y las mujeres tendiendo ropa. Si llega hasta allí sin haberse cruzado con nadie que vaya solo, desistirá. Tal vez únicamente por hoy, tal vez para siempre.

Cómo no, dice su padre. *Ya tienes miedo, cobardica de mierda.*

Trig continúa avanzando sin prisa, con una mano en la empuñadura del revólver. Silbaría, pero tiene la boca muy seca. Y de pronto el caminante solitario que esperaba (y también temía) sale de la siguiente curva de la Senda. Bueno, no totalmente solitario; lleva un caniche estándar sujeto con una correa roja. Siempre ha imaginado que su primera víctima sería un hombre, pero esta es una mujer de mediana edad con vaqueros y sudadera.

No lo haré, piensa. *Esperaré a que aparezca un hombre, uno sin perro. Volveré otro día.* Solo que, si se propone llevar a cabo su misión —hasta el final—, *debe* incluir a cuatro mujeres.

La distancia se acorta. Pronto la mujer y el perro estarán a su altura. Ella seguirá con su vida. Preparará la cena. Verá la televisión. Llamará a una amiga por teléfono y dirá: *Ah, el día me ha ido bien, ¿y a ti?*

Ahora o nunca, piensa, y saca el mapa del bolsillo trasero con la mano izquierda. Mantiene el revólver aferrado con la derecha. *No te vueles el pie*, piensa.

—Hola —saluda la mujer—. Una tarde preciosa, ¿no?

—Y que lo diga. —¿Tiene la voz ronca o son imaginaciones suyas? Debe de ser lo segundo, porque la mujer no se alarma—. ¿Puede indicarme dónde estoy exactamente?

Trig tiende el mapa. Le tiembla un poco la mano, pero al parecer la mujer no lo nota. Ella se acerca y baja la vista. El caniche olfatea la pernera del pantalón de Trig. Este saca el revólver del bolsillo. Por un momento el percutor se engancha en el forro del bolsillo, pero enseguida se desprende. La mujer no lo ve. Está atenta al mapa. Trig le rodea los hombros con un brazo y ella levanta la vista. Él piensa: *No tengas miedo.*

Antes de que la mujer pueda apartarse, apoya el cañón corto del Taurus en su sien y aprieta el gatillo. Ha probado el arma con fuego real y sabe qué esperar: no una sonora detonación sino más bien un chasquido, como el que se produce al partir un trozo de leña seca contra la rodilla. La mujer pone los ojos en blanco y saca la lengua. Esa es la única parte horrenda. Trig sostiene su cuerpo inerte con el brazo.

Un hilillo de sangre brota del orificio en la sien. Coloca el cañón del Taurus sobre el orificio ennegrecido por la pólvora y dispara de nuevo. La primera bala no ha salido por el lado opuesto, se ha quedado en su cerebro ensombrecido, pero esta sí sale. Ve agitarse el pelo, como si se lo levantara un dedo juguetón. Mira alrededor. Sin duda hay alguien mirando, *tiene que* haber alguien mirando, pero no hay nadie. Al menos todavía no.

El caniche, gimoteando, observa a su dueña. Tiene la correa en torno a las patas delanteras. Mira a Trig y parece preguntarle con los ojos si ocurre algo. Trig le da una palmada con la mano libre en los rizados cuartos traseros y dice:

—¡Vete!

El caniche da un brinco y se aleja corriendo seis o nueve metros por el camino, para situarse fuera del alcance de su mano, y allí se detiene y vuelve a mirarlo. La correa parece una cinta roja arrastrándose detrás de él.

Trig tira de la mujer a través de los arbustos que bordean la Senda y se adentra entre los escasos árboles, mirando en ambas direcciones hasta quedar a cubierto. Cerca de allí pasan coches, pero no los ve.

El perro, piensa. *Alguien se preguntará por qué anda suelto con la correa a rastras. O volverá. Debería haber dejado que la mujer se fuera.*

Ya es demasiado tarde.

Saca la carpeta de piel del bolsillo. Ahora las manos le tiemblan mucho, y casi se le cae. Tiene una mujer muerta a los pies. Todo lo que ella era ha desaparecido. Rebusca torpemente entre las tiras de papel. Andrew Groves..., no... Philip Jacoby..., no... Steven Furst..., no. ¿Dónde están las mujeres? ¿Dónde están las puñeteras *mujeres*? Al final da con Letitia Overton. Una mujer negra, y la mujer que ha matado es blanca, pero no importa. Puede que no le sea posible dejar un nombre con todas sus víctimas, pero con esta sí puede. Se lo coloca entre dos dedos de la mano abierta; luego se da media vuelta y se encamina de regreso a la Senda. Todavía entre los arbustos, se detiene, en busca de excursionistas o ciclistas, pero no hay nadie. Sale y se dirige hacia el oeste, a la zona de aparcamiento y su coche.

El caniche continúa allí, con la correa a rastras. Al acercarse a él, Trig agita las dos manos. El perro se encoge y se escabulle. Cuando Trig dobla la siguiente curva, ve al perro con las patas delanteras en el asfalto y las traseras entre los arbustos. El animal retrocede, espera a que Trig pase y luego, arrastrando la correa, sale disparado en dirección contraria. Encontrará a su dueña y seguramente empezará a ladrar: ¡Despierta, ama, despierta! Alguien pasará y se preguntará por qué ladra ese perro tonto.

Como la Senda sigue vacía, Trig comienza a trotar y después a correr a toda velocidad. Llega al aparcamiento sin ser visto, se desprende de la mochila y la deja en el asiento trasero; luego, sin aliento, se sienta al volante.

Tienes que marcharte de aquí. El pensamiento es suyo; la voz, de su padre. *Ahora mismo.*

Hace girar la llave y suena un tintineo, pero no ocurre nada más. El coche no arranca. Dios está castigándolo. Trig no cree en Dios, pero Dios lo castiga igualmente. Baja la mirada hacia la consola y ve que, al apagar el motor, ha dejado la palanca del cambio automático en posición Drive. La desplaza hacia Park y el motor arranca. Retrocede, sale de detrás de la pala cargadora y avanza por Anyhow Lane, conteniendo el impulso de acelerar. *Anda despacio*, se dice. *Anda despacio si quieres llegar temprano.*

Por lo visto, las asanas, o saludos al sol, o lo que sean, han terminado. Los hombres y las mujeres charlan y regresan a sus coches. Ninguno de ellos mira al individuo de la gorra marrón que pasa en su anodino Toyota Corolla.

Lo he hecho, piensa. *He matado a esa mujer. Su vida ha acabado.*

No siente culpabilidad, sino solo un sordo arrepentimiento que lo lleva a pensar en su último año de alcoholismo, cuando cada primer sorbo le sabía a muerte. Esa mujer estaba en el lugar y el momento menos oportunos (aunque para él sí eran el lugar y el momento oportunos). Hay un libro que ella nunca terminará, e-mails y mensajes de texto a los que nunca contestará, unas vacaciones que nunca hará. Puede que esta noche alguien le dé de comer al caniche estándar, pero no será ella. Ella tenía la mirada puesta en su mapa, y de pronto… ya no estaba.

La cuestión es que Trig lo ha hecho. Llegado el momento, no se ha volado el pie ni lo ha vencido el miedo. Lamenta que la mujer del vaquero y la sudadera haya tenido que formar parte de su expiación, pero está seguro de que, si *hay* un cielo, alguien está ya enseñándoselo a esa mujer. ¿Por qué no?

Es una de los inocentes.

Capítulo 2

1

Es una mañana lluviosa en Reno, y Kate quiere un periódico. Y no un periódico cualquiera, sino uno de esos que ella llama «periodicucho» o «panfleto». Este en particular es *The West Coast Clarion.*

Corrie señala el ordenador portátil de Kate, pero esta mueve la cabeza en un rotundo gesto de negación y exhibe una sonrisa.

—El *Clarion* se publica exclusivamente en papel. —Baja la voz—. Internet es una herramienta del «Estado profundo». Aunque a quienes escriben ese montón de mierda no les importa que luego las partes jugosas salgan en las redes sociales. Lugares donde cuestiones complejas como la realidad y el contexto no tienen importancia. —A continuación, como si se le acabara de ocurrir (esas ideas de último momento tienden a generar problemas), añade—: Y ponte mi sombrero.

—Es broma, ¿no?

El borsalino de Kate —un sombrero de fieltro, cómicamente grande, casi una parodia de lo que se pondría un *caballero* elegante— es un rasgo característico de McKay. Lo lleva en todas sus apariciones en público, y, cuando se lo quita, ejecuta un artificioso ademán y una exagerada reverencia en reconocimiento de la prevista salva de aplausos (más abucheos). Lo lucía en las portadas de *Ms.* y *Newsweek.*

—Nada de bromas.

Está tomando notas para su inminente charla de esta noche en el Pioneer Center. Aunque la gira no ha hecho más que empezar, Kate McKay tiene ya experiencia en estas lides. Parte de una plantilla básica, pero cree firmemente en la máxima de Tip O'Neill de que la política siempre es local y adapta cada charla a la ciudad que visita. Y el objetivo no es *Compre mi libro, ya a la venta*, porque este es ya un best seller, como los tres anteriores. El libro no es más que la vía de acceso a sus opiniones y su programa. Después vienen los aplausos, después el escándalo, después la cobertura en la prensa y la televisión; y luego de camino a la siguiente ciudad. Que será Spokane.

—Me interesa ver la basura que cuentan sobre mí. Quizá pueda utilizarla esta noche, pero no me gustaría que acabaras empapada. No quiera Dios que te pongas enferma ahora, con la gira recién empezada. Llueve a cántaros. Yo creía que en Reno *no* llovía nunca.

Corrie se encasqueta el borsalino en la cabeza casi en actitud reverente y se lo ladea a la izquierda como hace Kate. Así le oculta la mayor parte del rostro, razón por la que en breve visitará el servicio de urgencias del Saint Mary.

—Ese periodicucho pondrá el grito en el cielo —dice Kate, no sin satisfacción. Mira por la ventana del salón de la suite de la última planta del hotel Renaissance Reno, veteada de lluvia—. Pero nada será comparable al titular de *Breitbart* cuando arrancó la gira.

Ese fue LA P*TA HA VUELTO. Kate encargó que lo enmarcaran, y ahora debe de estar colgado en el despacho de su casa de Carmel-by-the-Sea, en lo alto del acantilado. Lo describió como una excelente publicidad. Hattie Delaney, su agente, lo describió como un gancho para atraer a bichos raros, majaras y verdaderos creyentes de QAnon. Kate extendió las manos, hizo un gesto de invitación con los diez dedos —otro rasgo característico de McKay— y dijo: «Que vengan».

2

Corrie consulta dónde puede encontrar un quiosco bien provisto, y le dicen que en Hammer News, en la calle Dos Oeste, deberían tener todo lo que necesite. Telefonea y pregunta si reciben *The West Coast Clarion.* Interpreta la respuesta —«¿Hay peces en el mar?»— como un sí y se pone en camino.

¿Está la pelirroja del gorro impermeable y la gabardina ceñida con un cinturón sentada en el vestíbulo, a corta distancia, cuando Corrie pide indicaciones en la recepción? ¿Hojeando quizá una revista o inclinada sobre su teléfono? Más tarde Corrie piensa —más tarde declara a la policía— que seguramente sí estaba. Seguramente oyó al servicial conserje mientras le daba indicaciones y acto seguido se le adelantó para ocupar su posición.

¿Vio Corrie salir del hotel a una mujer delante de ella? Dirá que, para ser sincera, no se acuerda. Ni le importa. En el servicio de urgencias solo le importan dos cosas. La primera es si recuperará la vista o no. La segunda es la siguiente: si la recupera, ¿será muy fea la cara que vea en el espejo?

Esas serán sus preocupaciones.

3

El año anterior, Corrie fue seleccionada junto con otras diez personas para asistir a un seminario de posgrado que impartía Kate McKay. Duró dos semanas, y esas fueron las mejores clases de la carrera académica de Corrie. Al acabar la última, Kate le pidió que se quedara para comentarle algo. Le dijo que su nuevo libro se publicaría en abril, y lo respaldaría con una gira por numerosas ciudades, que empezaría en Portland, Oregón, y terminaría en Portland, Maine.

—Necesito una ayudante. He pensado que quizá a ti te interesaría el puesto. Setecientos dólares semanales. Tendrás que organizarte para terminar tus otras clases un poco antes. ¿Qué te parece?

En un primer momento, Corrie se quedó tan atónita por ese ofrecimiento caído del cielo que fue incapaz de responder. Esa mujer había salido en las portadas de las revistas. Aparecía en televisión *continuamente.* Para Corrie, criada en la era de las redes sociales, más impresionante aún era el hecho de que Kate tenía doce millones de seguidores en Twitter. O sea, un doce con seis ceros detrás.

—Cierra la boca —dijo Kate—. Va a entrarte una mosca.

—¿Por qué...? ¿Por qué yo?

Kate enumeró las razones con los dedos.

—Cuando necesité un PowerPoint, me conectaste el ordenador. Tu trabajo sobre Ada Lovelace estaba bien redactado y bien razonado. No pasaste por alto el dato de que empezó a interesarse en las matemáticas porque temía que la demencia de su padre pudiera ser hereditaria. La viste como una mujer, no como una diosa. En otras palabras, como un ser humano. Haces buenas preguntas, y en estos momentos estás disponible. ¿Me he dejado algo?

Solo que te idolatro, pensó Corrie, pero posteriormente llegó a entender que eso Kate lo sabía desde el principio... Y es una mujer a la que le gusta ser idolatrada. En muchos sentidos, Corrie también llegó a entender otra cosa: Kate tiene un ego descomunal. Posee una lengua afilada como un cuchillo Ginsu. Es capaz de trocear y cortar en dados con toda tranquilidad a un comentarista si osa oponerse a sus opiniones. Por otro lado, puede coger una rabieta y ponerse a dar patadas a los muebles si se le rompe el tirante de un sujetador. Carece de botón de apagado. Además, es de una valentía a prueba de bomba. Corrie pensó entonces y piensa ahora que Kate McKay será recordada durante mucho más tiempo cuando la mayoría de las mujeres de su época (y de los hombres) hayan caído en el olvido.

—¡No! ¡O sea, sí! ¡Quiero el puesto!

Kate se echó a reír.

—Relájate, chica, esto no es una propuesta de matrimonio y no tendrá nada de glamuroso. Puede que te mande a Starbucks a las siete de la mañana. O a Walgreens a por omeprazol. Tendrás que acarrear el equipo, enchufar el equipo, a veces arreglar el equipo..., tal como arreglaste aquel puto artefacto del PowerPoint cuando yo no conseguía ponerlo en marcha. También pasarás mucho tiempo al teléfono. Te ocuparás de la agenda, harás llamadas, de vez en cuando tendrás que inventarte una excusa, organizarás ruedas de prensa. Lo único que nunca te pediré es que pidas disculpas por mí o, Dios nos libre, que «aclares» algo que he dicho. Yo no me disculpo, ni hago aclaraciones, y tú tampoco. Y ahora aún te parece...

—*¡Sí!*

—¿Sabes conducir con cambio manual?

Corrie pareció desinflarse.

—No.

Kate la sujetó por los hombros. La agarró con fuerza.

—Pues busca a alguien que te enseñe. Porque vamos a ir en mi camioneta. Esta pueblerina no coge aviones, y menos para viajar de una punta a otra del país. Soy una chica sencilla.

Corrie fue a una autoescuela y aprendió. En cuanto cogió el tranquillo al embrague, le resultó más o menos divertido. Le gustaba cuando el profesor le decía: «Relájate, jovencita. Si no encuentras las marchas, fuérzalas».

Kate propuso repartirse el viaje al volante. No había necesidad de reajustar el asiento cuando cambiaban de puesto porque las dos eran de la misma estatura, uno sesenta y cinco. Kate era rubia, Corrie era lo que su madre llamaba «morocha», pero en Portland se tiñó de rubio, aduciendo que lo hacía solo por variar. Es probable que Kate supiera que la razón era otra.

—Cuando te dejas el pelo suelto, y a distancia, casi podríamos pasar por hermanas —comentó Kate cuando salían en la camioneta de Portland rumbo a Reno.

Y naturalmente ese fue el problema.

4

Corrie, con el borsalino calado hasta las cejas, recorre Lake Street hacia la calle Dos Oeste. Si la mujer de la gabardina la precede, Corrie no la ve o no lo recuerda. Avista al frente el lugar al que se dirige —HAMMER NEWS, PRENSA DE FUERA DE LA CIUDAD, se lee en el cartel— cuando a su izquierda una mujer exclama: «¡Eh, Kate!». Corrie dirá después a la policía que era una voz ronca, como si la mujer hubiera estado desgañitándose en un concierto de rock.

Cuando Corrie vuelve la cabeza, la agarran por el cuello de la chaqueta y tiran de ella hasta un callejón que apesta a basura. Tropieza, pero logra mantenerse en pie. Piensa: *Me están atraca...*

El resto de la frase escapa de su mente cuando la estampan contra el muro de ladrillo del callejón con tal fuerza que sus dientes entrechocan. Ahora sí ve a la mujer de la gabardina: unos cinco centímetros más alta que Corrie y con el cabello de un color rojo vivo que no puede ser natural. Lo lleva aplastado bajo uno de esos gorros transparentes baratos que pueden comprarse por un pavo. El bolso le cuelga del hombro izquierdo. Hunde en él la mano derecha y extrae un termo en el que se lee la palabra ÁCIDO escrita en rotulador negro. Suelta a Corrie para desenroscar la tapa, y Corrie, aturdida como está, es incapaz de echarse a correr. No puede creer lo que está ocurriendo.

—Esto es lo que te has ganado —dice la pelirroja, y lanza el contenido del termo a los ojos de Corrie, muy abiertos en una expresión de sorpresa—. «Porque no permito a la mujer enseñar, ni ejercer dominio sobre el hombre, sino estar en silencio». Primera epístola a Timoteo, zorra.

La quemazón es inmediata. Se le nubla la visión.

—Vete a casa, Kate. Ahora que aún puedes.

No ve a la pelirroja salir del callejón. No ve nada. Apenas oye sus propios gritos. El dolor la ha engullido por entero.

5

Lo primero que hace en el servicio de urgencias cuando empieza a recuperar la visión —borrosa, pero la conserva, gracias a Dios y a Jesucristo y a todos los santos— es extraer la polvera del bolso y mirarse la cara. Tiene las mejillas y la frente de un rojo encendido y el blanco de los ojos de un color escarlata, pero no presenta las ampollas que imaginaba.

Eso es después de que el médico le haya enjuagado los ojos con una solución salina. Siente un escozor de mil demonios. El médico le ha anunciado que volverá al cabo de diez minutos para repetir el proceso. «Lo que sea que le ha echado, no era ácido», dice antes de marcharse apresuradamente para atender a otro paciente.

Lo segundo que hace es telefonear a Kate, que estará preguntándose dónde se ha metido. Para entonces ya se ha calmado un poco. Kate también parece tranquila. Insta a Corrie a que avise a la policía si no lo ha hecho ya alguien del hospital.

Kate llega diez minutos después que un agente de uniforme y cinco minutos antes que una inspectora. Corrie espera que Kate tome las riendas de la situación, como suele hacer, pero hoy se limita a quedarse en el rincón de la sala de reconocimiento y escuchar. Corrie no sabe si eso se debe a que lleva el caso una mujer policía. Tal vez sí sea esa la razón. La inspectora anota la descripción que Corrie le da. Arranca una hoja de su cuaderno y se la entrega al agente uniformado, que se marcha, cabe suponer, para transmitir la información por teléfono. La inspectora se ha presentado como Mallory Hughes.

—Esa pelirroja... ¿estaba teñida o llevaba tal vez una peluca?

—Podría ser lo uno o lo otro. Todo ha pasado muy deprisa, sé que parece un tópico, pero...

—Lo entiendo, lo entiendo perfectamente. Seguro que era una peluca, y es muy posible que la encuentren en alguna papelera cercana. Si es que no se la ha apropiado ya alguien, claro. ¿Cómo van los ojos?

—Mejor. Siento haber armado tanto alboroto, pero...

—No lo sientas —dice Kate desde su asiento en el rincón.

—Es solo que he pensado que era ácido. Eso ponía en el termo.

—Porque eso es lo que esa mujer quería que pensara —afirma Hughes—. Como en los dibujos animados del Correcaminos, cuando en la caja dice EXPLOSIVOS ACME. —Vuelve la cabeza—. Kate McKay, ¿verdad?

Kate asiente con un gesto. Apenas interviene en la conversación, dejando que Hughes haga su trabajo, pero permanece muy atenta. Corrie sospecha que su jefa está furiosa —se adivina en sus labios contraídos y los puños apretados sobre el regazo—, pero muestra respeto. Al menos de momento. Si considera que Hughes está metiendo la pata o tomándoselo a la ligera, su actitud cambiará.

—He leído dos de sus libros —dice Hughes. A continuación, volviéndose hacia Corrie, añade—: La mujer que le echó esa mierda, probablemente lejía, a la cara pensó que usted era ella, ¿no? —Señala con la cabeza a Kate, que ahora tiene los labios tan apretados que casi se desdibujan.

—Probablemente.

—El borsalino —señala Kate—. Viene a ser una de mis señas de identidad. Aparece en las cubiertas de los cuatro libros y en muchas fotos promocionales.

—Bueno, este en particular nos lo quedaremos como prueba —informa Hughes—. Con el tiempo se lo devolverán, pero tendrá que comprar otro si quiere ponérselo en el acto de esta noche.

Viniendo de Mallory Hughes, Kate acepta la noticia sin rechistar. Corrie vuelve a preguntarse si haría lo mismo en caso de tratarse de un hombre. Kate no odia a los hombres, pero tiene un gran espíritu contestatario.

—¿Va a seguir adelante con la charla de esta noche en el Pioneer?

—Sí, claro. Con mucho gusto le regalaré unas entradas, si quiere venir.

—Trabajo. —Se vuelve hacia Corrie—. Quiero que venga esta tarde a la comisaría a prestar declaración. ¿Le parece bien?

Corrie mira a Kate, que dice:

—A *primerísima* hora de la tarde, si es posible. Después necesitaré a Corrie. —Da por sentado sin más que Corrie estará en condiciones y dispuesta a cumplir con sus obligaciones en el acto de esta noche. Corrie percibe en eso cierta arrogancia de diva, pero no le molesta. Al contrario, lo agradece. Entiende que es así como Kate expresa que considera a Corrie tan valiente como ella. Eso quiere creer Corrie.

—A la una y media, pongamos —contesta Hughes—. En el 455 de la calle Dos Este, no muy lejos del sitio al que iba cuando la han agredido. Necesitaré su número de teléfono y su dirección de correo electrónico, porque supongo que seguirá viaje con la señora McKay. —Sin concesiones a Kate porque ella no es la víctima. Al menos no esta vez.

—A la una y media, pues —acepta Corrie.

—Si detenemos a esa mujer, tendrá usted que volver aquí. Es consciente de eso, ¿no?

Corrie dice que lo entiende.

6

Cuando Hughes se va, Kate dice:

—Te quiero esta noche en el escenario. ¿De acuerdo?

Corrie siente una punzada de temor ante la idea.

—¿Tendría que hablar?

—No, si no quieres.

—Entonces vale. Supongo.

—¿No te importa ser el ejemplo ilustrativo de Kate McKay? ¿No te lo tomarás a mal?

—No. —¿Es eso verdad? Corrie quiere pensar que así es.

—Me gustaría hacerte una foto. Ahora que todavía tienes los ojos enrojecidos e hinchados y la piel irritada. ¿Accedes?

—Sí.

—Es necesario que la gente entienda que defender lo que una piensa tiene un precio. Pero puede pagarse. También eso deben entenderlo.

—Vale.

Me he convertido en un argumento de venta, piensa Corrie. Interpreta la determinación de Kate de actuar así, de *aprovechar* la circunstancia, como un defecto de personalidad, pero también como una cualidad. El hecho de que esa actitud pueda ser tanto lo uno como lo otro es una idea nueva para ella.

Algunos han dicho que Kate McKay es una fanática. Ella luce la etiqueta con orgullo. En la CNN, un comentarista la acusó de padecer el síndrome de Juana de Arco. La respuesta de Kate: «Juana de Arco oyó la voz de Dios. Yo oigo las voces de las mujeres oprimidas».

Pregunta a Corrie si quiere continuar la gira después de esta noche. Añade que ha preferido no plantear esa pregunta delante de la inspectora.

—Sí, por supuesto.

—¿Lo tienes claro? ¿Ahora que has visto lo que puede pasar?

—Sí.

—Hablar de odio es una cosa. Verlo en acción…, sufrirlo, de hecho…, es algo muy distinto. ¿No te parece?

—Sí.

—Vale. Asunto zanjado. —Kate saca el móvil para tomar una foto a Corrie. Después de examinar la pantalla, dice—: Alborótate el pelo. Abre más los ojos.

Corrie la mira como si no la entendiera. O no quisiera entenderla.

—Hablemos con franqueza, Corrie. Esto no es una gira de promoción de un libro; el libro se vendería bien aunque me quedara en casa de brazos cruzados viendo la tele. Esto es una gira de promoción *ideológica.* Otto von Bismarck comparó la ideología con una salchicha: puede que quieras comértela, pero prefieres no ver cómo se hace. Bueno, no. En realidad, él hablaba de las leyes, pero la diferencia es la misma. ¿Estás *segura* de que quieres seguir conmigo?

En respuesta, Corrie imita el característico gesto de Kate, el ademán de invitación con ambas manos y todos los dedos: *Ven, tráelo.* Acto seguido, se alborota el pelo. Kate se ríe, toma la foto, la envía al teléfono de Corrie y le dice qué debe hacer con ella.

—Luego telefonea a tus padres, cariño. Conviene que se enteren de esto por ti antes de verlo en las noticias.

7

Está en una tienda llamada Cloth & Chroma, haciendo con la foto lo que Kate le ha pedido (más abochornada que nunca por el resultado), cuando la llama Mallory Hughes para informarla de que han encontrado la peluca. O al menos *una* peluca. Envía una foto a Corrie. Pese a que la peluca se halla sobre un sencillo fondo blanco, lo revive todo: el termo, el salpicón, el escozor, la certeza de que iba a fundírsele la cara.

—Es esa.

—¿Está segura?

—Sin ninguna duda.

—Estupendo. Las pelucas son una mina de ADN, a menos que llevara un gorro de baño sobre el pelo auténtico. Si obtenemos un buen resultado y la detenemos, le tomaremos una muestra de saliva y asunto resuelto. ¿Ha llamado a sus padres?

—Sí.

Su madre quería que volviera a casa de inmediato. Su padre, hecho de un material más duro, le ha dicho solo que se anduviera con cuidado. Y que buscara protección. Ha añadido algo que le ha repetido muchas veces antes: «No hay que dejar ganar a los cabrones».

De fondo, su madre ha gritado: «¡No estamos hablando de *política*, Frank; estamos hablando de su *vida*!».

Política no, ideología, piensa Corrie.

«De su vida estoy hablando precisamente», ha respondido su padre.

8

Kate ha telefoneado desde el lugar donde dará la charla y le ha pedido que se ponga un vestido.

—Ponte guapa, cariño. Y tengo algo para ti.

Cuando llega a la sala de espera para invitados del Pioneer Center, Kate la examina de arriba abajo, aprueba el vestido —azul, hasta las rodillas, ceñido con cinturón— y le entrega un bote de espray pimienta.

—Mañana te conseguiré un arma. En Nevada es pan comido.

Corrie, horrorizada, fija la mirada en ella.

Kate sonríe.

—Una pequeña. Para llevar en el bolso. No tienes inconveniente en eso, ¿verdad? ¿O sí?

Corrie piensa en el termo con la palabra ÁCIDO rotulada en el costado. Como EXPLOSIVOS ACME en los dibujos animados. Se acuerda de la mujer que la ha confundido con Kate cuando ha dicho: «Esto es lo que te has ganado».

—No tengo inconveniente —contesta.

9

El Pioneer Center, con un aforo de mil quinientas localidades, está casi lleno cuando, a las siete de la tarde puntualmente, Kate sale a zancadas al escenario. Por los altavoces suena a todo volumen «The Gambler» de Kenny Rogers. Eso lo ha organizado Corrie a petición de Kate. Se oyen los clamorosos aplausos de costumbre, más los sonoros abucheos de costumbre procedentes de una parte del público. Fuera, hay gente que enarbola pancartas tanto a favor como en contra. Dentro, las pancartas están prohibidas. Entre los asistentes hay hombres, pero en su mayoría son mujeres, mujeres por todas partes. Algunas tienen lágrimas en los ojos. Quienes han acudido para manifestar su odio y su desprecio por todo aquello en lo que Kate cree —incluidas numerosas mujeres— la abuchean desde sus asientos. Algunos blanden los puños. Se oyen muchas pedorretas.

En lugar del borsalino, Kate lleva una gorra promocional de los Reno Aces (que también ha conseguido Corrie). En lo que se refiere a encandilar al público —al menos a la parte de este que *puede* dejarse encandilar—, Kate no desaprovecha ninguna baza.

Con su artificioso ademán característico, se quita la gorra y realiza una profunda reverencia. Se sitúa a medio camino entre el atril y un caballete cubierto con una tela. Parece una prueba en la sala de un juzgado. Coge el micrófono inalámbrico de su soporte en el atril con la misma desenvoltura que una humorista dispuesta a empezar su actuación. Lo alza enérgicamente hacia el techo repetidas veces.

—¡El poder de las mujeres!

La mayor parte del público responde.

—*¡El poder de las mujeres!*

—¡El poder de las mujeres, que yo os oiga, Reno!

—*¡El poder de las mujeres!*

—¡Podéis hacerlo mejor, que yo os oiga! *¡El poder de las mujeres!*

—*¡EL PODER DE LAS MUJERES!* —ruge el público, y ahoga totalmente los abucheos y las pedorretas. La gente sigue en pie, algunos agitan los puños en el aire, en su mayoría todavía aplauden. Corrie piensa: *Vive para esto. Se alimenta de esto.* ¿Hay algún mal en ello? Corrie cree que no. Cree que es una de esas raras ocasiones en que todo el mundo sale ganando.

Cuando el público se serena —acallados temporalmente los abucheos y las pedorretas, lo cual es en parte el objetivo de los reclamos y las respuestas—, Kate empieza.

—Puede que os preguntéis por qué no me he puesto mi sombrero de siempre, y seguramente os preguntaréis qué es esto. —Toca la enorme fotografía tapada en el caballete—. Mi sombrero está ahora en el depósito de pruebas del Departamento de Policía de Reno, porque lo llevaba mi ayudante cuando ha sido víctima de una agresión.

El público ahoga exclamaciones. Los responsables de los abucheos y las pedorretas permanecen impertérritos, en espera.

—Llevaba mi sombrero porque llovía. La agresora ha creído que era yo. Ha arrastrado a mi ayudante hasta un callejón y le ha echado a la cara el líquido de un termo en el que se leía la palabra ÁCIDO.

Más exclamaciones. Estas más sonoras. Los responsables de los abucheos y las pedorretas cruzan miradas de nerviosismo. Posiblemente muchos de ellos, piensa Corrie, lamentan no haberse quedado en casa viendo algo en Netflix.

—No era ácido. Era lejía. No tan dañino, pero sí lo suficiente. Mirad.

Deja caer la tela que oculta la foto, y ahí aparece Corrie, con los ojos enrojecidos, manchas en la cara, el cabello enmarañado. Eso arranca del público nuevas exclamaciones, y gemidos, y una persona dice en voz alta: «¡Qué vergüenza!». Los responsables de los abucheos y las pedorretas, tan combativos cuando Kate ha salido al escenario, parecen encogerse en sus butacas.

—Señoras y señores, les presento a esta valiente mujer. Después de esa cobarde agresión, le he dado la oportunidad de abandonar la gira y volver a su casa en Nueva Inglaterra, pero se ha negado. Está decidida a continuar, y yo también. Corrie Anderson, ten la amabilidad de salir aquí y demostrar a estas personas que estás bien y dispuesta a luchar.

Corrie, que no se siente dispuesta a luchar en absoluto, sale al escenario con su vestido azul y sus zapatos de tacón bajo, el cabello recogido en una trenza de colegiala, un discreto maquillaje. El público se pone en pie de un salto para aplaudirle y vitorearla. Ahora no hay abucheos ni pedorretas; nadie se atreve. El público está unido. Unido por Corrie Anderson, de Ossipee, New Hampshire.

¿Y qué siente al ser objeto de esa atronadora muestra de aprobación? Como dicen en televisión, es complicado. Pero piensa en la voz solitaria que ha exclamado: «¡Qué vergüenza!», ¿y acaso es eso lo que siente? *¿Eso?* ¿Por qué habría de sentirlo?

Kate la abraza y susurra:

—Lo has hecho bien.

A continuación, Corrie puede volverse libremente a bastidores, y en cuanto a lo que siente en ese momento no alberga la menor duda: alivio. Puede que Kate ansíe ser el foco de atención; Corrie no. Si antes no lo sabía, ahora ya lo sabe.

10

No ha sentido vergüenza, después de todo.

Los aplausos, esa ovación, le han despejado las ideas, y Corrie ha descubierto que piensa con claridad por primera vez desde que la falsa pelirroja le echó lejía a los ojos abiertos y el rostro desprotegido. Vuelve a la sala de espera y telefonea al Departamento de Policía de Spokane. La telefonista pasa la llamada a la agente Rowley, una mujer. Eso está bien.

Corrie se identifica y dice a Rowley para quién trabaja. Rowley conoce a Kate; la mayoría de las mujeres de cierta edad la conocen. Corrie informa a Rowley de que Kate y ella visitarán Spokane mañana. Le explica lo que quiere y por qué lo quiere. La agente Rowley —Denise— contesta que hará lo posible y promete enviar un mensaje a Corrie cuanto antes. En el transcurso de la conversación, han pasado a ser, no hermanas de armas, pero al menos sí colegas.

Aunque débilmente, oye desde la sala de espera las periódicas salvas de aplausos del público mientras Kate expone sus argumentos. Las voces de quienes la odian han quedado ahogadas.

Pero basta con una, piensa al final de la llamada. *Supongo que ya lo sabía, pero ahora lo he... ¿qué?*

—Interiorizado —susurra.

No se ha sentido avergonzada ni mucho menos. Pero sí se ha sentido, allí de pie junto a su retrato absurdamente grande mientras escuchaba los aplausos, *utilizada*. Eso no le causa enfado, pero sí la lleva a tomar conciencia de que debe andarse con cautela. Debe madurar un poco. Para eso un arma no le servirá. Tampoco el espray pimienta.

11

Al día siguiente viajan a Spokane en la Ford F-150 Crew Cab de Kate, con el equipo en la parte trasera bajo un toldo cerrado de vinilo. Kate, al volante, se mantiene a diez kilómetros por encima de los 110 del límite de velocidad, todavía exultante tras la noche pasada. En la radio suena a todo volumen una canción de Alan Jackson sobre el río Chattahoochee y lo que esa agua lodosa significaba para él. Corrie se inclina y la apaga.

—Me quedaré con el espray pimienta, pero prescindiré del arma.

—En todo caso no he tenido tiempo de buscar una —contesta Kate—. Ahora somos esclavas de la condenada agenda, cariño.

—He pedido a la policía de Spokane que nos acompañe un agente fuera de servicio mientras estemos en la ciudad. *Él* sí irá armado. La mujer con la que hablé, Denise, dice que siempre hay algún agente cachas que quiere ganarse un dinero extra. Tendrás que pagarle, claro.

Kate frunce el entrecejo.

—No quiero…

Por primera vez en su relación todavía reciente, Corrie la interrumpe.

—Organizaré soluciones similares a lo largo del camino. —Se arma de valor y añade el resto, la conclusión—: Si quieres que siga, eso no es negociable. No fue solo una amenaza, Kate. No fue un trol malhablado por internet. Dijo: «Vete a casa. Ahora que aún puedes». Esa persona va a por ti, me atacó a mí por error, y podría volver a intentarlo.

Kate calla, pero Corrie adivina por la rigidez de sus labios y la arruga vertical entre las cejas que no está ni mínimamente contenta con ese… llamémosle por su nombre: ese ultimátum. Kate McKay no quiere que se la vea como una mujer que necesita la protección de un hombre. Es la antítesis de todo aquello que ha defendido a lo largo de su trayectoria. Pero hay otra cosa, y es un hecho muy simple: a Kate McKay no le gusta que nadie le diga lo que ha de hacer.

Cambia de idea cuando llegan al hotel. La esperan allí los habituales mensajes, un par de ramos de flores y cinco cartas. Cuatro son correspondencia de admiradores. El quinto sobre contiene una foto de Kate y Corrie comiendo en la terraza de un restaurante en Portland un día o dos antes del primer bolo. Se ríen de algo. La F-150 se ve al fondo, aparcada junto a la acera. Incluye una nota, cuidadosamente impresa. *Fue solo una advertencia, así que interprétala bien. La próxima vez serás tú e irá en serio. La que habla mentiras perecerá.*

El sobre lleva impreso el nombre de Kate, pero no sello. Pregunta al recepcionista quién lo ha entregado. El recepcionista, un joven guapo con camisa blanca y chaleco rojo, le dice que deben de haberlo dejado cuando él no estaba en la recepción. Lo que probablemente significa cuando se ha ausentado para ir al baño.

—¿No hay cámara de seguridad en el vestíbulo? —pregunta Corrie.

—Sí, señora, claro que la hay, pero está enfocada hacia la puerta de entrada, no hacia el mostrador de recepción. Además, quienquiera que la haya dejado podría haber entrado por el restaurante.

Kate se detiene a pensar y luego se vuelve hacia Corrie.

—¿Cuándo viene tu poli de alquiler?

—Se reunirá a las tres conmigo... y contigo, si tú quieres..., en el vestíbulo. Antes de que yo vaya al sitio donde darás la charla para ver al coordinador y a la gente de la librería.

Kate sostiene en alto la foto y la nota.

—Enseñémosle esto. Y después echa un vistazo a las imágenes de seguridad. A ver si esa zorra ha cometido el error de entrar por la puerta delantera.

—Buena idea —dice Corrie. Ahora que se ha salido con la suya, vuelve a ser la ayudante dócil (pero dinámica).

—Está claro que la zorra nos sigue —comenta Kate, asombrada.

—Sí —confirma Corrie—. Así es.

Capítulo 3

1

Trig esperaba tener pesadillas. Esperaba verse una y otra vez en el momento de apoyar el revólver en la sien de la mujer, en un bucle de reproducción continua y a cámara lenta. El caniche mirándola mientras él sostenía su cuerpo inerte con el brazo, preguntando con los ojos: *¿Qué le pasa a mi dueña?*

No ha tenido pesadillas, al menos que él recuerde. Ha dormido de un tirón.

Ahora se prepara un café y se sirve un tazón de copos de maíz. Olfatea la leche, decide que está en condiciones, la echa sobre los copos de maíz y se sienta a comer. Ha traspasado la línea y se siente bien al respecto. Magníficamente, de hecho. Lo mejor que puede hacer, decide, es ir a trabajar como cualquier otro día y después seguir adelante con su *verdadero* trabajo.

Una menos, quedan trece.

Enjuaga el tazón y lo deja en el fregadero. Se sirve más café en la taza térmica para llevar y sale de su agradable caravana de doble ancho. La tiene en el parque de caravanas Elm Grove, que se encuentra casi en las afueras, en el Martin Luther King Boulevard, poco antes de que este se convierta en la carretera 27 y el condado de Upsala dé paso al condado de Eden. Dicho de otro modo, en las quimbambas.

La señora Travers, la vecina de al lado, está sentando a sus gemelos en la parte de atrás de su coche. Lo saluda con la mano, y Trig le devuelve el gesto. Los niños van enfundados en cazadoras idénticas, porque hace una mañana fría. Acaban de cumplir tres años. La señora Travers les organizó una fiesta de cumpleaños la semana pasada, al aire libre porque la temperatura era más alta que ahora. Le llevó a Trig un cupcake de cumpleaños, lo que fue todo un detalle por su parte.

Los gemelos lo saludan, abriendo y cerrando sus manos pequeñas. Una monada de críos. En la caravana de doble ancho de Melanie Travers no vive ningún hombre, pero al parecer ella y sus pequeñuelos se las arreglan bien. Trig supone que tiene un buen trabajo en la ciudad, más lo que algunos hombres llaman la «pensión alimalicia». Trig nunca la llamaría así; es un hombre que cree en la obligación de pagar por los errores cometidos. Su padre lo crio de ese modo.

Melanie tiene un Lexus, no nuevo y flamante pero tampoco muy antiguo, así que sí: se las arregla bien. Trig se alegra por ella. También se alegra de no habérsela encontrado ayer en la Senda de Buckeye. Si se la hubiera encontrado, ahora estaría muerta. Sus hijos habrían quedado huérfanos. La sigue en su Toyota hacia Martin Luther King, la sigue cuando dobla a la derecha en dirección a la ciudad. Al cabo de tres kilómetros, Melanie tuerce a la izquierda ante la guardería Wee Folks.

Trig continúa su viaje y deja atrás el campo. Por la radio, el presentador de la mañana dice que el buen tiempo de la semana pasada fue solo un falso amago; ahora está entrando un frente frío y los próximos días bajarán mucho las temperaturas. «¡Abrigaos, ciudadanos de Buckeye!», exclama, y a continuación pone «A Hazy Shade of Winter» de Simon & Garfunkel.

A Trig le ruge el estómago. Por lo visto, no ha tenido suficiente con los copos de maíz. Piensa: *El asesino de una mujer indefensa tiene hambre. Una mujer que casualmente estaba en el lugar y el momento menos oportunos. Una mujer que quizá tuviera hijos, tal vez incluso gemelos con cazadoras a juego. El hombre que hizo eso tiene hambre.* Siente un vago asombro. Traspasó la línea, ¿y qué ha pasado? El otro lado de la línea no es distinto. La idea le resulta atroz y a la vez reconfortante.

Para en un Wawa en el límite de la ciudad propiamente dicha y pide un burrito de desayuno. También un periódico. Por encima del pliegue, las noticias tratan de política y guerras. Por debajo del pliegue, aparece el titular: VECINA DE UPRIVER ASESINADA EN LA SENDA DE BUCKEYE. Ya deben de haber notificado el hecho a sus parientes, porque dan el nombre: Annette McElroy, 38 años.

Trig lee la noticia mientras come el burrito, que está caliente y recién hecho y sabe bien. No incluye ningún dato que lo preocupe. No menciona el papel con el nombre de Letitia Overton hallado en la mano de la muerta. La policía habrá retenido esa información.

Conozco vuestras tretas, piensa Trig. Se encamina hacia el centro de la ciudad, donde hará acto de presencia en la oficina y se marchará temprano. Ahora que ha empezado, quiere continuar. No debe precipitarse, la prisa es mala consejera, pero ha llevado a cabo mucha labor de reconocimiento y sabe dónde encontrar a otro inocente, quizá incluso dos.

El frío ayudará.

2

Holly queda a comer con Izzy, pero no en el Dingley Park; hace demasiado frío. Comen en una pequeña cafetería llamada Tessie's, donde encuentran un reservado en un rincón desde el que ven pasar a los transeúntes. Al otro lado de la calle, en Love Plaza, toca la guitarra un músico ambulante con cazadora de motorista. *Hoy no te irá bien el negocio*, piensa Holly.

Sentada frente a ella, Izzy dice:

—Fíjate, estás comiendo en un espacio cerrado como una niña mayor. Empiezas a salir del cascarón del covid. Eso está bien.

—Estoy totalmente vacunada —responde Holly mientras lee la carta—. El covid, la gripe, el VRS, el herpes zóster. La vida tiene que seguir.

—Y tanto que sí —dice Izzy—. Yo me puse juntas las vacunas del covid y la gripe, y me dejaron tumbada dos días.

—Mejor eso que acabar en una funeraria —responde Holly—. ¿Qué será un australiano derretido?

—Me parece que es un sándwich de cordero con queso pepper jack y una salsa.

—Debe de estar muy rico. Creo que lo…

—Resulta que Bill Wilson no era un chiflado cualquiera. Se ha cargado a una.

Holly baja la carta.

—¿Te refieres a esa McElroy? —También ella lee el periódico de la mañana. Lo recibe en su iPad.

—Sí. No estoy segura al ciento por ciento, pero sí en un noventa y mucho.

Se acerca la camarera. Izzy se decanta por el Reuben, Holly por el australiano derretido. Las dos piden bebidas calientes, té para la policía y café para la investigadora privada. Holly ha intentado dejar el café, porque con la cafeína a veces se le acelera el corazón, pero se dice que de momento ya le basta con haber dejado el tabaco.

Cuando la camarera se marcha, Holly dice:

—Cuéntame.

—Que quede entre nosotras, ¿vale?

—Por supuesto.

—No dimos a conocer una prueba. Annette McElroy tenía un papel en la mano. Con un nombre en mayúsculas: Letitia Overton. ¿Eso te dice algo?

Holly mueve la cabeza en un gesto de negación, pero archiva el nombre para posteriores indagaciones.

—A mí tampoco. Tom Atta y yo hablamos con Cary Tolliver, el mierdecilla que tendió la encerrona a Alan Duffrey.

—¿De verdad crees que fue una encerrona suya?

—Sí. También hablamos con los colegas de Duffrey en el First Lake City, el banco donde trabajaba. Todos sostienen que no se creyeron en ningún momento el asunto de la pedofilia..., pero adivina qué declararon cuando Duffrey fue detenido y llevado a juicio.

Holly prefiere esperar lo mejor de la gente, y *cree* que hay bondad en todas las personas, pero su experiencia en Finders Keepers también le ha enseñado que casi todo el mundo tiene un lado chungo.

—Casi todos debieron de decir: «Siempre le noté algo raro» y «No me sorprende en absoluto».

—No te quepa la menor duda.

La camarera les sirve la bebida y anuncia que la comida no tardará en llegar. Izzy espera a que se vaya. Acto seguido aparta el té a un lado y se inclina sobre la mesa.

—Estamos *presuponiendo* que ese Bill Wilson se ha desquiciado a causa de Duffrey, pero lo mismo podría ser un pirado que considera que está vengando a Taylor Swift o a Donald Trump o…, no sé…, a Jimmy Buffett.

—Jimmy Buffett está muerto —se siente obligada a precisar Holly, aunque sabe que Izzy solo está planteando una hipótesis.

—El marido de Annette McElroy, que está muy afectado, ni siquiera sabía quién era Alan Duffrey, y sostiene que seguramente su esposa tampoco lo sabía. Dice que eludían las noticias en la medida de lo posible, porque todas son malas.

Eso Holly lo entiende.

—Pero la cuestión de Alan Duffrey no importa, ¿no? Según Wilson, se proponía matar a inocentes para castigar a los culpables. Si Letitia Overton es culpable, al menos en la cabeza de ese individuo, tienes que hablar con ella.

—Eso por descontado. Es una persona real, vivía en el número 487 de Hardy, pero ya no reside en la ciudad. Ella y su marido se mudaron a Florida, según su vecina. A Tampa, o tal vez a Sarasota, dice la vecina. Por lo visto, su marido encontró un trabajo mejor. Director regional de Staples. Aunque bien podría ser de Office Depot o Stats & Things. Estamos siguiendo el rastro. A lo mejor mañana tenemos algo, o ya pasado el fin de semana.

—Has estado muy ocupada.

—El asunto es grave, porque el chiflado ha prometido más asesinatos. —Izzy consulta el reloj y luego mira alrededor en busca de la camarera—. Tengo cuarenta y cinco minutos, y después he de ir a reinterrogar a la gente del banco, y también al abogado de Duffrey. Les mencionaré el nombre de Letitia Overton. También el de Annette McElroy, pero eso es un esfuerzo inútil. McElroy no fue más que un objetivo a tiro.

—Una inocente —susurra Holly. Aunque ella procura no

odiar a nadie, cree que podría llegar a odiar a «Bill Wilson». Sin embargo, ¿para qué malgastar emociones? Es el caso de Izzy.

Llega la camarera con los sándwiches. Holly da un bocado a su australiano derretido y lo encuentra delicioso. Piensa que quizá el cordero sea la carne menos valorada. En su juventud, atravesó una etapa vegetariana, pero la abandonó al cabo de unos ocho meses. Supone que en el fondo es una carnívora. Una cazadora, no una recolectora.

—Comentaste que conocías a un camarero que va a esas reuniones de recuperación —dice Izzy—. ¿Estarías dispuesta a hablar con él?

—Con mucho gusto —responde Holly.

—Pero hazlo discretamente. No quiero que el jefe se entere de que estoy... —¿Cómo lo había llamado Lew Warwick?—. De que estoy externalizando nuestras investigaciones.

Holly se limpia un poco de salsa —¡deliciosa!— y luego simula correr una cremallera sobre los labios.

—Cuando localices a Letitia Overton, ¿me contarás lo que te diga? Bajo mano, por supuesto.

—Cómo no. Esta tarde tengo pendientes esos reinterrogatorios. ¿Tú qué vas a hacer?

—Buscar unas joyas robadas.

—Mucho más emocionante.

—La verdad es que no. Solo tengo que visitar casas de empeños. —Holly deja escapar un suspiro—. Detesto a ese burro.

—¿Qué burro?

—Da igual.

3

La parte nordeste de Buckeye City se llama Breezy Point, «Punta de la Brisa». Ahí el Gran Lago —«Gran» hasta cierto punto— a orillas del cual se halla situada la ciudad da paso a aguas poco profundas y contaminadas cuya superficie se tiñe de todos los colores del arcoíris por efecto de vertidos de petróleo cancerígenos. Pese a su nombre, en esta zona apenas corre la brisa, pero, cuando sopla, trae el hedor del barro y los peces muertos. Breezy Point se compone en su mayor parte de viviendas de protección oficial. Son edificios de ladrillo de cuatro o cinco plantas muy parecidos a los alojamientos de Big Stone, la penitenciaría del estado. Todas las calles tienen nombre de árbol, cosa que resulta cómica porque en Breezy Point crecen pocos árboles. Aquí y allá, en la calle del Sauce o la calle de la Morera o la calle del Roble, el asfalto se agrieta y rezuma barro. A veces se abren socavones tan grandes como para engullir un coche. Breezy Point se construyó sobre un pantano, y el pantano parece decidido a recuperar su territorio.

En Palm Street (la «calle de la Palmera», un nombre absurdo donde los haya para una calle en Breezy Point), casi en las afueras, hay un cochambroso centro comercial que alberga un Dollar Tree, una pizzería, un dispensario de marihuana medicinal, una oficina de cambio de cheques de la cadena Wallets (donde pueden negociarse préstamos rápidos a tipos de interés escandalosos) y una lavandería que se llama Washee-Washee, término despectivo para referirse a una persona de origen chino. Esto puede ser políticamente incorrecto (o directamente racista), pero, por lo visto, a los vecinos de Breezy Point que utilizan el establecimiento les trae sin cuidado. Como también a Dov y Frank, un par de veteranos borrachos que a menudo recorren el centro comercial en busca de interesantes desechos y luego, en días fríos como este, plantan sus raídas sillas plegables detrás de la lavandería.

En la mayor parte de Breezy Point, la temperatura es de nueve grados, pero detrás de Washee-Washee se alcanzan unos agradables veintitrés. Eso se debe a la salida de aire de las secadoras autoservicio. Es, pues, un espacio relativamente acogedor. Dov y Frank disponen de revistas, *The Atlantic* para Dov y *Car and Driver* para Frank. Las han encontrado en contenedores de basura durante su última expedición en busca de comida, detrás del dispensario de hierba. Además de las revistas, han reunido latas y botellas retornables suficientes para comprar un pack de seis de Fuzzy Navel Hard Seltzer. Después de tomarse una lata cada uno, empiezan a alcanzar un equilibrio y disfrutar de la vida en la medida de sus posibilidades.

—¿Dónde está Marie? —pregunta Dov.

—Se ha ido a comer, creo —dice Frank. Marie trabaja en Washee-Washee y a veces sale a la parte de atrás a fumarse un cigarrillo y hacer vida social—. Fíjate en este Dodge Charger. ¿Qué? ¿Es bonito o no?

Dov le lanza una breve mirada y contesta:

—Los frutos del capitalismo siempre se pudren en la tierra.

—¿Y eso cómo se come? —pregunta Frank.

—Debes instruirte, hijo mío —contesta Dov, aunque en realidad Frank es diez años mayor—. Lee algo que no sea...

Se interrumpe cuando un hombre dobla la esquina de Washee-Washee. Frank lo conoce de vista, pero hacía tiempo que no lo veía.

—Eh, oiga. ¿No hemos coincidido usted y yo en algunas de las reuniones de Upsala hace unos años? ¿Quizá en las del mediodía? Yo antes vivía por allí. Lo invitaría a sentarse, pero no tiene silla, y las nuestras...

—... ahora están ocupadas —completa Dov—. También le pediríamos que compartiera nuestra actual libación, pero por desgracia andamos escasos de fondos y debemos ahorrar.

—No hay problema —dice Trig. Y dirigiéndose a Frank—: No voy a las reuniones del mediodía desde hace bastante tiempo. Por lo que se ve, a usted no le sirvieron de mucho.

—No, lo intenté, pero ¿sabe qué le digo? Estar sobrio es una mierda.

—Yo lo considero útil.

—Bueno —contesta Frank—, de todo ha de haber en la viña del Señor, dicen. ¿Lo he visto antes por aquí? ¿Quizá en el Dollar Tree?

—Es posible.

Trig mira alrededor, confirma que nadie los observa, saca el Taurus del bolsillo y dispara a Dov en el centro de la frente. La detonación, de por sí poco sonora, queda ahogada por el uniforme zumbido de la salida de aire de las secadoras. La cabeza de Dov salta hacia atrás, topa contra la pared de hormigón entre dos de las bocas metálicas de la salida de aire y queda colgando sobre el pecho. Un hilillo de sangre le resbala por el caballete de la nariz.

—¡Eh! —exclama Frank a la vez que alza la vista hacia Trig—. ¿A qué coño viene eso?

—Alan Duffrey —responde Trig, y apunta a Frank con el revólver—. Quédese ahí sentado, y enseguida acabaré.

Frank no se queda sentado. Se levanta al instante, derramándose el Fuzzy Navel sobre el regazo. Trig le dispara en el pecho. Frank se tambalea y choca contra el hormigón; luego avanza con las manos extendidas, como el monstruo de Frankenstein. Trig retrocede unos pasos y dispara tres veces más: pum pum pum. Frank cae de rodillas, pero acto seguido

—¡increíble!— se pone en pie y extiende otra vez las manos. Hace ademán de agarrar algo, cualquier cosa.

Trig apunta con calma y descerraja un tiro en la boca a Frank Mitborough, que antes vivía en el norte del estado y en un momento dado pasó casi un año sin beber. Frank se sienta en su silla plegable, que cede, y va a parar al suelo. Se le desprende un diente de la boca.

—Lo siento, chicos —dice Trig. Y es cierto, pero solo en un sentido académico. Los asesinos de las películas dicen que solo cuesta la primera vez, y, aunque Trig supone que esa frase la escribe gente que no ha matado nada mayor que un mosquito, resulta que es verdad. Además, esos dos eran un lastre para la sociedad, sin utilidad para nadie. Piensa: *Papá, esto podría llegar a gustarme.*

Trig mira alrededor. Nadie. Extrae del bolsillo la carpeta que contiene las tiras de papel y pasa los nombres con el pulgar. Coloca PHILIP JACOBY en la mano de Dov. En la mano de Frank pone TURNER KELLY.

¿Sabe ya la policía lo que está haciendo? Si no, pronto lo sabrá. ¿Ofrecerán protección a los otros en cuanto lo deduzcan? No les servirá de nada, porque no está matando a los culpables. Está matando a los inocentes. Como estos dos.

Rodea Washee-Washee, se asoma, solo ve a un hombre entrar en Wallets para cambiar un cheque o pedir un préstamo. Ni rastro de la mujer que trabaja en la lavandería. En cuanto el hombre de Wallets desaparece, Trig se dirige hacia su Toyota, que está aparcado delante de un local vacío con los escaparates enjabonados y un letrero en la puerta en el que se lee: PARA ALQUILAR, DIRÍJASE A INMOBILIARIA CARL SIEDEL. Monta en el coche y se aleja.

Ya van tres, quedan once.

Se le antoja una montaña que escalar.

Cuando concluya la expiación y se haya reparado el daño, ya descansarás. Eso se dice.

Vuelve a su trabajo, pese a lo poco que le interesa.

4

Dos horas más tarde, Holly Gibney entra en un local de copas llamado Happy. Solo son las dos de la tarde, pero sentados a la barra hay al menos veinte clientes, en su mayoría hombres, libando su droga preferida, que da la casualidad de que es legal. Pese al nombre del local, ninguno de ellos parece especialmente feliz. En la televisión ponen un partido de béisbol, pero debe de ser antiguo, porque los jugadores con el uniforme blanco del equipo de casa son todavía los Indians en lugar de los Guardians, como se los llama ahora.

John Ackerly atiende tras la barra, muy resultón con su camisa blanca remangada para enseñar los musculosos antebrazos. Se acerca a ella con una sonrisa.

—¡Holly! ¡Cuánto tiempo sin verte! ¿Lo de costumbre?

—Sí, John, gracias.

Él le sirve una Coca-Cola Light con dos cerezas ensartadas en un bastoncillo para cóctel y ella desliza un billete de veinte por encima de la barra.

—Quédate el cambio.

—¡Ah! Por mí bien. ¿Algún asunto entre manos?

—Sí y no. ¿Aún vas a las reuniones?

—A tres por semana. A veces cuatro. Si la reunión es a primera hora de la tarde, Dom Hogan me deja salir.

—¿Es el dueño del bar?

—Pues sí.

—Y el señor Hogan valora tu experiencia.

—Eso no lo sé, pero agradece el hecho de que siempre me presente sobrio. ¿Por qué lo preguntas?

Entre las idas y venidas de John para atender a los clientes, Holly le explica lo que quiere en cortas ráfagas. A uno de los parroquianos John le corta el suministro. El individuo protesta brevemente y después se marcha cabizbajo de Happy. Para cuando Holly termina, va ya por la segunda Coca-Cola Light y sabe que tendrá que ir al lavabo de mujeres antes de marcharse. Se resiste a llamarlo «servicio de señoras» en igual medida que se resiste a llamar «braguitas» a su ropa interior. Las niñas llevan braguitas, pero su infancia quedó atrás hace tiempo. Holly coincide plenamente con Kate McKay en lo que esta describe como «infantilismo de las mujeres inducido por la publicidad».

Cuando acaba de poner al corriente a John, añade:

—Si esto entra en conflicto con tu voto de anonimato, o como sea que lo llaméis...

—Qué va. Si un tío, durante una reunión, confesara haber cometido un asesinato y yo me lo creyera, me iría pitando a la comisaría más cercana y lo largaría todo. Es lo que haría cualquier veterano, creo yo.

—¿Tú eres un veterano?

John se echa a reír.

—Ni por asomo. Hay discrepancias al respecto, pero la mayoría de los adictos dirían que, para considerarse veterano, hacen falta unos veinte años. Yo estoy aún muy lejos, pero el mes que viene hará siete años que esnifé una raya por última vez.

—Enhorabuena. ¿Y de verdad no te incomoda trabajar aquí? ¿No dicen que si rondas cerca de una barbería el tiempo suficiente acabas cortándote el pelo?

—También dicen que no vas a un burdel a escuchar al pianista. Solo que aquí el pianista soy *yo*. No sé si me entiendes.

Holly lo entiende más o menos.

—Y la verdad es que el alcohol nunca me tentó mucho. Yo creía firmemente en la idea de que las cosas van mejor con coca. Hasta que dejó de ser así.

John va a servir un whisky al otro extremo de la barra y luego vuelve con Holly.

—Recapitulemos, si no te importa: quieres que esté atento por si me encuentro con alguien ciego de ira porque ese Alan Duffrey cargó con la culpa por un delito que no cometió y acabó apuñalado.

—Exacto.

—Estás casi segura de que ese alguien va por ahí..., ¿cómo era? ¿Matando a inocentes para trolear a los culpables?

—En esencia, sí.

—Hay que estar zumbado.

—Sí.

—¿Ese tío ha matado ya a una persona inocente?

—Sí.

—¿Estás segura de eso?

—Sí.

—¿Por qué?

—No te lo puedo decir.

—La policía se guarda algo, ¿no?

Holly no contesta, lo cual es una respuesta en sí mismo.

—Crees que ese tío va a las reuniones porque se hace llamar Bill Wilson.

—Sí. Y alguien que se hiciera llamar Bill Wilson, o Bill W., no pasaría desapercibido, eso desde luego.

—Seguramente no, pero debes recordar que en esta ciudad hay tres docenas de reuniones de NA cada semana. A eso añádele las zonas residenciales de las afueras y el norte del estado, más las reuniones de AA, y hablamos de cerca de cien. Una aguja en un pajar. Además, Bill Wilson es sin duda un alias.

—Sin duda.

—Aunque no lo fuera, a veces la gente que se acoge al Programa utiliza apodos. Conozco a un tal Willard que se presenta como Telescopio. Otro se hace llamar Zalamero. Una mujer se identifica como Ariel la Sirena. Ya te haces una idea. ¿Qué tienes tú que ver con eso?

—Nada. Es un caso de la policía. Solo que me he..., digamos..., interesado.

—Esa es mi Holly, una adicta como cualquier otro. No me malinterpretes, casi todo el mundo tiene su caballo rosa.

—La filosofía antes de las cinco me da dolor de cabeza —dice ella.

John se ríe.

—Tantearé el terreno, porque ahora también yo estoy..., digamos..., interesado. Si alguien sabe algo, tiene que ser el reverendo Mike, alias Reve, alias Mike Libro Grande.

—¿Quién es ese?

—Un plasta de tío. El Reve perdió su iglesia porque andaba colgado de la oxi, pero debieron de darle una pensión o algo así, porque ahora su trabajo consiste en ir a las reuniones por toda la ciudad, desde Sugar Heights hasta Lowtown. También a Upsala, Tapperville y Upriver. Pero, Holly..., diría que las probabilidades se sitúan entre pocas y ninguna.

—Quizá sean algo más altas. La gente cuenta cualquier cosa en esas reuniones, ¿no? ¿No decís que la sinceridad está presente en todos vuestros asuntos?

—Así es, y la mayoría cumple. Pero, Hol..., uno no miente si mantiene la boca cerrada.

Puede que ese tipo no sea capaz de mantenerla cerrada,

piensa Holly recordando su nota. Por no hablar del alias. Tiene la impresión de que ese individuo se ve a sí mismo como un ángel vengador con una espada de fuego, y esa clase de personas no pueden evitar irse de la lengua. Así aligeran la presión.

Se fija en un cartel de detrás de la barra que muestra una naranja de la que asoma una pajita. Cerca ronda un colibrí obviamente entonado. Debajo de la naranja se lee: ¡OFERTA ESPECIAL PARA MAÑANEROS! ¡EL PRIMER DESTORNILLADOR POR UN PAVO! ¡DE OCHO A DIEZ!

—¿De verdad viene alguien a las ocho de la mañana a tomar vodka con naranja? —pregunta Holly.

—Amiga mía —responde John Ackerly—, te sorprendería.

—Uf. —Holly termina su refresco y va al lavabo de mujeres. Una pintada en la puerta de su cubículo reza: A LA MIERDA LOS 12 DÍAS DE NAVIDAD.

Alguien tenía muy mal día, piensa. *Probablemente el año pasado, cuando Alan Duffrey aún vivía.*

Se dispone a subirse las bragas cuando una idea la asalta con tal fuerza que vuelve a sentarse con un sonoro golpe. Con los ojos muy abiertos, fija la mirada en A LA MIERDA LOS 12 DÍAS DE NAVIDAD.

Dios mío, piensa. *Es tan obvio. Tengo que hablar con Izzy.*

Moviendo los labios, cuenta con los dedos.

Al salir del bar de John, telefonea a Isabelle Jaynes. En su vida, por norma, cuando llama a alguien con una mala noticia siempre lo encuentra. Cuando llama con una buena noticia o una noticia apasionante, salta el buzón de voz. Tiene la esperanza de que esta sea la excepción que confirma la regla, pero no es así. Dice a Izzy que la llame lo antes posible y a continuación inicia la búsqueda de las joyas perdidas..., pese a que en este momento las joyas no son su prioridad. Aunque el caso Duffrey no es suyo, le ha hincado el diente.

5

Izzy consulta su teléfono, ve que es Holly y rechaza la llamada. *Ahora no, Hols*, piensa. El plan era que Tom y ella se repartieran los reinterrogatorios para preguntar por Letitia Overton, pero, como dijo una vez John Lennon, la vida es lo que ocurre mientras haces otros planes.

Se ha reunido con su compañero delante del First Lake City Bank, y se disponían a entrar cuando ha telefoneado Lew Warwick.

—Me parece que Wilson se ha cargado a otro dos. —Ha dado a Izzy una dirección en Breezy Point.

Ahora se encuentra junto a la lavandería Washee-Washee con una mujer recia llamada Marie Ellis. La tal Ellis tiembla y se niega a ir a la parte de atrás de la lavandería; dice que con una vez ha tenido suficiente.

—No veía a un muerto desde mi abuela —dice a Izzy—, y al menos ella murió en la *cama*.

Tom ha dado la vuelta a la esquina para fotografiar los dos cadáveres, las sillas plegables (una de ellas caída), las latas de Fuzzy Navel y el embalaje que las contenía. La unidad forense llegará enseguida con sus cámaras y pinceles, pero es mejor tomar las fotografías lo antes posible.

Marie Ellis se encarga de limpiar, doblar, dar cambio y cualquier otra tarea en Washee-Washee. Puede que los dos hombres hayan sido asesinados cuando ella se ha ido a comer… o puede que no. Esa segunda posibilidad la aterroriza mortalmente. Incluso vacías, las grandes secadoras están en funcionamiento durante cinco minutos de cada quince, no sabe por qué, y son ruidosas. Si hubiera habido disparos mientras ella se encontraba allí, probablemente no los habría oído a menos que sonaran muy fuerte.

Llevaba un Twinkie en la bata para el postre, y, en cuanto ha doblado la última tanda de ropa, se ha ido a la parte de atrás con la idea de comérselo y fumarse un cigarrillo, porque la salida de aire de las secadoras mantiene caliente esa zona. Ha pensado que, si no estaban allí los dos borrachos, podía sentarse a comerse su Twinkie en una de las sillas plegables. Pero *sí* estaban allí, y estaban muertos.

—¿Sabe cómo se llamaban, señora Ellis?

—Uno era Frank. Creo que es el que está en el suelo. El otro era Bruv o Dove o algo así.

—¿No ha oído disparos?

Marie niega con la cabeza.

—¡Esos pobres! ¡El que lo ha hecho podría haber entrado y haberme pegado un tiro! ¡Estaba sola!

—¿No ha visto a nadie?

—No. Solo... a ellos. —Señala hacia la esquina y retira la mano de inmediato, como si su dedo fuera un periscopio y pudiera mostrarle lo que no desea volver a ver.

Tom regresa.

—Señora, tendrá que venir a la comisaría de Court Plaza y presentar una declaración grabada, pero no hasta más tarde. ¿Le viene bien a las cinco?

—Sí, supongo.

—De momento puede volver al trabajo.

Marie lo mira como si estuviera loco.

—Me voy a *casa*. Tengo Valium en el botiquín y pienso tomarme uno. —Mira a Tom con actitud desafiante, como si lo retara a llevarle la contraria.

—Hágalo —contesta Izzy—. ¿Puede darme su dirección?

Marie se toca la piel suelta bajo el cuello.

—No soy sospechosa, ¿verdad?

Izzy sonríe.

—No, Marie, pero necesitaremos esa declaración. ¿Está en condiciones de conducir?

—Sí, creo que sí.

Cuando la mujer se va, Tom dice:

—Hay sendos papeles en las manos de los difuntos. He distinguido las letras TURN en uno de ellos. Y lo que podría ser BY en el papel del otro. He estado tentado de abrirles un poco los dedos, pero me he contenido.

—Mejor así. No tardaremos en enterarnos. ¿Va a venir el teniente?

—Sí. —Tom echa una ojeada alrededor—. Gracias a Dios, no hay mirones. Esto es un centro comercial fantasma donde los haya. Eso quiere decir que tampoco hay testigos, claro.

—Ni siquiera Marie —dice Izzy—. ¿Crees que tiene suerte de estar viva?

—Sí. Y creo que ella lo sabe.

Izzy dobla la esquina. Uno de los cadáveres está sentado en la silla plegable con la cabeza sobre el pecho, como si durmiera. El otro yace boca abajo entre los hierbajos, y uno de sus mocasines agrietados y polvorientos descansa contra la pared trasera de hormigón de la lavandería.

—Vaya un sitio de mierda para morir.

—Al menos han muerto calientes —comenta Tom—. Después de las heladas de enero trasladé al depósito seis fiambres como carámbanos. Dos sin identificación. Uno era un niño pequeño.

—Discúlpame un momento.

Vuelve a la acera y ve que Holly le ha dejado un mensaje de voz. Es solo una palabra, «Llámame», pero trasluce excitación.

Ha deducido algo, piensa Izzy. *Maldita sea, esa mujer da miedo. Sherlock Holmes con zapatos de tacón bajo, blusas de color pastel y faldas de tweed.*

6

Holly encuentra parte de las joyas que busca en la casa de empeños O'Leary de Dock Street. Conforme a su práctica habitual de evitar enfrentamientos a menos que sea absolutamente necesario, Holly no se deja arrastrar cuando Dennis O'Leary pretende discutir y dar la vara, limitándose a fotografiar las alhajas antes de salir. Ya se ocupará la gente de la compañía de seguros, con o sin la intervención de la policía. Ella recibirá como mínimo parte de su bonificación, cosa de la que se alegra.

Cuando está entrando en su coche, suena el teléfono. Es Izzy. En el lavabo de mujeres, Holly se ha entusiasmado, convencida de que había resuelto al menos parte del enigma, pero tiende a dudar de sí misma, y de pronto vacila. ¿Y si se ha equivocado? Pero, aunque así sea, Izzy no se reirá de ella, eso Holly en el fondo lo sabe, y además…

—Estoy en lo cierto, lo sé —dice, y acepta la llamada.

—¿Qué pasa, Hols?

—¿Sabes cuántas combinaciones de dos cifras distintas suman catorce, Izzy?

—No lo sé. ¿Tiene alguna importancia?

—Siete, pero solo si utilizas el siete dos veces. Si no, seis. Y una de esas combinaciones es doce más dos.

—Chica, deja de marear la perdiz. Estoy en el lugar de un crimen. Un doble asesinato. Obra de Bill Wilson. La unidad forense viene de camino.

—¡Dios mío! ¿Ha dejado nombres?

—Sí, pero no podemos leerlos. Ha colocado los papeles en las manos de los cadáveres, que estaban celebrando una pequeña fiesta a base de Hard Seltzer detrás de una lavandería de Breezy Point cuando ese cabrón ha aparecido y los ha matado a tiros. Sabremos qué dice en los papeles cuando el equipo forense llegue y haga su trabajo. ¿Qué te ronda por la cabeza?

—¿Has localizado ya a Letitia Overton?

—No. Aunque no tardaré, espero.

—Cuando la encuentres, pregúntale si formó parte del jurado que condenó a Alan Duffrey.

Silencio al otro lado de la línea.

—¿Iz? ¿Estás ahí?

—Jodeeer —musita Izzy—. Doce miembros de un jurado en un juicio por un delito grave. ¿Es eso lo que estás pensando?

—Sí —contesta Holly, y se apresura a añadir—: Es solo una conjetura, pero si añades al juez..., más el fiscal..., salen...

—Catorce —completa Izzy.

—*Podrían* ser solo trece..., la carta no es clara, quizá adrede..., pero creo que son catorce. El culpable podría ser Cary Tolliver. Eso tiene lógica. —Se detiene a pensar en esa posibilidad y luego dice—: El señor Tolliver está a punto de morir, pero, aun así, podría ser él.

—Averiguaré lo de Overton, y también lo de los nombres que estos dos muertos tienen en las manos. No puedes decir nada de esto, Holly. Si el teniente Warwick se entera de que estás al loro...

Holly se desliza un dedo sobre los labios. A continuación, como Izzy no puedo verlo, añade:

—Soy una tumba. Pero, si se demuestra que tengo razón, la próxima vez que vayamos al Dingley Park los tacos de pescado los pagas tú.

7

Trig trabaja afanosamente en la oficina durante el resto de la tarde. Espera que la policía se presente y lo detenga por el doble asesinato de detrás de Washee-Washee. Está seguro de que no lo han visto, aunque la idea —resultado, quizá, de demasiados episodios de *CSI*— persiste; sin embargo, solo lo visita Jerry Allison, el anciano jefe del servicio de limpieza y mantenimiento del edificio. Jerry considera que puede dejarse caer a charlar —con Trig o con quien sea— cuando le viene en gana porque empuja una escoba y encera suelos allí desde que Reagan era presidente, como cuenta gustosamente a cualquiera, y con pelos y señales.

Al final de la jornada, Trig monta en su coche y recorre los cincuenta kilómetros hasta Upsala, donde hay una reunión llamada la Hora del Crepúsculo a la que a veces asiste.

En el camino ocurre algo maravilloso: su ansiedad flotante desaparece. Desaparecen asimismo las dudas sobre su capacidad para llevar a término la misión. A no ser que cometa un error, la policía no encontrará rastro alguno que la lleve hasta él, ni siquiera si descubre (o *cuando* descubra) lo que se trae entre manos, porque sus víctimas son totalmente aleatorias. Sí, él conocía la Senda de Buckeye, pero también otros miles de personas. Sí, sabía que esos dos borrachos bebían a veces detrás de la lavandería, porque los vio en una de sus expediciones de reconocimiento tras la muerte de Alan Duffrey y la espantosa confesión de Cary Tolliver en el podcast de Buckeye Brandon. Solo quedan once. Es importante llegar hasta el final. Entonces el mundo sabrá que, cuando muere un inocente, también deben morir otros inocentes. Es la única expiación perfecta.

—Porque así sufren los culpables —dice al entrar en el aparcamiento de la iglesia congregacionalista de Upsala—. ¿Verdad, papi? —Aunque no puede decirse que el papi de *Trig* sufriera mucho. No, esa tarea recayó en el hijo.

Esperaré un poco antes de liquidar al siguiente. Una semana, o incluso dos. Me tomaré un respiro y les daré tiempo para que descubran el motivo que hay detrás de esto.

En cierto modo eso tiene su gracia, porque es lo que siempre pensaba cuando bebía: *Lo dejaré durante una semana, permaneceré sobrio, solo por demostrarme que soy capaz.* Pero esto es distinto, sin duda lo es, y la idea de tomarse un descanso le quita un peso de encima.

Baja al sótano de la iglesia, donde hay sillas plegables dispuestas y el omnipresente dispensador de café emana su agradable aroma. Mantiene el optimismo durante la lectura del Preámbulo de AA y el apartado «Cómo funciona». Lo mantiene durante la lectura de «Las Promesas», y después de la pregunta retórica «¿Son excesivas estas promesas?», corea «Creemos que no» junto con los demás. Lo mantiene durante el testimonio de vida del presidente, que se ajusta a la pauta habitual: al ron sigue la ruina, a la ruina sigue la redención. Lo mantiene hasta que el presidente pregunta si alguien desea plantear algún tema, y un hombre fornido —a quien Trig reconoce, pese a que el hombre fornido está en la primera fila y Trig ocupa un asiento al fondo— levanta la mano y se pone en pie con visible esfuerzo.

—Soy el reverendo Mike.

—Hola, reverendo Mike —responden los alcohólicos y los drogadictos.

Diles que amas a Dios, pero...

—Amo a Dios, pero por lo demás soy un yonqui como cualquier otro —dice el reverendo Mike, y al instante el optimismo de Trig se desvanece. *A lo mejor, después de todo, no era más que un raro subidón de endorfinas*, piensa.

Es verdad que el Reve puede presentarse en cualquier reunión (aunque casi nunca tan lejos, en un rincón perdido como este). Siempre se pone de pie para que todo el mundo lo vea y, cuando se larga a hablar, tiene cuerda para rato. El hecho de que esté presente en la Hora del Crepúsculo, justo después de que Trig haya matado a los dos borrachos..., parece un mal augurio. El *peor* de los augurios.

—Como nos dice el capítulo siete del *Libro Grande* de Alcohólicos Anónimos...

El Reve procede a citar, palabra por palabra, un párrafo de dicho capítulo. Trig desconecta de la declamación (y, a juzgar por los ojos vidriosos que ve alrededor, no es el único), pero no del propio Reve. Recuerda que el reverendo Mike lo abordó después de una reunión en el Círculo de Abstinencia, en algún momento del invierno pasado o a principios de la primavera, y le dijo que se le notaba preocupado en su intervención.

¿Cómo había respondido él a eso?

Es difícil recordarlo con exactitud, y más mientras Mike Libro Grande tiene aún la palabra y ensarta polisílabos. ¿No le dijo Trig que había perdido a alguien muy recientemente? Sí, y esa parte no importaba, pero después contó al Reve que la persona que había perdido había muerto en chirona.

¡No dije eso!

Solo que Trig está casi seguro de que sí lo dijo.

Aun así, no se acordará, y, si se acordara, ¿qué más daría?

Pero eso fue solo un día o dos después de la muerte de

Alan Duffrey, que salió en los periódicos, y si el Reve estableció la conexión…

¿Es probable?

Es muy improbable…, pero improbable no quiere decir imposible.

Por fin el Reve se sienta. Los reunidos susurran: «Gracias, reverendo Mike», y empieza el debate. Trig no interviene, porque no sabe qué tema ha propuesto finalmente el Reve al terminar su perorata. Pero también porque mantiene la atención fija en esos hombros anchos y esa cabeza ya un poco calva.

Trig piensa que quizá, después de todo, sí mate a una cuarta persona antes de tomarse un descanso. Solo para asegurarse de que lo improbable no ocurre. Y, de hecho, ¿quién es más inocente que un adicto en vías de recuperación —un yonqui— que ama a Dios?

Una ocurrencia indigna, pero *graciosa*, se le pasa por la cabeza, y se tapa la boca para ocultar una sonrisa. *Hacerlo callar sería un favor a la comunidad de las personas en recuperación.*

Después de la reunión, Trig estrecha la mano al Reve y le dice que ha sido un placer escucharlo. Charlan durante un buen rato. Trig confiesa al Reve que tiene serios problemas con sus reparaciones por el daño causado y a continuación escucha pacientemente mientras el Reve cita (palabra por palabra) un párrafo del capítulo cinco del *Libro Grande*: «Tenemos que estar dispuestos a hacer reparaciones en los casos en que hayamos causado daño, siempre y cuando al hacerlo no causemos más daño aún». Etcétera, etcétera, bla, bla, bla.

—Necesito un poco de orientación a ese respecto —dice Trig, y observa a Mike Libro Grande mientras casi se ensancha perceptiblemente. Quedan en que Trig se pasará por la casita del Reve a las siete de la tarde del día 20.

—Es cerca del centro de recuperación.

—La encontraré.

—A no ser que creas —dice el Reve— que quizá te olvides a causa de una borrachera. Si es así, puedes venir mañana. O incluso ahora mismo.

Trig asegura que aguantará hasta el 20 de mayo, sobre todo porque no quiere proseguir su misión tan pronto. Da un apretón al Reve en el robusto brazo.

—Por favor, no le hables de esto a nadie. Me avergüenza necesitar ayuda.

—Nunca te avergüences de tender la mano —dice el Reve, y le brillan los ojos ante la perspectiva de oír unas jugosas revelaciones—. Y créeme, no diré una sola palabra.

Trig lo cree. El reverendo Mike es un tostón y un charlatán, pero también es un buen AA. Trig lo ha oído declamar fragmentos del *Libro Grande* hasta la saciedad, pero nunca un comentario o siquiera una anécdota sobre un compañero de fatigas. El Reve se toma muy en serio el mandato del final de las reuniones: «Lo que oís aquí, cuando os vayáis, aquí se queda».

Lo que está muy bien.

8

Mientras el asesino de Annette McElroy, Frank Mitborough y Dov Epstein asiste a una reunión de AA en Upsala, Isabelle Jaynes, en su cubículo del número 19 de Court Plaza, telefonea a Letitia Overton. Tom Atta la ha localizado por medio de la excuñada de Overton, que ha dicho que conservaba el número de Letitia solo porque se había olvidado de borrarlo de sus contactos. Ha calificado a Overton de «bruja», pero la mujer de voz afable que atiende la llamada de Izzy no parece una bruja ni mucho menos.

Izzy se identifica y pregunta a Overton por su lugar de residencia actual.

—Vivo en los apartamentos Trellis, en Wesley Chapel. Eso está en Florida. ¿Por qué me llama, inspectora Jaynes? No estoy metida en ningún lío, ¿verdad? ¿Por… aquello?

—¿A qué se refiere con «aquello», señora Overton?

—El juicio. En fin, lamento mucho lo que ocurrió, pero ¿cómo íbamos a saberlo nosotros? Qué horror, pobre señor Duffrey.

Eso proporciona a Izzy el dato por el que ha llamado, pero necesita una certeza absoluta.

—Solo para que quede bien claro, ¿formó usted parte del jurado que condenó a Alan Duffrey por un delito de tercer grado, a saber, traficar con material pornográfico que implicaba la explotación sexual de uno o más niños?

Letitia Overton se echa a llorar. Entre lágrimas, dice:

—¡Lo hicimos lo mejor que pudimos! ¡Nos pasamos casi *dos días* en la sala de deliberaciones! Bunny fue la última en ceder, pero entre varios la convencimos para que cambiara de idea. ¿Estamos metidos en algún lío?

En cierto modo sí, y en cierto modo no, piensa Izzy. ¿Va a decir a esta mujer, que actuó de la mejor manera posible con las pruebas disponibles, que su nombre apareció escrito en un papel hallado en la mano de una mujer asesinada? Es sumamente probable que al final se entere, pero Izzy no va a decírselo ahora.

—No, señora Overton…, Letitia, no están ustedes metidos en ningún lío. ¿Sabe quiénes eran los otros miembros del jurado? ¿Recuerda alguno de los nombres?

Se oye un sonoro sorbetón, y, cuando la mujer vuelve a

hablar, parece haber recobrado un poco el control, quizá porque la inspectora que la llama desde su antigua ciudad le ha dicho que no está metida en un lío.

—No nos llamábamos por nuestros nombres, sino por números. El juez Witterson era muy estricto con eso, por lo delicado que era el caso. Dijo que en otros juicios se habían recibido amenazas de muerte. Mencionó el caso de un hombre que mató a un médico abortista. Quizá para meternos miedo. Si era esa su intención, le dio resultado. Llevábamos un adhesivo en el pecho. En el mío decía: «Jurado número ocho».

Izzy sabe que la identidad de los miembros de los jurados en casos muy mediáticos —y el de Duffrey fue noticia de primera plana— a menudo se oculta a la prensa, pero nunca había oído que se ocultara al resto del jurado.

—Pero señora..., Letitia..., ¿no la llamaron por su nombre en el *voir dire*?

—¿Se refiere a las preguntas que nos hicieron al sacar nuestros nombres de la lista de candidatos? —Antes de que Izzy pueda contestar, Overton estalla—: ¡Ojalá que no me hubieran seleccionado! ¡O que uno de los abogados hubiera dicho: «Esa mujer no sirve»!

—Me hago cargo, Letitia. Es solo que el procedimiento habitual consiste en que el secretario judicial llame por su nombre a los posibles miembros del jurado...

—Ah, sí, lo hicieron así, pero luego el juez Witterson dijo, incluso antes de empezar el juicio, que quería que nos olvidáramos de nuestros nombres. O sea, como cuando decía a veces durante el juicio que el jurado no debía tener en cuenta lo que acababa de decirse porque era improcedente por alguna razón. Pero eso resultaba muy difícil.

—¿Recuerda algún nombre?

—Bunny, claro. A ella la recuerdo porque fue la última en aceptar el veredicto de culpabilidad, y porque al principio dijo: «Soy Belinda, pero todos me llaman Bunny». Y el presidente del jurado, el jurado número uno, dijo: «Nada de nombres», y Bunny puso una cara muy graciosa, tapándose la boca con los dedos y abriendo mucho los ojos. Bunny siempre tenía una sonrisa o una broma.

Izzy escribe en su cuaderno: «Belinda alias Bunny».

—¿Alguien más? —Aunque se pregunta por qué exactamente tiene interés en saberlo. Al fin y al cabo, los *miembros del jurado* no son los objetivos.

—Había un tal Andy…, otro se llamaba Brad…, creo… Lo siento, eso es lo más que puedo decirle. Ha pasado mucho tiempo. Casi tres años. Seguro que hay una lista en algún sitio. ¿Usted no la tiene?

—Todavía no —contesta Izzy—. La secretaria judicial está de vacaciones y el juez Witterson dice que no se acuerda. Instruye a muchos jurados.

Con cierto tono de alarma, Letitia Overton pregunta:

—¿Alguien va a por nosotros?

—No, señora, ni mucho menos. —Izzy se alegra de poder decirlo. Tal vez la excuñada de Overton piense que Letitia es una bruja, pero, a juzgar por esta conversación telefónica, no es esa la opinión de Izzy—. Voy a dejarla con lo que sea que estuviera haciendo, pero antes dígame si los nombres Turner Kelly y Philip Jacoby significan algo para usted.

—Sí, Turner formaba parte del jurado. En cuanto al otro, no estoy segura. Tanto Turner…, era el jurado número seis, creo…, como Bunny hablaban mucho. Ella era la diez. Algunos de los demás hacían más bien de oyentes, ya me entiende. Philip Jackson…

—Jacoby.

—Jacoby, sí, puede que fuera uno de esos. Más dado a escuchar que a hablar.

—Ha dicho que tardaron dos días. ¿Por qué tanto tiempo? Yo habría dicho, basándome en las pruebas, que era un caso cantado.

—El abogado del señor Duffrey repitió una y otra vez que todas las pruebas podrían haber sido manipuladas. Me parece que incluso mencionó a ese tal Tolliver, el que aspiraba a un puesto que consiguió el señor Duffrey. Hacía muy bien su trabajo. El fiscal..., supongo que en realidad era ayudante del fiscal..., sostuvo que eso era improbable, porque en las revistas escondidas detrás de la caldera de Duffrey se encontraron sus huellas. Aun así, hubo dos o tres jurados que consideraron que la acusación no se había demostrado más allá de toda duda razonable. Bunny fue una de ellos. La número siete, también una mujer, fue otra.

—¿Fue usted una de las que se opuso?

Otro sorbetón acuoso.

—No. Aquellas imágenes, las del ordenador de Duffrey, me convencieron. Eran tan, tan horribles... Hay una que nunca olvidaré. Una niña pequeña con una muñeca. Tenía los brazos magullados..., eso lo señaló el jurado número nueve..., y aun así esa niña intentaba sonreír. *¡Sonreír!*

Izzy tiene todo lo que necesita, y podría haber prescindido de eso último: la niña magullada con la muñeca. *No me extraña que lo condenaran*, piensa. *Y no me extraña que lo apuñalaran.* Da las gracias a Overton.

—¿Me promete que no estoy en un lío? ¿O en peligro?

—Nada de eso.

—Vine aquí para empezar una nueva vida, inspectora. Mi marido era... malo. Pero cuando oí en el podcast de Buckeye Brandon que Alan Duffrey había sido inculpado falsamente, tuve la impresión de que esa vida anterior me seguía. Apenas puedo comer cuando pienso en lo que le hicimos a ese pobre hombre.

—Fue un error judicial, Letitia. Esas cosas pasan.

—¿Y a qué se debe su interés?

—No estoy autorizada a entrar en detalles. Lo siento.

—Voy a recuperar mi apellido de soltera —dice Letitia—. Este ya no me gusta.

Izzy responde que lo entiende y no habla por hablar. Ella misma ha pasado por dos malos matrimonios.

Cuelga y telefonea a Tom Atta. Tras oír su resumen de la conversación con Letitia Overton, Tom dice:

—Ya lo sabemos, pues. Los miembros del jurado, el juez, el fiscal. Preparaos, muchachos, con la ayuda de Bill Wilson ahora vais a saber lo que son los remordimientos.

—Lo que ese hombre está haciendo no sirve de nada —dice Izzy—. La mujer con la que he hablado siente ya remordimientos de sobra. Sabe Dios cómo se sentirá cuando se entere de que Annette McElroy fue asesinada por los pecados de *ella*. O al menos de ella a ojos de ese obseso, Bill Wilson.

—Overton será una excepción —afirma Tom—. La mayoría de los demás jurados se quedarán tan tranquilos. Dirán que se atuvieron a las pruebas, que dieron un veredicto, y no perderán el sueño por eso.

—Espero que no sea así.

Pero cuando por fin disponen de los nombres de todos los miembros del jurado de Alan Duffrey, resulta que en esencia sí es así.

Capítulo 4

1

Aunque en principio se trata de una gira para promocionar el nuevo libro de Kate McKay, *El testamento de una mujer*, la editorial no ha participado en la programación de las fechas; Kate tiene mucha experiencia en cuestiones de planificación, y por tanto en sacarle el máximo partido a sus esfuerzos. Al comienzo de la gira, las charlas están muy espaciadas, pero irán acelerándose, lo que incluirá algunas en noches sucesivas. Ha dicho a Corrie que esto es como un combate de boxeo: tanteas al adversario y luego arremetes y empiezas a vapulearlo.

El 10 de mayo, el bolo es en el Ogden Theatre de Denver, con un aforo de unas mil seiscientas personas. Corrie toma un café a las nueve de la mañana con el coordinador de actos de la sala, quien le asegura que Kate conseguirá un lleno casi total. Por supuesto ayuda el hecho de que la entrada sea gratuita (aunque se pondrá a la venta el libro, intercalándose ejemplares firmados al azar).

Las dos mujeres tienen habitaciones comunicadas en un piso alto del hotel Brown Palace.

—Qué lujo —dice Corrie—. Yo incluso tengo bidé.

Kate se echa a reír.

—Disfrútalo mientras puedas. Es posible que en adelante las cosas vayan cuesta abajo.

Corrie termina su reunión con el coordinador a las nueve y media. Ha quedado a las diez y media en el hotel con una librera de Tattered Cover. Esta llegará con doscientos ejemplares de *El testamento de una mujer* para firmarlos. Mientras Kate plasma su autógrafo en los libros, Corrie se reunirá con la persona de seguridad que las acompañará hasta que abandonen la ciudad con rumbo a Omaha. Se llama Brian Durham, alias Toro. Contará con la ayuda de otros dos agentes fuera de servicio que las custodiarán desde que salgan hacia el teatro hasta que regresen al hotel.

Corrie se puso de acuerdo con Durham antes de su llegada. Los extras son por gentileza del coordinador de actos del Ogden. Se ha difundido la noticia de la aventura de Corrie en Reno. Nadie quiere que la famosa Kate McKay sea agredida (o, Dios no lo permita, asesinada) en su territorio. A las tres de la tarde Corrie volverá al hotel, donde preparará una sala de reuniones para la rueda de prensa, en la que ella misma tendrá que responder a muchas preguntas sobre lo ocurrido en Reno. Preferiría —preferiría en *gran medida*— quedarse en segundo plano, pero Kate insiste, y Kate es la jefa. Corrie se dice que no le molesta prestarse a la pantomima de Kate.

Va a ser un día muy ajetreado.

Le gustaría disponer de unos minutos para ella antes de reunirse con la mujer de la librería —para empezar, tiene que ir al baño—, pero, cuando se asoma a la suite de Kate para ver si la jefa necesita algo, comprende que el tiempo para sí misma tendrá que esperar un poco más, porque la jefa ha cogido una de las rabietas monumentales propias de ella. No son habituales, y Corrie ha descubierto que en esencia son inofensivas. Así es como Kate McKay se desahoga. Corrie procura no ver en esos comportamientos un deseo de importunar o una forma de autocondescendencia. Se recuerda que Kate tiene razón al afirmar que a los hombres se les permite vociferar a todas horas —ante cualquier duda, levantan la voz y gritan—, pero a Corrie, aun así, sus arrebatos no le gustan. A ella no la criaron así.

—¡Hijo de PUTA! ¡El COÑO de tu madre! ¡Hijo de la gran PERRA! ¡Tú te estás cachondeando de mí, JODER!

Kate alza la vista y ve a Corrie boquiabierta en el umbral de la puerta. Lanza el teléfono al sofá y se aparta el cabello revuelto de la cara con el dorso de las manos. Dirige a Corrie una sonrisa con los labios apretados en una línea no mayor que el filo de una navaja.

—¿Y a *ti* qué tal te ha ido el día?

—Mejor que a ti, imagino —dice Corrie.

Kate se acerca a la ventana y mira.

—¿Te has fijado en que las mejores expresiones malsonantes, las más *eficaces*, se centran en las mujeres y sus partes? «Hijo de puta», tener una madre que ejerce la prostitución, era antes la reina de las groserías, y ni siquiera el exceso de uso la ha despojado totalmente de su fuerza. Y «coñazo». ¿Existe una palabra más fea? Es como un objeto contundente.

—¿Y «soplapollas»?

Kate hace un gesto de desdén.

—Un ejemplo de que la vulgaridad no discrimina.

—¿«Cabrón»?

Pero Kate ha perdido el interés. Contempla las Rocosas con las manos hundidas en los bolsillos de su pantalón Lafayette.

—¿Qué pasa?

—Nos hemos quedado sin sitio donde dar la charla en la

puta Buckeye City. ¿Por qué estamos enterándonos de esto tan tarde? Porque se han asustado. ¡Cobardes! ¡Cobardes de Buckeye City! De ahora en adelante prefiero no pronunciar siquiera ese nombre. A partir de este punto es solo No-Cleveland.

Corrie no necesita ni consultar sus notas.

—¿El Mingo? —dice, atónita.

—Sí, ahí. Cierta diva retirada, una cantante de soul, vuelve a los escenarios, y a *nosotras* nos dejan fuera. —Acto seguido, de mala gana, añade—: Bueno, no es una diva *cualquiera*. Es Sista Bessie, y es extraordinaria. En mi adolescencia la escuchaba a todas horas.

—¿Sista? ¿En serio? ¿La de «Love You All Night»? ¿*Esa* Sista?

Kate le lanza una mirada adusta.

—Es magnífica, sin duda, pero el caso es que nos hemos quedado fuera por ella. Y eso me cabrea. No voy a decir que Sista Bessie es una «puta», pero ¿a esos que se nos han quitado de encima? ¡A esos los llamo hijos de puta! ¡A esos los llamo hijos de la gran perra!

Corrie lleva en su ordenador y su tableta toda la información sobre la gira, pero no le hace falta ir a buscarlos a su habitación contigua. Se sabe la gira de memoria, o al menos la parte del Medio Oeste.

—No pueden *hacer* una cosa así, Kate. Tengo un contrato. Es una gran cantante, desde luego, ¡pero esa fecha es *nuestra*! ¡El 31 de mayo!

Kate señala su teléfono, semienterrado entre dos cojines del sofá.

—Lee el e-mail del coordinador de actos, si quieres. Ese cobarde, ese puto malparido ni siquiera ha tenido los cojones de llamarme. Se acoge a la cláusula del contrato sobre «circunstancias extraordinarias».

Corrie rescata el teléfono de Kate de su semisepultura, pulsa el pin y lee el e-mail de Donald Gibson, el director de programación del Mingo. Ahí consta, en efecto, la expresión «circunstancias extraordinarias». De pronto la rabieta de Kate le parece justificada. La propia Corrie está casi fuera de sus casillas. ¡Qué desfachatez!

—Esto es una chorrada. ¡«Circunstancias extraordinarias» se aplica a una inundación o a una gran nevada o a un apagón en toda la ciudad! «Circunstancias extraordinarias» sería si el condenado edificio hubiera ardido hasta los cimientos. ¡No se aplica a Sista Bessie! ¡No se aplicaría siquiera a los Beatles si decidieran volver a actuar juntos!

—No pueden —observa Kate, y empieza a sonreír—. Para dos de los cuatro se acabó el rock.

—¡Bueno, pues aunque pudieran y decidieran actuar en el Mingo! Y se nos quitan de en medio pese a que reservamos la fecha con meses de antelación. Ridículo. Voy a llamar a ese Gibson y a cantarle las cuarenta.

—Eh, chica, tranquila. —Ahora Kate despliega una sonrisa más amplia y una pizca indulgente. Como ya se ha desahogado, puede volver a razonar—. Sista Bessie no es los Beatles, pero no es una cualquiera. Esa mujer no ha dado un concierto completo desde hace diez o doce años, y menos una gira. Es una leyenda. Además, casualmente es negra. Recibimos buena prensa después de que esa zorra te asustara...

—No solo me asustó. ¡Me hizo *daño*!

—No lo dudo, y seguro que mi planteamiento es un tanto burdo, pero pregúntate qué pasaría si exigiera el cumplimiento de mi contrato, con abogados y todo, contra Sista Bessie. En una ciudad donde el cuarenta por ciento de la población es negra. ¿Cómo quedo yo si ella dice: «Perdonad por la cancelación del concierto. Esa mujer blanca exigió el cumplimiento de su contrato y nos quitó la fecha»? ¿Qué tal quedaría eso? ¿Qué *imagen* daría?

Corrie se detiene a pensarlo y la conclusión a la que llega la indigna más aún.

—Ese hombre es consciente de eso, ¿verdad? Ese tal Donald Gibson.

—Tenlo por seguro. Nos ha jodido bien, cariño.

También ha jodido a la gente que esperaba verte, piensa Corrie, pero se lo calla.

—¿Y qué hacemos?

—Reorganizarnos.

A Corrie se le cae el alma a los pies. Ajustar bien el programa le ha representado un gran esfuerzo, y ahora Kate quiere echarlo por tierra. Aunque ella no tiene la culpa.

Apoyando las manos en los hombros de Corrie, Kate dice:

—Tú puedes arreglarlo. Confío plenamente en ti.

—Los halagos no te servirán de nada. —No obstante, Corrie sí se siente halagada.

—Los coordinadores de actos de la mayoría de las ciudades se adaptarán, Cor. Sería distinto si hubiera empezado la temporada de conciertos de verano, pero no es así. La mayoría de esas salas están vacías salvo los fines de semana. Además..., después de Cincinnati tenemos tres días libres, ¿no?

—Sí.

—¿Y si pasamos esos días libres en No-Cleveland? Podemos ir a ver a Sista Bessie. ¿Qué te parece?

—Me parece estupendo, la verdad. Oye, Kate, tienes la rueda de prensa a las cinco. ¿Y si dices que, en solidaridad con las hermanas negras y porque te encanta la música de Sista Bessie, cedes tu fecha en el Mingo para que Sista actúe?

—Si Donald Gibson dice que eso no ha sido idea mía...

Corrie sonríe.

—¿Crees que se atreverá?

Kate besa a Corrie primero en una mejilla y después en la otra.

—Lo haces bien, Anderson. Muy bien, a decir verdad. Y creo que nuestro nuevo amigo Donald gustosamente nos facilitará entradas para el primer concierto de Sista. ¿Coincides conmigo?

Corrie, con una sonrisa aún más amplia, responde que coincide plenamente.

—Además de pases entre bastidores. Mejor será que los añada. —Luego, con gran satisfacción, dice—: Ese cabrón.

2

A dos mil cien kilómetros al este de Denver, Izzy y Holly comen una vez más en el Dingley Park. Paga Izzy, como prometió.

Holly no pierde el tiempo.

—¿Cómo sigue lo de Bill Wilson? —Y añade—: En el más absoluto secreto.

—Se trata de los miembros del jurado, sin duda —responde Izzy—. Son sus objetivos indirectos. Esos dos hombres asesinados detrás de la lavandería…, ¿te has enterado de lo de esos dos?

—Claro —contesta Holly, e hinca el diente en su taco de pescado—. Dov Epstein y Frank Mitborough.

—Está claro que has seguido el caso atentamente.

—Buckeye Brandon sabía los nombres.

—Ese mierda metomentodo —dice Izzy.

Holly no lo describiría exactamente así, pero entiende la frustración de Izzy. Sean cuales sean las fuentes que tiene Buckeye Brandon en el Departamento de Policía de la ciudad, son buenas. Además, dio a conocer la primicia sobre Alan Duffrey, claro.

—¿Tienes los nombres de los otros jurados?

—De seis de los doce hasta el momento, gracias a lo que recuerdan Letitia Overton, Philip Jacoby y Turner Kelly.

—Esos tres nombres…

—Aparecieron en las manos de las víctimas, sí.

—Uf.

—Por las características del caso, los nombres de los jurados se mantuvieron en la mayor reserva. De hecho, el juez les exigió que se llamaran entre sí por medio de sus números.

—Como en *El prisionero* —dice Holly.

—¿Cómo?

—Una serie de televisión. «¡No soy un número, soy un hombre libre!».

—No sé de qué estás hablando.

—Da igual. Adelante.

—Tendremos los demás nombres cuando la secretaria judicial vuelva de Disney World. Me puse en contacto con ella, pero dice que los nombres están inaccesibles en su terminal del sistema informático del juzgado.

—Como es natural —dice Holly—. En cualquier caso, la identidad de los miembros del jurado da igual, según parece. Son objetivos indirectos, como tú has dicho. Los que tienen que vivir para poder… ¿Cómo lo expresó? «Maldecir el día». El juez Witterson estaba al frente. ¿Quién actuó como fiscal?

Izzy, sin contestar, revuelve el kétchup con una patata frita. Holly da marcha atrás.

—Si no quieres hablar del tema, no pasa nada.

Izzy alza la vista y sonríe. Es una sonrisa amplia, y por un instante aparenta unos dieciséis años.

—Esto se te da mejor que a mí.

Holly no sabe qué decir. Se queda estupefacta.

—Lo que me plantea un problema. Soy una chica que cree en la obligación de reconocer los méritos de los demás, pero también soy una chica…

—Mujer —corrige Holly sin poder contenerse.

—Vale, también soy una *mujer* que tiene la mira puesta en el cargo de teniente si Lew Warwick se retira dentro de unos años. No me interesa el rollo burocrático que acompaña el puesto, pero contribuirá a la pensión. Además, me encanta su butaca.

—¿Su butaca?

—Es ergonómica. Dejémoslo. Lo que estoy diciendo es que si llegas a una deducción asombrosa, como la de los doce jurados más posiblemente otras dos personas, reconocer tu mérito podría meterme en un lío con el Departamento.

—Ah. Es por *eso*. —Holly le quita importancia con un gesto y a continuación dice algo tan propio de ella que no puede interpretarse como un exceso de modestia absurdo ni como algo en absoluto extraordinario—. El mérito me trae sin cuidado; simplemente me gusta encontrar respuestas.

—Lo dices en serio, ¿verdad?

—Sí.

—Te gusta *deducir*.

—Supongo que sí.

—Cómete el taco.

Holly da un bocado.

—De acuerdo, he aquí otro dato. El ayudante del fiscal que procesó a Alan Duffrey es Doug Allen, un trepa con la mira puesta en el cargo de fiscal del condado cuando Albert Tantleff, el actual fiscal, se jubile. Se dedicó al caso en cuerpo y alma, así que *podría* ser el hombre a quien Bill Wilson se refiere como el culpable. Además, Tolliver sostiene…, *sostiene*… que escribió a Allen en febrero admitiendo que había inculpado falsamente al otro hombre.

—¡No me digas! ¿Hay alguna prueba?

—Si te refieres a si envió un e-mail o incluso una carta certificada, no. Recurrió al correo ordinario. Puede que Tolliver mienta a ese respecto. También podría mentir sobre lo que contó a Buckeye Brandon.

—¿Lo crees posible?

—No.

—¿Por qué?

—No puedo decírtelo. Antes debo interrogar a alguien por segunda vez, pero tendré que dejarlo para mañana, cuando Doug Allen se marche de la ciudad para asistir a un acto de recaudación de fondos del Partido Republicano.

—¿Quién es ese alguien?

Izzy niega con la cabeza.

—¿Podrás decírmelo más adelante?

—Sí, y entonces tendrás ocasión de asombrarme. ¿Has encontrado las joyas desaparecidas?

—Una parte, sí.

—¿Sigues la pista al resto?

Holly alza la vista, apartándola de su segundo taco de pescado. Le brillan los ojos.

—Las tengo en el *punto de mira*.

Izzy se echa a reír.

—Esa es mi Holly.

3

Esa tarde Barbara Robinson, la joven amiga de Holly, recibe una llamada de un número desconocido. Contesta con cautela.

—¿Hola?

—¿Hablo con Barbara Robinson, la autora de *Las caras cambian*? —La persona que llama tiene una voz grave para ser mujer. Ronca—. En la solapa dice que vive usted en Buckeye City.

—Sí, soy ella —contesta Barbara, y después, recordando la gramática, añade—: Soy yo. ¿Cómo ha conseguido mi número?

La mujer se ríe, un sonido profundo y vibrante que invita a Barbara a sumarse a la risa. No lo hace; ha vivido con Holly suficientes situaciones difíciles como para confiar en llamadas de desconocidos, pero asoma a sus labios una sonrisa.

—Por Spokeo —responde la mujer—. Es una web...

—Ya sé lo que es Spokeo —la interrumpe Barbara. No sabe qué es exactamente, pero sí que es una de las varias webs que correlacionan nombres y lugares con números de teléfono. Por una tarifa, claro.

—Podría plantearse no figurar en el listín —sugiere la mujer—. Con eso de que ahora es famosa y tal.

—La gente que escribe poesía no es famosa y generalmente no necesita números anónimos —contesta Barbara, ahora con la sonrisa más acusada—. En especial, las poetas con solo un libro publicado en su haber.

—A mí me gustó mucho, sobre todo el poema que da título al libro, sobre las caras que cambian. Cuando una lleva en el oficio tanto tiempo como yo...

—¿Qué oficio? ¿Quién es usted? —Piensa: *Imposible, sencillamente imposible.*

La mujer de la voz ronca y vibrante prosigue como si la pregunta no mereciera respuesta..., y, si Barbara va bien encaminada, probablemente no la merezca.

—Una llega a conocer a personas que tienen no ya dos

caras sino hasta *tres*. Me pregunto si podría usted firmar mi ejemplar. Soy consciente de que es un descaro por mi parte pedírselo, así de buenas a primeras, pero he pensado que, como estoy en su ciudad, por qué no intentarlo. Mi madre siempre me decía que quien no llora no mama.

Barbara se sienta. De lo contrario se habría caído. Es demencial, pero ¿quién, si no, podría llamarla para pedirle algo así con semejante atrevimiento? Una persona acostumbrada a ver realizados los más diversos caprichos, ¿quién, si no?

—Señora, ¿es usted...? Esto es absurdo, pero ¿es usted Sista Bessie?

Otra vez la risa vibrante.

—Lo soy cuando canto, pero por lo demás soy la buena de Betty Brady, una persona sencilla. Llegué anoche en avión. Me acompaña mi banda, al menos una parte. Los demás irán llegando.

—¿Y las Dixie Crystals? —pregunta Barbara. Por lo que ha visto en la web de Sista, el famoso grupo femenino de los años setenta también ha abandonado su retiro para cantar los coros y las armonías en la gira. Es el primer encuentro de Barbara con la fama, así sin más, caído del cielo, y le cuesta respirar.

—En principio las chicas llegan hoy. Me alojo en el hotel Garden City Plaza, en el centro, y esta noche vamos a empezar los ensayos en ese espacio viejo y vacío que hay cerca del aeropuerto. Antes era una tienda del Sam's Club, dice Tones. Tones es el mánager de la gira. Podría usted venir al hotel, o, si lo prefiere, dese un paseo en coche y venga a ver nuestro patético primer ensayo, esa es otra posibilidad. ¿Qué le parece?

Silencio desde el lado de la línea de Barbara.

—¿Señorita Robinson? ¿Barbara? ¿Sigue ahí?

Barbara recupera la voz, aunque le sale más bien un chillido.

—Eso sería... estupendo. —Luego añade—: Gané unas entradas por la radio para su primer concierto. En K-POP. Y pases entre bastidores. Soy una fan.

—Como yo lo soy tuya, chica. Entonces es posible que prefieras saltarte el ensayo. No actúo desde hace mucho tiempo y, como digo, al principio va a ser un tanto patético. Tenemos poco más de dos semanas para que salga todo bien.

—¡No, allí estaré! —Barbara se siente como una niña en un sueño—. ¿A qué hora?

—Empezaremos a eso de las siete, supongo, y posiblemente se alargue hasta tarde. No creo que quieras quedarte hasta el final, pero habrá comida.

Vaya si voy a querer, piensa Barbara. Comienza a sentirse más cómoda con la situación.

—Sista... Betty... Señora Brady..., ¿no me estará tomando el pelo? ¿Esto no será una broma telefónica?

—Cariño —dice Betty Brady, de nuevo con su risa vibrante—, no podría ser más real. Pásate por ese Sam's Club. Daré tu nombre a Tones y Henrietta, ella es mi agente.

4

Cuando esa noche Barbara detiene su Prius en el aparcamiento del desaparecido Sam's Club, junto al aeropuerto, la asalta una punzada de expectación mezclada con miedo. Es una persona bastante segura de sí misma, pero aún le cuesta creer que no se trate de una broma pesada. ¿Qué probabilidades existen de que una persona famosa la telefonee solo porque ha escrito un breve libro de poemas (128 páginas)? Ve un par de camiones Ryder estacionados cerca del edificio, y supone que transportan equipo musical, o sea que sí, cabe pensar que Sista Bessie está ahí, pero, cuando se acerque al hombre que fuma un cigarrillo sentado junto a la puerta, ¿puede ser que diga: «Su nombre no me suena de nada, señora, piérdase»? Barbara considera que muy posiblemente sí.

Así y todo, como no es cobarde (aunque piensa que su amiga Holly es mucho más valiente que ella), sale del coche y se dirige hacia el hombre sentado en una caja de plástico de reparto de leche. Él se pone en pie y le sonríe.

—Tú eres la que ella quiere ver, me parece. Ha dicho mujer, joven, negra. ¿Barbara Robinson?

—Sí —responde Barbara con alivio. Estrecha la mano que el hombre le tiende.

—Anthony Kelly, pero todo el mundo me llama Tones. Soy el mánager de gira de Betty. Encantado de conocerte.

—Me siento en las nubes —admite Barbara.

Él se echa a reír.

—Pues no hace falta. Somos gente corriente. Entra.

Es un espacio amplio con mucho eco. Unos cuantos hombres y mujeres empujan el equipo de aquí para allá; otros permanecen apoyados en las paredes, de charla. Una mujer de edad avanzada y rostro enjuto —la ayudante de camerino de Sista Bessie, supone Barbara— arrastra un perchero rodante con vestidos resplandecientes al lugar que antes ocupaban las cajas registradoras.

Sola en la parte delantera, Betty Brady —Sista Bessie— se cuelga una guitarra al hombro. A sus pies tiene la funda abierta, raída y cubierta de adhesivos. Vestida con unos vaqueros holgados y una camiseta sin mangas que se tensa en torno a un busto ciertamente poderoso, podría ser casi un músico callejero cualquiera. A Barbara le llaman de inmediato la atención sus anchos hombros. Es una *presencia* incuestionable.

—Permíteme que te presente —dice Tones.

—No, todavía no. Por favor. —Barbara apenas puede levantar la voz por encima de un susurro—. Me parece que va a tocar. Me gustaría..., o sea...

Se acerca a ellos una mujer blanca de rostro muy arrugado, con la nariz afilada como una proa y demasiado colorete en las mejillas.

—Quieres oírla cantar. Lo entiendo.

Betty está afinando, o intentándolo. Se aproxima uno de los *roadies*. Betty le entrega la guitarra y dice:

—Ocúpate tú, Acey. Cuando descubrí que esta parte no se me daba bien, era ya demasiado rica para abandonar.

La mujer con exceso de colorete se presenta.

—Soy Henrietta Ramer, la agente de Betty. Supongo que no eres la única razón por la que Bets quería arrancar la gira en esta ciudad, pero diría que lo eres en gran medida. Ese libro de poemas tuyo le gusta mucho, mucho, *mucho*. Lo ha leído hasta no poder más. Me parece que tiene alguna idea con respecto a uno de ellos. Puede que te guste, puede que no.

El *roadie* devuelve la Gibson. Betty se la cuelga y canta «A Change Is Gonna Come», tañendo cada acorde una sola vez. Tones y Henrietta se alejan, Tones para consultar algo con un negro viejo que está sacando un saxofón de su estuche, Henrietta para hablar con la anciana que ha traído los trajes. Ellos lo han oído todo antes, pero, cuando Betty llega a lo alto de su registro, Barbara siente un escalofrío que le recorre la espalda desde la nuca hasta los riñones.

Otros dos *roadies* traen empujando un piano destartalado sobre ruedas hacia Betty, y ella, sin esperar apenas a que quede inmóvil, acomete «Aunt Hagar's Blues». Toca de pie a la vez que menea el trasero enfundado en el vaquero y emite un áspero gruñido con esa voz única, por lo demás suave. El negro del saxo bate palmas y mueve la descarnada cadera. Alrededor, la gente deambula, habla, se ríe, pero Betty no les presta atención. Totalmente absorta, afina la voz tal como el *roadie* ha afinado la guitarra.

Sista vuelve a la Gibson. Un hombre flaco de cabello largo —el técnico de sonido, supone Barbara— coloca un soporte de micro delante de ella y lo conecta a una regleta. También enchufa la guitarra. Sista no parece darse cuenta siquiera; ahora canta góspel. Ponen en su sitio los amplificadores. Los monitores de estudio. Empiezan a entrar unos cuantos músicos cargados con sus instrumentos. El viejo se acerca a ella y suelta un trompetazo con su saxo alto.

Sista Bessie se interrumpe en «Live A-Humble» a medio verso para decir:

—Eh, Red, viejo sinvergüenza.

Red le devuelve el «eh» y acto seguido canta con ella:

—«Mira el sol, ya ves como avanza sin cesar, no dejes que te sorprenda con el trabajo por hacer».

A Barbara se le pone otra vez la carne de gallina. Le parece que son perfectos, pero la perfección está aún creándose.

Los otros miembros de la banda se sitúan uno por uno detrás de ella. Entran dos de las tres Dixie Crystals. Una lleva el cabello recogido en nudos bantúes; la otra luce un afro tan gris como la bruma. Ven a Betty, gritan y corren hacia a ella. Sista las abraza por turno y dice algo sobre Ray Charles, a lo que ellas reaccionan con risas. Betty tiende la guitarra, sin mirar, dando por supuesto que algún *roadie* la cogerá. Las tres mujeres juntan las cabezas. Murmuran y acto seguido acometen una versión electrizante de «Don't Leave Me This Way» de Thelma Houston que termina con un solo al saxo de Red. Todos se ríen, y Betty embiste a Red con la pechera y casi lo derriba. Se oyen más risas y aplausos.

Betty hace ademán de decir algo a una de las Crystals, pero de pronto ve a Barbara. Se lleva una mano al pecho y, saltando por encima de unos cables eléctricos, se dirige hacia ella apresuradamente.

—¡Has venido! —exclama, y coge de las manos a Barbara. En su estado de percepción aumentada, Barbara nota los callos en las yemas de los dedos de la mano izquierda de Betty, la que utiliza para generar los acordes de guitarra.

—He venido —responde Barbara, pero se le quiebra la voz. Se aclara la garganta y lo intenta otra vez—. He venido.

—Tengo un pequeño camerino en la parte de atrás. He dejado tu libro allí. Si quieres marcharte…, una chica guapa como tú posiblemente tiene una cita…, puedo ir a buscarlo para que lo firmes. Pero si quieres quedarte un rato…

—Eso —dice Barbara—. O sea, quiero quedarme. Casi no puedo ni creerme que esté aquí. —Lo que dice a continuación sencillamente se le escapa—. ¡Maldita sea, qué talento tienes!

—Y tú, cariño. Y tú.

Capítulo 5

1

A las nueve y cuarto de la mañana siguiente, Holly revisa la lista de prófugos de la justicia en libertad bajo fianza que publica diariamente el Departamento Penitenciario. Por lo general, figuran cuatro o cinco; hoy hay una docena. *Fiebre de primavera,* piensa, y, como si al concebir esa idea hubiese invocado su presencia, cobra forma, casi literalmente, Barbara Robinson. No llama a la puerta, entra sin más en el despacho de Holly y se deja caer en la silla reservada al cliente. Presenta un aspecto alarmante: los ojos muy abiertos, ni asomo de maquillaje, la ropa arrugada como si hubiera dormido vestida.

Holly aparta el portátil.

—¿Barbara? ¿Qué te pasa?

Barbara se ríe y menea la cabeza.

—Nada. No me pasa nada. Si estoy soñando, no me despiertes.

Holly cree entenderla. Siente alegría y preocupación a la vez.

—¿Has conocido a alguien? ¿Quizá…, no sé…, has pasado la noche con alguien?

—No en el sentido en que estás pensando, aunque desde

luego se hizo muy tarde. Me acosté a eso de las tres, me he despertado a las ocho, me he puesto lo mismo que llevaba ayer. Tenía que venir a contártelo todo. Jerome sí que ha conocido a alguien, ¿lo sabías?

—Sí. Georgia Nickerson. Nos presentó. Una joven simpática.

—¿Y te acuerdas de esas entradas que gané por llamar al programa *Morning Circus* de la K-POP?

—Sí. Para el primer concierto de Sista Bessie en el Mingo.

—Puedo regalárselas a Jerome, y que lleve a Georgia. *Nosotras* iremos como invitadas de Sista Bessie. Aunque en realidad se llama Betty Brady.

Dicho esto, Barbara lo cuenta todo, empezando por la llamada imprevista de Sista Bessie. Su visita al Sam's Club. La gente que ha conocido (algunos nombres los recuerda, la mayoría no). Las canciones, eso sobre todo.

—Pasaba ya de la una cuando por fin terminaron... o lo intentaron. Tones Kelly, el mánager de gira, señaló su reloj y dijo: «Hora de dar la noche por concluida, chicos», así que la mayor parte de la banda..., se hacen llamar Bam Band, ¿te lo había dicho?

—Sí, Barbara.

—Empezaron a guardar sus instrumentos, pero de pronto el teclista tocó un riff al órgano que era una pasada. Durante los ocho minutos siguientes, cantaron «What'd I Say», poniendo las Dixie Crystals las voces de acompañamiento. Vaya flipe. No hay otra manera de describirlo. No sé si conoces esa canción.

—Pues de hecho sí. —Holly la conocía ya antes de que Barbara Robinson naciera.

—¡Fue una pasada! Betty estaba bailando un two-step con Red Jones, el saxofonista. ¡Y de pronto me hace una seña a *mí*!

Con esa voz potente suya, grita: «¡Ven aquí, chica!». Así que me acerqué..., me sentía como si estuviera soñándolo todo..., y las Crystals tiraron de mí, ¡y *canté con ellas*! ¿Te lo puedes creer?

—Claro que sí —contesta Holly. Está rebosante de alegría por su amiga. Es una manera excelente de empezar el día. Desde luego mucho mejor que buscar prófugos en libertad bajo fianza más bien lentos a quienes echar el guante.

—Luego fuimos al Waffle House, que está abierto las veinticuatro horas. ¡Todos! ¡Holly, tendrías que haber visto a Sista..., a Betty, quiero decir, a Betty! ¡Tendrías que haberla visto comer! Huevos, beicon, salchichas, patatas a la plancha con cebolla y queso fundido... ¡y encima un *gofre*! Es una mujer grande, pero, si yo comiera tanto, ¡estaría como un *tonel*! Imagino que al cantar se queman muchas calorías. ¡Me *senté* con ella, Holly! ¡Comí huevos revueltos con Sista Bessie y su agente!

Holly despliega su más ancha sonrisa, en gran medida porque ha sido a ella a quien Barb ha elegido para contarle todo ese prodigio.

—¿Y le firmaste el libro?

—Sí, pero eso no es la parte importante. En mi libro hay dos poemas con rima, sobre todo por exigencia de Olivia Kingsbury. Como mentora, podía ser una mujer severa. Insistió en que escribiera algo que rimara. Al menos dos poemas. Dijo que era una buena disciplina para una poeta joven.

»Muy al principio, cuando empezaba a conocerla, leímos un poema de Vachel Lindsay titulado «El Congo». Es racista a tope, pero tiene un ritmo cadencioso. —Barbara zapatea para mostrárselo—. Así que escribí un poema titulado «Lowtown Jazz», digamos que para..., no sé, para contar el otro lado de la historia. No es un rap, pero casi. Rima por todas partes.

Holly asiente con la cabeza.

—Ese me encanta.

—A Betty también, según me dijo. Holly..., *¡quiere ponerle música y grabarlo!*

Holly se queda mirándola por un momento, boquiabierta. De pronto empieza a reír y dar palmadas.

—¡*Por eso* quería reunirse contigo!

Barbara parece desanimarse un poco.

—¿Tú crees?

—No, porque tú eres tú, Barbara, eso quiero decir. Los poemas forman parte de quien tú eres, y son muy buenos.

—El caso es que iremos al concierto en el Mingo como invitadas de Betty, y puedo volver a los ensayos siempre que quiera. Dijo que mi amiga podía acompañarme, y esa eres tú.

—Estupendo, me encantaría —dice Holly, sin saber aún que va a ausentarse por un tiempo de Buckeye City, e incluso del estado—. Dime qué pusiste en la dedicatoria del libro.

Barbara se queda estupefacta.

—No me acuerdo. Estaba tan nerviosa...

Y dicho esto Barbara rompe a llorar.

2

A la mañana siguiente, Izzy está sentada en un banco bajo el tenue sol de la mañana no lejos de los juzgados de Courthouse Square. Toma un café latte del Starbucks que hay en la calle Uno, a media manzana de allí. En el banco, junto a ella, ha dejado otro latte. El nombre que se lee en el vaso es Roxann, al que le falta una *e*, pero no cabe esperar que los camareros conozcan todos los nombres, ¿no?

La sensación del sol en la cara es extraordinaria. Izzy

piensa que podría quedarse ahí sentada tomando café toda la mañana, pero ve ya a su objetivo, una mujer regordeta que viste un traje pantalón gris y lleva un bolso oscilante colgado al hombro. Mientras avanza hacia el banco de Izzy, la mujer mantiene la mirada muy fija en su presa, que casualmente es el Starbucks. Izzy ha seguido a Roxanne dos mañanas durante su descanso rutinario para el café, pero aún no la ha abordado. Hoy, sabiendo que el jefe de esa mujer se ha marchado a Cincinnati y tiene vía libre, se abalanza sobre ella.

Bueno, expresado así quizá suene demasiado predatorio. En realidad, solo le tiende la taza y dice:

—Creo que esto es suyo, Roxanne.

Roxanne Mason se detiene y dirige una mirada cauta primero a Izzy, luego al vaso.

—Eso no es mío —contesta.

—Sí lo es. Lo he comprado para usted. Me llamo Isabelle Jaynes. Soy inspectora del Departamento de Policía de Buckeye City. Querría hablar con usted.

—¿De qué?

—De ciertas revistas que iban más allá del porno. *Toddlers. Uncle Bill's Pride and Joy. Bedtime Story.* Revistas así.

La expresión de Roxanne, fría ya desde el comienzo, pasa a ser directamente gélida.

—Eso es asunto judicial. Un asunto *pasado.* Bébase ese café extra usted misma. —Da un paso hacia Starbucks.

Izzy, con tono menos amable, advierte:

—Puede hablar conmigo aquí, bajo este agradable sol, o en una sala de interrogatorio sofocante en la comisaría, señora Mason. Usted decide.

En cierto modo ya sabe lo que necesita saber: la gelidez en la expresión de Roxanne Mason lo dice casi todo.

Roxanne se queda inmóvil a medio camino de dar el siguiente paso, como si jugara al un, dos, tres, al escondite inglés; después retrocede lentamente hasta el banco y se sienta. Izzy le tiende el café. Roxanne responde con un gesto de rechazo, como si pudiera estar envenenado, e Izzy lo deja entre ellas.

—¿Cómo sé que no es usted una periodista *haciéndose pasar* por policía?

Izzy saca del bolsillo trasero su cartera portaplaca y la despliega. Roxanne observa la fotografía y luego desvía la mirada con un mohín infantil en su cara redonda: *Si no te veo, no estás.*

—Trabaja para Douglas Allen, ¿correcto?

—Trabajo para *todos* los ayudantes del fiscal —rectifica Roxanne. Después, todavía sin mirar a Izzy, estalla—: No entiendo por qué tienen que seguir ustedes escarbando en el asunto de Duffrey. Si ese otro hombre decía la verdad, fue un error judicial trágico. Esas cosas pasan. Es triste, pero pasan. Si quieren culpar a alguien, culpen al jurado, o al juez que *instruyó* al jurado.

Roxanne —la ayudante de los seis ayudantes del fiscal del condado de Buckeye— ignora que han sido asesinadas tres personas en cuyas manos se han encontrado tiras de papel con los nombres de tres de los jurados del juicio contra Duffrey. De momento la policía ha conseguido mantener oculto ese dato. Tarde o temprano alguien se irá de la lengua, y, cuando eso ocurra, los periódicos se echarán encima como atraídos por un imán. O (Izzy piensa en el blog y el podcast de Buckeye Brandon) como moscas atraídas por la mierda.

—Digamos que han surgido algunas dudas.

—¿Y por qué no va a preguntar a Cary Tolliver? Es él quien inculpó a Duffrey, y muy hábilmente.

O a lo mejor contó con un poco de ayuda de un ayudante del fiscal ambicioso, piensa Izzy. *Uno que codicia la gran silla que ahora ocupa Albert Tantleff. Un ayudante del fiscal ambicioso al que le cayó entre manos un caso con gancho para la prensa y no quería que se desestimara.*

—Cary Tolliver está en coma desde esta mañana y ya no contestará a ninguna pregunta.

Lo que es una lástima, porque podría haber aclarado lo que ahora indaga Izzy. Pero en su visita —como Tom Atta señaló— no sabían cuáles eran las preguntas correctas, y Tolliver, medio grogui por la morfina, no pensó en facilitarles las respuestas. *O tal vez pensó que ya las sabíamos*, se dice Izzy.

—Roxanne, ¿le suena el nombre de Claire Rademacher? Trabaja en el First Lake City Bank, del que también eran empleados Alan Duffrey y Cary Tolliver.

Roxanne coge por fin el vaso de café. Retira la tapa y toma un sorbo.

—Recuerdo el nombre. Creo que la interrogaron. Se interrogó a todos los que trabajaban con Duffrey en el banco.

—Pero no llegó a prestar testimonio en el juicio.

—No, me acordaría.

—Mi compañero y yo hablamos con ella. Fue una conversación interesante. ¿Sabía que Alan Duffrey coleccionaba cómics antiguos?

—¿Va esto a alguna parte? —A juzgar por su rostro, Roxanne Mason sabe *exactamente* hacia dónde va.

—Los cómics antiguos llegan en bolsas especiales de polietileno Mylar. A Duffrey le interesaba en particular un personaje que se llamaba Plastic Man. Entre 1943 y 1956 se publicaron sesenta y cuatro números. Lo he buscado en Google. Pero más tarde, hará unos siete años, DC Comics sacó una serie de seis números de *Plastic Man,* lo que llaman «miniserie». ¿Y sabe qué? Cary Tolliver regaló a Duffrey esos seis ejemplares en un gesto de buena voluntad cuando Duffrey consiguió el puesto de gerente de crédito. ¿No le parece raro? ¿Teniendo en cuenta que Tolliver también aspiraba al cargo y que después acusó a Duffrey de pedofilia?

—No sé de qué habla —responde Roxanne—. Sabemos qué hizo Tolliver, o al menos qué contó. ¡Desembuchó en ese podcast!

—Según él, ya había desembuchado antes. Según él, escribió una carta al ayudante del fiscal Allen en febrero en la que reconocía que todo había sido obra suya. Le dio información que no había aparecido en la prensa.

—Ah, ¿sí? ¿Y dónde está esa carta?

Probablemente acabó en la trituradora de papel de Douglas Allen, piensa Izzy.

—Volvamos a los cómics de *Plastic Man*. Dijo la señora Rademacher que Duffrey quedó muy contento con el regalo. Se los enseñó. Dijo también que para él era un alivio que Cary no le guardara resentimiento. Pero he aquí un detalle interesante, Roxanne. Cuando enseñó a la señora Rademacher los cómics, no estaban en las bolsas de polietileno. No tengo ni idea de por qué quiso Tolliver recuperar las bolsas o, mejor dicho, qué *pretexto* dio a Duffrey para justificar su interés en recuperar esas bolsas..., pero se las llevó.

—¿Y *qué*? —Solo que Roxanne conoce la respuesta a su propia pregunta. Se le ve en la cara. Se ve en cómo le tiembla el vaso de café en la mano—. Esto es una pérdida de tiempo. No tengo más que quince minutos de descanso para el café. —Hace ademán de levantarse.

—Siéntese —indica Izzy con su mejor tono de policía.

Roxanne se sienta.

—Ahora hablemos de esas revistas de porno infantil que se encontraron detrás de la caldera de Duffrey. En las que supuestamente estaban sus huellas dactilares. El inspector Atta y yo dimos por sentado que se trataba de publicaciones en papel satinado, como *Playboy* y *Penthouse*, hasta que vimos las fotos de las pruebas presentadas en el juicio. En realidad, son más bien folletos, sin encuadernar, solo grapados. Hechos, muy probablemente, en el sótano de algún pedófilo asqueroso y enviados por correo desde una oficina de Mail Boxes Etc. en sobres marrones corrientes y con un nombre falso. Papel barato, mala calidad. Tamaño bolsillo.

Roxanne guarda silencio.

—En esa clase de papel quedan las huellas, pero no muy bien. Se ven borrosas. Las que el fiscal Allen presentó como prueba eran nítidas. Todas las crestas y remolinos aparecían bien definidos. Había dos en *Uncle Bill's Pride and Joy*, dos en *Toddlers* y tres en *Bedtime Story*. ¿Y ahora, Roxanne, está usted lista para la gran pregunta?

Izzy ve que Roxanne en efecto lo está. El vaso de café ha dejado de temblar. Ha decidido que, si peligra el culo de alguien, no será el suyo.

—¿Estaban esas huellas en las *revistas* o en las *bolsas* que contenían las revistas halladas detrás de la caldera de Alan Duffrey?

Roxanne, sin mucha convicción, hace un último intento.

—¿Eso qué más da? *Eran* las huellas de Duffrey.

Izzy calla. A veces el silencio es lo mejor.

—Estaban en las bolsas —declara Roxanne por fin—. No fue una prueba *falseada* ni nada por el estilo. Simplemente cuando se fotografiaron las revistas en las bolsas...

—Dio la impresión de que las huellas estaban *en* las revistas, ¿no?

—Sí —masculla Roxanne en el vaso de café.

—Roxanne, puede que usted y yo tengamos distintas opiniones sobre lo que constituye una prueba falseada. Pero si

Allen recibió una carta de confesión de Cary Tolliver y la tiró, todo este asunto sería sin duda falso como lágrima de payaso. Claire Rademacher…

—¡No tiene ninguna prueba de eso!

No, piensa Izzy, *y, si la carta acabó en la trituradora de papel, nunca la tendré.*

—Claire Rademacher no constaba en la lista de testigos de Allen, y por tanto Grinsted, el abogado de Duffrey, no llegó a interrogarla. Ella no se ofreció a atestiguar porque ni se le pasó por la cabeza que los cómics pudieran tener alguna importancia. En esencia, su jefe, Roxanne, ocultó pruebas, ¿no es así?

—*Todos* son mis jefes —responde ella, airada—. La mayoría de los días parezco una mujer con una sola pierna en un concurso de patear culos.

Pero Allen le prometió que, si ascendía, usted iría con él, ¿no? Es una pregunta que Izzy no planteará.

—A decir verdad, no fue solo ocultación. Fue una manipulación intencionada, y un factor que contribuyó al asesinato de Alan Duffrey.

—A Duffrey lo asesinó un recluso. Lo apuñaló con un pincho hecho con el mango de un cepillo de dientes. —Roxanne derrama su café y se mancha un zapato—. Ya hemos terminado. —Se pone en pie y se encamina hacia los juzgados del condado.

—Doug Allen no ascenderá a fiscal —dice Izzy en dirección a ella alzando la voz—. Al margen de la carta de Tolliver que tal vez destruyó, cuando esto salga a la luz tendrá suerte si consigue trabajo en el sector privado.

Roxanne, sin volverse, sigue adelante. No importa. Izzy ya sabe lo que ella (y Tom) solo sospechaba: Cary Tolliver no era el único responsable de la falsa inculpación de Alan Duffrey. Le habían echado una mano. Si «Bill Wilson» lo sabe, quizá considere al ayudante del fiscal Allen el máximo culpable.

Izzy alza la cara hacia el grato sol del día, cierra los ojos y toma un sorbo de latte.

3

Kate y Corrie llegan a Omaha a las dos de la tarde, después de conducir Kate casi todo el viaje pisando el acelerador a fondo. Se reparten el control del servicio de radio por satélite Sirius XM en turnos de media hora, cantando Kate clásicos del rock de los ochenta a pleno pulmón y acompañando luego Corrie con su voz a Willie, Waylon y Shania. El bolo de promoción de *El testamento de una mujer* de esta noche es en el Centro de Artes Interpretativas Holland. Aforo de dos mil butacas, y como Corrie informa alegremente: «¡Con un culo en cada una!».

Corrie se sitúa en su posición de costumbre, detrás del regidor, que dispone de unos auriculares y una pequeña pantalla de televisión montada en la pared, y Kate sale a zancadas al escenario entre atronadores aplausos que ahogan los abucheos de una parte del público. No ha comprado ni encargado otro borsalino. Esta noche lleva una gorra roja de los Cornhuskers. Ejecuta su exagerada reverencia habitual, coge el micrófono del atril (en todas partes Corrie insiste en que debe ser un micrófono inalámbrico de mano, no de solapa; Kate considera que los de solapa no son fiables) y se acerca al proscenio.

—¡El poder de las mujeres!

—*¡El poder de las mujeres!* —clama el público en respuesta.

—¡Eso puede mejorarse! ¡Que yo os *oiga*, Omaha!

—*¡EL PODER DE LAS MUJERES!* —brama la multitud. O al menos la mayor parte.

—Bien, eso ha estado bien —dice Kate. Se mueve de aquí para allá. Deambula. Viste un traje pantalón de color rojo vivo a juego con la gorra. Corrie se lo ha encontrado en Fashion Freak—. Ha estado fenomenal. Ahora sentaos. Tengo que prestar testimonio, Omaha. Esta noche siento dentro de mí la fuerza del espíritu, así que sentaos.

El público se sienta en medio de un murmullo de ropa. Algunas mujeres lloran de felicidad. Siempre hay unas cuantas de estas. Algunas llevan tatuajes de Kate McKay.

—Para empezar, quiero que hagáis como si estuvierais en el colegio. ¿Podéis hacerlo? ¿Podéis? ¡Bien! ¡Fantástico! Ahora quiero que todos los hombres presentes levanten la mano. Venga, muchachos, no seáis tímidos.

Se oyen risas y movimiento de pies, pero los hombres están decididos a portarse bien. Levantan las manos. Todas las noches alrededor del veinte por ciento del público lo componen hombres, calcula Corrie. No todos forman parte de la sección de abucheadores, pero sí la mayoría.

—Ahora que mantengan la mano en alto los hombres que hayan tenido un aborto. Los que no que la bajen.

Más risas. Cuando todos los hombres bajan la mano, la mayoría de las mujeres aplaude.

—¿Cómo? *¿Ninguno?* ¡Guau! ¡Quiero decir, *caramba*!

Risas generales. Corrie ha oído ya muchas veces esta rutina de calentamiento.

—Pero ¿quién hace las *leyes* aquí en Nebraska? Estoy planteándome esa pregunta en relación con la decisión del caso Dobbs, que transfirió la legislación sobre el aborto a los estados. En Nebraska, el plazo límite son doce semanas. El setenta y dos por ciento de los legisladores que formularon esa ley son hombres, que nunca han tenido que decidir si interrumpir un embarazo.

—*¡La ley de Dios!* —grita alguien desde el fondo del auditorio.

Kate no se inmuta. Nunca.

—No sabía que Dios hubiera obtenido un escaño en la asamblea legislativa de Nebraska.

La respuesta suscita una salva de aplausos. Corrie lo ha oído todo antes, y, en vista de que esta noche no se solicitará su presencia como invitada —Kate tendrá el escenario para ella sola, que es lo que las dos prefieren—, se va a la sala de espera para hacer unas llamadas. Tiene cabos sueltos que atar antes de la próxima parada en el viaje.

Su actual policía de seguridad, instalado en un rincón de la sala, se sirve tentempiés de una de las muchas bandejas de cortesía. Es uno de los ayudantes del sheriff del condado de Douglas, llamado Hamilton Wilts. («Ustedes, señoras, pueden llamarme Ham»). Corrie sabe que no es políticamente correcto pensar en las personas con sobrepeso como gordos, pero, cuando mira a Ham Wilts, no puede evitar acordarse de su padre señalando con el mentón a una persona así y susurrando: «Ahí va un queso de bola con patas».

El televisor de la sala de espera muestra a Kate en el escenario, paseándose, metiéndose en el papel —prestando *testimonio*—, pero está sin volumen y Wilts lee una novela de misterio en rústica. En la larga encimera dispuesta bajo tres espejos para maquillaje, además del refrigerio, hay tal cantidad de ramos de flores que apenas caben. En su mayor parte son de diversos grupos de mujeres; el más grande, del patrocinador de la charla. Las flores y bandejas de tentempiés ya estaban ahí. Ahora Corrie ve también un sobre blanco. Es nuevo.

Lo coge. En el ángulo superior izquierdo se lee: DE LA OFICINA DE LA ALCALDESA JEAN STODART. Los nombres de las destinatarias, las señoras Kate McKay y Corrine Anderson, se han escrito a mano. A no ser por lo que ocurrió en Reno y Spokane, Corrie habría abierto el sobre sin vacilar y lo habría dejado sobre la encimera, apoyado en algo, para que Kate lo viera al final del espectáculo (las charlas de Kate no pueden llamarse de otra forma). Pero lo de Reno fue real, como también la fotografía con la nota de amenaza. Así que Corrie se pone en guardia. Probablemente sea una estupidez, pero le parece notar un *bulto* en la base del sobre. Tal vez sea solo un relieve elegante en la tarjeta, pero...

—Agente Wilts... Ham... ¿quién ha traído esto?

Él aparta la vista del libro.

—Un acomodador. ¿Ya está a punto de terminar la señora McKay?

—Todavía no. —Le quedan veinte minutos como mínimo. Quizá más—. ¿Hombre o mujer?

—¿Hum?

—La persona que ha traído esto, ¿era hombre o mujer? —Sostiene el sobre en alto.

—Casi seguro que era una mujer joven, pero la verdad es que no me he fijado. —Alza el libro. Ilustra la tapa una mujer aterrorizada—. Ya me falta poco para llegar a la parte en que se averigua quién lo hizo.

Pues en teoría *debería fijarse, maldita sea*, piensa Corrie. *Su puto* trabajo *consiste en fijarse..., pedazo de rueda de queso.* Por nada del mundo diría eso en voz alta, en igual medida que no lo haría Holly.

Ham Wilts vuelve a centrar la atención en su libro. Corrie examina los diversos cajones de la sala de espera. Encuentra maquillaje antiguo, un sujetador y medio paquete de antiácido Tums, pero no lo que busca.

—Agente Wilts.

Él alza la vista y cierra el libro. Por algo en el tono de voz de Corrie.

—¿Tiene una mascarilla? ¿Una mascarilla contra el covid? Este sobre…, probablemente no pasa nada, pero hemos recibido amenazas, y en Reno…

—Ya sé lo que les pasó en Reno —dice él, y ahora es *su* tono de voz el que trasluce algo. También la expresión de su rostro. Corrie piensa que podría ser un vislumbre del hombre que Wilts era hace treinta años y con cuarenta kilos menos—. Déjeme ver eso.

Ella se lo entrega.

—Noto algo dentro, quizá sea solo el relieve de una tarjeta de felicitación elegante, pero, cuando he apretado, me ha parecido que se *movía*…

El agente frunce el entrecejo.

—Esto está equivocado.

—¿Qué?

—El apellido de la alcaldesa. No es Stodart, es Stothert.

Cruzan una mirada. En el televisor, sin sonido, Kate realiza su característico gesto de invitación —*vamos, vamos, vamos*—, y Corrie oye vagamente unos aplausos, que parecen llegar de otro mundo.

Wilts no tiene una mascarilla contra el covid, pero antes ha llevado a Kate y Corrie al recinto en su coche patrulla y sí que tiene unas cuantas mascarillas protectoras, las N95 que usan los agentes al detener a un sospechoso por tenencia de drogas. Wilts explica a Corrie que se ha dado el caso de que un agente pierda el conocimiento por inhalar coca mezclada con fentanilo o heroína de una bolsa rota. Le entrega una mascarilla y dice:

—Mejor prevenir que curar.

Corrie se la pone. No está del todo segura, pero, por lo que ve en el monitor, cree que Kate ha llegado a la parte de preguntas y respuestas del programa, dispuesta a ridiculizar diestramente a cualquiera que se atreva a discrepar de sus posiciones sobre cuestiones políticas y femeninas..., que, para Kate, son la misma cosa.

Wilts, actuando cada vez más como un agente de policía, rompe el sobre por la parte superior. Echa un vistazo dentro. Abre mucho los ojos.

—Salga de la sala, señora, seguramente esto es talco, pero...

—Mejor prevenir que curar. Ya lo he oído.

Con el corazón acelerado, Corrie se retira a su posición habitual junto al regidor. El tiempo transcurre lentamente. Se imagina a Ham Wilts muerto en el suelo de la sala de espera. Es una estupidez, pero desde Reno y Spokane su cabeza tiende a concebir por defecto la peor posibilidad.

Para concluir, Kate alza las manos y exclama: «¡Gracias, Omaha!». A continuación, abandona el escenario, sonriente y enrojecida. Sin duda ha sido una actuación de las buenas, cosa que no sorprende a Corrie; Kate ha estado perfeccionando su espectáculo en cada parada. Para cuando lleguen a Nueva York, arrollará.

Da un breve abrazo a Corrie y pregunta:

—¿Ha estado bien?

—Desde luego, estupendamente, pero...

—Ahuequemos el ala. Necesito un filete y necesito una ducha. Apesto.

—Puede que haya un problema —advierte Corrie.

4

Hay un problema.

En lugar de tomarse unos días libres en Des Moines, como tenían previsto, Kate y Corrie se quedan en Omaha. El contenido del sobre no era talco ni levadura ni bicarbonato. Era una mezcla de *Bacillus anthracis* y sílice. El sheriff del condado de Douglas les muestra una fotografía del polvo que salió de la tarjeta y se depositó en el pliegue del fondo del sobre. Después les enseña una foto del polvo apilado en la balanza de un laboratorio. Dice que han acelerado la investigación. Si espera agradecimiento de alguna de las dos mujeres, no lo recibe. Kate está pálida y muy seria. *Puede que ahora esto empiece a parecerle real*, piensa Corrie.

Wilts no trata de adornar su versión, y Corrie lo respeta por eso. Estaba absorto en su libro. Una acomodadora llamó a la puerta y entró. Sabe que era una acomodadora por el pantalón gris y la americana azul. Utiliza la palabra «acomodadora» porque está *casi* seguro de que era una mujer, pero no del todo. Tenía el cabello oscuro y abundante. Lo saludó con la cabeza, dejó el sobre apoyado en un jarrón de flores y se marchó.

—Ojalá pudiera decir algo más —lamenta Ham Wilts—, pero mientras la señora McKay estaba en el escenario entraron y salieron varias personas. Además, el libro era francamente bueno. Tengo la sensación de que les he fallado.

—En realidad, usted pensaba que no iba a pasar nada, ¿no? —Kate emplea un tono neutro. Ni acusatorio ni *no* acusatorio.

Wilts debe de percibir la mirada iracunda del sheriff. No contesta. Lo cual es de por sí respuesta suficiente.

—¿Tienen una foto de la tarjeta? —pregunta Kate.

El sheriff desliza otra foto por encima del escritorio. Kate la mira y se la enseña a Corrie. Es el tipo de tarjeta que se compra en blanco en un supermercado o una papelería, lo que permite escribir un mensaje tanto en la parte exterior como dentro. Fuera se lee UNA TARJETA SIMPLE PARA DOS SIMPLES ZORRAS.

—Muy bonito —comenta Kate—. ¿Qué pone dentro? ¿Un abrazo de vuestra amiga la que está como una puta cabra?

Una cuarta foto llega del otro lado del escritorio. El texto interior de la tarjeta, también en mayúsculas, es: A LOS IMPOSTORES LES ESPERA EL INFIERNO.

5

La noche del bolo de Kate en Omaha, Chrissy Stewart se aloja en el motel Sunset, en las afueras de la ciudad. Es un cuchitril. Esos establecimientos de reputación dudosa todavía aceptan dinero en efectivo, y a veces alquilan habitaciones por horas. Chrissy se quedará a pasar la noche, pero mañana madrugará. Quiere adelantarse a las zorras asesinas de bebés y llegar antes que ellas a su siguiente parada.

O no, si el ántrax ha cumplido su función.

En la habitación seis, Chrissy se quita el pantalón gris, la camisa blanca y la americana azul que ha utilizado como uniforme de acomodadora: probablemente un esfuerzo innecesario, porque el estúpido del policía contratado apenas ha apartado la vista del libro. Se quita la peluca y el gorro de baño que lleva debajo. Entra en el lavabo, poco más que un armario con paredes de plástico, y se retira de la cara el ligero maquillaje. Mañana tirará la indumentaria de acomodadora, junto con la peluca y el gorro de baño, al contenedor de un área de descanso a muchos kilómetros de allí.

Chrissy no puede asesinar a *todas* las mujeres que quieren recuperar el derecho a matar a los niños de la siguiente generación, pero su hermano y ella sí pueden liquidar a la que más ruido hace, que se manifiesta de manera tan estridente y desvergonzada contra la ley de Dios. Aunque ella no tiene hijos, sabe algo que Kate McKay, también una mujer sin hijos, no sabe: la pérdida de un niño es como la pérdida del paraíso.

—No pienses en eso —masculla—. Ya sabes lo que pasará si lo haces.

Sin duda lo sabe. Pensar en la pérdida de un niño le traerá recuerdos. Una mano inerte, por ejemplo, el destello de unas uñas bajo el sol de la mañana. Le traerá dolor de cabeza, y de los severos. Como si el cerebro tratara de escindirse en dos.

Viaja con dos maletas. De una saca un camisón corto, luego se acuesta y apaga la luz. Fuera, al oeste, circula ruidosamente un tren de mercancías interminable. *Quizá Kate ya ha muerto. Kate y la zorra que la acompaña. Puede que mi trabajo ya esté hecho.*

Pensando en ello, Chrissy concilia el sueño.

6

Corrie ha pedido que todas las fotografías que el sheriff les ha enseñado se le remitan a su dirección de correo electrónico, y el sheriff ha accedido. A la mañana siguiente, Kate entra en la habitación de Corrie. En pijama, Kate parece más joven y más vulnerable.

—¿Ya has tenido suficiente?

Corrie niega con la cabeza.

Kate despliega una sonrisa.

—Que le den por el saco a esa zorra si no es capaz de aceptar una broma, ¿no?

—Exacto. Ajo y agua.

Kate frunce el entrecejo.

—¿Cómo?

—Ajo y agua. Es una expresión de los marines. Significa: a joderse y aguantarse.

—Esa sí que es buena —dice Kate—, pero tenemos un poco de tiempo libre antes de irnos a por ajo y agua a Des Moines. Gracias a Dios. En esta calle hay un bar deportivo, podríamos ver el partido de los Yankees contra Cleveland. Se juega de día. Nos partimos una jarra de birra. ¿Te interesa?

—Cómo no —contesta Corrie.

—Eh, un momento: ¿tienes ya edad para beber?

Corrie le lanza una mirada.

Kate suelta una risotada.

7

Kate y Corrie ven el encuentro entre los Yankees y los Guardians en el bar deportivo DJ's Dugout de Omaha. En Buckeye City, Dean Miter ve el partido en el Happy, el bar donde trabaja casi a diario John Ackerly. Dean es un veterano del cuerpo de policía de Buckeye City con dieciocho años de servicio y ha sido designado por Lew Warwick lanzador titular del equipo de la policía en el partido de sófbol Armas contra Mangueras que se disputará a final de mes. ¿Cómo no iba a designarlo? El año pasado, Dean, en su turno de lanzamiento, consiguió tres entradas en blanco, hasta que el equipo de los bomberos rompió su mala racha y anotó seis carreras contra dos lanzadores suplentes.

Hoy Dean no está de servicio. Bebe su segunda cerveza acompañada de un chupito mientras ve el partido, sin molestar a nadie. Alguien se sienta junto a él ante la barra y le da un fuerte golpe en el hombro. A Dean se le derrama la cerveza en la superficie de la barra.

—Ay, perdón —dice el recién llegado.

Dean se vuelve y ve a su lado, casualidades de la vida, al bombero al que eliminó por strikes al final de su turno en el partido del año pasado. Antes del partido, ese individuo había gritado desde el otro lado del campo que nunca había visto a semejante pandilla de «nenazas vestidas de azul». Después de eliminarlo, Dean preguntó: «¿Quién es ahora la nenaza, eh, aficionadillo?».

—Ve con cuidado —advierte ahora Dean.

El bombero, un tipo fornido de cabeza grande, dirige a Dean una mirada de exagerada pesadumbre.

—¿Es que no he pedido perdón? ¿A qué viene tanta delicadeza? ¿No será porque este año os vamos a dar otra paliza?

—Habla más bajo, memo. Intento ver el partido.

El camarero —no John Ackerly, que hoy libra, pero igual de atento cuando parece que se cuecen conflictos— se acerca.

—Aquí todos somos amigos, ¿vale?

—Vale, solo me estaba guaseando de él —contesta el bombero, y, cuando Dean se lleva el chupito a los labios, el bombero no solo le golpea el hombro, sino que lo empuja violentamente con el suyo. Dean, en lugar de beberse el whisky, acaba cubierto por él.

—Ay, perdón —repite el bombero. Sonríe—. Por lo que se ve…

Dean se gira en el taburete y, preparando ya el brazo para golpear, cierra el puño en torno al vaso de chupito. El bombero cabezudo ve venir el puñetazo —Dean no es precisamente rápido— e intenta esquivarlo. El cabezudo tampoco es demasiado rápido, y el derechazo de Dean, en lugar de pasarle inocuamente por encima de la cabeza, impacta en su frente prominente y ancha. Sale despedido del taburete.

—¡Basta, basta! —exclama el camarero—. ¡Si van a continuar con eso, váyanse afuera!

Dean Miter no tiene intención de irse afuera ni de continuar con nada. Abre el puño con un grito de dolor. Se le han dislocado tres dedos y se le ha fracturado uno. El vaso se le ha roto en la mano. Tiene profundos cortes de los que asoman colmillos de cristal. La sangre salpica la barra.

Los días de lanzador de Dean quedaron atrás.

Capítulo 6

1

Tras una sucesión de días agradables en mayo, el lunes 19 amanece destemplado y chispea. Mientras Holly sigue trabajando en el papeleo relacionado con los seguros (y esforzándose por permanecer despierta; tiene un problema con los lunes lluviosos), recibe una llamada en su número particular. Es Izzy.

—Tengo algo para ti, pero no quiero enviarlo por móvil o correo electrónico. Estas cosas pueden volverse en contra y atormentar a burócratas de bajo nivel como yo. ¿Puedes venir a verme?

Cualquier excusa es buena para abandonar el papeleo. Holly pregunta a Izzy si está en la comisaría.

—No. En el Bell College. En el Gimnasio Conmemorativo Stucky.

—¿Qué haces ahí?

—Es una larga historia. Te lo contaré cuando vengas.

2

Holly encuentra a Izzy en el pabellón deportivo del Bell College, vestida con pantalón de chándal, zapatillas y una camiseta del Departamento de Policía. Lleva el cabello recogido y calza un guante de béisbol de jugador de campo en la mano izquierda. Tom Atta, en cuclillas a unos doce metros, golpea con el puño la palma de un guante de catcher, que a continuación levanta a la altura del pecho.

—Haz el lanzamiento descendente. Ya has calentado de sobra. Ánimo, Iz.

Izzy ha calentado más que de sobra, a juicio de Holly; un árbol de sudor se dibuja en la espalda de su camiseta cuando arma el brazo y lanza. La pelota parte con una trayectoria alta, probablemente por encima de la zona de strike, y de pronto da la impresión de que desciende unos ocho centímetros. Parece un truco de magia.

—Buen tiro —dice Tom—, pero la trayectoria ha de empezar más abajo o, si no, acabará en la zona de poder del bombero de turno. Otra más.

Le devuelve la bola. Esta vez la trayectoria arranca a una altura de un palmo por encima del codo de un bateador imaginario y al cabo de un instante realiza el mismo descenso inconcebible de casi ocho centímetros.

—Perfecto —afirma Tom, y se yergue con una mueca en el rostro—. Si pueden pegarle a esa, cosa improbable, pero si pueden, la mandarán al suelo. Reserva ese brazo. Tienes visita.

—Y tú reserva las rodillas, viejales —responde Izzy con una sonrisa. Atrapa la pelota que Tom le devuelve y se acerca a Holly—. Estaríamos fuera, en el campo de sófbol, de no ser por la lluvia. —Se sacude la camiseta contra el cuello—. Aquí hace mucho calor.

—¿Qué estáis haciendo exactamente? —pregunta Holly.

—Cumplir órdenes del amo.

Tom se aproxima a ellas.

—Se refiere a Warwick. El capitán del equipo de sófbol del Departamento de Policía de este año. Además de nuestro jefe.

Izzy los guía hacia las gradas y se sienta frotándose el hombro.

—Lew me ha seleccionado para lanzar en el partido de este año de Armas contra Mangueras, porque Dean Miter, quien se *suponía* que iba a ser el lanzador, se rompió la mano en una pelea en un bar del centro.

—El bar se llama Happy, «Feliz», pero Dean muy feliz no está —comenta Tom.

Holly conoce bien ese bar, pero se lo calla. Tom se quita el guante y sacude la mano. Tiene la palma roja.

—En caliente lo bordas, Iz.

—Cuando tenga delante bateadores de verdad, fallaré —contesta Izzy con actitud sombría—. No lanzaba desde la universidad, y de eso hace *mucho* tiempo.

—Tu lanzamiento descendente sigue siendo endiablado —afirma Tom—. Con eso los eliminarás.

Holly sabía que Izzy estaba en buena forma, pero esta faceta suya —el lado deportivo— es una sorpresa.

Izzy se levanta, hace un estiramiento y se lleva los puños a la zona lumbar.

—Ya estoy vieja para esta mierda. Ven conmigo, Holly.

Izzy la lleva al vestuario de mujeres. Introduce la combinación de una de las taquillas. Dentro cuelga su ropa de calle, junto con la Glock. Ha dejado el bolso en el estante. Revuelve en él y extrae una hoja doblada.

—Aquí tienes. Si te atrapan con esto, no te lo he dado yo.

—Por supuesto que no.

Izzy exhala un suspiro.

—Aunque, claro, ¿quién podría habértelo dado, si no?

Lew sabe que somos amigas. —Más animada, añade—: Por otro lado, no puede despedirme, al menos hasta pasado el partido de Armas contra Mangueras.

Holly despliega el papel y lo examina.

> Andrew Groves (1), Philip Jacoby (2), Jabari Wentworth (3), Amy Gottschalk (4), Ellis Finkel (5), Turner Kelly (6), Corinna Ashford (7), Letitia Overton (8), Donald Gibson (9), Belinda «Bunny» Jones (10), Steven Furst (11), Brad Lowry (12).
>
> Juez: Irving Witterson
>
> Fiscal: Douglas Allen

—Por si sirve para algo —dice Izzy.

—No has añadido al abogado de Duffrey. Supongo que puedo consultarlo...

—No hace falta. Se llama Russell Grinsted, y dudo que sea el culpable al que se refería Bill Wilson en su carta. Por lo que yo sé, Grinsted hizo todo lo que pudo para conseguir la absolución de Duffrey, en cuanto su cliente dejó claro que quería llegar a juicio.

—¿Podría haber llegado a un acuerdo previo?

—Según Grinsted, sí. Las pruebas eran endebles, el argumento de que el material lo había colocado alguien para inculparlo era bastante sólido, por no decir contundente. Dice que Al Tantleff, el gran jefe, habría permitido a Duffrey aceptar la culpabilidad por un solo cargo. La condena habría podido quedar en un año de cárcel, o incluso en libertad vigilada más servicios a la comunidad. Pero Duffrey sostuvo que era inocente..., que lo habían inculpado falsamente..., que era un montaje. Se negaba en especial a ser incluido en el Registro, cosa que habría ocurrido en caso de admitir la culpabilidad. Tantleff dejó la acusación en manos de Doug Allen, y Allen partió de ese punto. Tom y yo tenemos que volver a hablar con Grinsted, aunque solo sea para ponerlo al corriente, y *desde luego* tenemos que hablar con Allen.

—¿De qué?

—De lo que me enteré a través de Claire Rademacher. Es...

—La cajera jefa del banco donde trabajaban Duffrey y Tolliver.

—Has estado indagando, Gibney.

Holly esboza una sonrisa incómoda.

—Tengo poco que hacer.

—La fiscalía obtuvo cierta información de Rademacher. —Izzy explica el asunto de las bolsas de polietileno Mylar de los cómics, que Cary Tolliver se llevó después de que Alan Duffrey las manipulara—. Allen excluyó a esa Rademacher de la lista de testigos. ¿Cómo no? No podía ayudarlo a ganar el caso, sino solo perjudicarlo. Por tanto, quedó en manos de Grinsted averiguar lo que ella sabía, y no llegó a averiguarlo.

—¿No podía ese Grinsted recurrir a un investigador? —Holly personalmente solo ha trabajado para abogados penales en un par de ocasiones, pero está casi segura de que *ella* habría localizado a Claire Rademacher y oído su historia.

—No, Russell Grinsted trabaja solo. Habló con todos los testigos de la lista de Allen y tomó declaración a algunos, incluido Tolliver, que aún no estaba enfermo ni tenía cargos de conciencia, pero no llegó a Rademacher. Posiblemente no vio la necesidad. Cuando se entere de lo que Allen le ocultó, va a ponerse furioso.

—Un comportamiento chungo.

—Chungo pero no ilegal. Un fiscal que destruye una carta de confesión sí lo sería..., si es que Allen realmente lo hizo..., pero jugar a los triles con los testigos es una estrategia clásica entre fiscales. Los abogados defensores también lo hacen. Pero Allen sí se pasó de la raya con las fotografías que presentó en el juicio. Afirmó que eran las huellas dactilares de Duffrey en las revistas de porno infantil. En realidad, eran fotos de las huellas de Duffrey en las *bolsas*, cuidadosamente iluminadas para que no se vieran las propias bolsas.

—¡Falsificó las pruebas! —exclama Holly. Esas tretas siempre la sacan de quicio. No son muy distintas de las tácticas de algunas de las compañías de seguros con las que trata, incluida la del burro parlante.

—Cuando se lo eche en cara, sonreirá y dirá que no hizo nada parecido. Dirá que hay una diferencia entre *afirmar* algo y dejar que la gente, en este caso el jurado, extraiga sus propias conclusiones. Dirá que él se limitó a señalar que esas huellas dactilares eran de Duffrey. Nunca afirmó de manera expresa que estuvieran en las revistas porno.

Holly no sale de su asombro.

—¿Puede hacer una cosa así?

Izzy le dirige una sonrisa de tiburón.

—No. Es una transgresión ética. El tribunal supremo del estado no lo inhabilitará, pero creo que se le someterá a una revocación disciplinaria, que *equivale* a una inhabilitación. Porque, como imaginarás, Alan Duffrey no puede solicitar otro juicio, ¿no?

—No.

—Con carta de confesión o sin ella, Douglas Allen nunca ocupará el cargo de fiscal del condado. Pero ahora mismo eso no es lo importante.

—Crees que Bill Wilson lo considera a *él* el culpable.

—Si sabe lo del truco sucio de las bolsas y las revistas, probablemente. Si cree que Tolliver en efecto escribió en febrero una carta para confesar la trampa, casi seguro. Y Tolliver informó sobre la carta a Buckeye Brandon, el podcastero. Brandon la llamó en su podcast «la *presunta* carta», pero aun así...

—Aun así, el ayudante del fiscal Allen podría estar metido en un problema grave —concluye Holly.

Izzy se quita la camiseta y se enjuga el sudor de la cara con ella.

—Voy a ducharme.

—Te dejo con lo tuyo.

—Y, por cierto, Holly...

No es necesario que lo diga. Holly se desliza un dedo sobre los labios y gira una llave invisible.

—Otra cosa. Dijiste que conocías a alguien que va a los programas locales de recuperación. ¿Has hablado con él? ¿O ella?

—Últimamente no —contesta Holly, lo que en rigor no es mentira, pero cuando sale del gimnasio telefonea a John Ackerly. Él contesta en cuanto suena el timbre.

—Eh, Holly.

—Perdona que te moleste mientras trabajas, John.

—No te preocupes. Hoy no hay mucho movimiento aquí.

—¿Has tenido ocasión de hablar con el hombre que mencionaste?

—Mike Libro Grande. Pues verás, no. Digamos que se me había olvidado.

—A mí también —reconoce Holly.

—Hablaré con él, pero dudo que consiga sacarle algo. En las reuniones no para de rajar, pero se toma muy en serio la cuestión del anonimato.

—Ah. Vale, entendido.

—A veces el Reve va a la reunión del Círculo de Abstinencia de los miércoles y después se pasa por The Flame. ¿Conoces ese sitio? ¿Una cafetería pequeña en Buell Street?

—Sí. —Ella misma ha tomado algún café allí. Está cerca de su oficina.

—Iré a la reunión y, si está allí, luego se lo preguntaré. Si no está, preguntaré a otros. Te interesa alguien que se presenta como Bill, o como Bill W., ¿no?

—Exacto.

—¿Alguna otra cosa?

—Pregúntale a ese Mike Libro Grande si ha oído a alguien expresar su indignación por el asesinato de Alan Duffrey.

3

Tapperville es un pueblecito agradable y próspero, entre rural y residencial, a unos treinta kilómetros al norte de la ciudad. Es donde Michael Rafferty —a veces conocido como el Reve, a veces como Mike Libro Grande— se cobija cuando no está asistiendo a reuniones de AA y NA por todo el condado de Upsala. También tiene ahí su sede el Centro de Recuperación de Tapperville, que incluye tres campos de la liga infantil y uno de la liga juvenil. Están todos equipados con iluminación artificial, y el Centro se encuentra a menos de un kilómetro de la casa del Reve.

Trig ha llevado a cabo un meticuloso reconocimiento de la zona, pero de antemano solo le cabe esperar que este martes por la tarde no llueva. Con mal tiempo, se cancelarían los partidos de béisbol, y él a su vez tendría que cancelar sus propios planes. Ha hecho un día despejado y cálido después de los chaparrones de ayer. Trig no dirá que eso sea el visto bueno de Dios, pero tampoco dirá que no.

Han empezado ya los partidos en los cuatro campos, y los

dos aparcamientos están casi llenos. Trig deja su anodino Toyota en una de las pocas plazas libres que quedan, se pone unas gafas de sol y una gorra de los Cavaliers de Cleveland y sale. Viste una chaqueta gris tan fácil de olvidar como su coche gris. En uno de los bolsillos lleva un revólver Smith & Wesson del 38. Habría preferido su 22, pero ha decidido —a su pesar— que el Reve no puede ser el sustituto del cuarto miembro del jurado. El Reve se toma muy en serio la Undécima Tradición («Debemos mantener siempre el anonimato personal»), pero ¿está dispuesto Trig a arriesgar su misión por la suposición de que Mike Libro Grande no haya comunicado a nadie que él, Trig, va a visitarlo esta noche? No.

¿Cómo se me ocurrió decir que la persona cuya pérdida lamentaba murió en chirona?

Ese pensamiento es suyo, pero lo enuncia la voz de su padre, desaparecido hace mucho tiempo.

—Porque estaba alterado —musita a la vez que se sube el cuello de la chaqueta y se encamina por la calle hacia la casita de una sola habitación donde vive el Reve.

Incluso si el Reve no ha dicho a nadie que espera a Trig para una sesión de orientación, han coincidido en unas cuantas reuniones. En su mayoría fuera de la ciudad, pero aun así... Si Trig deja el nombre de un miembro del jurado en la mano de Mike, alguien podría relacionarlos a los dos. Es sumamente improbable, porque Trig nunca da su nombre en las reuniones, pero improbable no es lo mismo que imposible.

Es mejor que parezca un robo. Implica matar a una persona más, pero Trig ya se ha hecho a esa idea.

Matar en efecto resulta cada vez más fácil, por lo visto.

4

El Reve recibe a Trig en la puerta y hace una pregunta inesperada:

—¿Dónde has dejado el coche?

Trig vacila, pero enseguida se rehace.

—Ah. Sí. Lo he dejado en el Centro. No quería bloquearte el camino de acceso.

—No deberías haberte molestado, hay sitio de sobra. Yo dejo el mío en el garaje. Pasa, pasa.

El Reve guía a Trig hasta una acogedora salita de estar. En una pared cuelga un texto, enmarcado, del capítulo del *Libro Grande* «Cómo funciona». En otra hay una foto de los fundadores de AA, Bill W. y el doctor Bob, cada uno con el brazo alrededor de los hombros del otro.

—¿Te apetece una copa? —pregunta el Reve.

—Martini, muy seco.

El Reve suelta una carcajada. A Trig le recuerda la forma de reír del Burro Parlante en los anuncios de cierta compañía de seguros: hiii-hoo, hiii-hoo. El Reve incluso tiene los mismos dientes grandes del Burro Parlante.

—Me tomaría una Coca-Cola, si tienes.

Se recuerda que debe permanecer atento a todo lo que toque, para limpiar luego las huellas dactilares. De momento, nada.

—Coca-Cola no, pero sí ginger ale.

—Perfecto. ¿Puedo ir al baño?

—Al final del pasillo. ¿Tiene que ver tu problema con ese amigo tuyo que murió en la cárcel?

—Así es —responde Trig, y piensa que, si el destino de ese hijo de su madre, el muy chismoso, no hubiese estado ya decidido, habría bastado con esa pregunta para condenarlo—. Disculpa.

Pese a ser un solterón, el Reve tiene el cuarto de baño de un rosa femenino. Trig sería incapaz de mear aunque le fuera la vida en ello —nota la vejiga contraída—, pero tira de la cadena y después coge una toalla de mano (rosa) del toallero y limpia la palanca de la cisterna. Saca el calibre 38 del bolsillo de la chaqueta y lo envuelve con la toalla, tal como hacía Vito Corleone en *El padrino, parte II* al matar a Don Fanucci. ¿Amortiguará eso la detonación en la vida real? Trig espera que así sea, pese a que el 38 es un arma más potente que su Taurus del 22.

Al menos no hay ninguna casa al lado.

Tras una oración al Dios de su entendimiento, Trig sale del cuarto de baño y recorre el corto pasillo hacia la sala de estar. El Reve vuelve de la cocina con dos vasos de ginger ale en una bandeja metálica. Dirige una sonrisa a Trig y dice:

—Te has olvidado de dejar la toa…

Trig le descerraja un tiro. La detonación, aunque ahogada, es muy potente. En la película, la toalla empezaba a arder, pero esto es la vida real y eso no ocurre. El Reve se detiene, con una cómica expresión de asombro, y en un primer momento Trig cree que ha fallado, porque no ve sangre. Piensa que el balazo ha dado en la pared o algo así. Luego, muy despacio, la bandeja se ladea. Los vasos de ginger ale resbalan y caen en la alfombra de la salita. Uno se rompe. El otro no. El Reve suelta la bandeja. Sigue mirando a Trig con asombro.

—¡Me has disparado!

Dios, tendré que dispararle otra vez. Como a la mujer y al borracho.

El Reve se da la vuelta, y ahora Trig sí ve la sangre. Mana de un orificio en el centro de la camisa de cuadros del Reve.

—¡Me has *disparado*!

Trig vuelve a envolver el arma con la toalla (como silenciador no es gran cosa, pero sí mejor que nada) y la levanta de nuevo. No ha disparado aún cuando el Reve se desploma de rodillas y después cae de bruces en el umbral de la puerta de la cocina. A causa de un espasmo, sacude un pie y golpea el vaso indemne, que rueda más o menos a un par de palmos de distancia, derramando aún ginger ale, y se queda inmóvil.

Trig se acerca al Reve y le busca el pulso en el cuello. No lo encuentra y piensa que ha muerto. De pronto se abre el único ojo que Trig ve.

—Me has disparado —susurra el Reve, y un hilo de sangre le resbala desde la boca—. ¿Por qué?

Trig prefiere no disparar de nuevo y decide que no es necesario. Hay un cojín a cada extremo del pequeño sofá. En uno se lee la frase bordada TÓMATELO CON CALMA; en el otro, DÉJALO TODO EN MANOS DE DIOS. Trig coge este último y cubre el rostro al Reve. Lo mantiene ahí durante un minuto o quizá un poco más. La voz de su padre dice: *Este sería un mal momento para que apareciera alguien.*

Cuando retira el cojín, el Reve tiene el único ojo visible abierto pero vidrioso. Trig acerca un dedo a él en un gesto rápido. No se produce parpadeo reflejo. Ha muerto.

—Lo siento, Reve —dice.

Hurga en el bolsillo trasero del Reve, extrae la cartera y mira dentro. Treinta pavos y una tarjeta Visa. Se guarda la cartera en su propio bolsillo. Desabrocha la correa del reloj de pulsera Shinola del Reve y se lo guarda también. Entra en el dormitorio. Valiéndose de la toalla, abre la puerta corredera del armario de un tirón lo bastante brusco para sacarla del raíl. Echa la ropa al suelo en una maraña de perchas, casi todo vaqueros y camisas baratas. Con la toalla, abre la mesilla de noche. Dentro encuentra una Biblia, un *Libro Grande*, un ejemplar de *Doce Pasos y Doce Tradiciones*, un montón de medallas de AA en reconocimiento a la sobriedad, cuarenta dólares, unas gafas —de farmacia, en apariencia— y una fotografía del Reve chupándole el pene a un joven. Trig cree haber visto a ese joven en las reuniones. Puede que se llame Troy. Trig coge el dinero y, tras detenerse a pensar un momento, también la foto. No quiere que la policía la descubra. El joven podría verse en un aprieto.

En la cocina encuentra una agenda, y en la casilla correspondiente al día 20 consta TRIG 19 H. Eso plantea un molesto dilema. ¿Se llevaría un ladrón cualquiera algo de tan escaso valor como una agenda? No, alguien podría darse cuenta de que ha desaparecido. La mujer de la limpieza, por ejemplo, si es que el Reve cuenta con los servicios de alguna. ¿Se llevaría un ladrón *una hoja* de una agenda? No, por descontado. Cuando Trig retrocede a lo largo de los meses, encuentra otras varias citas cuidadosamente anotadas también en mayúsculas. Posiblemente otras sesiones de orientación. O acaso encuentros amorosos.

¿Qué hacer?

Su primer impulso es tachar unos cuantos nombres y horas al azar —incluido el suyo—, pensando que tal vez es lo que el Reve haría en caso de que la gente no se presentara a las «sesiones» programadas. Coge el bolígrafo colocado junto a la agenda para empezar a rayar, pero enseguida lo deja. Puede que haya otras agendas de otros años guardadas en algún sitio, quizá en la buhardilla, el sótano o el garaje. Si la poli las encuentra y no ve nombres tachados, sospechará, ¿no? Se fijarán especialmente en la cita de hoy, y, si son capaces de algún sortilegio científico que les permita ver el nombre a través del tachón..., infrarrojos o algo así...

Suelta una carcajada. ¡Después de cometer cuatro asesinatos, va y tropieza con una simple agenda! ¡Absurdo!

Eres un idiota, dice la voz de papá, y Trig casi lo ve.

—Es posible, y es posible que todo esto sea culpa tuya.

Al oír su propia voz, se serena y se le ocurre una idea. Coge el bolígrafo y se inclina sobre la casilla con su nombre. *Ve con cuidado*, se dice. *Hazlo como si tu vida dependiera de ello, porque tal vez sea así. Pero en cuanto empieces, no vaciles. Hazlo sin miedo. Tiene que quedar bien.*

5

Para cuando Trig sale de la casa, es casi de noche. Regresa hacia las luces que rodean los campos de béisbol y los vítores de la gente. Nadie lo ve, lo que interpreta como una señal de que papá aprueba tanto su misión como la pequeña pero vital modificación que ha introducido en la agenda del Reve. Papá está muerto, pero su aprobación aún es importante. No debería serlo, pero lo es.

Trig sube a su coche y se aleja. Se detiene solo para limpiar el 38 y tirarlo al río Crooked. Lanza también la cartera y el reloj del Reve. De vuelta en Elm Grove, saca de la basura una lata de sopa de tomate vacía, coloca dentro la fotografía y le prende fuego. El viaje a Tapperville ha sido un rodeo necesario, pero ahora puede reanudar su propia misión.

Descubre que en realidad espera ese momento con impaciencia. Si también era así como antes esperaba la siguiente copa, ¿qué más da?

6

Izzy nunca ha tratado con el ayudante del fiscal Doug Allen, pero Tom sí.

—Ese tío es un tarado —opina él mientras recorren el pasillo hacia el despacho de Allen.

Allen es un hombre alto, cargado de hombros, que se ha dejado crecer una perilla poco acorde con su rostro pálido y delgado. No hay secretaria ni ayudante; los hace pasar él mismo. Tiene el escritorio rigurosamente pulcro, sin nada más que un ordenador de sobremesa y un retrato enmarcado de su mujer y sus dos hijas pequeñas. En la pared cuelgan su título y una foto suya con J. D. Vance, cada uno con el brazo alrededor de los hombros del otro.

Tom Atta toma la iniciativa. Primero enseña a Allen la carta de «Bill Wilson» y después resume el caso hasta la fecha. Cuando alude a la parte sobre la carta de confesión que Tolliver afirmaba haber escrito («Dirigida a *usted*, señor Allen»), asoma a las mejillas pálidas del ayudante del fiscal un rubor que asciende desde la mandíbula hasta las sienes. Izzy nunca había visto a un hombre enrojecer de esa manera y la fascina. Se parece a alguien, pero de momento no recuerda a quién.

—Mentía. Aquí no llegó ninguna carta, como ya le dije a ese individuo ridículo, Buckeye Brandon, cuando me pidió un comentario. —Allen se inclina hacia delante en su silla y entrelaza las manos con tal fuerza que se le decoloran los nudillos—. ¿Y me traen esto ahora? ¿Después de tres asesinatos relacionados con el caso Duffrey?

—Al principio no relacionamos los nombres aparecidos en las manos de las víctimas con los miembros del jurado de Duffrey —explica Tom—. Esos nombres se mantuvieron en secreto, como los nombres de los jurados en los procesos contra Trump y Ghislaine Maxwell.

—Pero ¿*cuándo* los relacionaron? —Allen menea la cabeza en un gesto de indignación—. Dios santo, ¿*qué clase de inspectores son* ustedes?

¿Y qué clase de fiscal es usted?, piensa Izzy.

—No vinimos a verle inmediatamente por dos razones, señor Allen —responde Tom—. Ante todo porque esta oficina es una especie de colador: la información sale tal como entra.

—¡Eso me ofende!

—Buen ejemplo de ello es el caso de Rodney y Emily Harris —replica Tom—. En cuanto se enteró su oficina, se enteró todo el mundo, empezando por su amigo Buckeye Brandon.

—¡Ese caso no era mío y ese individuo no es mi *amigo*!

—¿Y qué me dice de las revistas porno encontradas en el sótano de Alan Duffrey? Ese sí era su caso, y los pasos previos al juicio corrieron por todos los periódicos e internet.

—Desconozco quién filtró esa información, y, si lo supiera, esa persona estaría buscando otro trabajo.

De pronto Izzy descubre a quién le recuerda Allen: Alan Rickman, que interpretaba el papel de malo en *Jungla de cristal.* No se acuerda del nombre del personaje, pero está segura de que Holly sí.

Tom sigue adelante.

—Por ahora este asunto no es para la fiscalía del condado, señor Allen. Mientras no hagamos una detención, es en rigor asunto de la policía. No se ha informado a los otros miembros del jurado porque no creemos que ellos personalmente corran ningún riesgo.

—Ese psicópata no está matando a los miembros del jurado —interviene Izzy—; está matando a otros en nombre de ellos. Sus víctimas son…

—Sustitutos. Eso ya lo he entendido, inspectora Jaynes. No soy tonto.

—Según la carta de Wilson —prosigue Izzy—, planea matar a trece inocentes, más un culpable… o incluido un culpable; la carta no es clara a ese respecto, quizá adrede. El juez Witterson podría ser la persona a quien considera culpable, pero lo más probable…

—Tolliver —la interrumpe Allen—. El hombre que lo inculpó falsamente. —Abre las manos como si dijera: *Ahí tienen, he resuelto el caso por ustedes.*

—Cary Tolliver ha muerto a primera hora de esta mañana en el hospital Kiner —informa Tom—. En lo que se refiere a la persona a quien ese hombre considera culpable, pensamos que el objetivo más probable es *usted.*

—¿Por qué? —Pero en los ojos de Allen se trasluce que ya cree saber la razón. La carta (la *presunta* carta).

No obstante, Izzy toma otro derrotero.

—Las huellas dactilares de Duffrey no estaban en aquellas revistuchas de porno infantil, ¿verdad?

Allen no responde, pero Izzy le lee el pensamiento: *Nadie dijo que estuvieran allí.*

—Estaban en las bolsas de polietileno de unos cómics que Tolliver se llevó después de manipularlas Duffrey. Indujo usted a creer al jurado que las huellas procedían de las propias revistuchas.

A los ojos del ayudante del fiscal Allen asoma una fugaz expresión de pánico cuando contempla las posibles repercusiones de lo que ellos saben… y a quienes podrían contárselo. Enseguida recobra la calma.

—Yo…, es decir, ni yo ni mi auxiliar mentimos sobre la procedencia de esas huellas. Correspondía a Russell Grinsted…

—Ahórrese las justificaciones para el consejo que decidirá si merece usted una sanción o no —dice Izzy—. Nuestra única preocupación es si ese Bill Wilson sabe o no que usted propició la condena injusta de Duffrey y causó así su muerte. La carta sobre la que Tolliver tal vez mintiera...

—¡*Claro* que mintió! ¡Ese hombre quería sacar a un culpable de Big Stone para disfrutar de sus quince minutos de fama! ¡Su nombre en los periódicos! ¡Entrevistas en televisión! ¿Acaso iban a llevarlo a juicio por mentir? ¡Claro que no, y él lo sabía! ¡Y menos cuando ya estaba a punto de morir!

—Supongo que Bill Wilson tuvo eso en cuenta —continúa Izzy—. Pero la jugarreta de las huellas dactilares, señor Allen..., eso sí fue obra suya exclusivamente.

—Eso me ofende...

—Oféndase tanto como guste —interviene Tom—. Queremos ver sus expedientes sobre el caso. Tenemos que encontrar a Bill Wilson antes de que mate a más inocentes. Y muy probablemente a *usted*.

Doug Allen los mira fijamente. Las palabras son su medio de vida, pero parece que en este momento no tiene nada que decir.

En cambio, Izzy sí debe añadir algo:

—¿Está usted interesado en recibir protección policial hasta que atrapemos a ese individuo?

7

Esa tarde, John Ackerly asiste a la reunión del Círculo de Abstinencia en Buell. Mantienen un animado debate sobre cómo debe tratarse a las personas más cercanas y queridas que siguen siendo adictas a la bebida o la droga, o a ambas, y John escucha con interés los distintos puntos de vista. Sin embargo, Mike Rafferty alias Libro Grande no aparece, como tampoco después en la cafetería The Flame.

Como John no tiene nada importante que hacer durante el resto del día —y como Holly le cae bien y lamenta haberse olvidado de la tarea que le encomendó—, decide acercarse a Tapperville. No sabe dónde vive exactamente el Reve, pero debe de ser cerca del Centro de Recuperación, porque el Reve organiza allí una barbacoa para un grupo de personas del Programa de AA cada año en celebración del cumpleaños de Bill Wilson. Que, según el Reve, debería declararse día festivo nacional (opinión que en realidad John comparte).

Pregunta en el supermercado cercano, un Piggly Wiggly. El cajero no tiene la menor idea, pero un cartero sentado fuera en un banco a la sombra, bebiendo un Nehi al final de su turno, sí lo sabe.

—Vaya en esa dirección, unos quinientos metros. —El cartero señala el camino—. Es en el número 649. Una casita independiente. De color marrón cagada.

—Gracias —contesta John.

—¿Es usted amigo suyo?

—Más o menos.

—¿Se calla alguna vez ese hombre?

John sonríe.

—Casi nunca.

—Dele el correo, ¿quiere? El buzón está lleno. Hoy he tenido que apretujarlo.

John accede y va en coche hacia la casa del Reve, que en efecto es de color marrón cagada. El buzón está a rebosar de recibos, catálogos y revistas, incluido un ejemplar de *La Viña*, la publicación de AA. John aparca en el camino de acceso y se apea con la última remesa de correspondencia del Reve en la mano. Se dirige hacia la puerta trasera, sube por los peldaños y se acerca a llamar. Cuando se dispone a tocar el timbre con el pulgar, se queda paralizado. Abre la mano y se le cae el correo del Reve sobre los zapatos. La puerta tiene una ventana y, al mirar por ella hacia el extremo opuesto de la cocina, ve los pies de Mike Rafferty. La puerta está abierta. Entra y comprueba que el Reve ha muerto. Luego sale, recoge el correo que nadie leerá nunca y marca el 911.

Capítulo 7

1

Es el 22 de mayo. Un día después de la calamidad de Des Moines.

Corrie entra en la minisuite de Kate con una tarjeta llave que sirve para las dos habitaciones. Lleva café, cruasanes y el periódico de la mañana. Kate mira por la ventana. Fuera no hay nada que ver aparte del aparcamiento, como Corrie sabe porque ella tiene la misma vista, pero Kate no se vuelve al cerrarse la puerta. Tiene el iPad abierto en la mesa junto a la ventana.

—Quizá debería cancelar el resto de la gira —dice Kate, vuelta hacia la ventana—. Desde Reno me persigue la mala suerte.

Eh, que yo también estoy aquí, piensa Corrie. *He estado aquí desde el principio. Y no fue a ti a quien echaron lejía en la cara. Ni fuiste tú la que podría haber inhalado el ántrax. Eso me pasó a mí, Kate. A mí.*

Como si oyera sus pensamientos (y Corrie cree que esas cosas son posibles), Kate aparta la vista de la ventana y le sonríe. No es una sonrisa muy resplandeciente.

—¿Quién es aquí la gafe, pues? ¿Tú o yo?

—Ninguna de las dos. No estás planteándote en serio cancelar la gira, ¿verdad?

Kate sirve una taza de café.

—Después de lo de anoche, el hecho es que sí. ¿Has visto el periódico de esta mañana?

—No, ¿y tú? Lo has dejado delante de tu puerta. Lo he recogido yo. —Una ávida lectora de cualquier noticia sobre ella, eso es Kate McKay. Por lo regular.

—Lo he visto en el iPad. No he tenido ni que pagar. Los primeros cinco artículos son gratis, una ganga. Salgo en primera plana. Mi foto junto a la de una mujer que grita de dolor.

—Si cancelas la gira, tu gente..., *nuestra* gente... te llamará cobarde. La otra gente, la de *ellos*, se regodeará. Tú sales perdiendo en cualquier caso. Solo puedes ganar si sigues adelante.

Kate la mira fijamente. Corrie, no acostumbrada a un examen tan atento y prolongado, baja la vista y empieza a extender la mermelada en un cruasán.

—¿Qué dicen tus padres, Corrie?

—No les he telefoneado. No hace falta. —Porque sabe lo que dirían. A esas alturas quizá incluso su padre le aconsejaría que era ya momento de minimizar las pérdidas.

Kate se ríe sin ganas.

—O los últimos días te han cambiado, o eres más dura de lo que yo pensaba. Al principio tenía la impresión de que no eras capaz de matar una mosca.

Corrie se dice: *Esa es una las razones por las que me elegiste, ¿no?* Una nueva percepción, y no especialmente grata.

—¿Es lo uno o lo otro, Cor?

—No lo sé. Quizá un poco de cada.

Corrie siente el calor del rubor en las mejillas, pero Kate no lo ve. Se ha vuelto otra vez hacia la ventana y ha entrelazado las manos tras la espalda. En esa postura recuerda a un general reconociendo el campo de batalla donde se ha combatido y se ha sufrido una derrota. El símil puede parecer exagerado, pero en las circunstancias actuales tal vez no lo sea. Lo que ocurrió anoche después de la charla fue una auténtica peli de terror.

Mira de soslayo el iPad de Kate, que muestra la primera plana de *The Des Moines Register*. Al ver la yuxtaposición de las dos mujeres fotografiadas, Corrie hace una mueca: Kate a la derecha, con una sonrisa radiante (por no decir sensual); la mujer desmelenada que grita a la izquierda, con una camiseta con el eslogan de Kate: «El poder de las mujeres».

Mirando por la ventana, Kate dice:

—¿Quién iba a decir que la puta Iowa era tan grande?

—Los habitantes de Iowa —dice Corrie. Sigue mirando a la mujer que grita. Desmelenada o no, parece una bibliotecaria. De esas que se opondrían de manera educada pero firme a quienes pretendieran prohibir libros.

—Fue un buen bolo, ¿no, Cor?

—Sí. —Es la verdad, sin duda.

—Hasta que dejó de serlo.

También eso es verdad, sin duda.

2

Frente a la salida de artistas las aguardaba la habitual aglomeración: mujeres que querían selfis, mujeres que querían autógrafos, especuladores con ediciones limitadas en las que querían que Kate firmara, mujeres que deseaban exhibir sus tatuajes de «El poder de las mujeres», mujeres que solo querían gritar: «¡Te quiero, Kate!».

En Des Moines, su responsable de seguridad no era Ham Wilts. El sargento Elmore Packer era joven, fuerte, alerta. Además, después de lo ocurrido en Omaha, no estaba dispuesto a correr riesgos. Y precisamente ese fue el problema.

Packer vio asomar entre la multitud de mujeres exaltadas y en continuo forcejeo algo parecido al cañón de un arma, y no vaciló. Agarró el supuesto cañón del arma, sin percibir en su estado de hiperexcitación que no era de acero sino de cristal. La mujer situada al otro extremo se vio arrastrada, porque, debido a la estupefacción o por miedo a que le robaran el caro obsequio que llevaba para su ídolo, no se soltó. Packer la sujetó y, al obligarla a girar en redondo, le fracturó el brazo. La botella que ella sostenía cayó al asfalto y se hizo añicos, salpicando de Dom Pérignon de 2015, un muy buen año, a la muchedumbre de mujeres que gritaban horrorizadas. Tres docenas de teléfonos móviles grabaron el momento para la posteridad.

La mujer del brazo roto era Cynthia Herron, no una bibliotecaria sino la subdirectora de la delegación del Departamento de Vehículos Motorizados del condado de Polk. Como auténtica buena persona, llevaba a cabo actividades benéficas en su parroquia y era voluntaria en una protectora de animales de la ciudad. Padecía diabetes tipo 2 y osteoporosis. El pie de foto debajo de su rostro en pleno grito rezaba: «Yo solo quería hacerle un buen regalo».

—*Breitbart* no perdió el tiempo —dice Kate—. Ya sabes cómo me llaman, ¿no?

Corrie lo sabe: SM, de sacamuelas.

—Dicen, y cito textualmente: «SM se opone a la brutalidad policial, excepto cuando la brutalidad en cuestión se utiliza para protegerle el preciado culo». Bonito, ¿eh?

Corrie guarda silencio, y Kate recurre a su telepatía femenina.

—Bueno, basta ya de victimismo. Tienes razón, el espectáculo debe continuar, así que ¿cómo manejamos este asunto? Se me ocurren un par de ideas, pero quiero conocer las tuyas.

—Empecemos por una declaración. Abajo hay periodistas a montones. Puedes decir algo así como que todo el mundo está muy tenso después de lo ocurrido en Reno y Omaha.

—¿Qué más? Demuéstrame lo mucho que has aprendido.

Corrie encuentra eso gracioso y molesto simultáneamente. Se le pasa por la cabeza que es muy posible que a finales de agosto, cuando en principio termina la gira, sienta auténtica antipatía por Kate. Si siguieran juntas hasta Navidad (*no, por favor*, piensa espontáneamente), la antipatía podría convertirse en franco aborrecimiento. ¿Siempre pasa eso con los famosos, o solo con aquellos que están totalmente obsesionados con su causa?

—Estoy esperando —dice Kate.

—Tenemos que ir de inmediato al hospital a visitar a la señora Herron. Si es que nos recibe, claro.

—Nos recibirá —responde Kate sin rastro de duda.

Y en efecto así es.

3

Kate regala a Cynthia Herron una camiseta de «El poder de las mujeres» firmada. («Para compensarla por la que se le manchó de champán»). Están presentes una periodista y el fotógrafo que la acompaña, y en el *Register* de mañana saldrá una foto de Herron, esta vez no gritando de dolor sino cogiendo a Kate de la mano y mirándola con expresión embelesada.

Kate contesta a unas cuantas preguntas más en el vestíbulo del hospital. Luego vuelven a estar en la camioneta rumbo a Iowa City. No una bulliciosa metrópoli, quizá, pero el lema de Kate es: los esfuerzos modestos llevan a grandes logros.

—Me parece que ha ido muy bien —comenta.

Corrie asiente con la cabeza.

—Así es.

—Quiero que enciendas tu iPad, cariño. Investiga las próximas paradas de nuestra gira. Necesitamos a alguien que nos proteja, a ese respecto tenías razón, pero no más hombres. Packer actuó con buena intención, pero eso del hombre grande y fuerte protegiendo a la damisela en peligro... —Kate menea la cabeza—. No es la imagen que nos conviene. ¿Estamos de acuerdo?

Corrie coincide con ella.

—No más hombres —repite Kate—, ni más polis.

—¿Eso qué nos deja?

—El cincuenta por ciento de la población. Resuélvelo.

Y antes de llegar a Iowa City, Corrie cree que tiene ya la solución.

4

Mientras Kate y Corrie van camino de la Atenas del Medio Oeste, Holly, Izzy y Barbara Robinson comen en el Dingley Park. Barbara las obsequia con anécdotas de los ensayos de Sista Bessie en el Sam's Club y les cuenta que Betty y ella están de hecho colaborando para convertir el poema de Barbara, «Lowtown Jazz», en una canción.

—Solo que ella quiere titularla «Jazz» —explica Barbara—. Dice que cuando actúe en el Mingo, a partir del día 31, cantará «Jazz, jazz, that razzmatazz, play that Lowtown jazz». Pero cuando esté en Cleveland...

—Allí será «Hough Jazz» —apunta Izzy—. Y en Nueva York, «Harlem Jazz». El toque personal, me gusta.

—Eso no es todo —continúa Barbara—. Un *roadie* de Betty tuvo un infarto, nada grave, pero va a tener que tomárselo con calma durante un tiempo. Hablé con Acey Felton, el encargado del personal, y me preguntó si yo podría sustituir a Batty.

—Batty, «el Pirado» —repite Holly, y ataca su perrito caliente al estilo Chicago—. Vaya un nombre.

—En realidad se llama Curtis James, pero, según cuentan, durante una gira de Black Sabbath, él... Da igual, la cosa es que los *roadies* tienen los mejores apodos y las mejores anécdotas. Estoy anotándolos en un cuaderno. A lo mejor hago algo con ellos, aunque no sé qué. El caso es que Acey me pidió que empujara un monitor de estudio y lo levantara, y al ver que podía me contrató. Me parece que Betty..., o sea, Sista..., ve gracioso que una poeta desplace estructuras y amplificadores.

Todo eso es muy interesante, pero Holly ya no puede contener más la curiosidad.

—Izzy, ¿qué sabes sobre el hombre que fue asesinado en Tapperville? ¿Fue obra de Bill W.?

Izzy lanza una mirada elocuente a Barbara.

—Creo que puedes confiar en Barb —afirma Holly—. Le ofrecieron mucho dinero por una colaboración en el podcast *Casa de los Horrores* de Buckeye Brandon en relación con los Harris, y lo rechazó.

Eso no es todo. En una ocasión Barbara vio en el ascensor del edificio de Holly algo ajeno a toda racionalidad, y jamás ha dicho nada al respecto..., sin contar el poema que da título a su libro, que trata naturalmente de la pesadilla que (al menos en Buckeye City) se conoció como Chet Ondowsky.

—Si queréis, puedo darme un paseo hasta el campo de sófbol —propone Barbara.

—No hace falta. Si Holly dice que sabes ser discreta, a mí me basta.

—Lo que oís aquí, lo que veis aquí, cuando os vayáis, aquí se queda —musita Holly.

—¿Qué es eso? —pregunta Izzy.

—Es lo que dicen al final de las reuniones de Alcohólicos Anónimos. Lo sé por mi amigo John Ackerly.

Izzy alza las cejas casi hasta el nacimiento del pelo.

—¿*Conoces* al hombre que encontró el cadáver de Rafferty?

—En cierto modo soy la responsable de que lo encontrara. ¿Recuerdas que te dije que conocía a una persona que participaba en el Programa? Pues era John. Según él, si alguien sabía quién podía querer desquitarse por la muerte de Duffrey, sería un tal Mike Libro Grande, o el Reve. Perdió su iglesia por la adicción a los opiáceos y, por lo que John me contó, prácticamente sustituyó la iglesia por AA y NA. ¿Encontrasteis en su mano el nombre de un miembro del jurado?

—Holly, das miedo. Siempre vas un paso por delante de mí.

—Tiene unas habilidades increíbles, eso desde luego —interviene Barbara.

—No había ningún nombre en la mano del muerto. Un agente de Tapperville y un inspector de la Oficina del Sheriff del condado atendieron la llamada de tu amigo. Tuvieron la impresión de que se trataba de un robo. Habían desaparecido la cartera y el reloj de pulsera, la ropa del armario estaba tirada en el suelo, habían abierto los cajones de la mesilla. Nos pasaron un informe, y yo pensé de inmediato en Bill Wilson.

—¿Ese es el malo? —pregunta Barbara.

—Es el alias que está usando —contesta Holly. Y, dirigiéndose a Izzy, añade—: Ese Rafferty debía de saber algo, o eso pensó Bill Wilson. Lo mató para que no hablara. —La asalta una idea inquietante: si John Ackerly hubiera ido a Tapperville antes, tal vez lo habrían matado también a él. *Y yo sería la responsable.*

Holly se inclina hacia Izzy. La incomoda invadir el espacio de los demás (o que invadan el suyo), pero es un asunto importante.

—¿Puedes conseguir que te asignen el caso? Sé que Tapperville es jurisdicción del condado, pero…

—Mantenemos unas relaciones más que aceptables con la Policía del Estado y el Departamento del Sheriff. De hecho, van a sustituirnos la noche del partido Armas contra Mangueras, porque muchos de los nuestros juegan o quieren verlo. No nos cederán el caso, pero nos informarán, eso sin duda.

—Alguien debe registrar la casa de ese hombre. Bill Wilson tenía alguna razón para matarlo. Tal vez la razón sigue allí.

—Tom y yo nos pasaremos por la casa esta tarde. —Se interrumpe—. No, más bien al final del día. Por la tarde tengo que ir al juzgado.

—Y yo tengo que localizar a una prófuga en libertad bajo fianza. Además de una camioneta robada. Uno de esos cibertrastos. Un Musk-móvil.

—En vista de que estamos compartiendo secretos, ¿puedo contaros uno? —pregunta Barbara.

—Por supuesto —responde Holly.

—La alcaldesa ha pedido a Sista…, o sea, Betty…, que cante el himno nacional en el partido Armas contra Mangueras. ¡Y ella ha aceptado!

—Por fin una buena noticia sobre ese puto partido —dice Izzy—. ¿Alguien quiere otro perrito caliente?

5

El hermano gemelo de Christine, Christopher, se aloja en otro motel de mala muerte, este en Iowa City. Naturalmente, las mujeres asesinas se hospedan en un establecimiento mucho mejor, donde con toda seguridad disfrutan de desayunos del servicio de habitaciones y tal vez de sesiones de manicura y pedicura en el spa. En el infierno no tendrán servicio de habitación, sino solo servicio de condenación.

Se ríe de su propia ocurrencia.

En su habitación hace calor, un calor casi asfixiante. Sube al máximo el aire acondicionado. El aparato traquetea de mala manera, pero apenas enfría. Ha pasado a recoger un sobre de papel manila por Mail Now, en Kirkwood Avenue. Ayuda el hecho de que todo el itinerario de la gira aparezca en la página web de Kate McKay; Chrissy y él pueden recibir la correspondencia en cualquier sitio. Solo espera correo de Andrew Fallowes, el tesorero de la Verdadera Santa Iglesia de Cristo, en Baraboo Junction, Wisconsin. ¿Saben los congregantes de la Verdadera Santa Iglesia de Cristo adónde va a parar una parte de sus considerables diezmos? Chris cree que no, pero piensa que en su mayoría —no todos, pero en su mayoría— lo aprobarían. Aun así, Andy Fallowes tiene razón: la compartimentalización es la única forma de que esta misión salga adelante; si los atrapan o los matan, la iglesia no debe padecer las repercusiones. La Verdadera Santa Iglesia de Cristo está ya en el radar del FBI y la ATF.

Abre el sobre. No hay ninguna nota. Solo contiene sesenta billetes de veinte dólares envueltos en film plástico. Recibirá más, probablemente en Madison o Toledo. Se guarda unos cuantos en la cartera y deja el resto en el neceser de afeitado. Viaja con dos maletas de tamaño considerable, una rosa y una azul.

Chris entra en el baño y se examina la cara en el espejo. *Se te ve demacrado, Christopher*. Sí. Lo está. Chrissy puede maquillarse y queda bastante guapa. No es una mujer imponente, pero tampoco rompe ningún espejo.

Piensa: *Están prevenidas. Les hemos dado la oportunidad de echarse atrás.*

Pero ¿acaso creía él que iban a hacerlo? Chrissy tal vez sí —ha salido a su madre—, pero él no. Esa McKay, la muy zorra, ha emprendido una cruzada en igual medida que los caballeros que querían liberar Jerusalén en el siglo XI. Eso puede admirarlo; también él tiene su propia cruzada. Como también Chrissy, a su manera un poco más delicada. Fanáticos, dirían algunos. ¿Y no fue Reno, de hecho, una oportunidad para poner fin a aquello sin derramamiento de sangre?

No es tonto, sabe de sobra que Andy Fallowes les ha encargado lo que probablemente sea una misión suicida, pero no importa. Se propone seguir hasta el final. Chrissy también. Quizá cuando completen el trabajo y la líder del culto homicida del aborto ya no esté, puedan poner fin a esa patética vida desdoblada que han llevado su hermana y él.

Se desviste lentamente. Camisa, zapatos, pantalón, calcetines. En la habitación se oye el incesante traqueteo del aire acondicionado. Se acuerda de la litera, cómo no va a acordarse. La mano suspendida en un haz de sol matutino en el que flotan motas de polvo dorado. Esa mano muerta. Se dice que ya basta, que ella no está muerta *—no murió, no murió—*, pero el recuerdo lo atormenta. Puede borrar de su memoria el resto, pero no esa mano al sol, que cuelga de la litera superior.

Nuestro secreto, dijo su madre. *Nuestro secreto.*

—Esto es obra de Dios, voluntad de Dios, y se hará la

voluntad de Dios —dice a su imagen en el espejo—. «A la hechicera no dejarás que viva». Éxodo 22, versículo 18.

Nuestro secreto, nuestro secreto.

¿Irá él al infierno después de matar a McKay, o lo acogerá Dios con un *Bien hecho, buen y fiel servidor*? No lo sabe, pero sí sabe que eso pondrá fin a su tormento.

Nuestro secreto.

En la habitación se oye el incesante traqueteo del aire acondicionado.

6

A las tres y media de esa tarde, Holly habla por teléfono con su exsocio, Pete Huntley. Pete ensalza las ventajas de la jubilación en Boca Ratón, y, cada vez que Holly piensa que ha concluido ya su loa, él sale con otra alabanza más. Siente alivio cuando suena el teléfono de la oficina.

—Pete, tengo que contestar.

—Claro, llamadas de trabajo. Pero, si alguna vez el teléfono deja de sonar, tendrías que mover ese culo flaco tuyo y venir a visitarme. ¡Boca es un sitio fantástico!

—Lo haré —dice Holly, aunque no es probable. Le dan miedo los huracanes—. Cuídate, ¿eh?

Corta la comunicación y va a coger el teléfono de la oficina.

—Finders Keepers, Holly Gibney al habla. ¿En qué puedo ayudarle?

—Hola, señora Gibney. Me llamo Corrie Anderson. Trabajo para Kate McKay. ¿Sabe quién es?

—Claro que sí —responde Holly—. Tenía la esperanza de asistir a su charla aquí, en el auditorio Mingo, pero, según tengo entendido, se ha aplazado.

—Así es, pero iremos igualmente. De hecho, esperamos poder asistir a uno de los conciertos de Sista Bessie. —Una pausa—. Hemos tenido algún que otro problema en el camino, señora Gibney.

—Eso he oído. —En su tiempo libre, Holly básicamente ha estado obsesionada con el caso de Izzy (y deseando que fuera suyo), pero también ha seguido las noticias sobre Kate McKay. Siente curiosidad por descubrir el motivo de la llamada. También emoción. Si la ayudante personal de McKay se pone en contacto con ella, no puede descartar la posibilidad de conocer a esa mujer, de cerca y personalmente—. Se produjo un incidente en Las Vegas, tengo entendido, lanzaron lejía a alguien a la cara. ¿Fue usted la persona afectada?

—Eso fue en Reno, no en Las Vegas, pero sí, fui yo. El objetivo en realidad era Kate. Llovía, y casualmente yo llevaba su sombrero.

A continuación, Corrie cuenta a Holly el episodio del ántrax en Omaha. Holly también estaba al corriente de eso, pero no del calamitoso percance del champán en Des Moines. Acto seguido, Corrie va al grano y pregunta a Holly si acepta trabajos de guardaespaldas.

—Nunca lo he hecho. Estoy segura de que para eso conseguirían ustedes un policía fuera de servicio, y por una tarifa mucho menor que la que yo…

—Eso es precisamente lo que nosotras…, Kate, quiero decir…, *no* quiere. Quiere a una mujer sin ninguna relación con la policía.

—Entiendo.

En efecto lo entiende. Quienes se oponen a las ideas que Kate McKay defiende estarán regodeándose del suceso —un policía corpulento que rompe el brazo o el hombro o lo que fuera a una mujer—, pese a que algunas de esas mismas personas lanzan vítores cuando un policía dispara contra un alborotador sospechoso.

—¿Puede esperar un momento? Tengo que consultar mi agenda.

—Bien. Esto es muy importante para Kate. Y para mí, como ya se imaginará.

Claro que me lo imagino, piensa Holly. *Fue usted quien recibió la ducha de lejía.*

—Espere.

Holly consulta su agenda, a sabiendas de que va a encontrar mucho espacio en blanco. Está la prófuga en libertad bajo fianza que debe localizar (probablemente con su familia, como suele ocurrir con las chicas), y el Cybertruck Tesla robado que le han encargado encontrar, pero quizá podría convencer al hermano de Barbara, Jerome, para que lo busque él. Por lo demás, no tiene ninguna otra ocupación. Y las situaciones nuevas pueden traer cosas buenas. Las situaciones nuevas son casi siempre una oportunidad para aprender.

—¿Señora Anderson? ¿Sigue…?

—Sí —contesta Corrie.

—Si acepto el trabajo, mis honorarios son de seiscientos dólares al día, tres días mínimo. Más gastos, que registro en Excel. Acepto Visa, Mastercard o un cheque nominativo…

—¿Podría reunirse con nosotras en Iowa City? ¿Mañana? Ya sé que es un poco precipitado, pero no me ha sido fácil encontrar a alguien que se ajuste a las necesidades de Kate. Sé que no podrá llegar aquí a tiempo para la charla de esta noche, pero tendremos escolta policial a la ida y a la vuelta. Kate se resistió, pero yo insistí.

Bien hecho, piensa Holly.

A todas luces preocupada, Corrie prosigue:

—Pero no habrá nadie en el sitio donde actúa…, en *eso*

insistió *ella*. Pasaría usted bastante tiempo con nosotras. Antes de que lleguemos a su ciudad, visitaremos Davenport, Madison, Chicago…, esa es grande…, y Toledo. En su ciudad nos tomaremos un descanso por el concierto de Sista Bessie.

—En principio yo iré al concierto con una amiga —dice Holly—. De hecho, ella conoce a la señora Brady.

—Kate tiene media docena de butacas en primera fila, por si eso le sirve de incentivo. Nos las regaló el director de programación del auditorio. Creo que fue a modo de compensación con la esperanza de que no armáramos mucho jaleo por habernos desplazado de la fecha inicial.

Holly hace cálculos mentales y cae en la cuenta de que este encargo podría salirle muy rentable. Mejor dicho, *rentabilísimo*. Gracias a una herencia de su madre, la agencia está en buena situación económica, pero Holly considera que el único dinero que importa es el dinero que una gana. En todo caso, rentabilidad al margen, conocer a una de las feministas más influyentes que trabaja y escribe en la actualidad en Estados Unidos es un gran incentivo. Holly siempre ha sido una mujer muy curiosa, y esa sería una oportunidad para ver cómo es realmente Kate McKay. Descalza y con el pelo suelto, por así decirlo. También siente curiosidad por la ayudante, esa Corrie Anderson. A juzgar por su voz, parece muy joven para un puesto de tanta responsabilidad. Así que, en conjunto…

De pronto, la otra Holly que lleva dentro incluso ahora —la joven, la timorata, la que siempre tenía herpes labial y brotes de acné antes de un examen importante— sostiene en alto una enorme señal de stop roja.

¿Y si esa persona que lanzó la lejía y envió el ántrax agrede a McKay a pesar de todo? Ya sabes que cualquiera puede matar a cualquiera, siempre y cuando esté dispuesto a sacrificarse a sí mismo para lograrlo. Entonces tendrías tu propio

problema de publicidad, ¿no? Serías la mujer que permitió que Kate McKay fuera mutilada o asesinada bajo tu tutela. Eso acabaría con la agencia.

¡Qué digo la agencia!, piensa Holly. *Acabaría conmigo. Por el sentimiento de culpabilidad. Y, además, ¿qué sé yo de hacer de guardaespaldas?*

No mucho, eso es verdad, pero sí sabe mantener abiertos los ojos y los oídos. También tiene buen olfato: ha desarrollado mucho el instinto para oler el peligro. Aparte, *alguien* ha de cuidar de esas mujeres, y, como McKay insiste en que sea mujer y no policía, ella podría ser una buena opción.

—¿Señora Gibney?

—Tengo la agenda bastante despejada, y este encargo podría interesarme, pero me gustaría hablar con la señora McKay antes de tomar una decisión definitiva. ¿Puede ponerme con ella al teléfono?

—Se lo plantearé a ella y volveré a llamarla dentro de diez minutos. ¡No, cinco!

—Me parece bien.

Holly corta la comunicación. ¿Cómo que «podría interesarle»? Bobadas. *Quiere* aceptar el encargo, en el supuesto de que Kate McKay no resulte ser una giliflautas arrogante. Eso no puede descartarse, pero esa mujer no ha llegado a donde está sin recurrir al encanto.

Será algo nuevo y fuera de lo normal, piensa.

Ante lo cual, la madre que, muerta o no, siempre vivirá en la cabeza de Holly responde: *Ay, Holly. Solo tú podrías considerar que un viaje a Iowa City es algo fuera de lo normal.*

Holly se reclina en su silla de oficina, con las manos cruzadas por encima del pequeño busto, y se ríe.

7

Izzy y Tom llegan a la casa del reverendo Michael Rafferty en Tapperville acompañados por un inspector de la Oficina del Sheriff del condado que se llama Mo Elderson. Este dice:

—Echen una ojeada; luego les enseñaré una cosa interesante.

Rodean la silueta del cuerpo dibujada con tiza para no pisarla, básicamente por superstición, y cruzan la sala de estar. La puerta del armario del dormitorio se ha salido del raíl y cuelga entreabierta. La ropa está esparcida por el suelo.

—Ese individuo quizá andaba buscando una caja fuerte —señala Tom.

Izzy se acerca al cajón medio abierto de la mesilla y, utilizando un pañuelo, lo abre del todo. No quiere mancharse las manos de polvo dactiloscópico. Es una sustancia asquerosa, y cuesta mucho limpiársela de debajo de las uñas.

Ve una Biblia, unos cuantos libros relacionados con la recuperación de adicciones y un montón de medallas. También estas las han espolvoreado en busca de huellas. Coge una sujetándola por el borde. En el anverso aparecen los cofundadores de AA. Debajo de ellos consta el número romano IX. Al dorso figura uno de los lemas de AA: «Rara vez hemos visto fracasar a una persona que haya seguido concienzudamente nuestro camino».

—Tom. —Él se aproxima. Izzie le enseña las medallas—. Un ladrón corriente posiblemente se las habría llevado, pensando que quizá tuvieran algún valor. Una persona de AA o NA sabría que no lo tienen.

—Y ese Rafferty estaba metido en AA hasta el cuello —comenta Tom—. ¿Te has fijado en las fotos de la sala de estar? ¿Y en los cojines del sofá?

Desde el umbral de la puerta, Mo Elderson dice:

—Uno de esos cojines se utilizó para asfixiarlo, porque no lo mató la bala. Podría decirse que murió literalmente ahogado en AA.

Tom se ríe. Izzy no. Pregunta:

—¿Qué quería enseñarnos?

—El nombre del asesino, tal vez. No puedo afirmarlo con certeza, pero estoy casi convencido.

Elderson los lleva a la cocina y les muestra la agenda. En el 20 de mayo, escrito en cuidadas mayúsculas, se lee BRIGGS 19 H.

—No estamos seguros, pero creemos que la mayoría de estos nombres corresponden a sesiones de orientación.

Pasa las hojas con el pulgar hasta abril, donde aparecen otros tres nombres y horas: BILLY F, JAMIE y TELESCOPIO. Ninguna en marzo, pero cuatro en febrero y dos en enero. Izzy toma fotos con el móvil.

—¿Una persona que se llama Telescopio? —pregunta Tom—. ¿En serio?

—Debe de ser un apodo —contesta Izzy—. Y Billy F para diferenciarlo de algún otro Billy.

—Nuestra impresión es que, si encontramos a ese Briggs, tendremos al asesino —dice Elderson—. El problema es ese rollo del anonimato.

—Quizá yo pueda hacer algo a ese respecto —se ofrece Izzy. *O quizá pueda Holly.*

8

Kate McKay era —al menos por teléfono— tan encantadora como Holly preveía, y esa noche Holly hace las maletas para viajar a Iowa City y otros lugares situados al este. Está un tanto nerviosa y se ha descargado en su Kindle el libro *Elementos básicos para el trabajo de guardaespaldas.* Al echar un vistazo a los títulos de los capítulos, piensa que bien podrían haberlo llamado *Guía del guardaespaldas para tontos.*

Está dudando si coger otro traje pantalón o unos vaqueros cuando suena el teléfono. Es Izzy. Pone al corriente a Holly sobre su visita en compañía de Tom a la casa de Rafferty.

—No quiero que reveles la identidad de nadie, Hols, pero ¿podrías reunirte con ese John Ackerly? ¿Para preguntarle si conoce a algún miembro del Programa que se llame Briggs?

—No. Mañana me marcho de la ciudad. Por demencial que parezca, voy a trabajar de guardaespaldas. Para Kate McKay.

—¡No me digas!

Holly sí le dice. Cuenta a Izzy cómo ha ocurrido y *por qué* ha ocurrido, que es en esencia una cuestión política.

—Su ayudante personal, Corrie Anderson, leyó algo sobre mí y decidió que podía ser la mujer indicada para la tarea. El principal requisito es ser *mujer.* He hablado con la señora McKay…, Kate…, y me ha parecido bastante amable.

—Por lo general, uno no se hace famoso por ser amable, Holly.

—Lo sé —responde Holly—. Puedo tolerar cierta arrogancia, porque la paga es buena.

—Como si la necesitaras.

—También es un cambio —añade Holly a la defensiva—. Será interesante.

—Sí, sobre todo si la mujer que anda acechándola le pega un tiro.

—Eso *sería* un contratiempo —contesta Holly.

—¿Y no podrías al menos telefonear a John Ackerly?

Hoy día Holly está más preparada que antes para decir que no. No mucho, pero sí un poco. Y no quiere verse arrastrada aún más a un asunto de la policía.

—Digamos que me quedo al margen, Izzy. ¿No puedes…?

—¿Interrogarlo? Ya lo han hecho los hombres del sheriff, porque fue él quien encontró el cadáver. Tom y yo podríamos volver a interrogarlo, pero en rigor es un caso del condado. Y aparte está la cuestión del anonimato. He pensado que quizá él esté más dispuesto a hablar contigo.

—Tengo una idea. Jerome lo conoce. Los presenté yo. Hacen buenas migas. John estuvo en la fiesta de presentación del libro de Jerome. Regaló a Jerome una metralleta falsa que compró por eBay. Tú solo quieres saber si John ha coincidido en alguna reunión con alguien que se presenta como Bill W., o con alguien llamado Briggs, ¿correcto?

—Pensamos que Briggs *es* Bill W. El inspector del condado a cargo del caso preguntó a Ackerly por ese nombre, pero él dijo que no le sonaba de nada.

—¿Crees que si Jerome preguntara a John quizá él se mostrara más dispuesto a dar información? —dice Holly.

—Improbable…, yo preferiría que hablaras tú con él…, pero posible. El problema es eso de que en las reuniones de recuperación únicamente usen los nombres de pila. O apodos, en algunos casos.

—Briggs es más habitualmente un *apellido* —musita Holly—. Aunque está Briggs Cunningham, claro. Participó como capitán en la regata de la Copa América. También fue piloto de coches de carreras.

—Solo tú sabrías una cosa así, Gibney.

—Soy adicta a los crucigramas. ¿Quieres que Jerome se pase por el bar donde trabaja John? Podría telefonear a Jerome mañana de camino al aeropuerto.

—¿Ackerly trabaja en un *bar*?

—Ya te lo conté. Dice que no le importa.

—Vale, pídele a Jerome que hable conmigo y después con Ackerly. Ahora ya están al tanto de mi caso los dos hermanos Robinson. Vaya por Dios.

—Guardarán el secreto.

—Eso espero. Buena suerte con Kate McKay, Hols. Mándame una foto tuya con ella. He leído todos sus libros. Es un hacha. Y procura que no la maten.

—Ese es el plan —contesta Holly.

9

Esa noche Trig va a una reunión en Treemore Village. Eso es ya una distancia considerable para él, pero no se pregunta por qué se va tan lejos. O al menos no en la zona superficial de su mente. Una zona más profunda permanece muy consciente de la presencia del Taurus 22 en la consola central del Toyota. Eso le trae a la memoria un viejo chiste de AA sobre un truco de magia que solo son capaces de hacer los borrachos: un tipo en recuperación circula por la calle, camino de una reunión, sin pensar en nada en particular, y, de repente, *voilà*, su coche se desvía y entra en un bar.

La reunión se ha convocado en el sótano de la iglesia de Saint Luke y el grupo se llama Nuevos Horizontes. Asisten unas veinte personas. El tema es «la sinceridad en todos nuestros asuntos», y los presentes tienen ocasión de participar uno por uno. Cuando le toca a Trig, dice que esta noche solo quiere escuchar. Se oye un murmullo: *Sigue adelante* y *Vuelve a venir, Trig*.

Después de la reunión, la mayoría de los alcohólicos se

quedan alrededor del dispensador de la cocina, tomando café, comiendo galletas, contando batallitas. Trig ve a un par de personas que conoce de otras reuniones más cerca de la ciudad, pero se escabulle de allí sin hablar con ellas. A algo menos de dos kilómetros por la carretera 29-B se encuentra el parque estatal John Glenn. En el arcén, bajo la única farola, un joven vestido con una trenca sostiene un cartel que reza WASHINGTON D. C. Cuando ve a Trig aminorar la marcha, sonríe y da la vuelta al cartel para mostrar O A CUALQUIER SITIO. Trig se detiene y deja el coche en punto muerto para que el joven pueda abrir la puerta del acompañante y entrar.

—Gracias, tío, ¿adónde vas?

Trig levanta un dedo en un gesto informal para indicarle que espere un segundo y abre la consola central. Saca el arma. El joven la ve. Lo mira con los ojos desorbitados, pero permanece inmóvil durante dos segundos letales antes de buscar a tientas el tirador de la puerta. Trig le dispara tres veces. El joven da una sacudida cada vez que una bala penetra en su cuerpo. Enarca la espalda por un momento y después se desploma hacia delante. Tal como hizo con Annette McElroy, Trig apoya el cañón del Taurus contra la sien del joven y aprieta el gatillo por cuarta vez. Se eleva un hilo de humo. Percibe un tufo a cabello quemado.

¿Qué estás haciendo?, se pregunta, y esta vez no es la voz de papá sino la suya. Si los pensamientos pudieran gritar, este sería un grito. *¡Si matas por impulso, no los liquidarás a todos! ¡Se te acabará la suerte!*

Probablemente sea cierto, pero no se le acabará esta noche. En la carretera no hay nadie, y, aunque en la entrada del parque la barrera está bajada —lo cierran a las siete de la tarde—, puede rodearla con el coche. Apaga los faros y accede a una zona de pícnic desde la que parten varios senderos, marcados con los rótulos FÁCIL o DIFÍCIL o EXPERTO.

Trig rodea el capó del coche y abre la puerta del acompañante. El joven de la trenca cae desmadejado en la grava. En el coche no hay manchas de sangre, al menos por lo que Trig ve. La gruesa trenca del joven la ha absorbido toda. Trig lo sujeta por debajo de los brazos y lo arrastra hacia la hilera de sanitarios portátiles situada más allá de la zona de pícnic. Un coche se acerca por la carretera. Trig se agacha, notando que la cabeza del muerto cuelga entre sus pies. El coche pasa sin aflojar la marcha. Unas luces de posición rojas… y desaparece. Trig sigue arrastrando el cuerpo.

En el sanitario portátil que elige, el disco rosa de desinfectante colocado en el urinario de plástico no da abasto para sofocar el hedor a mierda. Las paredes están cubiertas de pintadas. Es una tumba lamentable para un hombre que no ha hecho nada aparte de autostop. Trig siente remordimientos por un instante, pero enseguida se recuerda que es precisamente la inocencia de ese hombre la razón de esto: no ha hecho nada, como tampoco Alan Duffrey hizo nada. Además, Trig debe reconocer que remordimientos y culpabilidad no son lo mismo, y él siente solo lo primero. ¿No sabía acaso que la noche podía acabar así, convirtiéndose su coche —¡abracadabra!— en el escenario de un asesinato? ¿No es ese el primer motivo por el que ha ido a Treemore? Decirse que debía tomarse un tiempo antes de seguir matando a estos inocentes era una reacción racional. La necesidad de seguir adelante con su misión es todo lo contrario. Se parece mucho a lo que le ocurría antes en sus tiempos difíciles, cuando se decía que podía dejarlo en cualquier momento…, pero no esa noche. Ante la idea de que el asesinato pueda ser de hecho una adicción, se queda paralizado por un momento cuando tiene al joven parcialmente levantado para sentarlo en la taza del inodoro.

Si es así, ¿qué más da? Existe una cura para la adicción que es incluso mejor que AA o NA.

Cuando deja sentado al joven, Trig le coge una mano ya medio fría y se la cierra en torno a un papel con el nombre de STEVEN FURST. Regresa al coche e inspecciona el lado del acompañante en busca de orificios de bala. No encuentra ninguno, así que todos los proyectiles han quedado dentro del cuerpo del joven. Incluso el del disparo en la cabeza, que podría haber roto la ventanilla. Lo cual es bueno. Afortunado. En el asiento hay salpicaduras de sangre, pero lleva pañuelos de papel en la consola central. Limpia las manchas y se guarda los pañuelos en el bolsillo para tirarlos más tarde.

Solo necesitas suerte si actúas de manera impulsiva. Y tarde o temprano la suerte cambia.

Toma la determinación de no liquidar a nadie más de manera impulsiva y es consciente de que quizá no sea capaz de contenerse. Como cuando, en sus tiempos difíciles, se decía que pasaría sobrio todo el fin de semana, que por una vez despertaría el lunes por la mañana sin resaca. Pero ¿qué era un domingo por la tarde con dos partidos de fútbol consecutivos sin una o dos copas? ¿O cinco o seis?

—Da igual —dice—. Van cuatro, faltan nueve. Luego el culpable.

Vuelve a la ciudad. Tiene una llamada que hacer.

Capítulo 8

1

La salida del vuelo de Holly a Iowa City está programada para primera hora del 23 de mayo y va con retraso. No es así como ella organizaría el mundo si fuera responsabilidad suya, pero ese viene a ser el procedimiento operativo estándar para una avioneta de una compañía local como Midwest Air Service. No le importa; así dispone de un rato para hablar con Jerome antes del despegue.

Él no contesta hasta que el timbre suena por quinta vez, y se le nota confuso.

—Eh, Holly. ¿Qué hora es?

—Las siete y cuarto.

—¿Me tomas el pelo? Eso no es siquiera una hora real.

—Yo estoy en pie desde las cuatro y media.

—Bravo por ti, pero la mayor parte del mundo no se rige por el huso horario de Holly. ¿Dónde estás? Oigo aviones.

—En el aeropuerto. Voy a Iowa City.

—¿Me tomas el pelo? —Ahora Jerome parece un poco más despierto—. *Nadie* va a Iowa City. Al menos no por propia voluntad.

Holly explica la razón de su viaje. Jerome se queda impresionado.

—¡Trabajo de guardaespaldas para una mujer que salió en la portada de *Time*! Una nueva página en tu currículum. Muy bien, mis respetos, amiga, pero ¿para qué me llamas?

—Tiene que quedar entre nosotros. Puedes hablar con tu hermana, si quieres, pero, aparte de ella, mantenlo totalmente en secreto. Puede que esté actuando en la ciudad un asesino en serie.

—Permíteme que te interrumpa —dice Jerome—. ¿Podría ser tu asesino en serie el autor del asesinato de una mujer en la Senda de Buckeye y de un par de sintechos detrás de una lavandería? ¿Con nombres en las manos? ¿Posiblemente los nombres de los miembros del jurado del juicio contra Duffrey?

A Holly se le cae el alma a los pies. No por ella, sino por Izzy.

—¿Cómo te has enterado? Por el periódico no, porque yo ya lo he mirado.

—Tres oportunidades y las dos primeras no cuentan.

—Buckeye Brandon.

—Equilicuá —contesta Jerome.

—¿Cómo se ha enterado?

—Ni idea.

—Izzy se temía que esto pudiera pasar. ¿Y lo de un hombre que apareció asesinado en Tapperville?

—Eso sale en el periódico, víctima no identificada en espera de que se notifique a los parientes cercanos, pero, si tiene relación con los otros tres, nadie ha establecido la conexión todavía. Ni siquiera Brandon. ¿Qué tienes tú que ver con eso, Holly?

Hace meses, quizá incluso un año, que no la llama Hollyberry, y ella en cierto modo lo echa de menos.

Le cuenta a Jerome que Izzy le enseñó la nota original del hombre que se hace llamar Bill Wilson, y que ella, Holly, habló con John Ackerly. Que John fue quien encontró el cadáver de Michael Rafferty, alias Mike Libro Grande.

—¡Lo encontró John y ahora tú estás asesorando a la policía! —exclama Jerome con regodeo—. ¡Holly es Sherlock Holmes, e Izzy el inspector Lestrade! ¡Qué pasada!

—Yo no lo plantearía así —dice Holly…, aunque en realidad ¿cómo podría plantearse, si no?—. La noche en que Rafferty fue asesinado iba a reunirse supuestamente con un tal Briggs. Izzy tomó una foto de la agenda de Rafferty. Si te mando la foto, ¿se la enseñarías a John? ¿Le preguntarías si conoce ese nombre? Puede que sí lo conozca; si es un nombre de pila, no es de los más comunes.

—Por mí encantado.

—Siento interrumpir tu trabajo…

—No hay interrupción. En este nuevo libro, he topado contra un muro.

—Cuando topas contra un muro, traspásalo. Es un viejo adagio chino.

—¡Chorradas! Reconozco un viejo adagio de Holly Gibney en cuanto lo oigo.

—En cualquier caso es un buen consejo —afirma ella, adoptando su tono de voz más remilgado.

—No hay problema. Andaba buscando una distracción. Me parece que mi destino es ser autor de un solo libro.

—Para chorradas, esa —responde Holly.

—Tal vez sí, tal vez no. En todo caso me vendrá bien un descanso. Izzy es Lestrade, tú eres Sherlock, yo soy solo un modesto Irregular de Baker Street.

Aún con su tono remilgado, Holly observa:

—Yo diría que eres *muy* regular, Jerome.

—Gracias, Hollyberry. —Y corta la llamada antes de que ella responda con una queja simbólica.

2

En la avioneta no hay wifi (lógicamente), pero, mientras Holly baja por la escalerilla en una calurosa mañana de primavera en Iowa, su móvil emite un aviso de mensaje. Es de Izzy.

«Nuestro amigo Bill W. se ha cargado a otro. Llámame».

En cuanto entra en la terminal, Holly telefonea a Isabelle, que le cuenta que la última víctima ha sido un joven llamado Fred Sinclair, natural de New Haven, Connecticut, y no se ha determinado aún el motivo por el que se hallaba en la localidad rural de Treemore, fuera de Treemore Village, en la carretera 29-B. Cuatro disparos. Una tropa de boy scouts acampaban cerca de allí en el parque estatal John Glenn. Uno de ellos recorrió el sendero poco después del amanecer para utilizar un sanitario portátil y, al abrir la puerta, se llevó una desagradable sorpresa. Una de la que probablemente le hablará a un psiquiatra durante otros quince o veinte años.

—Escena primaria, cariño —dice Izzy—. Leí sobre el tema en Introducción a la psicología.

—¿Algún boy scout oyó los disparos?

—El campamento estaba casi a dos kilómetros parque adentro. Los niños cantaban alrededor de la fogata o dormían, supongo. Uno de los adultos que los acompañaban, imagino que el jefe de tropa, dijo que le pareció oír el petardeo de un coche. Puede que fueran los disparos. Muy probablemente.

—Has encontrado algún nombre en la mano del señor Sinclair, deduzco.

—Bueno, no yo personalmente. Los agentes de la Policía del Estado que han atendido la llamada del jefe de tropa al

911 han encontrado el papel en el suelo del sanitario. Se le cayó de la mano. Steven Furst. Otro miembro del jurado.

—¿Se utilizó la misma arma?

—Aún es pronto para el análisis forense, pero, basándome en las fotos que me ha enviado la Policía del Estado, Sinclair fue asesinado con un arma de pequeño calibre, casi con toda seguridad el mismo veintidós usado con los otros. Al hombre de Tapperville, Rafferty, le dispararon con un arma distinta, de calibre mayor. La policía del condado sigue investigándolo como un robo con homicidio. En ese caso, su Briggs y nuestro Bill W. no son el mismo hombre.

—Pero sí lo son —afirma Holly, casi distraídamente—. Briggs llevó un arma distinta para utilizarla con Rafferty, así de simple. Simuló que se trataba de un robo. Total premeditación. Ese tipo es listo, Iz. La pregunta es por qué, en vista de que no dejó el nombre de un miembro del jurado.

—Lo sé. —Izzy exhala un suspiro—. Por otro lado, está el asunto de Buckeye Brandon.

—Me lo ha contado Jerome.

En su blog y su podcast, Buckeye Brandon, que a veces se refiere a sí mismo como el Gran BB o el Podcastero Bandido, se especializa principalmente en habladurías, trapos sucios del mundo de la política y escándalos sonados. Siente predilección por la clase adinerada que vive en Sugar Heights o The Oaks. También ofrece la crónica negra.

—Lo llama el caso de los Asesinatos del Jurado Sustituto, y me temo que el nombre va a propagarse.

—¿Sabe lo de Fred Sinclair?

—Sí, y tanto. Las malas noticias vuelan. Aunque no lo de la nota con el nombre de Furst, al menos no todavía. Sin embargo, ya ha empezado a especular sobre la posible relación con los otros asesinatos. Si encontrara a la persona que está filtrando esa información, con mucho gusto le haría un culo nuevo.

—Podría haber sido él mismo —sugiere Holly.

—¿Qué? ¿Quién?

—Bill W. o Briggs, si es ese su verdadero nombre. Quiere que la gente lo sepa. Quiere que los *miembros del jurado* lo sepan. Y el juez. Y el ayudante del fiscal Allen. Quiere que los corroa la culpa. Escribió a tu jefa y a tu teniente, anunciando de antemano lo que se proponía.

—Muy cierto —se muestra de acuerdo Izzy, y suspira.

—Ese hombre podría haber telefoneado a BB. Seguro que fue él. Los medios informativos más legítimos tendrían reparos ante la idea de dar publicidad a un asesino.

—¿Por qué, entonces, Brandon *no dijo* que ese hombre le telefoneó? Habría pensado que ese es precisamente su estilo: anunciar a su público que tiene línea directa con el asesino.

—Quizá Briggs le ha pedido que no lo haga, si quiere que él siga en contacto.

—Tengo que cortar, Holly. Tom y yo vamos a Glenn Park. En rigor queda fuera de nuestra jurisdicción, pero la Policía del Estado quiere asegurarse de que nosotros cargamos también con este asunto. Si Jerome y Ackerly se enteran de algo, házmelo saber.

—Cuenta con ello.

—¿Estás en Iowa City?

—Sí.

—A por todas —dice Izzy.

—Gracias.

—Lo decía irónicamente.

—Lo sé —contesta Holly—. ¿Estaría poniéndome pesada si dijera que obviamente Bill W. se está acelerando?

—Estarías poniéndote pesada, en efecto.

—Atrápalo lo antes posible, Izzy, porque está decidido a llevar a cabo su plan. Que probablemente considera su *misión*. Es peligroso porque cree que está cuerdo. —Guarda silencio por un momento—. Por señalar otra obviedad: no lo está.

3

Holly carga con su bolsa de mano hasta la cinta transportadora de recogida de equipajes y se sienta a esperar. Vuelve a sonar su móvil. Esta vez es Barbara. También desea saber si Holly está en Iowa City. Por lo visto, es la pregunta del día.

—Sí. A por todas.

—Jerome hablará con tu amigo camarero hoy en su descanso del mediodía —informa Barbara—. Yo lo habría acompañado, pero tenemos que transportar un montón de equipo de la banda desde el viejo Sam's Club hasta el Mingo.

—Cuidado con las distensiones de espalda —advierte Holly—. Levanta con las piernas, no con…

Barbara se echa a reír.

—Te quiero, Holly. ¿Cómo te las arreglas para meterte en estos líos? Hartsfield, Morris Bellamy, los Harris… —Se interrumpe y por fin añade—: Ondowsky.

Hay alguien más, uno en quien Holly procura no pensar…, pero por supuesto Ondowsky le trae a la memoria al visitante que se parecía a Terry Maitland. Los dos eran vampiros que bebían dolor en lugar de sangre.

—Este caso no es mío, Barb. Es de Izzy.

—Tú sigue intentando convencerte de eso. Atraes bichos raros como un imán atrae limaduras de hierro. —Hace una pausa y luego dice—: Puede que eso haya sido un poco ofensivo.

—Me parece que sí. —En opinión de Holly, Barb no necesita saber que ya ha hablado por teléfono con Izzy sobre los Asesinatos del Jurado Sustituto…, que, por reconocerle el mérito al Podcastero Bandido, es en realidad un nombre más que aceptable—. Pero te perdono, porque posiblemente es verdad. Aunque en este asunto no hay bichos raros.

—Esperemos.

—Sí. Esperemos.

—En una novela de misterio —dice Barbara—, McKay habría encargado a uno de sus despreciables adláteres que matara a esa gente a fin de recuperar la preciada fecha de su charla.

—Eso no tiene ninguna lógica —aduce Holly—, y en cualquier caso la vida no es una novela de misterio. —Aunque a veces lo parezca. Al menos su vida.

La cinta transportadora empieza a girar y aparecen las primeras maletas.

—Debo irme, Barb. Y recuerda, levanta con las *piernas*, nunca con la espalda.

—Lo tendré en cuenta. Tú cuídate también, Hol. Guárdale la espalda a esa mujer.

—Bien, fetén. —Ha tomado prestada esa expresión de Jerome y la utiliza cuando le parece apropiado. Considera que queda moderno.

4

Aparece en la cinta su pequeña maleta gris, un poco gastada, veterana de muchos viajes. La sigue otra que nunca antes ha tenido ocasión de utilizar: una caja amarilla de plástico resistente a grandes impactos. Para abrirla se necesita un código de cuatro dígitos. Del asa cuelga una etiqueta roja en la que se lee: ARMA DE FUEGO DESCARGADA. El estuche para armas de mano fue un regalo de Navidad de Pete, su excompañero, hace dos años.

Antes de que Holly tenga tiempo de guardarse en el bolsillo de la chaqueta de su sobrio traje pantalón el móvil de la línea particular, empieza a sonar el teléfono de Finders Keepers en el otro bolsillo de la chaqueta. Holly lo saca, consciente de que ahora tiene un teléfono en cada mano. *Soy la mujer perfecta del siglo XXI*, piensa. En la pantalla lee NÚMERO DESCONOCIDO, pero está casi segura de que sabe quién es.

—Finders Keepers, Holly Gibney al habla. ¿En qué puedo ayudarle?

—Soy Corrie, señora Gibney. Corrie Anderson, la ayudante de Kate. ¿Qué tal ha ido el vuelo?

—Bien. —En realidad ha habido bastante traqueteo, como suele ocurrir en las avionetas.

—Kate quiere saber si desea que el hotel envíe un coche a recogerla.

—Tengo reservado uno de alquiler. —Holly sabe por su conversación con McKay que van a viajar de ciudad en ciudad por carretera, así que también se desplazará en coche..., pero no exactamente con ellas. Se situará por delante o por detrás, atenta a posibles perseguidores—. Confío en estar allí dentro de una hora, quizá antes.

—Queremos..., mejor dicho, Kate quiere que empiece usted lo antes posible. Nuestra admiradora secreta se ha puesto en contacto con nosotras otra vez. Nos ha enviado una foto de Kate y mía abrazadas después de la charla de Reno. Con una palabra escrita encima en carmín rojo. ¿Adivina cuál puede ser?

—A bulto, diré que probablemente sea «lesbianas».

—Guau, es usted una auténtica detective.

Holly se plantea decir: «Bien, fetén», pero se abstiene. Opta en cambio por señalar que el acertijo no era especialmente difícil y repite a Corrie que llegará lo antes posible..., aunque primero necesita un momento para reflexionar. Para *aclararse las ideas.*

Holly, una mujer menuda y bien vestida con unos zapatos cómodos, se sienta en una sala de recogida de equipajes vacía. Lleva un peinado elegante pero práctico. Mantiene las manos cruzadas sobre el regazo. Los demás pasajeros no le prestan atención, y considera que ese anonimato es uno de sus superpoderes. Una investigadora discreta que hace bien su trabajo puede ser una gran detective, y en varias ocasiones Holly ha alcanzado la grandeza. Ella personalmente se resistiría a admitirlo, pero Izzy lo sabe. También Jerome y Barbara Robinson.

Sus otros superpoderes son la clarividencia y la capacidad de tomarse el tiempo necesario para resolver problemas difíciles. Permanece sentada en silencio, aparentemente sin interés en nada aparte de la maleta gris y la caja amarilla que dan vueltas en la cinta transportadora, pero, debajo de ese sobrio corte de pelo, sus pensamientos circulan a toda velocidad por dos pistas.

Una de esas pistas tiene que ver con el caso de Izzy: el escurridizo Bill Wilson, que ha matado al menos a cuatro personas, y tal vez a cinco. Un número considerable de víctimas en poco tiempo. La utilización del apellido Wilson como alias induce a pensar (al menos a Holly) en cierta arrogancia. O eso, o un deseo —posiblemente subconsciente— de ser atrapado. Y *Briggs.* Teniendo en cuenta que en AA y NA los apellidos no están bien vistos, casi con toda seguridad es un nombre de pila o un apodo. Si Briggs participa en el Programa, desde luego cabe la posibilidad de que John lo identifique.

Desea, no por primera vez, que el caso fuera suyo.

La otra pista tiene que ver con Kate McKay. Su acechadora demostró en Reno que no es inofensiva, pero la lejía era solo una advertencia. El ántrax era un intento serio de matar, e indiferente a la presencia de cualquier otra persona que inhalara casualmente los polvos mágicos venenosos. ¿Qué sería lo siguiente? Un arma de fuego parece lo más probable, que es el motivo por el que Holly —muy a su pesar— ha llevado la suya propia.

Elementos básicos para el trabajo de guardaespaldas contiene una lista de precauciones de seguridad para proteger en la medida de lo posible a personas controvertidas como Kate McKay, aunque el autor, Richard J. Scanlon, advierte que nadie puede ser protegido totalmente, ni siquiera el presidente de Estados Unidos... como demostraron Lee Harvey Oswald, John Hinckley y Thomas Crooks.

Holly se pregunta cuántas precauciones estará dispuesta a tomar McKay. Sospecha que a esa mujer no le gustará la idea, y se pregunta si podrá convencerla. La capacidad de convencer no es el punto fuerte de Holly, pero cree que tendrá que intentarlo. Puede que Corrie Anderson la ayude.

Coge su equipaje y se encamina hacia el mostrador de la agencia de alquiler de automóviles. Por lo general, Holly alquilaría un coche pequeño como su Prius. Hoy ha pedido algo con mucho más brío. Después de estudiar las opciones, que en Iowa City no son muchas, se decidió por un Chrysler 300. Si necesita caballos de más —improbable pero posible—, el Chrysler se los proporcionará. Holly recoge la carpeta de su coche y contrata el seguro. *Más vale prevenir que curar* era otro de los dichos de Charlotte. Una vez sentada en él —¡qué lujo!— pide al GPS de su móvil la ruta más rápida al Radisson de Iowa City, en Coralville, un barrio residencial de las afueras. El Chrysler lleva incorporado un sistema de navegación, pero Holly confía en su propio equipo.

Siempre.

5

Trig llega al trabajo puntualmente, saluda a Maisie en la recepción y dedica la primera hora de su jornada laboral a hacer llamadas telefónicas y apagar pequeños incendios. En su oficio, siempre hay incendios que apagar. No hay que permitir que se propaguen.

Al igual que la mente de Holly, la suya circula por dos pistas. En una es un profesional que actúa con la mayor profesionalidad posible: nunca discute, siempre adopta una actitud razonable, intenta convencer, a veces recurre al vil halago. *Más moscas se cogen con miel que con hiel*, decía su madre. Antes de *desaparecer*.

En la otra pista, espera el momento de su detención. No sabe si otros asesinos en serie (y eso es él ahora, mejor llamar a las cosas por su nombre) tienen una sensación de invulnerabilidad, pero él no la tiene. ¿Qué distancia hay desde Saint Luke, donde se reúne los jueves por la noche el grupo Nuevos Horizontes, hasta el parque estatal John Glenn? No mucha. ¿Y si alguien establece la conexión? ¿Y si hay cámaras de seguridad en el parque? Ni siquiera lo comprobó, pero en retrospectiva parece lo lógico, sobre todo en las inmediaciones de esos sanitarios portátiles, donde quizá se trafique con droga. Por otro lado está la agenda del Reve. Cuando estaba allí, dejarla le pareció lo más inteligente, pero, si tuviera que repetirlo, se llevaría la puta agenda sin más. ¿Quién iba a enterarse? ¿La mujer de la limpieza? ¿Por qué iba a tener el Reve una mujer de la limpieza en una casa tan pequeña como esa? ¿Y cómo le habría pagado? Que Trig sepa, el único trabajo del Reve en los últimos años era ir a las reuniones y citar de memoria frases del *Libro Grande*.

Trig la está cagando una y otra vez.

Espera en todo momento que la policía irrumpa por la puerta, ajena a las protestas de Maisie, y uno de los agentes le recite sus derechos a ritmo de rap mientras el otro sostiene en alto unas esposas. Se imagina a Fin Tutuola y Olivia Benson de *Ley y orden*, lo cual es absurdo. Serán los dos que aparecían mencionados en el *Register* como investigadores responsables: Atta y la mujer, no recuerda su nombre.

Considera inevitable que al final lleguen a él, pero, ahora que ha emprendido este camino, le gustaría terminar antes de que lo cojan. Si no todos, el mayor número posible. *Trece inocentes y un culpable*, piensa.

El asesinato, según parece, es adictivo. Nunca lo habría pensado. Bueno, quizá sí en el caso de los asesinos sexuales, por ejemplo Bundy y Dennis Rader, pero él no es así. No *disfruta* matando…

O tal vez sí.

Si estás tan metido en esto que ya no puedes dar vuelta atrás, de nada sirve que te engañes, piensa. ¿Es la voz de papá? No lo sabe. *Al menos no hay en ello nada sexual. Simplemente deben saber que tienen las manos manchadas de sangre inocente. Y, si quiero acelerarlo, ¿qué más da? Al fin y al cabo, hay un final a la vista, un día en que el culpable morirá y esto terminará.*

Accede al blog de Buckeye Brandon con su tableta. Bajo

el rótulo rojo intermitente que anuncia ÚLTIMAS NOTICIAS, encuentra lo siguiente:

> ¡El parque estatal John Glenn es ahora el escenario de otro ASESINATO HORRENDO! ¡El cadáver de Fred Sinclair, edad desconocida, fue hallado por Matt Fleischer, de doce años de edad, que nunca olvidará el TRAUMA de abrir un sanitario portátil y descubrir un MUERTO sentado dentro! ¿Está relacionado este CRIMEN SANGRIENTO con los Asesinatos del Jurado Sustituto? ¡¡La bola mágica de Buckeye Brandon dice que SÍ, pero permanece conectado!! Y recuerda: ¡¡ESCUCHA MI PODCAST Y SUSCRÍBETE A MI PATREON!!

Trig llamó a la línea de denuncia de Buckeye Brandon, pero no dejó en la grabación el nombre del joven, ¿cómo iba a dejarlo? El Gran BB lo ha conseguido de alguna otra forma. ¿Y un niño de doce años encontró el cadáver? Por cierto, ¿qué hacía un niño en un parque estatal? A eso sigue la idea improbable pero, a su extraña manera, convincente de que el niño en realidad fue *testigo* del asesinato, y, cuando detengan a Trig, el niño lo señalará y dirá: *Es él, ese es el hombre que llevaba a rastras el cadáver…*

Suena el zumbido del intercomunicador, y Trig casi grita. Tiene que obligarse a contestar, imaginándose el tono de perplejidad de Maisie al informar: *Hay aquí unos policías, y dicen que necesitan hablar contigo.*

En lugar de eso, le recuerda su cita con el dentista a las dos. Trig le da las gracias y corta la comunicación. Siente un sudor frío, y no ante la perspectiva de los tres empastes que le esperan. ¡Son muchos los motivos por los que podrían detenerlo!

Tengo que darme prisa, piensa, y descubre que en realidad lo espera con impaciencia.

6

John Ackerly queda a comer con Jerome en el Rocket Diner. Los dos piden macarrones con langosta (incluidos en el menú del día) y té con limonada. John ladea un pulgar hacia la ventana en dirección al hotel Garden City Plaza, en la otra acera.

—Tío, ahí se aloja la realeza.

—¿En serio?

—Sista Bessie, la reina del rock and soul de los años setenta y ochenta. Me muero de ganas de verla. Las entradas para el concierto del día 31 ya se habían agotado, pero conseguí dos para el día siguiente.

—Bravo. —Jerome espera hasta que les sirven la bebida y luego enseña a John una foto (por gentileza de Izzy y Holly) de la agenda de Michael Rafferty. Indica con el dedo BRIGGS 19 H en la casilla del 20 de mayo—. ¿Conoces por casualidad a este tipo? No te preocupes por el voto de anonimato, o como sea que lo llaméis. Yo se lo diré a Holly, y ella se lo pasará a la policía, sin necesidad de dar tu nombre.

—La poli ya conoce mi nombre —precisa John—. Encontré el cadáver.

—Ah, sí. Me lo dijo Holly. —Jerome se siente como un memo—. ¿Qué? ¿Te suena de algo?

John responde con desalentadora prontitud.

—No. —Toca la casilla del 4 de mayo. Escrito con las cuidadas mayúsculas del Reve, se lee CATHY 2-T.—. A esta la conozco. La veo en las reuniones de vez en cuando desde hace un par de años. Tenía un lado del pelo teñido de rojo y el otro de verde. La gente comenzó a llamarla Cathy 2-Tonos, y al final empezó a identificarse ella misma con ese apodo en las reuniones. Estos otros nombres podrían referirse casi a cualquiera. ¿Sabes cuántas reuniones de AA y NA se organizan en el área metropolitana?

Jerome mueve la cabeza en un gesto de negación.

—A tu jefa le dije que unas tres docenas, pero, cuando consulté el calendario de reuniones, me encontré con que son casi el triple, si sumas las de Comedores Compulsivos Anónimos y las de DDA, que es la sigla de Diagnóstico Dual Anónimo. En cuanto añades además las zonas residenciales de las afueras, son más de cuatrocientos grupos.

—Holly no es mi jefa —aclara Jerome—. Es mi amiga.

—También lo es mía. Holly es un monopatín.

—¿Qué quiere decir eso?

John sonríe y desliza la palma de la mano por encima de la mesa.

—Con ella todo va sobre ruedas, tío.

—Y que lo digas. ¿Cuánto hace que la conoces?

John calcula mientras la camarera les sirve la comida.

—Mucho tiempo, tío. Fue más o menos cuando murió su amigo, el expoli...

—Bill Hodges.

—Si tú lo dices... Estaban muy unidos, supongo.

—Lo estaban.

—También tenía problemas para sacar adelante la agencia —dice John—, pero consiguió mantenerla a flote, y me alegro por ella.

Jerome no le habla de la herencia que le dejó su difunta madre. No es información que deba dar él, y además, para cuando murió Charlotte Gibney, Finders Keepers ya no estaba en números rojos.

—¿Cómo la conociste? —pregunta Jerome. No se imagina a Holly como asidua de los locales de copas, y menos aún como borrachina.

John se echa a reír.

—Eso tiene su gracia, tío. ¿Quieres que te lo cuente?

—Claro.

—Holly iba tras los pasos de un tipo buscado por toda clase de deudas, lo que incluía llevarse una camioneta para probarla y «olvidarse» de devolverla. Yo llevaba sobrio poco tiempo. Holly habló con la madre de ese tío, que le dijo que se había ido a buscar una guitarra a la casa de empeños Dusty, que está en la misma calle que mi bar, a solo tres puertas. El caso es que Holly está aparcando delante de Dusty y ve a ese tío, que se llamaba Benny no sé qué, salir de la casa de empeños e ir hacia el Happy con un estuche de guitarra en la mano. Lo sigue y entra en el bar detrás de él. Para entonces el tal Benny, ya ante la barra, pide un bourbon con hielo, que yo no quiero servirle.

—¿Por qué?

—Lo había visto en las reuniones. Me pongo en plan: «¿De verdad es eso lo que quieres? La sobriedad es un don, tío».

Jerome está impaciente por oír el desenlace.

—El tal Benny era un grandullón, pasaba del metro ochenta y rondaba los ciento veinte kilos. Holly, por su parte, mide uno sesenta escasamente. Desde entonces ha aumentado un poco de peso, pero por aquellas fechas no debía llegar a los cincuenta kilos ni soñando. Benny la ve, ¿vale? Sabe quién es, porque Holly ha hablado con algunos de sus amigos, y los amigos han informado a Benny. Así que sale disparado camino de la puerta, y ella se queda ahí plantada. Yo pienso: joder, va a pasarle por encima como un tráiler. Pero ella no retrocede ni medio paso. Dice: «Si no vas a Provident Loan para que te organicen un plan de pagos, Benny, y devuelves la camioneta, le diré a tu madre que has venido a un bar».

Jerome está tan atónito que ni siquiera se ríe. Es la típica anécdota de Holly Gibney.

—Benny para a medio metro de ella. Es mucho más alto. Ella tiene que mirar hacia arriba; así y todo, no se mueve. Dice: «Ve tú solo, porque quedarás mejor; al menos por esta vez me fiaré de ti». Benny dice que vale y se marcha arrastrando los pies. Holly se acerca a la barra y pide lo que siempre pide aquí, una Coca-Cola Light con dos cerezas. Le digo que conozco a Benny de las reuniones a las que voy, y que intentaba convencerlo de que no tomara nada. O al menos no una bebida alcohólica. Le pregunté si creía que Benny de verdad iría a Provident para acordar un plan de restitución, y Holly me dice que seguramente, porque le tiene un miedo de muerte a su madre. Se enteró de eso por los amigos de él. Holly añade: «Siempre he sido partidaria de darle una oportunidad a la gente, cuando puedo». Entonces coge el estuche de la guitarra, que Benny se había olvidado allí de pura vergüenza por el corte que se había llevado, y lo pasa por encima de la barra para dármelo. Luego dice: «No retires la bebida». Yo le guardo la copa, y se va.

—Camino de Dusty.

—Veo que la conoces bien. Sí. Vuelve al cabo de cinco minutos y me dice que Benny ha pagado por la guitarra. En efectivo. Dice que, cuando él aparezca, se la puedo dar.

Jerome asiente.

—Muy propio de Holly.

—El caso es que nos ponemos a hablar. Me da su tarjeta y los nombres de cuatro fugitivos que anda buscando, tíos y tías. Dice que, si alguno de ellos entra en el bar, la llame. Al principio era un simple intercambio, información por dinero, pero al final me cayó bien. Está cargada de manías, pero, como he dicho, con ella todo va sobre ruedas.

Jerome asiente.

—Y los tiene bien puestos.

—Vaya que sí.

—¿Has visto a alguno de sus prófugos en tus reuniones?

—De vez en cuando —admite John—, pero solo la informo si alguna de las personas a las que busca viene al Happy. No defiendo a ultranza la doctrina de AA como el Reve…, Mike R., quiero decir…, pero sí respeto la norma del anonimato. Las reuniones son territorio prohibido. Esta vez he hecho una excepción porque, si es verdad lo que ella dice, ese Briggs, el muy hijo de puta, es asesino además de alcohólico. —Se interrumpe y se come unos macarrones con langosta. A continuación, añade—: También por tratarse de ella. De Holly.

Jerome asiente.

—Lo entiendo. —Sonríe y alza un puño por encima de la mesa—. Siempre por Holly.

John choca los nudillos con los de Jerome y repite:

—Siempre por Holly.

7

La persona de la que hablan, al volante de su Chrysler —grande como un yate en comparación con su Prius—, entra en el aparcamiento del Radisson. Ve a una mujer de pie bajo el toldo del vestíbulo. Es alta y parece joven. Cabello corto rubio rojizo, vaqueros y una blusa sin mangas. Calzada con unas zapatillas deportivas blancas. Holly supone que es la ayudante de Kate McKay, impaciente por recibir a la nueva encargada de seguridad y poner las cosas en marcha. La chica —por la edad que aparenta aún puede llamársela «chica»— le dirige un saludo vacilante con la mano, y Holly alza la suya en respuesta.

En un Kia de alquiler aparcado poco más allá, Chrissy Stewart observa a la recién llegada encaminarse hacia el toldo del hotel y estrechar la mano a la zorra de Anderson. Se pregunta: *¿Y ahora esta quién es?* Aunque poco importa. No cambia nada. El trabajo es el trabajo. La matanza de los inocentes, en nombre de la política y por medio del aborto, debe terminar.

A toda costa.

Capítulo 9

1

Corrie ha visto la foto de Holly en la web de Finders Keepers, pero le sorprende lo menuda que es. Y es más canosa que en el retrato de la web. Cuando Holly le da un apretón de manos breve pero firme, Corrie piensa en lo distinta que es de quienes se han encargado de su protección hasta el momento, en particular de Elmore Packer, el del desafortunado incidente con el champán.

Probablemente eso sea bueno, se dice Corrie. *Lo último que necesitamos es otro cachas. Nadie se fijará siquiera en la presencia de esta mujer. Aunque ojalá no fuera tan pequeña. Se la ve casi… frágil.*

Holly, por su parte, piensa que Corrie Anderson parece una estudiante preuniversitaria. Pero, como es lógico, cuanto mayor se hace ella, más joven se le antoja el resto del mundo.

—Empezamos a ir justas de tiempo —explica Corrie mientras cruzan el vestíbulo del Radisson—. De hecho, ya vamos justas de tiempo. De aquí a Davenport, nuestra próxima parada, no hay mucha distancia, pero a Kate le gusta nadar, si puede, antes de sus…, sus conferencias, y yo tendré un montón de cosas que hacer. —Entran en el ascensor—. La…

—de nuevo ese leve titubeo—, la conferencia de Iowa City es esta noche, claro, y tenemos el domingo libre. Bueno, la mayor parte del día. Viajaremos a Madison. Ahora las fechas se están acelerando un poco. Le dije que nos desplazamos en coche, ¿verdad?

—Sí —contesta Holly—. Y en realidad usted no las ve como conferencias, ¿no?

Corrie se ruboriza un poco.

—Bueno... Kate es todo un personaje. Digámoslo así.

—Yo estaba muy interesada en ir a su charla en Buckeye City —dice Holly—. Supongo que ahora tendré ocasión de oírla, después de todo. —Aunque no podrá centrar la atención plenamente en Kate. Holly no está aquí por diversión.

Corrie utiliza una tarjeta llave para acceder a una pequeña suite de la cuarta planta. Kate McKay, sentada en un haz de sol junto a la ventana con una pierna doblada debajo del cuerpo, toma notas en un bloc de papel pautado amarillo. Al lado de la puerta hay dos maletas. Pequeñas. *Viaja ligera de equipaje*, piensa Holly con aprobación.

Kate se pone en pie al instante, examina a Holly de arriba abajo y acto seguido despliega una sonrisa radiante que ha engalanado innumerables portadas de revista, periódicos y blogs.

—¡Holly Gibney! —Atrapa las manos de Holly entre las dos suyas—. ¡Bienvenida a la magnífica aventura de Kate y Corrie!

—Encantada de estar aquí. Como le explicaba a Corrie, tenía previsto ir a verla al Mingo.

—¡Fue un robo! —exclama Kate. Despliega las manos, como si presentara titulares—. «¡Cantante de soul derrota a la sororidad! ¡"Get Down Tonight" derrota a "We Shall Overcome"! ¡Paren las rotativas!».

Kate se echa a reír y le brillan los ojos verdes. Holly piensa que la envuelve un aura, una crepitación de electricidad estática psíquica. Podría decirse que eso son solo estupideces, que sencillamente siente la veneración que experimenta la gente corriente cuando está en la misma habitación que una persona muy famosa, pero sospecha que quienes han alcanzado cierto renombre sí se hallan envueltos en esa electricidad. No porque sean famosos; es eso lo que los ha llevado a la fama.

—¿Crees que debo presentar una queja, Holly?

—Probablemente ceder en un gesto de deferencia sea mejor política de relaciones públicas.

Kate sonríe a Corrie.

—¿Lo ves? ¡Tenemos a la mujer idónea! ¿Te apetece tomar algo, Holly?

—Quizá una Coca-Cola, si hay en el minibar.

—Si no hay, me quejaré a la dirección —declara Kate—. Corrie, tráele una Coca-Cola a esta mujer.

Corrie va al minibar. Kate fija toda su atención en Holly. Es como si la enfocara un reflector.

—Esta tarde tengo actuación. —A diferencia de Corrie, ella no titubea al usar esa palabra—. Quiero que estés con nosotras. Macbride Hall, North Clinton Street, a las siete.

Holly lleva un cuaderno en el bolso. Anota esa información.

—¿Puedo preguntarte si vas armada, Holly?

—Iré armada durante las apariciones en público —responde ella..., pese a que no le gusta mucho.

—No dispares contra nadie, por favor —dice Kate—. Después de lo de Des Moines, es lo último que necesito. A no ser que alguien lo merezca, claro está.

—¿Un vaso, Holly? —pregunta Corrie.

—No, gracias. —Coge la lata de Coca-Cola que le tiende Corrie y toma un sorbo. Está fría y le sabe bien. Dirigiéndose a Kate, Holly dice—: Si procedemos con relativa cautela, todo irá bien. Aquí y en cualquier otro sitio. No habrá disparos. No habrá confrontaciones de ningún tipo. Las evitaremos.

—La confrontación forma parte de lo que Kate *hace* —aclara Corrie.

Kate gira en redondo hacia ella con las cejas enarcadas. Da la impresión de que Corrie preferiría retirar esa observación en particular. De pronto, Kate suelta otra de sus sonoras carcajadas.

—Tiene razón, pero en adelante preferiría ceñirme a la pirotecnia verbal. Todo el mundo se lo pasa bien y nadie sale herido.

—Eso me parece buena idea, señora McKay.

—Llámame, Kate. Vamos a ser amigas.

No, piensa Holly, *no creo que lleguemos a serlo. Lo que voy a ser es una empleada, igual que la joven señorita Anderson.* Aunque quizá Kate McKay es de esas personas que quieren que *todos* sean amigos suyos, que caigan bajo su hechizo. Para algunos, como Holly sabe, es una compulsión. Podría estar equivocada —las impresiones apresuradas nunca son de fiar—, pero no cree que lo esté.

—Kate, pues. Mi tarea principal es asegurarme de que puedes ocuparte de tus asuntos sin sufrir ningún daño. Sería más fácil si se localizara y detuviera a la mujer que te ha amenazado. Por ese motivo, me gustaría revisar sus comunicaciones con vosotras. Y necesito información sobre tus…

—¿Mis enemigos? —Kate se echa a reír—. La lista sería muy larga, pero la mayoría de ellos limitan sus agresiones a las tertulias en la televisión por cable y a tuits malévolos. No se me ocurre nadie capaz de poner ántrax en una tarjeta postal.

—Si estudiamos juntas las posibilidades, tal vez demos con alguna persona capaz de hacerlo. Quizá incluso más de una.

—Vale —dice Kate—, pero más tarde. Ahora tengo una videoconferencia por Zoom, quiero nadar un rato, luego está la rueda de prensa, esta noche el Macbride, y mañana el River-Center de Davenport. ¿Qué te parece el domingo? Tenemos el día libre, gracias a Dios. Sin contar el viaje por carretera a Madison. ¿Te ha dicho Corrie…?

—¿Que os desplazáis en coche? Sí. Dispongo de mi propio vehículo. Corrie puede facilitarme vuestra ruta. Parte del tiempo iré por detrás, y me veréis…, es un Chrysler 300 azul, difícil de pasar por alto. Parte del tiempo iré por delante, y no me veréis.

Kate señala a Holly con un dedo y le guiña el ojo.

—Te propones localizar a nuestra acechadora. Muy lista. Y te pondremos al corriente de todo lo antes posible.

A Holly no le gusta el plan. Aún es viernes; sin duda podrían encontrar un rato para analizar las comunicaciones de la acechadora antes del domingo. Kate podría saltarse la natación en la piscina del hotel, por ejemplo. (*Las piscinas de los hoteles y las infecciones por hongos van de la mano,* se dice Holly. *Uf*). Tiene la impresión de que Kate no se lo está tomando tan en serio como las circunstancias requieren.

Si a eso vamos, piensa Holly, *es difícil saber hasta qué punto me toma en serio a mí.* Pero eso no la sorprende. Está habituada a que la infravaloren. A veces resulta útil. En este caso tal vez no.

—Además, traigo un localizador GPS que me gustaría colocar en vuestro coche, si no te importa.

—No es un coche, es una camioneta, y no tengo el menor inconveniente.

—¿Dónde tenéis previsto alojaros en Davenport?

Kate se encoge de hombros, pero Corrie sí lo sabe.

—El Axis. De hecho, está al otro lado de la línea divisoria del estado, en Illinois.

—Conservad la reserva pero buscad habitación en un hotel distinto —indica Holly—. Tres habitaciones, a mi nombre. Vuestra acechadora conoce vuestros nombres, pero no el mío.

—Yo quiero una suite —dice Kate—. Comunicada con la habitación de Corrie. Y con la tuya si es posible.

Sí, soy una empleada, sin duda, piensa Holly.

—¿Y la rueda de prensa? —pregunta Corrie a Holly. Salta a la vista que ese cambio no la complace. Tal vez tampoco la complace el hecho de que Holly asuma la responsabilidad—. *Siempre* hay una rueda de prensa.

—Eso puede mantenerse en el Axis. Corrie, entiendo que es una molestia. Como persona obsesionada con la organización, me hago cargo. Pero la acechadora conoce vuestro calendario, consta en la web de Kate, donde todo el mundo puede verlo, y esa loca ha demostrado que se propone infligir daños mortales. Si os tomáis en serio la protección, es *necesario* hacer esos cambios.

Holly confía en que será más fácil capturar a la acechadora si alteran su rutina. Si Holly tuviera a su lado a Pete Huntley o a Jerome, les pediría que vigilaran el Axis, atentos a cualquiera que buscase a Kate y Corrie. Pero Pete se ha retirado y Jerome ahora echa una mano en el caso de Izzy. Holly espera además que vuelva a trabajar en su nuevo libro.

—Entendido —dice Corrie—. Dame tu tarjeta de crédito, Holly. ¿He de suponer que vamos a cambiar de hoteles a lo largo de todo el camino? ¿Durante toda la gira?

—Me temo que sí.

Corrie deja escapar un suspiro, pero no plantea más objeciones. Holly imagina que ya está considerando qué cambios deberán hacerse. ¿Y Kate? A ella le trae sin cuidado; la actuación es lo único que le importa. Holly sabe, pese a que apenas acaba de conocerla, que, si sugiriese un cambio que afectara directamente a Kate —cancelar una de sus charlas, por ejemplo—, su respuesta no se limitaría a un suspiro. Ante eso, siente aún mayor simpatía por la mujer más joven, y tarda solo un momento en comprender por qué.

Es como yo.

2

Chrissy lleva el sencillo vestido marrón de camarera de hotel, comprado ayer en A-1 Uniforms de Coralville y pagado, gracias a la intervención de Andy Fallowes, con dinero en efectivo de las colectas de la Verdadera Santa Iglesia de Cristo.

Sale de su Kia, rodea el hotel a pie y accede por la entrada de servicio, que mantienen abierta mediante un ladrillo colocado en el suelo. Para fumadores, sin duda. De una de sus manos cuelga, con un balanceo, una bolsa de plástico que podría contener basura. No es eso lo que contiene, sino despojos. Chrissy ha llegado a Iowa City por carreteras secundarias y ha encontrado abundante material utilizable en el camino: ardillas, pájaros aplastados, una marmota, un gato reventado. ¿Kate McKay es una entusiasta de la sangre y la destrucción?

Estupendo.

Aquí tiene toda una bolsa llena.

3

Holly no quiere esperar al domingo para iniciar la búsqueda de la acechadora. Pregunta a Corrie si tiene las comunicaciones de la mujer en su teléfono o su tableta.

—Lo guardo todo en una carpeta en el ordenador, incluidos los informes policiales.

—Excelente. Mándame la carpeta. Kate, quizá pueda revisarla después de tu conferencia de esta noche.

—La verdad es que no hay gran cosa —responde Kate—. La tarjeta con el ántrax maligno fue...

En ese preciso instante se activa la alarma contra incendios del hotel con una sucesión de aullidos casi ensordecedores. Al cabo de un momento cobra vida un altavoz instalado en el techo.

«Esto es una alarma —informa una voz automatizada—. Tengan la amabilidad de abandonar el edificio. No utilicen los ascensores. Esperen fuera hasta que se confirme que no hay peligro. Esto es una alarma. Tengan la amabilidad...».

—¿Que es una alarma? Joder, ya la oigo. —Kate parece irritada—. Va a romperme los puñeteros tímpanos.

—¿Qué hacemos? —pregunta Corrie a Holly.

—Nada —contesta Kate sin dar tiempo a Holly a responder—. Seguramente alguien ha encendido un porro en el cuarto de baño, y...

—Vamos a salir —la interrumpe Holly. Lamenta que su arma (el revólver de calibre 38 de Bill Hodges) siga en el maletero de su coche, bajo llave en la caja de la compañía aérea.

—La verdad es que no creo... —empieza a decir Kate.

—Perdona, Kate, pero precisamente para esto me pagas. Sígueme por el pasillo. Espérame al otro lado de la puerta de la escalera hasta que me oigas decir «despejado». Lo mismo en cada rellano: espera a que diga «despejado». ¿Entendido?

Kate decide tomarse la situación como una diversión más que como una molestia. Ella no tiene miedo, pero Corrie sí. *Porque es a ella a quien echaron la lejía*, piensa Holly. *A Kate no le ha pasado nada, al menos hasta el momento.*

Holly se acerca a la puerta de la sala de estar de Kate y se asoma al pasillo. A esa hora del día hay pocos huéspedes en la planta, y solo cuatro o cinco se encaminan hacia la escalera. Otros dos miran desde sus puertas con la misma cara de exasperación que Holly ha visto en Kate cuando ha empezado a sonar la atronadora alarma. *Falsa alarma, por supuesto*, expresan esas caras. *A mí no va a pasarme nada, esas cosas siempre les pasan a otros. Yo estoy exento.* Esas puertas se cierran a la vez que Holly indica a Kate y Corrie que salgan.

Recorren en fila india el pasillo, ahora vacío. Holly, agachada, escruta el hueco de la escalera. Ahí no hay nadie; los pocos huéspedes que han optado por prestar atención a la alarma ya casi han llegado a la planta baja. Grita:

—¡Despejado!

Kate y Corrie la siguen escalera abajo y se detienen en los últimos peldaños mientras Holly inspecciona primero el rellano y después el pasillo de la tercera planta, donde una camarera vestida de marrón con la cabeza gacha empuja un carrito, aparentemente ajena a la alarma. Siguen así hasta el vestíbulo, donde los recepcionistas y un hombre trajeado —probablemente el director— acompañan a la gente afuera.

—Lo siento, señora McKay —dice ese hombre cuando pasan por delante—. Seguramente es una falsa alarma.

—Las mujeres están muy familiarizadas con las falsas apariencias —contesta Kate.

El hombre del traje se ríe como si fuera lo más gracioso que ha oído nunca.

Fuera, veinte o treinta huéspedes pululan bajo el toldo del hotel, donde Holly ha visto por primera vez a Corrie mientras la aguardaba. Kate consulta su reloj.

—A esta hora esperaba estar atendiendo ya mi videollamada —comenta—. Holly, primero llegas tarde, y ahora esto. Es evidente que es una falsa alarma.

—Creo… —empieza a decir Holly, pero Kate ha tomado una decisión.

—A la mierda, yo me vuelvo.

Holly siente consternación. ¿Debe acompañarla? ¿Intentar detenerla? Sospecha que, si intenta detenerla, es posible que la despida. Finalmente, no hay necesidad de decidir. Se interrumpe la alarma y sale el hombre del traje.

—Oigan, ya pueden volver a sus habitaciones. Lamentamos mucho las molestias.

—Razones tienen para lamentarlas —dice Kate.

—Parece que algún bromista… —añade el director, pero Kate ya lo ha dejado atrás con paso enérgico.

—¿Dónde se ha disparado la alarma? —pregunta Holly—. ¿En qué planta?

—No estoy seguro —contesta el director.

Holly se pregunta si dice la verdad, pero no es momento para más indagaciones. Su cliente se acerca ya a los ascensores: una mujer con personalidad de tipo A que saca amplia ventaja a los otros huéspedes con la intención de tomar el primer ascensor disponible. Corrie la sigue de cerca, pero se vuelve a mirar a Holly, que las alcanza y entra justo cuando las puertas empiezan a cerrarse.

—Falsa alarma, como te he dicho —recuerda Kate.

—Eso parece. —Holly no está del todo convencida. Algo no encaja.

—Agradezco tu dedicación al trabajo, Holly, pero puede que estés un poco ansiosa por exhibir tus aptitudes.

Kate observa el número del indicador digital de planta, lo que da a Corrie ocasión de lanzar una fugaz mirada de soslayo a Holly con la que dice: *Lo siento, lo siento.*

Holly no responde a Kate, pero, cuando se abren las puertas del ascensor, se adelanta para ser la primera en salir. Da cuatro pasos por el pasillo hacia la suite de Kate y de pronto extiende los brazos.

—Alto, alto.

—Por amor de Dios, *¿ahora qué?* —dice Kate. Su estado no es ya simple exasperación; es enfado rayano en ira.

Holly casi ni se da cuenta. Sus sensores, hasta este momento en amarillo, pasan a un vivo color rojo.

—Quedaos donde estáis.

—No necesito que me... —Kate aparta a Holly de un empujón, pero de pronto se detiene—. ¿Quién de vosotras ha dejado la puerta abierta?

—Ninguna de las dos —contesta Corrie.

La puerta de la suite júnior de Kate se encuentra abierta hacia dentro. Holly ve parte de la alfombra de la sala y una porción de la ventana junto a la que Kate estaba sentada al sol con su bloc. También ve astillas en la moqueta del pasillo.

—No la han abierto; la han forzado. Probablemente de una patada.

Su primer impulso es obligarlas a volver al ascensor, acompañarlas al vestíbulo y pedir al director que informe al servicio de seguridad del hotel. Solo que posiblemente el propio director sea el único servicio de seguridad que hay en el turno de día, y no tiene la certeza de que Kate no vaya a empeñarse en entrar en la habitación.

—Esperad aquí, las dos. Por favor.

—Quiero... —empieza a decir Kate.

Corrie la interrumpe.

—Déjala hacer su trabajo, Kate. Para eso la has contratado.

Holly, arrimada a la pared y a las sucesivas puertas de las habitaciones, avanza de costado hacia la suite. Se acuerda nuevamente del revólver guardado bajo llave en el maletero y se promete que no volverá a prescindir de él. ¿Acaso no ha traído por eso el bolso grande, pese a lo feo que es? Cuando acorta la distancia, ve que hay algo escrito en la puerta. Y, aunque al parecer se ha escrito con sangre, se relaja un poco. Si hay un mensaje, quiere decir que el mensajero se ha ido. *Seguramente* se ha i...

Una mano se posa en su brazo. Holly se sobresalta y deja escapar un leve chillido. Es Kate, quien a todas luces tiene problemas para seguir instrucciones. Está mirando por encima del hombro de Holly.

—¿Qué demonios significa eso? —Garabateado en la puerta, se lee EX 21 22 23—. ¿Es *sangre*?

Holly no contesta. Se zafa de la mano de Kate y se aproxima a la puerta abierta. Esta vez Kate se queda atrás. Holly, junto a la jamba astillada, se asoma a mirar hacia el interior. Lo que ve no es agradable —ni mucho menos—, pero le confirma aún más que el autor de eso se ha marchado.

Las pulcras pequeñas maletas de Kate McKay están empapadas en sangre y cubiertas de cadáveres de pájaros y animales pequeños. *Atropellados en las carreteras*, piensa Holly. *Uf*. Ve tirada en el suelo la bolsa de plástico blanca en la que han llegado esos seres muertos.

—Tenemos que volver a recepción —dice Holly.

Pero Kate se apresura a pasar junto a ella y se queda mirando, incrédula, la sangre y las entrañas en sus maletas antes inmaculadas. Prorrumpe en un grito que induce a los huéspedes que se han quedado en su habitación a abrir la puerta y mirar. Varias de las personas que regresan tras la falsa alarma paran en seco. Holly ha oído gritos como ese antes, y al menos en una ocasión la voz salía de su propia garganta. No es miedo. Es en parte horror, pero sobre todo rabia.

Kate ya no está exenta.

4

Izzy y Tom examinan el sanitario portátil donde el boy scout encontró el cadáver. Los acompaña un inspector de la Policía del Estado, el teniente Ralph Ganzinger. Una cinta en la que se lee NO PASAR acordona el retrete por los cuatro lados, pero han dejado la puerta abierta. El polvo dactiloscópico ennegrece el asiento, el urinario y las paredes de plástico. La unidad forense de la Policía del Estado ha pasado por allí y ya se ha ido.

—Tienen muchas huellas —informa Ganzinger—, todas inútiles probablemente. En su mayoría obtenidas en un mismo sitio. Los hombres que utilizan el urinario tienden a apoyar los dedos en la pared mientras hacen sus necesidades.

Izzy piensa en lo que diría Holly ante eso: *Uf.* Pese a que la puerta del sanitario ha quedado abierta, emana del interior un tufo a excrementos humanos.

—¿Cámaras de seguridad? —pregunta Tom.

—Seis. —Ganzinger señala hacia el bosque con el pulgar—. Cinco enfocan los puntos de partida de los senderos. La sexta está en lo alto de ese poste, orientada hacia los retretes. Se rompió el año pasado. Según el encargado del servicio de mantenimiento del parque que vino, es objeto de actos vandálicos con regularidad. El problema es que a veces utilizan esos retretes personas con lo que podría llamarse fines perversos, y no quieren ser vistos. La última vez quedó tan rota que no fue posible repararla, y no hay dinero para sustituirla.

—Está muy alta —observa Izzy—. Alguien con buena puntería debió de lanzarle una piedra.

—Seguro que tú le darías —le dice Tom. Y dirigiéndose a Ganzinger, añade—: Es nuestra lanzadora titular en el partido Armas contra Mangueras de la semana que viene.

—No me lo recuerdes —contesta Izzy.

Lew Warwick ha solicitado —no, *ordenado*— su presencia en el Centro Cívico esta tarde para una rueda de prensa, cuya finalidad es suscitar interés en el partido y recaudar así más donativos. Le ha prometido que no tendrá que hablar mucho, pero ella no acaba de fiarse de él a ese respecto, y, aunque Lew es su jefe, no ha podido resistir la tentación de señalar que, una vez conseguida la participación de Sista Bessie para cantar el himno nacional, en realidad no es muy necesario «suscitar interés»; se agotarán las entradas para el partido. Sabe que, de hecho, la rueda de prensa es una oportunidad para que la jefa del Departamento de Policía, Alice Patmore, y el jefe del Cuerpo de Bomberos, Darby Dingley (el nombre más absurdo del universo, en opinión de Izzy), salgan en el noticiario de la noche. Pero todo eso queda para más tarde. Ahora pregunta a Ganzinger si se han encontrado huellas de neumáticos.

—Sí. Muy visibles. —Alza su iPad y la protege del sol con la mano para que Izzy y Tom vean bien las fotos—. Casi con toda certeza las dejó el coche del autor del crimen. Esto fue un acto improvisado.

—Un asesinato por impulso —dice Tom.

Ganzinger asiente con la cabeza.

—Sinclair se proponía llegar a Washington en autostop, y desde allí quizá a Nueva York. El autor no se llevó su cartera, así que pudimos hablar con sus padres.

—Detesto hacer esas llamadas —dice Tom.

—Usted y todos —afirma Ganzinger—. En la comisaría tenemos a una chica a la que se le da muy bien dar esas noticias.

Esas llamadas no se le dan bien a nadie, piensa Izzy.

—El caso es que el autor del crimen recoge a Sinclair. Entra en el aparcamiento rodeando la barrera, que es donde encontramos estas huellas de neumático. Le dispara varias veces dentro del coche..., así el ruido es menor, pero el jefe de tropa lo oyó igualmente..., luego lo lleva a rastras hasta el retrete. Las marcas que deja al arrastrarlo empiezan cerca de las huellas de los neumáticos.

—¿Sirven para algo las huellas? —pregunta Tom—. Dígame que sí, por favor.

Ganzinger mueve la cabeza en un gesto de negación.

—El ordenador dio una correlación de inmediato, porque son muy nítidas. Unos neumáticos Toyo Celsius II. Los ponen en los Toyotas, los Highlanders, los RAV4. También en otros modelos, como el Prius, pero el vehículo que dejó estas huellas es más grande. Creo que fue un Toyota sedán.

—De los que hay tropecientos poco más o menos en este estado —dice Izzy—. ¿Llevaba un cartel ese hombre?

—¿Un cartel? —Ganzinger la mira con cara de incomprensión.

—A veces los autostopistas sostienen carteles con el destino escrito.

—No encontramos nada semejante —responde Ganzinger—. ¿Quieren echar un vistazo alrededor?

Izzy y Tom cruzan una mirada. Tom se encoge de hombros. Izzy dice:

—Tenemos que volver a la ciudad. Yo he de asistir a una pantomima. Si consiguen algún resultado interesante en relación con las huellas dactilares, infórmenos.

—Cuente con ello. Que tengan un buen día.

De regreso al coche, Tom dice:

—Sería un buen día si ese tipo se hubiera parado a mear después de colocar al muerto en el asiento.

—Y se hubiera apoyado en la pared con la yema de los dedos —añade Izzy—. ¿No sería eso increíble? ¿Quieres conducir tú?

5

En Iowa City, Kate y Holly consultan con el inspector Daniel Speck en el despacho del director del Radisson. Corrie ha ido a buscar unas maletas nuevas para su jefa. A Holly no le gusta la idea de que la chica salga sola, pero Corrie tiene órdenes que cumplir, y al menos no volverán a confundirla con la mujer tras la que va realmente la acechadora. O eso espera Holly.

Kate está fuera de sí porque le han echado a perder sus maletas de L. L. Bean, pero se alegra de que la bruja que ha cometido semejante fechoría no haya tenido tiempo de rajarlas y destrozarle la ropa.

Holly también está interesada en la ropa, pero no en la de Kate. Pregunta al director cómo es el uniforme que usan las camareras de habitación del Radisson. Él contesta que llevan vestidos azules con cuellos festoneados. Holly se vuelve hacia el inspector Speck.

—Estoy casi segura de que he visto a la responsable de esto. Se encontraba en la tercera planta y fingía que empujaba un carrito. Llevaba un vestido marrón muy de..., de mujer de la limpieza.

—Comprobaré las imágenes de seguridad —dice Speck—, pero si esa mujer ha tenido la cautela de mantener baja la cabeza...

—La tuvo cuando trajo la tarjeta con el ántrax —dice Kate—. Y en Reno llevaba peluca.

—A estas alturas ya habrá puesto tierra por medio —observa el inspector Speck.

Si es así, va camino de Davenport, piensa Holly. *Si no, esta noche se presentará en el Macbride. Quizá armada.*

—¿Vas a hablar de esto esta noche, Kate? —pregunta Holly—. ¿O en la rueda de prensa?

—Vaya que si voy a hablar.

—A esa mujer le encantará —dice Holly en un tono de voz afable y (espera) sin transmitir la menor hostilidad.

Kate le dirige una mirada de sorpresa, pero enseguida adopta una expresión pensativa.

—¿Cómo no voy a decirlo? No quiero dar la impresión de que lo oculto. Entonces podría pensarse que me avergüenzo.

Holly exhala un suspiro.

—Eso lo entiendo, pero ¿puedo hacerte una sugerencia?

—Adelante.

—Menciónalo de pasada. Casi como una broma. Y quizá podrías llamarla… ¿cobarde?

—¿No sería eso provocarla? —Pero Kate sonríe. Le gusta la idea.

—Sí —contesta Holly. A veces lo mejor es forzar las cosas. Y de ahora en adelante llevará encima el arma—. Porque cuanto antes detengan a esa persona, más fácil será mi trabajo.

—Pasemos ahora a lo que había escrito en la puerta —propone Speck.

—Éxodo, capítulo 21 —dice Holly. Abre su iPad y lee—: «Si algunos riñeren, e hirieren a mujer embarazada, y esta abortare, pero sin haber muerte, serán penados conforme a lo que les impusiere el marido de la mujer y juzgaren los jueces».

Kate deja escapar una breve risa desprovista de humor.

—Ya lo había oído, solo que sin atribución. A los meapilas les encanta. De hecho, ese versículo habla de agresión: unos hombres que, en su pelea, hacen caer a una mujer embarazada haciendo que lo pierda. ¿Sabes qué dice la Biblia en realidad sobre el aborto? Nada. Cero. Y por eso tergiversan esa cita.

—Ese es el primer versículo —dice Holly—. El siguiente es: «Mas si hubiere muerte, entonces pagarás vida por vida». —Cierra el iPad—. Para esta mujer, Kate, *eres* la causante de muerte.

—¿Se ha planteado cancelar el acto de esta noche? —pregunta Speck.

Kate le dirige una sonrisa gélida.

—Ni remotamente.

6

A la una y cuarto, Maisie llama a Trig por el intercomunicador y le recuerda que es el Día D, en el sentido de «dentista».

—Más vale que te pongas en marcha si quieres llegar a la hora, porque los viernes el tráfico a través de la ciudad empieza a ser más denso antes.

Trig le da las gracias y se pone en marcha. Tiene el Toyota aparcado junto al Nissan Rogue de Maisie, a un lado del edificio. Se abrocha el cinturón de seguridad y retrocede, atento a su derecha para no rayar el coche de Maisie. De pronto ve algo alarmante y pisa el freno. En el hueco para los pies del asiento del acompañante de su coche está el cartel del autostopista, con el lado donde se lee O A CUALQUIER SITIO cara arriba.

Hay en él unas gotas de sangre seca.

¿Cómo has podido ser tan tonto?, se pregunta. No, no es una pregunta, es un grito, y no es suyo. Es de su padre. Trig casi ve a papá en el asiento del acompañante, a papá con su pantalón de faena marrón provisto de una cadena para evitar que se pierda el billetero. *¿Quieres que te detengan? ¿Es eso?*

—No, papá —masculla. Eso del «deseo de ser detenido» no es más que una bobada psicológica. Solo estaba alterado, impaciente por marcharse del parque estatal.

Pero Maisie ha aparcado justo al lado. ¿Y si ha echado una ojeada por la ventanilla de su coche y ha visto el cartel? ¿Ha visto las gotas de sangre?

No las ha visto. Habría dicho algo.

¿Seguro?

¿De verdad?

Trig se apea, rodea el coche hasta el lado del acompañante y, tras un rápido vistazo para asegurarse de que está solo, agarra el cartel y lo echa al maletero. Detrás de la oficina de Elm Grove, donde ahora vive, hay un barril incinerador, y esta noche puede deshacerse allí del cartel. Se supone que no es para uso de los residentes —contaminación atmosférica—, pero casi todos lo utilizan igualmente, y la administración del parque de caravanas hace la vista gorda.

Vuelve a subir al coche y se enjuga el sudor de la frente con el brazo. *Maisie no lo ha visto. Estoy seguro.*

Casi *seguro.*

Quizá debería plantearme…

Pero ataja esa idea. La amputa. ¿Plantearse pegarle un tiro a Maisie? ¿A Maisie, una mujer bien intencionada, un poco obesa, pensando siempre en el Ozempic? ¡Jamás!

¿Jamás? ¿De verdad?

¿Es eso un pensamiento… o una voz?

Mira por el espejo retrovisor y por un momento ve a papá, sonriente, ahora no en el asiento del acompañante sino detrás. Al cabo de un momento desaparece.

7

Rothman, el dentista de Trig, señala el monitor instalado en la pared, donde ahora se muestra una radiografía de la dentadura de Trig.

—El número dieciocho, el segundo molar. —Habla como el director de una funeraria—. Hay que extraerlo. No es posible salvarlo. Debajo se ve una infección. —De pronto se le ilumina el rostro—. Una buena noticia: su seguro cubre el ochenta por ciento del coste. ¿Puedo seguir adelante?

—¿Tengo elección?

—No, a no ser que quiera seguir tomando antibióticos para una infección leve en la encía. Y podría plantearse usar por las noches una férula de descarga. Le rechinan los dientes, y ese pobre molar se ha llevado la peor parte del maltrato.

Trig deja escapar un suspiro. *Y yo que pensaba que la posibilidad de ser detenido era hoy mi único problema.*

—Adelante.

—Aplicaré anestesia local en la zona, pero recomiendo óxido nitroso para que la experiencia sea lo más agradable posible. —Rothman se detiene a pensar—. Bueno..., la extracción nunca es agradable, pero sí más cómoda.

Trig se detiene a pensar. No tiene inconveniente en consumir fármacos —su perdición fue el alcohol (aparte de una terca certidumbre, un dudoso don heredado de su padre)—, pero ha oído decir que las personas bajo los efectos del óxido nitroso pueden ser... ¿cuál es la palabra? ¿Indiscretas? Aun así, con un bloque de mordida de goma encajado en la boca para mantenérsela abierta, será incapaz de decir nada aparte de «uuuu» y «aaaa».

—Con óxido nitroso, por supuesto —dice.

Después de varias inyecciones de anestesia, el lugarteniente de Rothman pone a Trig la mascarilla y le indica que respire solo por la nariz.

—Y relájese.

Trig obedece. Se relaja totalmente por primera vez desde lo de Annette McElroy. Apenas nota cómo Rothman hurga, presiona, taladra y —por último— desplaza la muela cariada en su cavidad de un lado a otro para liberar la raíz.

Debo terminar lo más deprisa posible, piensa, *para poder liberarme también yo.* Ese no es un pensamiento totalmente nuevo, pero el que sigue, en su estado de desinhibición, sí lo es. *¿Y si pudiera hacer como el sastrecillo valiente, que mató a siete de un golpe?*

Siete serían demasiados, pero ¿y si pudiera terminar con *varios* de un golpe? ¿Incluido el más culpable? ¿Habría alguna manera de hacerlo?

Ahora que su mente flota libre de ansiedades, Trig concibe la posibilidad de que eso ocurra. Y, si ocurre, su cruzada causaría sensación en todo el mundo; a su lado, el disparo en la oreja de Trump palidecería. No le interesa la fama (o eso se dice), pero ¿y si sus actos dieran pie a un debate público provechoso sobre la frecuencia con que la culpa recae en los inocentes? La próxima semana habrá en la ciudad una mujer famosa —posiblemente dos—, y si hubiera una forma de convertirlas en parte de la expiación por la muerte de Alan Duffrey...

—Ya acabamos —dice Rothman.

—*Iiii eeee aaar* —contesta Trig.

—¿Cómo dice?

Pero Trig se limita a sonreír como puede en torno al bloque encajado en la boca.

Los inocentes deben pagar.

Capítulo 10

1

El traslado del equipo de Sista Bessie del viejo Sam's Club al auditorio Mingo ya está en marcha. Jerome entra mencionando el nombre de su hermana a Tones Kelly, el jefe de la gira. No sabía si daría resultado, pero sí ha servido. Tones, sentado en el vestíbulo, rasguea ociosamente un bajo eléctrico Fender, pero se levanta de un salto como si Jerome hubiera dicho «ábrete sésamo» en lugar de «Barbara Robinson».

—Barb es la nueva mejor amiga de Betty —dice Tones— y una trabajadora incansable, con lo que todos los miembros del equipo son amigos suyos. ¿Quién habría dicho que una poeta podía mover ella sola un sistema de amplificación Marshall?

—Nos han enseñado que el trabajo duro es la manera de salir adelante en la vida —explica Jerome.

—Te entiendo. Hasta que se apagan las luces y empieza a sonar la música, todo es labor de músculo. Los equipos cinematográficos, los empleados de las ferias, el ejército del rock and roll..., en esencia todo es lo mismo. La igualdad del sudor.

El auditorio está en penumbra. Jerome ve a una mujer robusta sentada ante un piano en el lado izquierdo del escenario, tocando lo que tiene que ser «Bring It On Home to Me». Barbara, a medio subir por el pasillo de la platea «principal» (contando los palcos recién añadidos, el Mingo tiene un aforo de siete mil quinientas personas), acarrea un aparato cuadrado Yamaha en dirección al ingeniero de sonido, cuya mesa de mezclas parece parcialmente montada. Barb viste unos vaqueros de cintura alta sujetos con tirantes, una camiseta del álbum *Steel Wheels* de los Rolling Stones (que casi con toda seguridad, piensa Jerome, ha mangado en el desván de sus padres) y un pañuelo rojo en torno a la tersa frente marrón. Jerome piensa que parece un *roadie* donde los haya, lo cual no es de extrañar. Barbara tiene algo de camaleónico. En la fiesta de un club de campo, podría llevar un traje de noche y una reluciente diadema de diamantes falsos con la misma desenvoltura.

—¡Barb! —dice—. Te he traído tu coche. —Le entrega las llaves.

—¿Sin marcas ni abolladuras?

—Ni una sola.

—Ross, este es mi hermano, Jerome. Jerome, este es Ross MacFarland, nuestro FOH.

—No sé qué es eso, pero encantado de conocerte —dice Jerome a la vez que estrecha la mano a MacFarland.

—FOH, *front of the house*, la parte de delante de la sala —aclara MacFarland—. Aunque en nuestro concierto me ocuparé de las mezclas desde aquí. El director de programación no lo ve con buenos ojos, porque estos son asientos preferentes que no puede vender…

—Los directores de programación no ven con buenos ojos *nada* de lo que hacemos —dice Tones—. Forma parte de su dudoso encanto. Gibson no es tan malo como otros con los que he trabajado.

—*¡Las tres, atentos todos! ¡Las tres!* —grita alguien.

—¡Enseguida voy, Acey! —contesta Barbara, levantando la voz.

—¿Quién será este apuesto joven? —pregunta una mujer.

Jerome se vuelve y ve a la robusta pianista subir por el pasillo. Cae en la cuenta con retraso de que esa mujer, vestida con un anticuado jersey y unos voluminosos mocasines, es Sista Bessie, miembro del Salón de la Fama del Rock and Roll.

—Betty, te presento a mi hermano Jerome. El otro escritor de la familia.

Betty estrecha la mano como un hombre.

—Tienes una hermana con mucho talento, Jerome. Y tú tampoco lo haces mal. Ella me regaló tu libro, y ya he leído parte.

—*¡Barbara!* —vocifera alguien—. *¡Después del alto de las tres, soportes y estructuras!*

Barbara se vuelve hacia Jerome.

—No estamos sindicados, pero seguimos casi todas las normas del sindicato. El descanso de las tres es obligatorio. —Luego, alzando la voz, dice—: *Ya te he oído, Batty, qué modales, ¿te has criado en un establo?*

Este comentario se recibe con risas generalizadas, y Betty Brady da un breve abrazo de costado a Barbara.

—Ve ya, y resérvame un bagel, si es que hay en esta ciudad primitiva. Quiero hablar con este joven.

Barbara frunce un poco la frente ante esto, y luego, junto con Tones Kelly y Ross MacFarland, se va, cabe suponer, camino de su descanso de las tres. Mira atrás una vez, y por un momento Jerome la ve tal como era a los ocho años, preocupada por no caerle bien a las niñas del nuevo colegio.

Betty rodea los hombros de Jerome con un brazo.

—¿Esa chica te hace caso?

—A veces —contesta Jerome, extrañado.

—¿Te ha contado que estamos colaborando en una canción? ¿Ella pone la letra, yo la música?

—Sí. Está entusiasmada.

Betty guía a Jerome pasillo abajo hacia la escalera, todavía con el brazo alrededor de sus hombros, rozándole el costado con un pecho enorme.

—¿Te haría caso si le dijeras que nos acompañara durante el resto de la gira? ¿Que cantara un poco?

Jerome se detiene.

—¿Ha dicho que *no*?

Betty se echa a reír.

—Es complicado, y no solo porque quiero que cante los coros con las Dixie Crystals. Tiene una voz excelente. Tess, Laverne y Jem..., a todas les gusta, dicen que encaja perfectamente. La otra noche las cuatro cantaron «Lollipop» *a cappella.* Ya sabes, ¿aquella pieza antigua de las Chordettes?

Jerome no conoce «Lollipop», pero sí sabe que Barbara tiene buena voz, y por lo regular no la avergüenza exhibirla a pleno pulmón delante de un público. En su último curso en el instituto fue la primera Calamity Jane negra de la historia, y desde entonces ha hecho un par de apariciones en teatro comunitario..., al menos antes de que la poesía se convirtiera en su vida.

—¿Ha dicho que no a *eso*?

—No... exactamente. Pero cuando le pedí que cantara «Lowtown» a dúo conmigo, se negó en redondo.

—Usted es importante para ella —dice Jerome—. Ya no es tan tímida como antes, pero aún le cuesta creerse que está aquí, y ya no digamos todo lo demás.

—Eso lo entiendo, pero *es su sitio.* —Le dirige una mirada intensa. Por primera vez Jerome no ve a una mujer robusta con un jersey anticuado, sino a una diva acostumbrada a salirse con la suya—. Lo máximo que he podido sacarle es que diga que *tal vez* cante «Lowtown» aquí conmigo y nos acompañe en la gira hasta Boston, pero como *roadie*. ¡Como *roadie* está *desaprovechada*!

—*Eso* lo entiendo —dice Jerome, y, cuando Betty le da una vigorosa palmada en la espalda, casi se cae al foso de la orquesta.

—¿A ti te hace caso?

—*A veces.*

—Quizá te haga caso con esto. —Lo atrae hacia sí y le susurra al oído—: *Porque quiere hacerlo.*

El equipo y los músicos, reunidos detrás del escenario, comen minihamburguesas White Castle, fruta, galletas saladas y queso. Betty se separa de Jerome para hablar con un anciano negro. Barbara coge a Jerome de la mano.

—¿Qué quería?

—Ya te lo diré después.

—Quiere que cante con ella.

—Lo sé. Y no solo aquí.

—¡Soy *poeta*, Jerome! ¡No me dedico al... rock and roll!

Jerome le da un beso por debajo del pañuelo rojo, que tiene húmedo de sudor. No está pensando en John Ackerly, ni en el nombre Briggs que figura en la agenda de Mike Rafferty alias el Reve. En ese momento solo piensa en lo mucho que quiere a su preciosa y polifacética hermana.

—¿Y quién dice que no puedes ser las dos cosas?

2

Durante la rueda de prensa de Kate, Holly se queda de pie al fondo de la sala de conferencias del Radisson. Lleva el bolso colgado al hombro, la cremallera abierta. Contiene el revólver (todavía piensa en él como el revólver de Bill), con la primera recámara —la que se alineará con el cañón cuando apriete el gatillo y el tambor gire— vacía, tal como le enseñó su mentor. También lleva un bote de espray pimienta y una alarma antiviolación Original Defense. Se recuerda que debe conseguir otras dos de cada, para Kate y Corrie. El espray o la alarma serían sus primeras opciones; el revólver, el último recurso.

En la rueda de prensa hay una nutrida asistencia; después de Reno y Des Moines, Kate es noticia de rabiosa actualidad. En lo que Holly considera la molesta jerga de la era de las redes sociales, Kate es «trending topic», aunque todavía no «viral». Hay cámaras y periodistas de la KWWL y la KCRG. Un viejo entrecano de *Press-Citizen.* Corresponsales de varios medios digitales, en su mayoría de tendencia izquierdista en el espectro político. Kate presenta una imagen favorecedora con una sencilla camiseta blanca que realza sus amplios pechos y unos tejanos ajustados que revelan una cadera esbelta. En la cabeza luce una gorra azul ladeada de los Iowa Cubs.

Kate ofrece una declaración breve, sin mencionar el hecho de que tenía las maletas manchadas de sangre y tripas. No obstante, sí da a conocer que su habitación ha sido objeto de un pueril acto de vandalismo y reproduce los versículos del Éxodo, explicando que los fanáticos religiosos provida los han tergiversado y sacado de contexto —sacado *retorcidamente* de contexto— para darles un significado que no tienen. Holly está convencida de que la acechadora recibirá el mensaje y se cabreará.

—¿No hay una gran diferencia entre que ponga fin a la vida fetal Dios y que la destruyan los médicos? —pregunta uno de los periodistas.

—Depende de si una cree en Dios o no, o en qué Dios cree. En cualquier caso, este país es una democracia, no una teocracia. Lea la Constitución, hijo.

Holly apenas atiende. Escruta a los asistentes en busca de alguno sin credenciales de prensa. Se han acercado unos cuantos mirones, pero ninguno muestra comportamientos que Holly considere sospechosos. Lamenta no haberse fijado más en la mujer del uniforme marrón de la tercera planta, pero tenía puesta casi toda su atención en Kate y Corrie. ¿Era rubia? Le parece que sí, pero no está segura.

Kate da por concluida la rueda de prensa diciendo que se alegra de estar en Iowa City, que dará la charla en el Macbride Hall a las siete de la tarde y que aún quedan algunas butacas libres. La mujer en cuyas credenciales se lee que es del *Raw Story* da unas palmadas a modo de breve aplauso, pero nadie más se suma; la gente se limita a ir saliendo. Kate va a una nueva suite. La suya ha sido precintada por la policía, y, después del acto de esta noche, las tres irán a otro hotel.

—Ha ido bastante bien, ¿no? —pregunta Kate a Corrie. Siempre la misma pregunta.

—Dinamita —contesta Corrie. Siempre la misma respuesta (correcta).

3

Más o menos a la misma hora tiene lugar otra rueda de prensa en otra ciudad. Alice Patmore, la jefa de la Policía de Buckeye City, está de pie ante los micrófonos en compañía de Darby Dingley, el jefe del Cuerpo de Bomberos de la ciudad. Detrás de ellos hay dos jugadores representando a los equipos rivales del inminente enfrentamiento Armas contra Mangueras. Uno es un joven alto llamado George Pill, muy peripuesto con su uniforme y su gorra ceremoniales de bombero. La otra es Isabelle Jaynes, a quien se la ve más cómoda con su uniforme azul de verano.

Antes de la reunión con la prensa, Lew Warwick ha dicho a Izzy que, en la declaración, no estaría de más dejar caer alguna fanfarronada a modo de provocación. «Todo de buen rollo, ya me entiendes».

Izzy *no* lo entiende. Se siente como una imbécil con su uniforme de manga corta. Tiene que atrapar a un asesino en serie, y en vez de eso está ahí perdiendo el tiempo con esa parida que en esencia es una oportunidad para salir en la foto. Se vuelve hacia Pill para ver si opina lo mismo, pero el bombero mantiene la mirada fija en los periodistas allí reunidos con una severa y heroica expresión de determinación en el rostro. Si el cerebro que hay bajo esa ridícula gorra de plato siente algún tipo de incomodidad, no lo manifiesta.

Entretanto, los peces gordos se explayan plomíferamente sobre las magníficas organizaciones benéficas a las que favorecerá la competición de este año. Habla primero la jefa Patmore; luego le toca el turno al jefe Dingley. Izzy confía en que no se alarguen más y así pueda volver enseguida a vestirse de calle (y volver al trabajo), pero no hay suerte; ambos inician otra ronda. Los periodistas congregados parecen aburrirse tanto como Izzy, hasta que la jefa Patmore anuncia que Sista Bessie ha accedido a cantar el himno nacional; sus deseos se han hecho realidad y la artista se ha comprometido en firme. Eso da lugar a un murmullo de interés entre los representantes de la prensa, y un breve aplauso.

—Antes de dejarles ir a la mesa de los tentempiés —dice el jefe Dingley— me gustaría presentarles a dos de las estrellas del partido de este año. Por el equipo de las Mangueras, el bombero de primera clase George Pill, que ocupará la posición de jardinero central.

Le corresponde el turno a Patmore.

—Y por el equipo de las Armas, la sargento Isabelle Jaynes, inspectora, nuestra lanzadora titular.

Los peces gordos se echan atrás. En un primer momento Izzy no sabe qué hacer, pero Pill sí. Despliega una sonrisa de estrella de cine, la agarra por el brazo y tira de ella hacia delante. Izzy da un ligero traspié. Destellan los flashes de las cámaras. Algunos periodistas se ríen por lo bajo.

—Espero con impaciencia el partido, y espero con impaciencia el momento de poner en apuros a esta señorita —dice Pill, todavía sonriente y sujetándola del brazo, como si ella fuera un niño que pudiera escaparse.

Sinceramente irritada, Izzy alza la vista para mirarlo —Pill le saca al menos quince centímetros— y dice:

—Puede que la señorita tenga algo que decir al respecto.

Pill ensancha la sonrisa.

—Vaya, esta es *peleona.*

Risas entre los periodistas.

—¿Qué es eso que llevas en la cabeza? —pregunta Izzy—. ¿Te lo pondrás en el partido cuando te elimine por strikes?

A Pill se le hiela la sonrisa. *Quizá me he pasado*, piensa Izzy. O quizá se la trae floja. No le gusta que la lleven a rastras.

Antes de que Pill pueda contestar, se pone en pie una mujer en la primera fila. Izzy la reconoce: es Carrie Winton, que se ocupa de la crónica negra en el periódico local. Se la ve fuera de lugar cubriendo una chorrada como esta rueda de prensa. Izzy sabe ya lo que viene a continuación.

—Inspectora Jaynes, ¿puede ponernos al día en lo referente al llamado caso de los Asesinatos del Jurado Sustituto? ¿Tiene algo que ver el asesinato de Fred Sinclair?

La jefa Patmore se sitúa entre Izzy y George Pill.

—Esa investigación está en curso —dice con tono afable—, y les daremos información actualizada a su debido tiempo. Aunque sea solo por una tarde, concentrémonos en algo positivo, si no le importa. ¡Policías y bomberos saltando al terreno de juego con fines benéficos! Y permítanme decirles que esta gente está lista para la acción.

Winton, todavía de pie, hace caso omiso a Patmore.

—¿Tienen alguna pista, inspectora Jaynes?

Se dispone a decir que no puede hacer comentarios, pero de pronto Buckeye Brandon mete la cuchara.

—¿Le parece oportuno concentrarse en un partido benéfico de sófbol mientras anda suelto un asesino?

Pill interviene.

—Creo que ya es hora de que me lleve a la sargento Jaynes. Es su hora de la siesta.

Muchas risas entre dientes, y con eso se acaba el acto. Los representantes de la prensa se encaminan hacia la mesa del fondo, donde policías y bomberos novatos aguardan para servir gambas correosas de supermercado y cócteles con vino (un límite de dos bebidas). Izzy se zafa de la mano de Pill y sale por la puerta situada al fondo del estrado, deseosa de regresar al 19 de Court Plaza y cambiarse de ropa antes de que la camisa azul del uniforme se empape de sudor. Pill la sigue, ya sin sonrisa de estrella de cine.

—Eh, tú, amiga. No me ha hecho gracia el comentario sobre la gorra. Me han ordenado que me la ponga.

Como a mí me han ordenado que venga de uniforme, piensa Izzy. *Todos estamos al servicio de los peces gordos.*

—Tampoco a mí me ha hecho gracia tu último comentario. Sobre la siesta.

—A mí no me cuentes tus penas. —Pill se quita la gorra y

la mira como si dentro tuviera escrito algo importante—. Esta gorra era de mi padre.

—Bravo por él. En cuanto a ti, no me cuentes tus penas.

—Me enteré de que vuestro lanzador titular se rompió la mano en una pelea absurda en un bar. Tú eres la suplente.

—¿Y qué? Es solo un *partido.* No seas idiota.

Se inclina hacia ella, induciéndola nuevamente a sentirse como una niña.

—Vamos a daros una paliza. *Señorita.*

Izzy no se lo puede creer.

—Se suponía que veníamos aquí a hacer el número, y el número ha terminado. Es un partido benéfico, no la puta serie mundial.

—Ya veremos. —Dicho esto, Pill se aleja. Aun así, sigue dándose aires.

Increíble, piensa Izzy, pero en el vestuario, mientras se cambia, ya se ha olvidado de todo.

Pill, como se verá, no.

4

Holly y Corrie toman un Lyft hasta el Macbride Hall. Corrie charla con los libreros de Prairie Lights y especifica al regidor de escenario que coloquen un micrófono de mano para Kate en lugar de uno de solapa. Mientras comprueba el sonido —«uno, dos, probando, probando»—, Holly examina la puerta del escenario, por donde entrarán y saldrán, y toma nota de los otros puntos de acceso.

Se identifica ante la directora de programación del Macbride, Liz Horgan, y pregunta si el público tendrá que pasar por detectores de seguridad. Horgan contesta que no, pero se someterá a un registro a los espectadores provistos de bolsas, y, si alguno se resiste, se le negará la entrada. Holly no se queda contenta con eso, pero reconoce los límites de lo que ella —y los responsables del recinto— pueden hacer. Se recuerda una vez más que, si alguien se propone realmente agredir a una celebridad de visita, nada impedirá que ocurra excepto la suerte, una respuesta inmediata o una combinación de ambas.

Corrie se queda en la sala. Holly vuelve al hotel en otro Lyft. La nueva suite de Kate está en la tercera planta.

—Es un servicio de cortesía —dice a Holly—. Una habitación para hacer tiempo. Siempre es mejor que un calabozo. ¿Dónde nos alojaremos después de la actuación? Corrie ya debe de haberlo organizado. Es una fuera de serie.

—En un Holiday Inn —contesta Holly.

Kate arruga la nariz.

—Cuando la necesidad aprieta, el diablo manda, supongo. Shakespeare.

—*A buen fin no hay mal principio.*

Kate se echa a reír.

—Guardaespaldas, y además especializada en literatura inglesa.

—No, es solo que leí mucho a Shakespeare en mi adolescencia. —*Romeo y Julieta*, por ejemplo. Una y otra vez.

—Comamos algo —propone Kate—. Eso también va a cargo de la casa, así que pide algo caro. Yo tomaré pescado. Si como otra cosa, lo mismo acabo eructando y echándome pedos en el escenario.

—¿Te pones nerviosa antes de la..., antes de salir?

—Es una *actuación*, Holly. Puedes decirlo con toda tranquilidad. No. Siento entusiasmo. Llámame fanática, me da igual. Intento disimular el fervor con humor. Es un monólogo, gracioso en la medida de mis posibilidades, pero en el fondo muy serio. Este no es ya el país en el que me crie; ahora Estados Unidos es la casa de los espejos. No me tires de la lengua con esa mierda. ¿Y tú? ¿Estás nerviosa?

—Un poco —reconoce Holly—. El trabajo de guardaespaldas es nuevo para mí.

—Bueno, has reaccionado bien cuando ha sonado la alarma. Ahí he estado un poco idiota, ¿no?

Holly no quiere decir ni que sí ni que no, así que se limita a levantar la mano e inclinarla a uno y otro lado.

Kate sonríe.

—Sabes comportarte en una situación de crisis, conoces a Shakespeare y además eres diplomática. Una triple amenaza. —Le entrega el menú del servicio de habitaciones—. A ver, ¿qué quieres?

Holly pide un sándwich de pollo, consciente de que apenas comerá. Es casi la hora de empezar a ganarse el sustento.

5

Para cuando Trig vuelve al trabajo, empieza a desaparecer el efecto del anestésico que Rothman le ha administrado —novocaína o la sustancia que sea que utilizan hoy día— y la cavidad donde antes tenía la muela le palpita. Rothman le ha recetado un analgésico, y en el camino ha parado a comprarlo. Contiene solo seis comprimidos; se han vuelto muy *cicateros* con esas cosas.

Maisie le pregunta cómo se encuentra. Trig contesta que ha estado mejor otras veces y ella dice: «Pobrecito». Trig pregunta si hay algún asunto que deba atender o alguna llamada que devolver. Maisie responde que, aparte de las tareas habituales de la agenda que él ya conoce, no ha surgido nada de lo que no pueda ocuparse ella misma. Le sugiere que se marche a casa. Que se acueste. Que se ponga quizá una bolsa de hielo en la mejilla.

—Creo que eso haré —contesta él—. Buenas noches, Maisie.

Trig no se va a casa; se va al Dingley Park.

Hay un pequeño aparcamiento para el personal del parque cerca de la ruinosa silueta en forma de silo del Holman, el antiguo pabellón de hockey sobre hielo. Aparca ahí, hace ademán de salir del coche, se lo piensa mejor y coge el calibre 22 de la consola central. Se lo guarda en el bolsillo de su americana.

No voy a hacer nada con él, piensa. Lo que le recuerda, tal vez inevitablemente, sus tiempos de bebedor. Cuando entraba en el Three-Ring de camino a casa al salir de la oficina y se decía que tomaría solo una Coca-Cola. *Pero esta vez va en serio.*

Ante lo que el fantasma de su padre se ríe.

Pinos y piceas rodean el viejo pabellón de hockey. A la derecha hay bancos de pícnic y puestos de comida ambulantes —Fabuloso Puesto de Pescado de Frankie, Taco Joe's, Perritos Calientes y Pizzas Chicago—, ahora ya cerrados y con los paneles bajados después del mediodía. Más allá, Trig oye gritar a unos hombres que entrenan para el gran partido benéfico de polis contra bomberos. Oye el ruido metálico de los bates de aluminio y las risas.

Flanquean la doble puerta combada del pabellón fotos de espectrales jugadores de hockey casi invisibles. Un letrero reza: PABELLÓN HOLMAN DECLARADO EN ESTADO RUINOSO POR EL AYUNTAMIENTO. Debajo alguien ha escrito en tiza: ¡PORQUE JESUCRISTO NO PATINA! A lo que Trig no le ve sentido.

Tantea la puerta. Cerrada con llave, como preveía, pero tiene un teclado numérico, y la luz roja en la parte superior le indica que las baterías aún están cargadas. Desconoce cuál podría ser la clave de acceso, pero eso no significa que no vaya a ser capaz de entrar. Su padre era electricista y, cuando no estaba gritando a Trig, o moliéndolo a palos, o llevándolo a ese mismo pabellón, a veces hablaba de su trabajo, lo que incluía algunos trucos del oficio. *Toma siempre una foto del cuadro eléctrico antes de empezar a trabajar. Ten siempre a mano bridas; sirven para muchas cosas. No metas el dedo donde no meterías la polla.* De niño, Trig daba pie a esos sermones, en parte porque eran interesantes, pero sobre todo porque, mientras papá hablaba, papá era feliz. El *hockey* también lo hacía feliz, en especial cuando los jugadores tiraban los guantes al hielo y se liaban a golpes: zas, zas, zas. A veces incluso rodeaba a Trig con el brazo y le daba un despreocupado apretón. *Trig*, decía. *Mi buen Trigger.*

Los sermones y las charlas instructivas en el pabellón Holman por lo general duraban dieciocho minutos, ni más ni menos. Ese era el tiempo de descanso entre las partes.

Trig echa una ojeada alrededor, no ve a nadie e introduce las uñas bajo la tapa del teclado. La levanta haciendo palanca, la retira y mira dentro. Ve impreso CF 9721. CF significa Código de Fontanero, pero su padre le contó que eso era solo un vestigio de otros tiempos. Muy diversos operarios —los servicios de mantenimiento de la pista, los electricistas, el encargado de la pulidora de hielo— utilizaban ese CF.

Trig coloca de nuevo la tapa en el teclado y pulsa 9721. La luz amarilla cambia a verde. Oye el golpe del pasador al desplazarse y al cabo de un instante está ya dentro. Pan comido. Cruza el vestíbulo, donde una máquina de palomitas abandonada monta guardia tras una barra de bar solitaria. En las paredes cuelgan pósters de papel amarillento de jugadores de hockey de los Buckeye Bullets desaparecidos hace tiempo.

Entra en la pista propiamente dicha. A través del tejado en lenta desintegración penetran cegadores haces de luz. Las palomas (Trig supone que son palomas) aletean y se abaten en picado. A diferencia de las robustas gradas metálicas de los campos de fútbol europeo y sófbol, las de aquí son de madera, alabeada y astillada. Adecuadas para fantasmas como el papá de Trig, no para personas. El hielo desapareció hace mucho, claro. Tablones de seis metros tratados con creosota se entrecruzan en el hormigón agrietado formando dibujos como diagramas de tres en raya. Entre muchos de ellos brotan resistentes hierbajos. Sorprendentemente hay poca basura: ni bolsas de comida, ni viales rotos de crack, ni condones desechados. Los drogatas han optado por quedarse entre los árboles de alrededor, al menos de momento.

Trig se dirige hacia lo que en otro tiempo fue el centro de la pista de hielo. Apoya una rodilla en el suelo y desliza la mano por encima de uno de los tablones, con suavidad para no clavarse una astilla y sumar un dolor palpitante en la palma de la mano al dolor palpitante en la boca. Ignora cuál es la función de esos tablones. Tal vez su finalidad sea disuadir a los skaters, o simplemente alguien quería resguardarlos del sol y la lluvia, pero una cosa sí sabe: arderían deprisa e intensamente. Todo el edificio se prendería como una antorcha. Y si ciertas personas inocentes estuvieran allí —algunas quizá famosas— se prenderían también como antorchas.

No podría poner los nombres de los culpables en sus manos, piensa, *porque quedarían reducidos a cenizas.*

Pero de pronto lo asalta una idea, tan brillante que de hecho se tambalea un poco sobre la rodilla, como si acabara de recibir un golpe repentino. Podría no ser necesario poner los nombres de los culpables en las manos de los inocentes. Podría haber una forma mejor. Podría poner sus nombres en un lugar donde todos en la ciudad los vieran. En el *mundo* entero tan pronto como se presentaran allí las unidades móviles de televisión.

En cualquier caso no podré liquidarlos a todos, piensa a la vez que se yergue. *Eso era demasiado ambicioso. Un sueño absurdo. No puedo seguir teniendo suerte. Pero sí podría liquidar a la mayoría, incluido el culpable. El que más merece morir.*

—Necesito un plan —musita Trig mientras retrocede por los tablones entrecruzados—. Debo encontrar la manera de traerlos aquí. Al mayor número posible.

¿Por qué tiene que ser aquí?

Porque sí, así de sencillo. Piensa en los sermones de dieciocho minutos y en algún que otro tosco abrazo de su padre. Más allá de eso

(Trig, mi buen Trigger)

no se permite llegar. Desde luego no hasta su madre, que *desapareció.*

—Calla —dice, alzando la voz lo suficiente para asustar a algunas palomas, que emprenden el vuelo—. Calla ya.

Cruza el bar abandonado y deja atrás la taquilla. Entreabre la puerta y no ve a nadie. Una brisa agita los pósters en el vestíbulo. Sale y pulsa el código de fontanero para volver a atrancar la puerta. Desciende hacia su coche por el camino de cemento a través de cuyas grietas asoma la hierba; de pronto cambia de idea y decide ir a echar un vistazo al entrenamiento que tiene lugar en el campo de sófbol.

A medio camino, entre los árboles, una chica —pelo sucio, ojos hundidos, cuerpo esquelético, unos veinte años— se acerca a él.

—Eh, tío.

—Hola.

—No llevarás merca, ¿verdad?

Aunque ha asistido tanto a las reuniones de NA como a las de AA —todas tratan la misma enfermedad, la adicción—, nunca deja de asombrarlo la fuerza de marea que impulsa al adicto cuando sucumbe al anhelo. Esa chica ve a un hombre que, con su americana y su pantalón Farah, parece más un ejecutivo (o un policía de narcóticos) que un consumidor o un camello, pero su necesidad es tan grande que, pese a todo, lo aborda. Piensa que posiblemente preguntaría si lleva merca incluso a un vejete empujando un andador.

Trig se dispone a decir que no, pero cambia de idea. Ella se está ofreciendo a sí misma en bandeja, y, si muere, solo saldrá perdiendo el centro de rehabilitación hacia el que sin duda se dirige. Toca el arma en el bolsillo y dice:

—¿Qué buscas, encanto?

Una chispa asoma a la mirada antes muerta de la chica.

—¿Qué tienes? Yo tengo estas. —Se agarra los pechos con ambas manos.

Trig recuerda las bolsitas que ha visto recientemente en varias alcantarillas y callejones.

—¿Podría interesarte una reina de primera?

La chispa se convierte en llama.

—Bien. Estupendo. Sí. ¿Qué quieres? ¿Una paja? ¿Una mamada? ¿Quizá un poco de cada?

—Por la reina quiero montármelo contigo. Un completo —dice Trig.

—Bueno, tío, no sé. ¿Cuánto llevas?

—Tres mogras. —Se conoce la jerga; un mogra equivale a un gramo de oxi.

—¿Dónde? —Mira alrededor con recelo—. ¿Aquí?

—Allí. —Señala hacia el pabellón Holman—. Para más intimidad.

—Está cerrado, tío.

Él baja la voz con la esperanza de no dar la impresión de que es un hombre contemplando la idea de acostarse con una nena que probablemente incuba media docena de enfermedades distintas.

—Conozco una clave secreta.

Después de echar otra ojeada alrededor para asegurarse de que están solos, Trig la coge de la mano y la guía de regreso a la pista abandonada.

Sin miedo. Nunca tengas miedo.

Más tarde, el nombre que deja en su mano es Corinna Ashford.

6

Cuando Kate sale al escenario —lo suyo más que un andar es un *pavoneo*—, casi todo el público se alza para aplaudir y vitorearla. De pie en la penumbra, a la izquierda del escenario con Corrie, Holly tiene la carne de gallina. Con el tiempo ha adquirido valor y empuje porque eran cualidades necesarias. Además, la han convertido en una persona mejor, pero en el fondo será siempre una mujer tímida que a menudo se siente inepta, incapaz de dar un paso que no sea un paso incorrecto, y no se explica cómo puede alguien plantarse con tanto aplomo ante tanta gente. Y no todos aplauden. Hacia la parte de atrás la abuchea con vehemencia un contingente de espectadores vestidos con camisetas azules en las que se lee: VIDA EN EL MOMENTO DE LA CONCEPCIÓN.

Kate se sitúa en el centro del escenario, se quita la gorra de béisbol con un amplio ademán y realiza una profunda reverencia. A continuación, agarra el micro y lo hace girar como un bastón de majorette.

—¡El poder de las mujeres!

—*¡El poder de las mujeres!*

—¡El poder de las mujeres, que yo os oiga, Iowa City!

El público contesta a gritos, extasiado. Los seguidores de Vida en el Momento de la Concepción permanecen sentados con los brazos cruzados como niños enfurruñados.

Una mano sujeta a Holly por el codo.

—Impresionante, ¿no? —pregunta Corrie en voz baja.

—Sí —contesta Holly—. Desde luego.

Sobre todo porque la mujer que arrojó lejía a Corrie y echó sangre y tripas sobre las maletas de Kate podría estar entre el público en este momento. Armada. No entre los de las camisetas azules. No con uniforme marrón de mujer de la limpieza. Alguien que probablemente aparenta interés y una actitud cordial. Alguien que aplaude y vitorea.

En otras palabras, una mujer que podría parecerse a la propia Holly.

La mayor parte de los presentes se calla. No así, en cambio, el grupo de Vida en el Momento de la Concepción. En cuanto el resto del público se sienta, ellos se ponen en pie y empiezan a entonar: «*¡El aborto es asesinato! ¡El aborto es asesinato! ¡El aborto es asesinato!*».

Holly se tensa y desliza la mano dentro del bolso. La mayoría del público los abuchea. Algunos gritan: «¡Sentaos y callaos!». Empieza a oírse la consigna: «Nuestro cuerpo, nuestra decisión». Los acomodadores avanzan hacia los espectadores de las camisetas azules.

Kate levanta las manos. Sonríe.

—Silencio, izquierdosos, progres tiquismiquis. Calma.

Acomodadores, quedaos quietos. Dejadles que se desahoguen.

Al principio, los de Vida en el Momento de la Concepción prosiguen con su cántico, hasta que caen en la cuenta de que los observa casi todo el público tal como en un zoo se observaría a los monos cuando exhiben algún comportamiento peculiar, por ejemplo lanzarse heces unos a otros. El cántico pierde fuerza, es cada vez más desigual, se desvanece..., cesa.

—Ahí tenéis —dice Kate con tono amable. Es la voz de un padre o una madre cuando habla a un niño agotado por su propia rabieta—. Ya habéis dicho lo que queríais decir. Habéis defendido aquello en lo que creéis. Eso es lo que hacemos en este país. Ahora me toca a mí, ¿de acuerdo? ¡Le toca a una mujer que cree que *una niña violada que queda embarazada debe poder elegir*!

Una salva de aplausos. Corrie se vuelve hacia Holly, y, si Holly nunca ha visto a alguien con un verdadero brillo en los ojos, lo está viendo ahora.

—Siempre me llega al alma —dice Corrie—. *Ella* siempre me llega al alma. A veces no hay quien la aguante, pero, cuando sale al escenario..., lo notas, ¿no?

—Sí.

—Habla en serio. Hasta la última palabra. De principio a fin. Habla en serio.

—Sí.

—Vale, ya tengo mi dosis. —Corrie se ríe y se enjuga unas lágrimas—. Estaré en la sala de espera, haciendo llamadas y preparándolo todo para Davenport. Sabrás encontrar el camino hasta allí, ¿no?

—Sí. Recuerda que no saldremos por la puerta del escenario.

Corrie alza los pulgares.

—Desde el Salón Sur, de acuerdo. El equipaje y los vehículos se quedan en el Radisson. Los recogeremos mañana.

Otra salva de aplausos desde el auditorio mientras Kate, con los dedos de las dos manos, realiza su gesto patentado: *vamos, vamos, vamos*.

7

Chris, sentado en la tercera fila, lleva bien peinado el cabello rubio corto y viste una camisa Oxford azul y unos vaqueros nuevos. No va armado. Ha pensado que podría haber detectores de metal, pero esa es solo una de las razones. Morirá si es necesario, pero alberga la esperanza de que su hermana y él puedan acabar con la zorra y salir impunes. Aún quedan muchas paradas en la Gira de la Muerte de McKay. El martirio es un último recurso.

Es una mujer magnética, Chris tiene que reconocerlo. No es raro que las mujeres que lo rodean estén encandiladas. No es raro que el pastor Jim de la Verdadera Santa Iglesia de Cristo la llame «la sierva del anticristo». Pero fue Andy Fallowes, primer diácono del pastor Jim y tesorero de la iglesia, quien encauzó a Chris en su actual misión. Porque, según adujo, la función del pastor Jim era predicar y nadie debía vincularlo con otras actividades.

«Nos corresponde a los patriotas cristianos como nosotros, Christopher, pasar a la acción. ¿Estás de acuerdo?».

Lo estaba, con toda su alma. Como también Chrissy.

En el escenario, Kate les pide que hagan como si estuvieran en el colegio.

—¿Podéis? ¡Bien! Quiero que todos los hombres presentes en la sala levanten la mano. Vamos, chicos, imaginad que soy la maestra de la que os enamorasteis en sexto.

Se oye el rumor de las risas. Los hombres levantan la mano, entre ellos Chris.

—Ahora que mantengan la mano en alto los hombres que hayan tenido un aborto. Los que no, que la bajen.

Chris apenas puede creer lo que está oyendo. Es como si esa mujer le hablara directamente a él.

—¿Veo ahí a un hombre asombroso? —pregunta Kate, protegiéndose los ojos de la luz con la mano ahuecada—. ¿La Virgen María en versión cromosoma XY?

Chris cae en la cuenta de que aún tiene la mano en alto. La baja en medio de risas afables que a él se le antojan burlas. Se ríe también porque es parte de su camuflaje, pero su mente aúlla y lanza puñetazos, como a veces golpea con los puños las paredes de las habitaciones de los moteles baratos donde se aloja, que es lo único que se merece, las golpea hasta que alguien grita: «¡Silencio, maldita sea, aquí intentamos dormir!».

Adelante, piensa ahora. *Reíos de mí. Desternillaos de risa. Ya veremos si os reís cuando mande al infierno a vuestra reina de las zorras.*

—Ya está bien de broma —dice Kate—. Los hombres no tienen abortos, todos lo sabemos, pero ¿quién hace las *leyes* en Iowa?

Y, acto seguido, inicia la charla.

8

Esa noche Izzy trabaja hasta tarde, poniéndose al día con sus otros casos. En ocasiones como esta, cuando la mayoría de los demás cubículos están vacíos e incluso el despacho de Lew Warwick queda a oscuras, piensa que quizá debería aceptar la propuesta de Holly e incorporarse a Finders Keepers. Tendría papeleo que hacer igualmente, pero tal vez se libraría de paripés como la rueda de prensa de esa tarde y del odioso George Pill.

Suena su teléfono móvil. La pantalla indica 911.

—Jaynes.

—Izzy, soy Patti, de aquí abajo. Acabo de recibir una llamada de alguien que dice que es tu asesino en serie. Quería tu extensión, si estabas aquí. Se la he…

Se ilumina el teléfono del escritorio de Izzy.

—Localízala, localízala —dice a Patti, y corta la llamada. Descuelga el teléfono fijo—. Hola, soy la inspectora Jaynes. ¿Con quién hablo?

Durante su primer año en el puesto de inspectora, Bill Hodges le dijo que le sorprendería ver con qué frecuencia esa pregunta induce a alguien, desprevenido, a dar su nombre.

No esta vez.

—Bill Wilson. —Ha obtenido ese nombre por la prensa—. Deme el número de su móvil, inspectora Jaynes. Quiero enviarle una foto.

—¿Qué clase de…?

—Conozco los trucos a los que recurren ustedes para ganar tiempo. Si quiere la foto, deme el número. Si no, colgaré y se la mandaré a Buckeye Brandon.

La persona que llama es un hombre adulto sin acento, o al menos ella no lo detecta. Un lingüista experto que escuchase la grabación tal vez sí lo distinguiría. Izzy le da el número. La próxima vez que ese individuo llame —si hay una próxima vez— lo grabará.

—Gracias. Le envío la foto porque quiero que vea el nombre de otra cómplice e instigadora del asesinato de Alan Duffrey. Adiós.

Y así, sin más, desaparece, pero al cabo de unos segundos suena un aviso de mensaje en el móvil de Izzy. Lo abre y ve la mano de una mujer en un primer plano extremo. De fondo todo es gris. Posiblemente hormigón. ¿Una acera, tal vez?

En la mano de la mujer, escrito en mayúsculas, se lee el nombre Corinna Ashford. En el juicio contra Alan Duffrey fue la jurado número siete.

9

Trig pone fin a la llamada en el móvil desechable que ha utilizado (tiene otros tres en el compartimento de herramientas y repuestos de su Toyota). No se molesta en retirar la tarjeta SIM. Que localicen la llamada, si pueden. Se encuentra en el aparcamiento del auditorio Mingo, donde este viernes por la noche se ha organizado una exposición de vehículos personalizados en la que, a modo de atracción añadida, actúa un grupo country llamado Ruff Ryders. El aparcamiento principal está lleno de coches, muchos con adhesivos como PIÉNSATELO DOS VECES PORQUE YO NO VOY A PENSÁRMELO y A LAS CHICAS TAMBIÉN LES GUSTAN LAS ARMAS.

Trig lleva el móvil hasta un contenedor de basura cercano, lo limpia, lo tira, vuelve a su coche y se marcha. Puede que encuentren el móvil o puede que no (posiblemente el servicio de recogida de basuras se lo llevará el sábado por la mañana). Aunque no sea así, pueden utilizar la identidad internacional de equipo móvil, o IMEI —la huella dactilar del teléfono—, para conocer la procedencia del mensaje de texto que ha enviado a Jaynes, y eso los llevará hasta el punto de venta del aparato, que casualmente es un supermercado de Wheeling, en Virginia Occidental. Comprado en efectivo hace más de dos meses. Si todavía existen imágenes de las cámaras de seguridad después de tanto tiempo —cosa dudosa—, mostrarán a un hombre blanco de estatura media con una gorra promocional de los Broncos de Denver y unas gafas de sol Foster Grant.

Trig cree que tiene la situación bajo control, pero sabe que tal vez haya olvidado algo. Tal como se olvidó el cartel del autostopista, por ejemplo. Que sigue en el maletero. Puede que sea un asesino en serie (en gran medida acepta ya ese apelativo, aunque no sea de su agrado), pero *no* tiene complejo de Dios. Si sigue adelante —y esa es su intención—, al final lo atraparán.

Hablar con la operadora del 911 y luego con Jaynes ha sido arriesgado. Enviar la foto a Jaynes ha sido aún más arriesgado, pero no puede desaprovechar la muerte de la drogata. Eso sería asesinar por asesinar, y confía en no haber caído tan bajo. Deben saber que ha sido asesinada en nombre de Corinna Ashford. *Ashford* debe saberlo.

Podría haber informado del lugar, pero entonces el Holman se convertiría en el escenario de un crimen, y prefiere reservarlo para lo que ahora ve ya como la apoteosis final. Por supuesto, cabe la posibilidad de que encuentren de todos modos el cadáver de la drogata, es consciente de eso. Depende en parte de si algún empleado de mantenimiento tiene motivos para visitar el pabellón Holman en el transcurso de la próxima semana más o menos. No cree que sea el caso. Al fin y al cabo, el edificio se ha declarado en estado ruinoso. Pero los empleados municipales no son la única razón por la que podría descubrirse el cadáver. El hecho de que hasta la fecha hayan accedido al interior pocos drogadictos, o ninguno, no significa que no vayan a entrar en el futuro. Seguramente Trig no es la única persona que conoce el truco del código del fontanero. Bien podría ser que ya hubieran entrado drogadictos en la pista, y sencillamente hubieran recogido los bártulos al marcharse... ¿Quién ha dicho que todos los drogatas son descuidados? Tal vez un yonqui no denuncie la aparición del cadáver, pero lo más probable es que haga una llamada anónima (quizá después de registrar el cuerpo en busca de drogas o dinero).

Otra posibilidad: en función del calor que haga la semana que viene, alguien podría percibir el olor a descomposición y enviar a algún empleado del parque a investigar. Eso sería una lástima, porque quiere volver a utilizar la pista. Si se descubre el cadáver, tendrá que replanteárselo todo. Como han reconocido todos los sabios a lo largo de los tiempos: a veces las cosas se joden.

10

Holly las saca por el Salón Sur del Macbride en cuanto Kate termina el bolo, dejando a los cazadores de autógrafos con las manos vacías en la entrada de artistas. (Más tarde descubrirá que no siempre es así de fácil). La librería les ha proporcionado un sedán. Kate, flotando en la euforia posterior a la actuación, ni siquiera se queja de ir a un Holiday Inn.

—Ha sido una buena noche, ¿no? —pregunta.

Corrie lo confirma y Holly dice lo mismo, pero lo cierto es que Holly, cuando Kate entró realmente en calor, no tuvo ocasión de apreciar su ingenio y su indignación. Su claridad. Habría disfrutado de todo eso como miembro del público. Pero su trabajo no consiste en disfrutar ni apreciar nada.

Entrega a Corrie varias fotografías, capturas de pantalla que ha pedido al regidor de escenario. Provienen de las cámaras orientadas al público y muestran las primeras tres filas de la sección central. Gracias a la iluminación escénica, los rostros vueltos hacia Kate se aprecian con mucha nitidez.

—¿Ves a alguien que se parezca a la mujer que te atacó en Reno?

Corrie las examina y niega con la cabeza.

—Pasó todo muy deprisa. Y llovía. No puedo decir que no sale en una de estas fotos ni puedo decir que sí sale.

Holly vuelve a coger las fotos.

—Era una posibilidad remota.

Kate no presta atención.

—Os ha parecido bien, ¿a que sí? Decid la verdad.

Corrie vuelve a asegurarle que ha estado bien. Holly echa un vistazo atrás —por cuarta o quinta vez— para ver si las sigue algún coche, pero ya ha oscurecido, así que ¿quién sabe? Los otros vehículos solo son siluetas oscuras detrás de unos faros. Le duele la cabeza, una jaqueca leve pero persistente, y necesita ir al baño. Se recuerda —también por cuarta o quinta vez— que, si se le cruza otro posible trabajo de guardaespaldas, se lo piense dos veces.

En ocasiones la difunta madre de Holly habla dentro de su cabeza, normalmente en los momentos más inoportunos. Como ahora.

Si Kate McKay es asesinada bajo tu responsabilidad, no tendrás que preocuparte por eso, ¿verdad que no? Y a continuación, tras su muy sufrido suspiro de siempre, añade: *Ay, Holly.*

Capítulo 11

1

Holly se sume en un estado de duermevela, y los escasos ratos de sueño no son especialmente reparadores. Su Holiday Inn está en el centro comercial Coral Ridge, donde a partir de las diez de la noche reina una relativa tranquilidad —la única fiesta se desarrolla en el extremo opuesto, y a eso de las doce ya va a menos—, pero el motel se encuentra entre la I-80 y la carretera Grand Army of the Republic, y el zumbido de los tráileres —en dirección este y oeste— se oye las veinticuatro horas del día. Normalmente ese sonido la relaja, pero esta noche no. Ha especificado que quería tres habitaciones, la de Kate a un lado de la suya y la de Corrie al otro. Espera oír en cualquier momento que alguien echa abajo una de las puertas o que se activa una de sus alarmas antiviolación. Es consciente de que tendrá el sueño ligero durante toda la semana. O durante más tiempo si sigue con la gira. Atrapar a la mujer que lanzó la lejía y entregó el ántrax ayudaría, pero, aun así…

Holly no deja de pensar en el grupo de gente que abucheaba a Kate anoche, los hombres y mujeres que vestían camisetas azules con las palabras VIDA EN EL MOMENTO DE LA CONCEPCIÓN. Su apariencia de justificada indignación. Son las personas que se manifiestan ante las clínicas donde se practican abortos. A veces arrojan bolsas de sangre de animal a las mujeres y las chicas que acuden para someterse a la intervención. Y en varias ocasiones han agredido a los médicos y las enfermeras. Por lo que Holly sabe, como mínimo un médico, David Gunn, murió a causa de heridas de bala. Por fin se duerme más profundamente y sueña con su madre.

La idea de que puedes proteger a esas mujeres es absurda, dice Charlotte Gibney en el sueño. *Ni siquiera te acordaste del libro de la biblioteca al bajarte del autobús.*

Mientras se lava los dientes a las seis y cuarto de la mañana, suena el móvil. Es Jerome, que quiere saber si puede invitar a John Ackerly a desayunar a cargo de la empresa.

—Me gustaría hacerle una pregunta sobre ese hombre de AA. El que encontró muerto, ¿sabes? Intenté telefonearte ayer, pero tenías el teléfono apagado.

Holly suspira.

—Este trabajo no me permite distracciones externas. ¿Qué quieres preguntarle? Considerando que es un caso de la policía, no nuestro.

—Tiene que ver con la agenda. Da igual, iremos a desayunar y ya pagaré yo. Estamos hablando de veinte pavos, treinta como mucho.

Con el éxito que ha tenido tu libro, desde luego podrías permitírtelo, piensa Holly.

—No, cárgalo a la tarjeta de Finders Keepers, pero tenme informada si hay algo de lo que informar.

—Cuenta con ello. Probablemente no sea nada.

—Entonces ¿por qué has llamado? No solo para preguntarme si la empresa pagaría el desayuno a una posible fuente. No me lo creo ni remotamente.

—Si sale algo, ya te lo diré. Incluso si no sale. ¿Qué tal van las cosas por ahí en la América profunda?

Holly se plantea insistir para que Jerome le explique qué le ronda por la cabeza —él se lo diría, Holly cree que por eso la ha llamado—, pero lo descarta.

—De momento bien, pero estoy un poco tensa. La mujer que acecha a Kate va en serio. —Pone a Jerome al corriente y termina con el episodio de la puerta forzada y la porquería sanguinolenta esparcida sobre las maletas de Kate.

—¿No ha pensado en dejarlo correr?

—Ni se le pasa por la cabeza. Es una mujer… entregada a su causa.

—¿Quieres decir testaruda? —sugiere Jerome.

Un momento de silencio desde Iowa City. Después Holly responde:

—Lo uno y lo otro.

—Me sorprende un poco que su editor no haya suspendido la gira. Esa gente tiende a ser pusilánime. —Está pensando en la etapa previa a la publicación de su propio libro, y en que el editor solicitó la colaboración de una lectora de sensibilidad para revisar el manuscrito. Esta sugirió unos cuantos cambios menores. Que Jerome introdujo, dando por supuesto que habrían sido más en caso de ser él blanco.

—Esto no corre a cargo del editor —dice Holly—. Kate ha emprendido la gira por su cuenta. Es una cuestión de política más que de publicidad para el nuevo libro. Tiene una ayudante que se coordina con las librerías a lo largo del camino. Se llama Corrie Anderson. Me cae bien. Es muy apta. Y menos mal, porque Kate es muy exigente.

—¿La ayudante es la persona a la que rociaron con lejía? ¿Y la que recibió la tarjeta con ántrax?

—Sí.

—Pero ¿ella también sigue?

—Sí.

—Parece que ese trabajo te viene a medida.

—Sí.

—¿Te arrepientes de haberlo aceptado?

—Es estresante, pero lo veo como una oportunidad de crecimiento.

—Cuida de ellas, Hollyberry. Y de ti.

—Ese es el plan. Y no me llames así.

—Digamos que se me ha escapado.

Holly percibe la sonrisa en su voz.

—Y una eme. Habla con John, por supuesto, y dale recuerdos míos.

—Así lo haré.

—Y ahora dime qué te ronda por la cabeza. Sé que es lo que quieres.

Jerome se detiene a pensar y finalmente dice:

—Hasta luego, cocodrilo. —Y corta la llamada.

Holly se viste, dobla cuidadosamente el pijama antes de guardarlo en la maleta y se acerca a la puerta para contemplar una amplia panorámica de Iowa. Es en momentos como este, en un precioso día de primavera por la mañana temprano, cuando de verdad desea un cigarrillo.

Suena el móvil. Es Corrie, que le pregunta si está preparada para partir hacia Davenport.

—Tan preparada como puedo estar —contesta Holly.

2

Chris despierta de una horrenda pesadilla. En ella vuelve a estar en la tercera fila del Macbride. La mujer en el escenario

—magnética, guapa y peligrosa— pide a todos los hombres del público que levanten la mano. *Imaginad que soy la maestra de la que os enamorasteis en sexto*, les dice, y para Chris esa fue la señorita Yarborough. Él se educó en casa, por supuesto; todos los niños de la Verdadera Santa Iglesia de Cristo se educaron en casa (por ser las escuelas públicas instrumentos del «Estado profundo»), pero la señorita Yarborough iba a darle clases de matemáticas y geografía. Cabello dorado, ojos azules, piernas largas y tersas.

En el sueño, McKay dice que los hombres que han tenido un aborto mantengan la mano en alto. Se oyen risas ante esta absurda idea y todos los hombres bajan la mano. Todos menos Chris. Su mano se resiste a bajar. La tiene paralizada, con el brazo muy estirado. Muy estirado, y miles de personas lo miran. Alguien grita: *¿Dónde está tu hermana?* Otro susurra: *Nuestro secreto.* Él conoce esa voz. Se vuelve, con la mano todavía en alto, paralizada, y ve a mamá tal como era en sus últimos días de vida, muy pálida y delgada. Levanta la voz para que todos los presentes en el Macbride lo oigan: *¡Tú eres tú y ella es ella!*

Es entonces cuando se obliga a salir del sueño y descubre que está tirado en la alfombra mugrienta y apelmazada de la habitación del motel. Está envuelto en la sábana y la manta raída y apenas puede abrir el puño para soltarlas.

Tú eres tú y ella es ella.

Se levanta, entra en el baño tambaleante y se moja la cara con agua fría. Cree que ahora se siente mejor, recompuesto, pero de pronto se le contrae el estómago y ni siquiera tiene tiempo de darse media vuelta hacia el inodoro; sencillamente vomita en el lavabo la quesadilla de bistec de Taco Bell que cenó anoche.

Nuestro secreto.

Durante un tiempo lo fue.

Se queda de pie donde está, convencido de que va a devolver por segunda vez, pero su diafragma se distiende. Enjuaga el lavabo con agua y después recoge los residuos sólidos con una toalla, que tira a la bañera: plof.

En momentos como ese, después de sus frecuentes pesadillas, él es *los dos.* Piensa en la mano que cuelga de la litera superior y él es los dos. Decirse *no murió, no murió* suele darle resultado, pero después de las pesadillas, en la negrura de la noche, esas palabras carecen de poder. En momentos como ese no puede negar el hecho de que Christine tendrá siempre siete años, el cabello cada vez más quebradizo en su estrecha casa bajo tierra, y lo mejor que puede hacer es habitar el fantasma de su hermana.

Oye a papá hablar con mamá. *Lo prohíbo. ¿Serías Eva? ¿Escucharías a la serpiente en lugar de a tu marido y comerías del árbol de la ciencia?*

Aquel día su madre estaba en el lugar al que casi nunca iba, el granero de papá. Donde él inventaba las cosas gracias a las que se habían hecho..., bueno, no ricos, porque donaban a la iglesia la mayor parte del dinero de las patentes de papá, pero gracias a las que gozaban de una situación acomodada. *Nunca os jactéis*, había dicho su madre a los gemelos. *Todo lo que tenemos procede de Dios. Vuestro padre es solo un conducto. Eso significa que él solo lo transmite.*

Chris se hallaba junto al granero, hundido en la hierba hasta las rodillas, rodeado de saltamontes que brincaban en torno a sus tobillos, y escuchaba a través de una rendija entre dos tablones. Una rendija que había encontrado Chrissy.

Mamá casi nunca contestaba a papá, pero aquel día, después de marcharse el furgón de la funeraria, sí le contestó. *Estás escondiéndote aquí, Harold. ¿Te haces llamar científico y no quieres saber qué ha matado a tu hija?*

Yo no soy científico. Niego la ciencia. ¡Soy inventor*! ¡La abrirán de arriba abajo, pedazo de estúpida!*

Chris nunca había oído a su padre llamar «estúpida» a su madre. Ni siquiera lo había oído levantarle la voz.

¡ME DA IGUAL!

¡Gritaba! ¡Su madre gritaba!

¡ME DA IGUAL! ¡TENGO QUE SABERLO!

Ella se salió con la suya. Contra las enseñanzas de la iglesia, se practicó la autopsia a Christine Evangeline Stewart. Y resultó que la causa de su fallecimiento había sido algo conocido como síndrome de Brugada. Su hermana de siete años había muerto de un infarto.

Tenías que saberlo, le dijo papá más tarde. *Tenías que saberlo, ¿no? Y ahora sabes que al niño también podría pasarle, porque es hereditario. Ahí tienes tu conocimiento, mujer. Tu conocimiento inútil y sin sentido.*

En esa ocasión estaban en la casa, pero Chris se había convertido en un consumado espía. Como no entendía la palabra «hereditario», la consultó en el gran diccionario Webster de la sala de estudio. Comprendió que lo que había matado a Chrissy podía matarlo también a él. Claro que podía ocurrir, tenía todo el sentido, ¿acaso no eran gemelos? Chrissy con el cabello oscuro de su padre, Chris con el cabello rubio de su madre, los rostros no idénticos pero sí lo bastante parecidos como para que cualquiera que los viese supiera que eran hermanos. Querían a mamá, querían a papá, querían al pastor Jim y al diácono Andy, querían a Dios y a Jesús. Pero sobre todo se querían el uno al otro y vivían en el mundo secreto de Dos.

Síndrome de Brugada.

Hereditario.

Pero, si Chrissy estuviera viva, si su mano no hubiera quedado suspendida de la litera superior entre las motas de polvo de un haz de sol matutino, Chris podría dejar de preocuparse por la posibilidad de que una noche también a él se le parase el corazón. Si Chrissy aún viviera, el dolor de su madre habría desaparecido. Su propio dolor también habría desaparecido. El vacío. La oscuridad donde un monstruo acechaba con las garras extendidas, un monstruo llamado BRUGADA. Al acecho para acometer.

Su padre se consolaba en la iglesia. Para su madre, la fuente de consuelo era Chris. Mamá no manifestó horror la primera vez que él se presentó ante ella vestido con la ropa de Chrissy. Ni aversión. Sencillamente abrió los brazos.

—Yo seré tu niña —dijo él contra su pecho—. Seré también tu niño. Puedo ser los dos.

—Nuestro secreto —repuso ella, acariciándole el pelo, tan fino como lo era el de Chrissy—. Nuestro secreto.

La mantuvieron viva. Cuando papá se enteró y lo llamó «travestido», Chris no supo qué significaba eso hasta que nuevamente acudió al Webster. En esa ocasión no pudo evitar reírse. Esa palabra no lo describía a él, porque él *era* Chrissy. No todo el tiempo, pero, cuando lo era, era *ella*.

Habían tenido una relación muy estrecha; volvían a tenerla.

—Déjalo en paz, Harold. —Esta vez sin gritar, solo con firmeza. Eso ocurrió una semana después de que papá se enterara. Harold había consultado con el consejo de ancianos de la iglesia—. Dejadlo en paz, todos vosotros. Y dejadla en paz a *ella*.

—Mujer —dijo Harold Stewart—, estás loca.

—Él la quiere —dijo mamá (Chris escuchaba una vez más por la rendija de la pared del Granero de los Inventos)—. Y yo los quiero a los dos. Te lo he dado todo, Harold. Renuncié a mi propia vida por tu vida y tu iglesia. No me quitarás a mi hija, ni a Christopher le quitarás a su hermana.

—¡Está loco!

—No más loco que tú, que utilizas las herramientas de la ciencia y lo llamas voluntad de Dios.

—¿Pones en duda mi entendimiento? —En su voz resonó una advertencia, como un trueno lejano.

—No, Harold. Nunca lo he hecho. Solo digo que, como él, tienes dos maneras de pensar. No..., dos maneras de *ser.* Chris es igual. —Una pausa—. Y *ella* lo es.

—¿Te prestarás al menos a recibir orientación?

—Sí. Si esto no sale de la iglesia.

Así que Chris y Chrissy empezaron a visitar a Andy Fallowes. Andy no se había reído. Intentó comprender. Los gemelos siempre lo querrían por eso.

¿Comete Dios errores?, preguntó el diácono Andy.

No, claro que no.

¿Y todavía sientes impulsos masculinos, Christopher? Desviando la mirada, el diácono Andy señaló vagamente en dirección a la entrepierna de Chris.

Pensando en Deanna Lane, su compañera de clase en ortografía y matemáticas, contestó que sí, al menos cuando era Chris. Y con Deanna, y posteriormente con la señorita Yarborough, siempre era Chris; solo era Chrissy con su madre, porque la única vez que su padre lo vio con un vestido y la peluca que su madre le había comprado..., esa vez fue más que suficiente.

Nuestro secreto, nuestro secreto.

—Cuando eres Christine, es un consuelo para tu madre, ¿no?

—Sí.

—Y es un consuelo para *ti.*

—Sí.

—No te da miedo morir como ella.

—No, porque ella está viva.

—Cuando eres Christine…

—Chrissy.

—Cuando eres Chrissy, *eres* Chrissy.

—Sí.

—Cuando eres Chris, *eres* Chris.

—Sí.

—¿Crees en Dios, Chris?

—Sí.

—¿Has tomado a Jesucristo como tu salvador personal?

—Sí.

—Muy bien. Puedes seguir siendo Christine…, *Chrissy…*, pero solo con tu madre. ¿Lo ves posible?

—Sí. —Y qué gran alivio.

Más tarde, mucho más tarde, comprendería el concepto. Que, desde el punto de vista de la Verdadera Santa Iglesia de Cristo, no existe. Como tampoco existe desde el punto de vista de Chris. Para él (y para Chrissy), los dos estaban absolutamente cuerdos. No obstante, sí existía la *posesión*, que podía ser demoniaca pero también benigna. Aunque Fallowes no llegó a decirlo, Chris acabó pensando que el diácono Andy había llegado a la conclusión de que posiblemente Chris estaba poseído por el espíritu de su hermana muerta. ¿Qué edad tenía él entonces? ¿Nueve? ¿Diez?

Pasados unos cinco o seis años, el diácono Andy —tras consultar con el consejo de ancianos de la iglesia, el pastor Jim y su padre— empezó a hablar a Chris sobre Katherine McKay, conocida como Kate.

Fallowes nunca mencionó a ninguno de ellos que estaba en conversaciones sobre esa asesina de bebés tanto con la hermana de Chris como con el propio Chris.

3

Chris sale del cuarto de baño y contempla las dos maletas colocadas al pie de la cama, una rosa y una azul. Abre la rosa. Encima hay dos pelucas, una negra y una rubia (la roja fue desechada en Reno). Se viste con unos vaqueros ajustados y una blusa de cuello barco. Se pone la peluca rubia. Hoy será Chrissy quien viaje a la siguiente parada de McKay.

Chris es un hombre de acción atormentado por pensamientos confusos y pesadillas. Chrissy es una mujer reflexiva con más claridad mental. Es muy consciente de que Andy Fallowes, posiblemente junto con el pastor Jim, ve a esta persona dividida como un don divino para poner fin a la Reina del Asesinato. Ambas personalidades, Chris y Chrissy, declararán que actuaron por cuenta propia, que la iglesia no tuvo nada que ver con eso. Por usar una expresión vulgar pero aplicable, mantendrán el pico cerrado.

Fallowes y el pastor Jim consideran a Kate McKay una atroz influencia que actúa contra la ley de Dios, no solo en lo que se refiere al aborto sino también con respecto a la aceptación de la homosexualidad y su insistencia en limitar la segunda enmienda (*estrangular* la segunda enmienda). Les preocupa sobre todo la influencia de McKay en las asambleas legislativas de varios estados. McKay comprende que todo cambio real se produce a nivel local, y eso la convierte en un veneno que se filtra en el cuerpo político.

A diferencia de Chris, Chrissy sabe cómo los ve Fallowes a los dos: los ve como peones.

¿Tiene eso alguna importancia? No. Lo importante es que esa McKay quiere atribuir el poder de Dios a criaturas terrenales que no entienden los designios divinos.

4

Jerome Robinson y John Ackerly toman huevos revueltos y litros de café en una cafetería a un paso del Happy, que John abrirá a las ocho de la mañana, listo para servir a los madrugadores ese importante trago de vodka con naranja, vital para despertarse.

—Así pues, ¿qué pasa, calabaza? —pregunta John—. No es que no agradezca una comida gratis.

—Probablemente nada. —Eso mismo le ha dicho a Holly, pero la duda lo corroe—. ¿Recibiste la foto que te mandé?

—Sí. —John se embucha sus huevos revueltos—. Un primer plano de la página de mayo de la agenda del Reve. ¿Habéis encontrado ya a ese tío? ¿Ese Briggs? Porque he consultado con mucha gente del Programa, y ese nombre no le sonaba a nadie.

—Es un caso de la policía. Yo solo soy un espectador interesado.

John lo señala con el dedo.

—Se te ha pegado el virus de la detección de Holly, ¿a que sí? Es más contagioso que el covid.

Jerome no lo niega, aunque para él es más bien como una urticaria: un picor persistente.

—Mírala otra vez. La verás mejor en mi iPad que en tu móvil. —Le muestra la foto de la casilla de la agenda.

John la observa detenidamente e incluso amplía la imagen con los dedos.

—Vale. Briggs, a las siete de la tarde, el 20 de mayo. ¿Qué pasa?

—No lo *sé*, joder —contesta Jerome—, y me está sacando de quicio. Briggs con mayúsculas.

—El Reve escribía en mayúsculas los nombres de todos

aquellos a los que daba orientación. —John apoya el dedo en CATHY 2-T, luego en KENNY D.—. ¿Y qué? Puede que tuviera mala letra. A mí me pasa. La mitad de las veces ni siquiera distingo lo que he escrito.

—Tiene sentido, pero aun así. —Jerome coge de nuevo su iPad y observa la foto de la agenda con expresión ceñuda—. Cuando era niño, vi una ilusión óptica en un tebeo. A simple vista solo veías unas cuantas manchas negras, pero, si seguías mirando un rato, distinguías la cara de Abe Lincoln. Primero manchas, de pronto una cara. Para mí, aquí pasa lo mismo. Hay algo raro, pero no sé qué coño es.

—Entonces no es nada —asegura John—. Quieres resolver tú el caso, es solo eso.

—Chorradas —dice Jerome, pero piensa que a lo mejor John tiene razón. Al menos en parte.

John consulta su reloj.

—Tengo que ponerme en marcha. Los parroquianos estarán haciendo cola.

—¿En serio?

—En serio.

Jerome hace la misma pregunta que Holly.

—¿Quién quiere un destornillador a las ocho de la mañana?

Y John le ofrece la misma respuesta.

—Te sorprendería. ¿Qué? ¿Sigue en pie lo del viernes por la noche?

—¿Armas contra Mangueras? Claro. Podemos ir yo contigo, o tú conmigo. Pero, si alguno de los dos equipos gana por paliza, me marcho.

—Podemos irnos cuando quieras después de la primera entrada —dice John—. Solo quiero estar allí para oír a Sista Bessie cantar el himno nacional. Eso no me lo pierdo.

5

Los sábados, el personal de montaje de la banda trabaja solo medio día a no ser que haya actuación, y para el primer concierto de Sista Bessie en el Mingo aún falta una semana. Ahora se trata todavía de ensayar la música, probar el equipo técnico y ultimar la lista de canciones. Barbara está entre bastidores, observando a Batty y Pogo mientras le enseñan el funcionamiento del cuadro de interruptores que controlan los amplificadores y las luces, cuando Tones Kelly la encuentra y le dice que Betty quiere verla.

Los camerinos del Mingo se encuentran en la planta de arriba, y son de primera clase; el de Betty es de hecho una suite. En su puerta ya hay una estrella y una foto suya vestida de Sista Bessie con un resplandeciente traje de actuación. Dentro, Betty está sentada en un sofá de color vino con Hennie Ramer, su agente. Hennie deja su libro de sopas de letras cuando entra Barbara, y esta advierte que también está ahí Tones Kelly. De pronto siente miedo.

—¿Estoy despedida? —suelta alarmada.

Betty se echa a reír y luego dice:

—En cierto modo, sí. Se acabó el trabajo con los *roadies*, Barbara.

—Hay un problema con el seguro —informa Hennie—. También hay un problema con el sindicato.

—Pensaba que no *estábamos* sindicados —replica Barbara.

Hennie parece incómoda.

—Sí y no. Nos regimos por casi todas las normas de la AFM.

—A mí las gilipolleces de la Federación me traen al fresco —interviene Betty—, pero ahora eres una artista. Si te lesionas la espalda, no podrás hacer los coros con las Crystals.

—Las Crystals están bien, pero también me gusta trabajar con los *roadies* —protesta Barbara—, y al parecer a ellos les gusta trabajar conmigo.

—Les gusta. Dice Acey que arrimas el hombro, pero necesito que te concentres en la armonía con las chicas.

Las chicas —Tess, Laverne y Jem— pasan ya de los setenta.

—Y en nuestro dueto para «Jazz». Eso es lo que más me interesa ahora. Chica, vamos a darle caña a esa letra. Para cuando lleguemos a Nueva York, será el último tema del espectáculo. La banda quedará en silencio salvo por la percusión, y nosotras vamos a... —Rompe a cantar a pleno pulmón a la vez que marca el ritmo con sus mocasines en el suelo—. «Jazz, jazz, ese jazz de Lowtown, dale, cógelo, muévelo, sacúdelo, échalo a rodar, disfrútalo...». —Vuelve a su voz de conversación—. Así, y eso hasta el final. Será como aquel tema de J. Geils «(Ain't Nothin' But a) House Party», pero no a ritmo de rock and roll sino de soul. ¿No te importa que haga algunos cambios? Porque, chica, podemos arrasar con esa hija de puta.

Barbara capta la idea. El ritmo que Betty está creando es exactamente lo que ella oyó en su cabeza la primera vez que leyó el poema racista (pero asombrosamente adictivo) de Vachel Lindsay «El Congo». Aunque a la vez...

—Betty, yo soy *poeta*, no cantante. Eso mismo le dije a mi hermano. O más bien intento ser poeta. Esto es..., es una *locura*.

—Problemas legales aparte, hay un aspecto práctico —dice Hennie—. El hecho es que eres mejor cantante que *roadie*. Tienes un buen chorro de voz. No eres Merry Clayton...

—Ni Aretha —añade Tones—. Ni Tina.

—Pero ¿quién lo es? —prosigue Hennie—. Esto se te da bien, ¿y qué es una poeta sin una canción? ¿O sin experiencia de la vida?

—Pero…

—Pero nada —dice Betty desde el sofá—. Patti Smith. Una pasada de cantante, una pasada de escritora. Nick Cave. Gil Scott-Heron. Josh Ritter. Leonard Cohen. Los he leído a todos y te he leído a *ti*. Ahora también a tu hermano, y no puedo sino preguntarme si él también sabe cantar.

Barbara se echa a reír.

—Canta *fatal*. No te aconsejo que lo oigas en una noche de karaoke.

—Pues entonces nada, pero te tengo a ti —insiste Betty—, y *quiero* esto para ti. De ahora en adelante, como dice Mavis, eres parte de la banda, aleluya. ¿De acuerdo?

Barbara cede, y en ese momento descubre que es un placer. Betty tiende los brazos.

—Ahora ven aquí, chica, y dale un abrazo a esta vieja gorda.

Barbara da un paso al frente y se deja envolver. También ella envuelve un poco a la otra mujer. Betty la besa en las dos mejillas y dice:

—Te he cogido cariño, chica. Hazlo por mí, ¿quieres?

—Sí —contesta Barbara. Siente miedo, pero a la vez es joven y aún desea desplegar las alas. Además, le gusta la idea de que se la incluya en el mismo grupo que Patti Smith y Leonard Cohen.

Asoma la cabeza Gibson, el director de programación del Mingo.

—Señora Brady, dice su técnico de sonido que se la necesita en el escenario.

Betty, todavía con un brazo alrededor de Barbara, se levanta.

—Vamos, chica. Vamos a cantar con toda nuestra puta alma. Y en «Saved» tocarás la pandereta.

6

Kate carga ella misma con sus flamantes maletas nuevas hasta la camioneta, cosa que Holly valora. La jefa está de buen humor, y también lo está la ayudante de la jefa.

—Hemos recuperado el auditorio Mingo —dice Corrie—. Acabo de pasarme una hora hablando por teléfono con Gibson, el director de programación, y los libreros. Será un día antes, el viernes en lugar del sábado. En la mayoría de las otras salas se han mostrado dispuestos a colaborar.

—Porque soy el *no va más* —dice Kate, y hace una pose llevándose la mano detrás de la cabeza y echando el pecho al frente. Se ríe de sí misma y recobra la recompostura. Le brillan los ojos de curiosidad—. Dime una cosa, Holly. ¿Cómo es eso de trabajar en un oficio dominado por los hombres como es la investigación privada? ¿Te resulta difícil? Y no puedo dejar de observar que tienes una complexión más bien menuda. Cuesta imaginarte en un mano a mano con un malhechor que se da a la fuga.

Holly, una persona reservada por naturaleza, considera esa pregunta un tanto indiscreta. Posiblemente incluso grosera. Pero sonríe, porque una sonrisa no es solo un paraguas en un día de lluvia; es también una coraza. Y ha tenido algún que otro mano a mano con individuos malos y —gracias a la suerte y el valor— ha salido bastante bien librada.

—Ese es un tema para otra ocasión, quizá.

Corrie, tal vez más sensible a los matices emocionales que su jefa —las *vibraciones*—, interviene de inmediato.

—Debemos ponernos en marcha, Kate. Tengo mucho que organizar cuando lleguemos allí.

—Cierto —dice Kate, y dirige a Holly su sonrisa más encantadora—. Continuará.

—No olvidéis —recuerda Holly— que vosotras dos tenéis una reserva en el Axis, pero en realidad nos alojamos en...

—El Country Inn and Suites —completa Corrie—. Con la reserva a *tu* nombre. —Y, dirigiéndose a Kate, añade—: Tienen piscina, por si quieres nadar.

—Preferiría que te quedaras en tu... —empieza Holly.

—Y *yo* preferiría nadar —la interrumpe Kate—. Me relaja. Ir de gira es ya bastante duro sin estar enjaulado como un preso.

Estar muerto es incluso peor que estar de gira, piensa Holly..., pero naturalmente no lo dice. Ha descubierto que el aspecto más difícil del trabajo de guardaespaldas es que el cliente se considera, en el fondo, invulnerable. El efecto de la sangre y las tripas en las maletas le ha durado solo un día.

—Todavía necesito examinar las comunicaciones de tu acechadora. —También quiere que Jerome la ponga al día. Briggs no es su caso, pero la llamada de Jerome de esta mañana era un tanto rara.

—Mañana —contesta Kate—. Mañana tenemos el día libre, bienaventuradas nosotras.

Y con eso Holly debe contentarse.

7

A media tarde del sábado, Trig parte en su Toyota hacia el bucólico pueblo de Crooked Creek, a unos cincuenta y cinco kilómetros de la ciudad. Como de costumbre, lleva la radio sintonizada en la WBOB, la emisora «Todo noticias, a todas horas» de Buckeye City..., aunque la Big Bob, más que noticias, emite las diatribas de derechistas vocingleros como Sean

Hannity y Mark Levin. Con el volumen bajo, no es política, sino la compañía de voces humanas.

Trig se dice que su objetivo actual es solo cenar en el Norm's Shack, establecimiento que, según los expertos culinarios (incluido el propio Trig), sirve las mejores costillas del estado, siempre acompañadas de alubias picantes y ensalada de col agridulce. Se dice también que es solo coincidencia que el Creek, un centro de atención para adolescentes con problemas de adicción, se encuentre solo a una o dos manzanas del Norm's. ¿Por qué habría de importarle a él que haya allí fugitivos y traficantes?

Papá discrepa. *He ahí las verdades de Perogrullo, que a la mano cerrada llamaba puño*, como decía el bueno de papá.

Trig no debe liquidar a otro tan pronto, no debe tentar a la suerte. ¿Qué más da, pues, que en el Creek se dejen caer por un tiempo muchos jóvenes guerreros de la carretera —como la chica anónima que ahora se descompone en el pabellón Holman— antes de seguir su camino hacia donde sea? ¿Personas sin nombre ya desaparecidas y en muchos casos presuntamente muertas?

Casi en el límite del pueblo, se encuentra con una de esas personas sin nombre, esta vez una chica que lleva una trenca holgada, una prenda de demasiado abrigo para el día que hace. Tiene una mochila cargada a la espalda, un tatuaje de alambre de espino en el cuello flaco y el dedo pulgar extendido.

Trig abre la consola entre los asientos delanteros, toca el Taurus y vuelve a cerrarla. ¿Quién es él para negarse cuando surge la oportunidad? Se detiene.

La chica abre la puerta y lo observa con recelo.

—¿Eres peligroso, tío?

—No —contesta Trig, y piensa: *¿Qué va a decir una persona como yo, pedazo de idiota?*—. ¿Adónde vas? ¿Al Creek?

—¿Cómo lo sabes? —Sigue observándolo. Intenta decidir si es de fiar. ¿Y qué ve? Un hombre de mediana edad con un corte de pelo de ejecutivo, una americana de ejecutivo y una pequeña barriga de ejecutivo. Parece un viajante o algo así.

—He estado allí varias veces. Una esta primavera. Presidí la reunión.

—¿Estás en el Programa?

—Llevo unos cuantos años río abajo desde mi última copa. Y tú te has escapado de casa.

La chica se queda inmóvil, con los ojos muy abiertos, a medio entrar en el coche.

—Relájate, muchacha, no voy a delatarte. Ni a intentar nada contigo. Yo mismo me escapé seis veces de casa. Al final lo conseguí.

La chica entra y cierra la puerta.

—¿En ese centro te dejan pasar la noche?

Trig levanta un dedo.

—Una sola noche.

—¿Comida caliente?

—Sí, pero no es gran cosa. Si te gustan las costillas, te invito a media ración. No me gusta comer solo.

Se incorpora de nuevo a la carretera. A cinco kilómetros está el área de descanso de Crooked Creek. Parará allí, le dirá a la chica que necesita estirar la espalda dolorida. Si no hay nadie cerca, le pegará un tiro antes de que ella se dé cuenta siquiera de lo que pasa. ¿Arriesgado? Sí, por supuesto. Lo emocionante no es matar. Lo que empieza a parecerle emocionante es el riesgo. ¿Por qué no admitirlo? Es como volver a casa en coche con una botella de vodka abierta.

—Si es por amabilidad, vale. Si es por otra cosa, déjame en el hogar de transición. Eso es ese centro, ¿no? ¿Un hogar de transición?

—Sí. —Trig echa un vistazo por el retrovisor. No hay nadie detrás que vea su matrícula, ¿y qué más daría si lo hubiera? Es solo un Toyota sucio más en una carretera secundaria.

A tres kilómetros del área de descanso —el corazón le late despacio y con fuerza mientras ensaya en su cabeza la inminente maniobra—, se interrumpe en la WBOB el anuncio de pomada para las hemorroides y un bocinazo anuncia las noticias de última hora. No necesita subir el volumen de la radio; lo hace la chica.

«Esto acaba de llegarnos —dice el locutor—. Dos de los miembros del jurado del ya infame caso de Alan Duffrey al parecer se han suicidado. Repito, dos de los miembros del jurado al parecer se han suicidado. Fuentes próximas al Departamento de Policía de Buckeye City lo han confirmado, aunque los nombres de los fallecidos no se han dado a conocer, en espera de la notificación a los parientes cercanos. Varios asesinatos recientes se han relacionado con los miembros del jurado del caso Duffrey. Sigan sintonizando la WBOB, su emisora "Todo noticias, a todas horas", y los mantendremos informados».

El anuncio de pomada para las hemorroides continúa en el mismo punto en el que se ha interrumpido. Trig apenas escucha, desbordado por el júbilo de tal modo que incluso le cuesta poner cara de póquer. Dudaba que los asesinatos sustitutos dieran resultado, pero sí lo han dado, ¡y hasta qué punto! ¡Ojalá los demás miembros del jurado tomaran ejemplo! Pero no lo harán, claro que no. Es probable que algunos no sientan la menor culpabilidad. En especial el mierda del ayudante del fiscal que envió a Duffrey a la cárcel... y por tanto a la muerte.

—Increíble, joder —dice la chica—. Perdón por el vocabulario.

—Descuida. Eso mismo estaba yo pensando.

—Como si creyeran que quitándose de en medio le devolverían la vida a ese Duffrey.

—¿Has seguido el caso?

—Soy de Cincinnati, tío. Allí el caso sale en las noticias a todas horas.

—Quizá esos dos intentaban..., no sé..., reparar el daño.

—¿Como en AA?

—Sí. Eso mismo.

Ahí está el área de descanso. No hay nadie, pero Trig pasa de largo. ¿Por qué habría de asesinar a esa pobre chica cuando le ha hecho un regalo tan extraordinario e imprevisto?

—El suicidio es una forma muy radical de reparar el daño.

—No sé qué decirte —responde Trig—. La culpabilidad puede ser un sentimiento muy poderoso. —Entra en la localidad de Crooked Creek y aparca en batería frente al Norm's Shack—. ¿Qué me dices de esas costillas?

—Llévame hasta ellas —contesta la chica, y alza una mano.

Trig se ríe y le choca los cinco, pensando: *Nunca sabrás lo cerca que has estado.*

Ocupan un reservado junto a la ventana y se zampan las costillas con ensalada de col y alubias. La chica —se llama Norma Willette— devora como un lobo hambriento. De postre se reparten una tarta de fresa, y después Trig la deja en el Creek, a cuya entrada un cartel propone a los adolescentes: QUITAOS VUESTRAS CANSADAS BOTAS Y DESCANSAD UN RATO.

Norma se dispone a salir, pero de pronto lo mira fijamente a los ojos.

—Lo he intentado, tío. Te lo juro por Dios. Pero ¡qué difícil es, joder!

Trig no necesita preguntarle a qué se refiere. Él ha pasado ya por eso, ha hecho lo mismo.

—No te rindas. Las cosas mejoran.

Ella se inclina y le da un beso en la mejilla. Las lágrimas le brillan en los ojos.

—Gracias, tío. A lo mejor Dios te ha enviado para que me traigas aquí en tu coche. Y me pagues una comida. Esas costillas no estaban nada mal.

Trig se queda observándola hasta que entra sana y salva por la puerta.

8

Los dos sauces llorones situados frente a los apartamentos Willow están muriéndose. Los dos hombres de la octava planta ya están muertos, después de ingerir dosis descomunales de una droga que, como se revelará en la autopsia, es oxicodona sintética, lo que entre los consumidores se conoce como «reina» o «montaña rusa». Nadie descubrirá jamás cuál de los muertos la compró.

Jabari Wentworth era el jurado número tres en el juicio contra Alan Duffrey. Ellis Finkel era el jurado número cinco. El apartamento donde han muerto era de Finkel. Los dos hombres están en la cama, sin más ropa que los calzoncillos. Fuera el sol se pone por el horizonte. Pronto el furgón del forense se llevará los cadáveres. Se los habrían llevado hace horas de no ser por el posible vínculo con el caso del asesino en serie del Jurado Sustituto; la investigación avanza con cauta parsimonia. Han pasado por aquí el teniente Warwick y la jefa Patmore; también ha estado Ralph Ganzinger, de la Policía del Estado. Todos los altos mandos se han marchado ya.

Mientras observa a los tres hombres del equipo forense (dos investigadores y un videógrafo), Izzy Jaynes dedica un momento a reflexionar sobre la diferencia entre realidad y ficción. En la ficción, el suicidio por sobredosis se considera la escapatoria fácil, el método preferido a menudo entre las mujeres. Los hombres tienden a pegarse un tiro en la cabeza, saltar al vacío o respirar monóxido de carbono en un garaje cerrado. En realidad, el suicidio por sobredosis puede complicarse mucho mientras el cuerpo lucha por sobrevivir. Ellis Finkel tiene la parte inferior del rostro, el cuello y el pecho cubiertos de vómito seco. Jabari Wentworth se ha cagado. Los dos miran al techo con los párpados entornados, como si se replanteasen una compra de dudosa procedencia.

No es la imagen de ambos —o el olor— lo que atormentará a Izzy esa noche mientras yazca despierta en su propio apartamento. Lo que la atormentará es la inutilidad de esas muertes. La nota que han dejado, firmada por los dos, es de una simplicidad absoluta: «Estaremos juntos en el otro mundo».

Chorradas, piensa Izzy. *Vais a entrar en la oscuridad, y sin compañía.*

Tom o ella tienen que volver a hablar con la señora Alicia Carstairs, del 8-B. Ella ha encontrado los cadáveres; tenía una relación cordial con los dos hombres, y comprendía su «situación especial».

—Ocúpate tú, Iz —dice Tom—. De mujer a mujer. Quiero examinar el lugar una vez más. En particular, el pequeño estudio de Finkel. Pero creo que es lo que parece.

—No culpabilidad por Duffrey, quieres decir.

—Culpabilidad quizá sí, pero no por él. Ve a hablar con esa mujer. Creo que ella te lo contará.

Izzy encuentra a Alicia Carstairs de pie frente a la puerta de su apartamento, retorciéndose las manos y mirando a la pareja de policías de uniforme que custodian la puerta del 8-A. Tiene los ojos enrojecidos, las mejillas húmedas por el llanto. Al ver a Izzy con la placa colgada del cuello, se echa a llorar otra vez.

—Anoche me pidió que pasara hoy a verlo —explica. Izzy ya tiene eso anotado, pero no la interrumpe—. Pensé que era por trabajo. —Alza las manos. Tiene unas uñas preciosas, advierte Izzy. Por lo demás, no sabe de qué le habla la señora Carstairs.

—Entremos en su apartamento —propone Izzy—. ¿No tendrá café? Me vendría bien una taza.

—Sí. ¡Sí! Un café fuerte para las dos, muy buena idea. Verlos allí a los dos…, nunca lo olvidaré. Aunque viva cien años.

—Por si le sirve de consuelo, señora Carstairs…

—Alicia.

—Vale, y yo Isabelle. Por si te sirve de consuelo, no creo que supieran que sería tan… —Izzy piensa en los dos hombres desmadejados en la cama. Los ojos fuera de las órbitas, los párpados entornados—. Tan difícil. No sé si entiendo a qué te refieres cuando dices que sería por trabajo.

—Sabes que Ellis era fotógrafo, ¿no?

—Sí. —Por el asunto de Bill Wilson (o Briggs, o como sea que se llame en realidad), Izzy y Tom disponen de fichas concisas de todos los miembros del jurado del caso Duffrey. Finkel tenía el estudio principal en el centro de la ciudad, pero trabajaba también en su apartamento, donde había convertido una habitación libre en un miniestudio.

—Yo era su modelo para manos —explica Carstairs, y vuelve a levantarlas—. Ellis decía que yo tenía unas manos fantásticas. Me pagaba bien…, siempre me decía cuánto iba a cobrar él por un encargo, y me daba a mí el veinte o el veinticinco por ciento, según la cantidad que él recibía.

—¿Para productos como esmalte de uñas? —pregunta Izzy, intrigada—. ¿Crema de manos?

—Para esas cosas, pero también para otras muchas. Estropajos, lavavajillas, teléfonos Razr... Ese estuvo bien. Una vez me fotografió sosteniendo un Nook, que es como un Kindle, solo que...

—Sí, ya sé lo que es un Nook.

—Y a veces Jabari hacía de modelo para ropa. Chaquetas, abrigos, vaqueros. Es muy apuesto. —Recordando lo que ha visto en el dormitorio de Finkel, reconsidera sus palabras—. Lo era.

—¿Tenías la llave del 8-A?

—Ajá. Le regaba las plantas a El cuando no estaba en la ciudad. Viajaba mucho a Nueva York para hablar con las agencias de publicidad. A veces Jabari lo acompañaba. Eran gais, ¿sabes?

—Sí.

—Se conocieron en aquel juicio. El juicio contra Alan Duffrey. Se quedaron prendados el uno del otro. En plan amor a primera vista.

—¿El señor Finkel te pidió expresamente que pasaras a verlo esta mañana?

—Sí. Pensé que tenía para mí un trabajito de manos. —Se ruboriza—. Dicho así, suena a sexo, pero ya sabes a qué me refiero.

—Pensaste que tenía un producto que tú debías sostener.

—Exponer. Sí. He entrado con mi llave y he dicho algo así como: «Yuju, El, ¿estás visible?». Y entonces lo he olido... No sabía qué..., pensaba que se habría derramado algo..., o desbordado... He entrado en el baño... —Vuelve a llorar—. Intenta levantar la taza y el café cae en el platillo y en el brazo de su sillón.

—Quédate tranquila un momento —sugiere Izzy. Entra en la cocina, un espacio estrecho, coge una esponja y limpia la mancha. Imagina a Alicia Carstairs sosteniendo la esponja azul para una fotografía, quizá con las uñas y los dedos perfectamente cuidados cubiertos de espuma de jabón.

—Es por el shock —dice Carstairs—. Encontrármelos así. Nunca lo superaré. ¿Eso lo he dicho ya?

—Da igual.

—Me pondré bien. Me quedan dos Xanax de cuando pasé la menopausia. Me tomaré uno y me pondré bien.

—¿Tienes idea de por qué se han quitado la vida?

—Creo…, tal vez…, son solo suposiciones…, que El no quería que Jabari se fuera solo de este mundo. O sea, a Jay lo echó de casa su mujer, y su familia no quería saber nada de él. Eso fue cuando hacía ya casi un año, quizá más, que ellos mantenían la relación…, no a escondidas, no quiero decir eso, pero, ya me entiendes, con discreción. La mujer de Jay envió fotos que encontró en el móvil de Jay a todos los amigos de él en Facebook. Supongo que algunas eran…, o sea…, explícitas. No me dedico a fisgonear, no te hagas esa idea; me lo dijo él. No te metas en los asuntos de los demás a no ser que te inviten, ese es mi lema. Jay era musulmán. No sé si esa era una de las razones por las que todos lo eludían o no. ¿Tú lo sabes?

—No —contesta Izzy.

—Alguien de la oficina de Jabari lo vio con El, quizá cogidos de la mano, quizá besándose, y se chivó a su mujer. Así empezó todo. ¿Qué necesidad tenían de delatarlo de esa manera, Isabelle?

Izzy mueve la cabeza en un gesto de negación. Lo único que ella sabe es que la gente puede ser muy cabrona.

—Ellis tenía problemas con su propia familia. Además, tenía VIH o sida, el que sea peor. Lo mantenía bajo control, pero el medicamento que tomaba le sentaba mal casi siempre. Debieron de decidir... —Carstairs se encoge de hombros y tuerce la boca en un mohín de dolor.

—¿Hablaban del juicio?

—El a veces sí. Jabari casi nunca.

—¿Y después del asesinato de Duffrey en la cárcel?

—El dijo algo así: «Los pedófilos se lo tienen merecido». Dijo que los odiaba, porque mucha gente da por supuesto que los homosexuales son abusadores de menores o acosadores, o como sea que los llamen ahora.

—¿Y cuando Cary Tolliver confesó?

Carstairs toma un sorbo de café.

—No quiero hablar mal de los muertos...

—A Ellis no le importará, y nos ayudaría en la investigación.

Aunque Izzy no sabe ni remotamente cómo. Eso no era el quinto acto de *Romeo y Julieta*, sino el quinto acto de *Romeo y Romeo.* Cualquier otro día esos dos hombres tal vez habrían encontrado una solución a sus problemas y habrían considerado absurda la idea del suicidio, pero en ese momento la perspectiva de morir juntos en la cama, cogidos de la mano, debió de antojárseles el no va más del romanticismo..., por no hablar de la venganza. *Ahora todos se arrepentirán*, tal vez pensaron.

—El dijo: «Hicimos lo que prometimos hacer, así de simple. Se encontraron las huellas de ese hombre en aquellas revistas horribles, y además, si no hizo eso, probablemente hizo cualquier otra cosa».

—¿No dirías pues que lo corroía la culpa?

—Se sentía culpable por el hecho de que la familia de Jay no quisiera saber nada de él, pero ¿en cuanto al juicio? No lo creo.

—¿Y Jabari? ¿Cómo se sentía él?

—Solo saqué el tema una vez. Se encogió de hombros,

abrió las manos y dijo que el jurado lo declaró culpable basándose en las pruebas que se le presentaron. Explicó que un par de miembros se opusieron, pero lo aceptaron al segundo día. Los otros los convencieron. Lamentaba lo ocurrido.

—¿Lo lamentaba pero no se sentía culpable?

—No lo creo, no.

9

Cuando Izzy vuelve al 8-A, ya han levantado los cadáveres. Aun así, el olor a mierda y vómito permanece. *Esto en Shakespeare no pasaba*, reflexiona Izzy, y no puede evitar sonreír. Es una idea muy propia de Holly.

—¿Qué te hace tanta gracia? —Tom está junto a la puerta corredera del balcón del difunto Ellis Finkel. Tiene una buena vista del lago.

—Nada. ¿Podemos descartar el asesinato?

—Sin duda —contesta Tom—. Nuestro muchacho, Bill, no asesina a los miembros del jurado, sino solo a personas en *nombre* de los miembros del jurado.

—¿Podemos suponer que no matará a dos hombres como sustitutos de Finkel y Wentworth?

—En cuanto a ese tipo, no podemos suponer *nada*, porque está loco. Pero no puede alimentar su culpabilidad si están muertos, ¿no?

—No. Y el muy cabrón probablemente da por sentado que los ha inducido él, cuando el juicio contra Duffrey no ha tenido nada que ver.

—*Au contraire*, querida mía. Ahí es donde se conocieron.

—Cierto. Ahí es donde se conocieron. —Piensa en ello y dice—: Me encantaría que la prensa descubriera la verdadera razón, solo por privar de esa satisfacción a ese chiflado. Pero no podemos sacarlo a la luz, ¿verdad?

—*Nosotros* no podemos —dice Tom—, pero alguien lo hará. Si Buckeye Brandon no lo saca en su podcast de mierda y su blog de mierda mañana, lo hará al día siguiente. Este departamento tiene más filtraciones que un pañal defectuoso.

—Mientras la filtración no parta de *ti*, Tom...

Él sonríe y le dirige un saludo de boy scout.

—Jamás de los jamases.

—¿Has encontrado algo en su estudio?

—Como por ejemplo el nombre verdadero de Bill Wilson escrito en un papel, ¿a eso te refieres?

—Estaría bien.

—Solo he encontrado un montón de álbumes de fotos. Lo más picante en ellos era Jabari Wentworth en bañador. Puede que haya más material en su ordenador o en la nube, pero eso no es asunto nuestro. E incluso si decides que el señor Bill Wilson no tendrá que asesinar a dos desconocidos al azar en nombre de Finkel y Wentworth, aún le quedan muchos miembros del jurado, más tal vez el juez y el fiscal. Socia, no tenemos nada. ¿Verdad?

—En esencia —reconoce Izzy.

Tom baja la voz, como si temiera que hubiese micrófonos en el salón.

—Habla con tu amiga.

—¿Quién? ¿Holly?

—¿Quién, si no? No es policía, pero a veces ve las cosas desde otra perspectiva. Ponla al corriente, y luego pregúntale si se le ocurre algo.

—¿Va en serio?

Tom suspira y dice:

—Tan en serio como un infarto.

10

En el hotel Garden City Plaza, Barbara observa fascinada mientras Betty Brady y Red Jones ensayan en susurros para la noche del próximo viernes, cuando interpretarán el himno nacional en el Dingley Park. Betty dice que lo ha hecho dos veces en partidos de baloncesto de los Kings de Sacramento, pero acompañada por un Korg.

—No sé qué es eso —dice Barbara.

—Un sintetizador —aclara Red—. Sería mejor que esto. —Levanta el saxo—. ¿Quién quiere oír «O say can you see» a trompetazos?

—Chorradas —dice Betty—. Va a ser... —Señala a Barbara—. ¿Cómo se diría? Algo que da miedo pero en el buen sentido.

—¿Inquietante, quizá?

—¡Inquietante! ¡Eso! ¡Perfecto! Repitámoslo, Red. Más que nada por asegurarnos de que no desentono. Hace tiempo que no tengo que combinar graves y agudos en la misma canción.

Red ha metido tres pares de calcetines de Betty en la campana del saxofón, y Betty canta el himno nacional con voz grave y melodiosa. Lo prueban primero en la tonalidad de si bemol mayor «oficial», pero a Betty no le gusta; dice que suena a canto fúnebre. Cambian a sol mayor. Red, tocando el saxo con sordina, le dirige un gesto de asentimiento. Ella se lo devuelve. La primera vez en sol suena desigual, la segunda mejora, la tercera fluye como el agua.

—Después de «O say does that star-spangled banner yet wave», quiero una pausa —dice ella, y cuenta—: Un-dos-tres-cuatro. Luego el verso final. Un verdadero colofón.

—Guay. Una pasada.

—Probémoslo.

Lo prueban.

Cuando terminan, Betty mira a Barbara.

—¿Tú que crees?

—Creo que la gente que tenga la suerte de ir a ese partido no lo olvidará en la vida.

Tiene toda la razón, pero no en el sentido en que ella piensa.

Capítulo 12

1

El viaje de Iowa City a Davenport es un corto trayecto por la I-80. Holly, Kate y Corrie llegan al Country Inn & Suites un buen rato antes de las doce del mediodía del sábado. Holly circula a unos dos o tres kilómetros por delante de la camioneta de Kate durante la primera mitad del viaje, echando vistazos de vez en cuando a su móvil, donde el localizador GPS colocado en la F-150 es un punto verde palpitante. Después se sitúa por detrás con la esperanza de detectar algún vehículo que las siga. Ve un posible sospechoso. Es un pequeño Mustang descapotable. Este acelera y cambia de carril para ponerse a la altura de la camioneta de Kate por la izquierda. A Holly se le contrae el estómago. También ella cambia de carril para situarse detrás del Mustang, cortando el paso a alguien y haciendo caso omiso a un bocinazo. De pronto la acompañante se pone de pie y, ondeando al viento su larga melena, exclama: *«¡Te queremos, Kate!»*.

El descapotable se aleja rápidamente. Holly deja escapar el aire de los pulmones y vuelve a rezagarse.

Comen en el restaurante contiguo al hotel y luego Kate va a nadar. De un lado a otro de la piscina, largo tras largo, reluciente como un pez con su bañador rojo. Holly, sentada junto a la piscina con una toalla en el regazo, se cansa solo de mirarla. Por fin Kate sale, coge la toalla dándole las gracias en un murmullo y se la ciñe alrededor de la cintura. Holly esperaba una especie de subidón por efecto de las endorfinas después de tanto ejercicio, pero Kate parece abstraída, casi hosca. Coge el móvil de la mesa donde lo ha dejado junto con una novela de bolsillo, habla un momento con Corrie, que está en el auditorio donde actuará, y pone fin a la llamada.

—Voy a echarme una siesta de cuarenta y cinco minutos —dice sin mirar a Holly—. Luego la rueda de prensa en el Axis. Donde tenemos la *reserva*.

Holly no dice nada.

—Estos cambios de itinerario son una lata, Gibney.

Holly opta por no entrar en la conversación y se limita a coger el libro de Kate.

—¿Lo quieres?

Kate tiene las mejillas sonrojadas y lustrosas debido al ejercicio, pero las comisuras de sus labios apuntan hacia abajo. Sigue molesta por tener que desplazarse varios kilómetros para la rueda de prensa en lugar de ofrecerla en la planta baja.

—Quédatelo o tíralo. Es una mierda.

2

Durante la siesta de Kate, Holly, en su propia habitación, pone la CNN y se queda atónita al ver a una periodista hablar delante de los apartamentos Willow, donde ella misma fue a ver en una ocasión un piso piloto antes de encontrar su vivienda actual en el centro de la ciudad. Detrás de la periodista se ven coches patrulla con las luces de emergencia encendidas y dos furgones forenses, uno del Departamento de Policía Municipal y otro de la Policía del Estado. Ve también una furgoneta con el rótulo JUEZ DE INSTRUCCIÓN. Los Asesinatos del Jurado Sustituto se han convertido en el pan de cada día en la televisión por cable, y la posible muerte de alguien que formó parte del jurado en el caso Duffrey ha inducido a la emisora a interrumpir, aunque sea brevemente, su habitual rutina de noticias políticas.

La periodista dice: «Lo único que sabemos hasta el momento es que uno de los miembros del jurado en el juicio contra Duffrey, Ellis Finkel, vive en este complejo de apartamentos. Aunque la policía guarda silencio, cabe suponer, a juzgar por la considerable actividad policial, que algo puede haberle ocurrido al señor Finkel. Puede ser que este extraño y único asesino en serie, deseoso de infundir cierto sentido de culpa en los miembros del jurado del caso Duffrey, en esta ocasión posiblemente haya logrado su propósito».

Mucho «puede ser» y «posiblemente», piensa Holly.

Se plantea telefonear a Izzy, pero acaba llamando a Jerome. Este no ha seguido las noticias, ni siquiera sabe que Ellis Finkel podría estar muerto. En el supuesto de que *sea* Finkel la causa de esa gran respuesta policial.

—¿Has intentado ponerte en contacto con Izzy? —pregunta Jerome. Antes de que Holly pueda contestar, añade—: Claro que no. La *inspectora* no descansa ni una *hora.*

—Muy poético, Jerome.

—Bien, fetén. Y el hecho es que no es nuestro caso.

—No. No lo es.

—Pero no puedes dejar de sentir curiosidad. Esa es mi Holly. Eh, adivina qué. Voy al partido de Armas contra Mangueras con John Ackerly. Le caes muy bien.

—Y él me cae bien a mí. Jerome, tengo que acompañar a

mis clientas a su rueda de prensa dentro de poco. A ver si logras averiguar algo. Como tú dices, no puedo dejar de sentir curiosidad.

—Igual llamo a Tom Atta. Él y yo salimos a correr a veces.

—¿En serio?

—En el Bell College. De vez en cuando Izzy viene con nosotros. Echamos los bofes en la pista.

—Interesante. Puede que sea útil. ¿Aún no estás preparado para contarme qué te ronda por la cabeza?

Jerome exhala un suspiro.

—Quería resolverlo yo solo, pero me rindo. Algo no me cuadra en la hoja de mayo de la agenda del reverendo Rafferty. Algo con respecto a Briggs, el probable asesino. También podría estar relacionado con los otros nombres de esa hoja, pero no consigo verlo ni a tiros. ¿Puedo mandarte una captura de pantalla?

—Creo que ya la tengo —contesta Holly—, pero mándamela igualmente. Le echaré una ojeada cuando encuentre un momento. Y si hablas con el inspector Atta... o con Izzy..., házmelo saber.

—Cuenta con ello.

3

En la rueda de prensa aparece una Kate más despierta y animada, y esa noche en el RiverCenter sube el voltaje al máximo. Holly y Corrie se quedan a ver los diez minutos iniciales desde bastidores: el pavoneo hasta el centro del escenario, la profunda reverencia, la manera de agarrar el micrófono, la consigna «El poder de las mujeres». Cuando los abucheadores comienzan con su contraconsigna (*«¡Vuélvete a la coci-*

na! ¡Vuélvete a la cocina!»), realiza su característico gesto, la invitación *vamos, vamos, vamos*, y la mayoría del público, enloquecido, prorrumpe en chillidos y vítores. Cuando se tranquilizan, Kate pide a todos los hombres presentes que levanten la mano.

—Esta tarde la he visto muy decaída —le susurra Holly a Corrie—, incluso después del largo rato de natación. La siestecita debe de haberla reanimado.

Corrie sonríe y mueve la cabeza en un gesto de negación.

—Casi siempre está así antes de salir al escenario. O callada y medio cabizbaja, o cabreada por algo. Luego..., cuando sale..., vive para esto. —Se apresura a añadir—: Y para la causa, claro está. El poder de las mujeres.

—Lo sé —dice Holly—. Ya lo sé. Pero ojalá entendiera que hacer esto es arriesgar la vida.

Corrie le sonríe.

—Creo que ya lo entiende.

Puede ser, piensa Holly, *pero es un conocimiento teórico. Casi todo en la cabeza, un poco en el corazón, nada en las entrañas.*

Corrie vuelve a la sala de espera para preparar un desayuno con la asociación de mujeres al día siguiente (que también se celebrará en el Double Tree) antes del viaje en coche de tres horas hasta Madison. Holly ronda por los pasillos en busca de intrusos sin encontrar a nadie. Ronda por detrás del escenario y encuentra solo a un trío de tramoyistas jugando al skat con una baraja mugrienta. A ellos no les interesa el poder de las mujeres.

Termina en el lado derecho del escenario, donde observa con fascinación mientras Kate concluye las celebraciones de la noche con otro diálogo en forma de consignas y respuestas. Dedica un momento a examinar la captura de pantalla que le ha enviado Jerome y entiende de inmediato qué es lo que a él le inquieta. Lo que él no acaba de captar. Holly entiende también otra cosa: si ella la hubiera mirado fijamente durante largo rato (como tal vez haya hecho Jerome), *no* lo habría visto. Le ha bastado un rápido vistazo porque ella tenía la cabeza en otra parte.

A continuación, su mente da un segundo salto, y Holly se tambalea un poco. *Dios mío. ¿Y si es él?*

El regidor de escenario la mira y le pregunta en un susurro si se encuentra bien.

—Sí —contesta Holly, también en voz baja.

En el escenario Kate pregunta:

—¿A quién vais a creer?

—*¡Creed a la mujer!* —contesta el público a voz en grito.

Hace su gesto invitador con ambas manos.

—*Vamos, Davenport, no me falléis, ¿a quién vais a creer?*

—*¡CREED A LA MUJER!*

—¿Cuando el hombre dice que ella quería?

—*¡CREED A LA MUJER!*

—¿Cuando el hombre jura que ella ha consentido?

—*¡CREED A LA MUJER!*

—¡Vosotros, chicos! ¿A quién vais a creer?

—*¡CREED A LA MUJER!* —vociferan los hombres..., pero a la hora de la verdad, piensa Holly, habría que ver qué harían realmente los hombres. Ha oído decir a algunas mujeres que los hombres son seres simples. Holly no lo discute —esas discusiones son estériles—, pero no lo cree. Las mujeres tienen sótanos; los hombres tienen subsótanos.

—Así es. Creed a la mujer, respetad a la mujer y no toleréis gilipolleces a quienes no lo hacen. ¡Gracias, Davenport, habéis estado fenomenales! ¡Buenas noches!

Pero no la dejan marcharse hasta que vuelve a salir para

otras tres reverencias. Es el momento de la ovación en pie. Solo los abucheadores se niegan a levantarse. No hay tantos como en Iowa City, observa Holly, y ahí sentados, con sus camisetas azules, parecen niños malhumorados. Se recuerda que incluso los niños pueden ser peligrosos, y eso la lleva de nuevo a lo que estaba pensando al echar una ojeada a la captura de pantalla, sin esperar nada y obteniendo mucho. Quizá todo. Tiene que hablar con Izzy, pero antes debe cuidar de esas mujeres.

Más tarde pensará: *Gracias a Dios por la silla. A no ser por eso, Kate habría terminado en el hospital Ira Davenport. O muerta.*

4

La entrada de artistas del RiverCenter se encuentra en la calle Tres, y por tanto Holly ha planeado abandonar el auditorio por otra puerta, que da a Pershing Avenue, donde las espera un coche con conductor proporcionado por la librería Next Page Books para llevarlas rápidamente al hotel. Después de la experiencia en Iowa City, Holly no prevé ningún problema con la salida (lo que en *Elementos básicos para el trabajo de guardaespaldas* llaman «exfiltración»), pero, por lo visto, ha sido demasiado optimista.

Más tarde, en Madison, Corrie Anderson pondrá al corriente a Holly sobre lo que ha averiguado acerca del público de Kate en esta gira, en su mayor parte a través de la propia Kate.

«Después de la actuación aparecen tres grupos principales —explicará Corrie—. Están las admiradoras de El poder de las mujeres, que solo quieren saludar y quizá hacer una foto a Kate al salir del edificio. Están los cazadores de autógrafos, que a veces son un poco más agresivos. Luego están los ebayeros». «¿Quiénes?», preguntará Holly, y Corrie aclarará: «Los coleccionistas. Los intermediarios. Gente que compra, vende y comercia. Esos son incontrolados y agresivos. Lo hacen por el dinero solo en parte. También lo hacen por la emoción de la cacería. Quieren primeras ediciones firmadas, o ediciones limitadas... Kate sacó un par de esas. Quieren pósters, retratos de veinte por veinticinco centímetros e incluso hojas informativas para la promoción del documental *Women Now* de Showtime en el que ella intervino. Traen cosas que ni te imaginarías. Una mujer quería que Kate le firmara unas *bragas*. Venden su mercancía a través de e-Bay o de webs de coleccionistas especializadas como Kate 4Eva. Los auténticos fanáticos son tan insistentes como las cucarachas e igual de difíciles de eliminar».

Holly lo comprueba por sí misma cuando salen a Pershing. En teoría, ese punto de exfiltración era secreto, pero las espera una muchedumbre de entre setenta y cinco y cien personas. No están tomando fotos con sus móviles; agitan libros, revistas, pósters y objetos diversos —uno tiene una bandera arcoíris del Orgullo Gay— y todos gritan cosas como: *¡Kate! ¡Para mi madre, Kate, que no ha podido venir! ¡Kate, he venido desde Fort Collins! ¡Por favor, Kate! ¡Por favor! ¡Soy admiradora tuya desde 2004!* Holly nunca sabrá cómo han descubierto esos individuos su estrategia de salida, pero después de verse engañados la vez anterior —posiblemente por pura suerte— de algún modo se han enterado.

Un acomodador del RiverCenter, sentado en una silla plegable, espera a que Kate salga. Cuando la muchedumbre se abalanza hacia delante, el hombre se levanta, extiende los brazos y hace lo posible por contenerla..., que es como cuando el rey Canuto intentó ordenar a la marea que retrocediera. Más allá de los ebayeros que agitan los brazos y vociferan, la conductora de su coche —una joven con aspecto de estudiante universitaria— mira con una cara que parece decir: *No tengo ni repajolera idea de qué he de hacer ahora.*

Holly lleva el móvil prendido del cinturón, todavía en modo silencio. Nota que vibra, baja la vista, ve JEROME en la pantalla. No tiene tiempo para pensar en eso, menos aún para contestar, porque en ese preciso instante un aullido de rabia traspasa el persistente bullicio.

—*¡PEDAZO DE PUUUUUTA!*

Un hombre muy corpulento con pinta de luchador de la WWE venido a menos se abre paso a través del gentío. Viste un pantalón caqui y una camiseta blanca sucia. El cabello, rapado, no es más que una sombra. Tiene los brazos tatuados y la cara roja de ira. Blande un bate de béisbol. El acomodador se interpone y el hombre (*Hulk*, piensa Holly, *el Increíble Hulk*) lo lanza volando a la calle de un empujón.

—*¡PEDAZO DE MALA PUUUUTA!*

Kate se queda paralizada, con una expresión de asombro en los ojos desorbitados, cuando el Increíble Hulk alza el bate. Corrie levanta una mano en ademán de detenerlo, un gesto que en ese hombre no surtirá más efecto que el que surtiría una jarra de agua en un incendio forestal.

Holly, sin pensar, se limita a empujar de una patada la silla del acomodador. Esta resbala por la acera. El Increíble Hulk tropieza con ella y cae de bruces en el asfalto. La sangre brota de su nariz y sus labios. Los ebayeros gritan y retroceden, y a algunos se les caen los preciados recuerdos, teléfonos y rotuladores.

Hulk rueda sobre sí mismo. Tiene la parte inferior del rostro teñida de sangre. Señala a Kate como un explorador que señala un hito extraordinario en el paisaje.

—¡TÚÚÚ! ¡MI MUJER ME DEJÓ POR TU CUUUULPA!

Con dificultad, intenta ponerse de pie. En algún lugar ha empezado a ulular una sirena de policía. Holly dice a Kate:

—Sube al coche.

Kate obedece sin preguntar ni vacilar, agarrando del brazo a su atónita ayudante y llevándosela a rastras. Hulk ha conseguido ponerse de rodillas y las mira. Holly hunde la mano en el bolso y, cuando Hulk se vuelve hacia ella, le rocía la cara con espray pimienta.

La multitud retrocede aún más, como si Holly fuera radiactiva, y ella cae en la cuenta de que todavía sostiene el espray ante sí. Dirigiéndose a la estupefacta chica de la librería, dice:

—Lleva a las mujeres al hotel. No me esperes. Tengo que hablar con la policía.

5

Su conversación con la policía no se prolonga mucho. El Increíble Hulk (muy borracho y ahora más parecido a un niño sollozante de ciento treinta kilos) es trasladado a comisaría para ficharlo por agresión, y Holly vuelve a estar en el Country Inn & Suites antes de que cierre el bar del hotel. Se encuentra bien hasta que le ponen delante la copa de vino blanco que ha pedido; entonces le entra el tembleque.

Qué cerca ha estado, piensa. Y: *Detesto este trabajo.*

Su móvil, todavía en silencio, vibra. Es Corrie, que se pregunta dónde se ha metido. Cinco minutos después, Kate y ella se reúnen con Holly. Kate rodea el cuello de Holly con un brazo y la besa en la mejilla, incómodamente cerca de la boca.

—De ahora en adelante haré todo lo que digas, Holly

Gibney. No sé si me has salvado la vida esta noche, pero desde luego me has ahorrado doce mil dólares en dentista.

Corrie ocupa un taburete a la izquierda de Holly.

—Gracias —susurra—. Muchísimas gracias. Dios mío, ¿os habéis fijado en lo *grande* que era?

—El Increíble Hulk —dice Holly.

Kate echa atrás la cabeza y suelta una estridente risotada. El camarero pregunta a Kate qué va a tomar, y ella opta por un Jack Daniel's, sin hielo. Corrie dice que tomará lo mismo que Holly, y esta no se sorprende cuando el camarero pide a Corrie algún documento de identidad.

Holly toma un sorbo de vino. Suena el zumbido del móvil. Es otra vez Jerome. Piensa: *No puedo hablar con él esta noche.* Se siente exhausta y sigue viendo al hombre de la camiseta sucia abalanzarse como una locomotora hacia Kate con el bate en alto. *Pero* tengo *que hablar con él esta noche, porque es posible que sepa quién es el asesino del Jurado Sustituto.*

Empieza a temblar otra vez.

—Si esa silla no hubiese estado allí... —dice.

Kate ladea la cabeza y le lanza una cómica mirada de perplejidad.

—¿*Qué* estás diciendo?

—La silla. Si no hubiera...

Kate apoya dos dedos sobre los labios de Holly. Con mucha delicadeza.

—No ha sido la silla —dice—. Has sido *tú*.

Holly aparta la copa de vino, que apenas ha probado. El camarero se acerca.

—¿Le pasa algo a ese vino, señora?

—No. Está bien. Pero tengo que hacer una llamada. Seguramente lo mejor es que vosotras dos os vayáis a vuestras habitaciones.

Kate responde con un saludo militar al estilo británico, con el dorso de la mano vuelto hacia la frente, muy colonial.

—A la orden, mi capitán.

Holly no le ve la gracia.

6

En su habitación, telefonea a Jerome y se disculpa por no devolverle la llamada antes.

—Estaba trabajando.

—¿Va todo bien por ahí?

—Estupendamente.

—¿Has descubierto ya qué es lo que me escama en esa hoja de la agenda? Me he pasado media noche sin quitarle ojo.

Ese ha sido en gran medida tu problema, piensa Holly.

—Sí.

—¿De verdad?

—De verdad. —Aunque dudar de sí misma es una de sus muchas posiciones por defecto, a este respecto no alberga la menor duda.

—¿En serio?

—Sí.

—¡Dímelo!

—Antes cuéntame si has averiguado algo a través del inspector Atta.

—Sí. Dos de los miembros del jurado del caso Duffrey se suicidaron. Ellis Finkel y Jabari Wentworth. Se conocieron durante el juicio y acabaron siendo amantes. A Wentworth lo echó de casa su mujer al enterarse de que había estado engañándola, y con un hombre. Su familia lo rechazó. Puede que por cuestiones religiosas. Esas cosas de la religión son un mal rollo, ¿no crees?

—No opino —dice Holly.

—El caso es que Finkel había contraído el sida, y, aunque tenía la enfermedad bajo control, le representaba una lucha continua. Abreviando, la policía no cree que tuviera nada que ver con el sentimiento de culpa por lo que le pasó a Alan Duffrey.

—Qué horror —dice Holly—. Dos vidas perdidas.

Se siente al borde del llanto, en parte por el sinsentido de esas muertes, pero sobre todo porque aún no ha asimilado el hecho de que Kate McKay podría haber terminado con la cabeza aplastada mientras estaba bajo su protección.

—Coincido contigo —responde Jerome—. Ahora dime qué se me escapaba.

Ella se lo dice. Se produce un silencio al otro lado de la línea.

—¿Jerome? ¿Sigues ahí?

—*Joder* —dice—. ¡Ay, joder! ¿En serio? ¿Así de sencillo? *¿En serio?*

Holly no le ha dado a conocer su segunda deducción, la que la ha llevado a tambalearse en el RiverCenter. Esa la reserva para Izzy.

7

—Eh, Holly —dice Izzy. Parece medio dormida—. Me ha pedido Tom que te ponga al corriente, y eso haré, pero he tenido un día agotador y estoy rendida.

—Pues desríndete. Puede que sepa quién es el asesino.

—*¿Cómo?* —Izzy pasa de medio amodorrada a totalmente despierta—. ¿Estás de coña?

—No estoy del todo segura. Es posible. Jerome me ha dicho que esos dos miembros del jurado se suicidaron, pero ha añadido que probablemente no tenía nada que ver con el...

—Sí. O sea no, no tenía nada que ver. Holly, si sabes algo, *¡suéltalo!*

Holly no necesita mirar la foto de la hoja de la agenda en su iPad; ni siquiera necesita cerrar los ojos. La ve, junto con todos los nombres: BOB, FRANK M., KENNY D., CATHY 2-T. Y BRIGGS. Solo BRIGGS es distinto. No mucho, pero lo suficiente.

—¿Puedes mirar la foto de la agenda del reverendo Rafferty? ¿La tienes?

—Un segundo, he dejado el iPad en la cocina.

Holly nunca ha estado en el apartamento de Izzy —no todavía—, pero se imagina una cocina estrecha y fácil de limpiar, y el bolso de Izzy en la encimera. Quizá junto a una copa de vino vacía. Se imagina a la propia Izzy con un pijama de algodón cómodo y holgado.

—Vale, tengo la hoja de la agenda. ¿Qué pasa?

—Empecemos por el reverendo Rafferty. Creo que era miope, pero también vanidoso. Eso es más una conjetura que una deducción, pero ¿habéis encontrado unas gafas?

—Había unas en la mesilla de noche. Probablemente para leer.

—Mira sus citas de mayo. ¿Estás mirando?

—Sí. Ve al grano, *por favor.*

Holly no se apresura, porque va explicándose a sí misma su hipótesis a medida que habla.

—Todos los nombres están en mayúsculas, con las letras un poco espaciadas. —Dentro de su cabeza, lo ve: no FRANK M. o CATHY 2-T, sino F R A N K M. y C A T H Y 2 – T —.

Eso pudo hacerlo porque las casillas para los días del mes son bastante grandes.

—Sí. Lo veo.

—Pero BRIGGS es distinto. Las letras están más juntas. No mucho, pero sí un poco. Jerome lo vio, solo que no entendió qué significaba. ¿Estás mirando? ¿Lo ves?

—Supongo…, sí, tienes razón.

—Eso es porque el reverendo Rafferty no escribió una *B*. Escribió una *T*. Fue su asesino quien la convirtió en una *B*. Luego, al final del nombre, añadió *GS*. Procuró que quedaran igual que las mayúsculas de Rafferty y lo hizo bien, porque es mucho más fácil falsificar mayúsculas que una caligrafía con letra ligada. Lo que lo delata…

—Las dos últimas letras están más juntas —comenta Izzy—. No mucho, pero sí un poco. Y… sí, esa *B podría* haber sido antes una *T*.

—No era Briggs —dice Holly—. Rafferty tenía una cita con alguien llamado Trig. —No consigue dejar de dudar de sí misma totalmente—. Creo.

—¡Sí! ¡Joder, *sí*! Debió de utilizar el bolígrafo que había en la encimera, porque la tinta se corresponde exactamente.

—Y no se limitó a tachar el nombre porque pensó que la policía tal vez tuviera una técnica mágica para leer debajo de lo tachado. —Holly se detiene a pensar—. Debería haberse llevado la agenda sin más. Se pasó de listo. Y quizá de paranoico. Después de todo, fue un trabajo hecho con prisas.

—Puede que al usar el nombre Bill Wilson también se pasara de listo —dice Izzy—. Tienes que volver a hablar con tu amigo del Programa y preguntarle si ha ido a reuniones de AA o NA con alguien que se presente como Trig.

—Puede que no sea necesario, y que tampoco tú tengas

que hacerlo. Creo que Trig es el abogado de Alan Duffrey. Russell Grinsted.

—Ahora no te sigo. Ayúdame con eso.

—¿Tienes a mano un bloc y un bolígrafo?

—Claro, en la nevera. Para las listas de la compra.

—Escribe su apellido. Si quitas la *E*, la *N*, la *S* y la *D*, ¿qué queda?

—*G*, *R*, *I*, *T*. ¿Grit?

—Reordénalo como si jugaras al Wordle.

—¿El Wordle? No sé qué...

—Da igual, tú hazlo.

Una pausa mientras Izzy escribe en su bloc. Luego:

—Ah, joder. Trig está enterrado en Grinsted, ¿no? Tom tenía razón en cuanto a ti, Holly. Esta mierda es un auténtico enigma a lo Agatha Christie.

La verdad es que sí, piensa Holly, esa mierda es un enigma propio de Agatha Christie. En un libro serviría como gran revelación en el último capítulo, pero ¿sirve en la vida real? La inverosimilitud esencial de la idea la inquieta; es como si fuera un barquito de papel atrapado en una rama, pero a la vez es una solución tan puñeteramente *perfecta*... Y si Grinsted ha llegado a la conclusión de que es una especie de gran cerebro criminal, como en una película de Batman..., alguien que se pasa de listo...

—Como mínimo necesitas volver a interrogar a Grinsted —sugiere Holly.

—Eso por descontado, y además darle caña —dice Izzy—. Será lo primero que haga mañana. Temprano. Pero, según todos los que intervinieron en el caso, se esforzó al máximo en la defensa de Duffrey. ¿Hasta qué punto estás segura?

—No lo suficiente —responde Holly, inquieta—. Quiero creerlo, porque es una solución elegante, pero no es del todo sólida.

—¿Demasiado perfecto?

—Sí. —Y Holly se ha convencido de que la perfección siempre es inalcanzable—. Pero estoy casi segura en lo que se refiere a Trig. Lo convirtió en Briggs. Hablaré con mi amigo del Programa mañana. Ahora deberías acostarte.

Izzy se ríe.

—Gracias, me temo que estoy demasiado alterada para dormir.

8

El acechador de Kate en Iowa City era Chris, pero esta noche es Chrissy, que lleva una peluca hasta los hombros y ha aparcado su discreto Kia frente al Country Inn & Suites de Davenport. Su presa está dentro, en la habitación 302. Chrissy lo sabe porque formaba parte de la turbamulta que esperaba en Pershing Avenue. Los esfuerzos de Holly por despistar a los ebayeros son en esencia inútiles; el grupo al que se unió Chrissy lo sabía todo sobre la estancia de Kate en este cuadrante en particular de la región de Quad Cities.

Chrissy se pegó a un tipo cochambroso con camisa hawaiana que se hacía llamar Spacer. Spacer tenía varios pósters que esperaba que le firmasen, más unos retratos en papel brillante de veinte por veinticinco. Tomó a Chrissy bajo su ala, posiblemente con la esperanza de llevársela luego a la cama. Chrissy sabe que ni siquiera con su mejor maquillaje es una chica de revista, pero, para hombres como Spacer, salpicados aún de acné adolescente pese a tener como mínimo treinta años, a buen hambre no hay pan duro.

Para la variopinta multitud que esperaba frente al RiverCenter, Kate era la presa y Spacer, uno de los cazadores. Al hecho de conseguir autógrafos lo llamaba «trincarse a famosos» y explicó a Chrissy que él y los demás cazadores de su grupo tenían una red de comunicación por móvil que incluía a empleados (soplones y soplonas, en la jerga de Spacer) de los cuatro o cinco mejores hoteles de la ciudad (lo cual estaba bien) y tres acomodadores del RiverCenter (lo cual estaba aún mejor). El núcleo duro del grupo de trincafamosos les pagaba en efectivo o en autógrafos vendibles.

—Kate interesa especialmente, porque alguien podría pegarle un tiro —le dijo Spacer a Chrissy—. Si eso pasara, su valor subiría mucho, mucho. Es lo que ocurrió cuando apuñalaron a Salmon Rushiddy.

Chrissy tardó un momento en caer en la cuenta de que se refería a Salman Rushdie.

—Qué idea tan macabra.

—Ya, qué me vas a contar, pero en esta puta sociedad en la que vivimos hay una competencia feroz, queri... ¡Caramba, ahí viene! —Entonces empezó a gritar con un vozarrón que parecía imposible que pudiera salir de ese cuerpo tan flaco, o eso pensó Chrissy—. *¡Kate! ¡Kate, por aquí! ¡Mi hermana es tu mayor fan! ¡No ha podido venir, va en silla de ruedas!*

Los cazadores de autógrafos reunidos comenzaron a confluir en torno a Kate... y de pronto lo inesperado. Chrissy y Spacer, asombrados, vieron al hombre corpulento del bate separarse de la muchedumbre y enfilar hacia Kate. Vieron a la mujer flaca de cierta edad responsable de la seguridad de Kate empujar con el pie una silla hacia el hombre del bate, que tropezó y se cayó.

—¡Gol! —exclamó Spacer, y ahogó una risita.

Los lobos de los autógrafos reunidos en Pershing no consiguieron ninguna firma —Kate y su ayudante desaparecieron en un abrir y cerrar de ojos—, pero Chrissy no tiene interés en los objetos coleccionables valiosos. Obtuvo los números de habitación reales por medio de Spacer y luego lo despachó.

Ahora la habitación de Kate está a oscuras, y también la 306, la de la ayudante. En medio, en la 304, la guardaespaldas flaca se ha olvidado de correr la cortina. Chrissy la ve pasearse con andar enérgico de un lado a otro, gesticulando, tirándose del pelo y parloteando por el móvil. Hasta esta noche Chrissy no la consideraba un problema, pero la prontitud con que reaccionó ante el hombre del bate la ha inducido a replantearse su evaluación.

La guardaespaldas flaca pone fin a la llamada. Corre la cortina. Al cabo de unos minutos su luz también se apaga. Ya es hora de que Chrissy regrese a su propio alojamiento al otro lado de la ciudad, un conjunto de cabañas ruinosas llamado Davenport Rest. Gracias a Andy Fallowes, podría permitirse algo mejor, pero eso es lo que merece.

Cuando para en la explanada de grava frente a la cabaña número seis, suena el delicado tono de su móvil (Chris, con quien comparte el teléfono, usa un timbre mucho más masculino). Es el diácono Fallowes, que llama desde uno de sus numerosos desechables.

—¿Cómo va la cacería, criatura? —pregunta.

—Bueno, planteémoslo de este modo: esa mujer respira con aire prestado —responde Chrissy. Habla en voz baja, con una especie de ronquera similar a la de Bonnie Tyler.

—¿Dónde estás?

—En Davenport. Ella después va a Madison. Tiene el día libre. Dormiré un rato y luego la seguiré. Puede que consiga liquidarla allí, pero, si queremos cumplir nuestro objetivo sin sacrificarme yo, quizá Buckeye City sea una opción mejor. Allí una cantante la desplazó de la fecha prevista, pero la han reprogramado para la noche anterior. La cantante renunció al ensayo final, o control de sonido, o como se llame. Me he enterado esta noche.

—¿Cómo?

—De la cancelación y el cambio de fecha por la web de McKay. Del resto..., esta noche he conocido a una gente que lo sabe prácticamente todo. Cazadores de autógrafos, pero a lo bestia. Creo que me los encontraré en todas las ciudades de la gira. Algunos la siguen de un sitio a otro. —A continuación, tardíamente, añade—: ¿Es esto una conversación segura, diácono?

—Este móvil irá a parar al río en cuanto terminemos de hablar. —Como siempre, Fallowes emplea un tono de voz contenido y amable—. Tu misión se está alargando más de lo previsto.

—En Reno me equivoqué de mujer, pero, en todo caso, aquello solo era supuestamente una advertencia. En Omaha, la ayudante interceptó el ántrax que usted envió. Le eché a perder las maletas. Dejé un mensaje. Ahora tienen una vigilante de seguridad, y lo hace bastante bien.

Silencio por un momento. Luego Fallowes dice:

—Esto no es una plegaria, sino la búsqueda de una solución en el mundo real, y no exagero cuando digo que es de vital importancia. —Gradualmente, eleva la voz y adopta el ritmo evangélico propio del púlpito—. El mundo debe saber que la apostasía tiene un precio que pagar. No se puede tolerar que esa mujer predique su hechicería. Éxodo 22, criatura... Éxodo 22.

—Sí —contesta Chrissy—. Lo conozco bien.

—Y recuerda que, si llegaran a detenerte..., Dios te protegerá, pero Satán es taimado... Has actuado por tu propia iniciativa.

Chrissy siente un sordo resentimiento al oír eso, y tal vez Fallowes en cierto modo lo percibe. El diácono no es el diablo, pero sí es taimado.

—Ojalá todo fuera una sencilla situación en blanco y negro, como con las Brujas de Brenda. ¿Te acuerdas de ellas?

Chrissy sonríe por primera vez esa noche.

—¿Cómo iba a olvidarme? Aquellas motoristas estúpidas. Ese fue un día irrepetible, ¿no?

—Sí. Sí lo fue. Un día de aleluya sin lugar a dudas. Descansa un rato. Volveré a llamarte.

Pero yo nunca puedo llamarlo a usted, piensa Chrissy. *Eso pondría en peligro su preciado trasero, ¿no?*

Se espanta al concebir esa idea horrenda y rencorosa. Es una idea propia de Chris, y, aunque él reside dentro de ella —en un sentido real, es su hermano siamés—, a veces lo odia. Tal como, supone Chrissy, él a veces la odia a ella.

No, somos dos.

Nuestro secreto.

La cabaña número seis se compone de una sola habitación con un baño del tamaño de un armario. La cama se comba. La esfera de la lámpara del techo está llena de moscas muertas. El lugar apesta al olor a calcetines húmedos del enmohecimiento avanzado. En un rincón, ha brotado entre dos tablones una seta pálida y verrugosa.

Ella piensa: *Expiación.*

Él piensa: Cuanto antes empiece, antes terminará.

Los dos piensan: *No, somos dos. Separados e iguales. Nuestro secreto.*

A veces ella se cansa y se dice: *¿Para qué pensar en escapar? ¿Por qué molestarse cuando la expiación nunca termina? ¿Por qué tiene que ser Dios tan cruel?*

Ojalá ella..., él..., ambos pudieran echar esos pensamientos, esa *apostasía*, a una incineradora y quemarlos. Dios no es cruel; Dios es amor. Su infelicidad..., la de ella..., la de él..., la de ambos..., no es más que la aflicción del pecado, como una resaca provocada por el whisky. Culpa de ellos, no de Dios.

Abre la puerta del baño e introduce los dedos de la mano derecha en el resquicio. Lentamente tira de la puerta hacia sí.

—Me arrepiento de mis pensamientos rebeldes —dice.

El dolor, al principio un pellizco, pasa a ser insoportable, pero sigue tirando de la puerta.

—Me arrepiento de mis fantasías.

Se le abre la piel en el dorso de los dedos y empieza a correr la sangre por la madera desconchada.

—Concluiré mi misión. No soporto que esa bruja viva.

Tira más fuerte y siente, a la vez que dolor, la paz de la expiación. Finalmente suelta la puerta y retira los dedos palpitantes. Se le hincharán, pero no los tiene rotos, y mejor así. Necesita conservar ilesa la mano derecha, que comparte con su hermano, para llevar a cabo la obra del Señor.

Capítulo 13

1

Holly duerme mal, atormentada por sueños en los que aparece el hombre corpulento del bate. En esos sueños, ella no empuja la silla con el pie; se queda inmóvil mientras el hombre corpulento aplasta la cabeza de Kate. Despierta cuando el alba es solo una línea de color rosa anaranjado en el horizonte por el este, desconecta el iPad del cargador y escribe un e-mail a Jerome.

> Espero que estés ocupado con tu libro, y lamento tener que pedirte que vuelvas al trabajo por mí, especialmente después de ponerte en contacto con John Ackerly, pero no me queda más remedio. (Además, creo que dijiste que buscabas una distracción). Estoy convencida de que la mujer que acecha a Kate es —casi con toda seguridad— una fanática religiosa. En Spokane, Kate recibió una nota en la que decía: «La que habla mentiras perecerá», que es una cita del libro de los Proverbios. Cuando la acechadora esparció restos de animales muertos sobre las maletas de Kate, escribió en la puerta Éxodo 21. Esto es un tiro al aire, J, pero podrías consultar por internet iglesias que se hayan metido en problemas con la ley por

delitos relacionados con las protestas contra el aborto, los derechos de la mujer o los derechos o manifestaciones de los LGBTQ+. Empieza por la iglesia baptista de Westboro, en Topeka, y sigue el rastro a partir de ahí. Solo me interesan las protestas de iglesias que hayan dado lugar a cargos por allanamiento grave, agresión, amenazas delictivas, cosas así.

Si haces esto por mí, además de pagarte, te concederé licencia para llamarme «Hollyberry» tres (3) veces. Gracias, y, si estás muy ocupado, lo entenderé.

HOLLY

Lo envía de inmediato. Luego busca a John Ackerly entre sus contactos y le escribe.

Querido John: Querría saber si, siempre y cuando no incumpla tu «cláusula de anonimato» en NA, podrías preguntar por posibles participantes del Programa que se llamen, no BRIGGS, sino TRIG. Creo que ese podría ser el verdadero nombre del asesino, o el apodo. Gracias.

HOLLY

Hecho esto, vuelve a la cama. Consigue dormir durante otras dos horas. Esta vez no la asalta ningún sueño.

2

Izzy Jaynes y Tom Atta llegan a casa de Grinsted a las nueve menos cuarto del domingo por la mañana. Una mujer de rostro delgado con una bata acolchada atiende la puerta y echa un vistazo a sus placas. Sin preguntarles la razón de la visita, les informa de que su marido está en el cenador.

—Pasen por la cocina —indica, y señala con el pulgar como una autostopista.

—Dígame una cosa, señora Grinsted, ¿tiene Russell un hermano o hermana menor? —pregunta Izzy.

No pregunta a Izzy el motivo de su interés.

—Es hijo único. Criado para considerarse el pequeño príncipe. —Y alza la mirada al techo.

Mientras cruzan la cocina, Tom habla en voz baja a Izzy.

—Me da la impresión de que en este entorno en particular posiblemente hay problemas.

Izzy asiente con la cabeza. Le parece que la señora Grinsted padece un caso grave de distanciamiento.

Al otro lado de un patio y en medio de un amplio jardín cubierto de césped, un hombre calvo en bata roja y pijama bebe café y lee el periódico sentado a la mesa del cenador. Al verlos acercarse, se pone en pie y vuelve a ceñirse el cinturón de la bata. No les pide que le enseñen las placas. No le hace falta.

—Caray, la poli —dice a ambos. Y dirigiéndose solo a Izzy—: A Atta lo conozco del juzgado. Con usted nunca he tenido el placer de declarar ni reinterrogarla.

—Isabelle Jaynes —se presenta ella, y da un breve apretón a la mano que le ofrece Grinsted.

—¿Qué hacen aquí tan temprano una mañana de domingo? No me lo digan, lo adivinaré. Guarda relación con la persona, sea quien sea, que está matando a gente y dejando en las manos de las víctimas los nombres de los miembros del jurado del caso Duffrey.

—Esa persona no será usted, ¿verdad? —pregunta Tom cordialmente.

Russell Grinsted se queda desconcertado un momento y después se echa a reír.

—¡Esa sí que es buena! Ahora díganme, ¿en qué puede ayudarlos este humilde servidor?

Izzy y Tom no contestan. Grinsted los mira alternativamente.

—No habla en broma.

—Ni remotamente —contesta Tom.

Grinsted se vuelve, coge su taza de café y la apura. Cuando contesta, no se dirige a sus visitas, en esta mañana de primavera cálida y agradable, sino a la taza vacía, como si fuera un micrófono.

—Dos inspectores de la policía municipal se presentan un domingo por la mañana en mi casa cuando ni siquiera he abierto del todo los ojos para preguntarme si estoy matando a una serie de personas en nombre del difunto y llorado…, por mí entre otros…, Alan Duffrey. En cuya defensa me dejé la piel. Y no hablan en broma.

Se vuelve hacia ellos, ahora sin reírse pero sonriente. Tom dirá más tarde a Izzy que recuerda esa sonrisa de los reinterrogatorios de Grinsted. Una experiencia no muy agradable.

—¿Y qué los ha llevado a esa pasmosa idea, inspectores?

—¿Por qué no nos permite hacer las preguntas a nosotros, y después le dejaremos seguir con su mañana de domingo? —dice Izzy—. En el supuesto de que las respuestas sean satisfactorias, claro está. Si no lo son, quizá tenga que acompañarnos al centro.

—Increíble. Increíble, joder. De acuerdo, pregunte.

—Empecemos por el 3 de mayo —dice Izzy—. Fue un sábado. ¿Dónde estaba usted entre, digamos, las cinco y las siete de la tarde?

—¿Lo dice en serio? —Todavía con la sonrisa, acompañada ahora de una expresión ceñuda—. ¿Recuerda *usted* dónde estaba un sábado de hace tres semanas?

La puerta de la cocina se abre ruidosamente y la señora Grinsted se reúne con ellos. Lleva una cafetera y dos tazas en una bandeja de la marca de cerveza St. Pauli Girl. También leche y azúcar.

—Estuvo aquí, diría yo. Los sábados por la tarde o por la noche vemos *Antiques Roadshow.* El streaming es práctico porque puedes ver lo que quieres en cualquier momento. Por lo general, Russ trae comida para llevar. Lo que a *él* le apetece. A mí rara vez me consulta. ¿Café?

—No, gracias —contesta Tom—. Como es natural, prevemos que las esposas proporcionen coartadas. —Le dirige su propia sonrisa, considerablemente más afable que la sonrisa de tiburón de Grinsted—. Es un simple comentario.

—¿Y la tarde del día siguiente? —pregunta Izzy—. ¿El domingo 4? —El día que mataron a los borrachos.

—Ah, Dios mío —dice Grinsted—. Un momento, puede que tenga algo sobre eso. —Entra en la casa, ciñéndose el cinturón de la bata y masculla—: Increíble.

—¿Y usted recuerda algo de ese domingo? —pregunta Tom a la señora Grinsted—. Fue un día frío, y amenazaba lluvia, no como ahora.

—Fui a la iglesia. Voy todos los domingos. Russ no viene. Creo que estuvo en su despacho, preparando un caso o esperando a alguien, pero no sabría decirle.

—¿Tiene su marido un arma de fuego, señora Grinsted?

—Sí, claro, los dos tenemos armas: yo una Ruger 45 y Russ una Glock 17. Son para protección doméstica. Mi marido es un abogado penal cuyos clientes a menudo son malas personas. A veces los trae a casa.

Ambas armas son de mayor calibre que el arma utilizada

con Mike Rafferty, y *mucho* mayor que el del arma utilizada con la mujer y los borrachos. Pero tendrán que examinar esas armas, si Grinsted no puede proporcionar una coartada más sólida que el testimonio de una esposa que no parece especialmente enamorada de él. Aun así, no tienen casi nada..., excepto las deducciones de Holly Gibney, en las que Izzy confía, y Tom también, como ella sabe. Al menos hasta cierto punto.

Grinsted regresa con su propia agenda. La abre ante ellos.

—A las dos de ese domingo vino Jimmy Sykes a arreglarme el ordenador de sobremesa. Me fallaba una y otra vez. Yo esperaba que pudiera venir el sábado, pero ese día no tenía ni una hora libre. Miren.

Tom echa un vistazo. Izzy anota el nombre.

—¿Es su técnico informático?

—Sí. Lo reinició o algo así, para que yo pudiera trabajar un rato en mis casos.

—Más bien para que pudieras jugar al blackjack —dice la señora Grinsted.

Grinsted aparta de Izzy y Tom la forzada sonrisa y la dirige hacia su mujer.

—Sea como fuere, ¿recuerdas que Jimmy vino en domingo?

—Sí, pero no qué domingo.

Él toca la casilla del 4 de mayo.

—Aquí lo tienes, querida.

Ante eso la señora Grinsted alza la vista al cielo.

—No habrá anotado por casualidad esa cita en particular antes de salir aquí, ¿verdad? —pregunta Tom.

—Eso me ofendería si no fuera tan absurdo.

—Ahora una fácil —dice Izzy—. El 20 de mayo, el martes pasado. Entre las seis y las diez de la noche. En casa con su mujer, supongo. Quizá viendo *Masterpiece Theatre.*

—Estaba jugando al póquer. No por internet, con unos amigos. —Pero por primera vez Russell Grinsted muestra menos aplomo.

No así su mujer.

—Mi marido no estaba en casa, pero tampoco jugando al póquer. Si le preguntaran los nombres de los hombres con quienes jugó, se vería en un verdadero aprieto, porque ellos declararían que no fue a esa partida. Russ no es un asesino, pero sí engaña a su mujer. El martes pasado por la noche estuvo con su fulana.

Silencio en el cenador. La señora Grinsted deja la bandeja. Aprieta los labios en una sonrisa que se parece mucho a la de su marido. *Pero ¿es eso de extrañar?*, piensa Izzy. *¿No dicen que los hombres y las mujeres que llevan mucho tiempo casados acaban pareciéndose?*

—Se llama Jane Haggarty. Es secretaria jurídica a tiempo parcial y fea como un espantapájaros en un melonar. Se ven de vez en cuando desde hace poco más de un año. —Se vuelve hacia su marido—. ¿De verdad te pensabas que no lo sabía? Russ, como marido infiel, lo haces *muy* mal.

Izzy no sabe qué decir, sobre todo porque la señora Grinsted —todavía no conoce el nombre de pila de esa mujer— permanece muy *serena.* En cambio, Tom no tiene el menor problema. Al fin y al cabo, en una ocasión subió al estrado a declarar para Grinsted.

—¿Confirmará esa tal Jane Haggarty que estuvo usted con ella el 20 de mayo, señor Grinsted?

—Erin, yo… —Al parecer, Grinsted no sabe cómo terminar la frase, pero al menos ahora Izzy conoce el nombre de pila de la señora Grinsted. Lo primero que piensa es: *Se la ve demasiado delgada y demasiado decepcionada para ser una Erin.*

—Ya hablaremos de eso más tarde, cuando la policía se marche —dice Erin Grinsted—. De momento, alégrate de que te haya sacado las castañas del fuego. Para ser un abogado, desde luego tienes la habilidad de meterte en líos con el uso de la palabra.

Se marcha y desaparece en la cocina sin volver la vista atrás. Grinsted se sienta a la mesa del cenador. El cinturón de la bata, que ha estado ciñéndose obsesivamente, se le suelta. La bata se le abre. Debajo asoma una chaqueta de pijama bajo la que se dibuja el bulto de una barriga de hombre de mediana edad.

—Gracias, par de gilipollas —dice sin levantar la mirada.

—Por acuñar una metáfora que quizá venga al caso —dice Izzy—: el jurado está deliberando para decidir quién es aquí el gilipollas. La duda es si esa tal Jane Haggarty confirmará que estuvo usted con ella en el momento en que creemos que fue asesinado el reverendo Mike Rafferty. —Pedirán a Grinsted una coartada para el asesinato de Sinclair si es necesario. Tal vez no lo sea.

—Lo confirmará. —Todavía sin alzar la mirada.

—¿Dirección? —Tom ha sacado su cuaderno.

—Fairlawn Court 4636. Está casada, pero separada. —Por fin levanta la vista. No tiene los ojos empañados pero sí vidriosos, como los de un púgil que acaba de recibir un potente derechazo en la mandíbula—. ¿Por qué demonios han pensado que *yo* estaba matando a esa gente? Proporcioné a Alan Duffrey la mejor defensa que me fue posible. El juez y el jurado se equivocaron. El fiscal tiene ambiciones. Y punto.

Izzy no tiene intención de sacar a colación a su amiga la investigadora privada. Ni es necesario. Pregunta a Grinsted si el nombre Claire Rademacher le suena de algo.

—Trabajaba en el First Lake City —dice Grinsted con manifiesta suspicacia—. Cajera jefa, si no recuerdo mal.

—No la llamó a declarar —observa Tom.

—No había ninguna razón. —La suspicacia de Grinsted va en aumento. Como letrado veterano, percibe que ahí hay una trampa en algún sitio; sencillamente no sabe dónde.

Tom Atta le cuenta a Grinsted —con verdadera satisfacción— lo de los cómics de *Plastic Man* que Cary Tolliver entregó a Alan Duffrey a modo de obsequio de «enhorabuena por tu ascenso». En las transcripciones del juzgado no se hacía mención de esa serie de seis números, ni de las bolsas de polietileno Mylar. Izzy procura convencerse de que no está regodeándose de la cara de consternación que asoma al rostro de Grinsted a medida que toma conciencia. Por fin desiste. Sí se está regodeando. En parte porque Grinsted ha estado engañando a su mujer, más aún porque Grinsted pensaba que su mujer era demasiado tonta para enterarse, pero sobre todo porque ella, como casi todos los policías, siente antipatía por los abogados defensores. En teoría, comprende su importancia dentro del proceso legal. En la práctica, piensa que en su mayoría son gente despreciable. Lee los libros de la serie de Mickey Haller de Michael Connelly, y siempre está deseando que el abogado del Lincoln fracase estrepitosamente.

—¿Las huellas no estaban en aquellas revistas de porno infantil? —Grinsted aún trata de asimilar la gravedad de su error—. ¿Estaban solo en las bolsas?

—Así es —contesta Tom—. Quizá la próxima vez, letrado, debería contratar a un investigador privado en lugar de acaparar la provisión de fondos y los posteriores honorarios.

—¡Hay que inhabilitar a Douglas Allen! —En su indignación, Grinsted parece haberse olvidado de que tiene un gran problema en el frente doméstico.

—Creo que lo más que cabe esperar es una revocación disciplinaria —comenta Izzy—, pero eso equivaldría a meterle en la rueda un palo de tamaño considerable. La inhabilitación es improbable. Allen nunca *dijo* que las huellas dactilares estuvieran en las revistas; se limitó a dejar que usted lo diera por supuesto. Me parece que usted, aunque dudo que vaya a admitirlo, creyó que esas revistas eran de Duffrey desde el principio, pese que a él lo negó.

—Lo que yo pudiera creer…, y no está usted dentro de mi cabeza, inspectora Jaynes, así que en realidad no lo sabe…, no influyó de ningún modo en la defensa que elaboré en favor de mi cliente. Repito: me dejé la piel por ese hombre.

—Pero no tanto como para contratar a un investigador —señala Izzy. Piensa (no, *sabe*) que si Grinsted hubiera contratado a Holly Gibney, Alan Duffrey estaría aún vivo y en libertad. Como también vivirían con toda probabilidad McElroy, Mitborough, Epstein y Sinclair. Y también una mujer desconocida con el nombre de un miembro del jurado en su mano sin vida. Y Rafferty, él también.

Grinsted abre la boca para rebatirlo, pero Tom se le adelanta.

—Incluso sin ayuda, debería haber deducido que unas huellas tan nítidas no podían haberse extraído del papel barato en el que estaban impresas esas revistas.

—¿Y los *suyos* no lo dedujeron? —pregunta Grinsted. Vuelve a ceñirse la bata, como si tratara de estrangular la barriga que oculta—. ¿Su equipo forense? ¡Ellos *debían de* saberlo, pero nadie lo planteó! ¡Nadie!

Esa es una posibilidad que Izzy ni siquiera ha contemplado, y le hiere de pleno.

—Nuestro trabajo no consiste en hacer *su* trabajo. —Sabe que es una lógica engañosa, pero es lo mejor que encuentra a mano—. Podría haber llamado a declarar a Rademacher, pero no lo hizo. Ni siquiera la interrogó.

—Alan Duffrey murió por culpa de Doug Allen —afirma Grinsted. Parece hablar solo—. Con ayuda de la policía.

—Bueno, me parece que usted desempeñó también su papel —dice Tom—. ¿No cree, letrado? ¿O debo llamarlo Trig?

No se observa reacción de culpabilidad ante el uso calculado del apodo. No se observa reacción ninguna. Grinsted solo parece abstraído. Quizá porque está tomando conciencia de que esa es solo la Confrontación 1, a la que seguirá la Confrontación 2, cuando Izzy y Tom se marchen.

En ese momento Izzy comprende que la deducción de Holly —que la propia Holly consideraba poco sólida— es errónea. El anagrama era una coincidencia; lo que antes los escritores de misterio llamaban «una pista falsa».

—Verificaremos la coartada con Jane Haggarty —anuncia Tom, y cierra el cuaderno—. Que tenga usted un buen día, señor Grinsted.

Grinsted, cuyo día empieza a parecer cualquier cosa menos bueno, no responde. Izzy y Tom vuelven a la casa. La señora Grinsted, en la cocina, bebe su propia taza de café, que al parecer ha fortificado un poco, a juzgar por la botella de Wild Turkey que hay en la encimera.

—¿Han terminado con él?

—Por ahora, sí —contesta Tom—. Ahora le toca a usted.

Si esperaba una sonrisa ante esta salida, se ve defraudado.

—¿Cuánto hace que sabe lo de Haggarty? —pregunta Izzy. No guarda relación con el caso, pero siente curiosidad..., como sabe que la sentiría Holly.

—¿Un año? Quizá dieciséis meses. —La señora Grinsted se encoge de hombros, como si el tema no le interesara mucho—. El perfume de ella en la piel. Los mensajes de texto. Las llamadas cortadas un par de veces cuando Russ dejó el móvil en la encimera o en el televisor y contesté yo. No se esforzó mucho en esconderlo. Supongo que me consideraba estúpida. Puede que lo sea.

—Quizá tenía usted miedo —dice Izzy.

Erin Grinsted toma un sorbo de café fortificado.

—Quizá sí. Quizá todavía lo tengo.

—¿Va su marido a las reuniones de AA o NA?

—No. Si necesitara uno de esos programas anónimos, sería para jugadores. O adictos al sexo. O las dos cosas.

—Señora Grinsted, ¿llama usted Trig a su marido?

—No. Lo llamo Russ. Casi todo el mundo lo llama así. También Alan Duffrey.

—¿*Alguien* lo llama Trig?

Mira a Izzy y vuelve a alzar la vista al techo.

—¿Por qué iban a llamarlo así?

Por qué, en efecto, piensa Izzy. *De vuelta a la primera casilla.*

La dejan para que hable de diversos asuntos con su marido.

3

Mientras Izzy y Tom hablan con Russell Grinsted, Trig —el *verdadero* Trig— está en el condado de Cowslip, a más de ciento cincuenta kilómetros de la ciudad. Es el condado con menos habitantes del estado, y los chicos que tienen la desgracia de vivir allí lo llaman —lógicamente— condado de Cowshit, «mierda de vaca».

Trig, que circula por la carretera 121, pasa por delante de alguna que otra granja y establo, pero sobre todo entre bosques y campos. Hay poco tráfico; la 121 ha quedado prácticamente obsoleta debido a la interestatal, que atraviesa zonas más pobladas situadas al sur. Ni siquiera trata de engañarse sobre la razón que lo ha llevado hasta ahí. Aunque se tropezó con Annette McElroy y su perro en la Senda de Buckeye hace solo unas semanas, se le antoja que eso ocurrió en otra vida.

Cuando yo era normal.

Al principio, intenta apartar esa idea de su cabeza, pero desiste. Porque no es una idea; es un hecho. La situación actual le recuerda cada vez más al proceso por el que se convirtió en alcohólico… ¿y cómo no iba a recordárselo? No importa si se trata de la bebida, la droga, la comida, el juego o un comportamiento obsesivo-compulsivo; en el fondo, siempre es la enfermedad de la adicción. Podría echar la culpa a su padre (y a veces lo hace), pero la adicción —un comportamiento antisocial, en jerga psiquiátrica— no la causan los traumas infantiles ni el estrés ni la presión social; es solo un fallo en el software como consecuencia del cual el comportamiento destructivo se repite y se repite y se repite.

En las reuniones ha oído un dicho: «Primero el hombre toma una copa, luego la copa toma una copa, y luego la copa toma al hombre». Es cierto. En algún momento entre los veinte y los treinta años, no mucho después de morir su padre, a veces afectuoso pero más a menudo destructivo, se accionó un interruptor. Un día estaba bebiendo como una *persona normal*, entre comillas, y al día siguiente era un alcohólico. Pum. Listo, se acabó, punto final.

Trig ha descubierto que con el asesinato pasa prácticamente lo mismo. Piensa que después de McElroy podría haber parado. Desde el punto de vista legal había cruzado una línea roja, eso sin duda, pero ¿en su propia cabeza? Probablemente no. Tampoco cree que la balanza la decantaran Mitborough y Epstein. Piensa —no está seguro, pero lo *piensa*— que fue Mike Libro Grande quien accionó el interruptor. Lo único que sabe con certeza es que el siguiente, Sinclair, le permitió liberar cierta presión en aumento que tenía poco que ver (quizá nada) con su misión original.

Atraviesa la pequeña comunidad de Rosscomb, compuesta por un mercado, una gasolinera y la iglesia baptista unida de Rosscomb. Luego vuelve a salir a campo abierto. Siete kilómetros más allá, ve a un hombre al volante de un viejo tractor grande y alto que tira de una guadañadora. Es demasiado pronto para el heno, la hierba todavía está verde, así que quizá el agricultor va a sembrar algo. Judías o maíz, probablemente.

Trig se detiene en el arcén y se apea. Lleva en el bolsillo el Taurus 22. No está en absoluto nervioso. Solo excitado. Expectante. Espera hasta que el viejo tractor se acerca y dirige al conductor una sonrisa y una amplia señal con los brazos para detenerlo. Pasa una camioneta, rumbo al sur.

Ese conductor puede recordar un Toyota detenido junto a la carretera, y un hombre dando el alto al agricultor.

Debería renunciar, limitarse quizá a pedir indicaciones y seguir adelante, pero la chica que ha dejado en el refugio de Crooked Creek le ha avivado el apetito, tal como le ocurría antes con la primera copa. *Solo una rápida después del trabajo*, se decía..., y luego seguía bebiendo durante todo el camino de regreso a casa en coche, pese a que su mente racional sabía que, si lo detenían conduciendo bajo los efectos del alcohol, podía irse a pique toda su vida. Del mismo modo que la vida de Alan Duffrey se había ido a pique por aquellas fotos y revistas horrendas..., o eso pensó todo el mundo, incluidos el juez y el jurado.

El agricultor detiene el tractor, pero el viejo International Harvester, incluso al ralentí, arma un alboroto de mil demonios. El hombre es tan viejo como su tractor y tiene un rostro bronceado y curtido bajo el ala ancha de un sombrero de paja. Trig se acerca a una de las grandes ruedas embarradas del tractor con una sonrisa a la que el agricultor responde con su propia sonrisa.

—¿En qué puedo ayudarle, amigo? —dice el agricultor alzando la voz por encima del estrépito del tractor y las hojas rotatorias de la guadañadora—. ¿Se ha perdido?

—¡Sí! —contesta también gritando Trig—. ¡Me he perdido!

Saca el Taurus del bolsillo y dispara al agricultor dos veces en el pecho. Las detonaciones quedan prácticamente ahogadas por el estruendo del tractor. El agricultor se echa atrás como si le hubiera picado una abeja. Trig se dispone a disparar de nuevo, pero el hombre se desploma hacia delante. Se le cae el sombrero. La brisa mueve el cabello gris ralo, que recuerda a Trig las semillas del algodoncillo.

Un coche pasa por la carretera. Afloja la marcha. Trig le dirige una seña sin volverse *—aquí todo en orden—* y el coche acelera de nuevo. Trig saca la fina carpeta de piel del bolsillo y pasa una por una con el pulgar las tiras de papel. No siente la menor preocupación, como tampoco antiguamente se preocupaba cuando volvía a casa en coche echando tragos de una botella de Smirnoff que sostenía entre los muslos. Con respecto a este encuentro experimenta una sensación de total armonía y, Dios santo, de alivio. La necesidad volverá, pero de momento todo va bien.

Necesito Asesinos Anónimos en lugar de Alcohólicos Anónimos, piensa, y, aunque parezca mentira, se echa a reír.

Extrae de la carpeta el papel que lleva escrito el nombre Brad Lowry. Lowry era el jurado número doce en el caso Duffrey. Trig coge el sombrero de paja del agricultor y echa dentro el nombre de Lowry. Sin prisa, también deja en el sombrero los papeles correspondientes a Jabari Wentworth (jurado número tres) y Ellis Finkel (jurado número cinco). A un lado del asiento, el agricultor había soldado un práctico peldaño. Trig se encarama a él y vuelve a colocar al agricultor en posición erguida, procurando no tocar el cambio de marchas para que el tractor no empiece a moverse. Luego encaja el sombrero en la cabeza del agricultor. Tarde o temprano alguien le quitará el sombrero. Tarde o temprano se encontrarán los papeles, y se interpretará su sentido.

Pasa una camioneta agrícola cargada de equipo. Trig permanece donde está, como si conversara con el agricultor. La camioneta sigue adelante. Vuelve a su coche y se marcha.

Me detendrán.

No es una conjetura sino una fría convicción. Recuerda algo que ocurrió casi al final de su etapa de bebedor, y que lo llevó a su primera reunión de AA. A tres manzanas de su casa, borracho como una cuba y con la botella de vodka entre las piernas, vio encenderse unas luces azules en el retrovisor. Tranquilamente, enroscó el tapón de la botella, la dejó en el hueco para los pies del asiento del acompañante y se detuvo, diciéndose que el policía no olería el vodka en su aliento porque era más difícil detectarlo que la ginebra o el whisky, consciente a la vez de que eso era un mito.

El policía iluminó la ventanilla de Trig con su linterna y le pidió el carnet y la documentación. Trig, tras sacar los papeles de la guantera del Toyota —un Toyota distinto, pero parecido al que ahora conduce—, se los entregó. El policía los enfocó y regresó a su coche patrulla. Trig intentó guardar la botella de vodka en la guantera. No cabía. Probó debajo del asiento del acompañante. Tampoco cabía. Pensó: *Puede que pase esta noche en el calabozo para borrachos municipal o puede que no, pero con toda seguridad mi nombre aparecerá mañana en la sección de sucesos del periódico.*

El policía se encaminó de nuevo hacia el Toyota. Trig volvió a dejar la enorme botella de vodka en el hueco del asiento del acompañante. Era lo único que podía hacer. Lo asaltó un sentimiento de fatalismo.

—¿Ha bebido, caballero?

—He tomado un par de copas después del trabajo, pero de eso hace horas. —Sin arrastrar las palabras. O casi.

—Por el carnet veo que está usted cerca de su casa.

Trig confirmó que así era.

—Le sugiero que vaya allí y no vuelva a sentarse al volante hasta que esté sobrio.

A continuación, iluminó el hueco para los pies del acompañante y vio la botella de vodka de tres cuartos vacía.

—Si lo veo hacer eses otra vez, irá a la cárcel.

Nada por escrito, pues, solo una advertencia verbal. Eso no ocurriría después de matar a siete personas.

Debería haberme llevado la agenda del Reve en lugar de cambiar el nombre. Fue lo que papá habría descrito como «ir de listillo», probablemente acompañándolo de un capón en un lado de la cabeza. ¿Y los vehículos que han pasado mientras «hablabas» con el agricultor? ¿Y si uno de ellos ha visto al viejo desplomado hacia delante y le ha parecido raro? ¿Y si uno de ellos ha apuntado tu matrícula?

Trig no cree que nadie lo haya hecho, pero lo de la agenda es distinto. La habrán examinado expertos, y puede que ya hayan llegado a la conclusión de que modificó TRIG para convertirlo en BRIGGS. Es verdad que Trig no es más que un apodo, y no se parece en nada a su nombre real, pero lo ha utilizado en las reuniones de AA y NA. Casi siempre fuera de la ciudad, cierto, pero ha asistido a la reunión del Círculo de Abstinencia en Buell Street unas cuantas veces. ¿Y si alguien en esa reunión lo conoce en lo que los alcohólicos y los drogadictos llaman «la otra vida»? No lo considera probable —la mayoría de los asistentes al Círculo de Abstinencia son alcohólicos en situación límite y yonquis sin techo—, pero sí posible. Una cosa está clara: no volverá a Buell Street.

Y veamos el lado positivo, se dice. *Ya he tachado de la lista a ocho de los doce miembros del jurado. Lo mismo puedo hacerlo con todos.*

En el retrovisor ve a un coche patrulla de la Policía del Estado acercarse deprisa, y lo asalta un recuerdo de aquella noche en que vio una luz azul en su retrovisor. Lo asalta el mismo sentimiento de fatalismo, tan reconfortante como una manta en una noche fría. Toca el calibre 22 en su bolsillo, aminora la marcha, se detiene. Matará al policía, dejará un nombre en su mano y después —quizá sí, quizá no— se pegará un tiro. El coche de policía lo adelanta, dirigiéndose a toda velocidad por la carretera 121 hacia Rosscomb.

—No —dice Trig, y suelta el arma—. No he terminado, papá. Todavía no.

Enciende la radio, pero está demasiado lejos de la ciudad para sintonizar la emisora de noticias, así que se conforma con un poco de rock and roll antiguo. Pronto tararea al son de la música.

Capítulo 14

1

Holly se está preparando para partir rumbo a Madison, la próxima parada en la gira de Kate, cuando Izzy la telefonea y le comunica que Russell Grinsted no es Trig.

—Sus coartadas para Rafferty y Sinclair están confirmadas. Los calibres de su arma y la de su mujer no coinciden. En suma, no se asustó al vernos; se cabreó. —Como si acabara de ocurrírsele, añade (no sin satisfacción)—: Es posible que nuestra visita haya echado por tierra su matrimonio. En todo caso ya se tambaleaba. Estaba engañando a su mujer.

Holly apenas oye esa parte. Siente en las mejillas el calor de esa clase de rubor que le daría un aspecto afiebrado más que atractivo si se mirara en un espejo (así que no lo hace).

—Te he hecho perder el tiempo con una idea inútil. Lo siento, Isabelle.

—No lo sientas. Era una buena deducción, pero equivocada. Esas cosas pasan. En cuanto a lo otro, acertaste. En el laboratorio forense tenemos a un hombre que es también grafólogo aficionado. Se pasó parte de la noche del sábado examinando una ampliación de la agenda del reverendo Rafferty. Tenías razón. Es TRIG, no BRIGGS. Lo delata la *T* convertida en *B*, dijo. No le cabe la menor duda. Si el alias Bill Wilson significa que ese individuo ha estado yendo a las reuniones, tenemos una posibilidad real de averiguar quién es. Trig no es como Dave o Bill. Llama la atención.

—Lo siento, Iz. Fui demasiado lejos en mis especulaciones y metí la pata.

—Deja de disculparte —insiste Izzy—. En primer lugar, teníamos que volver a interrogar a Grinsted de todos modos. En segundo lugar, contamos con una pista que podría ser valiosa, y eso gracias a ti. En tercer lugar, siempre eres demasiado severa contigo misma. Reconoce tus propios méritos, Hols, joder.

Holly está a punto de decir: *Lo siento, lo intentaré*, pero se contiene.

—Gracias, Izzy, muy amable por tu parte. Me puse en contacto con mi hombre en el programa de recuperación. Si conoce a un Trig, me informará y yo te informaré a ti.

—Yo sondearé también por ese lado —dice Izzy—. Puede que te sorprenda, pero muchos policías tienen problemas de adicción a sustancias y algunos van a reuniones de recuperación. Haré circular un comunicado preguntando por ese Trig y garantizando el anonimato a cualquier policía que pueda facilitar algún dato. Tú concéntrate en cuidar de esa mujer de la que eres guardaespaldas. La están poniendo verde en esa emisora supuestamente de noticias, Big Bob.

—Haré lo que pueda —responde Holly, y corta la llamada.

Entra en el cuarto de baño y se echa agua fría a las mejillas, que le arden. Sabe que Izzy tiene razón: lleva toda la vida reconcomiéndose por sus fracasos y a la vez quitando importancia a sus logros por considerarlos coincidencias o pura suerte. Sin duda parte de eso es fruto de haberse criado a la sombra (no, bajo el yugo) de Charlotte Gibney, pero sospecha que en parte es también su manera de ser.

Necesito mi propio programa, piensa. *Llamémoslo AEA: Autoestima Anónima.*

Suena su móvil. Es Corrie Anderson, que le anuncia que Kate y ella están haciendo las maletas para el viaje a Wisconsin.

—Yo saldré media hora después —dice Holly—. Manteneos en las carreteras principales y estad atentas por si algún coche os sigue.

—No será fácil —contesta Corrie—. Desde Iowa City, nos va detrás el habitual séquito de fans de Kate.

—Fijaos en mujeres solas. —Está a punto de añadir: *Probablemente con gafas de sol*, pero es una estupidez. En una mañana soleada como esa, las llevarán casi todos los conductores.

—Entendido. —Corrie parece despreocupada, indiferente. Esa actitud a Holly no le gusta—. Un momento. Kate quiere hablar contigo.

Se oye una serie de crujidos y acto seguido la jefa de Holly se pone al teléfono.

—Solo quiero darte las gracias una vez más por lo que hiciste anoche. Yo me quedé paralizada. Igual que Corrie y todos los demás. Tú, en cambio, no.

Holly se dispone a decir que ni siquiera lo pensó, solo reaccionó. Entonces se recuerda que Izzy le ha dicho: «Reconoce tus propios méritos, Hols, joder».

—No hay de qué —contesta por fin. Decirlo es difícil pero no imposible.

Cuando da por terminada la llamada, se siente bien consigo misma otra vez. Bueno…, no. Holly nunca se siente bien consigo misma exactamente, pero sí se siente mejor, y decide obsequiarse unas pastas en el desayuno antes de hacerse a la carretera.

El móvil vuelve a sonar cuando sale por la puerta. Es Jerome. Dice que con mucho gusto investigará iglesias fundamentalistas que hayan tenido problemas con la ley.

—Sé que es un gran favor el que te pido —dice Holly a la vez que echa su maleta al asiento trasero del Chrysler (un lujo que empieza a disfrutar)—. Siento apartarte de tu libro.

—Ya te lo dije, estoy bloqueado. Al final lo acabaré…, así me educaron…, pero sospecho que la ficción no es lo mío. La investigación, en cambio…, eso me encanta.

—Bueno, haz lo que puedas, pero no permitas que tu novela se enfríe por mi culpa. En cualquier caso, lo más posible es que mi idea quede en nada. Ya he metido la pata una vez con el asunto del Jurado Sustituto. —Apoyada en el coche bajo el tenue sol de la mañana, cuenta a Jerome que había llegado la conclusión de que Trig podía ser un apodo de Russell Grinsted.

—No te vengas abajo por eso —dice él—. Incluso a Aaron Judge lo eliminan por strikes de vez en cuando. En realidad, muchas veces.

—Gracias, J.

—De nada, Hollyberry.

—Ya va una —dice Holly, y no puede evitar que su voz delate la sonrisa—. Te quedan dos más.

Él se echa a reír y después contesta:

—Guardaré esas dos como un tesoro. Cuídate, Hols.

—Ese es el plan.

2

Era Chrissy la que se fue a dormir en la cabaña número seis del Davenport Rest, pero es Chris quien se despierta, bosteza, se despereza y se mete en la ducha oxidada no más grande que un ataúd. No necesita café; como persona que se crio en la fe de la Verdadera Santa Iglesia de Cristo de Baraboo Junction, nunca ha tomado. Como tampoco alcohol. Ni drogas, incluida la aspirina.

Está de buen humor. El diácono Fallowes mencionó a las Brujas de Brenda, y Chris, al despertar esta mañana, se ha acordado de ellas. El pastor Jim (también Andy Fallowes) se complace en decir que «el camino de la cruz es difícil», y lo es, pero gracias a eso cada victoria tiene un sabor más dulce. El día que la iglesia se impuso a las Brujas de Brenda fue en efecto un día dulce. Es verdad que a mamá no le gustó lo que ocurrió, pero, como dice la epístola a Tito, las mujeres no deben discutir, sino someterse.

Tampoco es que discutiera mucho aquel día; pronunció solo unas cuantas palabras. Como dice Isaías: «El buey conoce a su dueño».

La única toalla del cuarto de baño es poco más que un trapo, pero a Chris le da igual; está disfrutando de un agradable paseo por los caminos de la memoria hasta Rawcliffe, Pennsylvania, y el Centro de Atención a la Mujer de Rawcliffe.

Aquel día fue Chris en todo momento.

3

Centro de Atención a la Mujer, ¡sí, ya! Como el pastor Jim y el diácono Andy, Chris siempre ha encontrado graciosa la manera en que los ateos adoptan términos asépticos para su maldad. Un «centro de atención a la mujer», no una fábrica de abortos. Libre elección en lugar de libre asesinato.

Al menos, piensa mientras se pone unos vaqueros y una

camiseta que ha sacado de la maleta azul, *las Brujas de Brenda tuvieron el valor de ser sinceras al escoger un nombre. Eran brujas y se enorgullecían de ello.*

Eso ocurrió el año anterior a Dobbs contra Jackson. Chris averiguó más tarde, después de regresar a Wisconsin, que las Brujas se conocían de —cómo no, cómo no— la asociación de padres y maestros de Rawcliffe, siendo Rawcliffe una ciudad pequeña y próspera no muy lejos de Hershey. Para cuando las Brujas se organizaron, los miembros de la Verdadera Santa Iglesia de Cristo venían montando piquetes ante el Centro de Atención a la Mujer desde hacía ya casi cinco meses, a veces unidos a manifestantes locales de mentalidad afín, pero normalmente solos los días que llovía o nevaba. Como se complacía en decir el pastor Jim: «Sobrellevadlo, hermanos y hermanas, y recordad que en el cielo siempre brilla el sol».

Financiada con dinero de Hot Flash Electric (Harold Stewart, el padre de Chris, religioso y muy ingenuo, no tenía la menor idea de que el nombre de su empresa, Hot Flash —«sofoco»—, tenía ciertas connotaciones femeninas), la Verdadera Santa Iglesia de Cristo podía elegir un objetivo en cualquier parte del país, pero, una vez elegido, se cebaban en él.

Algunas mujeres de la asociación de padres y maestros aprobaban las protestas, aunque no siempre las pancartas que los miembros de la iglesia enarbolaban (fetos desmembrados, batas de médico manchadas de sangre, LOS PROVEEDORES DE ABORTOS ARDEN EN EL INFIERNO), pero había una docena o más que no las veían con buenos ojos. Estas mujeres se reunían en casa de Brenda Blevins, a quien indignaba especialmente la pancarta del pastor Jim. Eso fue después de que un médico abortista, Henry Tremont, fuera asesinado a tiros por un mártir religioso llamado Taylor Verecker cuando Tremont salía de la iglesia. En la pancarta del pastor

Jim se leía: TAYLOR VERECKER FUE ENVIADO PARA LLEVAR A CABO LA OBRA DE DIOS.

La tal Blevins concibió una idea para organizar una contraprotesta, una ocurrencia que generaría muchos titulares, y algunas de sus amigas, enfurecidas con los intrusos de la Verdadera Santa Iglesia de Cristo, se sumaron. Además, tenía su gracia, eso Chris debía reconocerlo. Nadie había dicho nunca que los progres ateos carecieran de sentido del humor.

Blevins, heredera parcial de una fortuna derivada del chocolate, tenía mucho dinero —quizá no tanto como el padre de Chris, que había donado casi toda su fortuna a la Verdadera Santa Iglesia de Cristo—, lo suficiente para comprar nueve motocicletas y nueve cazadoras de cuero, todas de color rosa como la Casa de Ensueño de Barbie. En la espalda de las cazadoras se leía: LAS BRUJAS DE BRENDA.

Las nueve mujeres eligieron un día lluvioso en que solo unos cuantos manifestantes locales apoyaban a los miembros de la Verdadera Santa Iglesia de Cristo. Formaron una V en la calle Cuatro, con Blevins a la cabeza. Dirigieron sus motocicletas hacia los manifestantes a unos treinta kilómetros por hora, entonando una versión de «We Shall Overcome» en la que la letra original se había sustituido por *«pandilla de meapilas»*.

Los miembros de la Verdadera Santa Iglesia de Cristo se dispersaron ante ellas. Los fotógrafos de prensa y los cámaras de televisión —todos avisados por la señora Blevins, mujer de recursos— registraron el episodio. La fábrica de asesinatos se hallaba en un centro comercial al final de la calle Cuatro. Allí había un aparcamiento con espacio de sobra para que las participantes en la contraprotesta dieran la vuelta y regresaran a la calle. Los manifestantes de la Verdadera Santa Iglesia de Cristo se dispersaron de nuevo. Las pancartas cayeron al suelo y las motos pasaron por encima. Todavía cantando, pasándoselo en grande, las motoristas de rosa recorrieron unos doscientos metros calle Cuatro arriba, giraron y regresaron una vez más, cantando y lanzando epítetos como «¡Corred, gilipollas moralistas!».

Acostumbrados a que les gritaran y lanzaran pullas, pero no a que los *embistieran*, los hombres y mujeres de la Verdadera Santa Iglesia de Cristo estaban ateridos de frío, mojados y demasiado desorganizados para mostrar una ira inmediata. Muchos de ellos simplemente parecían perplejos. La madre de Chris se frotaba el brazo. El retrovisor del lado derecho de una moto la había rozado al pasar. Su pancarta, DIOS MANDA AL INFIERNO A LOS MÉDICOS ASESINOS, había caído a sus pies. Chris montó en cólera al verla triste, mojada y abatida, con el cabello incoloro (las mujeres de la Verdadera Santa Iglesia de Cristo no se teñían) pegado a las mejillas.

Jamie Fallowes, el hijo de Andy, agarró a Chris. A voz en grito, dijo: «¡Tengo una idea! ¡Vamos!».

Los dos jóvenes se echaron a correr hacia el 7-Eleven situado en el extremo del centro comercial. Allí compraron todo el aceite de cocinar y el aceite de oliva de los estantes. Jamie esperó pacientemente a que Chris pagara con la tarjeta de crédito de Hot Flash (la Verdadera Santa Iglesia de Cristo no creía en el plástico, que era una herramienta del «Estado profundo»), y luego los dos volvieron al Centro de Atención a la Mujer, exaltados y tronchándose de risa. Las Brujas de Brenda volvían a estar en la calle Cuatro, donde daban la vuelta para iniciar otro ataque.

—¡Ayudadnos! —gritó Jamie a los otros manifestantes—. ¡Vamos, tíos!

Solo el pastor Jim se quedó a distancia (pero sonriente) mientras las botellas de aceite de cocina circulaban de mano en mano, se abrían y se vaciaban en el aparcamiento donde las Brujas cambiaban de sentido.

—¿Qué hacéis? —preguntó Gwen Stewart a su hijo. Había recogido su pancarta, pero se negó a aceptar una botella de aceite Wesson—. ¡Eso es peligroso!

Las mujeres del centro de atención, algunas vestidas con uniforme de enfermera —detalle que resultaba grotesco—, habían salido a mirar y a vitorear a las Brujas.

Las motos regresaron, con Brenda al frente inclinada sobre el manillar. Varios manifestantes de la Verdadera Santa Iglesia de Cristo seguían derramando aceite, pero en su mayoría se habían apartado con el pastor Jim y el diácono Andy. Las motoristas entraron en el aparcamiento. *«¡Arriba las Brujas!»*, gritó una al pasar.

Llegaron al punto de giro. El asfalto estaba mojado además de aceitoso, y todas patinaron. Los cánticos y el vocerío dieron paso a gritos de sorpresa y dolor. La mayoría de las motos rosa se deslizaron hasta las tiendas. Una saltó el bordillo y chocó contra el escaparate de la casa de empeños Richard Chemel. El cristal se hizo añicos. Cayó una lluvia de guitarras.

Entre la pequeña multitud reunida frente al Centro de Atención a la Mujer se produjo un momento de atónito silencio, y enseguida corrieron hacia las Brujas, que gemían esparcidas por el suelo. Una de las mujeres, una enfermera, resbaló en el aceite y se cayó de culo. Jamie lanzó un hurra y dio una palmada a Chris en el hombro.

Todas las Brujas llevaban casco —Brenda había insistido en eso—, y ese hecho, según los partes informativos posteriores sobre el incidente, unido a la baja velocidad a la que circulaban, las libró de lesiones graves. Probablemente así fue, pero se produjeron muchas raspaduras, un brazo roto y un par de hombros dislocados. Cinco o seis de las Brujas caídas quedaron tendidas en el asfalto por la conmoción; otras dos o tres se pusieron de pie tambaleantes; la propia Brenda Blevins, a cuatro patas, sangraba a borbotones por la nariz.

Las enfermeras y auxiliares —más un par de mujeres jóvenes que habían acudido para someterse al procedimiento— empezaron a ayudar a levantarse a las mujeres abatidas. Una de las enfermeras, con una bata estampada de pájaros, concretamente azulejos (algo alegre para que lo contemplasen las mamás mientras succionaban a trozos a sus bebés), se acercó a Jamie, que sonreía. La mujer temblaba de indignación.

—*¿Cómo podéis caer tan bajo?* —vociferó—. *Hay que ser mala persona para hacer daño a un grupo de mujeres.*

Chris se interpuso entre ellos antes de que la enfermera de los azulejos pudiera dar un puñetazo a Jamie en la nariz, como parecía dispuesta a hacer.

—Vosotras estáis matando bebés —dijo Chris—. ¿Para eso no hay que ser mala persona?

La enfermera de los azulejos lo miró con las mejillas enrojecidas y la boca abierta. Luego extendió los brazos y se rio.

—Hoy tengo ahí dentro a una embarazada víctima de una violación, pero a ti no puedo hablarte de eso ni de ninguna otra cosa. ¿Verdad que no? Eres un caso perdido. Todos vosotros, casos perdidos de mierda. Es la gran brecha en Estados Unidos. Al menos vosotros iréis a la cárcel. —Giró en redondo y repitió—: *¡Todos vosotros, casos perdidos de mierda!*

Pero ninguno fue a la cárcel. Ni las Brujas de Brenda, ni los manifestantes de la Verdadera Santa Iglesia de Cristo. El pastor Jim tenía un abogado allí en la ciudad —uno de los buenos— a su disposición, y este señaló que las Brujas habían empezado. Las imágenes de las cámaras de seguridad del Centro de Atención a la Mujer lo confirmaron. Y, si bien la treta del aceite de cocinar *era* en efecto un tanto vil, el grupo de la Verdadera Santa Iglesia de Cristo había respetado la zona cautelar decretada por la Ley de Libertad de Acceso a Clínicas. Además, varios de los seguidores del pastor Jim presentaban magulladuras causadas por las motos al pasar, casi todas ellas autoinfligidas después del hecho. La única magulladura verdadera era la del brazo de Gwen Stewart, y esta se negó a enseñársela a la policía. Cuando el pastor Jim —con su voz más amable— le preguntó por qué no, ella se limitó a mover la cabeza en un gesto de negación sin mirarlo a los ojos.

—Es posible que ya la tuviera —dijo—. Últimamente me salen hematomas con facilidad.

4

El buen humor de Chris (que casi siempre aparece cuando *es* Chris) es tan frágil como un globo demasiado hinchado, y en esta ocasión revienta mientras guarda el equipaje en el maletero del Kia. Es por ese recuerdo de mamá al decir: *Es posible que ya la tuviera. Últimamente me salen hematomas con facilidad.* Mamá, que decía: *Nuestro secreto.* Mamá, que salió en defensa de sus gemelos cuando su propio padre estaba dispuesto a expulsarlos de la iglesia… y posiblemente de su casa. Aquel día mamá no se dejó manipular.

En realidad, *no* tenía ya antes esa magulladura —Chris había visto con sus propios ojos cómo la rozaba el retrovisor de la moto—, pero era verdad que le salían hematomas con facilidad. Porque, como se vio, tenía leucemia. Seis meses después de la protesta de Rawcliffe, había muerto. Tras el diagnóstico inicial, no hubo médicos ni por descontado hospitales. El pastor Jim recetó oración, y los seiscientos miembros de la Verdadera Santa Iglesia de Cristo rezaron sin cesar por Gwendolyn Stewart. Al final, se hizo la voluntad de Dios. Cuando Andy Fallowes encontró a Chrissy llorando detrás de la casa aquel día después del entierro, con un pantalón capri y una peluca ladeada, tan torpemente maquillada que parecía un payaso, no la condenó. Solo dijo: «¿Qué podrían haberle ofrecido los médicos aparte de un año más de sufrimiento?».

Fue un pobre consuelo, pero mejor que nada.

5

Holly se encuentra en Rockford, Illinois, a unos noventa y cinco kilómetros por detrás de la camioneta de Kate, cuando recibe una llamada de Izzy. Se detiene en una gasolinera Circle K y devuelve la llamada. El informe de Izzy es breve y amargo:

—Ese hijo de puta se ha cargado a otro. Un granjero anciano de Rosscomb, en el norte del estado. Se llamaba George Carville. Un vecino lo vio desplomado sobre el volante de su tractor y se preocupó. Las notas estaban en su puto *sombrero.* Brad Lowry, más Finkel y Wentworth.

—¿Alguien vio…?

—Aún estamos indagando, pero de momento no tenemos nada.

—¿Es vuestro…?

—¿Nuestro caso? No, sigue correspondiendo a la Policía del Estado y al sheriff del condado de Cowslip, pero Tom y yo vamos a ir allí y tengo lo que tú llamas «esperanza de Holly». Es una zona rural. La gente se fija en los forasteros. Fue un descuido o pura arrogancia.

—Quizá las dos cosas. Mantenme informada cuando puedas. Y repito, siento lo...

—Lo haré, y *deja de pedir disculpas.* —Dicho esto, Izzy cuelga.

Antes de volver a la carretera, recibe una llamada de Corrie. Han llegado a Madison.

—Kate quiere que comas con nosotras, si te va bien.

—Enseguida llego.

6

Cuando las dos mujeres ven aparecer a Holly en la puerta del restaurante del hotel, cruzan una mirada y acto seguido prorrumpen en carcajadas. Por un momento asaltan a Holly todas sus inseguridades, que nunca andan lejos de la superficie. Se acuerda del instituto. Cuando se ríen de ella *siempre* se acuerda del instituto. Se lleva la mano izquierda a la cremallera del pantalón para cerciorarse de que la tiene subida. A continuación, Corrie le hace una seña.

—¡Tienes que ver esto! ¡Es absurdo!

Holly se acerca a la mesa. Han pasado horas desde el brioche con pasas del desayuno y tenía previsto un brunch consistente, pero ahora ya no sabe bien si aún tiene hambre.

—Corrie es una heroína —anuncia Kate con tono solemne—. Nos sacó del apuro.

Se echa a reír otra vez y levanta el *Quad-City Times* de esta mañana. Holly lo coge, sin saber de qué habla Kate pero al menos convencida (*casi* convencida) de que ella no es el blanco del chiste.

El titular de la noticia por debajo del pliegue reza: DEFENSORA DEL PODER DE LAS MUJERES ATACADA

EN EL RIVERCENTER. Holly no recuerda haber visto a ningún periodista entre los ebayeros (es curioso lo pegadiza que es esa palabra), pero la foto que la acompaña parece demasiado profesional para haberse tomado con un móvil. El Increíble Hulk, identificado como Victor DeLong, cuarenta y seis años, de Moline, Illinois, aparece caído de bruces en el asfalto. El bate de béisbol está en la alcantarilla. Cerca se ve la silla plegable, las patas hacia arriba. En primer plano, vuelta hacia la cámara, muy guapa y con cara de asombro, sale Corrie Anderson. Según el artículo, fue Corrie quien empujó la silla e hizo caer al agresor potencial.

—Les telefonearé y les pediré que publiquen una fe de erratas —dice Corrie.

Holly reacciona a eso de inmediato.

—Ni se te ocurra. Lo prefiero así. —Siempre le ronda por la cabeza la rotunda máxima de su madre sobre las mujeres y la prensa: *El nombre de una mujer debería salir en el periódico solo tres veces: al nacer, al casarse, al morir.*

Para Holly, por supuesto, eso escapa ya a sus posibilidades.

—La mención de Corrie en el periódico por sus heroicos esfuerzos explica solo la mitad de nuestra alegría —dice Kate—. Disponemos del Mingo el viernes por la noche, y la vida va bien.

—El último obstáculo era un problema con el seguro —informa Corrie—. En el escenario habrá mucho equipo de la banda de Sista. La compañía de seguros ha puesto algún que otro reparo.

—Cómo no —dice Holly. Se acuerda del burro de dientes grandes. No lo ve en sueños, al menos todavía, pero tiempo al tiempo.

—Instrumentos y monitores, muchos cables eléctricos, más el ciclorama de Sista Bessie, que, según me han dicho, es de cantantes soul famosos de otros tiempos. Kate ha tenido que firmar una exención de responsabilidad.

—Cómo no —repite Holly—. Las compañías de seguros son una caca.

Las mujeres se ríen del comentario, por más que Holly no considera motivo de risa las compañías de seguros como Global. Dice que es una excelente noticia..., pese a que albergaba la esperanza de oír a Sista Bessie cantar el himno nacional en el Dingley Park. Además de ver a Izzy lanzar para el equipo de la policía, por supuesto.

Holly se complace en pensar que puede animar como el mejor de los hinchas.

7

Ese domingo por la mañana, Barbara intenta escribir un poema en su pequeño (pero acogedor) estudio encima del garaje de sus padres. No le va muy bien, porque se acuerda una y otra vez de su poema «Lowtown Jazz», ahora una canción. De cuando en cuando se queda con la mirada perdida en el espacio buscando palabras que rimen con jazz sin recurrir al diccionario de rimas. Hasta ahora lo único que se le ha ocurrido es «incapaz» (término poco halagüeño) y «Alcatraz». Es un alivio que suene el móvil, y un placer cuando ve quién la llama.

—Hoy no hay ensayo —anuncia Betty—. ¿Estás ocupada?

Barbara mira sus garabatos y tachones.

—No mucho.

—Ven a buscarme al hotel. Enséñame algo de esta ciudad que sea *divertido*. ¿Te animas?

—Claro, pero ¿qué te gusta?

—Sorpréndeme.

8

Betty está esperando en el vestíbulo del Garden City Plaza con un aspecto desaliñado y anónimo: falda hasta los tobillos, calcetines bajos, fular y gafas de sol envolventes. Se van por donde Barbara ha entrado, a través del aparcamiento. Salen a un callejón detrás del hotel.

—¿Adónde vamos? —pregunta Betty.

—Ya lo verás. ¿Te apetece dar un paseo?

—Un paseo me parece buena idea. —Betty se da una palmada en una carnosa nalga—. Tengo que quemar calorías.

—A juzgar por cómo te mueves en el escenario, diría que ya quemas de sobra.

Recorren Clancy Street y al final salen al paseo a orillas del lago. Una manzana más allá llegan a Lakewood, el pequeño parque de atracciones en cuyo extremo se halla el Muelle del País de las Maravillas. Para entonces las dos charlan como viejas amigas, no como si acabaran de conocerse.

—No sé si te gustan las atracciones —dice Barbara—. Este sitio abre solo en verano, y parece que aún hay muchas cosas cerradas...

Betty agarra una mano a Barbara y se la mueve con un balanceo.

—Hay *algo* que sí está abierto, porque huelo a algodón de azúcar.

Betty compra dos cucuruchos, y se sientan en un banco a comer sus nubes de color rosa.

—Cada bocado me sabe a infancia —comenta Barbara.

—A mí también —dice Betty—. ¿Has vuelto a pensar en la propuesta de venir de gira con nosotros?

—Creo... que debo quedarme aquí. Intentaré escribir unos poemas. La música..., no sé..., en cierto modo es un obstáculo.

—¿Le corta el rollo a tu musa?

Barbara rompe a reír.

—Nunca me lo había planteado así, pero no vas desencaminada.

Betty tira el cucurucho —lo ha aspirado todo— a una papelera y señala la pasarela que conduce hacia el muelle.

—*Eso* también está abierto. Vamos.

Barbara mira hacia los autos de choque y suelta una risita.

—¿En serio?

—Chica, te voy a hacer picadillo.

Betty compra los billetes en la taquilla y se encaja en uno de los coches. Barbara sube a otro y dan vueltas a toda velocidad manejando sus volantes de tamaño infantil, bajo las chispas que despiden los postes de contacto de sus autos y en medio de un olor a transformador de tren en miniatura. Barbara es la primera en embestir a Betty, cuyo auto gira y va a topar contra el contorno acolchado. Betty, entre risas, lanza un chillido y sale en persecución de Barbara, apartando de su camino el coche de una niña de doce años. Para cuando cortan la corriente del techo y los autos de choque se detienen gradualmente, han tenido varias colisiones y, trabajando en equipo, han arrinconado a una pareja de adolescentes y los han vapuleado sin compasión.

Barbara se ríe con ganas, y también Betty.

—¡Ayúdame a salir de este trasto, Barbara! ¡Estoy atascada, joder!

Barbara la coge de un brazo. Uno de los adolescentes, sin guardarles rencor, la agarra del otro. Tirando, sacan a Betty del reducido hueco del coche.

—Como sacar un corcho de una botella de vino —dice Betty—. Gracias, Barb. Gracias, hijo.

—De nada —contesta el chico.

—Busquemos los lavabos antes de que me mee en las bragas —dice Betty.

Disponen del baño de mujeres para ellas solas. Betty pregunta a Barbara si tiene novio.

—Nada fijo —responde Barbara—. Los pruebo pero no los compro. ¿Y tú?

—Chica, ya soy muy vieja para eso.

—Nunca se es demasiado viejo —dice Barbara, esperando por el bien de ambas que eso sea verdad.

—Estuve casada, pero no salió bien. Él se drogaba y yo bebía. Fue un milagro que no nos matáramos el uno al otro.

—A mí me da miedo beber —confiesa Barbara—. Mis dos abuelos, el paterno y el materno, eran alcohólicos.

—Hace siete años que no bebo whisky —dice Betty—. Tú sigue teniéndole miedo. Eso no te hará daño.

Montan en la noria, y, cuando se detiene arriba del todo, quedando ocultos por la bruma matutina interminables kilómetros de lago, Betty se quita el fular y lo sostiene en alto para que se despliegue como una bandera. Abre la mano y lo deja escapar volando. Lo observan alejarse, una veta roja contra el cielo azul. Betty rodea a Barbara con el brazo y la estrecha contra su cuerpo, brevemente pero con fuerza.

—Hacía tiempo que no me lo pasaba tan bien.

—Lo mismo digo —contesta Barbara.

—Ahora atiéndeme, porque voy a decirte la verdad. Ese poema que da título a tu libro, «Las caras cambian», me aterrorizó.

—A mí también —dice Barbara.

—¿Fue algo real? ¿Es posible que vieras algo?

—Lo vi. —La noria empieza a moverse, y el mundo real asciende para recibirlas—. Me gustaría convencerme de que no fue real, pero creo que sí lo fue.

Betty asiente con la cabeza en un gesto de total comprensión. Lo cual es un alivio. No hace preguntas, lo cual es un alivio aún mayor.

—Como un perro aullando bajo la luna a algo que él ve y tú no.

—Exactamente.

Compran helados y pasean hasta el extremo del muelle. El sol calienta, pero la brisa que sopla del lago es fresca. En cierto modo es la combinación perfecta.

—Cantarás con las Crystals el sábado por la noche —dice Betty con la vista fija en el agua—. Cantarás conmigo. Oirás al público enloquecer..., porque eso es lo que va a pasar. Decídelo *entonces.* Pero, pase lo que pase, tú y yo seguiremos siendo amigas. ¿Cómo lo ves?

—Bien —responde Barbara, y sabe que algún día, quizá pronto, contará a Betty lo que ocurrió en el ascensor cuando Chet Ondowsky mostró su verdadera cara. Debajo no había nada humano. Ni siquiera por aproximación. Eso nadie más lo sabe, excepto Holly y Jerome, pero está casi segura de que Betty, que sabe que los perros aúllan bajo la luna a cosas que solo ellos ven, lo comprenderá.

—Vale.

—¿Puedo preguntarte una cosa, Betty?

—Lo que quieras.

—¿Qué rima con jazz?

Betty se detiene a pensar y de pronto alza lo que le queda de helado.

—Häagen-Dazs —dice, y las dos se ríen a carcajadas.

9

En el Double Tree de Madison hay algún malentendido con las reservas, así que, después del brunch, las tres mujeres se ven obligadas a esperar un rato en el vestíbulo mientras les preparan las habitaciones. Kate no está contenta con la situación, pero calla. Al menos de momento.

Esa tarde Corrie ve a su jefa en la piscina y hace llamadas mientras Kate nada sus interminables largos. Holly vuelve a su habitación y examina las amenazas que ha enviado la acechadora de Kate. Están la nota que Corrie recogió en la recepción del hotel de Spokane —acompañada de una foto en la que aparecen Kate y Corrie riendo— y las fotografías de la tarjeta con ántrax, tanto del exterior como del interior.

Spokane: *Fue solo una advertencia, así que interprétala bien. La próxima vez serás tú e irá en serio. La que habla mentiras perecerá.*

Omaha: UNA TARJETA SIMPLE PARA DOS SIMPLES ZORRAS por fuera. Por dentro: A LOS IMPOSTORES LES ESPERA EL INFIERNO. Escrito cuidadosamente. Holly está aún más segura que antes de que la acechadora es una fanática religiosa. En el caso del asesino de Izzy, quizá la motivación no sea religiosa (salvo en el sentido de AA/NA), pero es igual de fanático.

Ah, y la foto titulada LESBIANAS. Que lleva a Holly a acordarse de Al Pacino en *El precio del poder.*

Holly vuelve al e-mail que envió a Izzy, antes de aceptar el trabajo para la Gira Mágica y Misteriosa de Kate McKay.

Frases bien compuestas. Puntuación perfecta. ¿El abogado, o posiblemente… el juez? El juez Witterson, que envió a Duffrey a la cárcel.

Ya la ha pifiado una vez al sugerir que Russell Grinsted

podía ser Trig. No lo repetirá. Accede a la web del juzgado de distrito del condado de Buckeye y localiza una foto del juez Irving Witterson. Aparenta cerca de setenta años o poco más, lo que le convierte en una opción improbable para Trig. Aun así, envía la foto a John Ackerly con una breve nota adjunta en la que le pregunta si ha visto a ese hombre en las reuniones, presentándose como Irv..., o Irving... o Trig.

Ya basta. No es tu caso. Sal de esta habitación y respira un poco de aire fresco. Date un paseo, despéjate la cabeza.

Es una buena idea. Nunca se le ocurre nadar en la piscina del hotel; sabe nadar a braza y a espalda, su padre la enseñó de niña, pero, aparte de preocuparle las infecciones por hongos, carece de la seguridad en su físico de Kate, y hace una mueca ante la idea de que la vean en público en bañador.

Ni siquiera llega al aparcamiento. Corrie, sentada al sol frente a su habitación, está llorando. Cuando ve acercarse a Holly, sonríe.

—¡Hola, Holly! —Intenta adoptar un tono alegre.

Holly roba una silla de delante de la habitación contigua y se sienta a su lado.

—¿Qué pasa?

Corrie trata de ensanchar la sonrisa y solo consigue convertirla en una mueca.

—Nada, de verdad.

—No da esa impresión.

—Pero es así. —Corrie se frota la mejilla con la palma de la mano en un furtivo gesto para enjugarse las lágrimas, gesto que Holly conoce bien. En su día tuvo la edad de Corrie, y no estaba muy bien preparada para el mundo. La triste realidad es que no estaba preparada en absoluto—. Es solo que Kate ha vuelto a echarme la bronca cuando nos hemos quedado solas. No ha sido la primera vez, ni será la última. Puede ser generosa, y puede ser severa.

—¿Por qué ha sido?

—Le ha molestado tener que quedarse sentada en el vestíbulo. Porque me olvidé de llamar con antelación para anunciar que ocuparíamos las habitaciones antes. Me olvidé porque las habitaciones estaban a tu nombre. Había gente fuera agitando cuadernos de autógrafos. Le revienta ser blanco de los mirones.

También le revienta no recibir un trato exclusivo, piensa Holly. *Le revienta que la traten como al resto de los peones.*

—Eso debería haberlo hecho yo —dice Holly.

Corrie niega con la cabeza.

—Tú tienes tu trabajo, yo tengo el mío. Es solo que… hay muchas cosas que controlar.

Holly se sorprende de lo mucho que la irrita el comportamiento de Kate, pese a que puede admirarla por su valor y por lo claro que habla. En parte es porque ella misma ha recibido a veces el trato del que Corrie ha sido objeto esta mañana —John diría que *se identifica* con ella—, pero también es por la pura injusticia. A esa joven le echaron lejía a la cara, y a no ser por su agilidad mental quizá habría inhalado polvo de ántrax. A Kate solo le han embadurnado de sangre y tripas las maletas; ni siquiera tuvo que sustituir la ropa guardada dentro. Corrie ha estado pegada a ella en todo momento, y total para acabar llevándose un rapapolvo por no avisar de que ocuparían antes las habitaciones del hotel.

—Es injusto —dice.

Corrie la mira de soslayo, y algo en la expresión de Holly la alarma claramente.

—¡No le digas nada! ¡No se te ocurra meterme en un problema! Entiendo el estrés por el que pasa Kate. De verdad.

Lo que Corrie *no* entiende es que, en todo caso, Holly sería incapaz de encararse con Kate McKay. Incapaz de decir: *Has tratado mal a tu ayudante personal y eso es inaceptable.*

Holly se ha enfrentado a un arma cargada; al menos en dos ocasiones se ha enfrentado a seres para los que no existe una explicación científica. Lo que le falta no es valor, sino la elemental autoestima necesaria para llamar la atención a alguien por su conducta hiriente. Puede que nunca llegue a ser una persona capaz de eso. Es una deficiencia de personalidad más profunda que no querer que la vean en bañador, y no sabe cómo resolverla.

No importa, se dice. *Al fin y al cabo, soy solo otra empleada.* E inmediatamente se reprocha a sí misma semejante idea.

—No diré nada, Corrie. Pero es un comportamiento chungo. —Y, lamentablemente, lo más que puede añadir es—: Muy decepcionante.

Corrie apoya una mano en la muñeca de Holly.

—Tienes que pensar en la presión bajo la que vive. Bajo la que ha vivido durante años, desde que abandonó el ayuntamiento de Pittsburgh por aquella votación en favor de retirar de las bibliotecas de los colegios de primaria los libros sobre la llamada «agenda homosexual»...

—Eso ya lo sé —dice Holly—. He leído sus libros, Corrie.

—Pero fue la resolución del Tribunal Supremo, Dobbs, lo que la indujo a centrarse principalmente en el aborto. Cuando dejaron la decisión en manos de los estados. —Corrie mira a Holly muy seria—. Para ella se ha convertido en una cruzada estado por estado. Para movilizar el voto. Para denunciar a hombres en el poder que apenas han disimulado sus intenciones religiosas. ¿Ha enloquecido un poco con este asunto? Sin duda. Puede que eso les pase a todos los que se entregan plenamente a una causa. Y no sabes cómo la odian. Titulares como LA P*TA HA VUELTO en *Breitbart*, con un asterisco en lugar de la *U* para que las marujas que lo leyeran no se ofendieran.

Holly detesta ese peyorativo, «maruja», piensa que no es muy distinto de moro o italianini, una etiqueta que dice: no pienses, solo odia. No lo dice. Corrie está en vena, y es mejor que siga en vena.

—Las redes sociales son aún peores. Los memes en que la cara de Kate se funde con una sandía en el momento en que esta revienta a causa del disparo de una escopeta de calibre 410. Kate haciendo el saludo nazi. Se la ha acusado de incitar a chicas menores de edad a ir a la isla de Epstein. De inyectarse extracto de glándulas de oveja en la vagina para rejuvenecerse. Personas que antes tiraban al blanco contra dianas con la cara de Osama bin Laden ahora disparan a dianas con la cara de Kate. Todas las noches, cuando sale al escenario, sabe que allí estarán sus enemigos, abucheándola y maldiciéndola. Pero se enfrenta a ellos. Se enfrenta a ellos y los hace callar con su humor y su valentía.

—Lo sé. Lo he visto.

—No es solo la acechadora. Ese individuo con el bate de béisbol la habría mandado al hospital o incluso la habría *matado* si no hubiera tropezado con la silla que tú empujaste.

Eso Holly lo sabe, y sabe también otra cosa: Kate se quedó inmóvil. Su rostro en la fotografía del periódico lo dice todo: *Esto no puede pasarme a mí. Soy demasiado especial.*

—No es raro que de vez en cuando necesite un desahogo. Solo digo eso.

Holly no contesta.

—No te cae bien, ¿verdad? —pregunta Corrie.

Holly se plantea cómo responder. Finalmente dice:

—La respeto.

Eso es verdad, pero así y todo considera que Corrie merecía un trato mejor.

Merece.

10

Trig está en el despacho de su casa. Tiene la radio sintonizada en la Big Bob, como de costumbre, pero apenas presta atención. El locutor, un paleto de la zona, dedica la tarde del domingo a un programa abierto al público que combina la política y la compraventa de objetos. Entretanto, Trig tiene formularios de aseguradoras que rellenar, tres juegos correspondientes a tres entidades distintas. ¡Vaya palabreja! Solo a una compañía de seguros con un burro parlante llamado Buster se le ocurriría describir a las personas como entidades.

Esta sería una semana de mucho ajetreo incluso si no estuviera matando a gente, piensa, y no puede evitar reírse. Gracias a Dios, aún ve las cosas con humor. Le quedan solo unos pocos vínculos con el mundo real desde lo de Annette McElroy, y ese es uno de ellos.

Sentido del humor, oye decir a la voz del fantasma de su padre. *¿Dónde has dejado tu sentido del humor, Triggy, mi buen Trigger?*

Dándole un afectuoso apretón, o quizá —si estaba bebiendo o de mal genio— un trompazo en la cabeza. A veces en el pabellón Holman, cuando el equipo rival estaba en superioridad numérica, su padre lo agarraba del brazo con tal fuerza que le dejaba moretones, y solo lo soltaba cuando su equipo recuperaba todos los jugadores. Y, si más tarde enseñaba esos moretones a papá, ¿le diría papá: *Dónde está tu sentido del humor, Trig*? Claro que sí. ¿Y en cuanto a mamá? *Desaparecida.* Solo estaban papá y Trig. *Nos dejó, chaval. Se fue a dar un paseo.*

Bien.

Tal vez.

Mira los impresos de Global Insurance sin verlos. Escucha la radio, donde un soplagaitas llama para intentar vender un cortacésped, sin oírla. Está pensando en papá. Lo hace cada vez más. Pensar en papá y pensar con la voz de papá.

Van a cogerte, Trigger, ¿dónde está ahí tu sentido del humor? Joder, lo que has hecho hoy era tan arriesgado que ni siquiera tengo palabras para describirlo. ¿Quieres que te cojan?

Quizá parte de él sí. Lo que casi todo él quiere es repetirlo otra vez y otra y otra más. Todavía quedan miembros del jurado que cargar con la culpa, además del juez Witterson. ¿Debería añadirle? Claro, si hay mundo y tiempo suficientes. ¿Por qué no? Finkel y Wentworth se quitaron la vida ellos mismos y Dios castigó a Cary Tolliver con el cáncer. ¿A cuántos puede liquidar *él*? Su difunto padre le asegura que queda poco tiempo, y Trig sabe que es verdad..., pero ¿por qué detenerse en trece o catorce?

En la radio, el vendedor del cortacésped está diciendo al presentador que esa mujer, «la que rima con fruta», al final sí dará su charla en Buckeye City. La llama Kate McSlay, «McAsesina». Trig se aparta del antiguo ordenador personal que desde hace tiempo se propone sustituir y escucha.

«Se refiere usted a la feminazi bocazas», dice el presentador.

«¡Exacto! —contesta el oyente—. Los verdaderos estadounidenses estarán en el Dingley Park viendo el partido de sófbol benéfico entre los policías y los bomberos...».

«Además de Sista Bessie, que cantará el himno nacional —interviene el presentador—. Eso no está nada mal».

«Ya, una negra —comenta el hombre al teléfono con desdén—. Pero los falsos estadounidenses estarán en el Mingo, oyendo a McSlay, que les hablará de matar bebés y de que no hay problema en dejar que los niños de mayores sean maricas».

«Gais, querrá decir», corrige el presentador, y se echa a reír.

«Gais, sarasas, maricas, llámelos como quiera. ¡Y retirar las armas! ¿Quiere saber lo que yo pienso? Que alguien debería usar un arma con *ella*. Uno en la cabeza y, ¡zas!, problema resuelto».

«Aquí en Bob no aprobamos la violencia —dice el presentador, todavía entre risas—, pero lo que haga usted en su tiempo libre es asunto suyo. Volvamos a ese cortacésped. ¿Es un Lawn-Boy?».

«Sí, y apenas se ha…».

Trig apaga la radio. Piensa, como en la consulta del dentista, que siete de un golpe serían demasiados. Pero ¿y si pudiera liquidar a las dos famosas? ¿Quizá con sus ayudantes? Si consigue aguantar hasta el viernes por la noche, tal vez sea posible. No podrá dejarles papeles en las manos, no si quema el pabellón con ellas dentro, pero sí podrá mostrar los nombres, y en letras de más de un metro de altas. Trig se recuesta en su silla, cruza las manos sobre la pequeña barriga y deja escapar una risita.

Por lo que se ve, al final no ha perdido el sentido del humor.

Capítulo 15

1

Isabelle Jaynes piensa a veces que le gustaría habitar en el mundo en el que viven los policías de las diversas series de la franquicia *Ley y orden*. En teoría, esas series se ambientan en la ciudad de Nueva York, pero en realidad parecen existir en un mundo televisivo maravilloso donde los inspectores solo tienen que ocuparse de un caso cada vez y las conexiones surgen como por arte de magia.

Tom y ella pasan la mañana en uno de los edificios bajos de Breezy Point investigando un doble apuñalamiento doméstico. La señora está en el Kiner Memorial, en estado crítico pero con posibilidades de sobrevivir; el señor, más muerto que un fósil, tendido en el suelo de la cocina sin más ropa que un calcetín y unos calzoncillos ajustados con manchas de sangre.

Se separan con el fin de interrogar a los ocupantes de los otros dos apartamentos de la cuarta planta y de los dos situados directamente encima y debajo. Pese a ser lunes, el principio de otra semana laboral y escolar, parece que todo el mundo está en casa. Izzy y Tom extraen ciertas conclusiones al respecto —al fin y al cabo, son inspectores—, pero se las guardan. Mientras tanto, el equipo forense se dedica a las actividades que le son propias. La información que el equipo Jaynes-Atta obtiene de los vecinos es normal y corriente en cierto sentido (los Greer siempre estaban discutiendo, muchos gritos, golpes y lanzamientos de objetos) y única en otro sentido: Janelle y Norville Greer tuvieron la mala suerte de estallar al mismo tiempo y exactamente en el lugar menos oportuno.

—La mayoría de los accidentes ocurren en el cuarto de baño —dice Tom.

—Sí.

—En cambio, la mayoría de los asesinatos ocurren en la cocina.

—Sí.

—Hay muchos objetos afilados.

—Además de la tostadora —observa Izzy—. Le ha roto la crisma con la tostadora, a pesar de que probablemente ya estaba muerto y ella sangraba como un cerdo empalado.

—La dicha doméstica —dice Tom.

—Felices para siempre.

Cuando van de regreso al edificio Murrow para redactar sus informes, Tom dice que lo único bueno sobre el caso del Jurado Sustituto es que la Policía del Estado, con el teniente Ralph Ganzinger al frente, prácticamente lo ha asumido, porque solo los asesinatos de Mitborough y Epstein sucedieron en el término municipal de Buckeye.

Izzy no se lo discute, pero la situación no le gusta. Para ella, «prácticamente lo ha asumido» no es la expresión correcta. Para ella, los otros prácticamente han *acaparado* el caso. Cuando llegan a la comisaría, las cosas no mejoran. Patti, en la centralita, le pasa el mensaje de que debe ir a ver a Lew Warwick cuanto antes.

Encuentra a su teniente en su postura habitual: retrepado

en la silla ergonómica que Izzy anhela, las manos entrelazadas sobre el abdomen, un pie apoyado en la esquina del escritorio. Se endereza y pronuncia el acostumbrado conjuro:

—Bienvenida a mi guarida.

Izzy no está de humor para eso después de deambular cuidadosamente de puntillas por el apartamento de los Greer en Pine Street, procurando no pisar lo que parecían litros de sangre derramada por temor a contaminar las pruebas y echar a perder sus zapatillas Salvas nuevas (*tirando* a nuevas, más bien).

—¿En qué puedo ayudarte, Lewis?

—Puedes presentarte en el Dingley Park de tres a cinco cada día esta semana, vestida con tu pantalón corto azul nuevo y tu camiseta azul nueva, que viene con el logotipo de Armas en el pecho. Allí tú y yo disfrutaremos del sol, nos comeremos uno o dos perritos calientes y entrenaremos, entrenaremos, entrenaremos.

—¿*Cómo*? —Izzy se deja caer en la silla al otro lado del escritorio de Warwick, mucho menos cómoda—. ¿Estás de *broma*? ¿Con ese tal Trig por ahí suelto matando gente?

—La Policía del Estado ha asumido la responsabilidad de ese caso, y tengo entendido que el FBI también muestra interés. —Pero aparta la mirada de ella—. Y el resto del tiempo seguirás en servicio ordinario. Hasta el viernes, claro. Entonces te quedarás en el Dingley hasta que termine el partido. Como yo.

—Me quedaré allí hasta que acabe de hacer el ridículo delante de mil personas, querrás decir. —Se lleva las manos a la cabeza, como si temiera que pudiese estallarle—. Me cuesta creer que vayamos a dedicar nuestro tiempo a preparar un *partido* cuando un asesino en serie anda suelto. ¡Por si te has olvidado, incluso he *hablado* con ese individuo!

—Hablaste con alguien que *dijo* que era ese individuo.

—¡Me envió una foto del nombre de Corinna Ashford en la mano de una muerta!

—*Crees* que estaba muerta. No ha aparecido ningún cadáver. Podría haber sido una broma pesada.

—No lo era —dice Izzy sin alterarse—. Sé que no lo era.

Warwick se desliza las manos sobre las mejillas y adopta una expresión pesarosa.

—Las órdenes de entrenar para el partido no salen de mí, Iz. Yo me limito a transmitirlas. Soy el capitán del equipo Armas, pero no soy el jefe. No sé si me entiendes.

—¿Patmore?

—Insiste en que es todo por la beneficencia. Pero lo cierto es que sigue cabreada por lo de Crutchfield.

—El policía motorizado que se rompió el brazo.

—La pierna, de hecho. Y está también el aspecto benéfico. Patmore se ve ante una sala llena de gente de los medios, entregando un cheque gigante al jefe de pediatría del Kiner. ¡Los policías ayudan a los niños! Una gran publicidad.

—También para ella. —Izzy está aún hecha una furia, pero a la vez resignada. Las cosas son como son, y eso no es *Ley y orden.* Además, se engañaría si no reconociera que siente un pequeño pero intenso asomo de competitividad.

—También estáis tú y Pill —dice Lewis como si le leyera el pensamiento.

—El bombero gilipollas que me llamó «señorita».

—El mismo. El periódico se ciñe a lo de la beneficencia, pero Buckeye Brandon, en su podcast, lo presenta desde la perspectiva de la revancha. A ti te llama la Bella y a Pill, la Bestia.

Izzy alza la vista al techo.

—Lo entiendo, pero eso llevará espectadores a las gradas, cosa que a Patmore le gusta. —Lewis se pone de pie en su lado del escritorio; Izzy en el suyo—. Yo soy solo el mensajero, Iz.

—Y el mensaje se ha recibido. Estaré allí para entrenar, pantalón corto azul y todo. Tú y yo podemos jugar al lanzamiento largo. Y, ahora, ¿puedo ir a hacer trabajo de verdad?

—Por supuesto. ¿Cómo va el caso Trig?

—Pregúntale a Ganzinger.

—Te lo estoy preguntando a ti.

—No lo hemos identificado. La Policía del Estado tampoco, y con el FBI ya somos tres. Hemos empezado a rastrear los alias, los informáticos están en ello, y también el censo electoral. Hemos encontrado a un Trigano, un Trigelgas, un Trigwell, un Trigham... No quiero aburrirte, hay sesenta o setenta más, muchos de ellos griegos. Seguramente la Policía del Estado está duplicando nuestro trabajo.

—¿Y qué hay de las reuniones de recuperación?

—Eso está difícil por la cuestión del anonimato, pero he encontrado a dos policías que van a las reuniones, y Tom tiene a otro. Por el momento, nadie ha oído hablar de un Trig. Ni de un Briggs, si a eso vamos.

—Mantenme informado.

—Cómo no. Cuando no esté ocupada averiguando si aún soy capaz de lanzar una bola descendente.

Lewis le permite que diga la última palabra, y así ella se va sintiéndose un poco mejor. Tardes en el parque, perritos calientes con chile, sol de primavera. Policías apuestos (algunos, por lo menos). ¿Qué podría salir mal?

2

Mientras Izzy Jaynes (vestida con su pantalón corto azul nuevo y su camiseta azul nueva) practica el lanzamiento largo en el Dingley Park, John Ackerly asiste a la reunión vespertina del Círculo de Abstinencia en el sótano de la iglesia metodista de Buell Street. Siempre está bien ir a una reunión, pero esta tarde tiene otro objetivo. Escucha con atención mientras los asistentes se identifican. Nadie se presenta como Trig, pero John casi juraría que alguien sí dio ese nombre, hace no mucho, y quizá en esa misma reunión. ¿Y habló acaso después con Mike Libro Grande? Le cuesta saber con certeza si se trata de un recuerdo real o falso. Acude a reuniones por toda la ciudad, y desde luego no relaciona ninguna cara con ese nombre.

Normalmente se salta la visita a la cafetería The Flame —lo que los alcohólicos y drogadictos llaman la reunión después de la reunión—, pero hoy sí va. Fuera, apoyado en la pared de ladrillo, un hombre flaco, ya mayor, fuma un cigarrillo.

—¡Telescopio! —exclama John.

—¿Qué tal, Johnny?

—Me he pasado por allí. Una buena reunión, ¿no?

—Ya sabes lo que dicen: la peor reunión a la que he ido fue una pasada. —Telescopio suelta una risa cargada de flemas.

—Una lástima lo del Reve.

—Ay, tío..., lo había visto hacía solo un mes. Mantuvimos una buena charla. El mes pasado fue abril, ¿no? Sobre cómo manejar a mi hermano. Jimmy, el jodido, siempre viene a verme para llevarme a beber con él. Como en los viejos tiempos, ya sabes. Necesitaba algún que otro consejo sobre cómo manejarlo. ¡Y de pronto van y se lo cargan! Al Reve, quiero decir, no a mi hermano. Menuda jodienda, ¿no crees?

—Y que lo digas.

—Ya sabes lo que dicen: solo los buenos mueren jóvenes. Billy Idol incluso escribió una canción sobre eso.

John no se molesta en aclararle que se equivoca de Billy.

—Tengo una pregunta que hacerte. ¿Has ido a alguna reunión en la que alguien se presentara como Trig?

Telescopio entrecierra un ojo en un esfuerzo por recordar y finalmente niega con la cabeza. A John no le sorprende; al fin y al cabo, Telly ni siquiera tiene claro que el mes pasado fue abril.

—¿Y si le preguntas a 2-Tonos? Está ahí dentro tomando un café. Eh, ¿no me invitarías a uno? Esta semana ando a dos velas.

—Claro. —Entrega a Telescopio un par de pavos y entra. La mujer a la que busca está sentada a la barra, tomando café. Ahora su cabello ha vuelto al castaño original, pero aún se identifica en las reuniones como Cathy 2-Tonos. Se sienta junto a ella y hablan durante un rato sobre el Reve.

2-Tonos le dice que también ella acudió al Reve en busca de orientación en abril (al menos tiene claro el mes), pero no explica a John el motivo por el que necesitaba orientación, lo que a él le parece bien. No es eso lo que le interesa.

—Siento curiosidad por saber si conoces a un tal Trig que va a las reuniones.

—¿Y eso por qué? —Se aparta el cabello de la cara.

—Solo quiero ponerme en contacto con él. Para pedirle consejo.

—No será un consejo en relación con la coca —dice Cathy 2-Tonos—. Trig es alcohólico.

¡Una pista! ¡Una pista! John confía en que el entusiasmo no se refleje en su rostro.

—¿Lo conoces?

—*Conocerlo*, lo que se dice conocerlo, no. Lo he visto un par de veces en el Círculo de Abstinencia y una en aquella reunión cerrada de Upsala el año pasado, ya sabes, aquella reunión mística en la que apagaron las luces y encendieron velas.

—Ah, ya —responde John. Nunca ha ido a ninguna reunión en la que se enciendan velas, pero qué más da—. No sé cómo se llama de apellido, ¿y tú?

—Tío, no sé ni cuál es su nombre de pila, como no se llame Trig. Ese sería un nombre de mierda, ¿no te parece? —Se echa a reír—. ¿A qué viene tanta pregunta, John?

John ve entrar a Telescopio con los dos pavos en una mano artrítica y retorcida. Eso le da una idea.

—Verás, me debe diez pavos. ¿Cómo es ese Trig?

—¿Le prestaste diez pavos y ni siquiera sabes cómo es?

Dios santo, piensa John, *es como arrancar una muela.* ¿Y Holly se gana la vida con esto?

—Ya hace tiempo.

2-Tonos se encoge de hombros.

—Es como cualquiera. Estatura media, gafas, vestido en plan ejecutivo.

—¿Blanco?

2-Tonos se vuelve hacia él en su taburete.

—¿Le prestaste diez pavos y ni siquiera sabes si es blanco? Vamos, ¿de qué va esto?

—¿Quieres un trozo de tarta para acompañar el café?

—No estaría mal.

—¿*Era* blanco?

—Pues claro que era blanco, joder.

—¿De qué edad?

—No lo sé, puede que de la tuya, más o menos.

John tiene treinta y cuatro años. Desliza un billete de cinco hacia la taza de café de 2-Tonos.

—¿Recuerdas algo más sobre él?

2-Tonos reflexiona y al final dice:

—Tenía una cicatriz a lo largo de la mandíbula. En la reunión de Upsala contó que se la hizo su padre estando borracho. Es lo único por lo que le recuerdo. ¿Te gastó una mala pasada, John? ¿Por eso lo buscas? Joder, di la verdad, Soledad.

John sonríe.

—No soy Soledad.

Ella se queda mirándolo.

—Quizá le gastó una mala pasada a alguien. —John coge una servilleta del dispensador y anota su número de teléfono—. ¿Me llamarás si vuelves a verlo? Te ganarás cincuenta.

—Tío, ¿tanto te jodió?

—Pídete un trozo de tarta, Cathy.

John le da una palmada en el hombro y se marcha. Fuera, se sienta en el banco de la parada del autobús y telefonea a Holly.

3

Jerome busca en Google la iglesia baptista de Westboro y ve que su lema es: «Dios odia a los maricones y a todos los pecadores orgullosos». Esto lo atribuye al Salmo 5, versículo 5. Por curiosidad, consulta el salmo en cuestión y comprueba que no menciona a los homosexuales sino «a todos los que hacen iniquidad».

Vuelve a la página de Wikipedia correspondiente a Westboro y encuentra un enlace a «iglesias acusadas de agresión y alteración del orden público». Se acerca un bloc de papel pautado y empieza a tomar notas. Sin darse cuenta, tiene ya catorce iglesias. Han pasado dos horas y apenas ha rozado la superficie. Quiere ahondar un poco más en el tema. Los procesos de pensamiento de esos grupos son fascinantes, por no hablar ya de la forma en que distorsionan las Escrituras para adaptarlas a sus demenciales creencias. Lee sobre tres iglesias

—no una, no dos, sino *tres*— que han practicado la mutilación sexual femenina, justificando esa práctica con un versículo del libro de los Proverbios: «Sus pies descienden a la muerte; sus pasos conducen al infierno». *En otras palabras,* piensa Jerome, *con la mutilación genital femenina les están haciendo un favor.*

Una iglesia de Wisconsin promueve la terapia hormonal para «hombres y chicos con impulsos femeninos pecaminosos». Lo que aparentemente equivale a una castración química cuando no se consigue eliminar la homosexualidad por medio de la oración.

El asunto le resulta mucho más interesante que su floja novela de detectives, que está llena de escenas de acción y violencia y no tiene nada que ver con el trabajo de investigación que él ha llevado a cabo para Finders Keepers. Esto trata de hechos reales. Delirantes pero reales. Junto a su ordenador de sobremesa, tiene el manuscrito de doscientas páginas de su *Asesinos de jade.* Lentamente, y sin lamentarlo apenas, lo aparta hacia el borde el escritorio y lo deja caer en la papelera. Flop, y desapareció. El texto sigue en el ordenador, claro está, pero es el gesto lo que cuenta (o eso se dice). Resuelto ese problema, prosigue con su investigación. Su propio interés se impone al de Holly, y se pregunta cuántas de esas iglesias podría llegar a visitar antes de empezar a escribir algo que le apasione de verdad.

4

—*¡Gracias, Madison! ¡Habéis estado fantásticos!*

El público, de pie, aplaude enloquecido. Excepto los abucheadores, claro.

Suena el teléfono de Holly, que lleva prendido del cinturón. No atiende la llamada. Está de puntillas junto a Corrie como un corredor a punto de esprintar, preparada para salir de inmediato al escenario desde los bastidores del lado izquierdo, si hace falta. Porque Kate, en lugar de abandonar con paso enérgico el escenario tras un último saludo con su gorra de los Badgers de Wisconsin, se acerca al borde del proscenio y comienza a estrechar las manos extendidas y en movimiento del público. Eso es nuevo, y a Holly no le gusta en absoluto. Cualquiera de esas manos podría agarrarla, tirar de ella para hacerla caer del escenario, y a eso podría seguir una paliza, o aparecer el destello de una navaja...

Uf, detesto este trabajo.

Empieza a palpitarle la cabeza. Un rato antes John Ackerly la ha llamado para transmitirle lo que ha averiguado por medio de Cathy 2-Tonos: blanco, estatura media, alrededor de treinta y cinco años (tal vez), gafas. Los únicos elementos interesantes son la cicatriz en la mandíbula de Trig y el asunto de la «reunión mística» en Upsala. Debido a la cuestión del anonimato (Holly encuentra ese detalle cada vez más molesto, por no decir que es una caca), no pide a John que informe de eso a Izzy Jaynes, pero sí le pide que, si no le importa, asista a una o dos reuniones en Upsala. John accede.

Después de veinte o treinta segundos que se hacen mucho más largos, Kate se aparta del borde del escenario. Encaja el micrófono en su soporte en el atril y hace su gesto de invitación con los dedos: *vamos, vamos, vamos*. El público, de pie, expresa su aprobación con un clamor.

—*¡Habéis venido aquí, ahora id a las urnas! ¡DECID A LOS CARCAS QUE LO CONTRARIO DE WOKE, DE «DESPIERTO», ES PROFUNDAMENTE DORMIDO!*

Se marcha a zancadas con un notable contoneo. Corrie va

cargada de bolsas, en su mayor parte recuerdos y camisetas de la librería. Holly dice:

—Salgamos de aquí. Esta vez nos libraremos de los ebayeros.

De eso está segura. Desde las oficinas de la planta baja del auditorio, parte un túnel de servicio que pasa por debajo de la calle y lleva a un museo municipal —ahora cerrado— en la otra acera. Holly corre escalera abajo seguida por Kate y Corrie.

Kate pregunta lo que siempre pregunta —*¿Ha estado bien?*—, y Corrie, recurriendo a su respuesta de costumbre, le asegura que sí.

Recorren el túnel y suben por una escalera. Las espera un guardia de seguridad del museo.

—Ahí fuera hay bastante gente —dice en tono de disculpa.

Holly mira. ¿Bastante? Fácilmente unas cien personas, todas ebayeros con pósters, retratos en papel brillante e incluso —quién demonios iba a imaginar que existían cosas así— muñecos cabezones y figuras Funko Pop de Kate McKay. Una mujer con una sudadera de los Bears de Chicago agita un recorte ampliado de *Breitbart*, el del titular LA P*TA HA VUELTO. *Como si Kate fuera a firmar eso*, piensa Holly..., y de pronto cae en la cuenta de que sería muy capaz; cuadra con la actitud desafiante de Kate.

—¿Cómo se han *enterado*? —pregunta Holly.

Corrie echa adelante el labio inferior y deja escapar un suspiro, apartándose el flequillo.

—No lo sé. Es un misterio. Los esquivamos una vez, pero ahora...

—Vamos, vamos, vamos —dice Kate, y, empujando la puerta, agacha la cabeza y se encamina hacia el coche que las espera. Holly, palpitándole la cabeza, aprieta el paso para alcanzarla con la mano en el bolso alrededor del espray pimienta. Brady Hartsfield y Morris Bellamy eran malas personas, pero los ebayeros en cierto modo son peores.

5

La noche de ese lunes, más tarde.

En el Dingley Park, Armas y Mangueras han terminado sus entrenamientos, cruzando ambos equipos provocaciones en broma (y otras no tan en broma).

En Madison, Holly habla por fin con Izzy para asegurarse de que Iz ha recibido su mensaje anterior. Izzy lo ha recibido, y dice que se lo transmitirá al equipo de cuatro inspectores de la Policía del Estado al que se ha asignado la investigación de los Asesinatos del Jurado Sustituto. Holly se siente tentada de guardarse la parte sobre la reunión a la luz de las velas en Upsala, para que John tenga ocasión de verificarlo, pero al final se lo cuenta (de mala gana). Izzy pregunta a Holly cuál es su fuente, y Holly responde que necesita consultar con dicha fuente antes de facilitar a Iz el nombre.

—Este asunto del anonimato me da cien patadas —dice Izzy, y Holly coincide. Cree que John no tendrá inconveniente en hablar con Izzy, pero se mostrará reacio a identificar a *su* fuente, o fuentes.

Pone fin a la llamada y se tumba, pero totalmente rígida. La adrenalina corre aún por su cuerpo. Sigue viendo a Kate acercarse al proscenio y empezar a estrechar aquellas manos en movimiento. El aplomo de Kate, sobre todo a la luz de todo lo que ha ocurrido, resulta aterrador. Al día siguiente, por la mañana temprano, partirán de camino a Chicago, un viaje de dos horas en medio de un tráfico gradualmente más denso. Holly necesita descansar, pero sabe que tardará mucho en dormirse.

6

En Buckeye City, Trig deja el coche en un aparcamiento público próximo a la estación de autobuses y va a pie hasta Dearborn Street, conocida también como Saloon Row. Cuatro o cinco de los antros de la calle han cerrado durante la renovación urbana de los últimos años, pero unos cuantos siguen abiertos y están muy concurridos para ser lunes por la noche. Hace frío y sopla una brisa fuerte procedente del lago, y Trig lleva su trenca. Se ha guardado el Taurus 22 en el bolsillo. Sabe que lo que se propone hacer es una locura, pero también sabía que conducir con una botella de vodka abierta era una locura, y eso nunca lo disuadió.

Detrás del Chatterbox, ve a dos hombres y dos mujeres magrearse. No le sirven.

Detrás del Lions Lair ve a un hombre solo vestido de cocinero. Sentado en una caja de reparto de plástico, fuma un cigarrillo. Trig empieza a aproximarse, la mano sudorosa en torno a la empuñadura del Taurus, pero se desvía cuando otro hombre sale y dice al tipo vestido de cocinero que vuelva a entrar.

Su última parada es el Hoosier Bar, lo más parecido a un bar musical country que tiene la ciudad. La puerta trasera está abierta. Sale la voz de George Strait cantando «Adalida», y un borracho con una camisa vaquera baila solo delante de un par de contenedores. Trig, latiéndole el corazón con fuerza en el pecho, se acerca a él. Tiene la sensación de que los ojos le palpitan en las órbitas.

El borracho lo ve y dice:

—Baila conmigo, gilipollas.

Trig asiente, se aproxima, da un par de pasos de baile y

dispara al borracho en el ojo. El borracho cae entre los contenedores sacudiendo las piernas. Trig se agacha, coloca el Taurus debajo del mentón del borracho y dispara de nuevo. Se agita el cabello en la parte posterior de la cabeza del borracho. La sangre salpica los ladrillos.

Sale un hombre por la puerta de atrás.

—¿Curt? ¿Estás ahí?

Trig se agacha entre los contenedores con la garganta seca y un sabor a cobre en la boca. *¡Olerá el humo del revólver!*

—¿Curtis?

Lo mataré también a él. No me queda más remedio, no me queda más remedio.

—Pues jódete, colega —dice el hombre—, con esto abierto hay corriente. Ya darás la vuelta. —Entra y cierra de un portazo.

En la mano del bailarín muerto, Trig pone el nombre de Andrew Groves, el jurado número uno del juicio contra Duffrey.

Papá: *Estás loco. Has perdido el control.*

Es verdad.

—Pero no he tenido miedo —susurra—. Nada de miedo, papá.

Abandona el callejón y regresa a donde ha dejado el coche. Solo que entonces, ya demasiado tarde para rectificar, piensa en las cámaras de seguridad orientadas hacia el aparcamiento de pago voluntario. Solo hay una, y cuelga del extremo de su cable, a todas luces rota. Una vez más le ha sonreído la suerte, pero al final la suerte se le acabará. Vuelve a pensar que parte de él quiere ser detenido. Probablemente es así. No, *sin duda* es así.

Concédeme un poco más de tiempo, piensa mientras se aleja en coche. *Solo un poco.*

7

Al final, Holly sí durmió un rato y, aunque durante su viaje del martes en coche a la Ciudad Ventosa no se encuentra de maravilla, tampoco se encuentra del todo mal. La música la ayuda a mantenerse despejada. Tiene el teléfono conectado con el bluetooth del Chrysler y canta simultáneamente, cosa que solo hace cuando está sola. Los grandes éxitos de Abba dan paso a los de Marvin Gaye. Está entonando «I Heard It Through the Grapevine» nota por nota a la par del maravilloso Marvin (desafinando un poco, pero quién escucha) cuando una llamada interrumpe la música. Ve que es de Izzy e infringe su férrea norma de no hablar nunca por teléfono mientras conduce. No sin cierta culpabilidad.

—¿Lo habéis atrapado? ¡Dime que lo habéis atrapado!

—No —contesta Izzy, al parecer un tanto agobiada—. Y ha liquidado a otro.

Holly está confusa.

—Ya me lo dijiste. El granjero. Carville.

—No hablo de él, llevas un asesinato de retraso. Esta vez era un borrachín llamado Aubrey Dill. Lo mató detrás del Hoosier Bar. Es un local del centro, cerca de la estación de autobuses.

—Ya sé dónde está —dice Holly. Una vez echó el guante a un prófugo de la justicia en el Hoosier—. Saloon Row.

—Salió a buscarlo un amigo y no lo vio, pero lo encontró más tarde, después de cerrar el bar. El amigo dijo que la primera vez que salió notó un olor, cito textualmente, «como a tiro». Pensó que alguien había estado tirando petardos, dijo. Creo que ese individuo estaba aún allí. Si es así, el amigo tiene suerte de seguir vivo.

—¿Dejó el nombre de un miembro del jurado?

—Sí. Andrew Groves. Ya van ocho. Aún quedan cinco o seis en su lista de víctimas. ¿Y sabes qué? —A Izzy se le quiebra la voz de indignación—. *¡Así y todo, se supone que tengo que entrenar para el puto partido de sófbol benéfico!*

—Lo siento, Iz.

—A pesar de que a este otro lo ha matado en la ciudad, Lew Warwick insiste en que sigue siendo un caso del estado. Y se supone que los hombres del sheriff controlarán la ciudad la noche del partido Armas contra Mangueras. En fin, una mierda. Tengo que saber quién es tu fuente en el Programa, Holly. ¿Puedes decírmelo?

—Creo que sí. Tendré que volver a llamarte.

—Si ese Trig va a las reuniones, tenemos que identificarlo cuanto antes.

—Dijiste que había unos cuantos policías en recuperación.

—Sí, y han empezado a hacer preguntas. Eso en sí mismo es un problema. Ya entiendes por qué, ¿no?

Holly lo entiende, y cuando habla con John Ackerly (quebrantando una vez más su norma de no hablar por teléfono mientras conduce), también él lo entiende.

—Ya bastante malo fue que yo hablara con Telescopio y Cathy 2-Tonos, pero que ahora un par de policías anden haciendo preguntas en las reuniones es todavía peor. En AA y NA, las noticias vuelan. En cuanto ese tipo se entere, dejará de ir. Si es que no lo ha hecho ya.

—Alguien debe de conocerlo.

—No necesariamente. Muchas reuniones, muchos adictos. Y hay otra posibilidad. Puede que se haya salido.

—¿Qué quieres decir?

—*Salido.* Que haya vuelto a beber. Cuando un alcohólico recae, elude las reuniones como la peste.

Holly piensa que un borracho ya habría sido detenido, pero no lo dice.

—Sigue preguntando, John, pero ve con cuidado. Ese tipo es peligroso.

—A mí me lo vas a contar.

—¿Hablarás con la inspectora Jaynes?

—Sí.

—Gracias. Ahora tengo que colgar. Estoy entrando en Chicago y el tráfico se está complicando bastante.

Corta la llamada y se concentra en la carretera, recordándose de nuevo que ese no es su caso. Tiene a unas mujeres que cuidar, y por lo visto una de ellas se cree que, siendo tan famosa, es indestructible.

8

El primer ensayo general para la Gira de Regreso de Sista Bessie tiene lugar a las diez de la mañana del martes 27 de mayo. A Barbara le parece bien la llegada de una sección de viento compuesta por cuatro músicos, incluso le entusiasma. Le parece bien igualmente vestirse como las Dixie Crystals, con una blusa blanca de seda de cuello alto y pantalón negro de cuero; resulta divertido ser una de las chicas, e ir de uniforme. Todo le parece bien hasta la incorporación de Frieda Ames, y a partir de ese instante todo cobra realidad. Porque Frieda Ames es *coreógrafa.*

Tess, Laverne y Jem ya han trabajado antes con Frieda y aceptan con toda naturalidad el proceso de afinación con ella. Para Barbara es distinto. Hasta ese momento la idea de actuar con una superestrella delante de los cinco mil asistentes al concierto (un público, para colmo, de su propia ciudad) era algo puramente teórico. Al añadirse la supervisión de Frieda para sincronizar el movimiento con las Crystals mientras cantan los coros, Barbara pasa a ver la situación desde una perspectiva más práctica. Esta mañana todas las butacas del auditorio Mingo están vacías, pese a lo cual a Barbara la asalta el miedo escénico.

—No estoy muy segura de poder hacerlo —dice a Frieda.

—Claro que puedes, chica —dice Jem Albright—. Los pasos son muy sencillos. Enséñaselo, Dance.

Frieda Ames, alias Dance, es mayor que las Crystals, ochenta años como mínimo, pero se mueve con la gracia de una joven de veinte. Señala a los Tupelo Horns, que ahora incluyen a Red Jones al saxo, y les dice: «Tocad esa cosa disco».

Ellos empiezan a interpretar la entrada de «Boogie Shoes» de KC and the Sunshine Band, que será el número inicial del primer concierto de Sista Bessie.

Frieda agarra un micro para hacerse oír por encima de los instrumentos de viento y comienza a balancear la cadera. Señala hacia la izquierda del escenario.

—Vosotras, chicas, venís desde allí hacia el centro del escenario. Aplausos, aplausos, aplausos, ¿vale?

Barbara asiente con la cabeza a la vez que Tess, Laverne y Jem.

—Con mucho meneo y contoneo. Barb, tú serás la última. Pie derecho, y *cruza.* Pie izquierdo, y *cruza.* En el centro del escenario, las manos en alto, como un árbitro al dar por bueno el tiro.

Todas levantan las manos.

—Ahora moved los brazos a la izquierda..., y palmada. Moved los brazos a la derecha..., y chasquido de dedos. Mantened el movimiento de pies.

La banda sigue tocando la entrada de la canción: *Bump-*

BAH-BAH-bump, bump-BAH-BAH-bump, bump-BAH-BAH-bump.

—Sista Bessie viene desde la derecha del escenario con sus propios movimientos. Aplausos, aplausos, aplausos. Gritos. Ovación con el público en pie. Choca los cinco con todas vosotras, una por una. Pie izquierdo, pie derecho, balanceo a la izquierda y palmada, balanceo a la derecha y chasquido. Moved esas caderas. Atrás para cederle a ella el escenario..., *media vuelta*..., palmada en las nalgas..., otra media vuelta. Vamos allá, veámoslo.

Sintiéndose como en un sueño, Barbara retrocede junto con las otras «chicas», batiendo palmas y chascando los dedos y girando y dándose palmadas en las nalgas. Las Dixie Crystals tienen buenos traseros que azotar, Barbara no tanto.

—Una vuelta más, y luego *vamos allá.*

Tess, Laverne y Jem entonan la entrada de la canción.

—¿Barbara? —pregunta Frieda, hablando todavía por el micro. Los instrumentos de viento repiten la entrada una y otra vez: *Bump-BAH-BAH-bump*—. ¿Se te ha comido la lengua el gato, chica?

Esta vez cantan juntas, y de repente una sensación nueva asalta a Barbara. Una buena sensación. Se siente, Dios la ampare, como una Crystal.

—¡Alto! —exclama Frieda, y los instrumentos de viento quedan en silencio—. Repitámoslo, y ponedle un poco de *alma*, joder. ¡Volved todas a vuestro número uno!

Barbara sigue a las Crystals hacia la izquierda del escenario. Su ansiedad da paso a una especie de tensa anticipación. De pronto, es eso lo que quiere hacer. Como dice la canción, quiere hacerlo hasta que salga el sol. A la derecha del escenario, ve a Betty hablar y reírse con Don Gibson, el director de programación del Mingo.

—¿Listas? —pregunta Frieda.

Tess levanta los pulgares.

—¡Vale, veamos esas caderas! ¡Y... *la banda*!

Los instrumentos de viento empiezan a sonar, *Bump-BAH-BAH-bump*, y las Dixie Crystals —ahora cuatro— salen al escenario con su contoneo, se colocan de cara a los asientos vacíos y alzan las manos por encima de la cabeza. *Aplaudirán*, piensa Barbara, *y eso será guay. Mucho.*

Prevé que Frieda diga a la banda que pare y ordene a «las chicas» que lo repitan, pero, en lugar de eso, Betty aparece desde la derecha del escenario, y aunque viste sus vaqueros holgados, un blusón y unos mocasines gastados, cuando, deslizándose y girando, avanza hacia el centro del escenario, es Sista Bessie. Agarra el micro que Frieda estaba utilizando, acompasa perfectamente sus movimientos a los de las Crystals, que se encuentran detrás de ella, y empieza a cantar la parte solista.

Para cuando la canción ha terminado, Barbara sabe dos cosas impactantes. Una es que ese no es su mundo; su mundo es la poesía. La otra es que desearía poder ser una Dixie Crystal para siempre. Ha dado a Betty Brady sus poemas; Sista Bessie le ha concedido un regalo que es a la vez precioso y efímero.

Las dos cosas crean algo nuevo e impactante y al mismo tiempo se anulan mutuamente.

9

Trig está comiendo en su despacho, un sándwich de ensalada con huevo en una mano y una lata de té helado en la otra. Tiene sintonizada la radio en la WBOB. Normalmente de once de la mañana a una de la tarde ponen el programa de Glenn

Beck, pero hoy Glenn ha sido sustituido por una rueda de prensa desde el edificio Murrow. El motivo es el caso de los Asesinatos del Jurado Sustituto (las autoridades han sucumbido y han empezado a llamarlo también así). Ante los micrófonos están Alice Patmore, jefa de policía de Buckeye City, y el teniente Ganzinger de la Policía del Estado. Trig está al tanto de los nombres de los inspectores del Departamento de Policía Municipal de Buckeye asignados al caso; de hecho, ha conocido a Jaynes y Atta, pero ninguno de ellos está presente en ese acto con la prensa. Por lo visto, la Policía del Estado ha asumido el caso.

Trig ha trabajado casi toda su vida en puestos en los que ha tenido que tratar con gente poderosa, y aunque está escuchando con interés, porque están en juego su vida y su libertad, puede admirar la destreza con la que la jefa Patmore se ha lavado las manos y ha dejado esa patata caliente en manos de otra organización. Que por lo tanto cargará con las culpas si se producen más asesinatos.

No si, piensa. *Cuando.*

Después de una breve sinopsis sobre lo que saben del asesinato más reciente, Ganzinger dice: «Tenemos un dato nuevo importante acerca del autor de estos crímenes. Creemos que su nombre, o probablemente su apodo, es Trig. *T-R-I-G*».

Trig se queda paralizado con el sándwich ante la boca. Luego da un bocado. ¿Sabía que llegaría ese momento? Sí, claro que sí.

La jefa Patmore añade su modesta aportación: «En vista del alias "Bill Wilson" que utilizó en el mensaje de amenaza de su primera comunicación con nuestro departamento, creemos que ese individuo quizá..., repito, *quizá*... sea miembro de la comunidad en recuperación, posiblemente de Alcohólicos Anónimos o Narcóticos Anónimos. Si alguien de uno de esos programas conoce a un individuo que se hace llamar Trig, esperamos que lo notifique. Se protegerá su anonimato».

Peor que peor..., pero también previsible. La cuestión es por qué utilizó el nombre Bill Wilson en su carta a Warwick, al frente de la Unidad de Investigación de la ciudad, y la jefa Patmore. En su momento le pareció natural y totalmente acertado; ¿por qué lo hizo si no a modo de reparación? ¿Y no era la reparación del daño causado un aspecto central del programa de recuperación fundado por Bill Wilson?

No lo hiciste por esa razón. Lo hiciste porque querías ser detenido. Puede que por eso escribieras esas cartas para empezar.

Ese es su padre, y Trig lo rechaza. Escribió las cartas porque quería que los culpables sintieran su culpabilidad. *Tenían* que sentir culpabilidad.

Patmore y Ganzinger abren el turno de preguntas en la rueda de prensa. La primera: «¿Tienen una descripción de ese Bill Wilson, también conocido como Trig?».

Trig se lleva la mano a la corta cicatriz de la mandíbula y la recorre con los dedos. Solo hicieron falta siete puntos para cerrarla, pero todavía se nota después de tantos años.

«Por el momento, no», responde el teniente Ganzinger. Eso es un consuelo, pero solo si es verdad. ¿Y si saben lo de la cicatriz? Trig ha visto no pocas series policiacas y sabe que la policía tiende a reservarse datos. Tal como quizá se reserven la información relativa a cualquier posible testigo que pasara por delante del tractor cuando él estaba subido al peldaño y fingía hablar con el agricultor a quien acababa de matar.

La jefa Patmore añade: «Lo único que sabemos con certeza es que ese individuo es una persona calculadora pero mentalmente desequilibrada».

Trig piensa: *En eso estoy de acuerdo.*

Alguien pregunta: «¿Puede darnos el nombre del miembro del jurado del juicio contra Duffrey que se ha encontrado en la mano del señor Dill?».

Patmore: «No veo qué finalidad puede tener facilitar ese nombre, o el de cualquier otro miembro del jurado. Ellos no son el objetivo».

El mismo periodista: «Pero en cierto modo sí lo son, ¿no es así?».

Ganzinger, con estoicismo, contesta: «Estos homicidios son totalmente aleatorios, por lo que sabemos. Por esa razón resulta tan difícil detener al hombre que los comete».

Ese mismo periodista impertinente: «Pero ¿cómo lo llevan los miembros del jurado? Da la impresión de que el propósito de los homicidios es inducir a los jurados a sentirse culpables de la muerte de Alan Duf...».

Jefa Patmore: «Permítame que lo interrumpa. La muerte de Alan Duffrey..., el *asesinato* de Alan Duffrey... fue obra de un recluso de la prisión del estado aún sin identificar..., pero será descubierto y castigado. Los miembros del jurado del juicio no tienen ningún motivo para sentirse culpables. Repito: *ninguno*».

Trig, sentado a su escritorio con la vista fija en su sándwich a medio comer, masculla:

—Eso es una mentira descarada, monada.

Da otro bocado y mastica lentamente.

«Los miembros del jurado del juicio contra Duffrey cumplieron con su deber como ciudadanos de Estados Unidos y ciudadanos de esta ciudad, basándose en los datos disponibles».

Periodista impertinente: «Pero el señor Wentworth y el señor Finkel...».

Esta vez es Ganzinger quien lo interrumpe. «Esos suicidios no tuvieron nada que ver con el juicio contra Duffrey».

Trig no se lo cree. Ni remotamente. Él los *incitó* a suicidarse, los arreó en esa dirección como quien arrea a una vaca terca hacia el matadero, y, si pudiera incitar a los otros, lo consideraría un trabajo bien hecho.

Trig reconoce la voz del siguiente en preguntar. Es el podcastero Buckeye Brandon, el Héroe del Pueblo veraz y propagador de cotilleos. «A la luz de estos asesinatos, jefa Patmore, ¿cómo justifica que se siga adelante con el partido benéfico Armas contra Mangueras en el Dingley Park?».

Trig se queda inmóvil cuando se disponía a dar otro bocado. No quiere que cancelen ese partido. Ese partido forma parte de su plan.

Alice Patmore da una respuesta ágil y nadie la interrumpe con *eh, ah* o *hum*. Como persona que ha vivido no pocas reuniones de alta tensión —y ha manejado no poco ego—, Trig reconoce una respuesta preparada en cuanto la oye.

«Ese asesino cobarde no privará a dos organizaciones benéficas dignas de ayuda por su gran labor, las secciones de Pediatría y Distrofia Muscular del Kiner, del dinero que aportará el partido de sófbol de este viernes. Una cantidad de dinero *considerable*. La Policía Municipal, el Departamento del Sheriff del Condado y la Policía del Estado llenarán la ciudad de agentes la tarde y noche del viernes…».

«Muchos vestidos de paisano», interviene Ganzinger.

«Muchos vestidos de paisano —confirma Patmore—. Y animaría a venir a cualquier interesado en el partido, o en oír a Sista Bessie cantar *en directo* nuestro himno nacional, porque será una gran fiesta, y el viernes por la noche no habrá lugar más seguro que la multitud de hinchas de Buckeye City».

Será un lugar seguro, piensa Trig, y apaga la radio. No *lo será, en cambio, el lado opuesto del parque.*

En el caso, claro está, de que disponga de otros cuatro

días. Conocen el nombre que utiliza en las reuniones, pero ¿conocen su nombre real? Cree que no. *Espera* que no. Y esa otra versión de Trig tenía barba (que le cubría la cicatriz) y usaba lentillas. Después de aparecer en el periódico su foto en relación con el juicio contra Duffrey, se afeitó y volvió a usar gafas.

Necesita cuatro días más. Hasta entonces se contendrá. No matará a nadie más. Luego otros dos.

Dos como mínimo.

Capítulo 16

1

Holly alcanza la camioneta de Kate en el Sharko's BBQ de la carretera 59, en el condado de DuPage. Comen y luego siguen adelante juntas.

De cara al consumo público, el grupo de Kate, formado por tres personas, se aloja en el Waldorf Astoria de Chicago, en East Walton Street. En realidad, Holly ha reservado una suite y dos habitaciones comunicadas a su propio nombre en el Peninsula, en East Superior. Esa táctica ha dado buen resultado anteriormente, pero esta vez no, y no solo porque a Kate la sigue desde Madison una cola de ebayeros cada vez más larga. Algunos de estos peregrinos ávidos de autógrafos procedentes de Madison y otros lugares del oeste se han puesto en contacto con los ebayeros de Chicago, y algunos de ellos deben de haberse comunicado con la brigada anti-Kate, porque estos también las esperan y están listos para, en palabras de un manifestante, «tratarlas con la rudeza propia de Chicago».

La policía los mantiene al otro lado de la calle, pero, cuando Kate y Corrie salen de la F-150 de Kate, las recibe una lluvia de muñecos bebé manchados de sangre falsa. Casi ninguno las alcanza, pero uno golpea a Corrie Anderson en el hombro, dejándole una mancha roja en la blusa blanca. Ella lo mira sorprendida y acto seguido, mecánicamente, se inclina a cogerlo.

—No —advierte Holly. Ha detenido el Chrysler en la zona de carga y descarga detrás de la camioneta de Kate, tan cerca que de hecho los parachoques se tocan. Agarra a Corrie del brazo y la apremia a refugiarse bajo el toldo. Kate ya ha entrado, sin volver la vista atrás.

—*¡El nuevo holocausto!* —exclama una mujer. Da la impresión de que esté llorando.

Los ebayeros se marchan, conscientes de que se ha esfumado la oportunidad de acceder a su objetivo, pero el resto de los manifestantes recogen la palabra de la mujer que llora y la convierten en consigna:

—*¡Holocausto! ¡Holocausto! ¡Holocausto!*

Así les dan la bienvenida a Chicago, esa ciudad bulliciosa.

En la suite, Kate dice a Corrie que el encuentro con la prensa de esa tarde debe organizarse allí mismo, no en el Waldorf. Volviendo la atención hacia Holly, añade:

—En mis otras giras, las cosas no fueron así.

En tus otras giras no había nadie intentando matarte, se abstiene de responder Holly.

—Joder, estoy cansada de esconderme de un hatajo de propagandistas como los de *El cuento de la criada.*

A los labios de Holly asoma la frase *Es tu funeral*, que por supuesto tampoco pronuncia. Lo que sí dice es:

—Me contrataste para protegerte, Kate. Hago lo que puedo. No tengo ni idea de cómo se las arreglan estos..., estos especuladores de autógrafos para ir siempre un paso por delante.

—No te preocupes por los especuladores; tu lánzate delante de mí si ves a alguien apuntar un arma —dice Kate. Ve algo en el semblante de Holly que la induce a añadir—: ¡Es broma, mujer! ¡Es broma!

Holly siente que la sangre le sube a las mejillas.

—No es broma. ¿Te suena de algo el nombre de Lauri Carleton?

Hace casi dos años que esa mujer, Carleton, murió a causa de los disparos de un hombre que se ofendió al colgar ella su bandera del orgullo gay, pero Kate conoce el nombre. Claro que lo conoce.

—¿Qué esperas que haga, Holly? ¿Que me eche atrás? ¿Que me acobarde? ¡Eso es lo que quieren!

Holly deja escapar un suspiro.

—Ya sé que no puedes hacer eso, y entiendo que mantener la rueda de prensa en el Waldorf no tiene sentido, al menos no ahora, pero…

—Pero ¿qué? —Kate se planta con las piernas separadas y los puños en las esbeltas caderas—. Pero *¿qué?*

—Podrías plantearte cancelarla.

—Ni hablar —contesta Kate. A continuación, añade—: Eso jamás.

Corrie se escabulle a su habitación contigua para hacer llamadas y huir de cualquier posible fuego de artificio verbal, pero no lo hay. Holly Gibney no es persona dada a discutir, y menos con clientes. Ella es una persona dada a hacer las cosas lo mejor posible. Así que dice que lo entiende, y se marcha a su habitación.

Tiene dos mensajes de texto, el primero de Corrie, el segundo de Jerome Robinson.

Corrie: «Pensaba k vosotras 2 ibais a enzarzaros».

Holly: «No».

Corrie: «Voy al lugar de la actuación. Cadillac Palace Theatre. Tengo asuntos k atender. Volveré a tiempo para comer temprano. ¿Puedes llevar tú a K a la rueda de prensa?».

Holly: «Sí. Mantente alerta». A eso añade el emoji de unos ojos.

No le gusta la idea de que Corrie —quien ha padecido las peores agresiones de la acechadora— vaya sola a ese teatro, pero Holly no puede desdoblarse y su misión es Kate. Abre el otro mensaje.

Jerome: «Acabo de empezar y ya me he encontrado con 8 iglesias de tendencias fanáticas que se metieron en problemas con la justicia por manifestaciones que terminaron en detenciones. Lo más común fue la irrupción en propiedad privada, pero algunas manifestaciones degeneraron en violencia. Me he remontado 10 años atrás. Va a más cada año, peor desde la pandemia. De hecho, he encontrado un "mapa del odio". ¡En serio! Mira el e-mail. Ya sé k estás ocupada pero si algo te llama la atención házmelo saber».

¿Ocupada?, piensa Holly. *Ni te imaginas, J.*

Abre el e-mail, que se titula —no muy diplomáticamente— *Iglesias de chiflados.* El adjunto es una lista de las ocho iglesias, y añade descripciones breves de las causas por las que cada una de ellas se ha metido en problemas. Dos son de Idaho, una de Wisconsin, dos de Alabama, dos de Tennessee, y una del norte del estado de Nueva York. Antes de que pueda leer las descripciones, llega otro mensaje de texto, este de Kate.

«Rueda de prensa en 45 min. Enróllate y ven, te lo pasarás bien».

Me enrollaré e iré, pero bien no me lo pasaré, piensa Holly. Comprueba que lleva en el bolso el espray pimienta, la alarma antiviolación y —por poco que le guste— el revólver de Bill que ahora es *su* revólver. Todo el material antichiflados presente y a punto.

Se plantea telefonear a John Ackerly para ver si ha localizado al esquivo Trig, pero, si lo hubiera encontrado, o tuviera al menos una pista que pudiera llevarlos hasta él, la habría llamado o le habría enviado un mensaje. Además, el caso de Izzy es el caso de Izzy..., por más que parezca que esta semana la prioridad de Izzy es un partido benéfico de sófbol.

Aun así, no puede dejar de pensar en Trig mientras se retoca el pelo y el pintalabios en el espejo del cuarto de baño. El difunto Bill Hodges solía decirle que la mayoría de los casos eran fáciles porque la mayoría de la gente que cometía fechorías era perezosa y estúpida. En las escasas situaciones en que los malhechores eran un poco más inteligentes, debía, según Bill, detenerse, reflexionar y aislar la cuestión central de cada caso. Aclara eso y listo, asunto resuelto.

¿Cuál es, pues, la cuestión central con respecto a Trig? ¿Que está en AA? Debe *de estar en AA, porque la tal 2-Tonos dijo a John que ese hombre era bebedor, no drogadicto.*

¿Necesita un poco de sombra de ojos? No, no para una rueda de prensa a las cuatro de la tarde; su difunta madre se desmayaría. Basta con un poco de corrector, y, por cierto, ¿*es* la razón por la que Trig acude a las reuniones de AA la cuestión central? ¿Es *ese* el misterio en este asunto? No. La cuestión central, comprende Holly, es mucho más sencilla, y podría ser la clave de todo.

Dirigiéndose a su propio rostro en el espejo, pregunta en voz alta:

—¿Por qué le interesa Alan Duffrey tanto como para matar?

2

Chrissy está cerca de Chicago, de hecho ve ya el perfil urbano, cuando toma la decisión repentina de cambiar de rumbo. Se dirige hacia el sur por la I-57, y en Gilman doblará hacia el este. A diferencia de Holly, Chrissy no tiene el menor inconveniente en utilizar el móvil mientras conduce. Llama al diácono Andy. Este contesta nada más sonar el timbre y hace dos preguntas: ¿Va todo bien? y ¿Está Chris hablando por un desechable?

Chrissy contesta que sí tanto a lo uno como a lo otro, sin molestarse en decir a Andy que hoy se está equivocando de nombre. Para Fallowes, la persona con la que habla es siempre varón. A Chrissy no le importa (ella nunca se plantearía utilizar pronombres neutros como «elle» o «le»), porque los dos, el diácono Andy y ella, comparten el objetivo común de acabar con el imperio de la sangre y el terror de Kate McKay.

—Chicago queda descartado —informa Chrissy—. Demasiada policía, además de esa maldita guardaespaldas. Esa zorra hace bien su trabajo.

—Pero fue la ayudante quien detuvo a aquel hombre en Davenport —objeta Fallowes.

Salta a la vista que ha estado siguiendo las noticias, pero no con la atención suficiente.

—*No* fue Anderson, fue Gibney. La prensa se equivocó, como pasa tan a menudo. Pero Buckeye City es la ciudad de Gibney, e intuyo..., espero... que, en cuanto lleguen allí, baje la guardia y se relaje un poco. Además, allí la policía va detrás de un loco que anda matando gente. Eso no les permitirá concentrarse en *nuestra* agitadora.

—Bien, tú decides, siempre y cuando la iglesia quede al margen. ¿Qué necesitas de mí?

—La ciudad estará abarrotada, porque no solo la visita McKay. Una cantante de soul negra inicia su gira de regreso allí el sábado. Es un gran acontecimiento. La actuación de McKay ahora está programada para el viernes, es la nueva fecha que le han dado. A las siete de la tarde. La guardaespaldas ha decidido ir cambiando de hoteles, pero eso en Buckeye City no le servirá, porque están todos hasta los topes. Quiero que averigüe dónde se alojarán y que me consiga una habitación allí. ¿Es posible?

—Es posible —responde el diácono Fallowes. Sin titubeos. Al igual que esa Gibney, Fallowes hace bien su trabajo.

—De acuerdo —dice Chrissy—. En cualquier caso, esto termina en Buckeye City. No tengo intención de seguirla hasta Maine.

Pone fin a la llamada. Al cabo de una hora, Andy Fallowes le envía un mensaje.

> El grupo de KM reservó en el Garden City Plaza de Buckeye City. Habitaciones 1109-1110-1111. Te he conseguido una individual dos plantas más abajo, la 919. La reserva se ha hecho con la tarjeta de crédito de Hot Flash Ltd., pero usa tu propia tarjeta y asegúrate de borrar la información de Hot Flash. Ya sabes por qué. Borra también este mensaje.

No es posible borrar totalmente el rastro digital que lleva a la Verdadera Santa Iglesia de Cristo, pero al menos pueden ocultarlo. Eso es importante, porque muy posiblemente Chrissy sea detenida o acabe muerta. El único incordio es tener que parar en el camino y volver a ser Christopher. Christine tiene un carnet con su foto, un permiso de conducir de Wisconsin, pero no tarjeta de crédito.

Es la mitad masculina de su doble personalidad la que tiene la Visa.

3

Jerome sigue trabajando en su investigación sobre las iglesias fundamentalistas radicales que participan en manifestaciones violentas (incluidos algunos actos que solo pueden calificarse de terrorismo) cuando suena su teléfono. El prefijo de zona es el 818, que reconoce como Los Ángeles. Como la imitación es la forma más sincera de halago, contesta a la manera de Holly.

—Hola, Jerome al habla, ¿en qué puedo ayudarle?

—Soy Anthony Kelly, el mánager de gira de Sista Bessie. Me ha dado este número tu hermana. Todos queremos mucho a Barbara.

—Yo también, al menos cuando no da la vara. ¿Qué puedo hacer por usted, señor Kelly?

—Llámame Tones. Tengo la esperanza de que colabores en la gira, aunque sea brevemente. A invitación de vuestra alcaldesa, Betty cantará el himno nacional el viernes por la noche en un partido de sófbol benéfico. En un sitio que se llama... ¿Dingo Park?

Jerome sonríe.

—Dingley Park.

—Eso, eso, eso. Betty necesita protección desde el auditorio hasta el hotel, luego hasta el campo de juego, y luego de vuelta al hotel. Es por el seguro. Tu hermana te ha propuesto a ti. Dice que trabajas a tiempo parcial para una agencia de investigación local.

—Finders Keepers. Casualmente, la mujer para la que trabajo se ocupa también en estos momentos de tareas de seguridad.

—Dice Barbara que acompaña a esa feminista pesada.

Basándose en lo que Holly le ha contado, Jerome piensa que Kate preferiría que la describieran como «activista política», pero no lo dice.

—En caso de aceptar el compromiso, ¿de cuánto tiempo estaríamos hablando, señor Kelly? ¿Tones?

—Unas cuatro horas más o menos. Te reúnes con ella a eso de las cinco y media en el auditorio Mingo, donde estará hablando de la ropa con su ayudante de vestuario, Alberta Wing. Después la llevas al hotel Garden City Plaza. Alberta dispone de su propio medio de transporte. Tú tienes coche, ¿no?

—Claro.

—¿Coche de empresa?

—No, es mío.

—Pero ¿con seguro a todo riesgo? ¿Colisión, responsabilidad civil? Perdona que te lo pregunte, pero tiene contratada una póliza con una cobertura enorme en Global Insurance. Esos putos buitres. Disculpa mi vocabulario.

—No es necesario. Mi jefa opina lo mismo, y estamos asegurados hasta las cejas, con cobertura tanto personal como de empresa. A mi jefa le hacen un precio especial. Nosotros tenemos póliza con Progressive, no con el Burro Parlante.

—Ya, detesto a ese burro, con esa dentadura enorme. En el hotel, Betty se duchará y se vestirá para la actuación mientras tú esperas en nuestra suite de cortesía en el mismo rellano. A las seis y cuarto o seis y veinte, la acompañas abajo. Habrá un coche esperando. Alonzo Estevez, el director del hotel, ha accedido a llevarla al Dingley Park. Tú irás con ella en el coche hasta el campo de juego, donde, según tengo entendido, han habilitado un camerino privado. Ella no volverá a cambiarse, solo quiere algo de privacidad antes de hacer su trabajo. ¿Me sigues hasta el momento?

—Sí.

—Un poco antes de las siete, Red, su saxofonista, la acompañará al montículo del lanzador. Red toca, Betty canta, vuelves con ella al hotel y misión cumplida. ¿Cómo lo ves?

—¿No sería mejor un policía?

—Un policía es precisamente lo que ella *no* quiere. Lo que quiere es al hermano escritor de Barbara, quien, según Bets, casualmente es negro y guapo. En lo que se refiere a guapo, tendré que aceptar su palabra. Sista B Concerts Ltd. te pagará seiscientos dólares por tu tiempo.

Jerome se lo piensa, pero no demasiado.

—Vale, me parece bien. Puedo llevar a un colega, si no hay inconveniente.

—Cómo no, pero solo estoy autorizado a pagar por una persona. ¿Y tú y tu…, hum…, colega vendréis al concierto del sábado por la noche?

—Ese es el plan. E iré con mis padres. Se mueren de ganas de ver a Barb en el gran escenario. Yo también.

—Os reservaré butacas en la tercera fila —dice Tones—. La primera es demasiado cerca; se os embotarían los oídos y acabaríais con tortícolis por tener que mirar hacia arriba. ¿Solo cuatro? Tengo reservada toda la fila. También va a venir el grupo de la feminista.

Jerome se detiene a pensar. Sonríe. La verdad es que es una pasada.

—Mejor que sean ocho. Las tías de Barb y sus maridos vendrán de Cleveland, si hay asientos para ellos.

—Una reunión familiar, eso me gusta; dalo por hecho. Y también pases entre bastidores. Recogedlos en la taquilla de entrega de entradas.

—Gracias.

—No, gracias a *ti*. Yo el viernes no te veré. Iré al auditorio después de la charla sobre la liberación de la mujer para hacer un control de sonido y asegurarme de que no se ha estropeado nada. Esa mujer dice que puede moverse entre los amplificadores y los micros sin problema, pero yo soy de Missouri.

Jerome no entiende qué quiere decir con eso, así que se limita a repetir sus instrucciones —como insiste Holly cuando trabaja para Finders Keepers— y pone fin a la llamada. Inmediatamente hace otra.

—Aquí el Happy —dice John—. Eh, J, ¿qué te cuentas?

—Me cuento que a lo mejor no puedo quedarme todo el partido el viernes por la noche —explica Jerome—, pero, para compensarte, ¿qué te parecería formar parte del dispositivo de seguridad de Sista Bessie?

—Tío, ¿me tomas el pelo? ¡En su día, me meaba en el pañal bailando al ritmo de su música!

—No te tomo el pelo. Además, entradas de cortesía a su concierto del sábado por la noche, y pases entre bastidores. Me embolso seiscientos y los reparto contigo. ¿Qué te parece?

—¿Qué crees tú que me parece? Cuenta conmigo. Pásame los datos.

Jerome lo informa, y piensa: *Trescientos para cada uno por cuatro horas de trabajo. Casi parece demasiado fácil.*

Como se verá, no sabe lo que le espera.

4

Ese martes, Kate aparece en el escenario con una gorra de los Cubs de Chicago y una camiseta de los White Sox con su nombre en la espalda. Ese detalle encanta al público, y también cada una de las palabras que salen de su boca. Holly ya lo ha visto todo antes, y sabe que, en el melancólico Chicago, Kate habla para la parroquia (hay solo un reducido contingente de abucheadores), pero, aun así, su elocuencia es hipnótica. Va de un lado a otro, exhortando, implorando, bromeando, furiosa, dolida, indignada, esperanzada. Holly ha descubierto que Kate puede ser mezquina e insegura. Esa noche en Chicago eso da igual. Esa noche ofrece una actuación memorable.

—Esta noche quiero acabar pidiéndoos que recordéis las palabras de Juan el Apóstol. Dijo así: «Si alguno ama al mundo, el amor del Padre no está en él». Pero la teología, tal como la practican los cristianos fundamentalistas, *solo* trata del mundo. Mezclar la religión con la política es peligroso. No es el camino que lleva al Calvario, sino el que lleva al fascismo.

Desde el público alguien grita:

—*¡MIENTES!*

—Consulta tu Biblia —dice Kate—. Primera epístola de Juan, capítulo dos, versículo quince.

—*¡A LOS IMPOSTORES LES ESPERA EL INFIERNO!* —responde la persona que ha gritado antes. Los acomodadores se dirigen hacia él, pero, al ver que está apoyado en un andador, se muestran reacios a acercarse por miedo a que los acusen de maltratar a una persona con discapacidad.

—Me arriesgaré a ir al infierno —contesta Kate—, pero Chicago ha sido el cielo para esta mujer. Habéis sido un público maravilloso. Gracias desde lo más hondo de mi corazón.

Vuelve a salir tres veces al escenario, reclamada por una salva de aplausos que parece interminable, y abandona la sala rebosante de energía. Envuelve a Holly en un abrazo. Holly, que a menudo elude el contacto físico, se lo devuelve.

—Esta noche ha estado bien, ¿verdad? —susurra Kate.

—Más que bien —responde Holly, y la estrecha aún con más fuerza al cruzar su mente un pensamiento helador: *Esta mujer está pidiendo que la asesinen*—. Ha sido *magnífico*.

5

El miércoles por la mañana, Holly madruga para el viaje de cuatro horas de Chicago a Toledo. Al salir de la ducha, encuentra mensajes de texto de John Ackerly y Jerome.

John: «Puede que haya visto a tu amigo Trig, pero creo que tenía un aspecto distinto y usaba otro nombre. Ojalá me acordase».

Holly: «Inténtalo».

John: «Lo intento».

Jerome: «Me ha salido mi propio bolo de guardaespaldas. Sista Bessie, el viernes por la noche. Cantará el himno nacional en el Dingley. Es por recomendación de Barbara».

Holly: «Buena suerte. Seguro que harás un excelente trabajo. A mí la tarea de guardaespaldas me resulta un tanto desagradable. Puede que tú no opines lo mismo».

Jerome: «Tengo entradas para el concierto de Sista Bessie del sábado por la noche. ¿Puedes venir? ¿Para ver a Barb en el escenario?».

Holly: «Me encantaría, pero nos vamos a Cincinnati. Envía vídeo. Ven al hotel si puedes. Garden City Plaza».

Jerome: «Entendido».

Los puntos en movimiento indican que Jerome tiene algo más que decir, pero a Holly no le da tiempo. Se dispone a apagar su teléfono y echar la maleta al Chrysler cuando llega el mensaje.

Jerome: «Hollyberry. Y aún me queda una».

A esto sigue un emoji que llora de risa. Holly no puede evitar reírse también.

6

El viaje a Toledo transcurre sin incidentes, y a primera hora de la tarde Holly observa una vez más a su clienta en otra piscina de hotel. Kate va de un lado a otro, avanzando como un torbellino con su bañador rojo. Corrie baja a las tres menos cuarto y dice a Kate que quizá convenga que salga del agua. Una mala noticia, anuncia.

—Dímelo aquí mismo —contesta Kate entre jadeos—. Quiero hacer cuatro largos más.

—No creo que quieras oír esto mientras nadas.

Kate, impulsándose con las piernas, se dirige al borde la piscina y apoya los brazos en el brocal. El cabello se le adhiere a los costados de la cara.

—Suéltalo.

—Nos han cancelado el acto de esta noche.

—*¿Cómo?*

—Según una llamada anónima, si das la charla, una organización que se llama Defensa de Nuestras Madres irrumpirá en el edificio con armas automáticas y granadas. El que ha hecho la llamada asegura que habrá un gran número de víctimas.

Kate, más que salir de la piscina, salta de ella. Holly le tiende una toalla, a la que Kate no presta atención.

—¿Nos cierran el espacio por una llamada *anónima*?

—Me ha llamado el mismísimo jefe de poli...

—¡Por mí como si era el papa de Roma! ¿Anular mi compromiso por una puñetera llamada anónima? ¿Pretender obligarme a callar? —Kate se vuelve en redondo hacia Holly—. ¿Pueden hacer una cosa así?

—Pueden. Es una cuestión de seguridad pública.

—Pero, si pueden hacerlo aquí, ¡pueden hacerlo en cualquier sitio! Te das cuenta, ¿no? Un tarado hace una llamada ¿y basta con eso para amordazarme? ¡Y una mierda! *¡Una mierda!*

—¿A qué hora es la rueda de prensa? —pregunta Holly.

—A las cuatro —contesta Corrie.

—Usa ese mismo argumento —aconseja Holly—. Insinúa que la policía está capitulando ante...

—¿Que lo insinúe? ¡Lo diré a las claras!

No lo dudo, piensa Holly. Y sabe que Kate casi con toda seguridad está en lo cierto; puede que alguien considere necesario «defender a su madre», pero esa organización no existe. Ha hecho la llamada alarmante algún activista provida, o de Madres por la Libertad, o un feligrés de alguna de las iglesias de chiflados de Jerome. Naturalmente, también podría haber sido una broma de un estudiante de instituto por pura diversión.

Holly habla en voz baja y con paciencia, como hace con los clientes tensos, pero no sabe si servirá de algo. Kate no está tensa; está que se sube por las paredes.

—Lo que quiero decir es que debes proteger el resto de tu gira. Esto incluso puede favorecerte.

Y a mí también, porque, cuanta más protección policial recibas, más fácil será mi trabajo.

Aunque en adelante, como bien sabe, la policía estará más interesada en proteger al público que acude a oír las charlas de Kate que a la propia Kate. Durante el viaje desde Chicago, Holly ha decidido —a su pesar— que seguirá con Kate hasta el mismísimo final. Tanto su padre como su tío Henry le decían que uno no deja un trabajo hasta que lo termina.

Ahora Kate dice:

—¿Serviría de algo que llamara yo al jefe? ¿Que le dijera que en mi rueda de prensa haré quedar mal a su cuerpo de policía, que los presentaré como unos cobardes?

—Ya se ha informado a la prensa —contesta Corrie—. El jefe Troendle me lo ha dicho de inmediato. Afirma que, si ha de producirse un asesinato en masa, no será en su ciudad.

Kate se pasea de aquí para allá, dejando con sus pies descalzos un rastro de huellas que desaparecen a sus espaldas. Holly nunca ha sentido atracción sexual por las mujeres, pero, aun así, puede admirar ese cuerpo esbelto y bien conservado. A eso se añade el favorecedor hecho de que Kate despide una vez más chispas de electricidad estática psíquica.

—Mañana es día de viaje, ¿no?

—Sí —responde Corrie—. Vamos a Buckeye City. Das la charla en el Mingo el viernes. Moviéndote entre el equipo de la banda de Sista Bessie.

—Lo sé, lo sé, pero hoy estamos en Toledo. ¿Hay aquí un parque donde podamos organizar una concentración esta noche?

—Necesitarías un permiso de Parques e Instalaciones Recreativas —informa Holly—, o comoquiera que lo llamen en esta ciudad. Que no te van a conceder.

—O sea que, en esencia, estás diciéndome que Toledo me ha jodido de pleno. —Kate sigue paseándose con las manos entrelazadas detrás de la espalda. A Holly le recuerda al capitán Bligh en la proa del H.M.S. Bounty—. ¿Y si organizamos una concentración igualmente?

La expresión de Corrie indica que ella ya conoce la respuesta, pero no quiere ser quien lo diga.

—Podrías intentarlo —dice Holly—, pero es posible que

te detuvieran y te obligaran a quedarte el tiempo suficiente para echar a perder el resto de tu gira. Y más si alguien saliera herido. Yo te aconsejaría…

Kate la interrumpe con un gesto.

—Ya conozco tu consejo. Sí, sí, sí, bla, bla, bla, cancela esta noche, protege el resto de la gira. —Se pasea con la cabeza gacha, corriéndole hilillos de agua por los largos muslos—. Me revienta dejar ganar a esos soplapollas, esos hijos de puta, pero probablemente tienes razón.

—Hagamos de la necesidad virtud —se aventura a decir Holly, y se prepara para una andanada de McKay. No se produce. Kate se ha quedado abstraída.

—Vale, he aquí mi argumento: la policía cede ante una falsa llamada anónima como excusa para privarme de los derechos que me otorga la Primera Enmienda. Solo que «privarme» queda demasiado comedido. Diré que buscan una excusa para tirar de la cadena y hacer desaparecer por el cagadero mis derechos de la Primera Enmienda.

—Creo… —empieza a decir Holly.

Kate la hace callar con un gesto.

—Por el inodoro, ¿vale? Por el puto *retrete*. ¿Así está mejor?

—Podrías omitir…

—¿Puto? Sí, probablemente. —Kate trata de mantener viva su ira, pero se le escapa la risa con un resoplido.

—Así está mejor —dice Corrie.

—También intentan proteger a tus seguidores —añade Holly, pero Kate no la escucha.

—Atiéndeme, Corrie.

—Te atiendo.

—Di a la prensa que tengo un anuncio importante que hacer. Quiero que esté la televisión. Los blogs. Todas las webs. *Politico*, *Axios*, *Kos*, el *Huffington Post*, un puto vídeo en TikTok. Las redes sociales. Y búscame huecos con esos gilipollas de los programas de radio de hora punta, los que se hacen llamar Bill y el Tiburón o Will y el Hombre Lobo, o lo que sea. Que la gente sepa que debe venir a Buckeye City porque *sí* estaré en el Mongo.

—Mingo —corrige Holly. Recuerda que un maniaco llamado Brady Hartsfield intentó volar el auditorio. No se fía del viejo dicho según el cual nunca cae un rayo dos veces en el mismo sitio, pero ¿qué puede hacer? Se siente más implicada que nunca en este trabajo.

Kate se vuelve hacia Corrie. Holly siempre ha pensado que eso del fuego en la mirada era una bobada de las noveluchas románticas, pero en los ojos de Kate en efecto parece haber fuego.

—En marcha, Cor. Vamos a darle vueltas a esta puta mierda hasta que arda.

7

Trig sale temprano del trabajo, cosa de la que informa a Jerry Allison, el anciano portero del edificio, y luego se dirige hacia el Dingley Park. Del otro lado del parque, más allá de los árboles, llega el ruido metálico de los bates de aluminio y los gritos y exclamaciones de los hombres mientras policías y bomberos entrenan. Se dice que no va allí en busca de otro jurado sustituto (o acaso un juez sustituto), sino solo para asegurarse de que el cadáver de la drogata no ha sido descubierto..., pero lleva el Taurus en un bolsillo de la americana y una jeringuilla cargada de pentobarbital —comprado por correo por solo cuarenta y cinco dólares— en el otro. Si por casualidad se encuentra con alguien, puede pegarle un tiro o administrarle una sobredosis y esconder el cuerpo junto con el de la drogata. Si es mujer, puede dejar el nombre de Amy Gottschalk, la jurado número cuatro; si es hombre, el nombre del juez Irving Witterson, ese hijo de puta con ínfulas que primero negó a Duffrey la libertad bajo fianza y después lo condenó a la pena máxima.

Además, recuerda los partidos a los que asistió ahí con su padre, lo mucho que le gustaban y cuánto los temía. Cuando los Buckeye Bullets, desaparecidos hace tiempo, anotaban, su padre le frotaba la cabeza y lo abrazaba. Le encantaban esos abrazos. Después de una victoria, había helado en Dutchy's. No había helado cuando los Bullets perdían, y después de esos partidos Trig tenía que andarse con cuidado con lo que decía, por temor a que lo abofeteara, le diera un puñetazo o lo empujara otra vez contra la encimera de la cocina. ¡Cómo sangró aquella vez! Papá recogiendo la sangre con un paño de cocina y diciendo: *Bah, chaval, eso se arregla con unos cuantos puntos. Diles que tropezaste con esos pies torpes tuyos, ¿me oyes?* Y eso hizo, por supuesto.

¿Dónde estaba mamá durante todo eso? *Desaparecida.*

Eso contestaba su padre en las pocas ocasiones en que Trig se atrevía a preguntar (y una vez cumplidos los diez años, ella era como mucho un recuerdo difuso, no una auténtica madre sino solo una idea de madre). *Abandonó a la familia y nosotros no hablamos de la gente que abandona a los demás, así que por qué no coges y cierras la puta boca.*

Trig compra una Coca-Cola en el Fabuloso Puesto de Pescado de Frankie y rodea el pabellón Holman, que parece totalmente vacío. Olfatea por si le llega el aroma de la drogata en descomposición, pero no percibe nada. O eso le parece.

Rodea de nuevo el pabellón hasta la parte delantera, camino de su coche, y como por arte de magia aparece *otra* drogata. Con ese top sucio de cuello halter y esos vaqueros raídos, no puede ser otra cosa. ¡Es como si hubiera aparecido por encargo! Trig le sonríe y desliza la mano en el bolsillo de la americana. Ya se ve dejando el nombre de Amy Gottschalk en la mano muerta de esa fracasada. Pero entonces sale un joven del pinar por detrás de ella. Va tan desastrado como la chica, pero viste una camiseta del ejército con las mangas recortadas y tiene la complexión de un armario.

—Espera, Mary —dice. Luego, dirigiéndose a Trig—: Eh, tío, ¿no te sobrará un par de pavos para un par de veteranos? ¿Para pagarnos un café o algo?

Trig aparta la mano de la jeringuilla tapada, le da cinco dólares y se encamina hacia su coche con la esperanza de que el tipo desastrado no se le acerque por detrás con la intención de atracarlo. Eso sí sería una broma para el bueno de Trigger, ¿no?

Capítulo 17

1

Es el jueves por la mañana temprano —*muy* temprano—, pero ya está todo listo para ponerse en marcha. Holly siempre se ha considerado una persona organizada, pero Corrie Anderson la tiene impresionada, y más por lo joven que es; su curva de aprendizaje debe de haber pasado de cero a cien en cuestión de semanas. Parte del mérito le corresponde a Kate, por supuesto. Eligió a la persona idónea.

Holly lleva en coche a su jefa a tres emisoras de radio locales antes de que salga el sol. Kate toma café en cantidades que Holly considera francamente aterradoras; ella estaría brincando por la sala y trepando por las paredes.

Como Holly no sabe conducir con cambio manual (el tío Henry se ofreció a enseñarle, pero ella de adolescente tenía tales problemas de ansiedad que ni siquiera lo intentó), pasea a Kate por Toledo en su Chrysler, utilizando su fiel GPS para trasladarla de una emisora a otra. En cada una de ellas, Kate plantea los mismos argumentos: Defensa de Nuestras Madres es obviamente un grupo falso; las autoridades locales, incluida la policía, *saben que es falso*, pero han cancelado el acto igualmente. ¿Por qué? Para hacerla callar. Y si lo consiguen en Toledo, lo conseguirán en cualquier sitio. Con cualquier persona.

Los programas matutinos son auténticos zoos, pero Kate destaca en la clase de coloquios jocosos en los que se especializan esos polemistas. Cuando una oyente (los programas matutinos siempre están abiertos a las llamadas del público) acusa a Kate de poner en peligro a sus propias seguidoras, ella dice: «¿Deberían quizá arriesgarse a abortar en un callejón? ¿Arriesgarse a que expulsen a sus hijos del colegio porque van con un corte fade alto o un mohicano? ¿Arriesgarse a que les prohíban los libros que no gustan a los meapilas fundamentalistas? Quizá podríamos dejar que sean *ellas* quienes decidan qué es arriesgado, ¿no le parece, oyente?». Y cuando la oyente se aventura a opinar que Kate es una «cabrona arrogante», Kate se aventura a opinar que la oyente debería ponerse ya las bragas de niña mayor y dejar de tomar decisiones por los demás.

En otras palabras, es puro estilo Kate, en todo momento.

2

De vuelta en el hotel, Corrie tiene preparada una lista de entrevistas telefónicas, más de veinte en total. Sugiere a Kate que atienda las que son en profundidad —*Huffington Post*, NPR, PBS, *Slate*— antes de salir a la carretera con rumbo a Buckeye City.

—Durante el viaje —dice—, tú hablas mientras yo conduzco. Tendrías que poder liquidar las nueve que he marcado como prioritarias. Diez minutos cada una, noventa minutos en total.

—¿Estás segura de que puedo hablar con ellos mientras

estamos en la carretera? Me revienta quedarme sin cobertura. Cabría pensar que si fuimos capaces de mandar a un hombre a la luna…

—La cobertura debería estar en cinco barras durante todo el camino. Lo he comprobado.

La admiración de Holly por Corrie va en aumento.

—Expón tus ideas y sigue adelante. «Pretenden amordazarme, tirar al váter los derechos que me otorga la Primera Enmienda, que sea la gente quien decida si quiere ir, basta ya de chorradas». Recalca eso. No te desvíes. Cada vez que te toque en el brazo, corta.

Kate mira a Holly.

—Cuando yo sea la señora presidenta, esta mujer va a ser mi jefa de gabinete.

Corrie se sonroja.

—Yo solo quiero proteger tu gira.

—*Nuestra* gira. Las tres mosqueteras. ¿Cómo lo ves, Holly?

—Bien, fetén —contesta Holly.

—Mantenemos la reserva en el Garden City Plaza —dice Corrie.

—¿Y sigue a mi nombre? —pregunta Kate.

—Sí. Holly ha dicho que, en vista de lo que ha pasado, sería mejor no dar la impresión de que andas poniéndote a cubierto.

—Muy cierto, maldita sea.

—Podrás hacer las otras llamadas desde allí. —Corrie sacude los puños al aire—. Esto podría salir bien.

Kate coge la lista de Corrie y empieza a llamar. Parece conservar su energía intacta. Holly vuelve a su habitación, dedica tres minutos a acabar de hacer la maleta y después empieza a revisar la lista de iglesias activistas de Jerome. Este ha añadido nuevos detalles desde el día anterior. La acechadora de Kate tal vez no tenga nada que ver con ninguna, pero tal vez sí.

Según las anotaciones de Jerome, algunas de esas iglesias se han organizado bajo la enseña colectiva del AOG, Army of God, el «Ejército de Dios». Tres de ellas —las dos iglesias de Tennessee y una de las de Alabama— merecieron la intervención policial por violar la Ley de Libertad de Acceso a Clínicas. Las manifestaciones se permitían; los insultos a gritos a las mujeres que entraban también se permitían (aunque, en opinión de Holly, no deberían haberse tolerado); las imágenes de fetos desmembrados eran aceptables; la obstrucción de las entradas y la lluvia de sangre, falsa o no, no lo eran. Siguiendo diversos enlaces incluidos en los artículos, Holly descubre que, desde la sentencia del caso Dobbs contra Jackson Women's Health Organization, esas clínicas han cerrado, así que, supone, los partidarios de provida pueden anotárselo como triunfo.

En Idaho, algunos miembros de Cristo el Redentor Eterno se tumbaron en el suelo frente a un desfile de drag queens mientras otros miembros «bendecían» a los participantes en el desfile con gaseosa, comportamiento que el juez consideró «agresión en tercer grado». También en Idaho, solo un mes más tarde, los miembros de esa misma pequeña iglesia fueron detenidos por cometer actos vandálicos contra una biblioteca que, según rumores, era lugar de reunión de pedófilos pertenecientes a la organización Q. En el norte del estado de Nueva York se lanzó una bomba incendiaria contra una clínica de mujeres. Nadie murió, pero dos pacientes y una enfermera sufrieron quemaduras graves. La investigación seguía su curso, y por el momento aún no se habían practicado detenciones.

La nota de Jerome sobre la iglesia de Wisconsin es breve: *la Verdadera Santa Iglesia de Cristo, Baraboo Junction, Wis-*

consin. Busca «Brujas de Brenda» en Google. Como Kate todavía va por su tercera llamada —Holly la oye a través de la puerta abierta—, eso es lo que hace.

El artículo más informativo que Holly encuentra lo publica una web llamada *Religión buena y mala.* La noticia se refiere a un altercado entre unos veinte manifestantes de la Verdadera Santa Iglesia de Cristo y una docena de mujeres —las Brujas de Brenda— que organizaron una contramanifestación en moto. Holly observa que, si bien la Verdadera Santa Iglesia de Cristo tiene su sede en el norte de Wisconsin, la manifestación se desarrolló en Pennsylvania. Deduce que la iglesia tiene un benefactor adinerado o varios fieles ricos.

El artículo del *Daily Kos* que lee a continuación tiene un tono de hastío, como dando a entender «este es el país derechista en que vivimos», que a Holly no le convence. Se dispone a apagar el iPad, pero de pronto decide investigar un poco más sobre la Verdadera Santa Iglesia de Cristo de Baraboo Junction. Encuentra muchísimos resultados, empezando por Wikipedia.

Resulta que la iglesia no denominacional fue financiada por Harold Stewart, difunto presidente de Hot Flash Electronics y propietario de varias patentes valiosas. Esas patentes son ahora propiedad de la Verdadera Santa Iglesia de Cristo, una iglesia adscrita al AOG. Los miembros de la Verdadera Santa Iglesia de Cristo han organizado protestas en muchos estados con el dinero de Stewart, no solo en Pennsylvania. En un caso, cuatro miembros fueron detenidos y acusados de agresión mientras se manifestaban ante una clínica de Florida. Eso fue un año antes de la trifulca con las Brujas de Brenda. Holly encuentra un artículo sobre el suceso en el *Pensacola News Journal.* Hay un muro de pago, pero le basta ver el titular para apoquinar los 6,99 dólares de la oferta de suscripción.

CUATRO ACUSADOS EN UN ATAQUE CON ÁCIDO FALSO ANTE LA CLÍNICA SARA WATERS

Masculla un «Mierda» muy impropio de Holly.

Antes de leer el artículo, mira la fotografía que lo acompaña. Tres hombres y una mujer, cogidos del brazo en actitud de solidaridad, suben por la escalinata del juzgado y lanzan una mirada desafiante al fotógrafo. Se identifica a dos de los hombres como el pastor James Mellors y el diácono primero Andrew Fallowes, de la Verdadera Santa Iglesia de Cristo. La mujer es Denise Mellors, la esposa del pastor. El tercer hombre, mucho más joven, se llama Christopher Stewart. En el artículo no dice que es el hijo de Harold Stewart, pero Holly lo considera probable; desde luego, la edad corresponde.

La voz de Kate se desvanece. Cualquier pensamiento sobre la parada siguiente —su propia ciudad natal— se desvanece. Está experimentando uno de esos momentos por los que vive: el nítido clic que se produce cuando las piezas encajan. *En Reno fue una mujer, no un hombre, pero... ¿qué dijo Corrie? «Con el cabello de un color rojo vivo que no puede ser natural». Y después la policía encontró la peluca.*

Corrie asoma la cabeza por la puerta.

—Kate ha terminado. Al menos con esta ronda. ¿Estás lista para salir?

—¿Qué te dijo exactamente la mujer de Reno? ¿Te acuerdas?

—Nunca me olvidaré porque pensé que iba a quedarme ciega para siempre. Dijo: «Esto es lo que te has ganado». Y después añadió unas palabras de la Biblia sobre la prohibición de usurpar la autoridad del hombre.

—Ven un momento.

—Kate nos espera, Holly; de verdad que tenemos...

—Esto es importante, ven.

Corrie se acerca. Holly le enseña el artículo.

—Este delito cometido en Florida, una agresión grave rebajada a delito menor, concuerda con el modus operandi de la mujer que te lanzó el ácido falso. Si es que *era* una mujer. —Ensancha con los dedos la foto del cuarteto que sube por la escalera del juzgado. Toca la imagen de Christopher Stewart—. ¿Podría ser este hombre la persona que te atacó en Reno?

Corrie lo observa durante largo rato y al final mueve la cabeza en un gesto de negación.

—No lo sé. Ocurrió muy deprisa, llovía, y si fue este hombre, además de llevar peluca, iba disfrazado de mujer. Con una falda, o quizá un vestido. Así que no puedo...

Entra Kate.

—Conviene que nos pongamos en marcha, señoras. Vamos, vamos, vamos.

—Holly cree que tal vez haya encontrado a la mujer que nos acecha. Solo que, si está en lo cierto, es un hombre.

—Lo que no me sorprendería —dice Kate—. Por lo general, son ellos los peligrosos. —Echa un rápido vistazo a la foto en la tableta de Holly y comenta—. No es feo.

—Haz memoria y mira otra vez, Corrie.

Corrie mira y vuelve a negar con la cabeza.

—No sabría decir. Ojalá lo tuviera claro, Holly, pero...

—Hay que ponerse en marcha —insiste Kate—. Sigue con tu trabajo de detective en Buckeye, Hols. Si ese bobo anda detrás de mí, puede que ya esté allí.

3

De camino a Buckeye City, Holly tiene una súbita inspiración. Para en el aparcamiento de un restaurante Shoney's y telefonea a Jerome. Él contesta, pero Holly oye de fondo las reverberaciones de una música potente. Sonoros trompetazos de instrumentos de viento.

—*¡Estoy en el Mingo!* —vocifera Jerome—. *¡Viendo a Sista Bessie! ¡Están ensayando «Twist and Shout»! ¡Es fantástico! ¡Barb canta con el grupo! ¡Es...!* —Lo interrumpe un redoble de batería.

—*¿Cómo?*

—*¡Decía que no te creerías lo bien que lo hace! ¡Todas ellas! ¡Te enviaré un vídeo!*

—*Vale, ¡pero necesito que me hagas un favor! ¿Puedes ir a un sitio más silencioso?*

—*¿Cómo?*

—*¿PUEDES IR A UN SITIO MÁS SILENCIOSO?*

Al cabo de unos segundos, el sonido de la música llega amortiguado.

—¿Mejor así? —pregunta Jerome.

—Sí. —Ella le dice lo que necesita, y Jerome contesta que verá qué puede hacer.

—Y envíame ese vídeo. Quiero ver a Barbara bailando el twist.

4

De muy buena gana, Holly pasaría por su pequeño y acogedor apartamento y echaría a la lavadora su ropa de viaje. Metería prendas limpias en la maleta. Quizá se tomaría un expreso sentada a la mesa de su cocina bajo el sol. Seguiría con la investigación sobre la Verdadera Santa Iglesia de Cristo de Baraboo Junction, Wisconsin, y posiblemente vería un vídeo de Barbara en el escenario del Mingo, bailando y cantando.

Desearía sobre todo estar sola.

En el viaje desde Toledo, ha reconocido por fin conscientemente que Kate no le inspira gran simpatía, Kate con su monotema y su fanatismo un tanto agotador. Todavía admira en ella su valor, su energía y su encanto (a este último recurre en especial cuando necesita algo o a alguien), pero durante el viaje en coche de dos horas ha afrontado asimismo el hecho de que Kate es, más que su clienta, su jefa. *Le tendí su toalla*, ha pensado Holly, y el recuerdo se le ha antojado deprimente.

En lugar de pasar por su apartamento, va directamente al Garden City Plaza y para en la zona de recepción, detrás de la camioneta de Kate. Por el momento los especuladores de autógrafos y recuerdos se han visto desplazados por las simpatizantes de Kate y los fans de Sista Bessie. Sus simpatizantes forman una fila en la otra acera con una pancarta que reza: ¡BIENVENIDA KATE MCKAY! ¡EL PODER DE LAS MUJERES POR SIEMPRE!

Kate se acerca a ellas, y Holly, apeándose de su descomunal Chrysler y corriendo hacia ella, piensa: *Ya empezamos otra vez.*

Kate hace su gesto: *vamos, vamos, vamos.* Las simpatizantes la vitorean y los pocos defensores del derecho a la vida presentes la abuchean enfervorizados.

¿Qué hará Holly si alguien saca un arma? ¿Tirar a Kate al suelo? Sí, probablemente. ¿Lanzarse delante de ella, a modo de escudo humano?

Buena pregunta.

Kate no se entretiene en el vestíbulo; va derecha al bar para perderse de vista. Holly se reúne con Corrie en la recepción para el trámite de entrada.

5

Chris llega a Buckeye City a las tres de la tarde. El Garden City Plaza tiene servicio de aparcacoches, pero él, teniendo presentes las instrucciones del diácono Fallowes con respecto a la conveniencia de reducir al mínimo el rastro digital, deja el coche en un aparcamiento público a dos manzanas de distancia y paga en efectivo en la taquilla el coste de tres días..., aunque después de mañana por la noche prevé estar muerto o en la cárcel.

Acarrea sus dos maletas, una azul y una rosa, hasta el hotel y las deja en el suelo frente a la puerta giratoria el tiempo suficiente para descansar los brazos y los hombros. El portero le pregunta si puede ayudarle y Chris, tras darle las gracias, le dice que no hace falta. Por casualidad, mira hacia el vestíbulo, lo que es una suerte, porque la ayudante de McKay y la zorra de la guardaespaldas están en la recepción hablando con uno de los empleados. Detrás de ellas forma cola un grupo de mujeres de mediana edad vestidas con camisetas de Sista Bessie que muestran a una Betty Brady mucho más joven y el eslogan: DAME UN POCO DE ESE SOUL DE LA VIEJA SISTA.

—¿Ha venido a la ciudad por el concierto? —pregunta el portero.

—Sí, si es que consigo una entrada.

—No será fácil. Se han agotado, y en la reventa están haciendo el agosto. Espero que tenga reserva aquí, porque el hotel está lleno.

—La tengo.

Chris ve a McKay reunirse con Anderson y Gibney en la recepción; luego las tres se dirigen hacia los ascensores. La fila de fans de Sista Bessie avanza para formalizar su llegada.

Chris coge las maletas y entra. Saca la tarjeta de crédito de la cartera, vacila y vuelve a guardarla. Tiene también una tarjeta de American Express, por gentileza del diácono Fallowes, a nombre de William Ferguson. «Estrictamente para casos de emergencia y con un límite de dos mil dólares —dijo Fallowes—. Utilízala solo si saben quién eres».

No le consta que lo hayan reconocido, pero una intuición, muy intensa, lo impulsa a utilizar la tarjeta a nombre de Ferguson, y eso hace. Dice al recepcionista que el señor Stewart no ha podido llegar, y él lo sustituye.

—Puede borrarlo del registro de huéspedes entrantes.

—Muy bien, señor Ferguson.

La habitación 919 es uno de esos cubículos que el personal de los hoteles llama «habitación ja ja», pero Chris supone que es lo mejor que el diácono Fallowes ha conseguido con tan corto aviso. Está cerca de los ascensores y, enfrente, al otro lado del pasillo, hay un cuarto de camareras con mucho ajetreo. La vista es un muro de ladrillo al otro lado de un callejón. Aun así, es más agradable que la mayoría de los cuchitriles donde se han alojado Chris y Chrissy. Tan agradable que le causa desazón, porque piensa que es más de lo que merece.

Le duelen los brazos y la espalda de cargar con las maletas hasta el hotel. Chris saca las aspirinas de la maleta de Chrissy y se toma un par con el agua de una botella de Poland Spring de la pequeña nevera. Se tiende en espera de que las pastillas le hagan efecto.

Solo quince minutos, se dice. *Luego iré a buscar el auditorio donde supuestamente dará su charla mañana por la noche. Planearé cómo hacerlo, y más vale que sea un buen plan, porque no habrá otra oportunidad.*

Pero últimamente le ha costado conciliar el sueño, y sucumbe a un ligero duermevela. Con demasiada frecuencia, cuando su mente va a la deriva —cuando Chris baja su atenta guardia ante el pasado, con sus humillaciones y decisiones difíciles—, de pronto se acuerda de su madre, quien conocía y aceptaba lo que ella llamaba su personalidad dividida.

Él nunca se lo discutió, pero nunca creyó que existiese tal división. Cuando era Chris, era Chris. Cuando era Chrissy, era Chrissy. Su madre compraba la ropa para Chrissy en Outlets at the Dells, un centro comercial relativamente alejado, a distancia suficiente para mantener lo que ella llamaba «nuestro pequeño secreto de familia». Guardaba esa ropa en los cajones inferiores de la cómoda de Chris, debajo de sus vaqueros y camisetas, junto con la muñeca de Glitter Girls que Chrissy llamaba Eudora. Aunque papá conocía la existencia de la gemela de su hijo, Chris tenía prohibido vestirse como Chrissy o dormir con Eudora hasta que Harold Stewart entraba a preguntarle si había rezado sus oraciones y a darle un beso de buenas noches. Después podía sacar a Eudora de su confinamiento y convertirse en Chrissy.

Para su madre, la aceptación fue fácil. Su padre se refugió en la ignorancia.

El diácono Fallowes encontró su propia manera de aceptarlo, en parte porque quería utilizar en el futuro a los gemelos Stewart (Dios le indicaría el momento oportuno), pero también porque la gente profundamente religiosa de todas las sectas o credos encuentra siempre justificación para sus deseos en un libro sagrado u otro. El diácono Andy encontró la suya en el Evangelio según san Mateo, capítulo 19, versículo 12: «Pues hay eunucos que nacieron así del vientre de su madre, y hay eunucos que son hechos eunucos por los hombres, y hay eunucos que a sí mismos se hicieron eunucos por causa del reino de los cielos. El que sea capaz de recibir esto, que lo reciba».

—¿Entiendes ese versículo, Chris?

Él movió la cabeza en un gesto de negación.

—Yo no soy eunuco. Todavía tengo... —Se detuvo a pensar cómo decirlo sin causar ofensa—. Mis partes viriles.

—Imaginemos que consideramos eunucos a quienes son a la vez hombres y mujeres. ¿Lo entiendes si lo planteo así?

Chris, que por entonces tenía dieciséis años, dijo que sí. En realidad no lo entendía —era mucho más sencillo que eso, no hacía falta forzar la sintaxis—, pero quería que el diácono Andy estuviera contento con él... o lo más contento posible. Si eso conllevaba arrancar de la Biblia por la fuerza algún significado necesario, que así fuera.

Fallowes apoyó las manos en los hombros de Chris, un gesto fuerte y afectuoso. A diferencia del padre de Chris, muerto desde hacía dos años, Fallowes parecía comprenderlo de verdad. No como lo comprendía su madre, con benevolencia, sino de un modo que inducía a pensar que tal vez hubiese una forma de encontrar un equilibrio.

—Explícame como se aplica a ti ese versículo, suponiendo que introduzcamos ese pequeño cambio..., que, a fin de cuentas, solo es modernizar un poco la Biblia.

—¿Significa que algunos se han hecho a sí mismos hombre y mujer por causa del reino de los cielos?

—¡Sí! Muy bien. —El diácono Andy le dio un ligero apretón en los hombros—. Y el que sea capaz de recibir esto, que lo reciba. Repítelo para que yo lo oiga.

—El que sea capaz de recibir esto, que lo reciba.

—Y *la que*.

—La que sea capaz de recibir esto, que lo reciba.

—Sí. Haz lo que el corazón te diga que debes recibir. A ese respecto yo te ayudaré.

—Sé que me ayudará, diácono Andy.

—Seguiremos hablando sobre lo que Dios quiere de ti. —Hizo una pausa—. Y de tu hermana, claro está.

6

Antes de que el duermevela dé paso al verdadero sueño, se incorpora, entra en el baño y se echa agua fría a la cara. Luego se va a explorar el auditorio Mingo. Se ha congregado una muchedumbre frente al hotel. Algunos llevan camisetas con el lema «El Poder del Soul» de Sista Bessie. Algunos enarbolan pancartas de provida y aguardan la oportunidad de lanzar pullas a Kate McKay. Chris sabe que las pullas no la detendrán.

Nada la detendrá excepto una bala.

7

¿Por qué tiene que ser en el pabellón Holman?

Esta pregunta acude de manera recurrente a la cabeza de Trig, interrumpiendo el trabajo de su vida real, que ahora le parece cada vez más un sueño. El ordenador está encendido y tiene contratos que rellenar y enviar por correo electrónico a varias empresas; tiene formularios de compañías de seguros y varias indemnizaciones que imprimir, firmar y remitir. Pero este mes —el *último* mes— su trabajo real ha sido el asesinato, del mismo modo que beber era su trabajo real antes de ser miembro de AA. Y… ¡venga ya! ¿De verdad había creído que podría despertar un sentimiento de culpabilidad en los miembros del jurado? ¿O en el ayudante del fiscal, el muy estirado? ¿O en el juez, un tipo terco y mojigato?

El partido ya está muy avanzado, demasiado para seguir engañándose, que es lo que ha estado haciendo. Algunos miembros del jurado —tal vez Gottschalk, o Finkel, o en especial Belinda Jones— sin duda lo lamentaron cuando Alan Duffrey fue asesinado en el patio de la cárcel, y lo lamentaron más aún cuando se supo que había acabado preso por un delito que no cometió. Pero ¿sentían verdadera culpabilidad, de esa que quita el sueño?

No.

¿Por qué tiene que ser en el Holman?

Porque el Holman era alfa, y lógicamente debía ser también omega. Después de marcharse su madre —después de *desaparecer*, por así decirlo—, algunos de los mejores y peores momentos que pasó con su padre

(*alfa/omega*)

tuvieron lugar en ese pabellón, viendo patinar por la pista a los Buckeye Bullets, y qué más daba si nunca podía decir nada justo después de una derrota de los Bullets. Qué más daba aquella noche que intentó consolar a papá por el pésimo arbitraje que les costó el partido y su padre lo empujó contra la encimera, y después papá limpió la sangre y dijo: «Bah, chaval, eso se arregla con unos cuantos puntos». Su padre, siempre tan seguro de todo, nunca se disculpó. Nunca dio explicaciones. Cuando Trig se atrevió —solo una o dos veces— a preguntar por su madre, papá dijo: «Ha desaparecido, nos ha abandonado, te basta con saber eso, y ahora cállate, si no quieres que te reviente el culo».

Maisie llama a la puerta del despacho y asoma la cabeza.

—Tienes una llamada por la línea uno, Don.

Por un momento no responde, porque Don es su nombre en la vida real, y durante los últimos días del último mes piensa en sí mismo cada vez más como Trig. Supone que incluso antes de que Duffrey fuera asesinado y Cary Tolliver confesara, debía de haber estado planeando algo así, una *matanza*, sin permitir que su mente consciente lo supiera. Con la bebida sin duda era eso lo que ocurría. En cuanto uno se proponía hacerlo, no podía permitir que su mente consciente participara del secreto. En AA decían que *desliz* equivalía a *un pésimo plan que hice.*

—¿Don? —Es Maisie, pero su voz suena lejos. Muy muy lejos.

En su escritorio tiene un caballo de cerámica. Lo utiliza como pisapapeles. Lo toca, lo acaricia. Se lo regaló su madre cuando era muy pequeño. Le gustaba ese viejo caballito. Lo adoraba, de hecho. Se lo llevaba a la cama (en gran medida como Chrissy se llevaba a la cama su Glitter Girl, Eudora). Fue un caballo sin nombre hasta que su padre dijo: «Llámalo Trigger, porque se parece a aquel que montaba Roy Rogers». Papá decía que Roy Rogers era un vaquero de los de antes. Así que el caballo de cerámica pasó a ser Trigger y papá empezó a llamarlo a él Trig. Mamá nunca lo hizo, mamá lo llamaba su pequeño Donnie, pero un día *desapareció.*

—¿Don? ¿Por la línea uno?

Trig vuelve a la realidad.

—Gracias, Maisie. Hoy estoy en las nubes.

Ella le dirige una sonrisa evasiva que podría significar *no solo hoy* y se retira.

Mira la luz parpadeante del teléfono y se pregunta qué respondería la persona que llama si él, al descolgar el auricular, dijera: *Hola, soy Trig, también conocido como Donald, también conocido como jurado número nueve.*

—Basta ya —dice, y acto seguido acepta la llamada—. Hola, soy Don Gibson.

—Hola, señor Gibson, soy Corrie Anderson. La ayudante de Kate McKay. Ya hemos hablado antes.

—Cierto —responde Trig, adoptando su tono cordial de director de programación.

—Gracias por hacernos un hueco en la agenda mañana. Muchos de los seguidores de Kate lo agradecerán.

—Agradézcaselo a Sista Bessie, no a mí —contesta Trig—. Tuvo la gentileza de cancelar su último ensayo previo al concierto.

—Dele las gracias de mi parte, ¿quiere?

—Con mucho gusto.

—Kate no tiene inconveniente en trabajar en medio del equipo de Sista Bessie. En cuanto a mí, solo he de hacerle unas cuantas preguntas sobre la logística de la charla de mañana noche.

—Se las contestaré encantado, pero antes también yo tengo una pregunta. ¿Podría usted venir mañana y firmar unos cuantos papeles? Uno de ellos es muy importante. Me refiero al impreso de Global Insurance, y teniendo en cuenta la..., hum..., controvertida postura de la señora McKay acerca de algunas cuestiones..., debería ultimarse antes de que la señora McKay salga al escenario.

—Tengo que estar mañana a las dos en el auditorio para recibir una entrega de ejemplares del libro más reciente de Kate. Veinte cajas, de hecho. ¿Le vendría bien a las dos?

En realidad, no. Demasiada gente alrededor.

—Yo esperaba que pudiera venir usted a eso de las doce, porque a las dos tengo un compromiso.

El compromiso es mentira, pero a las doce Maisie habrá salido a comer, y, como Sista Bessie y su banda se toman el día libre, el auditorio estará vacío. Había una entrega programada, pero él la ha cancelado. También dijo a Margaret, la encargada de la cocina, y a Jerry, el conserje, que se tomaran el día libre.

—¿Sería posible? —Deja escapar una breve risa, como si la situación lo violentara—. No quiero ponerme pesado, pero sin firma no hay seguro, y sin seguro no hay charla. Con esto me juego el tipo, señora Anderson, porque, si se cancelara el acto de Kate McKay, ¿a quién se consideraría culpable?

—A mí, de hecho —dice Corrie, y se echa a reír—. Pero supongo que también a usted. ¿Y estoy autorizada a firmar yo? Porque, si necesita la firma de Kate, mejor será que me acerque ahora mismo y le traiga a ella el…

—No, no, con su firma basta —responde Trig cortésmente. En realidad, como director de programación del Mingo, puede firmar él mismo casi toda la documentación del seguro, y en este caso *no* hay documentación.

—Puedo pasarme a las doce —accede Corrie.

—Le sugiero que aparque detrás del auditorio. Saldré a recibirla allí y entraremos por la puerta de servicio.

—Tomaré un Uber. No voy a arriesgarme a ir con la camioneta nueva de Kate en una ciudad que no conozco.

—Gracias —dice Trig—. Me quita un peso de encima.

Y, si trae a la guardaespaldas de McKay, tanto mejor.

Capítulo 18

1

Holly ve tres veces el vídeo que Jerome le ha mandado y no puede dejar de sonreír. Como lo ha grabado con su iPhone, el sonido es poco nítido y reverberante, oyéndose distorsionadas las voces de Sista Bessie como cantante principal y las Dixie Crystals como coro, pero las imágenes son diáfanas. Betty Brady lleva un pañuelo en torno a la cabeza, un vestido sin forma similar a un muumuu y unas zapatillas rojas de lona de caña alta, pero las Crystals —Barbara incluida— están probando lo que, supone Holly, es su ropa de actuación. Pantalones negros de cintura alta y blusas blancas de seda relucientes. Pese a que, según calcula, las tres Crystals originales triplican la edad de Barbara (o poco les falta), Barbara les sigue el ritmo perfectamente, respondiendo a la voz cantante de Betty y añadiendo un armonioso *Uuuuuh* a cada *Shake it up, baby.* Da la impresión de que Barbara se lo está pasando como nunca, y Holly —que se ha sentido fatal en las pocas ruedas de prensa a las que se ha visto obligada a asistir y jamás, ni en sus sueños más descabellados, reuniría el valor necesario para salir a un escenario— se alegra por ella.

Llaman a su puerta cuando se dispone a ver el vídeo por

cuarta vez. Espera que sean Corrie o Kate, pero es Jerome, con su bolso de hombre (que Holly le regaló la Navidad pasada) colgado al hombro. No se había dado cuenta de lo mucho que lo añora hasta que lo ve, y además sigue abrumada de felicidad por Barbara. Ambas circunstancias se combinan, y Holly, por lo común la menos efusiva de las mujeres, rodea a Jerome con los brazos y lo estrecha con mucha mucha mucha fuerza.

—Eh, chica, yo también te quiero. —Pero le devuelve el abrazo, a la vez que levanta sus poco más de cincuenta kilos y la balancea de un lado a otro antes de depositarla de nuevo en el suelo—. Has visto el vídeo, intuyo.

—¡Sí! ¡Es magnífico! Se la ve tan…, no sé…, tan…, tan *algo*.

—¿Tan natural? ¿Tan feliz?

—¡Sí!

Jerome sonríe.

—Esperemos que no le entre el miedo escénico cuando esté delante del público.

—¿Crees que podría pasarle?

—Lo dudo —contesta Jerome—. Quiere hacer eso al menos una vez, y la verdad es que ella y Betty han desarrollado un vínculo fuerte. O sea, están muy unidas.

—¿Va a seguir Barb el resto de la gira?

—No lo ha dicho, y le atrae la idea, pero imagino que al final seguramente se quedará en casa y se centrará en escribir.

—Zapatero a tus zapatos —musita Holly.

—¿Cómo?

—Nada, da igual. Pero es emocionante, ¿no?

—Sí.

—¿Y tú cuidarás de la señora… Sista… cuando cante el himno nacional en el Dingley Park?

—Sí. Eso también es emocionante. No preveo problemas, porque la gente está entusiasmada con su reaparición después de tantos años retirada. —Baja la voz—. Hablando de problemas, ¿dónde están los tuyos?

Holly se apresura a asegurarle que la señora McKay no es ningún problema (aunque supone que Jerome deduce lo contrario).

—Kate está en la habitación de al lado, a la derecha. Ella ocupa la suite. Corrie Anderson, su ayudante, está en la de la izquierda. A Kate le gusta nadar, y enseguida tendré que bajar con ella a la piscina. En cuanto a lo que te he pedido, ¿has tenido suerte?

—Mucha. La investigación es lo mío. Me has despertado, Hols. He tirado mi novela…

—¡Jerome, no!

—Jerome, sí. En lugar de eso, voy a escribir sobre esas iglesias de pirados. Lo que tú me pediste es solo la punta del iceberg. Esa mierda da miedo. Podría contarte alguna que otra cosa que ya he averiguado, pero dejémoslo para otra ocasión. Ahora ocupémonos de las fotos que me pediste. Una imagen es de una breve vista judicial en Rawcliffe, Pennsylvania, todos los cargos desestimados. La otra es en el Macbride, en Iowa City. Las he ampliado a veinte por veinticinco, papel brillante.

Se descuelga el bolso y extrae dos fotos. La de Rawcliffe no es gran cosa, pero a Holly le basta para identificar a Fallowes, uno de los diáconos de la Verdadera Santa Iglesia de Cristo, y al joven que debe de ser Christopher Stewart. Este, en la foto, tiene la cabeza agachada, y el cabello, tal vez muy largo para ser un creyente de tendencias fundamentalistas, le oculta parcialmente el rostro.

La imagen del Macbride de Iowa City es mucho mejor.

Está en la tercera fila, el pelo peinado hacia atrás, la cara inclinada hacia arriba, un brazo en alto.

—Parece que esté en plena revelación mística —comenta Jerome.

—No es eso —aclara Holly, alterada—. En la primera parte de sus actuaciones, Kate pide a todos los hombres del público que levanten la mano, y que la mantengan en alto solo si han tenido un aborto.

—No puede decirse que sea una pregunta trampa —dice Jerome—, pero supongo que esa es la intención.

Kate llama suavemente a la puerta, por cortesía, y asoma la cabeza. Lleva un albornoz del hotel sobre el bañador rojo.

—Hora de nadar, Holly. ¿Y quién, si puede saberse, es este hombretón tan guapo?

—Mi colaborador en Finders Keepers, Jerome Robinson —responde Holly, y se pregunta qué pensaría Kate si un hombre dijera de ella: *¿Quién es esta nena curvilínea tan guapa?*

—Ha encontrado otra foto del hombre…, no es una mujer sino un hombre…, que casi con toda seguridad te ha estado acechando. Christopher Stewart.

Kate entra en la habitación. Lleva el albornoz abierto, y Holly advierte que Jerome le lanza esa clase de ojeada que, supone, es un acto reflejo en los hombres heterosexuales…, aunque no la prolongada inspección, casi clínica, que se conoce como «la mirada masculina».

Kate no se da cuenta o no le importa. Se inclina sobre la foto del Macbride. Una sonrisa asoma a su rostro.

—¿Sabes qué? De hecho, me acuerdo de este tipo. Se olvidó de bajar la mano junto con los demás hombres, y yo, en broma, pregunté si era la Virgen María en versión cromosoma XY. El público se rio… con él, no de él…, y le echó una mano. Se sonrojó. Ahora que sabes quién es, ¿qué vas a hacer al respecto?

—Informar a la policía —contesta Holly—, pero están ocupados con un asesino en serie...

—El chiflado del Jurado Sustituto —dice Kate—. Las noticias no hablan de otra cosa.

—Sí. —La policía en general e Izzy en particular están también ocupados con un partido de sófbol benéfico, pero eso es tal estupidez (al menos en opinión de Holly) que prefiere no mencionarlo—. También vamos a mantener los ojos muy abiertos, ¿verdad?

—Sí —responde Kate, pero se ha llevado el móvil al oído—. ¿Corrie? ¿Sigues ahí? Bien, ¿puedes venir a la habitación de Holly? —Baja el teléfono—. Enseguida viene.

—¿Puedo hacer una sugerencia? —pregunta Jerome.

—Claro —contesta Kate, y sin mirar antes a Holly. Lo que a Holly le resulta molesto, interesante y gracioso..., todo al mismo tiempo.

—Seguro que Holly ya lo sabe —dice Jerome, cosa que Holly considera *très galant*.

En efecto Holly lo sabe.

—Tenemos que preguntar en todos los hoteles y moteles si hay un Christopher Stewart, bien sea con reserva o ya instalado. Incluido este.

—Se lo pediré a Tom Atta —propone Jerome—. En el gran partido de mañana estará en el banquillo. Según dice, tiene un tirón en el isquio, así que debería poder encargarse.

—¿Qué partido? —pregunta Kate, pero, antes de que Jerome conteste, entra Corrie con la cabeza inclinada sobre el portátil.

—Hay un problema con Cincinnati, Kate, pero ya me estoy ocupando. En cuanto a Elmira, todo bien: al final el mal tiempo no será un problema. Mañana a las doce tengo que pasar por el Mingo para firmar unos absurdos papeles relacionados con el seguro...

—Ahora olvídate de eso y fíjate en esta foto de Iowa City —dice Kate—. Es mucho mejor que la del periódico de Florida. ¿Es este el hombre de Reno vestido de mujer?

—Ya te lo dije, solo lo vi de...

En el bolsillo lateral del pantalón, Corrie lleva un rotulador, perfecto para firmar autógrafos, y perfecto también para dibujar en fotos de papel brillante. Holly lo coge y pinta un flequillo en el rostro vuelto hacia arriba del hombre sentado en la tercera fila del Macbride hace una semana.

Corrie lo mira muy atenta durante largo rato. Luego se vuelve hacia Holly.

—Es él. Ella. Lo que sea. Estoy casi segura.

—Además de informar a la policía —dice Holly—, debemos asegurarnos de que también la prensa conoce la existencia de este individuo. Y las redes sociales. La foto del Macbride es buena. Tal vez ya no podamos incluirla en la edición del periódico de mañana, pero en Twitter y Facebook, en la edición online del...

Kate la agarra del hombro, y con fuerza.

—¿Estás loca?

—¿Qué quieres decir? —Holly se queda perpleja.

—Ya bastante malo es que quieras avisar a la policía. Supongo que eso debo permitirlo porque ese tipo podría representar una amenaza para los demás, pero *nada de prensa, nada de Twitter.* Me cancelaron la charla en Toledo. Si das a los políticos un pretexto para cancelármela aquí, lo aprovecharán.

Holly coge la mano de Kate y, con delicadeza, la aparta de su hombro. Más tarde verá ahí los hematomas que han dejado los dedos de Kate.

—Este hombre quiere matarte, Kate. ¿Lo entiendes?

—Cada vez que salgo al escenario alguien quiere matarme, y probablemente es solo cuestión de tiempo hasta que alguien lo intente. ¿*Eso* lo entiendes *tú*? —Kate mantiene una sonrisa de una innegable fiereza. Holly se queda sin habla. Corrie también.

—¿Y si hacemos circular la foto entre el personal del Mingo —dice finalmente Jerome—, además de pasársela a la policía?

—Y la enviamos a los otros sitios donde actuarás —añade Corrie.

Kate asiente con la cabeza. Dirigiéndose a Holly, pregunta:

—¿Intentará la policía cancelar mi charla?

Holly mira a Kate con su propia sonrisa, no de fiereza —eso no está a su alcance—, pero sí parca y desprovista de humor.

—No lo creo —responde—. Supongo que si algún policía queda exento del partido de sófbol benéfico, te verá como cebo.

2

Jerome sale a toda prisa camino de Staples, donde hace doscientas copias de la foto de la imagen obtenida mediante la cámara del Macbride orientada hacia el público. Lleva unas cincuenta al Dingley Park y se las entrega a Tom Atta, quien presenta un aspecto enorme y atlético con su pantalón corto y su camiseta azules. Salvo por el vendaje elástico que le envuelve una rodilla y parte del muslo, claro.

—Por si no bastaba con un asesino en serie suelto mientras la policía entrena para un partido de sófbol —comenta

Tom—, ahora también tenemos que estar alertas por si aparece este majara.

—¿Las repartirás? ¿Aquí y a los coches patrulla?

—Claro. Este tipo parece un ciudadano normal.

—También lo parecía Ted Bundy. ¿Y es posible pedir información en los hoteles y moteles?

—¿Tú crees que este tipo habrá reservado una habitación a su nombre? —pregunta Tom, y contesta él mismo sin dar tiempo a Jerome—. Podría ser, si no sabe que vamos detrás de él.

A Jerome le gusta ese *vamos* en plural.

—El chiflado del Jurado Sustituto es ahora un caso de la Policía del Estado —continúa Tom—, a cargo de un tal Ganzinger. Eso tiene contenta a la jefa, pero a mí me encantaría que el equipo local atrapara al menos a uno de los malos. O sea que sí, haré correr el comunicado. Y hablando del equipo local...

Señala con el mentón el campo, donde Izzy se dirige al montículo del lanzador, dejando a la vista unas piernas extraordinariamente largas con su pantalón corto del uniforme de béisbol de la policía. Su catcher, una mole con el apellido COSLAW en la espalda de la camiseta, va a su lado. En la zona de la tercera base, el equipo de los Mangueras cobra vida y prorrumpe en silbidos, abucheos y vítores sarcásticos.

—¡Voy a darte caña, pelirroja! —exclama uno de ellos. Es un tiarrón, alto como una torre—. ¡Te vas a enterar!

—Ese es el tío que se metió con Iz en la rueda de prensa de presentación del partido —explica Tom—. Tienen un pique o algo así.

Izzy encaja en el bolsillo del guante la pelota que sostenía y le hace la peineta.

Tom señala con el mentón al jugador alto de los Mangueras.

—Se llama Pill, pero bien podría llamarse pelmazo.

—¿Empezaron con eso en serio o por el espectáculo?

—Por el espectáculo, se suponía, pero él la sacó de quicio, y ahora ella le saca de quicio a él.

Coslaw se agacha detrás del plato de home y golpea su manopla de catcher. Izzy realiza sus espasmódicos movimientos preparatorios, se inclina y lanza. La pelota traza un arco por encima del catcher, rebota en lo alto de la barrera de protección posterior y cae en la cabeza de Coslaw. Los Mangueras prorrumpen en carcajadas. Uno se ríe de tal modo que se cae del banquillo y agita las piernas bajo el luminoso cielo azul.

—*¿Es que quieres darle al Skylab?* —brama George Pill.

El catcher recoge la pelota y se la devuelve a Izzy. Jerome, incluso desde su sitio en el banquillo junto a Tom, ve el intenso rubor en las mejillas de Izzy.

—Ni siquiera estaba previsto que lanzara —explica Tom—. La seleccionaron porque en su día lanzó en la universidad. Nuestro titular se metió en una pelea en un bar y el muy cretino se rompió la mano.

—*¡SKYLAB, SKYLAB!* —Por lo visto, esa ocurrencia les ha hecho gracia a los Mangueras, pese a que ese objeto en particular hace décadas que cayó de su órbita—. *¡LA PELIRROJA QUIERE DARLE AL SKYLAB!*

En su siguiente lanzamiento, Izzy se queda corta, y la pelota cae con un ruido sordo en la tierra frente al plato. Los jugadores de los Mangueras se tronchan de risa y dan rienda suelta a las provocaciones.

—Hum, Izzy podría tener un problema —comenta Jerome.

—Se las arreglará —responde Tom, aunque no parece muy convencido—. Deberías llevar algunas de esas fotos al Mingo, donde va a hablar esa mujer de Holly. Dáselas a los acomodadores y demás.

—Ese es mi siguiente paso —dice Jerome.

—Y déjalas en los hoteles o moteles por los que pases.

En el montículo, Izzy lanza ya con más fluidez, pero Jerome espera que le ponga un poco más de ganas cuando empiece el partido. Ahora mismo sus lanzamientos son propios de una práctica de bateo, y la bola pide a gritos «pégame».

Se pone en pie y exclama:

—¡Ánimo, Iz!

Ella le dirige una sonrisa y se toca la visera de la gorra.

3

Kate hace largos en la piscina del Garden City Plaza. Holly vuelve a estar sentada junto al borde con una toalla lista, pero tiene también la tableta y el móvil. Utiliza PeopleFinders para conseguir los números telefónicos de Andrew Fallowes: hay dos. Como investigadora experta, Holly deduce que uno probablemente corresponde al despacho en la parroquia y el otro es el particular. En Wisconsin son las dos y media de la tarde, así que Holly prueba primero en el número de la parroquia. Un robot le desea un día lleno de bendiciones y le ofrece cinco posibilidades. Holly pulsa la que corresponde a Servicios Administrativos, asombrada de lo rica que debe de ser una iglesia del norte de Wisconsin para disponer de cinco opciones en su centralita.

Después de sonar el timbre por segunda vez, la atiende un ser humano real.

—¡Soy Lois, y Dios te ama! —casi canturrea el ser humano real—. ¿En qué puedo ayudarte?

—Me llamo Holly Gibney y querría hablar con el señor Fallowes.

—¿Me permites que te pregunte en qué puede ayudarte hoy el diácono Fallowes, Holly?

Holly siente rechazo por la gente que la tutea y la llama por su nombre a la primera de cambio; por lo general, quieren vender algo. Un seguro, tal vez.

—Es un asunto personal —contesta—. Procure darle mi nombre. —Que tal vez para él no signifique nada, o signifique mucho.

—Te dejaré en espera un momento, Holly, si no te importa.

—No me importa —responde Holly.

Aguarda. En la piscina, Kate va de un lado a otro: bañador rojo, agua azul.

Al cabo de unos treinta segundos, una voz vibrante de barítono dice:

—Habla el diácono Fallowes, señorita Gibley. ¿En qué puedo ayudarla?

A veces, cuando menos se lo espera, Holly descubre que cuenta con una sensibilidad casi divina, unos destellos de inteligencia subconsciente que ella, con su habitual tendencia a la autocrítica (al parecer incorregible), llama «mis intuiciones delirantes». En ese momento se produce uno de tales destellos. Fallowes no ha oído mal su apellido; lo ha pronunciado mal adrede. Sabe quién es ella, y, si sabe eso, casi con toda seguridad conoce a la persona mentalmente inestable que ha estado acechando a Kate McKay. ¿Sabe acaso lo que Stewart ha hecho? Holly no está segura, pero cree que es una posibilidad.

—Llamo en relación con uno de sus fieles —dice—. Un joven, Christopher Stewart.

Tras una mínima pausa, Fallowes responde:

—Sí, conozco a Chris. Lo conozco muy bien. El hijo de Harold. Un joven excelente. ¿Qué pasa con él, señorita Gibley?

—Hace una pausa un poco más larga y a continuación añade—: ¿Y desde dónde me llama?

Sabe de sobra desde dónde lo llamo, piensa Holly, *pero he aquí la duda: ¿ha inducido usted a Stewart a tomar este camino o actúa él por su cuenta?*

—Señor Fallowes..., diácono..., tengo razones para pensar que Christopher Stewart ha estado acechando a mi jefa, una mujer llamada Kate McKay. Supongo que también conoce usted ese nombre.

—Claro que lo conozco. —Un tono de frialdad ha asomado a la voz de Fallowes—. La asesina de bebés.

—Puede usted llamarla como quiera —dice Holly—. Stewart echó lejía a la cara a su ayudante, confundiéndola con la señora McKay. Eso es una agresión. Entregó un veneno mortal entre bastidores en una de las charlas de la señora McKay. Eso es agresión con intención homicida. Tengo razones para pensar...

—*Pensar.* ¿Tiene alguna prueba?

—Ese joven ha asistido a varias de sus charlas. Puede que a todas. Tengo una nítida fotografía suya en Iowa City. Estaba en la tercera fila con la mano en alto. Creo que ha venido a esta ciudad o pronto vendrá. Es un peligro para otros y para sí mismo.

—Rechazo su premisa y no tengo la menor idea de dónde puede estar Chris —dice Fallowes, y Holly sabe que miente sobre lo uno o sobre lo otro. Probablemente sobre las dos cosas.

—Por el bien de usted y por el bien de su iglesia, diácono Fallowes, espero que eso sea verdad. Porque si hace daño a Kate, o a alguien cercano a ella, o incluso a algún espectador o espectadores inocentes, las consecuencias serán graves. Por usar una expresión con la que sin duda está usted familiarizado, su vida se convertirá en un infierno.

—Señorita Gibney, me ofende con sus insinuaciones. Son acusaciones.

Por fin ha dicho bien mi apellido, ¿eh?

En la piscina, Kate afloja ya el ritmo. Pronto querrá su toalla. Holly se la entregará, muy satisfecha de sus avances.

—¿Señor Fallowes? ¿Diácono?

Silencio…, pero sigue escuchando.

—Si sabe usted dónde está ese joven, pídale que desista. Porque el rastro llevará hasta su iglesia. Y hasta usted.

—Ya he oído más que suficiente —dice Fallowes, y corta la llamada.

Kate nada hasta el borde la piscina.

—Rueda de prensa a la vista. ¿Toalla?

Holly le sonríe.

—Aquí tienes.

Y se la ofrece.

4

Mientras Chris se dirige hacia el aparcamiento donde ha dejado el coche, suena su móvil. Es el diácono Fallowes.

—¿Tienes otro teléfono?

Con lo que quiere decir si tiene un desechable. Tiene varios, pero todos en el Kia, debajo del compartimento de la parte trasera donde se guarda el neumático de repuesto. Empieza a explicárselo a Andy, pero él lo interrumpe.

—Llámame por otro. Deshazte del tuyo. —Dicho esto, cuelga.

Se trata, pues, de un asunto grave. El plan de inspeccionar el Mingo tendrá que esperar hasta que averigüe qué mosca le ha picado al diácono Andy.

Cuando llega al aparcamiento cambia de móvil y devuelve la llamada. La noticia no podía ser peor.

—Saben quién eres. —Andy mantiene su voz vibrante y cadenciosa de siempre, pero Chris es un experto en miedo: él lo ha sentido muchas veces desde la mañana en que, al despertar, vio la mano de su hermana suspendida en el aire, y ahora percibe pánico justo bajo la superficie de la voz cadenciosa del diácono Andy—. Tienes que dejarlo correr y regresar.

Chris se acerca al límite del aparcamiento y observa el tráfico de Buckeye Avenue. Es solo la tarde de un jueves cualquiera en el Segundo Error del Lago. Gente con sus nimias preocupaciones. Chris tiene las suyas propias, y no son nimias.

—No.

—*¿Cómo?*

—No voy a dejarlo correr. Voy a liquidarla, y voy a liquidarla *aquí.* Ya basta de marear la perdiz.

—Christopher, como diácono tuyo y miembro del consejo de ancianos de la iglesia, te ordeno que regreses. Si continúas, le causarás un daño irreparable a la iglesia.

Quiere decir que le causaré un daño irreparable a usted, piensa Chris. Cobra forma en él un rencor reprimido, como un manantial de agua caliente que quiere correr libre por un sitio o por otro.

—Si me detienen, les diré que he actuado por mi cuenta. —No tiene intención de dejarse detener. Al menos no vivo.

—Christopher, escúchame. Eso no se lo creerán. Estamos en la mira del «Estado profundo», lo estamos desde hace años. Igual que Waco. Y Ruby Ridge.

Chris trata de apartar de sí el rencor. Y la ira. Es difícil. ¿Estaría en esta situación —este *aprieto*— si no fuese por la iglesia? Solo su madre comprendía su dolor, pero, excepto por su ultimátum acerca de Chrissy, tenía un temperamento demasiado plácido para oponerse a las férreas creencias de la iglesia ancladas en el Antiguo Testamento.

—Tienen tu foto de la charla de McKay en Iowa City. La repartirán entre todos los policías de la ciudad. Si no lo han hecho ya.

—Van a estar ocupados en otras cosas. —En su paseo desde el hotel, Chris ha visto anuncios del partido entre Armas y Mangueras en casi todos los edificios y postes—. Tienen entre manos un asesino en serie y un importante partido benéfico. Buscar a la acechadora de McKay no será un asunto prioritario.

Fallowes parece no oírlo.

—También en todos los hoteles y moteles. Incluido el *tuyo.*

Eso es algo en lo que no había pensado, y lo obliga a detenerse en seco.

—Vuelve a casa, Christopher. Podemos resolverlo siempre y cuando no te hayan identificado en lo de Reno u Omaha.

No creo que eso les sea posible. En los dos sitios era Chrissy. Se le ocurre una idea. Si consigue regresar a su hotel sin que se le reconozca como el acechador de McKay, quizá no haya aún ningún problema.

—Necesito que me ayude —dice Chris—. Necesito que me busque un sitio donde pueda alojarse mi hermana sin ser vista hasta que McKay salga al escenario mañana a las siete de la tarde. Entre en internet y busque edificios abandonados cerca del hotel Garden City Plaza.

—Christopher, me niego.

Chris da rienda suelta a la ira.

—Sí que lo hará. Más le vale. Si no, contaré que todo esto ha sido idea suya. Suya y del pastor Jim.

Fallowes deja escapar un sonido que es mitad suspiro, mitad gemido.

—Si haces eso, acabarás con esta iglesia, hijo.

—No soy su hijo —contesta Chris. A continuación, sin proponérselo, alza la voz y dice—: *¡Ella no puede matar bebés! ¡Bastante malo es que Dios sí pueda!*

Echa un vistazo alrededor para ver si alguien lo ha oído, pero tiene todo el aparcamiento para él solo bajo el implacable sol del mediodía.

—Maldita sea, hijo... Chris, quiero decir...

—Búsqueme un sitio donde pueda desaparecer, diácono Andy.

—Cualquier edificio abandonado que encuentre estará cerrado...

—Entraré. —*Al menos si no tiene alarma.*

—Chris...

—Me desharé de mi móvil y conservaré este desechable hasta que llame. Después me desharé también de este. Quiero al menos cuatro edificios abandonados, para tener donde elegir. No, mejor cinco.

—Internet no es fiable, Chris. Puede que encuentre un edificio que *supuestamente* esté abandonado y *en realidad* no lo esté...

—Por eso quiero tener donde elegir —responde Chris, y tiene que contenerse para no añadir lo que le habría resultado inconcebible cuando emprendió esta cruzada: *pedazo de imbécil.*

—Chris...

Cuelga.

5

Chris vuelve al hotel con la cabeza gacha y la gorra de John Deere bien calada. Cuando se acerca, lanza una mirada furtiva al frente y ve a la ayudante, Corrie Anderson, salir de un Uber. ¡Ha faltado poco! Espera hasta que ella entra y deja pasar un rato antes de dirigirse a los ascensores. Experimenta un momento angustioso al pasar por delante del portero, pero lo consigue sin contratiempos. Al menos eso cree. Eso espera.

En la habitación 919, Chris se pone un traje pantalón de color lavanda —lo considera su traje a lo Kamala Harris—, pendientes, maquillaje (incluido un vivo toque de pintalabios), y se convierte en Chrissy. Tiene el bolso en la maleta rosa, junto con dos pelucas. Inició este peregrinaje con tres, pero se desprendió de la pelirroja en Reno. Una de las pelucas restantes es rubia, pero esa prefiere no ponérsela, porque él mismo es rubio. Se coloca la negra, se aparta el flequillo y añade una diadema a juego con el pintalabios.

Se cuelga el bolso al hombro, coge la maleta rosa y sale de la habitación. Reza para no tropezarse con la guardaespaldas del grupo de McKay en el ascensor o el vestíbulo. No lo sabe con certeza, pero cree que probablemente ha sido esa Gibney quien ha metido el temor de Dios en el cuerpo a Andy Fallowes.

En ese momento el vestíbulo está despejado. Una de las recepcionistas lanza a Chrissy una mirada de displicente desdén cuando sale. Inicialmente Chrissy no lo sabe interpretar, pero luego sí. La recepcionista cree estar viendo a una buscona que acaba de proporcionar un poco de placer vespertino a un cliente.

Ya fuera del hotel, dobla a la derecha por la sencilla razón de que el portero está mirando hacia la izquierda. No sabe adónde ir y espera la llamada de Andy Fallowes. A una manzana de allí, pregunta a un viandante si hay algún sitio al sol donde una chica pueda descansar los pies y quizá incluso tomar un bocado.

—¿Qué tal el Dingley Park? —dice el hombre, y señala en la dirección en la que ella iba—. A unas seis u ocho manzanas de aquí. Allí hay muchos bancos, mucha sombra, y los puestos de comida ambulantes estarán abiertos.

—¿No es ahí donde se juega mañana el partido benéfico?

—Sí, pero eso es al otro lado del parque.

—Gracias, caballero.

—Siempre es un placer ayudar a una chica guapa —dice el viandante.

Este sigue por su camino, y Chrissy, sintiéndose halagada, sigue por el suyo.

6

Kate ofrece la rueda de prensa de cuatro a cinco de la tarde en el Salón del Lago del hotel. Después del ejercicio físico y una ducha rápida posterior a la piscina, se la ve fresca y lozana. Holly, al fondo, pasa inadvertida pese a que esa es su ciudad natal y ella misma ha sido protagonista de unos cuantos titulares. Menuda y canosa, de facciones más bien corrientes, pero bien arreglada, tiene un talento para mantener cierta *invisibilidad.* Con la mano dentro del bolso, toca el espray pimienta, pero no lo agarra. Reconoce a casi todos los periodistas de la prensa local, también a las semicelebridades de los noticiarios de televisión nacional: Clarissa Ward, Lauren Simonetti y Trevor Ault. Corrie ha visto realizado su deseo; tras la cancelación del acto en Toledo, la gira de Kate se ha convertido en una cruzada.

Todos los periodistas tienen la foto de Christopher Stewart tomada en Iowa City; Jerome le ha entregado una pila a Holly antes de largarse a toda prisa para hablar con Tom Atta en el Dingley Park. Ella le ha pedido al jefe de seguridad del hotel que las reparta. En una de las butacas, Buckeye Brandon, el semifamoso podcastero de la ciudad, luce su anticuado sombrero de fieltro de cazanoticias y, colgada al hombro, su anticuada grabadora con correa de piel. Ladea el micrófono (sin duda de última generación) hacia sí mismo el tiempo suficiente para plantear la primera pregunta.

—Señora McKay, hay un psicópata…, el llamado Asesino del Jurado Sustituto…, suelto en esta ciudad, y ahora un acechador presuntamente peligroso va detrás de usted. Y a pesar de eso, el cuerpo de policía municipal insiste en celebrar mañana por la noche su partido de sófbol anual Armas contra Mangueras.

—¿Tiene usted alguna pregunta, o solo pretende darme un sermón? —dice Kate.

Se oye un murmullo de risas entre los demás periodistas, pero Buckeye Brandon no se inmuta.

—Solo estaba poniéndola en antecedentes, porque no es usted de nuestra hermosa ciudad. La pregunta es: ¿cómo justifica el riesgo no solo para sí misma sino para su público?

Para Kate, esa es una bola fácil.

—Desde la sentencia del caso Dobbs contra Jackson Women's Health Organization, de junio de 2022, han cerrado en todo el país más de cien clínicas de mujeres. Esas organizaciones…

Buckeye Brandon la interrumpe con una sonrisa.

—¿Tiene una respuesta, señora, o solo pretende darme un sermón?

Eso suscita más risas, y por una vez Kate parece un poco a contrapié.

—Los centros cerrados proporcionaban muchos servicios, aparte del aborto: citologías vaginales, control de la natalidad, mamografías, servicios de adopción. ¿Cómo justifica usted *eso*?

Buckeye Brandon permanece imperturbable.

—No ha contestado usted a mi pregunta.

Holly espera que Kate arremeta —es una mujer a la que le gusta pronunciar la última palabra—, pero ve con alivio que por una vez Kate se contiene, limitándose a decir que las medidas de seguridad adoptadas en el Mingo serán suficientes, y que entrar en más detalles pondría en peligro esas medidas.

La rueda de prensa pasa a otros temas, y solo al final vuelve a Christopher Stewart. Un periodista de AP pregunta a Kate si Stewart tiene relación con alguna organización terrorista, como el ISIS o el Ejército de Dios.

—Por lo que hasta ahora sabemos, solo tiene relación con una iglesia de Wisconsin que se llama la Verdadera Santa Iglesia de Cristo. Tendría que preguntarles a ellos por sus vinculaciones terroristas.

Esta noche y mañana el diácono Fallowes recibirá unas cuantas solicitudes de comentarios, piensa Holly, no sin satisfacción.

La última pregunta procede de Peter Upfield, del *The Western Clarion.* La plantea con un tono chirriante y acusador.

—¿Cómo reaccionará, señora McKay, si mañana ese tal Stewart comete un atentado y muere gente?

Kate le dirige una afilada sonrisa.

—Eso es como preguntar a un hombre si todavía pega a su mujer, ¿no? Al margen de cómo se formule una pregunta así, da credibilidad a la acusación. Es lo que cabe esperar de alguien que trabaja para un periodicucho como el *Clarion*. Señoras y señores, muchas gracias.

Kate recorre el pasillo central y, cuando llega a Holly, se produce un murmullo entre los periodistas locales, quienes por fin la han reconocido. Buckeye Brandon, levantando la voz, pregunta:

—¿Cuánto hace que trabajas para Kate, Holly?

Ella no contesta, ni se relaja hasta que Kate vuelve a estar sana y salva en su suite.

7

Corrie hace llamadas desde su habitación a las emisoras de radio locales para desmentir el actual rumor de que Sista Bessie va a presentar a Kate mañana por la tarde. Corrie las informa de que Sista tiene otro compromiso, que es cantar el himno nacional en un partido de sófbol benéfico a doce manzanas de allí. Cualquier otra pregunta debe dirigirse al representante de prensa de Sista Bessie, y no, Corrie no sabe quién es esa persona.

Kate, en ese momento ociosa, pregunta a Holly si le apetece cenar en la habitación con ella pidiendo algo al servicio de habitaciones. Holly accede y se sientan las dos en el sofá a consultar la carta. Los precios son exorbitantes, pero Kate dice a Holly que no se prive.

—Solo permito pedir lo que quieran a personas que me han salvado de acabar con la crisma rota.

Mientras esperan la comida, llama Izzy. Holly se disculpa y acepta la llamada en su habitación. Para empezar, Izzy la felicita por identificar al joven inestable que ha estado acosando a Kate McKay durante la gira.

—Al principio de todo esto, dije a Lew Warwick que, si quería una investigadora de primera, te llamara a ti.

—Izzy, la verdad es que no…

—Tenía incluso más razón de lo que yo pensaba. Eres increíble, Holly.

Como siempre que recibe elogios, Holly quiere cambiar de tema. De fondo, oye los gritos de los hombres y el ruido metálico de los bates contra las pelotas.

—Estás en el Dingley Park ¿no?

—Pues sí. Aquí llevo casi todo el día.

—En la rueda de prensa de Kate, Buckeye Brandon ha preguntado por qué la policía seguía adelante con el partido cuando el Asesino del Jurado Sustituto aún anda suelto.

—Ya, nos tienen negros con ese asunto. —Antes de que Holly pueda preguntar si esa no es una expresión racista, Izzy continúa—: Lo entiendo y me solidarizo, pero también entiendo el punto de vista de la jefa Patmore. El partido aporta más de cien mil dólares para las unidades de pediatría y distrofia muscular del Kiner. Si se cancela, las organizaciones benéficas salen perdiendo y el malo sale ganando. Además, la gente estará a salvo en medio de la multitud, y esperamos que venga mucha gente.

—¿Te lo pasas bien?

—La verdad es que sí. Aún soy capaz de lanzar una bola descendente. —Baja la voz—. Procuro mantenerlo en secreto para que los bomberos no se enteren.

—Aquel lanzamiento que hiciste en el gimnasio, ¿no?

—Sí. La versión en sófbol de lo que en béisbol llaman *sinker*. Si no pierdo el tranquillo cuando me vea bajo presión, eliminaré a muchos por strikes y por bolas al suelo. En los batazos al suelo, la cosa queda ya en manos de los fildeadores de mi equipo.

—Pues buena suerte —dice Holly—. Ojalá pudiera yo estar ahí.

—No habrás tenido alguna idea sobre *nuestro* caso, supongo. Aunque el hallazgo de Trig fue brillante.

—Le he dado muchas vueltas —responde Holly—. ¿Ninguna pista?

—Casi con toda seguridad hemos identificado el coche que conducía el asesino cuando mató a George Carville, el granjero, como un Toyota Corolla o un Avalon, pero ¿eso de qué sirve?

—De poca cosa, supongo. Son modelos muy corrientes.

—Y el tipo ha tenido mucha suerte. Es un caso de Ralph Ganzinger, lo cual probablemente nos conviene, pero, si se te ocurre algo, házmelo saber.

—¿Estás segura de que Alan Duffrey no tenía ningún amigo capaz de defender su causa de esta manera tan extrema?

—Tenía colegas, pero no auténticos amigos desde que dejó el ejército en 2016.

—¿No estuvo casado?

—No, pero nosotros..., Tom y yo, quiero decir..., tenemos motivos para pensar que era tan hetero como el que más. En un examen a fondo de su ordenador se ha visto que tenía enlaces de un par de servicios de acompañantes de alto nivel que tal vez utilizó..., esas cosas tienden a verificarse con los recibos de las tarjetas de crédito..., y era un visitante esporádico de Pornhub.

—¿Qué clase de visitas a Pornhub? ¿Chicas jóvenes? ¿O chicos?

Izzy se echa a reír.

—En Pornhub casi todos parecen jóvenes. ¿Nunca has entrado? ¿Aunque sea a modo de exploración?

—No —dice Holly. Ha visitado en unas cuantas ocasiones una web llamada Passionate Kisses, pero ahí al menos la parte sexual se presenta bajo un envoltorio de romanticismo. Más o menos como en las novelas de Colleen Hoover, que a Holly le encantan.

—En realidad, Pornhub es un poco triste —comenta Izzy—, y Duffrey nunca accedió al material de presuntas colegialas. O colegiales, si dejamos de lado las fotos que Cary Tolliver coló en su ordenador. Básicamente folleteo hetero. Grinsted lo señaló, y el fiscal, Allen, contraatacó aduciendo que probablemente Duffrey borró el material asqueroso..., excepto el material que pensó que tenía bien oculto. Con el que, como sabemos, nunca tuvo nada que ver.

—Pero a alguien le importó lo suficiente como para iniciar esta vendetta en nombre de Duffrey —observa Holly.

—Tom piensa que solo es un loco.

—Tom me cae bien, pero creo que se equivoca. Una y otra vez me pregunto a quién le importaba tanto como para empezar a matar a gente a causa de ese juicio. ¿Quién se sentía él mismo tan culpable como para hacer eso?

—En fin, si se te ocurre alguien, házmelo saber.

—¿No hay ningún amigo que pudiera salir a buscar venganza? ¿Estás segura?

—No, que yo sepa.

Fuera, Holly oye el traqueteo de un carrito del servicio de habitaciones. Kate la llama:

—¡La cena ha llegado, Holly! ¡No dejes que se enfríe!

—Tengo que irme, Izzy…, hora de comer. Me traen unas chuletas de cordero de cien dólares.

—Joder, ¿es que están rebozadas en polvo de oro?

Holly se ríe, pone fin a la llamada, entra en la suite y se come su cena cara. Kate, para entablar conversación, pregunta a Holly por su trabajo de investigadora. Holly le habla con relativa franqueza…, aunque no sobre sus casos más *raros.* De esos casi nunca habla.

8

Después de la cena, Holly recibe una llamada de Tom Atta, que se encuentra en el Dingley pero no en condiciones para el gran partido debido al tirón en el isquio. Le dice que también ha llamado a la extensión administrativa de la Verdadera Santa Iglesia de Cristo.

—Me ha atendido una tal Lois.

—¿Daba la impresión de que cantaba?

Tom se echa a reír.

—Pues sí, algo sí. Me ha dicho que Fallowes no estaba, y, cuando he preguntado por Chris Stewart, ha reaccionado de una manera muy evasiva y me ha dicho que no se le permitía divulgar los nombres de los fieles.

—Lo conocen —dice Holly—. Es posible que Lois no sepa en qué anda metido, pero me jugaría la casa y las tierras a que Fallowes sí lo sabe.

—¿*Tienes* casa y tierras, Holly?

—En realidad no, pero sí tengo un piso.

—Como no he podido sacarle nada a la iglesia, he telefoneado al ayuntamiento de Baraboo Junction, que, en vista del número de habitantes, debe de ser del tamaño de una caravana. Estaban a punto de cerrar, pero me atendió una administrativa dispuesta a charlar con un representante de la ley. Ha identificado a Chris Stewart como miembro de la Verdadera Santa Iglesia de Cristo.

—Yo ya sabía...

—He aquí una cosa que quizá no sepas. Esa administrativa tan locuaz me ha contado que hace unos años se armó cierto alboroto en la iglesia. Me ha dicho que Chris Stewart venía a ser una oveja negra en la Verdadera Santa Iglesia de Cristo, porque, cuando era niño, lo descubrieron vestido de chica, pero esa administrativa añadió que la iglesia lo resolvió a base de oración.

—Tal vez no lo consiguieron del todo —comenta Holly.

Capítulo 19

1

Chrissy casi no cuenta ya con el diácono Andy cuando por fin su desechable cobra vida. Está sentada a una de las mesas de pícnic próxima a los puestos de comida ambulantes del Dingley Park, con la maleta bien protegida entre los pies (calzados con unos zapatos llanos Vionic cómodos pero elegantes). Acaban de encenderse las luces en torno al campo de juego, donde los policías y los bomberos siguen entrenando. Chrissy preferiría estar allí en las gradas bien iluminadas —aquí en el lado más oscuro del parque ya la han abordado dos veces—, pero no se atreve. Hay muchas probabilidades de que la reconozcan. Aquí, junto a los árboles, está más segura, y los dos hombres que se han acercado a ella se han mostrado muy vacilantes. Incluso ha ido hasta el puesto Taco Joe's, cargada con su maleta, y se ha comprado un burrito. Sabía que era un riesgo, pero el estómago, más que gruñir, le rugía.

Contesta en cuanto suena el teléfono.

—Tienes que volver a casa, de verdad —insiste Andy Fallowes. Parece indignado y asustado—. He recibido una llamada de un inspector de la ciudad, además de la de esa guardaespaldas. El asunto es *grave*, Christopher.

—Soy Chrissy.

Andy guarda silencio un momento y después exhala un suspiro de resignación.

—Chrissy, pues.

—No voy a volver a casa. Terminaré lo que he empezado. Si lo consigo, le dejaré al margen. Si no me ayuda, hablaré.

—Dice el pastor Jim…

—Me trae sin cuidado lo que diga ese viejo. ¿Tiene una lista de lugares donde puedo desaparecer hasta mañana o no?

Otro suspiro.

—Hay dos almacenes vacíos en Bincey Lane. Eso está cerca del lago. Hay un Sam's Club vacío en las afueras, junto al aeropuerto…

—Demasiado lejos —lo interrumpe Chrissy—. No me atrevo a volver al coche.

—También hay una pista de hockey abandonada en un sitio que se llama Dingley Park. Está en espera de demolición…

—*¿Cómo?*

—He dicho…

Pero Chrissy apenas oye el resto. Contempla el tejado cónico y desconchado que asoma por encima de las copas de los abetos circundantes. Pensaba que era un espacio de almacenaje o algo así.

Piensa: *¿Quién dice que Dios no ayuda a los necesitados?*

2

Chrissy, maleta rosa en mano, traza un lento y parsimonioso círculo en torno al edificio declarado en estado ruinoso, atenta a cualquiera que pueda rondar por ese lado del parque, probablemente en busca de droga o de una mamada. No ve a nadie, pero percibe un olor extraño y desagradable, procedente quizá, intuye, de la basura indebidamente acumulada detrás de alguno de los puestos de comida ambulantes, casi con toda seguridad el que vende pescado.

Cuando regresa a la puerta doble, deja la maleta en el suelo y examina el panel numérico. Antes de que el padre de Chris se enriqueciera como inventor de inversores, reguladores de voltaje y circuitos inteligentes, era un modesto electricista, uno que conocía muchos trucos del oficio..., algunos de los cuales Donald Gibson, alias Trig, había recordado de los sermones de su propio padre en ese mismo edificio.

Deja las cosas en el suelo. De ahí no pasan.

Nunca vuelvas a tu furgoneta con las manos vacías.

Utiliza un pelapatatas para pelar los cables.

Si no puedes entrar en un edificio con un panel numérico, prueba con el código del fontanero.

Chrissy mira alrededor, tal como hizo Trig antes que ella. Retira la tapa del panel, tal como hizo Trig antes que ella. Lee el código del fontanero en el interior de la tapa —9721—, tal como hizo Trig antes que ella. Introduce los números. La luz del panel se pone en verde y oye un chasquido al descorrerse el pasador. Encaja de nuevo la tapa del panel y entra, dispuesta a salir corriendo si oye el pitido de una alarma antirrobo. No ocurre nada. Cierra la puerta.

¡A salvo! Dios todopoderoso, está a salvo.

Se alegra de no haber tirado el desechable por la rejilla de una cloaca. Es un Nokia Flip con linterna. Lo saca del bolsillo de la chaqueta del traje pantalón, enciende la luz y alumbra alrededor. Está en un vestíbulo. A la derecha hay un par de taquillas polvorientas y a la izquierda, un bar desabastecido. Ahí el olor es más intenso, y ya no piensa que se trate de basura del puesto de pescado. Es un animal en descomposición.

Chrissy entra en la pista, el teléfono en una mano y la maleta en la otra, acompañada de los chirridos de los zapatos en el hormigón polvoriento. El suelo, en otro tiempo una placa de hielo reluciente, es ahora hormigón agrietado en el que se entrecruzan vigas que parecen durmientes de ferrocarril. Que ella sepa, bien podrían serlo. En lo alto, donde la última claridad del día se filtra aún entre las rendijas del tejado, se oyen los suaves arrullos y aleteos de las palomas.

En el centro de la pista hay algo sobre las vigas. Chrissy cree que es la fuente del olor, y demasiado grande para tratarse de un perro. Piensa que podría ser una persona, y cuando se dirige hacia allí, saltando de viga en viga, ve que en efecto lo es.

Chrissy examina el cuerpo descompuesto y musita:

—Pobre. Lo siento mucho.

Se arrodilla, pese a que así de cerca el hedor a putrefacción es casi insufrible. Es una chica. Chrissy está segura de eso solo por el cabello enmarañado y el asomo de pechos. En general, los yonquis y los folladores no han tenido acceso, pero no hay manera de alejar a las ratas y los insectos, que han roído el rostro de la chica muerta hasta que apenas queda nada; los ojos son cuencas vacías que miran sin ver hacia el techo con expresión de indignado asombro.

En la mano derecha de la chica hay algo. Chrissy le extiende los dedos y acerca el móvil. Dos palabras: CORINNA ASHFORD. Posiblemente su nombre.

—Corinna, hasta mañana por la noche estaremos aquí tú y yo solas —dice Chrissy—. Espero que no te moleste la compañía.

Chrissy se yergue y regresa por las vigas hasta el bar. Lo

lamenta profundamente por la chica muerta, sin duda asesinada y abandonada ahí por un maniaco sexual. Pero Chrissy no lo lamenta tanto como para quedarse sentada a su lado.

Corinna huele muy mal.

3

Mientras Holly, ya en su habitación comunicada, se plantea si las siete y media es demasiado pronto para ponerse el pijama, suena su móvil. Es Barbara. La nota feliz y sin aliento. Parece que han pasado años, no semanas, desde la llamada en que anunció a Holly que había ganado unas entradas para el concierto de Sista Bessie. Desde entonces se ha convertido en Dixie Crystal honoraria y ha establecido una sólida amistad con la mujer a quien ahora llama Betty.

Holly escucha lo que Barbara le propone y dice que lo hará si es posible; tiene que consultarlo con la mujer a quien protege. No quiere describir a Kate como «su jefa», quizá porque eso es Kate exactamente.

Kate, sentada en el sofá de su suite, ve una tertulia entre políticos o aspirantes a político (Holly no sabe bien si existe alguna diferencia) que debaten sobre el último tema cultural candente.

—Holly, deberías sentarte aquí y escuchar esta mierda. Es increíble.

—Seguro que es interesante —dice Holly—, pero, si ya no vas a moverte de aquí por esta noche, me marcharé durante una o dos horas.

Kate aparta la mirada del televisor y le dirige una amplia sonrisa.

—¿Una cita romántica?

—No, solo voy a ver a mi amiga Barbara. Cantará en el concierto que da Sista Bessie aquí en la ciudad. Incluida una canción, originalmente un poema, que escribió ella misma.

—¡No jodas! —exclama Kate—. ¡Qué pasada! Ganó un premio de poesía, me dijiste, ¿no?

—Sí, el Penley. —Holly sabe (por gentileza de Charlotte Gibney, de quien emana toda forma de sabiduría amarga) que el orgullo precede a la caída, pero ella se siente orgullosa a pesar de todo. Casi rebosa orgullo—. Su libro se ha publicado y se vende bastante bien. —Eso es una mentira inocente, pero Holly piensa que los castillos en el aire apenas pueden considerarse mentiras.

—¡Pues ve con ella, por Dios! —Kate se acerca a Holly, apoya las manos en sus hombros y le da una cordial sacudida—. Haz un vídeo, si ella canta y te dejan. Mañana enviaré a Corrie a comprar su libro. Quiero leerlo.

—Si puedo pasar por mi piso, te traeré un ejemplar —dice Holly—. Tengo uno de más. —En realidad tiene diez, comprados en Appletree Books de Cleveland.

—Fantástico. —Kate coge el mando a distancia y apaga el televisor—. Cuando era niña, idolatraba a Avril Lavigne y Rihanna. Fantaseaba con salir al escenario con un vestido corto de lentejuelas y cantar algo rápido y con mucho ritmo, como aquella canción, «We Got the Beat». ¿La recuerdas?

—Sí.

—Y al final he acabado haciendo... esto. —Mira alrededor sus maletas nuevas y las pilas de ejemplares del último libro, que esperan a ser firmados—. Está bien, no lo cambiaría, pero los sueños..., a veces los sueños son...

Sacude la cabeza, como para despejársela.

—Adelante. Ve a ver a tu joven amiga. Dile que el sábado por la noche estaremos entre el público, aplaudiendo y animándola. Dile también que Katie McKay se *muere* de envidia por la ocasión de cantar con Sista Bessie.

Llaman a la puerta. Holly echa un vistazo por la mirilla y luego deja entrar a Corrie, cargada de camisetas de «El poder de las mujeres» para que Kate las firme. Kate suelta un gemido, pero de buen humor.

—Voy a salir un rato —les dice—. Dejad la puerta bien cerrada, ¿vale?

—Dudo mucho que ese Stewart pudiera subir hasta aquí —comenta Kate—. Su foto está *por todas partes.*

—Así y todo. Y recordad que puede presentarse como mujer.

Kate echa atrás un pie enfundado en la media y ejecuta una profunda reverencia que habría sido totalmente aceptable en la corte de Saint James.

—Sí, jefa.

No, piensa Holly. *Esa eres tú.*

4

Barbara le ha dicho que utilice la entrada de servicio, que Holly conoce de los viejos tiempos, cuando Bill Hodges aún vivía. Por ahí accedieron la noche en que Brady Hartsfield intentó volar por los aires el puñetero edificio.

Holly deja el coche en el pequeño aparcamiento del personal, junto a una furgoneta Transit blanca con el rótulo AUDITORIO MINGO a un lado. Debajo se lee el lema: ¡SOLO LO BUENO!™. La puerta de servicio que da a la pequeña cocina está abierta. Al lado hay dos hombres de pie, uno calvo con vaqueros y una camiseta de Sista Bessie, el otro con americana y corbata. De dentro llegan las atronadoras reverberaciones de una banda de rock and soul a todo tren.

El hombre de los vaqueros se acerca a ella tendiéndole la mano.

—Soy Tones Kelly, el mánager de gira de Sista. Y usted debe de ser Holly, la amiga de Barbara.

—Exacto —contesta Holly—. Encantada de conocerlo.

—Queremos mucho a Barbara —dice Tones—. Sobre todo Sista. Leyó el libro de poemas de Barbara, y las dos se entendieron al instante.

—¡Y ahora forma parte de la banda! —exclama Holly. Maravillada, de hecho.

Tones se echa a reír.

—Canta, baila, toca la pandereta al ritmo, escribe poemas… ¿Hay algo que no sepa hacer? ¡Ha nacido una estrella!

—Hola, señora Gibney. Soy Donald Gibson, el director de programación del Mingo.

—Va a estar ocupadísimo este fin de semana —comenta Holly a la vez que le estrecha la mano. Dos años antes les habría ofrecido el codo a ambos, pero los tiempos han cambiado lo suficiente para que ella recupere la antigua práctica. Aun así, lleva todavía un frasco de higienizante de manos en el bolso. Algunos dirían que es una hipocondriaca, pero hasta el momento ha eludido incluso el covid leve, y quiere que eso siga así.

Donald Gibson los guía por un corto pasillo. En el camino, Holly reconoce la canción: un viejo tema de Al Green, «Let's Stay Together». Sista Bessie (Holly es incapaz de pensar en ella como Betty a secas, al menos de momento) canta con una voz grave y dulce que recuerda tan claramente a la de Mavis Staples que a Holly se le eriza el vello de la nuca. La música se interrumpe en medio de una estrofa, y, cuando entran en el ascensor, la banda acomete otro tema, uno que Holly no reconoce.

—Están haciendo un ensayo a trozos, porque la señora McKay dispone de la sala mañana por la noche —explica Tones—. Betty ha pensado que quizá la señora McKay quiera usarla mañana durante el día para hacer una prueba de sonido.

—Si es así, su ayudante se quedará más tranquila —dice Holly—. ¿Qué es un ensayo a trozos?

—Interpretan un poco de cada canción de la lista de Sista —aclara Tones—. Para comprobar que la banda y Ross, el técnico de sonido, están en la misma onda. Los ajustes oscilan entre los temas rápidos y las baladas. Igual que las luces y el ciclorama, pero eso lo dejo en manos de Kitty Sandoval. Yo solo necesito asegurarme de que el sonido es correcto.

—También tiene que asegurarse de que la banda mantiene la misma tonalidad de una canción a otra, ¿no? —pregunta Gibson. Se desplaza las gafas nariz arriba.

—Exacto —contesta Kelly.

Holly piensa que Gibson le resulta familiar por alguna razón, pero no ha conseguido aún identificar la causa ni recordar dónde puede haberlo visto cuando la puerta del ascensor se abre detrás del escenario y el sonido de la banda los arrolla: la introducción de «Land of 1000 Dances».

Gibson coge a Holly de la mano —a ella no le gusta, pero lo consiente porque esa zona está a oscuras— y la lleva hacia la izquierda del escenario, el lugar donde tiene previsto situarse mañana por la noche durante la charla de Kate. Apenas se da cuenta de que Gibson le suelta la mano y retrocede, porque está totalmente absorta en lo que ocurre en el centro del escenario. Embelesada, de hecho.

Barbara luce un pantalón negro y una blusa blanca reluciente. Golpea una pandereta con la base de la mano, balancea la cadera, se mueve al ritmo de las otras tres Dixie Crystals, y se la ve joven…, muy joven, sexy y hermosa. Es una canción dedicada a la fiebre del baile, y Barbara pasa del poni al frug, al watusi y al mashed potato. Incluso al twist. Y *resplandece*.

La banda se interrumpe. Barbara ve a Holly y corre a través del escenario brincando por encima de los cables eléctricos. Se lanza a los brazos de Holly y casi la derriba. Tiene las mejillas encendidas; gotitas de sudor anidan en los huecos de sus sienes.

—¡Has venido! ¡Cuánto me alegro!

Sista Bessie se acerca a ellas.

—Tú eres la amiga de Barbara, Holly.

—Sí. Y estoy segura de que esto se lo dicen continuamente, pero soy una gran fan de sus canciones. Recuerdo sus días de góspel.

—De eso hace mucho —dice Betty, y se ríe—. Mucho, mucho tiempo. Barbara es bastante especial, como sin duda ya sabes.

—Lo sé —contesta Holly.

—Ya estábamos acabando. Nos quedan tres trozos más, y luego el tema de cierre, que puede que reconozcas. Se titula «Lowtown Jazz».

—Lo conozco muy bien, Sista Bessie.

—Llámame Betty. Eso de Sista es estrictamente para el mundo del espectáculo. Vamos, Barb. Terminemos con esto y así podremos irnos todos a casa, y yo podré reposar mis pies cansados. —Volviéndose hacia la banda exclama—: *¡Chicos y chicas, mañana no se trabaja!*

Los demás lo celebran con vítores.

Holly observa, fascinada, ajena ya a Tones Kelly y Donald Gibson, mientras la banda acomete «Dear Mister», uno de los primeros éxitos de Sista Bessie, luego «Sit Down, Servant», y después una estrofa de su mayor éxito, «Let's Stay Together».

Un *roadie* lanza una toalla a Betty. Ella se enjuga el rostro ancho, hoy sin maquillaje, y se dirige de nuevo a la banda.

—En honor de nuestra invitada especial, la señorita Holly, amiga de Barbara, vamos a interpretar «Lowtown Jazz», perfecta y completa. ¡Quiero que saquéis jugo a esa hija de su madre! —Se vuelve hacia Barbara—. ¡Chica, tú ponte al frente y danos la entrada!

Esta vez el escalofrío recorre a Holly por todo el cuerpo, desde los talones hasta la nuca, mientras Barbara —a quien aún recuerda como una adolescente insegura recién retirados los brackets— se sitúa de cara a los asientos vacíos. Levanta los puños y extiende un dedo de cada mano.

—*¡Uno…, dos…, vamos allá!*

Empieza a sonar la batería, un tam, tam grave y regular. Entra el bajo, luego los metales. Barbara se desliza hacia atrás a lo Michael Jackson hasta quedar junto a Sista Bessie mientras las Crystals, ahora otra vez un trío, empiezan a cantar: «Jazz, jazz, trae ese jazz, hazlo, hazlo, muéstrame como lo mueves, agáchate y menéalo, haz ese Lowtown jazz». Sista Bessie y Barbara cantan los versos juntas, bailando en perfecta sincronía, pasándose el micro, cantando una letra que Holly conoce no solo por el libro publicado de Barbara, sino también por el bloc de papel pautado manchado de café donde se compuso el primer borrador.

La canción se alarga casi cinco minutos, un tema de cierre sin lugar a duda, y Holly queda fascinada, en especial al final, cuando toda la banda queda en silencio excepto la batería, que sigue marcando el ritmo.

—*¡Quiero oíros, Buckeye City!* —exhorta Sista Bessie a las butacas vacías.

El sábado por la noche, como Holly sabe, habrá ahí cinco mil personas en pie, cantando «Jazz, jazz, trae ese jazz, haz ese Lowtown jazz». Cantando la letra compuesta por su amiga Barbara. Holly tiene la sensación de estar soñando despierta, el sueño más placentero, y, cuando la batería cese, no quiere despertar.

En el escenario, Betty y Barbara se abrazan.

—Adora a esa chica —comenta Tones.

—Desde luego que sí —coincide Donald Gibson, casi como si estuviera en un sueño—. Vaya, vaya, vaya. Desde luego que sí.

5

Chrissy va hasta el bar, deja la maleta en el suelo y se sienta en ella porque no quiere ensuciarse los fondillos del pantalón de su traje a lo Kamala. En su desechable Nokia ve cuatro barras. La mayoría de los sitios web de noticias locales tienen un muro de pago, pero hay uno independiente, administrado por un tal Buckeye Brandon, que es gratuito. Incluye transcripciones de cada uno de sus podcasts. Chrissy selecciona el titulado «Los Asesinatos del Jurado Sustituto: lo que sabemos hasta ahora» y lo lee con gran interés.

Confirma lo que ella ya sabía casi con certeza, basándose en la información que ha oído durante el viaje desde Davenport hasta Buckeye City: por pura casualidad o por obra del destino, se ha tropezado con una de las víctimas del Asesino Sustituto. La recapitulación de Buckeye Brandon incluye los nombres del juez, el abogado defensor, el fiscal y todos los miembros del jurado, los doce que de hecho decidieron la suerte de Alan Duffrey, más dos suplentes. Uno de los jurados titulares fue Corinna Ashford, que es el nombre que Chrissy ha encontrado en la mano de la pobre chica muerta. Al parecer, Buckeye Brandon no sabe que alguien ha sido asesinado en nombre de Ashford, probablemente porque la policía desconoce el dato, o porque se reserva la información.

Chrissy piensa que el Asesino del Jurado Sustituto tal vez sienta la tentación de utilizar otra vez el pabellón. Quizá para regodearse de su crimen, quizá como lugar donde abandonar otro cadáver. *Porque*, piensa Chrissy, *los árboles que rodean este lugar serían un coto de caza perfecto para alguien como ese monstruo. Muchos sintechos deben de escarbar en los contenedores de detrás de los puestos de comida, probablemente drogadictos que siempre buscan más. Seguro que la chica muerta de la vieja pista de hielo andaba merodeando en busca de droga cuando se topó con el asesino. ¿Qué mejor sitio para dejar otra presa que un edificio condenado a demolición? ¿Envió a la policía una foto del nombre de Corinna Ashford en la mano de esa pobre chica?*

—Me juego algo a que sí —susurra Chrissy.

No sabe si el Asesino Sustituto volverá, pero podría volver. Lo único que sabe es que va a quedarse ahí hasta la charla de Kate McKay de mañana por la tarde. Si el hombre que mató a esa chica regresara al lugar del crimen antes de entonces…

Descorre la cremallera del bolso. Contiene cosméticos, loción, un espejo, un billetero con fotos de su madre dentro (pero sin tarjetas de crédito; Christine Stewart no tiene ninguna), imperdibles, pasadores de pelo, un bloc pequeño, una bolsa de Doritos y una automática de calibre 32. Está totalmente cargada, y con eso debería bastar para liquidar a Kate McKay. Más la ayudante y la guardaespaldas, si es necesario…, pero solo si es necesario. La última bala se la reserva para ella misma.

Ahora la pistola tiene otra finalidad. Es posible que ella sirva a Dios no solo matando a esa mujer, ese monstruo que defiende el asesinato de bebés indefensos; puede que también consiga matar al loco que anda asesinando a desconocidos inocentes. Cree que ese loco aparecerá. *Tiene que aparecer.*

Piensa que Dios la ha llevado hasta ahí con más de una finalidad.

6

La banda se ha marchado, la estrella y las cantantes del coro se han marchado, los *roadies* y los técnicos se han ido, el escenario está a oscuras. Solo sigue ahí Trig, y se propone volver pronto a su parque de caravanas. *Con toda probabilidad para pasar allí mi última noche*, piensa. La idea le produce cierta tristeza, pero no verdadero pesar. Se ha ido convenciendo cada vez más de que se ha engañado a sí mismo desde el principio. En ningún momento el objetivo fue suscitar culpabilidad en los causantes de la muerte de Alan Duffrey; eso era solo una excusa. El objetivo era matar por matar, y, como no existe el programa Asesinos Anónimos, solo hay una forma de parar. Y eso hará, cuando termine el trabajo… o al menos en la medida de lo posible.

Pero el mundo debe saberlo.

Sentado a su escritorio, haciendo saltar arriba y abajo el caballo de cerámica —Trigger—, piensa cómo proceder. Al cabo de un momento deja la figurilla en su sitio y abre una aplicación en su ordenador de sobremesa. Se llama LETREROS DEL MINGO y controla la pantalla digital situada sobre las puertas del vestíbulo y el enorme letrero de la fachada de Main Street, donde los transeúntes pueden leer el programa actual. Esos letreros ahora rezan: VIERNES 30 DE MAYO 19.00 H KATE MCKAY y SÁBADO-DOMINGO 31 DE MAYO Y 1 DE JUNIO SISTA BESSIE **AGOTADAS TODAS LAS LOCALIDADES.**

El ordenador le pregunta: ¿LETRERO NUEVO? S N.

Trig clica S. Aparece un nuevo campo.

Escribe: AMY GOTTSCHALK JURADO N.º 4 (KATE McKAY) BELINDA JONES JURADO N.º 10 (SISTA BESSIE) FISCAL DOUGLAS ALLEN (CORRIE ANDERSON) JUEZ IRVING WITTERSON (BARBARA ROBINSON) TODOS CULPABLES. Se interrumpe y luego añade: DONALD GIBSON ALIAS TRIG JURADO N.º 9 EL MÁS CULPABLE DE TODOS.

¿TERMINADO? S N

Clica S.

¿ENVIAR AHORA (A) O ESPERAR (E)?

Clica E.

Cuando aparece el siguiente campo, el que corresponde a la hora en la que cambiarán los letreros, se detiene a pensar. La clave reside en el himno nacional previo al partido benéfico. Si lo canta Sista Bessie, puede que todo transcurra según lo previsto.

En realidad, no cree que todo vaya a salir como a él le gustaría —demasiadas variables, demasiada imprevisibilidad—, pero el asesinato lo ha convertido en un fatalista. Debe seguir adelante y conformarse con lo que logre.

Busca en Google: *¿Cuánto dura por término medio en los partidos de béisbol el himno nacional?* La respuesta es un minuto y treinta segundos. No puede preguntar a Google si el partido de sófbol empezará puntualmente, pero, a menos que el comienzo se atrase mucho, eso no tendrá gran trascendencia. Bien podría ocurrir (*demasiadas variables, demasiada imprevisibilidad*) que Sista Bessie resbalara en la ducha, tuviera migraña, pillara el covid, recibiera un golpe en la cabeza a manos de un fan entusiasta, *cualquier cosa*, y no fuera capaz de cantar.

Con la sensación de estar cruzando su propio Rubicón de sangre, introduce 30 DE MAYO 19.17 H para la hora en la que su último letrero sustituirá al actual. El ordenador le pide que lo confirme y él así lo hace.

Si todo sucede como espera, mañana por la tarde, a las 19.17 horas, una muchedumbre pululará tanto en el Mingo como en las inmediaciones preguntándose dónde está su ídolo. Entonces alguien verá cambiar los letreros electrónicos y lo entenderá.

7

A John Ackerly no le cuesta mucho localizar «la reunión mística en la que se apagan las luces y se encienden velas». Se llama Hora del Crepúsculo y se organiza en el sótano de una iglesia de Upsala. Viaja hasta allí en coche, sin grandes expectativas pero con la esperanza de obtener algún retazo de información que pasarle a Holly. Como mínimo, recibirá una dosis de sobriedad: «reclamará su silla», como dicen en los distintos programas de recuperación.

Es una buena reunión. John escucha, pero sobre todo echa ojeadas alrededor, reconociendo a media docena de veteranos. Habla con varios después de la reunión y les pregunta si recuerdan a alguien que se haya identificado como Trig. Dos de ellos contestan que sí, ambos vagamente; uno de los viejos tópicos que circulan en las reuniones es que los alcohólicos y los drogadictos tienen un «mecanismo de olvido integrado», y es cierto.

—Claro que me acuerdo de él —dice Robbie M.—. Un tío con barba, pero creo que luego se la quitó. Puede que se haya marchado a vivir a otro sitio.

Robbie usa un par de bastones. Despacio, con gran esfuerzo, se abre paso hasta la cocina de la iglesia, donde se sirve un último café en un vaso de papel. John se estremece solo de pensar en lo fuerte que debe de estar ese brebaje del fondo de un dispensador de quince litros.

—¿Tiene algún rasgo característico?

—No. Blanco, edad mediana…, más o menos… de tu estatura. ¿Por qué te interesa?

—Es solo que intento localizarlo por una amiga.

—Pues no puedo ayudarte. Tal vez sí podría Mike Libro Grande, pero está muerto.

Ya lo sé, se abstiene de decir John. *Lo encontré yo.*

John está seguro de que Holly tendría más preguntas que hacer, pero a él no se le ocurre ninguna. Da las gracias a Robbie y se dirige hacia la puerta.

—Se hacía llamar Trig, pero a veces Trigger. Como el caballo.

John se vuelve.

—¿Qué caballo?

—El caballo de Roy Rogers. Tú no te acordarás, eres demasiado joven. Un par de veces, de eso hace años, se identificó por su verdadero nombre.

—¿Qué verdadero nombre?

—Ya te he dicho que hace años de eso. ¿Tiene alguna importancia?

—Podría tenerla. Podría tener mucha importancia.

—Tal vez se llamara John. Como tú. —Robbie, con la frente arrugada, toma un sorbo de café del vaso de papel—. Aunque tal vez fuera Ron. —Se rasca la piel colgante del cuello. Luego, con tono interrogativo, añade—: ¿A lo mejor era Vaughn?

John coge una servilleta de la pila junto al dispensador y anota en ella su número de teléfono.

—Si se te ocurre algo más sobre ese tío, dame un toque. ¿Te parece?

Robbie le guiña un ojo.

—¿Le debe dinero a tu amiga? ¿Es eso?

—Algo así. Cuídate, Robbie.

Observa al viejo mientras se guarda la servilleta en el bolsillo trasero del gastado pantalón de faena Dickies, donde indudablemente la olvidará.

8

Jerome está viendo por televisión un partido de baloncesto ya tarde cuando recibe un mensaje de texto de su hermana.

Barbara: «¿Puedes ir a buscar a Betty al Mingo mañana? Quiere comprobar los trajes para la actuación con su ayudante de vestuario».

Jerome: «Claro, ya figura en la agenda».

Barbara: «Pasa a recogerla por allí a las 17.30 ha dicho y tráela al Garden City Plaza. La llevan al Dingley Park en un descapotable de lujo. Creo que va con la alcaldesa. ¡Dice que deberías acompañarla! ☺».

Jerome: «Vale. Por cierto estabas guapísima con ese pantalón ajustado».

Barbara: «Cállate 😊».

Jerome envía un mensaje a John Ackerly para preguntarle si todavía está levantado.

John: «Claro. He ido a una reunión. Ahora estoy viendo a los Cavs».

Jerome: «Yo también. Un partido de pena».

John: «Totalmente».

Jerome: «¿Puedo pasar a recogerte mañana a las 17 h? ¿Después tú llevas mi coche al campo?».

John: «Vale. Cuenta conmigo. Recógeme en el Happy».

Los Cavs están recibiendo una paliza en la Costa Oeste. Jerome apaga el televisor y se acuesta.

Capítulo 20

1

5.30 horas

Holly no duerme bien salvo en su propia cama, y el estrés de ocuparse de la seguridad de Kate ha desequilibrado aún más su ciclo de sueño. Se despierta antes del amanecer, pero se obliga a quedarse tendida en silencio y llevar a cabo sus meditaciones matutinas antes de levantarse. Cuando termina, consulta su móvil y descubre dos mensajes nuevos.

John: «Anoche fui a una reunión en Upsala. 2 viejos se acordaban de Trig. Ninguna descripción que valga la pena. Era blanco, tenía barba, se afeitó en algún momento. Se presentaba como Trig, o a veces Trigger, como el caballo de Roy Rogers (?). Unas cuantas veces, quizá en su primera etapa de abstinencia, tal vez se presentó con su nombre verdadero, que podría ser John. O Ron. O Don. O quizá Lon como Chaney jaja. Volveré a intentarlo la semana que viene».

Izzy: «Rezando por que llueva para que se cancele el partido».

Holly se acerca a la ventana y descorre las cortinas. El sol está saliendo y no se ve una sola nube en el cielo. Escribe «Gracias por mantenerme informada» a John Ackerly. A Izzy: «Parece que no tienes suerte».

Como se verá, eso es verdad. Bien, fetén.

2

Hay un Starbucks cerca del hotel, en la misma calle. Para desayunar, Holly pide un café americano y un sándwich. Le encanta la forma en que el café ayuda a centrar la atención en el mundo por las mañanas. Le encantan las mañanas, y punto. Es cuando se siente más ella misma. Recorre las siete manzanas hasta el Dingley Park para mirar el campo donde esta noche su amiga encontrará la gloria o la vergüenza (probablemente eso sea una exageración, pero Holly rebosa café). Ahora las gradas están vacías, las líneas de foul desdibujadas casi hasta ser invisibles. Se sienta durante un rato en la grada inferior para sentir el calor de los primeros rayos del sol en la cara y disfrutar el día. Un joven con un pañuelo en la cabeza y unos vaqueros raídos se acerca de pronto a ella y le pregunta si tiene unas monedas sueltas. Holly le da un billete de cinco. Él dice: «Gracias, señora», y le estrecha la mano efusivamente sin darle tiempo a protestar. Cuando se marcha, Holly utiliza su higienizante, sigue un rato allí sentada y regresa paseando al hotel. En el camino para a comprar un periódico en papel real, un lujo poco común.

Esta es la mejor parte del día, piensa. *Alárgala un poco.* Solo que, claro, como dice el poeta: nada dorado permanece. Como avezada investigadora que es, sabe que eso es así.

3

En su habitación, comprueba si tiene mensajes nuevos (ninguno), lee el periódico y se prepara otra taza de café (no tan bueno como el de Starbucks, pero aceptable). A las ocho y media llama suavemente con los nudillos a la puerta de la suite de Kate. Ahí están las dos mujeres. Kate toma notas para una charla que, como se verá, no va a pronunciar. Corrie habla por teléfono desde el dormitorio de la suite para organizar la logística en Pittsburgh, la siguiente parada de la gira. Está previsto que Kate hable en la sala de conferencias de la biblioteca Carnegie, pero, dada la bola de nieve que se ha creado, ese espacio ahora se queda pequeño, y el PPG Paints Arena, con un aforo de casi veinte mil personas, es demasiado grande. Corrie explica a quien sea la persona con la que está hablando que Kate no quiere ver muchos asientos vacíos. Oyéndola, Holly piensa que realmente algún día podría llegar a ser jefa de gabinete a nivel presidencial.

—Voy a pasarme por el Mingo para echar una ojeada —anuncia Holly a Kate—. A modo de inspección. ¿Necesitas algo?

—No.

—Quédate en la habitación hasta que vuelva, por favor. Ya han llegado unos cuantos ebayeros y activistas provida.

—Sí, mamá —responde Kate sin alzar la vista, y Holly comprende, con una especie de desesperación cómica, que Kate hará exactamente lo que le dé la gana.

Holly, al volante de su Chrysler, va al auditorio Mingo y aparca al lado de la furgoneta Transit. Ha telefoneado con antelación, y la ayudante del director de programación, Maisie Rogan, la espera para dejarla entrar.

—El jefe todavía no ha llegado, pero estará aquí dentro de diez minutos más o menos.

—No lo necesito —responde Holly—. Solo quiero echar un vistazo.

—Antes de que me lo pregunte, todos los miembros del personal tienen la foto de ese zumbado, Christopher Stewart, o la tendrán en cuanto lleguen.

—Excelente, pero conviene que sepan una cosa. Es posible que se vista de mujer y se ponga una peluca.

Maisie pone cara de preocupación.

—Y entonces ¿cómo vamos a...?

—Lo sé, es un problema. Sencillamente tendrán que hacer lo que puedan.

Suben en ascensor al nivel del escenario, donde Maisie le enseña la instalación del sistema de vídeo. Es óptima. Muchas cámaras, muchos ángulos, pocos puntos ciegos. En el escenario hay numerosos amplificadores, monitores, micrófonos y atriles. Holly toma fotos para que Kate vea entre lo que tendrá que moverse. Descienden por unos peldaños a la izquierda del escenario y acceden al auditorio. Holly ve con satisfacción —no, sumamente complacida— que los asistentes tendrán que pasar por detectores de metales para entrar en el auditorio. Maisie le muestra las diversas salidas.

—Tendremos que abandonar la sala de la manera más discreta posible —explica Holly. No alberga grandes esperanzas de conseguir esquivar a todos los ebayeros, pero si Stewart está allí («el zumbado», eso le gusta), puede que sí logren esquivarlo a él—. ¿Se le ocurre alguna idea?

—Es posible —contesta Maisie—. Dio resultado con Neil Diamond cuando estuvo aquí.

Bajan en el ascensor hasta un cuarto de descanso donde diez o doce empleados picotean en un bufet a base de café, fruta, yogur y huevos duros. En una pared se lee el letrero: ¡RECORDAD QUE ESTÁIS TRATANDO CON EL PÚBLICO, ASÍ

QUE SONREÍD! Debajo hay marcos con fotos de miembros del personal incluidos no uno, no dos, sino *tres* regidores de escenario.

—¿Por qué tantos regidores? —pregunta Holly.

—Van rotándose. Sobre todo, porque nuestros grandes actos se concentran en torno a los días festivos. Cuando presentamos *El cascanueces*, trabajan todos. Eso sí que es un espectáculo de terror, con niños mocosos por todas partes... Mejor que ni le cuente. Vamos a la parte de atrás.

Lleva a Holly más allá del bufet y de regreso a la pequeña cocina. Entre los fogones y el frigorífico, hay una puerta que da al extremo opuesto del aparcamiento del personal.

—Esta es su vía de escape —dice Maisie.

Holly toma fotos.

—Se lo diré a la ayudante de Kate. ¿Y puede hacerme un favor?

—Si está en mis manos...

—No informe a nadie de que vamos a salir por aquí. —Lo dice sin verdadera fe en que puedan despistar a los ebayeros, pero, como siempre, mantiene la esperanza de Holly.

4

11.15 horas

Corrie pasa cinco minutos en espera, preocupada en todo momento ante la posibilidad de llegar tarde a su cita con Donald Gibson en el Mingo. Se dispone a cortar la llamada cuando el coordinador de programación del centro de eventos de North Hills interrumpe la música de espera y confirma (¡por fin!) la charla de Kate en esa sala para el martes 3 de junio, a las ocho de la tarde. Está a solo doce minutos del centro de Pittsburgh, el aforo es de diez mil personas y los honorarios son razonables.

Cuelga, alza los puños por encima de la cabeza y susurra:

—Donde Anderson pone el ojo, pone la bala.

Baja apresuradamente al centro de fitness de la primera planta para comunicárselo a Kate, que hoy nada temprano. Holly, sentada junto a la piscina, sostiene la toalla de Kate y lee sobre la Verdadera Santa Iglesia de Cristo en su iPad. Kate, por su parte, avanza infatigable con su bañador rojo. Corrie informa a Kate sobre el favorable cambio de sala en Pittsburgh. Kate le responde con el pulgar en alto casi sin perder una brazada.

—Para asegurarme esa sala, me he pasado una eternidad en espera, y ¿qué recibo? Un escueto «Así se hace, chica» —se queja Corrie.

Holly le sonríe.

—Algún poeta dijo: «También le sirven quienes solo están de pie y esperan». O en nuestro caso, hacen llamadas y sostienen toallas.

—Eso no es solo de «algún poeta»; es de John Milton, el número uno y el no va más de la versificación.

—Si tú lo dices...

—¿Has sabido algo más sobre Chris Stewart?

—Si te refieres a si lo han detenido, ojalá pudiera decir que sí, pero no.

—¿Y sobre el otro hombre? ¿El que está matando a los miembros del jurado?

—No a los miembros del jurado, a personas inocentes en *sustitución* de los miembros del jurado, al menos en la cabeza de ese zumbado. Aunque de hecho ese es un caso de Isabelle Jaynes.

—Pero estás interesada, ¿verdad? ¿Has enviado a uno de tus «minions» a investigar?

Holly piensa en las pequeñas criaturas amarillas de *Gru, mi villano favorito* y se ríe.

—John no es un «minion»; es camarero.

—¿No has sabido nada a través de él?

—Por desgracia, no.

—Vale. Una nunca pierde la esperanza. Voy al Mingo a firmar unos papeles del seguro.

Holly frunce el entrecejo.

—Ah, ¿sí? Pensaba que todo eso se había resuelto ya por adelantado.

—Y así era, pero al parecer nunca se acaba. Es el setenta por ciento de mi trabajo. Más bien el ochenta. Puede que en el camino de vuelta entre en un par de tiendas para comprar una falda y unos vaqueros. También necesito medias.

—Ve con cuidado.

—No me pasará nada —dice Corrie, y señala con el pulgar ladeado a Kate—. Es a ella a quien tienes que vigilar.

5

11.30 horas

Mientras Corrie está en el vestíbulo del hotel esperando un Uber, Izzy Jaynes, en el campo de sófbol del Dingley Park, empieza a ponerse las pilas para el partido. Preferiría con creces estar ocupándose de su trabajo de policía, pero, como tiene que estar aquí, se propone jugar lo mejor posible. En parte por las incesantes pullas, que lenta pero inequívocamente han ido haciéndole mella.

Los bomberos han cedido el campo a los policías, pero rondan por las gradas, devorando perritos calientes y tacos de pescado, divirtiéndose con sus provocaciones. Como los policías están entrenando el bateo con bolas lentas, ella es el blanco de casi todos los comentarios jocosos. Algunos son inocuos, pero muchos son desagradables gilipolleces sexistas. Nada que no haya oído antes —George Pill quiere saber si esas piernas llegan hasta arriba del todo—, pero eso no lo hace más llevadero.

Izzy era una persona competitiva en la universidad, y lo es en la policía. Es inteligente, pero ha sido sobre todo esa vena competitiva la que le ha permitido ascender en solo diez años de simple graduada de la academia de policía con un corte de pelo de novata a su actual posición en la brigada de investigación. Puede que sus dotes deductivas no sean comparables a las de Holly Gibney —de hecho, le consta—, pero también sabe que aventaja a Tom Atta y a la mayoría de los otros inspectores. Lew Warwick también lo sabe, y por eso la llamó para enseñarle la carta de Bill Wilson, alias Trig, alias quién sabe.

Que piensen que así es como lanzaré cuando empiece el partido, se dice Izzy. *Que lo piensen.*

No puede lanzar tan fuerte como Dean Miter, ante quien el año pasado el equipo de los bomberos se quedó en blanco durante tres entradas, pero sí domina esa bola descendente, su arma secreta, y no tiene intención de mostrarla delante de Pill y los demás mangantes de los Mangueras.

Le vibra el móvil dos veces en el bolsillo del pantalón corto, pero decide no prestarle atención hasta que todos los integrantes del equipo de la Policía —los que están aquí; llegarán más a medida que terminen sus turnos— hayan tenido ocasión de batear. Los Asesinatos del Jurado Sustituto son importantes, pero por el momento eso está en manos de la

Policía del Estado. Mantener la paz en Buckeye City es importante, pero esta noche de eso se ocupa supuestamente el Departamento del Sheriff del Condado. También la preocupa Kate McKay, pero confía en que Holly la proteja.

Todo eso importa. El partido de esta noche no…, solo que para Izzy ahora sí importa. Puede que no sea capaz de dejar en blanco a los bomberos durante tres entradas como hizo Dean Miter el año pasado, pero se propone defender al equipo y a sí misma. Se propone obligar a los bomberos a tragarse esas provocaciones hasta lo más hondo de sus gargantas llenas de humo. Por el momento, su trabajo queda en segundo plano.

Eso nunca pasaría con Gibney, piensa mientras vuelve cargada con un cubo de pelotas a la caseta del equipo de la Policía. *Ella mantendría la vista fija en la presa.* Y, sorpresa sorpresa, las dos llamadas son de Holly, que le dice que está en el centro de fitness del hotel.

—Mejorando ese cuerpecillo flaco tuyo, ¿eh?

—Mirando mientras mi jefa mejora el suyo —responde Holly—. Creo que ya casi ha terminado. ¿Has averiguado algo sobre algo?

—No —dice Izzy, esperando que la culpabilidad que siente no se trasluzca en su voz. El hecho es que ni siquiera ha llamado a la comisaría para que Ken Larchmont la informe. Esta noche, Ken no jugará al sófbol. Ronda los ciento quince kilos y ya se acerca a la edad de jubilación.

—Nada sobre Trig de ninguno de los policías que asisten a las reuniones. Tampoco nada sobre Stewart. El inspector Larchmont está llamando a hoteles, moteles y pensiones, verificándolo todo por partida doble, pero hasta el momento *nada*.*

* En español en el original. *(N. del T.).*

Sintiéndose aún más culpable que antes, Izzy consulta el móvil para asegurarse de que Ken *no* la ha llamado entretanto.

—Stewart se ha escondido en algún sitio —dice Holly—. De eso no te quepa la menor duda.

—Muy posiblemente.

—¿Estás en el campo?

—Culpable de todos los cargos.

—No te sientas culpable. Es por una buena causa, Izzy, y yo tengo fe en ti. Lo harás bien.

—Ya me gustaría —responde Izzy.

En el campo, unos cuantos bomberos se pasan una pelota mientras los demás entrenan el bateo. George Pill mira a Izzy, se planta en jarras y hace un cómico movimiento de cadera.

Tú sigue riéndote, capullo, piensa Izzy. *Ya verás cuando te tenga en la caja de bateo.*

Cuidado con lo que deseas.

6

12.00 horas

La tal Anderson, la ayudante de Kate, se presenta puntualmente, cosa que Trig agradece. Prevé un día *muy* ajetreado, pero hay un lado positivo: cuando haya acabado, podrá descansar en la oscuridad eterna. Tiene «un Dios de su entendimiento», porque el Programa de AA insistió en que eso lo ayudaría a perseverar en la abstinencia, y así ha sido, pero no espera el cielo o el infierno. El Dios de su entendimiento es un ser egoísta que relega a los humanos al olvido y se reserva la vida eterna solo para él.

Trig está esperándola en la entrada de servicio. Ha supuesto que ella no despediría al conductor de Uber, porque piensa que solo va a firmar unos papeles, y él está preparado para eso. La saluda con una mano. Mantiene la otra en el bolsillo de la americana, en torno a una jeringuilla cargada con doscientos miligramos de pentobarbital.

Corrie le devuelve el saludo, y él, haciéndose a un lado, tiende una mano para indicarle que entre en la pequeña cocina. En cuanto ella pasa por delante de él, la agarra firmemente por la cintura, cierra la puerta de un puntapié y le clava la aguja en la zona blanda de la base del cuello, justo por encima de la clavícula. Afortunadamente, el forcejeo de Corrie es breve. Se desploma inerte hacia delante contra el brazo de él. Trig la arrastra hasta la encimera en forma de ele y la deja ahí apoyada. Ella tiene los ojos abiertos pero en blanco. Está de pie, pero al parecer no se le mueve el pecho.

¿La ha matado? ¿Aun con una dosis tan modesta? ¿Acaso tiene alguna importancia? Como sí podría tenerla —si McKay es lista, exigirá una prueba de vida—, Trig la abofetea. No con todas sus fuerzas, pero sí vigorosamente. Ella toma aire con un silbido entrecortado. Trig coge la otra jeringuilla, dispuesto a administrarle otra dosis menor, pero Corrie se desliza de medio lado hasta apoyar la mejilla en la encimera. Aún tiene los ojos abiertos, ahora con el iris a la vista en uno, todavía ausente en el otro. Babea por la comisura de los labios, pero vuelve a respirar por su cuenta. Le flojean las rodillas. Trig la ayuda a sentarse en el suelo. Decide que puede dejarla por un breve tiempo. *Muy* breve.

Sale al aparcamiento del personal y golpetea la ventanilla del Uber.

—Ha decidido quedarse un rato más —dice al conductor.

Cuando el conductor se marcha, contento con su generosa propina, Trig abre las puertas traseras de la furgoneta Transit. Intenta levantar en brazos a Corrie, pero a duras penas logra sostenerla. Es esbelta, pero musculosa. Decide sujetarla por las axilas y arrastrarla hacia la entrada de servicio. Echa un vistazo alrededor. No ve a nadie en el aparcamiento trasero bajo el sol. Bueno, quizá ve al fantasma de su padre. Eso es broma y a la vez no lo es.

—Vete a la mierda, papá. No he tenido miedo.

Respira hondo dos veces, haciendo acopio de fuerzas, y la levanta para meterla en la parte de atrás de la furgoneta. La cabeza, que le cuelga inerte, golpea en el suelo y gira hacia un lado. La mujer emite un confuso sonido interrogativo y a continuación empieza a roncar.

En la furgoneta, todo está a punto. La coloca de costado —lo cual ayudará si vomita— y le inmoviliza los tobillos con cinta aislante que saca de una bolsa de la compra reutilizable de Giant Eagle. Le ata las manos tras la espalda, a la altura de los riñones, y da varias vueltas a la cinta en torno a la cintura, ajustándola bien. Le gustaría taparle la boca con cinta, para que, si despierta, no pueda gritar, pero existe el riesgo de que, si vomita, se asfixie, y según internet esa es una posibilidad después de una dosis de pentobarbital.

Está empapado en sudor.

Tan pronto como Trig cierra las puertas de la furgoneta Transit, aparece *otro* coche, este un sedán Lincoln negro con el rótulo VEHÍCULO DE CORTESÍA DEL HOTEL GC PLAZA en la visera bajada. Sale Sista Bessie, grande como un acorazado envuelto en caftán de madrás. La acompaña otra mujer, tan flaca que parece poco más que un palo de escoba con relleno.

—Este es el jefe del centro —informa Sista Bessie a su flaca compañera—. Caballero, no recuerdo su nombre.

Él está a punto de decir Trig.

—Donald Gibson, señora Brady. —Y, dirigiéndose a la mujer flaca, añade—: Director de programación.

¿Y si se despierta ahora? ¿Y si se despierta y empieza a gritar?

—Solo vamos a echar un vistazo a unos trajes por si han de ensancharse —comenta Sista Bessie—. He engordado un par de kilos desde el comienzo de los ensayos.

—Más bien cinco —corrige la mujer flaca—. En cuanto empiezas a cantar, comes como un cerdo. —Su afro blanco como la nieve parece un vilano de diente de león.

—Esta es Alberta Wing, mi modista y ayudante de vestuario —la presenta Sista—. Además de una bocazas, como ya habrá notado.

—Digo lo que pienso —responde Alberta Wing.

Trig esboza una sonrisa amable, pensando: *¡Adentro, adentro, JODER, ADENTRO!*

El vehículo de cortesía del hotel arranca para marcharse, pero Sista Bessie grita:

—*¡Espere, eh! ¡Espere!*

El conductor tiene las ventanillas cerradas para que no escape el frío del aire acondicionado, pero Sista cuenta con un buen par de pulmones, y el hombre la oye. Se encienden las luces de frenado y después las de marcha atrás. El conductor baja la ventanilla. Sista extrae de su bolso una voluminosa cartera y saca un billete.

—Por las molestias —dice.

—Ah, señora, no hace falta. Forma parte de los servicios del hotel…

—Insisto —dice ella, y tiende el billete.

—¿No hace un calor sofocante? —pregunta Alberta Wing a Trig.

¿Estará despertándose ya? ¿Nos oye?

—Desde luego.

—Este tiempo es una porquería, así de sencillo. No hay otra palabra para definirlo. ¿Usted que opina, señor Gibson?

—Lo es, sí.

Ella asiente con la cabeza.

—Y tanto que lo es. Está usted sudando a mares.

El Lincoln negro se aleja. Sista regresa.

—Muy amable por esperarnos en la puerta —dice—. Seguramente estaré aquí hasta media tarde.

¿Ha sido eso un golpe dentro de la furgoneta? ¿O imaginaciones suyas? A Trig lo asalta un delirante pero vívido recuerdo de *El corazón delator*, donde el sonido procedía de debajo de las tablas del suelo. «Como un reloj envuelto en algodón», escribió Poe, ¿y cómo es posible que recuerde eso de su primer año de instituto? ¿Y por qué ahora?

Porque todos mis planes pueden venirse abajo como consecuencia de un grito procedente de esa furgoneta. Como un cohete de SpaceX de mil millones de dólares estallando en la plataforma de lanzamiento.

—Incluso puede que me eche una siesta —dice Sista—. El camerino es maravilloso. Con un sofá grande y largo. En mis tiempos estuve en auténticos tugurios.

—Dios mío, sí —coincide Alberta Wing—. ¿Te acuerdas del Wild Bill de Memphis?

—¡*Vaya* sitio! —Sista se ríe—. Yo estaba cantando, y un fulano en la primera fila se vomitó en el regazo la cerveza de toda la noche. ¡Ni se levantó!

Eso *sí* ha sido un golpe. Trig está seguro.

—Vamos adentro, señoras, protejámonos de este sol. —Las acompaña a la cocina y ve en el linóleo uno de los mocasines de Corrie Anderson. Lo aparta con el pie, lanzándolo a la sombra de detrás de la puerta—. Señora Brady, ya sabe que ha de tomar el ascensor hasta la segunda planta, ¿no?

—Ah, sí, ya conozco el camino —contesta ella—. Dos aspectos básicos del mundo del espectáculo: tienes que saber orientarte en el local donde cantas y nunca debes perder de vista el bolso. Vamos, Albie, hay que cruzar esta pequeña cafetería.

—Tengo un recado pendiente en la otra punta de la ciudad —explica Trig—. Vigilen que nadie nos robe la cubertería de plata en mi ausencia.

Sista Bessie se echa a reír. Alberta Wing no. Pese a su estado de alteración, Trig piensa que es una mujer que no ríe mucho, ¿y qué más da? Lo único que importa es que se van ya a ocuparse de sus asuntos. Que se las quita de encima.

Otra vez fuera, oye gritos ahogados procedentes de la parte de atrás de la furgoneta. Abre una de las puertas y ve a la problemática mujer girar de un lado a otro, intentando liberarse, y sí, ha vomitado. Se ha manchado la mejilla y el pelo.

Sube a la parte de atrás, cierra las puertas, mete la mano en una funda de almohada y saca el Taurus 22. Hinca el cañón en el pecho de la mujer.

—Puedo obligarte a parar de hacer ruido en este mismo instante, nadie oirá el disparo. ¿Es lo que quieres?

Ella se queda inmóvil de inmediato, con los ojos muy abiertos y anegados en lágrimas.

—¿Qué quiere?

—Puedes salir viva de esto —dice, lo cual es mentira—. Pero debes quedarte quieta. —Se guarda el arma en el bolsillo de su americana y arranca un trozo de cinta del rollo.

Ella adivina lo que se propone y vuelve la cabeza a un lado.

—¡No! ¡Por favor! ¡Se me ha tapado la nariz al vomitar! ¡Si me pone eso en la boca, me asfixiaré!

Trig saca la otra jeringuilla (tiene más, totalmente cargadas, en el cajón de su escritorio). Con la jeringuilla en una mano y la cinta en la otra, pregunta:

—¿Qué prefieres? Siempre en el supuesto de que quieras seguir viva, claro.

¿Y si Sista Bessie sale mientras él lidia con esta mujer problemática? ¿Sista Bessie para pedirle algo más? Las estrellas *siempre* quieren algo más. Botellas de agua, fruta fresca, M&M's, un puto *masajista.*

Corrie señala la cinta con la cabeza.

—Pero hágale un agujero.

Sin saber siquiera por qué le ha dado a elegir (pero vagamente complacido de haberlo hecho), Trig perfora la tira de cinta con la punta de la aguja hipodérmica y la adhiere sobre los labios de ella. Y entonces cae en la cuenta de que se ha olvidado de un detalle.

—Escúchame. ¿Me escuchas? —¡Son tantas las cosas que hay que recordar!

Esto no saldrá bien. Es una locura. Estoy loco. Papá se reiría. Se reiría y me daría un capón en la cabeza. «Desapareció», *dijo papá. Eso dijo en el pabellón Holman, durante uno de los intermedios de dieciocho minutos.*

—Cuando dijo eso, lo supe —dice a Corrie—. Fue por el tono de voz.

Ella lo mira con los ojos muy abiertos y empañados. No sabe de qué habla ese hombre. *Él* tampoco lo sabe.

Eso se lo dice a sí mismo.

—Da igual. Necesito saber el pin de tu móvil. Yo diré los números de 0 a 9. Cuando sea el número correcto, di que sí con la cabeza. ¿Me entiendes?

Ella asiente.

—Dame el pin equivocado y te castigaré. ¿*Eso* lo entiendes?

Claro que lo entiende.

No deberías haberlo hecho aquí, pedazo de bobo, dice papá. *Deberías haber esperado. ¿Y si sale la cantante negra porque quiere que le vayas a buscar un sándwich o una botella de cerveza?*

Ya es demasiado tarde. Coge el bolígrafo, recita los números y anota uno por uno los cuatro dígitos del pin.

7

12.20 horas

Holly considera por fin que ha llegado el momento de pasar por su piso. Corrie está en el Mingo y después se irá de compras, y Kate habla por Zoom en su suite: una entrevista en la CNN seguida de la grabación de un debate polémico para el programa *The Five* de Fox News.

Por lo general, no le entusiasma la música country, pero se encontró casualmente una canción de Alan Jackson que la conmovió de tal modo que se la descargó en el móvil y en la tableta. La canción se titula «Little Bitty», y ella se *identifica* (como sin duda dicen en el programa de AA de John Ackerly). Su piso es una versión de esa canción: lavadora pequeñita, secadora pequeñita, cocina pequeñita en la que se prepara sopa de tomate, mesa pequeñita en la que se come la sopa y un sándwich de queso a la plancha.

Se ha llevado la ropa sucia en una bolsa de la lavandería del hotel, pero su compromiso con Kate le causa inquietud y no quiere ausentarse el tiempo necesario para lavarla y secarla. Nada puede ocurrirle a la jefa mientras esté en su suite del hotel, pero ¿y si se le pasa por la cabeza salir? ¿Posiblemente para enzarzarse en una discusión con los activistas provida que se han reunido en la acera de enfrente? Sería muy propio de ella. Al imaginarse la situación, asalta a Holly el recuerdo de David Gunn, John Britton y George Tiller, todos ellos muertos a tiros por proporcionar los servicios que Kate ha defendido a lo largo de su gira.

Esperaba que, al estar aquí, en su propio espacio —un piso pequeñito para una investigadora privada pequeñita—, recuperaría en cierta medida la serenidad de la que ha carecido desde que tontamente accedió a actuar como guardaespaldas de Kate McKay. No ha sido así. Algo le causa desazón, y debería saber qué es, pero no lo sabe. Cree que tiene que ver con su visita al Mingo de ayer, pero, cada vez que intenta identificarlo, solo acude a su cabeza lo feliz que se sintió al ver a Barbara en el escenario, cantando y moviéndose de manera sugerente. Era como si Barbara hiciera en nombre de Holly algo que Holly, por su timidez e inseguridad, era incapaz de hacer por sí misma.

Se come la sopa. Mordisquea el sándwich de queso. Intenta pensar cuál es el detalle que se le escapa. Se dice que no tiene importancia, que cuando por fin caiga en la cuenta no tendrá la menor transcendencia —será una «pequeñez», de hecho—, pero no consigue convencerse. En el Mingo sucedió algo, algo en lo que debería haber reparado pero no reparó. ¿Lo vio? ¿Lo oyó? ¿Lo uno y lo otro? No lo sabe. Lo único que recuerda es que tenía el corazón henchido mientras veía a su joven amiga poeta ejecutar los distintos pasos de baile y Sista Bessie cantaba «Land of the 1000 Dances».

Al final, tira el sándwich de queso a la plancha a medio comer al triturador de basura y enjuaga el tazón. Deja el tazón en su lavavajillas pequeñito, coge la bolsa de ropa sucia y se encamina de vuelta al hotel. Decide que la enviará a la lavandería.

Y lo añadirá a su cuenta de gastos.

8

12.45 horas

Chrissy dormita detrás de la barra del bar cuando el pasador de la puerta del vestíbulo del pabellón se descorre con un golpe seco. Despierta de inmediato y echa mano del arma. Es la policía, está segura, y, cuando se dispone a ponerse en pie, decidida a liarse a tiros con ellos, una intuición la induce a permanecer oculta, y se queda de rodillas con la 32 aferrada entre las dos manos, palpitándole todos los músculos y aguzándosele todos los sentidos mientras se abre la puerta. Oye un gruñido de esfuerzo y el ruido de unos pies que se arrastran por el suelo. También le llegan sonidos vocales inarticulados. Chrissy cree que serían gritos, quizá incluso alaridos, de no ser porque algo los ahoga.

—Muévete, maldita sea, *muévete* —dice un hombre—. Ayúdame. Haz todo lo que puedas.

Cruzan el vestíbulo. Chrissy se acerca a gatas al borde de la barra y se asoma, dispuesta a disparar si la ven, pero no la ven; los recién llegados están de espaldas a ella. Un hombre sostiene a una muchacha o mujer joven rodeándole la cintura con un brazo. Ella tiene las manos sujetas tras la espalda, aparentemente con cinta adhesiva. Le han inmovilizado también los tobillos del mismo modo, y ha perdido un zapato. Aunque el hombre carga con su peso en la medida de lo posible, ella avanza con sucesivos brincos como si estuviera borracha. Acceden a la pista.

Chrissy se quita los zapatos, corre de puntillas hasta la puerta central de la propia pista y mira. Podría haber permanecido allí, al descubierto, y no la habrían visto. El hombre guía a su prisionera lenta y pacientemente por encima de los tablones entrecruzados hasta lo que antes era el banquillo de penalizaciones. La deja allí sentada, saca un rollo de cinta adhesiva del bolsillo de la americana y empieza a sujetarle el cuello y los tobillos a uno de los postes de acero.

Chrissy se plantea pegarle un tiro al hombre cuando salga, porque es sin duda el que mató a la chica que Chrissy ya ha encontrado. A esta no la ha matado aún —quizá antes se propone violarla o abusar de ella de alguna manera retorcida—, pero está segura de que lo hará.

En ese momento, la chica maniatada vuelve la cabeza, y Chrissy consigue verle bien la cara por primera vez. El reconocimiento es inmediato, pese a la cinta que le cubre la boca. Es Corrine Anderson, la ayudante de Kate McKay. Corrie ve también a Chrissy. La observa con los ojos desorbitados. Chrissy retrocede antes —o eso espera— de que el hombre siga la mirada de su prisionera y corre ágilmente de regreso a la barra.

¿La ha visto él? Chrissy no lo sabe. Si la ha visto, sin duda tendrá que disparar contra él, pero ya no desea hacerlo a menos que se vea obligada.

El hombre vuelve por fin. Ella oye primero sus pisadas cada vez más cerca mientras él salta de viga en viga, y después los chirridos de sus zapatos en el suelo polvoriento del vestíbulo. Empuñando el arma, espera.

Estate atenta a su sombra, se dice, pero es posible que en el vestíbulo en penumbra no haya sombra. *Entonces escucha, solo escucha.*

Los chirridos de los pasos no se aproximan a la barra ni se detienen. El hombre regresa a la doble puerta. El vestíbulo se ilumina por un momento cuando él sale. Y después se impone otra vez la penumbra. Se oye un ruido metálico cuando, por medio del panel numérico, echa el pasador de la puerta. Chrissy aguza el oído y le llega el ruido del motor de un coche, que arranca y se aleja.

Se ha ido.

9

12.55 horas

Al mediodía, la actividad baja en el Happy, porque no hay gramola ni televisor encima de la barra con los principales acontecimientos deportivos; tampoco sirven comida, aparte de cacahuetes y bolsas de patatas fritas, hasta la noche, cuando solo tienen perritos calientes. Mientras John Ackerly aprovecha el receso para llenar de vasos y copas el lavavajillas, suena su móvil.

—Hola, ¿hablo con John? —Es la voz de un hombre mayor que se ha pasado casi toda la vida fumando dos paquetes de tabaco al día. En el lugar desde donde llama hay una gramola; John oye a Bonnie Tyler hablar al mundo de su eclipse total del corazón.

—Sí, soy John. ¿Quién llama?

—¡Robbie! Robbie M., de la reunión de Upsala. Estoy en el Club de los Sobrios de Breezy Point. Le he pedido el móvil a Billy Top. ¿Conoces a Billy Top?

—Lo he visto en las reuniones —contesta John—. Con el pelo a cepillo. Vende coches.

—El mismo, exacto. Billy Top.

Un individuo con aspecto de ejecutivo se arrima a la barra por lo demás vacía. Tiene los ojos enrojecidos y el rostro pálido. John intuye problemas. El ejecutivo pide un whisky a gritos, sin hielo. John le sirve con gesto experto.

—¿En qué puedo ayudarte, Robbie?

—Todavía no me acuerdo del nombre que usó ese tío en lugar de Trig un par de veces, pero sí me acuerdo de una cosa que dijo en aquella reunión de Upsala... Debe de hacer más de un año, pero, joder, se me quedó grabada en la cabeza por lo graciosa que era. El grupo se tronchó de risa.

El ejecutivo apura el whisky y pide otro. John sabe interpretar la actitud de las personas —como camarero es una técnica de supervivencia—, y ese individuo, además de augurar problemas (o precisamente por eso), tiene el aspecto de una persona que acaba de recibir una mala noticia. *Lo despacharé de aquí a eso de las tres,* piensa, pero el individuo sigue relativamente sobrio, así que John le sirve otra copa advirtiéndole que afloje la marcha.

—¿Cómo? —pregunta Robbie.

—No hablaba contigo. ¿Cuál fue el comentario tan gracioso de ese John o Ron?

—Dijo: «¿Habéis intentado alguna vez contratar a alguien para limpiar mierda de elefante a las diez de la mañana?». Recibió una gran carcajada.

—Gracias, Robbie. —Y piensa: *De nada*—. Si te acuerdas del nombre, vuelve a llamarme.

—Eso haré, y, si tu amiga saca algo de dinero, desvía hacia mí unos cuantos pavos.

—No...

En ese preciso momento el ejecutivo coge el vaso, se echa hacia atrás y lo lanza contra el espejo situado detrás de la barra, que se hace añicos y derriba del estante varias botellas, y no de alcohol de garrafa, sino de las caras. A continuación, rompe a llorar y se lleva las manos a la cara.

—Tengo que dejarte, Robbie. Problemas a la vista.

—¿Qué clase de pr…?

John pone fin a la llamada y marca el 911. El ejecutivo apoya la cara en la barra y empieza a sollozar. John rodea la barra y le da un apretón en el hombro.

—Amigo, sea lo que sea, pasará.

10

En el Club de los Sobrios de Breezy Point, Bonnie Tyler ha dado paso a Chrissie Hynde, que habla de la vida en una cadena de presos. Billy Top tiende la mano para recuperar su móvil. Robbie se lo entrega.

—Ese tío no se llamaba Ron ni John —dice Robbie—. Era Don. Acaba de venirme a la cabeza. Como caído del cielo.

—Siempre pasa eso cuando dejas de pensar en algo —responde Billy Top—. Te sube a la superficie de la mente. ¿Quieres jugar al hockey de caja?

—Vamos allá —contesta Robbie, y cinco minutos después se ha olvidado por completo del tío que necesitaba limpiar mierda de elefante a las diez de la mañana.

Capítulo 21

1

13.00 horas

Alguien se dirige hacia Corrie, avanzando con cuidado por encima de las vigas tendidas en el suelo de hormigón. Ella vuelve la cabeza tanto como le permite la cinta en torno al cuello, que no es mucho. No se está asfixiando, pero es como respirar a través de un tubo. Agrava mucho el dolor de cabeza provocado por lo que sea que Gibson le ha inyectado. No puede creer que algo así esté pasándole. Ni que haya ocurrido tan deprisa.

Es una mujer de cabello oscuro con un traje pantalón, pero al principio Corrie, en la penumbra del pabellón, no le distingue la cara. Sin embargo, cuando habla, reconoce esa voz grave, un poco ronca. La ha oído una vez antes, en Reno. Cuando le dijo que no soportaba que una mujer usurpara la identidad de un hombre. *Primera epístola a Timoteo, zorra.*

—Hola, Corrie Anderson. Esta vez sé quién eres y seguro que tú sabes quién soy yo.

Corrie lo sabe. Es Christopher Stewart.

Stewart se agacha sobre una rodilla delante del banquillo

de penalizaciones y la mira con atención, tal como un científico estudiaría a un animal de laboratorio que pronto será sacrificado por el bien común. Que es tal como Corrie se siente. Su terror queda soterrado bajo una capa de surrealismo. Casi podría creer que se trata de una pesadilla espantosamente vívida, porque ¿qué probabilidades existen de que la haya drogado y tomado prisionera un hombre a todas luces loco solo para que tenga que enfrentarse a otro?

—No te ha matado —dice el hombre de la peluca—. Ha matado a la otra, pero a ti no.

Stewart se vuelve parcialmente y tiende la mano como el presentador de un concurso televisivo al mostrar el gran premio de la noche. Corrie ve una silueta tendida en las vigas entrecruzadas allí donde en otro tiempo se hallaba el punto central de la pista de hielo. Casi *fundiéndose* allí. Toma conciencia con creciente horror de que es un cadáver, y toma conciencia asimismo de que el olor que percibe no es solo el residuo de la sustancia con la que ese demente la ha drogado.

Como si le leyera el pensamiento, Stewart dice:

—La pobre chica empieza a apestar, ¿no? Yo la olía incluso desde fuera.

Por favor, suéltame, no soy la persona que buscas, intenta decir Corrie, pero por supuesto a través del orificio de la cinta solo salen sonidos ahogados sin parecido alguno con palabras reales.

—Ha matado a la otra, pero no a ti —repite Stewart—. Y creo que sé por qué.

Pese al dolor de cabeza, y a estar aún confusa por la inyección, Corrie también cree saberlo. Stewart lo dice por los dos.

—Eres el *cebo.*

2

13.15 horas

Trig regresa al Mingo y, marcha atrás, acerca la furgoneta Transit a la entrada de servicio. Accede a la pequeña cocina, ve el zapato de Corrie y lo esconde en el fondo de la basura. Ella ya no va a necesitarlo.

Sube por la escalera porque no quiere que la cantante negra y su ayudante de vestuario oigan el ascensor, sepan que ha vuelto y acudan a él con sus molestas preguntas. Él tiene sus propios asuntos que atender, su propio plan. Que es una locura, claro. Eso lo sabe. Ha leído que las probabilidades de ganar dos dólares con un billete de rasca y gana de un pavo son de cuatro contra una. Piensa que las probabilidades de que este plan salga bien son considerablemente más altas. No astronómicas, siendo como es la naturaleza humana, pero altas. Quizá quince contra una.

Liquidaré a algunos, pase lo que pase. Si pude convencer a un jurado vacilante de que declarara culpable a Alan Duffrey, al menos puedo liquidar a algunos.

—Estaba convencido de que era culpable —dice Trig cuando llega a lo alto de la escalera—. *Convencido.*

Pero había mucha culpa que repartir. Muchos errores. Deberían haber tenido el valor de mantenerse firmes en sus convicciones. No deberían haber cedido. No deberían haber vacilado.

Lowry diciendo votemos otra vez, estoy perdiendo ventas en mi tienda, y esa vez por fin votó culpable. Después de eso quedaba solo Bunny. ¿Cómo lo conseguí? ¿Cómo los induje a cambiar de idea?

—Simplemente fui el canal de comunicación de mi padre —dice—. Fue fácil.

Oye risas femeninas en la segunda planta. Sista Bessie y la mujer flaca, Alberta como se llame. Entra en su despacho. Se palpa el bolsillo de la americana para cerciorarse de que lleva el móvil de Corrie. Tiene una llamada que hacer con él, pero eso queda para más tarde. Ahora consulta en su ordenador los números de teléfono de los miembros de la banda de Sista y del personal de apoyo. El nombre y el número de Barbara Robinson se añadieron posteriormente, pero, como decía papá, nunca es tarde si la dicha es buena.

Trig coge el caballo de cerámica. Lo acaricia. Viene a ser un talismán. Papá le explicó que Trigger era un palomino. Un caballo caro, y papá dijo también que, cuando Trigger murió, Roy Rogers encargó que lo disecaran, lo que de algún modo parece presagiar *mala* suerte, pero da igual.

Trig telefonea a Barbara, y Robinson contesta cuando el timbre suena por segunda vez. De fondo oye voces risueñas, gritos y el ruido metálico de los bates contra las pelotas. Deduce que la chica está pasando su día libre en el Dingley Park.

Trig ha tramado y descartado media docena de pretextos para inducir a Barbara Robinson a venir al Mingo, hasta que ha caído en la cuenta de que no necesita ninguno, en realidad no. Le basta con mostrarse oportunamente serio.

—Hola, señorita Robinson. Soy Don Gibson, el director de programación del Mingo.

—Hola. ¿En qué puedo ayudarle?

—Verá..., la señora Brady pregunta por usted. Está aquí en el Mingo.

—¿Qué quiere?

Los sonidos del campo de juego se desvanecen a medida que ella se aleja. Ha percibido la seriedad de su tono. Bien.

—No lo sé —responde Trig—. No ha querido decírmelo. Se encuentra en su camerino, y parece que está llorando.

—Llegaré lo antes posible —contesta Barbara.

—Gracias —dice Trig—. Creo que será lo mejor. La esperaré en la entrada de servicio para dejarla pasar.

Así de fácil.

Pone fin a la llamada, abre el cajón del escritorio y saca un fino estuche de piel negro. Contiene otras seis jeringuillas con pentobarbital. No prevé necesitarlas todas, pero mejor prevenir que curar. Extrae una de las agujas con su tapón de seguridad y se guarda el estuche en el bolsillo.

3

13.35 horas

Holly entra en el vestíbulo del hotel Garden City Plaza después de abrirse paso a través de la creciente muchedumbre congregada fuera: fans de Sista Bessie, fans de Kate, gente que detesta a Kate. Nadie presta atención a Holly, que es lo que ella prefiere.

Cuando se halla en medio del vestíbulo, suena su móvil. Es John Ackerly.

—Hola, Holly, ¿qué tal?

—Bien. ¿Y tú?

—Ha sido un día emocionante en el Happy.

—¿Qué ha pasado?

—Un borracho alborotador. Ha causado algunos daños... en la barra, no en mí..., y la policía se lo ha llevado.

—Lamento oírlo.

—No es la primera vez que ocurre una cosa así, ni será la última. Te llamo porque en la reunión de anoche hablé con un viejo, un tal Robbie, y hemos vuelto a hablar otra vez antes de que aquí se liara la cosa. Ha dicho que el tío ese al que buscas...

—Al que busca *Izzy* —corrige Holly.

John se echa a reír.

—Eso no me lo trago. Sé de qué pie cojeas: en cuanto empiezas, no cejas.

Holly no se lo discute.

—Adelante.

—Robbie recordaba también un comentario que hizo ese tío. «A ver si encontráis a alguien que limpie mierda de elefante a las diez de la mañana». O algo por el estilo. Fue en una reunión y los demás se rieron a carcajadas. ¿*Eso* te dice algo?

—No. —Y es cierto. Pero a la vez le recuerda su visita al auditorio de la noche anterior. No sabe por qué. Le viene a la cabeza el momento en que dejó el enorme Chrysler en el aparcamiento del personal. La recibieron el mánager de gira de Sista Bessie y el director de programación del Mingo.

Por un momento casi da con eso que le ronda la mente, pero, cuando está a punto de acordarse, vuelve a pensar en lo magnífico que fue ver a Barbara bailar y cantar mientras la banda entraba en calor... y se le escapa de nuevo.

—Bueno, ya te he dicho lo que he oído —dice John—. Más no puedo hacer. Me marcho del bar temprano; he quedado con Jerome. Vamos a llevar a Sista Bessie al hotel. No me odies por andar en compañía de las estrellas.

—Lo procuraré —responde Holly.

—Jerome irá en el coche con ella hasta el Dingley Park. Haciendo de guardaespaldas.

—Hay guardaespaldas por todas partes —dice Holly—. Somos gente ocupada.

—Pero nadie tiene que limpiar caca de elefante —añade John, y una vez más ella casi lo tiene... o tiene algo, al menos..., pero se le vuelve a escapar. *Dale tiempo*, piensa. *Dale tiempo y saldrá a la superficie.*

Entonces piensa que eso es lo que se dice de las víctimas de un ahogamiento.

4

13.50 horas

Para Trig, es casi como la segunda representación de una obra. Esta vez el proceso es un poco más ágil, como suele ocurrir con las segundas representaciones. Barbara llega en un Uber, pero despide al conductor, lo que resuelve un problema. Avanza con paso enérgico hacia la puerta de servicio, le dirige una sonrisa fugaz y se apresura a entrar. Él la agarra por la cintura y le inyecta la sustancia: *déjà vu* una vez más. Ella forcejea y enseguida pierde el conocimiento.

Trig la carga en la furgoneta Transit y la maniata como ha maniatado a Corrie. Solo que en esta ocasión también pasa la cinta alrededor de un punto de anclaje lateral para que no pueda girar y dar patadas contra la mampara de la furgoneta cuando vuelva en sí, lo que podría llamar la atención. Echa el bolso de la joven en la bolsa de Giant Eagle junto con el móvil de Corrie, más unos rollos de cinta adhesiva y una lata grande de líquido inflamable Kingsford para encender carbón.

Trig se acuerda de su padre cuando decía: *Con la práctica se alcanza la perfección.* Solía decirlo cuando entrenaban el saque en el camino de acceso a casa, provisto Trig de su propio pequeño stick de hockey. Su padre le lanzaba el disco y le propinaba un buen golpe en el brazo cada vez que, por miedo, se apartaba.

Con la práctica se alcanza la perfección.

Y: *Desapareció. Te basta con saber eso.*

—Y yo lo *sabía* —dice Trig.

La joven parpadea, pero no abre los ojos. Tiene la nariz congestionada, pero respira con regularidad. Trig se dirige hacia el pabellón Holman.

Dos menos, quedan dos.

Las importantes.

5

13.55 horas

Holly acaba de descargarse un artículo en su portátil cuando alguien llama suavemente a su puerta. Es Kate.

—Esta tarde no hay rueda de prensa. Me reservo para la noche. ¿Qué haces?

—Estoy investigando los antecedentes de Christopher Stewart. Y su iglesia. Puede servirnos.

—¿Los antecedentes llevan al presente? ¿Es eso?

—Algo así. ¿Me necesitas?

—No. Voy a colgar el cartel de NO MOLESTAR en la puerta y echar un sueño reparador. Corrie aún no ha vuelto de sus compras. A la pobre le vendrá bien un descanso. La he hecho ir de culo.

No es exactamente como Holly lo habría expresado, pero sí bastante preciso.

—¿Quieres que te despierte?

—No hace falta, pondré la alarma del móvil. —Se inclina sobre el hombro de Holly para mirar la pantalla—. ¿Son esos? ¿La Iglesia de Jesús al Cien por Cien, o como se llamen?

—Sí. Este es del *Lakeland Times*, en Minocqua, Wisconsin. El titular reza: LA IGLESIA DE BARABOO JUNCTION ORGANIZA UNA VIGILIA PARA LA ORACIÓN FRENTE A LA CLÍNICA NORMA KLEINFELD. En la foto adjunta se ve a unas veinticinco personas de rodillas bajo la lluvia. Dispuestas detrás de ellos en la acera, se alzan pancartas que muestran fetos ensangrentados y consignas como YO SOLO QUERÍA VIVIR y ¿POR QUÉ ME MATASTE?

Holly toca la pantalla.

—Este es Christopher Stewart, tu acechador. Este de al lado es el hombre con quien hablé mientras tú nadabas. Andrew Fallowes. No sé con toda certeza si es él quien da cuerda a Stewart como si fuera un juguete, pero creo que sí.

Se vuelve y, sorprendida, ve lágrimas en los ojos de Kate.

—Nadie quiere matar bebés. —Kate habla con voz ronca y vacilante—. Al menos nadie en su sano juicio.

—¿Seguro que no quieres interrumpir tus apariciones hasta que se detenga a Stewart?

Kate niega con la cabeza.

—Sigamos adelante. —Se enjuga los ojos con un gesto rápido e iracundo—. Y esto no lo has visto.

—No he visto ¿qué?

Kate sonríe y le da un ligero apretón en el hombro.

—Esa es la actitud correcta. Continúa así. Me levantaré a las cuatro y media. Las cinco como mucho.

—De acuerdo. —Holly vuelve a centrar la atención en su portátil. *Los antecedentes llevan al presente.* Eso le gusta.

—¿Holly?

Se vuelve. Kate está en el umbral de la puerta.

—No es fácil ser la mala. El perro peligroso. ¿Lo entiendes?

—Sí —dice Holly.

Kate sale.

6

14.15 horas

Regresa el hombre de la americana. Trae a otra, también joven y apenas consciente.

En cuanto accede a la pista, Chrissy vuelve a la puerta. Sabe que es peligroso, pero tiene que verlo. Observa al hombre de la americana mientras sujeta a la nueva al otro poste del banquillo de penalizaciones. A continuación, toma una foto de Corrie Anderson con un móvil y de la recién llegada con otro. Cuando se yergue, a la vez que se guarda los teléfonos en los bolsillos y dice algo a la nueva, Chrissy regresa sigilosamente a su escondrijo detrás de la barra.

En cuanto tiene la certeza de que el hombre de la americana se ha ido, entra en la pista y apoya una rodilla en el suelo ante la nueva.

—No tengo nada contra ti. Quiero que lo sepas.

La boca de la joven está tapada con cinta, pero es fácil leerle la mirada: *¡Pues suéltame!*

—No puedo dejarte ir. Todavía no. Quizá más tarde sí sea posible. —Repite—: No tengo nada contra ti.

Vuelve al vestíbulo para esperar a la que ella busca. La que Dios, obrando a través del hombre de la americana, va a entregarle. Chrissy está segura de eso.

Las dos mujeres ni siquiera pueden mirarse de tan cruelmente como les ha ceñido la cinta en torno al cuello. Barbara puede arrimar el hombro al de la otra mujer. Y la otra mujer puede arrimarlo al de ella. No es un gran consuelo…, pero algo es algo.

7

14.30 horas

Cuando Trig acaba de llegar a su despacho en el Mingo, la negra flaca, Alberta como se llame, llama a la puerta simbólicamente y acto seguido entra sin que nadie la invite. Lleva un vestido brillante colgado del brazo.

—Betty está echándose la siesta —dice—. Quiere que la despierte usted a eso de las cuatro y media. Yo tengo que volver al hotel para ensanchar este vestido. ¡Qué *gorda* se está poniendo!

—¿Quiere que le pida un...?

—¿Un coche? Ya lo he pedido; debe de estar esperando. Más vale, porque vamos *muy justos* de tiempo. A las cuatro y media, eh. No se olvide.

Normalmente, a Trig le molestaría verse tratado como un lacayo, sobre todo por una persona que era ella misma una lacaya, pero esta tarde le trae sin cuidado. Tiene muchas cosas que hacer, demasiados frentes abiertos.

¿Y si esas mujeres consiguen liberarse de alguna manera?

Eso es una estupidez, esas cosas solo ocurren en las series de televisión. Están amarradas como pavos.

—¿Hoy es el día de la compra? —pregunta la negra flaca. Enseña muchos dientes blancos en una sonrisa de caimán.

—¿Cómo?

—Pregunto que si es el día de la compra. —La mujer señala junto al escritorio, y él ve que ha traído la bolsa de Giant Eagle. Ni siquiera se había dado cuenta.

—Ah..., no. Solo llevo ahí unas cuantas cosas. Objetos personales.

—¿Unas cuantas cosas *escasas*? —Ensancha la sonrisa de caimán a la vez que mueve las cejas como Groucho Marx. ¿Qué insinúa? Trig no tiene la menor idea. De pronto la sonrisa se apaga como un letrero de neón—. Era broma. No se olvide de mi Betty.

—Descuide.

La mujer negra se marcha. Trig oye el chirrido del ascensor al bajar. Sista Bessie está echándose una siesta en su camerino. Bien. *Muy* bien. Y él la despertará, eso por descontado. Ciertamente será el gran despertar de su vida. Podría eliminarla ahora mismo, el edificio está vacío y nadie oiría el disparo, pero tiene que cantar el himno nacional. Será el canto del cisne. El letrero tiene que cambiar a las 19.17 horas, mientras se desarrolla el partido en el Dingley y el público en el Mingo se pregunta dónde está Kate.

En un extraño eco de las palabras de Chrissy Stewart, Trig dice:

—No tengo nada contra ninguna de vosotras. Sois solo… —¿Qué? ¿Qué son? Acuden a su mente las palabras adecuadas—: Sois suplentes. Sucedáneos. *Sustitutas.*

Debe asesinarlas en el pabellón Holman, porque fue allí donde papá dijo a Trig que su madre había desaparecido, lo cual significaba que nunca volvería, lo cual significaba que estaba muerta, lo cual significaba que papá la había matado. El pabellón Holman fue el lugar donde Trig por fin entendió ese hecho. No se fugó, como papá dijo a la policía.

Estaría bien creer que fue papá quien indujo a Trig al alcoholismo. Quien lo indujo al asesinato. Quien lo indujo a insistir machaconamente para persuadir a los tres miembros reacios del jurado del caso Duffrey hasta lograr que cedieran y votaran por condenarlo.

Nada de eso es cierto. Él fue un borracho desde la primera copa y un asesino en serie desde el primer homicidio. Enterarse de que Duffrey había sido condenado por una acusación falsa y después asesinado en la cárcel…, eso fue como la primera copa. Un pretexto. Tiene un defecto de carácter, es un defecto para el que no existe remedio, y solo acabará con la muerte del más culpable de todos. Que es él.

Pero, aun así, debe terminar en el pabellón Holman, y debe terminar *—terminará—* con un incendio. La siguiente llamada será a Kate McKay, pero no hasta dentro de un rato. Dejemos que se acerque el gran partido de esta noche al otro lado del parque. Y entretanto él pensará qué le dirá exactamente para inducirla a venir… y a mantener la boca cerrada. Sospecha que tanto lo uno como lo otro puede resultar muy fácil. Ha visto en YouTube vídeos de ella en acción, y sabe qué clase de persona es: una mujer acostumbrada a hacer las cosas por sí misma, y acostumbrada a salirse con la suya.

Vamos, piensa Trig. *Vamos, vamos, vamos.*

8

15.00 horas

En el Dingley Park, los policías y bomberos fuera de servicio llegan con cerveza en neveras y tentempiés en los bolsillos de sus pantalones cargo cortos. Los miembros del Departamento de Policía y el Cuerpo de Bomberos que sí están de servicio también beben. El ambiente de feria se extiende bajo el cálido sol, y las provocaciones son cada vez más hirientes.

Izzy coge un refresco y hace unas llamadas con la esperanza de que bien Bill Wilson (alias Trig) o Christopher Stewart hayan sido detenidos. No hay suerte. Echa un vistazo alrededor en busca de Barbara, pero Barbara se ha ido. Sí ve a George Pill, que la señala y luego se lleva la mano a la entrepierna. *Eso es clase, George; consérvala*, piensa Izzy.

En su habitación del hotel, Holly ha abandonado sus indagaciones —la Verdadera Santa Iglesia de Cristo la deprime— y mira por la ventana. Ha *visto* algo... u *oído* algo... y, mientras no lo recuerde (y, cabe esperar, lo descarte), se reconcomerá.

Fui en coche al Mingo. Aparqué en la zona de servicio junto a una furgoneta blanca. Me dirigí hacia la puerta. El calvo, el mánager de la gira, dijo que todos querían a Barbara. Dijo que canta, baila, toca la pandereta al ritmo, escribe poemas..., ¿qué no sabe hacer? Dijo que había nacido una estrella. ¿Qué significa eso? ¿Qué *puede* significar? Holly se golpea un lado de la cabeza con los nudillos.

—¿Qué se me escapa?

En el amplio camerino de la segunda planta del Mingo, Betty Brady duerme en el sofá y sueña con su infancia en Georgia: pies descalzos, tierra roja, una botella de Coca-Cola por diez centavos.

Al llegar al hotel Garden City Plaza, Alberta Wing examina la creciente muchedumbre de manifestantes provida en la acera opuesta y se pregunta cuántas de esas mujeres blancas acicaladas estarían dispuestas a dar a luz a un bebé ciego en medio de la basura y las botellas de bebida amontonadas detrás del Dilly Delight Smokehouse de Selma, Alabama. Antes de ponerse a trabajar en el vestido que Betty usará mañana por la noche, ensancha el pantalón acampanado de lentejuelas que su vieja amiga y paisana se pondrá para cantar el himno nacional dentro de unas horas. *Si se te agranda el culo mucho más, no cabrás por la puerta*, piensa, y se echa a reír. Cuelga el pantalón acampanado de una percha junto con el fajín estrellado con el que Betty se propone ceñirse la cintura. Después de cantar, Bets se escabullirá a su camerino —un pequeño cubículo habilitado para ella en el cobertizo de material— y se pondrá un vaquero y una sudadera, que Alberta cuelga también en una percha. Se acuerda de la expresión de culpabilidad del director de programación blanco cuando ha mirado la bolsa de supermercado, y se pregunta qué escondía ahí. No puede evitar reírse.

En el Happy, John Ackerly se dispone a dejar el local en manos de su sustituto, Ginger Brackley. Sobre el espejo roto de detrás de la barra, ha clavado un mantel a cuadros y ha escrito en él con rotulador: HEMOS TENIDO UN PEQUEÑO ACCIDENTE.

—Hago esto por ti, así que más vale que me consigas un autógrafo —dice Ginger, y John le asegura que lo intentará.

En su apartamento, Jerome se viste su mejor pantalón negro, una elegante camisa de algodón azul, una fina cadena de oro y unas zapatillas Converse negras de caña alta (un toque atrevido). Se echa un poco de manteca de karité en el cabello —solo una pizca— y está ya listo dos horas antes de tiempo, pero tan excitado que no puede plantearse siquiera escribir o investigar sobre las iglesias del Ejército de Dios. Prueba a llamar a Barbara, pero su móvil salta inmediatamente al modo no molestar. Cuando se le invita a dejar un mensaje, le dice que encienda el condenado teléfono porque quiere reunirse con ella en el partido.

En el pabellón de hockey Holman, dos mujeres inmovilizadas esperan mientras los minutos avanzan.

Detrás de la barra, Chrissy también espera. Sabe quién es el secuestrador. Los medios incluso le han puesto nombre: el Asesino del Jurado Sustituto. El hombre de la americana es también un siervo de Dios, aunque él no lo sepa. Si regresa con Kate McKay, este asunto puede terminarse. Chrissy piensa que tal vez incluso pueda salir impune. Sin duda no tiene nada de malo concebir esperanzas.

9

15.50 horas

Hace mucho tiempo, en una galaxia lejana —en realidad, el camino de acceso a casa de los Gibson a principios de la década de los noventa—, papá lanzaba un disco de hockey a su pequeño Trigger, que vestía un uniforme de los Buckeye Bullets de tamaño infantil, con casco de portero incluido..., y papá lanzaba con *fuerza.* Si mamá lo veía, gritaba a través de la ventana de la cocina: *¡Basta ya de eso, Daniel!* Lo llamaba Dan o Danny casi siempre, Daniel solo cuando se enfadaba con él. Cosa que ocurría cada vez más a menudo. Cuando ella *desapareció*, ya no había nadie para obligar a papá a parar. Los entrenamientos eran un infierno, y el infierno proseguía. *Con la práctica se alcanza la perfección*, decía papá, y cada vez que Trig, amedrentado, esquivaba el disco, papá gritaba: *¡No tengas miedo! ¡No tengas miedo, Trigger! ¡Eres un portero, igual que Cujo, igual que Curtis Joseph, así que no tengas miedo!* Y, cuando Trig no podía evitarlo, papá le lanzaba una mirada de desprecio y decía: *Ve a por él, inútil. Eso es otro gol para los malos.* Y Trig tenía que salir a la calle a recoger el disco.

—No tengas miedo —masculla para sí cuando saca el móvil de Corrie Anderson de la bolsa de supermercado—. Ni se te ocurra tener miedo.

Si esa McKay avisa a la policía... o se lo dice a la guardaespaldas menuda y flaca, quien probablemente la *convencerá* de que avise a la policía..., todo se vendrá abajo. Es inevitable.

Pero hay cierta lúgubre ironía en lo que se dispone a hacer, cosa que él sabe apreciar. Inducir a los miembros del jurado del caso Duffrey a sentirse culpables fue solo un pretexto (ahora lo comprende), y probablemente fue inútil, pero ahora todo depende de otro esfuerzo por convencer y por inducir un verdadero sentimiento de culpabilidad. Piensa: *Esto solo puede dar resultado mediante la culpabilidad.*

El disco vuela. Tal vez le alcance en la boca, pero no tendrá miedo.

Hace la llamada.

10

15.55 horas

Kate tiene el móvil silenciado, con tres excepciones: Holly, Corrie y su madre. El timbre la saca de un duermevela frágil como el cristal y de un sueño en el que arranca los pétalos de una margarita con su madre de niña: *me quiere, no me quiere.* Kate busca a tientas el teléfono, pensando: *Es mamá, se ha puesto peor. Mientras no haya muerto.* Roselle McKay, tan joven y hermosa en su sueño, ahora es una anciana, ha perdido el pelo y siente continuas náuseas a causa de una combinación de quimio y radioterapia.

Kate, con cierto esfuerzo, se incorpora en la cama y, para alivio suyo, ve que no es su madre. Es Corrie. Pero, cuando contesta, no es Corrie quien habla.

—Hola, señora McKay. —Una voz masculina que no conoce—. Escúcheme muy atentamente…

—¿Dónde está Corrie? ¿Por qué tiene usted su teléfono? ¿Está bien ella?

—*Cállese y escuche.*

Políticos y comentaristas de todo Estados Unidos podrían dar fe de lo difícil que es obligar a callar a Kate McKay, pero el imperativo presente en esas palabras —el imperativo *brutal*— surte efecto.

—A su señorita Anderson la tengo yo. Está atada y amordazada, pero viva e ilesa. Si sigue con vida o no, depende totalmente de usted.

—¿Qué...?

—Cállese. Escuche.

—Es usted, ¿no? Christopher Stewart.

—Señora McKay, no puedo perder el tiempo pidiéndole que se calle, así que la próxima vez que se desvíe del tema que nos atañe voy a pegarle un tiro en la rodilla a la señorita Anderson y no volverá a andar erguida nunca más. ¿Me ha entendido?

Por primera vez en la vida, Kate no sabe qué decir, pero Holly (si estuviera allí presente) reconocería en Kate la expresión que tenía cuando el hombre del bate se abalanzó hacia ella, la expresión de quien ve aparecer un ciervo en el haz de sus faros.

Con lo que acaso sea cierto humor cáustico (qué grotesco), el hombre que la llama dice:

—Si me ha entendido, diga sí.

—Sí.

—Le enviaré una foto de la señorita Anderson para que sepa que está bien. De momento. Usted vendrá al pabellón de hockey Holman, en el Dingley Park. Cuando llegue, habrá gente entrando en el parque desde Buckeye Avenue y Dingley Plaza para asistir a un partido de sófbol benéfico que se jugará allí esta noche, pero el pabellón Holman se encuentra al otro lado del parque, abandonado y declarado en estado ruinoso. Tome por el acceso de servicios A. El GPS se lo indicará.

Kate se arriesga a interrumpir.

—Oiga..., señor Stewart..., delante del hotel hay mucha gente que me reconocerá.

—Ese es su problema, señora McKay. Resuélvalo. Utilice el cerebro que Dios le dio. La quiero en el pabellón entre las cinco y cuarto y las cinco y media. Ese margen de quince minutos es la clave para la supervivencia de la señorita Anderson. Llegue antes o después, y ella morirá. Dígaselo a alguien, *a quien sea*, y ella morirá. Si viene, y viene sola, las dos vivirán.

—¿Está usted...?

—Cállese. Si me hace una sola pregunta más, no me molestaré en pegarle un tiro en la rodilla; la mataré ahora mismo. ¿Lo ha entendido?

—S-sí.

¿Cuándo tartamudeó por última vez? ¿En la universidad? ¿En el instituto?

—Recapitularé. Pabellón Holman, entre las cinco y cuarto y las cinco y media, que es aproximadamente dentro de una hora y cuarto. Si no se presenta, ella muere. Si se lo dice a alguien (me enteraré..., tengo mis medios...), ella muere. Preséntese acompañada por alguien, y ella muere. ¿Entendido?

—Sí. —Ahora Kate está totalmente despierta, todas sus luces interiores se han encendido en su máxima intensidad. ¿*Es* Stewart? No entiende cómo podría ser otra persona, pero parece mayor que el hombre que ha visto en las fotografías de Holly.

Tiene que ser él.

—Preséntese siguiendo mis instrucciones, y las dos saldrán de allí ilesas.

Ya, claro, piensa Kate, *y en Vietnam ganamos nosotros.*

Se corta la comunicación, pero al cabo de seis segundos el móvil vibra con la llegada de un mensaje de texto. Lo abre y ve a Corrie inmovilizada con cinta adhesiva, casi momificada, sujeta a un poste de acero revestido de pintura amarilla desconchada. Tiene los ojos muy abiertos y empañados. Le han tapado la boca con cinta que le rodea toda la cabeza, y Kate piensa —es curioso cómo irrumpen los pensamientos aleatorios— que la cinta le arrancará mechones de pelo cuando se la quiten. Eso le dolerá..., pero solo si está viva para sentirlo.

Ahora empieza a invadirla la ira. Piensa en Holly, pero enseguida descarta la idea, y no solo porque el hombre que ha llamado *tenga sus medios.* Holly hace bien su trabajo —lo confirmó la rapidez con la que empujó de una patada la silla plegable hacia aquel toro de hombre dispuesto a embestirla—, pero esta monstruosidad en particular la desbordaría. Por su aspecto, se diría que una ráfaga de viento fuerte se la llevaría, es más bien timorata y —admitámoslo— tiene ya sus años.

Además, Kate quiere ocuparse personalmente.

Lamenta no haber comprado armas para Corrie y para ella; esto tal vez no habría ocurrido si hubiera insistido en que Corrie fuera armada, pero, con las prisas, ni siquiera lo intentó. Lo que sí tiene es el espray pimienta Sabre Red que Holly le proporcionó.

Mira largo rato con atención la foto que Christopher Stewart le ha enviado (porque tiene que ser él, quién si no). Corrie, amarrada con cinta adhesiva a un poste de acero como un insecto atrapado en papel matamoscas. Con un agujero para respirar en la cinta que le cubre la boca. Corrie, a quien ya le han tirado lejía a la cara y que podría haber inhalado un veneno mortal de no ser por su propia agilidad mental. Corrie, con el aspecto de una actriz en una película de terror a punto de ser sacrificada por un asesino de película de terror:

no la última chica, sino la penúltima, la que ocupa el cuarto lugar en los créditos.

Escribe una breve nota para Holly y la pega en la puerta del dormitorio de la suite con uno de los parches callicidas de Dr. Scholl's que lleva en el bolso. Luego descuelga el teléfono fijo de la habitación, se identifica y pide que la comuniquen con el director del hotel. Cuando él se pone al aparato, le dice:

—¿Cómo puedo salir de aquí sin ser vista?

Capítulo 22

1

16.00 horas

Trig tiene el despacho en la primera planta del auditorio Mingo. Los camerinos están en la segunda. La conversación con Kate McKay por teléfono ha ido bien, pero con Sista Bessie sería mejor plantearlo cara a cara. Tiene que pensárselo, y muy detenidamente.

Decide que podría ser conveniente un poco de terapia de choque.

2

16.05 horas

Holly ha telefoneado a Jerome y le ha preguntado si para él significa algo eso de limpiar caca de elefante a las diez de la mañana. Jerome ha contestado que no. Ha pensado hacerle a Barbara la misma pregunta y la llamada ha saltado directamente al buzón de voz. Holly ha supuesto que estaba en la ducha o ensayando sus pasos de baile como Dixie Crystal honoraria.

Decide aprovechar el día sin rueda de prensa acostándose y echándose su propia siesta reparadora, pero está tan tensa que ni siquiera se adormece. Se le ha escapado algo que debería ser demasiado grande y obvio para escapársele..., y sin embargo se le ha escapado.

Se le ocurre una idea, quizá brillante. Se incorpora, coge el móvil y telefonea a una persona que posiblemente conoce tanto Buckeye City como el que más: su socio recientemente jubilado, Pete Huntley.

3

16.10 horas

En la puerta del camerino de Sista Bessie hay una calcomanía en forma de estrella y un letrero pegado con celo en el que se lee: LLAME ANTES DE ENTRAR. Trig irrumpe sin más. La mujer yace desmadejada en el sofá cama, profundamente dormida. Vestida con su ropa corriente, no parece famosa, y tendida ahí, inmóvil en lugar de ejecutando sus diversos movimientos de rock and soul en el escenario, micro en mano, se la ve gigantesca.

Ella lo oye entrar y se incorpora. Primero se frota los ojos y luego consulta su reloj, no un Patek Philippe o ni siquiera un Rolex, sino un sencillo y viejo Swatch.

—He dicho a Alberta que podía dormir hasta las cuatro y media, pero ya que está usted aquí...

Empieza a levantarse. Trig avanza dos pasos, apoya los dedos extendidos en lo alto de uno de sus pechos y la empuja, obligándola a sentarse de nuevo sobre su culo gordo. Eso proporciona a Trig un sorprendente placer. Ha visto pasar por ahí a mucha gente famosa, y en el fondo de su alma siempre ha deseado hacer eso. Todos se creen ungidos de Dios porque son capaces de atraer a una multitud, pero van al baño y hacen sus necesidades como todo el mundo.

Entretanto el tiempo corre y el disco de hockey vuela. Demasiado tarde para dar marcha atrás. Demasiado tarde para tener miedo.

Ella lo mira fijamente desde el borde del sofá.

—¿Qué *demonios* está haciendo, señor Gibson?

Trig acerca la silla colocada frente al espejo de maquillaje y se sienta en ella con el respaldo por delante, estilo vaquero.

—Asegurándome de que estás totalmente despierta y consciente. Escúchame, Sista, o comoquiera que te llames en realidad. Con mucha atención.

—Me llamo Betty Brady. —Ahora está totalmente despierta y consciente, y lo mira con los ojos entornados—. Pero, como ha considerado oportuno empujarme, ¿por qué no pasa a llamarme señora?

Él no puede evitar sonreír. Esa mujer es de armas tomar. Le recuerda a Belinda Jones, «llámame Bunny», en la sala del jurado. También ella era de armas tomar. Cuando Lowry se rindió, Bunny fue la última en oponerse. Pero él venció su resistencia, ¿no?

—Vale, señora, por mí no hay inconveniente —dice Trig—. Pronto se marchará de aquí. Tengo entendido que se propone volver al hotel y cambiarse de ropa para su actuación en el Dingley Park, y no se lo impediré. ¿Me sigue hasta el momento?

—Le sigo, sí. Estoy impaciente por ver hacia dónde va

esto —dice con un tono de voz casi afable, pero a la vez un acento más sureño, y mirándolo aún con los ojos entornados.

—Cuando se vaya, puede hacer lo que quiera, la decisión es suya, pero antes debería ver esto.

Sostiene en alto el móvil de Barbara Robinson y enseña a Sista Bessie —la señora— la foto de Barbara atada a uno de los postes del banquillo de penalizaciones.

Betty se lleva la mano a la papada.

—Madre de Dios, ¿qué…, qué…?

—Mi socio la tiene encañonada. —Trig recurre a esa mentira con toda naturalidad—. Si avisa a la policía, si avisa a *cualquiera*, ella morirá. ¿Entendido?

Betty permanece en silencio, pero su cara de consternación es exactamente lo que Trig esperaba. La cantante ha sido un eslabón débil desde el principio. (Bueno, en realidad hay *muchos* eslabones débiles, es un plan sumamente precario, pero este es uno de los más débiles). ¿Hasta qué punto esta mujer, esta *estrella*, aprecia a su nueva amiga? Trig siempre permanece atento; está *al cabo de la calle*, como suele decirse. Eso mismo, dicho sea de paso, hace Maisie, que vive obsesionada con las personas famosas. Los dos saben que Sista Bessie ha acogido bajo su ala a la chica. Lo suficiente para tener siempre a mano su libro de poemas y para haberla incluido en la banda, al menos para este primer bolo. Lo suficiente —ese es el elemento que convence a Trig— para haber adaptado uno de los poemas de la chica en una canción tan importante como para cerrar el concierto.

Lo suficiente como para que él corra el riesgo.

—Si lo ha entendido…, señora…, diga que sí con la cabeza.

Betty asiente sin apartar la mirada de la foto de Barbara. Es como si la tuviera hipnotizada, del mismo modo que, según dicen, un pájaro puede ser hipnotizado por una serpiente, y por primera vez Trig cree realmente que este cohete volará.

—¿Puede usted actuar como si no pasara nada durante las próximas tres horas aproximadamente? ¿Cantar el himno nacional antes de ese partido?

Betty se detiene a pensar y por fin contesta:

—En mis tiempos actué una vez en el estadio de los Giants con gripe intestinal delante de ochenta y dos mil personas. Como no quería decepcionarlos, me puse un pañal para adultos. Vomité en el intermedio y no se enteró nadie, aparte de los chicos de la banda. Puedo hacerlo, pero solo si me convence de que su intención es dejar que se vaya.

—Mi intención es dejar que se vayan las *dos*. Pero no nos adelantemos. Cuando termine el himno, la llamaré para decirle dónde ha de ir a buscarla. No es lejos.

Betty lo mira con cara de asombro y se ríe. Se *ríe* realmente.

—Es usted un blanco loco y también es un blanco *tonto.*

—Explíquese.

—Yo canto la canción. No me estarán viendo ochenta y dos mil personas, pero sí tantas como quepan en ese parque. Vuelvo a cambiarme de ropa en el cuartito que me han preparado, y, cuando salga, habrá fuera doscientas personas, quizá trescientas, esperando a que les dé mi autógrafo o al menos una foto. ¿Cree que puedo escabullirme sin más? Una mierda.

Trig no había contemplado esa situación. Confía en que la otra, McKay, encuentre una solución, porque los hoteles —al menos los buenos— suelen tener una salida, o incluso dos, por las que pueden huir rápida y discretamente los famosos. Pero ¿de un camerino improvisado en el cobertizo de hormigón donde guardan el material en un campo de sófbol? Por acuñar una expresión, ese es un deporte muy distinto.

Sin embargo, como el plan depende de eso, le contesta lo mismo que a Kate McKay.

—Busque la manera.

—Supongamos que la encuentro. ¿Espera que me crea que va a dejar que nos marchemos las dos? Nací de noche, pero no *anoche*, y sospecho quién es usted. Ha estado matando a gente en esta ciudad, señor Gibson. Así que, como he dicho, convénzame.

Las mentiras surten más efecto cuando la persona a quien se miente quiere creérselas. También surten más efecto cuando se las combina con la verdad. Ahora Trig recurre a las dos estrategias.

—Formé parte del jurado que declaró culpable a un hombre inocente llamado Alan Duffrey. Conté con la ayuda de un fiscal ambicioso y moralista y del hombre que lo inculpó falsamente, pero eso no disculpa lo que hice, que fue intimidar a los tres miembros que opinaban que Duffrey dijo la verdad al prestar testimonio en su propia defensa. A no ser por mí, el jurado no habría llegado a un veredicto unánime. ¿Y sabe qué le pasó a Alan Duffrey?

—Nada bueno, supongo.

—Fue asesinado en la cárcel antes de que la verdad saliera a la luz. El peso de la culpabilidad con el que he cargado desde…

Mueve la cabeza como si eso fuera cierto, pero ya no cree que lo sea, ni que lo haya sido nunca. Su madre decía —antes de *desaparecer*— que las palomitas de maíz son solo una excusa para comer mantequilla. Ahora cree que la culpabilidad con la que esperaba abrumar a los demás miembros del jurado era solo una excusa para cometer asesinatos.

Pero ella lo mira como si lo entendiera. Desde luego eso podría ser lo que él interpreta como la Cara de Sinceridad de un Famoso. A muchos de ellos se les da bien.

—He decidido mostrar misericordia —dice—. Esa joven, Barbara, y usted pueden salir indemnes de esto. Hay otro par de mujeres que tal vez no tengan tanta suerte. O quizá sí. Aún no lo he decidido.

Lo ha decidido *todo.*

—Si demuestra usted su afecto por esa Barbara sin mencionárselo a nadie y luego se presenta en el lugar que yo le diga..., por difícil que sea salir sin que la vean..., las *dejaré* marchar. Esa es mi promesa. Si *no* la aprecia lo suficiente para presentarse, usted vivirá igualmente, pero ella morirá. ¿Entiende la alternativa que le ofrezco? *¿Señora?*

Betty asiente con la cabeza.

Trig se levanta de la silla.

—Me marcho ya. Tiene usted una decisión que tomar. ¿No?

Betty vuelve a asentir.

—Tome la decisión correcta —dice Trig, y se va.

Una vez que se ha ido, Betty se lleva las manos al rostro y se echa a llorar. Cuando las lágrimas brotan, se arrodilla, cierra los ojos y pregunta a Dios qué debe hacer. O bien Dios le habla, o le habla su corazón secreto. Quizá incluso esas dos cosas sean lo mismo. Hace una llamada y pregunta a un viejo amigo si llegó en autobús a la ciudad.

—Ya me conoces, Bets. No me gustan los aviones. Habría viajado en Greyhound hasta Inglaterra aquella vez que fuimos si hubiera sido posible.

—Pero esa no es la única razón por la que cogiste el autobús, ¿verdad, Red?

4

16.20 horas

Alberta Wing ha comentado que van muy justos de tiempo, pero eso Holly no lo sabe; piensa que dispone de al menos una hora hasta que Kate quiera trasladarse al Mingo, quizá incluso más, así que Pete y ella dedican un rato a ponerse al día: los casos de ella, las hazañas de él en la pesca. Pete le repite que debería viajar a Boca Ratón, y ella le repite que lo hará..., y tal vez en esta ocasión lo dice en serio. Bien sabe Dios que no le vendría mal un tiempo de descanso para relajarse en cuanto termine el actual trabajo.

Pete tiene solo un arranque de tos, muy breve, así que quizá por fin está superando su caso de covid persistente. Cuando se le pasa la tos, dice:

—Encantado de hablar contigo, Hols, pero dudo que hayas llamado solo para pegar la hebra.

—Hay otra razón, pero casi me avergüenza decírtelo. Y en realidad es un caso de Izzy, no mío, pero este fin de semana ella tiene otras prioridades. O al menos esta noche.

—Sí, el partido de sófbol. Me mantengo informado sobre todos los asuntos de mi ciudad, especialmente los que tienen que ver con la policía. Después de lo que ocurrió el año pasado con Emil Crutchfield, espero que Izzy le dé un buen pelotazo a algún bombero. ¿Se trata del asunto del Jurado Sustituto? Casi seguro que sí, ¿verdad?

—Sí. Tengo motivos para pensar que el asesino dijo algo sobre elefantes en una reunión de AA.

—Elefantes. —Pete parece desconcertado—. Paquidermos.

—Exacto. Lo que ese individuo dijo supuestamente fue: «¿Habéis intentado alguna vez contratar a alguien para limpiar mierda de elefante a las diez de la mañana?». ¿Le ves algún sentido a eso?

Silencio.

—¿Pete? ¿Estás ahí?

—Estoy aquí, y sí me suena. Solo que no acabo de saber de qué.

—Yo estoy igual que tú —dice Holly.

—¿Puedo volver a llamarte dentro de un rato?

Holly consulta su reloj. Son casi las cinco menos cuarto. Kate ya se habrá levantado y estará preparándose para ponerse en marcha.

—Sí, pero, si no es en los siguientes veinte o treinta minutos, tendré el teléfono apagado hasta las nueve y media más o menos.

—¿Estás trabajando?

—Estoy trabajando.

—A veces lamento haberlo dejado —dice Pete—. Te llamaré si se me ocurre algo.

—Gracias, Pete. Te echo de menos.

—Yo a ti también, Hols.

Holly pone fin a la llamada, asoma la cabeza al pasillo y ve el cartel de NO MOLESTAR colgado todavía en la puerta de Kate. Holly está segura de que ya se ha levantado, pero supone que posiblemente se está dando una ducha rápida.

5

17.00 horas

Cerca del Dingley Park hay un ligero atasco, por la gente que se dirige ya al campo de béisbol, pero Trig se abre paso a bocinazos, obsesionado con llegar al pabellón Holman antes que McKay. En el asiento del acompañante lleva un anuncio amarillo del partido benéfico, que parece burlarse de él. Todo tiene que empezar a tiempo, y no solo el partido. Si McKay llega antes de hora al pabellón, podría echarlo todo a perder. Lo *echaría* todo a perder. En cuanto accede a la vía de servicio A, queda atrás el gentío que avanza hacia el campo al otro lado del parque. Aparca la furgoneta Transit, coge la bolsa de supermercado y utiliza el código de fontanero para entrar. Cruza el vestíbulo al trote y entra en la pista para asegurarse de que sus prisioneras siguen prisioneras. Al verlas, se relaja. En la bolsa lleva cinta suficiente, pero en el banquillo de penalizaciones no queda espacio para la siguiente invitada prevista, así que tendrá que inmovilizarla junto a las gradas. En el supuesto de que sea obediente. Le gustaría matarlas a las cuatro de inmediato —cinco, contándose a sí mismo—, pero, si McKay alborota, tendrá que eliminarla al instante. Si deja eso claro, seguramente cooperará por su propio interés. Toca el Taurus en el bolsillo de la americana para cerciorarse de que sigue ahí.

En el otro lado de la ciudad, John Ackerly espera de pie frente al Happy, muy elegante con su propia americana y su pantalón a medida. Jerome se arrima a la acera y John sube.

—Corren tiempos apasionantes, bro —dice John, y Jerome choca el puño con él.

Con la connivencia del director del hotel, Kate toma un Uber en la entrada de servicios y suministros de detrás del establecimiento. El coche se encuentra también con el atasco del Dingley Park, y el conductor avanza centímetro a centímetro, con continuos parones, mientras el reloj del móvil de Kate parece acelerarse, pasando rápidamente de las cinco y cinco a las cinco y diez y a las cinco y cuarto. Si no logra llegar al pabellón de hockey abandonado antes de las cinco y media, ¿cumplirá Stewart la amenaza de matar a Corrie? Kate piensa que la probabilidad de que eso ocurra es alta. Demasiado alta.

—¿No puede esquivar a esa gente? —pregunta a la vez que se echa hacia delante.

El conductor levanta las manos en un gesto típicamente francés con el que dice: *Usted ve la situación tan bien como yo.* Kate tiene el móvil en la mano y el bolso colgado al hombro. Cuando la hora en el teléfono pasa de 17.15 a 17.16, mete la mano en el bolso, saca tres billetes de diez y los lanza al asiento delantero. Se apea, atraviesa la muchedumbre hasta la acera y abre la aplicación Maps en el móvil. Ve su destino a veinte minutos caminando. Así que no camina, echa a correr.

6

17.17 horas

Holly vuelve a asomar la cabeza a la puerta y ve que el cartel de NO MOLESTAR sigue colgado del pomo de la suite de Kate. Eso es ya un poco preocupante. Lo que quizá sea más preocupante es que aún no hay señales de Corrie, quien, como la propia Holly, es de una puntualidad compulsiva. Cuando no ha decidido aún si debe utilizar las tarjetas llave para echar un vistazo en sus habitaciones, suena el teléfono. Es Pete. Se plantea no contestar, pero al final atiende la llamada.

—Ya sabía yo que recordaba algo sobre paquidermos. Visitó la ciudad el Circo de la Familia Calloway. Hace unos años, quiero decir. Era un montaje de tres al cuarto, ya desaparecido..., una única pista en lugar de tres, lo más cercano a una feria ambulante. El Circo Calloway tenía un trío de paquidermos que se llamaban Mamá, Papá y Bebé. Ya sabes, como en el cuento de Ricitos de Oro. En el supuesto, claro, de que la niña hubiera encontrado una casa en el bosque donde vivieran elefantes en lugar de osos. Lo cual es ridículo, pero ¿es más ridículo que una casa de osos con camas y cocina? Posiblemente incluso con una puta tele, y perdón por mi vocabulario. Lo dudo.

Ve al grano, se abstiene de decir Holly. Vuelve a asomar la cabeza, con la esperanza de que el cartel de NO MOLESTAR haya desaparecido de la puerta de Kate, pero ahí sigue. Tampoco hay ni rastro de Corrie, cargada con bolsas, recorriendo apresuradamente el rellano desde el ascensor.

—La cuestión es que —dice Pete (después de otro breve arranque de tos)— el Circo Calloway, en todas las ciudades a las que iba, hacía un poco de promoción gratuita invitando a los niños de todos los colegios a algún lugar donde pudieran ver algunos de los números y tocar de verdad la trompa de Bebé. En Buckeye City, los niños fueron a ver parte del espectáculo, y a Bebé, en el Mingo. Lo que he recordado es una foto de Bebé en el escenario con una pamela.

Holly permanece de pie en el umbral de la puerta. De pronto retrocede un paso, tambaleante, como si acabara de recibir un golpe físico. Descubre qué era lo que la inquietaba, lo que era demasiado grande para escapársele... Y sin embargo se le *había* escapado, ¿o no? El móvil se aleja de su oído y oye decir a Pete, con voz débil y remota:

—¿Holly? ¿Estás ahí?

—Tengo que irme, Pete —responde ella, y corta la llamada sin dar tiempo a Pete a contestar.

Anoche en el Mingo. Se detuvo junto a una furgoneta Transit blanca en el aparcamiento del personal. Dos hombres la esperaban fuera, uno con una camiseta de Sista Bessie, el otro con americana y corbata. El primero era el mánager de gira de Sista Bessie. El otro…

Hola, señora Gibney. Soy Donald Gibson.

Donald Gibson, el director de programación del Mingo.

Donald Gibson, que también formaba parte del jurado que declaró culpable a Alan Duffrey.

No puede ser él. No puede ser.

Pero ¿y si lo es?

El primer impulso de Holly es telefonear a Izzy. Tiene el dedo suspendido sobre el botón de favoritos cuando se lo replantea, y no solo porque casi con toda seguridad la llamada pasará al buzón de voz si Izzy está en el campo de sófbol, preparándose para el partido que empieza dentro de menos de dos horas. Ha dicho a Pete que era el caso de Izzy, pero ya no lo es. Los Asesinatos del Jurado Sustituto ahora pertenecen a la Policía del Estado.

Debería ponerse en contacto con el inspector Ralph Ganzinger, pero no lo hará. Ya ha cometido un bochornoso error al decirle a Izzy que pensaba que Russell Grinsted, el abogado de Alan Duffrey, era Trig. Telefonear a Ganzinger podría ser otro error, incluso mayor. ¿Se supone que ha de decir a Ganzinger, a quien no conoce de nada, que cree que el asesino es Donald Gibson porque una vez dijo algo sobre mierda de elefante? ¿*Tal vez* dijo? ¿Y que quizá lo dijo en una reunión de AA, y el alias que el asesino utiliza es Bill Wilson, el fundador de AA? ¿Que se hace llamar no Briggs sino Trig? ¿Seguiría alguien, aparte de ella misma, esa tortuosa lógica? ¿Serviría de algo si dijera: *Lo sé, lo presiento*? Para el difunto Bill Hodges sí serviría, y tal vez para Izzy, pero ¿para alguien más? No. ¿Y si es como su intuición sobre Grinsted? ¿Y si se equivoca otra vez?

La madre que habita en su cabeza opina: *Claro que te equivocas, Holly. ¡Cómo no vas a equivocarte si ni siquiera te acordaste del libro de la biblioteca al bajarte del autobús escolar!*

Consulta su reloj y ve que son las 17.22. Lo primero es lo primero; es hora de recoger a su famosa jefa e ir al Mingo. De hecho, tendrán que apresurarse para no llegar tarde. Su trabajo es *Kate*, no Bill Wilson, alias Trig (y posiblemente alias Donald Gibson). Además —y al pensarlo la recorre una súbita sensación de alivio—, puede preguntar a Kate qué opina *ella*. *Una mujer que cree en sí misma*, piensa Holly. *Una mujer que no padece la maldición de la inseguridad terminal.*

La madre que habita en su cabeza le dice que está escurriendo el bulto y que eso solo lo hacen las personas débiles, pero Holly no le presta atención. Va a la puerta de la habitación contigua y utiliza la tarjeta llave para entrar en la suite de Kate.

—¿Kate? ¿Dónde estás? ¡Tenemos que salir ya!

No hay respuesta. La puerta del dormitorio está cerrada. Hay una nota. Holly la arranca y la lee.

7

17.23 horas

Jerome y John Ackerly aparcan detrás del Mingo, cerca de la entrada de servicio. Jerome dice:

—Espero que a ella no la avergüence ir al hotel en un Subaru.

—No seas capullo —dice John.

Jerome utiliza el código que le ha facilitado su hermana

para abrir la puerta y atraviesan apresuradamente la pequeña cocina.

—El camerino está en la segunda planta —informa Jerome, pero Sista Bessie los espera en la sala de descanso, leyendo el libro de poemas de Barbara. A Jerome le llama la atención lo mucho que se parece a su tía Gertrude. Eso lo lleva a un segundo pensamiento, que debería ser elemental, pero por alguna razón no lo es: esta mujer no es más que un ser humano como cualquier otro. Una compañera de viaje en el recorrido desde la cuna hasta el ataúd. Eso lo lleva a un tercer pensamiento, al que intentará aferrarse: hasta que se use y a menos que se use, el talento es solo una ilusión.

Sista Bessie se pone en pie y sonríe. A Jerome le parece una sonrisa tensa, y se pregunta si se encuentra mal, si quizá está pillando algo.

—Joven Jerome —dice ella—. Gracias por llevarme.

—No hay de qué —contesta él, y acepta su mano extendida—. Este es mi amigo, John Ackerly.

Aunque esa es su señal para intervenir, John no se vuelve de inmediato hacia Sista. Está mirando fijamente una hilera de fotos enmarcadas en la pared por debajo de un mensaje dirigido al personal en el que se lee: ¡RECORDAD QUE ESTÁIS TRATANDO CON EL PÚBLICO, ASÍ QUE SONREÍD!

—¿John?

Él parece despertar y se vuelve hacia su amigo y la mujer mayor.

—Soy un gran fan —dice—. Estoy impaciente por oírla cantar.

—Gracias, hijo. Creo que será mejor que nos pongamos en marcha. No quiero llegar tarde.

—Sí —contesta Jerome, pero John se acerca a las fotos expuestas debajo del aviso ¡RECORDAD QUE TENÉIS

QUE SONREÍR! Está mirando la foto de un hombre sonriente con barba.

8

> Holly: Christopher Stewart se ha llevado a Corrie. Dice que, si alguien avisa a la policía, la matará. Me lo he creído. Si llamas a tu amiga policía y Corrie muere, la culpa será tuya. Yo la metí en esto. Yo voy a sacarla. K.

Casi sin darse cuenta de lo que hace, Holly arruga la nota y se golpea la frente con el puño dos veces, con fuerza. Se siente como una mujer que ha llegado corriendo hasta el borde de un precipicio y casi ha caído. Si hubiera telefoneado a Izzy, como era inicialmente su intención, o se hubiera puesto en contacto con el inspector de la Policía del Estado, tal vez habría firmado la sentencia de muerte de Corrie Anderson… y posiblemente también la de Kate.

¿Y ahora qué tiene que hacer? ¿Qué puñetas tiene que hacer?

¡El localizador GPS de su camioneta!

Descuelga el teléfono, llama a recepción y, después de lo que se le antoja una eternidad, la ponen en comunicación con el aparcamiento. Se identifica como responsable de seguridad de Kate y el guarda le dice que la F-150 sigue allí. A Holly se le cae el alma a los pies. Se dispone a colgar cuando el guarda añade:

—Ha tomado un Uber. Se ha marchado por la entrada de servicios. Como hizo Lady Gaga cuando tocó en el Mingo.

Holly le da las gracias y se desploma en el sofá, con la nota arrugada de Kate todavía en la mano. Mucho más tarde, se verá las medias lunas sanguinolentas de sus uñas hincadas en la palma.

¿Y ahora qué? ¿Qué demonios hago ahora?

Suena el móvil. Lo saca del bolsillo con la esperanza de que sea Kate. Es John Ackerly.

—John, ahora no puedo hablar contigo. Tengo aquí una situación complicada y necesito pensar.

—Vale, pero espera un momento. Voy al hotel con Jerome y Sista Bessie, pero he pensado que preferirías saber esto inmediatamente. ¡Creo que sé quién es Trig! ¡El tío que vi en la reunión del Círculo de Abstinencia de Buell Street! De esa hace años, y entonces tenía barba. ¡Ahora va afeitado y lleva gafas! ¡Su foto está en la pared del Mingo! ¡Es el director de programación!

—Donald Gibson —dice Holly.

—Ah, mierda —exclama John—. Ya lo sabías. ¿Llamo a la poli o qué?

—¡No!

—¿Estás segura?

No está segura, esa es la pura verdad; Holly casi nunca está segura de nada. Pero está *casi* segura. Kate cree que Christopher Stewart tiene a Corrie, pero la lógica induce a pensar que Kate se equivoca. ¿Cómo podría haber capturado Stewart a Corrie cuando su nombre y su foto corren por todas partes? Gibson, en cambio, podría haberla capturado sin mayor problema, porque ella iba al Mingo a firmar —a firmar, *supuestamente*— los papeles del seguro.

—Segurísima. Tienes que mantenerlo en secreto, John. Prométemelo.

—De acuerdo. Tú sabrás lo que haces.

Ojalá, piensa Holly. *¿Qué puedo hacer? ¿Confiar en que Kate rescate a Corrie?*

Habría estado bien poder medio creerse eso, pero recuerda una y otra vez que Kate se quedó paralizada cuando el hombre del bate enfiló hacia ella. Aquí no se trata de un debate político en la CNN o la MSNBC; se trata de un loco que pretende atraerla. Si Kate hubiera ido en su camioneta, Holly podría seguirle el rastro hasta donde sea que Corrie está retenida, pero Kate *no* ha cogido la camioneta.

Piensa, se dice. *Piensa, pedazo de inútil, estúpida*, ¡piensa! Pero lo único que acude a su mente es algo que decía Bill Hodges: *A veces el universo te echa un cable.*

Si alguna vez ha necesitado un cable, es ahora.

9

17.30 horas

Kate aprieta a correr a través de un pequeño aparcamiento para empleados del parque, deja atrás una furgoneta Transit blanca y sube por una acera deformada y agrietada por las heladas hasta un viejo edificio de madera cuya puerta doble flanquean jugadores de hockey descoloridos. Tiene la respiración acelerada, pero no jadea; los años de natación la han preparado para esta agotadora carrera desde Dingley Boulevard, que circunda el parque, hasta la vía de servicio A. Lleva una mano metida en el bolso en torno al bote de espray pimienta.

Cuando llega a la puerta, se aventura a echar un vistazo al reloj y ve que son las 17.31. ¿Y si ha llegado demasiado tarde?

Aporrea la puerta con la mano libre.

—¡Estoy aquí! ¡Estoy aquí, maldita sea, no la mate, Stewart! *¡No…!*

La puerta se abre. Trig tiene el brazo derecho en alto y

echado hacia atrás como la corredera de un rifle, con el puño preparado. Antes de que Kate pueda sacar la mano del bolso, él le asesta un puñetazo en la cara. Se oye un crujido al rompérsele la nariz. El dolor es intenso. Una bruma roja, no sangre sino conmoción, le nubla la visión mientras retrocede tambaleante y cae de espaldas. Al golpear el suelo, se le distiende la mano y suelta el espray pimienta. La correa del bolso se le desliza hasta el codo.

Trig se dobla por la cintura en un intento de sacudirse el dolor de la mano. La agarra por el antebrazo, la obliga a ponerse en pie de un tirón y le propina otro puñetazo en la cara. Kate percibe lejanamente el calor que le resbala por la boca y el mentón. *Sangre*, piensa, *esa es mi sa...*

—*¡NO!* —exclama alguien—. *¡NO, ES MÍA!*

Kate siente que le sueltan el brazo. Suena una detonación, y nota vagamente que algo pasa zumbando cerca de su oreja. Vuelve a hundir la mano en el bolso mientras alguien —una mujer de cabello oscuro— corre hacia el hombre que la ha agarrado. La mujer empuña una pistola, pero, antes de que pueda apuntarla para disparar por segunda vez, el hombre le agarra de la muñeca y se la retuerce. La mujer grita. El hombre tira de ella, la obliga a girar y aprovecha su propio impulso hacia delante para arrojarla contra Kate, quien todavía forcejea para sacar el espray pimienta del bolso. Caen las dos, la mujer encima de Kate.

Así de cerca, cara a cara como amantes en la cama, Kate ve un asomo de barba en el rostro de la mujer y advierte que es un hombre. El de la fotografía que Holly le enseñó. Christopher Stewart.

El hombre de la americana se inclina sobre Stewart y lo sujeta por la cabeza con las dos manos. Se la retuerce, y Kate oye un crujido ahogado al fracturarse parcialmente el cuello de Stewart o —Dios santo— romperse del todo. Kate por fin saca el bote del bolso.

—Eh, puto pedazo de mierda.

El hombre de la americana la mira y Kate le rocía la cara de pimienta Sabre Red. Él grita y se lleva las manos a los ojos. Kate intenta zafarse del peso muerto de Stewart. Mira alrededor en busca de alguien, *cualquiera*, y no ve a nadie. En el lado opuesto del parque hay cientos de personas, quizá incluso miles, pero aquí no hay nadie. Ni un alma. Oye «Centerfield», de John Fogerty, a todo volumen en el sistema de megafonía del campo, un sonido débil a causa de la distancia.

—¡Socorro! —intenta gritar, pero de su garganta solo sale un resuello. No es por la carrera anterior; es por la conmoción de recibir los puñetazos y quedar luego bajo el peso de Christopher Stewart.

Con esfuerzo, se pone de rodillas, pero una mano la agarra por el tobillo antes de que pueda alejarse. Es Stewart. De su boca brota espuma, la peluca se le ha ladeado y parece sonreír. Jadeante, dice:

—Asesina… de bebés.

Kate le da un puntapié en el cuello. Stewart afloja la mano y la suelta. Kate, vacilante, se levanta, pero un fuerte golpe en plena espalda la derriba de nuevo. Vuelve la cabeza y ve al hombre de la americana. Tiene los ojos enrojecidos y le lloran, pero la ve. Cuando Kate trata de levantarse de nuevo, él lanza otra patada. Algo se rompe en su costado izquierdo y siente un fogonazo de dolor.

El hombre de la americana tropieza con Stewart, agita los brazos para recuperar el equilibrio, lo consigue y la coge del brazo. La obliga a levantarse de un tirón, retrocede y cae sobre Stewart, que se agita con débiles espasmos. Kate cae sobre él y le golpea con la frente en la boca.

—¡Ay! ¡Joder, qué dolor! ¡Basta, zorra!

Kate le da otro cabezazo y nota que le aplasta los labios contra los dientes. Antes de poder embestirlo por tercera vez, recibe un golpe en la sien. Vuelve la bruma roja. Después se oscurece y queda en negro.

10

17.33 horas

Holly decide que finalmente sí tendrá que avisar a la policía: no le queda otro remedio. Cuando tiende la mano hacia el teléfono, recuerda un detalle de Iowa City: Kate sosteniendo en alto las llaves de su camioneta y de su casa junto al mar en Carmel. «Necesitan su propio guardaespaldas —dijo—. Siempre las estoy perdiendo».

Así que Holly, mejor informada que Kate McKay en cuestiones de vida asistida por ordenador, acopló un AirTag de Apple al llavero de Kate.

Agarra el móvil, se le cae (le tiemblan las manos), lo recupera de la alfombra y abre la aplicación Find My en el móvil. *Por favor, universo*, piensa. *Échame un cable.*

El universo accede. La aplicación muestra su LLAVES DE KATE y las localiza en lo que parece el Dingley Park, a 2,9 kilómetros de distancia.

Holly regresa a su habitación y saca de la caja fuerte del armario el arma de Bill Hodges. Se la guarda en el bolso y se encamina hacia el ascensor.

Kate y Corrie.

Su responsabilidad.

11

Trig mira alrededor con los ojos llorosos y ve que todavía tienen el pabellón Holman para ellos solos. Le palpita la boca y traga sangre una y otra vez. Sigue llegando música a todo volumen desde el sistema de megafonía del campo de sófbol. Puede de hecho percibir el *sabor* de la sustancia con la que la zorra lo ha rociado, y tiene la sensación de que se le están inflamando los senos nasales. Necesita enjuagarse los ojos y la nariz si los grifos de los vestuarios todavía funcionan.

Eso ahora da igual.

Agarra a esa tal McKay por el pelo y la lleva a rastras hasta el vestíbulo como un cavernícola. Ella sacude los pies desde el suelo y emite un confuso quejido. Trig está tentado de soltarle otra patada por lo que le ha hecho... ¡Dios, cómo le *escuecen* los ojos! ¡No preveía resistencia en ella!

Da igual, da igual.

Luego agarra al hombre vestido con un traje pantalón de mujer —Stewart— y lo arrastra hasta el vestíbulo. Sabe que es el individuo que ha estado acechando a Kate McKay. Cualquier duda que pudiera albergar a ese respecto ha quedado disipada por la exclamación del hombre al intentar disparar contra Trig: *¡Es mía!*

Stewart intenta hablar. Contrae espasmódicamente las manos, pero al parecer no puede doblar la cabeza. En su nuca asoma un enorme bulto donde alguna vértebra se ha dislocado o partido.

Trig vuelve a salir. Coge la peluca negra que el hombre llevaba y el bote de espray pimienta con el que ha golpeado a McKay, dejándola por fin fuera de combate antes de que la muy bruja pudiera asestarle otro cabezazo. Nota que se le están hinchando los labios.

Te lo merecías, dice su padre muerto. Ahora Trig lo ve a través de las lágrimas en los ojos. Un fantasma trémulo. *Has tenido miedo.*

—No, papá. En ningún momento.

Vuelve a entrar, cierra las puertas y aparta de un puntapié el arma que el pretendido acechador de McKay ha utilizado para intentar matarlo. Se arrodilla en el suelo junto al hombre del traje pantalón. Saca del bolsillo el Taurus 22. El pretendido acechador dirige hacia el arma la mirada de su único ojo visible.

—No pude poner tu nombre en el letrero del Mingo, porque no sabía que estarías aquí —dice Trig—, pero no importa. Puedes ser el sustituto de Russell Grinsted. ¿Sabes quién es?

El pretendido acechador emite un borboteo áspero. Quizá trataba de decir *Jesús.*

—No Jesús, amigo mío, el abogado de Alan Duffrey. No iba a matar a nadie en su nombre, pero ya que estás aquí…

Apoya el Taurus en la sien del hombre. Chrissy Stewart emite unos sonidos inarticulados más, tal vez el principio de un ruego de misericordia, o una palabra dirigida a Jesús, pero Trig dispara sin darle tiempo a avanzar demasiado.

—Ya hablarás con Jesús en persona —dice Trig—. Y, en cuanto a Grinsted, seguro que podría haber hecho mejor su trabajo.

Todavía le escuecen los ojos y le palpitan los senos nasales, pero se le está despejando la visión. Kate McKay empieza a volver en sí. Trig tira de ella para levantarla. ¿Cuántas veces lo ha hecho ya? No se acuerda, solo sabe que comienza a cansarse de eso. Esa mujer no es un peso ligero. Y en teoría las mujeres no deben resistirse, maldita sea.

—¿Quieres que te pegue otra vez? ¿Que te deje grogui? ¿Que te rompa la mandíbula? O también podría pegarte un tiro en las tripas. ¿Te gustaría que te pegara un tiro en las tripas? No te morirías, al menos no durante un rato, pero te dolería de mala manera. ¿Eso es lo que quieres?

Kate mueve la cabeza en un gesto de negación. Tiene la parte inferior del rostro ensangrentada. Se le han roto los dientes delanteros, arriba y abajo.

—Esa es una decisión acertada. *Señora.* —La acompaña, tambaleante y aturdido, al interior de la pista—. Pasa por encima de los tablones. No querría que tropezaras. Aquí está tu amiga Corrie, y una amiga nueva, Barbara. No pueden saludarte, pero seguro que se alegran de verte. Por aquí, junto a las gradas, zorra conflictiva. Tenemos que esperar a otra más, y entonces podremos terminar.

Capítulo 23

1

17.45 horas

Holly baja en el ascensor mientras hipotéticas situaciones alternativas desfilan por su mente como las imágenes superpuestas de distintos proyectores orientados hacia la misma pantalla. Una idea básica está presente en todas ellas, un redoble unificador: *mi responsabilidad, mi responsabilidad.*

La Charlotte Gibney que habita en su cabeza intenta añadir *mi culpa, mi culpa*, pero Holly se niega a tragarse esa píldora venenosa en particular. Su jefa ha confundido a Trig con Stewart, pero ese no es el mayor error de Kate. El verdadero error —y ojalá no sea fatal— es creer que puede inculcar sentido común en el secuestrador de Corrie. Esto no es un debate en la televisión por cable donde la lógica y unas réplicas ágiles y mordaces dan la victoria. Holly piensa que la de Kate McKay es la arrogancia de la peor especie. Una arrogancia que no es consciente de sí misma.

Los ascensores del hotel dan a un corto pasillo que termina en un ángulo del vestíbulo. Cuando Holly sale, oye un entusiasta barullo de voces acompañado de una salva de aplausos.

Se acerca al extremo del pasillo y ve en el vestíbulo a Sista Bessie: hombros anchos, pecho abundante, gruesas piernas. Betty se detiene a firmar rápidamente un autógrafo para un recepcionista deslumbrado que viste la chaqueta del hotel y ofrece una sonrisa simbólica para su iPhone. De pie junto a ella, espectacularmente apuesto con su camisa azul, está Jerome Robinson. Holly siente el impulso casi insuperable de correr hasta él y solicitar su ayuda en lo que tiene por delante (sea *lo que sea*).

Otros piden autógrafos, pero Jerome mueve la cabeza en un gesto de negación y señala su reloj, dando a entender: *Vamos con retraso.* Acompaña a Sista —Betty para sus íntimos— hacia los ascensores. Holly solo tiene unos segundos para tomar una decisión y, en lugar de quedarse donde está para dejarse ver, entra en el quiosco del hotel y se vuelve de espalda. Es una reacción instintiva, tan irreflexiva en el plano consciente como respirar. Solo cae en la cuenta de por qué ha eludido a Jerome mientras mira las revistas sin verlas. Esta noche, Jerome tiene su propio trabajo de seguridad que llevar a cabo. Él lo dejaría correr al instante si Holly se lo pidiera, pero ella no tiene intención de pedirle que abandone su puesto. Ni de ponerlo en peligro. ¿Cómo se lo explicaría a sus padres o a Barbara si resultara herido o, Dios no lo quiera, muerto? Eso sí sería su culpa.

Cruza el vestíbulo hacia las puertas giratorias con la aplicación Find My abierta en el móvil.

2

17.50 horas

El difunto Christopher Stewart consiguió una «habitación ja ja»; lo mejor que logró proporcionar Corrie a su jefa fue una suite júnior; tres plantas más arriba, Betty Brady ocupa la presidencial. Jerome la acompaña hasta allí. Sentadas en el salón frente al televisor hay dos personas, un hombre y una mujer, los dos flacos y entrados en años. El hombre viste un ostentoso traje rojo y un jersey negro de cuello cisne, adornado con una cadena de oro en la que exhibe el signo de la paz. Engalanan sus pies unos botines de piel de serpiente. Betty se los presenta a Jerome como Alberta Wing y Red Jones, y añade que Red la acompañará al saxo cuando cante el himno.

—Tienes el atuendo encima de la cama —indica Alberta—. He tenido que ensanchar los fondillos del pantalón hasta el límite. Estás engordando mucho, chica.

Es evidente que Alberta espera una réplica sarcástica —Jerome también la espera, es lo que hacen sus tías y su madre cuando se reúnen—, pero Betty se limita a dirigirle otra de esas simbólicas sonrisas y pide a Red que la acompañe. Él coge una bolsa de viaje azul y deja el estuche del saxofón junto a la butaca. Los dos entran en el dormitorio y Betty cierra la puerta.

—Esta noche canta de balde —comenta Alberta—, y es siempre en estos casos cuando hay problemas. ¿Has oído el dicho de que no hay buena acción que quede sin castigo?

Jerome contesta que sí lo ha oído.

—Pues es verdad. Mírate, pareces un niño con zapatos nuevos. —Hace un gesto de desdén—. Crees que esto consiste solo en rondar cerca de una gran estrella, una experiencia que contar a tus amigos y tus hijos más adelante, pero, créeme, debes tomártelo muy en serio. ¿Me escuchas?

—Sí.

—¿Vas a cuidar de ella? ¿A impedir que alguien pueda tratarla mal?

—Ese es el plan.

—Pues asegúrate de que el plan sale bien. —Alberta menea la cabeza—. Algo la preocupa. La noto rara.

3

En el dormitorio, Betty se quita la blusa y deja a la vista un sujetador de tamaño imponente y un vientre más imponente aún. A continuación, se despoja de los amplios vaqueros y exhibe una braga de algodón de una hectárea. Red echa un vistazo y después se vuelve hacia la ventana y fija la atención en el perfil urbano.

Pese a su desazón, Betty conserva un vestigio de humor.

—Puedes mirar, Ernest —dice—. Tampoco es que no me hayas visto antes sin ropa.

—Cierto —contesta él con la mirada todavía en el exterior—, pero la última vez usabas una talla E.

—F —corrige ella, y se enfunda el pantalón acampanado de lentejuelas y un blusón de seda que le cae hasta los muslos. Se lo ciñe con un fajín estrellado—. Ahora uso una puñetera H, pero dejémonos de hablar de tallas de sujetador. ¿Lo has traído?

—Sí, y para qué lo quieres, no lo sé.

—Ni falta que hace. Tú dámelo.

Durante los últimos veinticinco años, desde que las inspecciones y restricciones en los aeropuertos pasaron a ser más rigurosas tras el 11-S, Red ha viajado en autobús. Ya antes no le gustaba volar. Le dan miedo los secuestros aéreos, detesta las turbulencias y el hacinamiento, dice que la comida no es apta ni para un perro enfermo. Sostiene que los trenes son mejores, pero prefiere un buen Greyhound de toda la vida, porque, según él, le da ocasión de ver al menos tres películas y analizar sus pensamientos. A veces incluso entretiene a los otros viajeros con una o dos melodías, como «Yakety Sax» o «Baker Street». Además, puede llevar consigo a «su viejo colega», que ahora saca de su vetusta bolsa de mano de Pan Am. Es un antiguo revólver Smith & Wesson J-Frame. Una capa de cinta adhesiva blanca envuelve la gastada empuñadura de madera.

Se lo entrega con manifiesto recelo.

—Tambor de cinco cartuchos, calibre 38, totalmente cargado. Tumbaría a Mike Tyson, siempre y cuando, Dios no lo quiera, no te pegues un tiro con él. Recuerda que no tiene seguro.

Ella se lo guarda en el bolso.

—Gracias, Red. Hemos recorrido muchos kilómetros juntos, ¿no?

—Y los que nos quedan, espero —dice él—. ¿No vas a contarme para qué lo quieres?

Ella niega con la cabeza. Como él preveía.

4

17.55 horas

El gentío congregado frente al hotel, en la otra acera, ha aumentado exponencialmente. Todavía quedan muchos manifestantes pro-Kate y anti-Kate, pero la multitud, que se extiende a uno y otro lado de la manzana, parece formada en su mayor parte por fans de Sista Bessie con la esperanza de alcanzar a verla... y tomar la importantísima foto, claro.

Aparcado delante hay un Thunderbird azul celeste junto al cual se halla el director del hotel. El señor Estevez acaricia el costado con una actitud de propietario que solo puede significar que ese automóvil es la niña de sus ojos. Estacionado detrás, e insípido en comparación, hay un Subaru rojo que Holly reconoce. También reconoce al hombre apoyado contra el coche en el lado del conductor.

Su amigo el camarero la ve y la saluda con la mano.

—¡Holly! ¿Has visto a Jerome?

—Sí —contesta, sin añadir que ha procurado que Jerome no la viera a ella.

—Vamos a escoltar a la estrella hasta el partido. Bueno..., en realidad la escolta Jerome. Yo solo los sigo. Pero, eso al margen, ¿es él? ¿Es Gibson el tío que buscas? —Y antes de que ella pueda contestar, añade—: *Me consta* que es él. Le enviaría su foto a Cathy 2-Tonos para que me lo confirmara, pero no tengo su número.

—Es él.

—¿Se lo has dicho a la policía?

—No. Y no quiero que tú digas nada, pero ten el teléfono encendido. Si no has recibido noticias mías antes de..., pongamos, las nueve, llama a la policía y pregunta por Isabelle Jaynes o Tom Atta. Diles que Trig es Donald Gibson, el del Mingo. Recuérdales que formó parte del jurado en el caso Duffrey. Si no puedes ponerte en contacto con ninguno de los dos, porque el partido aún no ha terminado, llama a Ralph Ganzinger, de la Policía del Estado. ¿Entendido?

—La cosa parece seria, Holly. ¿Vas a verte en apuros? ¿Algún lío gordo?

Ven conmigo, John, piensa Holly. Luego: *Mi responsabilidad, mi responsabilidad.*

—Tú ten el teléfono encendido. Espera mi llamada.

—Eso haré —responde él, pero no será así. En breve John Ackerly va a tener sus propios problemas.

Señala con el pulgar hacia el Thunderbird.

—Iba a venir la alcaldesa, pero lo ha cancelado. Seguramente ha pensado que ir a un partido de sófbol mientras anda suelto un asesino en serie no quedaría bien de cara a las elecciones.

El hecho mismo de que el partido se juegue con un asesino en serie suelto es un disparate, piensa Holly, pero no lo dice. Lo que dice es:

—Cuídate, John.

Tras lo cual se pone en camino hacia el Dingley Park, uniéndose a la multitud de gente que va en esa dirección.

5

18.00 horas

—¿Tú quién *eres*? —grita Trig al cadáver, y le asesta un puntapié en la cintura.

Por supuesto, sabe quién es el muerto, lo sabe de sobra, y no solo por Buckeye Brandon; todo el personal del Mingo tiene la foto de ese gilipollas. También se han colgado copias de la foto entre bastidores, en las taquillas, en los ascensores para el personal y el público y en los tablones de anuncios de los lavabos de hombres y mujeres. Es el acechador de la tal McKay.

Aun así, pregunta otra vez:

—¿Tú quién coño *eres*?

Una melodía pegadiza empieza a sonar en su cabeza, el tema de The Who que sirve de sintonía a *CSI*. Lo que en realidad quiere decir —como entiende en algún lugar del fondo de su mente— es: *¿Quién eres tú para tratar de impedirme terminar mi trabajo?*

Ha amarrado a McKay a uno de los montantes de la gradería, cerca de las otras dos mujeres, y después se ha guardado el arma de Stewart en el bolsillo interior de la americana. Vuelve a patear el cadáver y a preguntarle quién es.

No seas tonto, Trigger. Ya sabes quién es.

Papá está ahí, asomado a la puerta, vestido con su camiseta de la suerte de los Buckeye Bullets, con el número 19.

—Cállate, papá. Cierra esa puta bocaza.

Jamás me habría atrevido a decirle algo así cuando vivía.

—Bueno, eso no tiene por qué preocuparme, ¿verdad? Te merecías aquel infarto. Ojalá hubiera podido hacer *esto* cuando lo tuviste. —Suelta una patada al cuerpo de Christopher Stewart con fuerza suficiente para levantarlo por un instante del suelo polvoriento del vestíbulo—. Y *esto*. Y *esto*.

El fantasma se ríe desde el umbral de la puerta. *Eres un cobarde despreciable. Un pedazo de inútil, eso eres tú.*

—¡ASESINASTE A MI MADRE! —exclama Trig—. ¡ASESINASTE A MI MADRE! ¡RECONÓCELO, RECONÓCELO!

En los viejos tiempos antes de AA, una parte de él —el núcleo más profundo— siempre permanecía sobria por mucho que bebiera. Aquella vez que el policía lo detuvo a tres calles de su casa, supo actuar de una manera correcta. Correcta y coherente. Con decoro. Sin levantar la voz. Sin arrastrar las palabras. Mientras la mayor parte de su mente se aceleraba y sucumbía a la rabia y el terror ante lo que podía representar una detención por conducir bajo la influencia del alcohol para su trabajo en el Mingo, un trabajo que consistía esencialmente en una mezcla de relaciones públicas y el don de mantener contentos a los famosos, ese núcleo sobrio lo ayudó a comportarse de un modo cortés y razonable, y el policía lo dejó ir sin más que con una advertencia. No obstante, entendió que conducir así de borracho, y con una botella de vodka abierta al lado, significaba que ese núcleo sobrio —*cuerdo*—

menguaba. Estaba a punto de sumirse en el caos, y por eso buscó ayuda en el Programa.

Esto es como aquello, solo que peor. A cada asesinato se ha vuelto más audaz y menos cuerdo. Ahora da patadas a un cadáver y habla con su padre muerto. *Ve* a su padre muerto. Una locura. Pero ¿y qué? Falta una hora para que se presente la cantante negra —en el supuesto de que sea capaz—, ¡y ese *idiota*, ese sustituto del abogado de Duffrey, ha intentado realmente *matarlo*! ¡Ha fallado por poco.

—*¿Tú quién ERES?* —grita, y le sienta bien gritar. Le sienta *magníficamente.* Propina otra patada al cadáver.

Para ya, pedazo de idiota. Ahora el fantasma asomado a la puerta come palomitas de maíz.

—Cállate, papá. No me das miedo.

Se separa del cadáver y empieza a arrancar los viejos pósters de las paredes. Los jugadores de hockey que papá y él admiraban. Los arranca y los arruga sin dejar de gritar.

—¡Bobby Simoy, *jódete*! ¡Evzenek Beran, el niño prodigio checo, *jódete*! ¡Charlie Moulton, *jódete*!

Un montón de papel. Jugadores de hockey de su infancia aterrorizada. Jugadores de hockey *desaparecidos* hace tiempo, como su madre. Mira el montón de papel que sostiene contra el pecho y susurra:

—¿Quiénes *sois,* chicos?

6

18.05 horas

Barbara Robinson entiende que va a morir. En otro tiempo, no hace mucho, se enfrentó a un ser que escapaba a la comprensión racional, un ser cuyo rostro humano se desdibujaba y convertía en algo que era pura demencia. En aquella ocasión no pensó que fuera a morir —al menos no que ella recuerde— de tan horrorizada como estaba. Pero el señor Gibson no es un ser de fuera del universo conocido; es un ser humano. Aun así, al igual que el ser que se hacía pasar por Chet Ondowsky, también él cambia de cara. Ve esa otra cara ahora mientras él entra en la pista cargado de papel, saltando de tablón en tablón y hablando a un padre que no está presente. Entiende que el horror extremo es, a su manera, una bendición. No te permite contemplar el final que tienes ante ti.

Se acabaron los poemas. Se acabaron las canciones. Se acabaron las noches de primavera y las tardes de otoño. Se acabaron los besos y hacer el amor. Todo está a punto de arder. Y hablando de arder…

El señor Gibson coloca el montón de papel en un recuadro formado por cuatro de los tablones. Barbara desearía que el horror le impidiera saber cuál es la finalidad de ese papel. Entonces la otra chica, la que el hombre ha atrapado primero, le golpea repetidamente el hombro y emite ruidos ahogados. La otra chica también sabe cuál es la finalidad de ese papel.

Es yesca.

7

18.15 horas

El Dingley Park está a unos tres kilómetros, y el Thunderbird descapotable que traslada a la cantante invitada de esta noche adelanta a Holly, avanzando a paso de peatón, cuando ella se encuentra a algo menos de un kilómetro. Un anciano negro viaja en el asiento trasero con Jerome, cómodamente sentado con los brazos extendidos. Holly se agacha y finge atarse el zapato cuando el coche pasa por su lado. Después sigue adelante, teléfono en mano.

Cuando vuelve a llegar a la altura del Thunderbird, ve lo alto de las torres de iluminación que circundan el campo de juego. El coche se ha detenido a un lado de la calle con las luces de emergencia encendidas. La gente que va camino del parque, cargada con neveras y mantas, rodea ahora el coche y a su famosa ocupante. El señor Estevez va al volante, la espalda erguida como una vara, exudando sentido de propiedad.

Holly se detiene y observa a Sista Bessie cuando se apea y se acerca a una familia con niños pequeños que chillan de emoción al verla aproximarse. Jerome salta del asiento trasero del Thunderbird y la sigue. *Bien hecho, Jerome*, piensa Holly. Los niños aparentan unos once y nueve años y con toda seguridad no conocen de nada a Sista Bessie, pero sostienen pancartas con esos colores del arcoíris que solo pueden crearse con ceras: ¡TE QUEREMOS SISTA B!

Betty abraza a los niños y les dice algo que Holly no puede oír. Se reúne una multitud entusiasta, entre risas. Levantan los móviles. Sista sonríe para las cámaras, pero cuando alguien le ofrece un bolígrafo y papel, niega con la cabeza.

—No vamos a empezar con esa tontería, así que no lo pidáis.

Holly se acerca un poco más, fascinada pese a su misión. El anciano negro del traje rojo, tranquilamente sentado en el asiento trasero del Thunderbird, sonríe mientras más y más gente se acerca a Sista Bessie. Ella vuelve ya al coche. Holly cruza la calle para que Jerome no la vea y sigue hacia el parque. Los Reyes Magos disponían de una estrella. Holly, que no es ni remotamente un mago, tiene su aplicación Find My.

El Thunderbird azul la adelanta de nuevo, y Holly finge otra vez atarse el zapato hasta que se aleja.

8

18.20 horas

Jerome está asombrado.

Ha corrido la voz —*¡Sista Bessie va de camino al campo en un enorme descapotable azul antiguo!*—, y son cada vez más los que se sitúan detrás del Thunderbird, que sigue avanzando majestuosamente. La gente lo rodea, se planta delante para tomar instantáneas y después se aparta con toda calma para dejarlo pasar. No hay empujones, ni ira, solo una lluvia apolítica de buenos deseos para Sista. Dingley Boulevard se llena de lado a lado de gente que la vitorea. El señor Estevez continúa erguido tras el volante. Betty toca manos extendidas, saluda, sonríe para las fotos. Jerome tiene la impresión de que son sonrisas tensas. Vuelve a apearse, saltando por encima del maletero, y camina detrás del coche en lento movimiento a la vez que procura mantener a la gente apartada del ángulo ciego. Se siente como un agente del servicio secreto. Alguien le da una flor. Una mujer negra corpulenta dice: «Cuida de ella, encanto, es un tesoro nacional». Jerome piensa que eso es lo que acaso sucediera si regresara Tupac o —quizá— Whitney. Algunos gritan *Ánimo* y *Te queremos, Sista* e *Iremos a tu concierto, encanto*, pero muchos de los centenares que siguen y rodean el coche permanecen en silencio, en actitud reverente. Pese a ello, Jerome, que nunca ha creído (ni dejado de creer) exactamente en cosas como la telepatía o la transmisión emocional, percibe intensas vibraciones de bondad humana: viva, fuerte y grata. A juzgar por las lágrimas en los ojos de Betty cuando se vuelve a uno y otro lado, expresando su gratitud a la gente que camina junto a ellos, parecería que —al margen de lo que sea que la preocupa— también ella siente esas vibraciones. Jerome se pregunta brevemente si la Kate McKay de Holly, también famosa a su manera, ha experimentado alguna vez esa clase de amor, un amor no contaminado por el odio que sus partidarios sienten hacia aquellos en el otro extremo del espectro político. Supone que probablemente no.

El Thunderbird tuerce a la derecha. Al frente, bañado por la intensa luz blanca, se encuentra el parque. La multitud se detiene para dejar pasar el coche bajo el arco de entrada donde se lee: ESTA NOCHE ARMAS CONTRA MANGUERAS. Empiezan a aplaudir. Luego prorrumpen en vítores.

Aquellos que los siguen se detienen a echar dinero en una gigantesca bota de bombero de plástico situada a la izquierda o en una gorra de policía de plástico igual de gigantesca situada a la derecha. La muchedumbre, feliz, se ríe. Han visto a una auténtica celebridad de gran talento, hace una noche agradable y están predispuestos a pasárselo bien.

9

Las puertas del auditorio Mingo se han abierto a las seis de la tarde, y a las seis y veinte las butacas ya están llenándose. Un contingente provida, todos con camisetas azules en las que se muestra un bebé en el útero (aunque en apariencia de unos cuatro meses de edad), se ha instalado en un bloque de asientos en el centro de las tres primeras filas, pero los pro libre elección ocupan las zonas próximas a los pasillos en torno a los provida, aislándolos. Visten camisetas rojas en las que se lee: APARTAD VUESTRAS MANOS DE MI CUERPO. Uno del grupo provida se fija en una del grupo pro libre elección —una anciana robusta con vistosa mata de cabello blanco— y dice: «Yo no pondría las manos en tu cuerpo ni aunque me pagaran». La anciana contesta, como aprendió de sus amigas quinceañeras hace muchos años en el instituto: «Si no te gusta, no mires».

El sistema de megafonía reproduce un popurrí de antiguos éxitos de Sista Bessie y el equipo de la banda está dispuesto por todo el escenario. En el centro se alza un podio para la estrella de la actuación de esta noche, quien casualmente en ese momento está atada al montante de una gradería.

Todos los acomodadores tienen fotos de Christopher Stewart y examinan con atención las caras, pero por ahora no han visto a nadie ni remotamente parecido a esa descripción..., y ayuda el hecho de que esta noche los hombres, en especial los jóvenes, están en franca minoría. Tampoco hay ni rastro de Don Gibson, el director de programación. Eso no es insólito; una vez concluida la organización del acto de la noche, a veces aparece tarde o ni siquiera se presenta.

En los letreros situados sobre las puertas del vestíbulo y en la fachada que da a Main Street todavía se lee: VIERNES 30 DE MAYO 19.00 H KATE MCKAY Y SÁBADO-DOMINGO 31 DE MAYO Y 1 DE JUNIO SISTA BESSIE **AGOTADAS TODAS LAS LOCALIDADES.**

Seguirá leyéndose eso durante otros cincuenta y siete minutos.

10

18.25 horas

Holly avanza lentamente hasta que puede apartarse del gentío. Desearía echar a correr, o al menos trotar, pero no se atreve. No quiere atraer la atención ni de las unidades móviles de la televisión que graban a la muchedumbre ni de los policías, vestidos con pantalón corto y camisa azules con el logo de Armas, que dirigen el tráfico.

El punto verde intermitente la lleva hacia la izquierda, por una calle estrecha (más estrecha aún como consecuencia de los coches aparcados a ambos lados) llamada Dingley Place. La música procedente del sistema de megafonía del campo se propaga y reverbera, en ese momento suena «Hey Stephen» de Taylor Swift. Holly atraviesa dos aparcamientos llenos hasta los topes. Más allá hay un camino estrecho asfaltado con carteles en los que reza: VÍA DE SERVICIO A y SOLO PARA EMPLEADOS DEL SERVICIO DE PARQUES y LA GRÚA RETIRARÁ CUALQUIER OTRO VEHÍCULO.

La aplicación le indica que se halla a unos trescientos metros de su destino, y casi con toda seguridad tiene que ser el viejo pabellón de hockey declarado en estado ruinoso. Ignoraba que existiera esa vía de servicio, pese a que la zona de pícnic donde Izzy y ella quedan a comer tiene que estar cerca. (Ahora esas comidas se le antojan inverosímilmente lejanas). Con árboles a ambos lados de la carretera, la luz del día empieza a quedar reducida a una penumbra que inspira poca confianza.

Sale a otro aparcamiento más pequeño destinado a los vehículos del Servicio de Parques. Según la aplicación, *HAS LLEGADO A LAS LLAVES DE KATE.* Apaga el móvil y se lo guarda en el bolsillo, consciente de que resplandece en el aparcamiento a oscuras. Más adelante ve la furgoneta Transit blanca, aparcada con dos ruedas en el asfalto y otras dos en la hierba. Los abetos tienen altura suficiente para impedir el paso de la luz procedente de las torres de iluminación del campo de juego, pero queda claridad suficiente para permitir a Holly leer lo que hay escrito en el costado de la furgoneta: AUDITORIO MINGO y ¡SOLO LO BUENO!™.

La furgoneta está vacía. Kate debe de andar cerca y, muy probablemente, también Corrie. La mente de Holly salta por un instante a Barbara y Jerome. Al menos ellos están a salvo, gracias a Dios. La voz de Lizzo llega a ráfagas desde el sistema de megafonía como algo procedente de un sueño.

Ve un camino asfaltado —deformado por las heladas, con hierba asomando entre las muchas grietas— que lleva a la oscura mole del pabellón. Espectrales jugadores de hockey adornan la puerta doble. Un día del otoño pasado, Izzy y ella pasaron por este lugar mientras devoraban unos tacos de pescado del puesto de Frankie, y Holly sabe que no hay ventanas. Se sienta en el parachoques de la furgoneta del Mingo y se detiene a pensar cómo proceder.

Es posible que él ya haya matado a las mujeres, y en ese caso Holly llega tarde. Pero, si las ha matado, ¿por qué sigue ahí la furgoneta? Holly considera improbable que la haya dejado y se haya marchado a pie. Hay un centenar de policías en las inmediaciones —demonios, puede que doscientos—, y ella no se atreve a avisarlos por miedo a precipitar dos asesinatos y, muy posiblemente, el suicidio de Gibson.

Consulta la hora y ve que son poco más de las 18.40. ¿Podría ser que él estuviera esperando a que empiece el partido? No se le ocurre ninguna razón para eso. Pero el partido no es lo único que va a ocurrir a las siete de la tarde. También está prevista la charla de Kate. ¿Y si ese hombre quiere que el público de Kate se reúna y se pregunte dónde está ella? ¿Se lo pregunte y se preocupe? Gibson quizá incluso espere que Christopher Stewart se deje atraer hasta el Mingo y sea capturado. La ironía de ese hecho podría captar el interés de un loco; tiene algo de cómic de Joker.

Intenta rezar y no puede. Ahora llega a través del sistema de megafonía el canto de un grupo de animación, algo relacionado con María y su corderito.

Espera, le dice Charlotte Gibney dentro de su cabeza. *Es lo único que puedes hacer. Porque si él se entera de que estás aquí, las matará a las dos y será culpa tuya.*

Pero Holly tiene otra voz dentro de la cabeza, que pertenece a su difunto amigo Bill Hodges. *Chorradas, Holly. ¿Quieres estar aquí con el pulgar metido en el culo cuando oigas disparos?*

No es eso lo que ella quiere.

Holly se encamina hacia la puerta, permaneciendo a un lado de la pasarela de acceso principal y entre las sombras cada vez más densas de los árboles. Introduce la mano en el bolso abierto y toca el revólver del 38. Era de Bill. Ahora, le guste o no, le pertenece a ella.

Capítulo 24

1

Las gradas están hasta los topes y orientadas, naturalmente, hacia el campo, de modo que, cuando el Thunderbird azul entra en el recinto del parque, todo el mundo que ocupa el lado de la tercera base se pone en pie y se vuelve para verlo pasar. Los que se encuentran en el lado de la primera base, que incluye la caseta de los policías, al principio no alcanzan a verlo bien, porque la gente del otro lado del campo se lo impide. Se oyen aplausos y vítores.

—¿Qué pasa? —pregunta Izzy.

Tom Atta se encarama a lo alto de la caseta y se protege los ojos del resplandor de los focos con las manos.

—Un coche antiguo recorre el campo. De época. Debe de ser Sista Bessie.

No tiene que seguir preguntándoselo demasiado tiempo, porque el señor Estevez traza una vuelta completa con el Thunderbird. Izzy y Tom trotan hasta la zona de calentamiento reservada al equipo de la policía y ven bien el Thunderbird cuando se acerca a su banda. Avanza a unos ocho kilómetros por hora. Un joven va sobre la tapa del maletero, con las zapatillas Converse negras plantadas en el parachoques de detrás. Parece desconcertado. Tom lo señala y dice:

—Ese es Jerome. El amigo de Holly.

—Lo sé.

De pie en la parte delantera, con un fajín azul salpicado de estrellas, va Sista Bessie. Saluda con las manos al público enfervorecido.

Izzy aplaude como una loca.

—Recuerdo sus canciones. Las ponían en la radio a todas horas cuando yo era niña. Tiene una voz muy dulce.

El coche desaparece detrás del cobertizo de hormigón.

—Me muero de ganas de oírla cantar —dice Tom.

—Y yo.

2

El Thunderbird se detiene junto al cobertizo del material situado al otro lado de la valla que delimita el jardín central. Se reúnen allí simpatizantes, cazadores de autógrafos y ebayeros, pero Jerome y el señor Estevez hacen lo posible por ahuyentarlos, o al menos mantenerlos a raya, gritando: «Dejen un poco de privacidad a la señora». Se ha permitido a John Ackerly estacionar en el pequeño aparcamiento VIP. Sale del Subaru de Jerome y choca el puño primero con Red y luego con Jerome.

—¿Todo en orden?

—Por ahora bien —contesta Jerome.

Dos representantes de los equipos rivales doblan la esquina del cobertizo. En representación de Armas llega Lewis Warwick. Saluda con la cabeza a Jerome, estrecha la mano a Red y luego se vuelve hacia Betty y le dice que es un honor para ellos tenerla allí.

Para darle la bienvenida en nombre de los Mangueras acude el jefe de bomberos Darby Dingley, con un pantalón corto un tanto escaso que deja a la vista su enorme barriga y sus huesudas rodillas.

—Encantado de tenerla aquí, Sista Bessie. Estoy impaciente por oírla cantar.

—Y yo estoy impaciente por cantar —contesta Betty.

—¿Podría hacernos un favor antes de entrar en su camerino?

—Si está en mis manos…

Dingley le entrega un dólar de plata.

—Tenemos que elegir al equipo que jugará como local. ¿Le importaría lanzar la moneda? El teniente Warwick puede elegir cara o cruz.

Betty lanza el dólar de plata a gran altura. Warwick dice cara. Betty lo atrapa en el aire, se lo planta en la muñeca carnosa y mira. Volviéndose hacia Warwick, dice:

—Lo siento, jefe.

—¡Equipo local! —Se jacta Dingley—. ¡Batearemos los últimos! *¡¡Bieeen!!*

Warwick le da la enhorabuena, que, acompañada de una expresión adusta, no suena muy sincera.

Betty, sin separarse del bolso, lleva al cuarto del material la ropa que se pondrá después de la actuación. Entre un soporte de bates y un cortacésped, ve una puerta con su foto pegada (recortada de su entrevista para la revista *People* anterior a la gira). Echa un vistazo dentro.

—No es gran cosa —comenta el teniente Warwick—, pero es lo mejor que hemos conseguido con tan corto aviso.

—Hay un retrete —añade Dingley—. Por si…, ya sabe…, necesita…

—Me parece bien —dice Betty para sacarlo del apuro. Lo

único que quiere es que se marchen de una puta vez. Tiene una cosa que hacer, y es importante.

—Tenemos un micro —dice Warwick—. Inalámbrico. Cuando sea la hora, usted vendrá directamente al montículo del lanzador. El jefe Dingley y yo la acompañaremos, y yo le entregaré el micro. A usted o a su acompañante.

Lanza una mirada a Red, que se haya reclinado en un banco a la izquierda de la puerta, con la espalda contra el hormigón, y aparentemente, a ojos de Jerome, de lo más cómodo. Sostiene el estuche del saxo en el regazo.

—No hace falta micro —dice Betty—. No se oiría el saxo de Red. Tengo pulmones de sobra, créame. Tampoco hace falta que me acompañen. Confío en que el joven Jerome, aquí presente, me lleve a donde se supone que debo hacer lo mío. —Retrocede y da un apretón a Jerome en el hombro—. Si puede escribir un libro, puede escoltarme hasta la caseta del lanzador, o como sea que lo llamen.

—De acuerdo, señora, lo que usted prefiera —dice Dingley. Dirige su atención al señor Estevez, de pie cerca de ellos con las manos respetuosamente entrelazadas—. Usted puede aparcar junto a aquel Subaru y esperar. Para llevar a la señora..., señora Sista..., de regreso al hotel después de cantar.

Estevez asiente.

—Puede que luego me quede por aquí un rato, muchachos —dice Betty—. Que vea un poco de partido. Ya se lo diré.

Antes de que nadie tenga ocasión de contestar, entra en el camerino improvisado y cierra la puerta.

—Cuida de ella —dice Warwick a Jerome, y se aleja sin esperar respuesta. Que habría sido: *Eso haré, por supuesto... A ella y también a Red.*

Jerome mira al anciano, que le devuelve la mirada con

una expresión de preocupación en los ojos y el entrecejo fruncido.

—¿Red? ¿Se encuentra bien? ¿No estará enfermo?

Red parece a punto de decir algo, pero al final se concentra en acoplar una correa reluciente a su instrumento. Cuando alza otra vez la vista para mirar a Jerome, vuelve a mostrar un semblante sereno.

—Nunca he estado mejor. Me encanta dar un bolo, aunque solo dure una canción.

3

18.45 horas

Ahora Holly tiene el arma en la mano derecha. Con cuidado, se acerca a la puerta desde un lado, pero, cuando se aproxima, ve que no hay mirilla de la que preocuparse. Hay un panel numérico, y el pequeño piloto rojo encendido por encima de los dígitos le indica que la puerta está cerrada. Dentro oye dos voces, la de un niño y la de un hombre. Eso le parece extraño. Mucho.

El niño dice: «He quitado todos los pósters, los de todos tus jugadores favoritos, ¿eso te gusta?».

El hombre contesta: «No lo harías si pudiera llegar a ti».

El niño: «¡Jódete!».

El hombre: «No le hables así a tu padre».

El niño: «¿Qué le hiciste?».

El hombre: «Olvídate. *Desapareció.* Te basta con saber eso».

Holly cae en la cuenta de que al otro lado de la puerta *no* hay dos personas. El motivo por el que le parece extraño es que Donald Gibson habla con dos voces, y tiene a Kate y a Corrie ahí dentro... a menos que ya estén muertas.

La voz de hombre pregunta a gritos: «¿Quién eres?». Se ríe y luego, casi canturreando e intercalando gruñidos de esfuerzo entre las palabras, repite: «*¿Quiééééén... ERES?*».

Sigue un largo silencio y a continuación la voz de niño dice: «Vamos a tener que esperar, papá. Ella vendrá o no vendrá». Risas, entrecortadas y agudas. «Tantos como pueda liquidar, tantos como pueda liquidar, ¿por qué no?».

Holly alza el arma, la apunta hacia la cerradura y vuelve a bajarla. Disparar contra las cerraduras sale bien en las películas, pero ¿y en la vida real? Tal vez solo serviría para alertarlo, y en ese caso mataría a sus dos rehenes, como ha matado a... ¿cuántos más? ¿Cinco? ¿Seis? ¿Siete? En su actual estado de estrés, Holly ha perdido la cuenta.

Vamos a tener que esperar, papá. Ella vendrá o no vendrá.

¿Habla Gibson de una persona real o de un fantasma? Holly no lo sabe. Lo único de lo que está segura es de que el padre —el papá— es imaginario. Gibson es como Norman Bates en *Psicosis*, solo que habla con la voz de su padre en lugar de la de su madre. Lo cual cuadra, porque Gibson *es* un psicópata. Tal vez piensa que va a venir su madre. O alguna chica con la que salió en el instituto. O la Virgen María, descendiendo del cielo en una cuadriga para bendecirlo y asegurarle que no está mal de la cabeza, sino que hace lo correcto.

Lo único que Holly sabe con certeza es que, si alguien viene, alguien *real*, tendrá que abrir la puerta. Entonces ella podrá disparar contra él.

Holly se desliza hacia la izquierda, con el 38 levantado a la altura del hombro. Esperar es la mejor opción, eso lo sabe, pero cree que, si oye disparos en el interior del pabellón vacío, perderá el control.

El niño: «Te odio, papá».

El hombre: «Ni siquiera tienes aguante con la bebida. Pedazo de inútil, eso eres tú. Don Alcohólico Anónimo».

A continuación, gritando: «*¿TÚ QUIÉN ERES?*».

4

18.46 horas

Betty por fin se queda sola y puede desprenderse de su cara de actuación. Cuelga la ropa que se pondrá después de cantar y posa el bolso en el único estante del cuarto. Deja escapar un suspiro largo y trémulo y se palpa el pulso a un lado del cuello. Lo tiene demasiado rápido e irregular. Lleva unas pastillas en el bolso. Se coloca una debajo de la lengua y luego añade una segunda. Tiene un sabor amargo pero en cierto modo reconfortante. Se desliza una mano por la cara y después se arrodilla. Entrelaza las manos encima de la tapa cerrada del inodoro. Empieza su oración como hacía de niña, susurrando las palabras mágicas: «Jesús, todopoderoso Jesús».

Se interrumpe y pone en orden sus pensamientos.

—Es imposible que pueda salvar la vida de esa chica sin tu ayuda, todopoderoso Jesús, totalmente imposible, pero es buena chica, la quiero ya como a la hija a la que renuncié cuando tenía diecisiete años, y me propongo intentarlo. Ni siquiera sé si ese tal Gibson me llamará como dijo que haría, porque está loco como un perro rabioso. Creo que quizá su intención sea matarnos a las dos. Espero que me perdones si le disparo con el arma de Red. Si no hay otra forma de salvarla. Por favor, ayúdame a cantar ahí fuera como si no pasara nada, ¿de acuerdo? Estoy por creer que podrás hacer todo eso…, siempre y cuando yo cumpla con mi parte…, pero ahora tengo que pedirte un milagro, todopoderoso Jesús. No hay manera de que salga de aquí sin ser vista, habrá toda clase de gente esperándome, porque esa es la maldición de aquello en lo que me he convertido. No sé qué hacer a ese respecto, y por eso necesito un milagro. Yo…

Lewis Warwick llama a la puerta marcada con el rostro de Sista.

—¿Señora? —dice—. ¿Sista? Ya es la hora.

—Lo suplico en tu nombre, todopoderoso Jesús —susurra Betty. Después se pone en pie, vuelve a anudarse el fajín estrellado y sale.

—Gracias de nuevo por actuar —dice Lewis.

Ella asiente con la cabeza distraídamente.

—¿Puedo dejar aquí el bolso sin peligro? Veo que la puerta no tiene cerradura. —Lleva en el bolso el móvil, y también el arma de Red.

Warwick llama con una seña al señor Estevez, que está de pie junto al Thunderbird. Le pide que se quede frente a la puerta del camerino de Sista y se asegure de que nadie entre. El señor Estevez contesta que lo hará encantado.

—De acuerdo, pues —dice Betty—. ¿Red? ¿Qué dices?

Red se pone en pie, el saxo colgado del cuello, y, cuando Betty le tiende la mano, se la coge.

—Vamos allá.

Betty tiende la otra mano.

—Venga, joven Jerome —dice—. Te quiero a mi lado.

—Será un honor —responde él, y le coge la mano. Nota su calor—. Es usted una chica de aúpa, Betty Brady.

Ella sonríe y piensa: *Más me vale. Desde luego más me vale.*

Salen al campo, los tres con las manos entrelazadas. Cuando las alrededor de mil personas de la gradería —hay varios centenares más de pie— la ven dirigirse hacia el montículo del lanzador, se levantan y aplauden.

Dos hombres negros, uno viejo, uno joven. Una mujer negra de complexión robusta entre ellos. Sus sombras, más negras que ellos, caminan a su lado, nítidas como siluetas recortadas. Red Jones pregunta algo a Betty susurrándole al oído, y ella asiente. Se vuelve hacia Jerome y le informa sobre un ligero cambio de planes; añadirán un poco más de música.

5

18.50 horas

A la izquierda de la puerta del pabellón Holman, arrimada a las tablas astilladas y pintadas de gris, Holly cae en la cuenta de que necesita orinar, y con urgencia. *Aguántate*, se dice. *Aguántate, y punto.* Pero, si lo intenta, se mojará las bragas. Se adentra con cuidado entre los arbustos (esperando que no haya serpientes ni hiedra venenosa), se baja el vaquero y se acuclilla. Siente un alivio enorme. Se sube el pantalón y regresa a su puesto al mismo tiempo que le llegan unos lastimeros acordes de saxofón interpretando una melodía muy conocida.

En el vestíbulo, Trig ladea la cabeza y aguza el oído. Distingue la música y sonríe. Piensa: *Qué apropiado.*

En la pista, Corrie y Barbara esperan lo que está por venir, muy probablemente la muerte. Las dos son conscientes de eso.

Kate ha temido la muerte desde la primera vez que vio que por internet vendían blancos de tiro con su rostro en ellos. Ese temor ha sido en esencia hipotético, mitigado por la convicción de que su muerte, si llega, será un llamamiento a la lucha. Lo que nunca había previsto era que la secuestrara un loco cualquiera sin orientación política, un hombre para quien ella no es más que una víctima más en una matanza sin sentido. El dolor en la cara, intensificado por la cinta adhesiva que le rodea la cabeza, es enorme. *Si salgo de esta*, piensa, *le financiaré un Tesla nuevo a un ortodoncista…, pero dudo que salga de esta.* El loco ha dejado de discutir consigo mismo. Está escuchando la música.

En la pista, las tres mujeres que van a morir también escuchan.

6

18.52 horas

En el campo, el trío —Red y Jerome, y Betty (solo que ahora es Sista)— se detiene en el montículo, donde Izzy Jaynes pronto iniciará su trabajo de la noche como lanzadora del Departamento de Policía. Sista Bessie levanta las manos para pedir silencio, y el público calla.

Red da un paso al frente y empieza a tocar «Taps», cada nota como el tañido de una campana. Se oye un murmullo cuando la gente se quita las gorras. Toca despacio pero sin prolongarlo: sin sensiblería. Sista sabe que no debe dar tiempo al público para aplaudir, no por «Taps».

Cuando Red toca la última nota —un do—, ella toma aliento y canta *a capella* desde el vientre y el diafragma: «*O say can you see, by the dawn's early light…*».

Jerome siente un escalofrío y se le pone la carne de gallina en los brazos cuando Red se suma y pasa sin transición del do al sol, no solo tocando por debajo de ella sino además poniéndose de espaldas para cederle a su voz, aún más hermosa que en los ensayos, todo el protagonismo. Canta con las manos abiertas y separa lentamente los brazos como para abarcar a todo el público.

Cuando llega al penúltimo verso —*«O say does that star-splangled banner yet wave»*—, Red cuenta mentalmente: *Un-dos-tres-cuatro,* tal como ensayaron. En ese punto ella lo da todo, y también él, tocando como Charlie Parker o Lester Young. Con las manos hacia el cielo, Sista Bessie pone toda su alma en el himno: *«O'er the land of the free, and the HOME of the BRAVE!»*.

Se produce un momento de absoluto silencio, y a renglón seguido la multitud enloquece y prorrumpe en vítores y aplausos. Agitan gorras; lanzan gorras al campo. Sista Bessie y Red se inclinan. Jerome anima al público con señas —*una ovación muy fuerte para ella, vamos, vamos, vamos*— y el sonido se redobla.

Sista Bessie se lleva las manos a la boca, se besa los dedos y vuelve a abrir ampliamente los brazos, entregando su amor a la multitud allí congregada. Después los tres regresan hacia el cobertizo del material. Los aplausos y los vítores continúan mientras Betty, Jerome y Red abandonan el campo.

—Acabe como acabe el partido, nada superará a eso. Lo has bordado, Bets.

—Increíble —dice Jerome.

—Gracias. Gracias a los dos.

—¿Está bien, señora Brady? Se la ve pálida.

—Perfectamente. Solo unas palpitaciones en este viejo corazón mío. Necesito entrar y cambiarme estos trapos. A ver si podéis dispersar a esos mirones. Solo quieren autógrafos.

Decidles que vayan a ver el partido. Y tú llámame Betty, igual que tu hermana.

—De acuerdo, y a ver qué puedo hacer con esa gente.

A juzgar por la expresión de Jerome, no tiene grandes esperanzas de apartar a la muchedumbre, y Betty piensa: *Bien que lo sé. Esa gente no ha venido por el partido, ha venido por mí, y solo el todopoderoso Jesús puede dispersarlos.*

Entra en su pequeño camerino, cierra la puerta, se cambia de ropa y espera a que suene el teléfono.

7

19.00 horas

El equipo del Cuerpo de Bomberos sale corriendo al campo entre vítores procedentes del lado de la tercera base y burlas procedentes del lado de la primera base. El sistema de megafonía reproduce la estridente «Take Me Out to the Ballgame» de Steven Tyler.

La canción llega a Holly mientas circunda el pabellón Holman paso a paso con sumo cuidado, en silencio, buscando salidas de emergencia. Encuentra dos, las dos atrancadas. En cierto momento, cuando se acerca al costado del edificio más próximo a los puestos de comida, cree oír sonidos ahogados procedentes del interior. Podrían ser sonidos de seres vivos o falsas ilusiones.

En el Mingo apenas quedan butacas libres. Maisie Rogan, la ayudante del director de programación, está desesperada, porque la ponente de esta noche no ha llegado. Después de intentar ponerse en contacto con Don cuatro veces y saltarle cuatro veces el buzón de voz, vuelve a mirar en todos los camerinos. Kate no está. Intenta llamar a la ayudante de McKay y recibe otra dosis de buzón de voz. Al final, esquivando los atriles y los amplificadores, pero casi tropezando con un cable eléctrico, se acerca al podio en el centro del escenario. El público aplaude, intuyendo la presentación, pero Maisie mueve la cabeza en un gesto de negación y levanta las manos.

—Hay un pequeño retraso en el acto de esta noche —anuncia.

Ante esto se eleva un murmullo del público. Una de los activistas provida exclama:

—¿Qué le ha pasado? ¿Se ha acobardado?

Eso suscita respuestas espontáneas: «Cállate» y «Guárdatelo para el cura» y «Cierra el pico».

—¡No legisléis mi vagina! —exclama una mujer. Lo que arranca aplausos y una andanada de expresiones de aprobación.

Maisie se escabulle a la reconfortante oscuridad de bastidores a la izquierda del escenario e inicia una nueva tanda de llamadas.

Salta siempre el buzón de voz.

Betty oye «Take Me Out to the Ballgame» desde su minúsculo camerino, donde permanece sentada con el móvil en la mano. En sus comienzos, cuando era una adolescente, tuvo camerinos peores, sitios sin agua corriente y con cagaderos que apestaban a vómito detrás de chiringuitos y tugurios sin salida de incendios, como el Shuffle Board o el Dew Drop Inn, donde la paga era de cinco dólares la noche más las propinas y una jarra de cerveza. Pero al menos allí una respiraba un poco de aire fresco a través de las rendijas entre las tablas sueltas. Esto otro, con paredes de hormigón y un único fluorescente vacilante en el techo, recuerda al calabozo de un pueblo sureño. Nada parecido al camerino del Mingo.

Así y todo, este cuartito (dispone al menos de inodoro y

espejo) no es su problema. Tampoco lo es el revólver J-Frame de Red guardado en el bolso. Lo ha comprobado dos veces, y está cargado. Su problema es cómo salir de aquí sin ser detectada. Sospecha que Red y Jerome siguen fuera, sentados en el banco. El director del hotel, Estevez, y el amigo de Jerome, John, probablemente estén con ellos. Y los cazadores de autógrafos. ¿Cómo va a escabullirse? La fama nunca le había parecido una carga tan pesada. Llaman a esta ciudad el Segundo Error del Lago. El error de *ella,* un error garrafal, ha sido venir aquí. Lo que le ha pasado a Barbara es todo culpa suya.

—Jesús todopoderoso —dice—. Jesús todopoderoso, enséñame el camino.

Suena el móvil.

8

19.04 horas

Trig vuelve a la pista, pisando con cuidado los tablones. Sus prisioneras siguen presentes y sin novedad. *Todo bajo control*, habría dicho papá. Telefonea a la cantante negra.

—Le conviene ir hacia el este desde el campo de sófbol —le indica—. El móvil le señalará el camino. Cruce el campo de fútbol y la zona de recreo. Verá unos puestos de comida...

—Señor Gibson, hay entre cuarenta y ochenta personas aquí fuera, esperando para conseguir mi autógrafo.

Papá dice: *No habías pensado en eso, ¿verdad, pedazo de inútil?*

—¡Cállate!

—¿Cómo? —Ella parece confusa, temerosa. Bien, eso es bueno.

—No hablo con usted —aclara Trig—. La gente que quiere autógrafos es su problema, no el mío. Debería pegarle un tiro a su amiguita negra ahora mismo por interrumpirme con esas tonterías.

—No, señor Gibson, por favor. ¿Me hablaba de unos puestos de comida?

—Vale, sí. Sí. Detrás de esos puestos hay árboles. Y mesas de pícnic. Atraviese los árboles y encontrará un edificio de madera enorme, parecido a un silo de grano, solo que más ancho. Seguramente desde donde está ahora ve el tejado. Es un antiguo pabellón de hockey. Para demolición. Ahí ha de ir.

Trig consulta su reloj. Los letreros del Mingo cambiarán dentro de doce minutos. Dejará pasar un rato para que la gente los vea. Para que tomen conciencia de lo que él ha hecho. Lo que está haciendo.

No estás haciendo nada. Eres un pedazo de inútil. Eres un cobarde.

—¡Lo que estoy haciendo, papá! ¡Lo que estoy *haciendo*!

—¿Con quién habla, señor Gibson? ¿Con su padre?

—Olvídese de él. La quiero aquí en el pabellón Holman a las 19.40. Dentro de treinta y cinco minutos. Llame a la puerta. Diga: «Soy yo». La dejaré pasar. Si no la oigo llamar a las 19.40, le pegaré un tiro a la chica. Les pegaré un tiro a todas.

—Señor Gibson...

Él corta la llamada. Apunta con el calibre 22 primero a Kate, luego a Barbara y después a Corrie.

—Tú... y tú... y tú. Si tenéis suerte, os pegaré un tiro. Si no...

De la bolsa de Giant Eagle extrae líquido inflamable. Rocía los pósters arrugados que ha colocado en el hueco entre las viejas vigas de madera tratadas con creosota.

—Esto es lo que va a ver esa gente —dice a las tres mujeres—. Todos allí con su absurdo partido. Ya veréis, ya veréis, ya veréis. ¿Sabéis cómo lo habría llamado papá? ¡Funeral vikingo!

Se echa a reír. Luego vuelve al vestíbulo y sigue pateando el cadáver de Christopher Stewart. ¡El hijo de puta pretendía *detenerlo*! *¡Pegarle un tiro!*

9

19.06 horas

Lewis Warwick (Departamento de Policía) y Darby Dingley (Cuerpo de Bomberos) no sienten un gran aprecio mutuo, pero coinciden en una cosa: este año no debe haber quejas y lamentaciones por el partidismo de los árbitros, a diferencia de años anteriores. Nada de «decisiones caseras» en favor de ningún bando. Casualmente, a primeros de junio se celebrará un importante torneo de la liga Babe Ruth en Cincinnati, y por trescientos dólares Warwick y Dingley han contratado a dos árbitros de esa categoría, no niños sino hombres adultos. Como estos dos no son de Buckeye City, les importa un bledo quién gane.

El árbitro de campo se inclina y apoya las manos en las rodillas. El árbitro de base se baja la máscara y se pone en cuclillas detrás del catcher. Los dos bloques de gradas, totalmente llenos, vitorean.

—*¡No batea, no batea, la caga!* —exclama Darby Dingley.

El primer bateador de Armas, Dick Draper, sale al campo y ensaya movimientos con el bate. Golpea una a la izquierda. El jugador de campo de los bomberos retrocede y la atrapa con facilidad.

Primera mitad de la primera entrada, uno fuera.

El gran partido ha empezado.

10

19.10 horas

En el auditorio Mingo, el público empieza a ponerse nervioso. Una de las activistas provida, animadora del Saint Ignatius antes de casarse y tener seis hijos, empieza a entonar: *«¡Kate McSlay, Kate McSlay, se acobardó y se fue!»*. La consigna es un éxito inmediato. Las otras activistas provida, en inferioridad numérica pero briosas, cantan también. La animadora se pone en pie e indica a las provida que se levanten y alcen la voz.

—*¡KATE MCSLAY, KATE MCSLAY, SE ACOBARDÓ Y SE FUE!*

Alguien lanza un bote de cacahuetes y alcanza a la mamá animadora en el cabello cardado. Rebota inofensivamente —con semejante cantidad de laca—, pero uno de los hombres del grupo provida se abalanza por encima de la butaca y agarra a la mujer que, según cree, es la culpable.

A eso sigue un intercambio de puñetazos.

El lío está en marcha.

Capítulo 25

1

19.11 horas

Betty empieza a pensar que no tendrá más alternativa que encaminarse hacia ese viejo pabellón de hockey —ha buscado una foto en su móvil— seguida por una cola de cazadores de autógrafos. Los tendrá también alrededor y probablemente delante, con los teléfonos en alto y tendiéndole los malditos álbumes de autógrafos: *Solo uno, por favor, Sista, por favor.* Tampoco es que pueda echarse a correr para huir de ellos. En otro tiempo, tal vez; con cincuenta años y noventa kilos menos.

Fuera del pabellón Holman, Holly también oye los vítores procedentes del campo de sófbol. Dentro, se oyen gritos, luego silencio, luego más gritos. Gibson habla con tres voces: la suya, la del niño que antes fue y una grave que, supone ella, es la de su padre. Hasta el momento no ha oído ningún disparo, pero prevé oírlo en cualquier momento, porque ese hombre está a todas luces como una regadera.

Su propia indecisión la enloquece. Cualquier movimiento que haga podría ser el incorrecto. Su difunta madre empeora aún más las cosas, meneando la cabeza tristemente y diciendo: *Las malas decisiones dan lugar a dolor, no a alivio, siempre te lo he dicho.*

Holly piensa: *Estoy con la caca hasta el cuello.* Luego decide que eso es demasiado flojo. Flojísimo. *Con la mierda hasta el cuello, así es como estoy. Y desde luego necesito un cigarrillo.*

En el Mingo, la pelea declina. Ya de entrada no era gran cosa; esa gente está más acostumbrada a librar sus batallas en las redes sociales. Los acomodadores están separando a los provida, en inferioridad numérica, de los pro libre elección. La mamá animadora llora en brazos de su marido y dice:

—¿Qué le pasa a esta gente? ¿Qué le pasa?

En el campo de sófbol, la policía ha perdido ya a tres bateadores en la primera entrada, e Isabelle Jaynes ocupa su puesto en el montículo por primera vez desde la universidad. Tiene la adrenalina a cien, y la primera bola de calentamiento que lanza no solo pasa por encima de la cabeza del catcher; pasa por encima de la barrera de protección y llega a los hinchas exaltados que hay detrás. Eso provoca risas, abucheos y silbidos en el banquillo de los Mangueras y entre sus seguidores. En la caseta de los bomberos, un vozarrón rescata una de sus consignas preferidas: «*¡Quiere darle al SKYLAB!*». Este comentario jocoso arranca más carcajadas entre los seguidores y los jugadores del Cuerpo de Bomberos, alimentadas en gran medida por la cerveza.

El catcher de los Armas es un veterano con catorce años de servicio en patrulla llamado Milt Coslaw, de metro noventa y cinco, un verdadero mastodonte. También es el principal bateador del Departamento de Policía. Con el pantalón azul corto, sus piernas peludas parecen columnas. Trota hasta el montículo. El del vozarrón, consciente de que tiene un éxito entre manos, brama:

—*¡SKYLAB!*

—¿Ya se ha desahogado, inspectora Jaynes? —pregunta Coslaw. Sonríe.

—Dios mío, eso espero —contesta Izzy—. Estoy muerta de miedo, joder, Cos. Y llámame Izzy. Al menos hasta que haga cuatro lanzamientos malos y ese consiga una base por bolas. Luego puedes llamarme capulla.

—Eso no va a ocurrir —dice Cos—. Lánzala con calma mientras calientas. Con suavidad y con calma. Tal como lanzabas esta mañana en las prácticas de bateo. ¿Estaban mirando entonces esos gilipollas? Ya sabes que sí. Reserva la energía para cuando tengas los músculos sueltos, porque ya no tienes diecinueve años. Y hagas lo que hagas, no les enseñes esa bola descendente hasta que la cosa vaya en serio.

—Gracias, Cos.

—No hay de qué. Vamos a por esos mamones.

El grandullón ha tranquilizado a Izzy, y ella termina el calentamiento, lanzando poco más que globos. *Reserva la energía*, piensa. *Reserva la descendente.* No está pensando en Bill Wilson, Sista Bessie, los miembros del Jurado Sustituto muertos, o ni siquiera en Holly. No está pensando en su trabajo. Ahora tiene una sola idea fija en la cabeza: *Enséñales a esos mamones quiénes somos.*

Betty apenas oye el griterío del campo de sófbol, ni los gemidos y vítores cuando el bateador inicial de los Mangueras, en la segunda mitad de la primera entrada, queda eliminado por strikes como resultado de un lanzamiento descendente ejecutado a la perfección. Se ha asomado a mirar una vez, y ha visto a Red y Jerome fuera, todavía en el banco, pidiendo a los esperanzados fans de Sista Bessie con blocs y móviles que se mantengan a distancia. Piensa: *Nunca saldré de aquí* y *Tengo que salir de aquí* y *Jesús todopoderoso, Jesús todopoderoso.*

En las gradas, Kate McKay piensa: *Tengo que prepararme para morir, pero ¡Dios mío, todavía queda mucho trabajo por hacer!*

Cerca, Corrie y Barbara albergan pensamientos mucho más sencillos (y quizá más prácticos): *Si sobreviviera. Si volviera a ver a mis padres. Si al menos esto fuera un sueño.*

2

19.17 horas

Izzy despacha al equipo de los Mangueras con facilidad, dos fuera por strikes y uno por bola a tierra. El catcher, Coslaw, encabeza la ronda de bateo en la primera mitad de la segunda entrada y responde al primer lanzamiento mandando la pelota por encima de la valla que delimita el jardín central; no alcanza por los pelos al Thunderbird de época del señor Estevez. Armas 1, Mangueras 0. Un fan de los Mangueras le tira una botella cuando rodea la primera base. Coslaw aparta la botella con desdén de un golpe de bate.

El móvil de Betty indica que hay una distancia de unos quinientos metros entre su actual posición y el viejo pabellón del otro lado del parque. Puede llegar allí antes de las 19.40, pero su margen de error se está evaporando. Se pregunta si podría enviar a Jerome en su lugar. Al fin y al cabo, Barbara es *su* hermana. Pero si…, no, *cuando* Gibson pida a Betty que diga algo antes de abrir la puerta, la voz de Jerome no va a parecerse ni remotamente a la de una cantante soul de alrededor de sesenta y cinco años. Además: ¿y si ese hombre mata al hermano de Barbara?

Al fondo del auditorio Mingo, dos acomodadores entran y

anuncian a un público ya inquieto que está ocurriendo algo muy extraño con los letreros situados sobre las puertas del vestíbulo y fuera en la calle. La gente empieza a salir para mirar.

AMY GOTTSCHALK JURADO N.º 4 (KATE MCKAY)
BELINDA JONES JURADO N.º 10 (SISTA BESSIE)
FISCAL DOUGLAS ALLEN (CORRIE ANDERSON)
JUEZ IRVING WITTERSON (BARBARA ROBINSON)
TODOS CULPABLES.
DONALD GIBSON ALIAS TRIG JURADO N.º 9
EL MÁS CULPABLE DE TODOS

Algunos de ellos no lo entienden. Muchos sí. Jerry Allison, conserje del Mingo desde tiempos inmemoriales, es uno de los que sí, y no solo porque escucha a Buckeye Brandon. Ha advertido que Don Gibson está actuando de un modo un poco..., digamos..., *raro* en las últimas semanas. Además, está el pisapapeles de Gibson, el caballo de cerámica. Jerry tiene ya edad suficiente para recordar la serie *Roy Rogers*, a Gabby Hayes, el compañero de Roy, y al caballo de Roy.

Trigger.

3

19.20 horas

Sentado en el banco ante el cobertizo del material, Red mira al joven Jerome y piensa: *Debería decírselo.* Pero luego piensa: *En todo caso, Bets no puede salir de aquí sin ser vista, no con toda esa gente congregada alrededor. No hace falta que se lo diga.*

Lo cual es un alivio.

4

19.23 horas

En el Mingo, el público que ha ido a ver el acto de agitación de Kate McKay se congrega ante un letrero situado sobre las puertas del vestíbulo u otro más grande en la fachada de Main Street. Los asistentes pro libre elección y provida están unidos en su perplejidad. Empiezan a llegar los primeros coches de la Policía del Estado, que no tienen forma de saber que se hallan en el lado equivocado de la ciudad. Buckeye Brandon, extasiado, lo filma todo y sueña con su momento estelar en los canales de noticias por cable.

En el campo, el partido prosigue vigorosamente. El primer bateador de los bomberos en la mitad de la segunda entrada correspondiente al equipo local, un renacuajo llamado Brett Holman, se sitúa y ejecuta sus movimientos con el bate. En el montículo, Izzy respira hondo, induciéndose a calmarse, calmarse. Arma el brazo y lanza una pelota descendente perfecta. El renacuajo batea a ocho centímetros por encima de la bola. Los hinchas del Departamento de Policía prorrumpen en vítores. El vozarrón del bando de los bomberos brama: *«¡Enséñanos tu lanzamiento al SKYLAB, ricura!»*.

Improbable, piensa Izzy, y suelta otra bola descendente perfecta. El renacuajo, al tratar de batear, casi pierde las zapatillas, pero es en vano. Coslaw extiende un dedo entre las piernas, pidiéndole un lanzamiento rápido y directo. Izzy tiene sus dudas, pero lo hace. Esta vez el renacuajo, que espera la bola descendente, batea *por debajo* de la trayectoria, hasta el punto de levantar una nube de polvo con el extremo del bate.

—*¡Al banquillo, paquete!* —grita un hincha del bando de la policía mientras el renacuajo regresa penosamente a la caseta. Los hinchas de los bomberos abuchean. Algunos hacen la peineta. Sale el siguiente bateador de los Mangueras.

Puedo conseguirlo, piensa Izzy. Se aparta el cabello de la cara y se inclina en espera de la señal de Coslaw. *De verdad que puedo.*

Arma el brazo y dispara. Una bola descendente perfecta.

—*¡Strike uno!* —anuncia el árbitro.

En su camerino, Betty Brady se pone en pie. A la mierda los cazadores de autógrafos. No puede quedarse ahí sentada. Tiene que *ponerse en marcha*.

Izzy lanza otra descendente. El bateador la deja pasar a la altura de la rodilla, pero el árbitro alza el puño. Darby Dingley se levanta de un salto en la caseta de los bomberos y sale a zancadas a la hierba hasta casi rebasar la línea de foul, cosa que le habría valido la expulsión. Tiene la cara casi tan roja como su demasiado escaso pantalón corto.

—*¡Era mala!* —grita al árbitro—. *¡Esa no ha entrado ni de lejos!*

El público de la grada del Cuerpo de Bomberos repite la consigna. Los hinchas de la policía se permiten discrepar y dicen a los hinchas de los bomberos que se callen. Se ha esfumado la deportividad.

Holly —todavía indecisa, ya otra vez a la izquierda de la puerta del pabellón, todavía con el revólver desenfundado y apuntado hacia el cielo cada vez más oscuro— ladea la cabeza y aguza el oído. Llegan sonidos del campo de sófbol. Al principio piensa que son vítores, pero después cambia de idea. Eso no son vítores. Son *gritos.* Parece que alguien..., no, muchos álguienes se han cabreado.

En la pista, Trig también aguza el oído.

—¿Papá? ¿Qué es eso?

Pero papá no contesta.

5

El público, extasiado, vive y muere con cada lanzamiento. En la segunda mitad de la segunda entrada, hay dos eliminados, los dos por strikes, cuando George Pill, el acérrimo enemigo de Izzy Jaynes que se las da de listo, accede a la caja de bateo. Ella no le tiene miedo; en realidad, se alegra de verlo. La bola descendente está haciendo milagros, y todas las veces que Milt Coslaw le ha indicado que lance recto y fuerte, los Mangueras han caído en el engaño.

Puedo conseguirlo, se dice. Se nota el brazo suelto, caliente y fuerte.

George Pill hace un gesto similar al de McKay: *Vamos, vamos, vamos, lanza la puta bola,* y a continuación ladea el bate. ¿Se está mofando de ella? Bien. Estupendo. Puede mofarse todo lo que quiera hasta que vuelva a la caseta. Consigue el primer strike.

—*¡Está haciendo trampa!* —exclama el vozarrón.

Desde la línea de foul, donde sigue iracundo, Darby Dingley hace su pequeña aportación.

—*¡Árbitro, examina esa pelota!*

Izzy lanza la descendente. Pill intenta golpear y falla. El bando de los policías la vitorea. Ahora todos los hinchas de los bomberos entonan junto con Darby:

—*¡Examina esa pelota! ¡Examina esa pelota!*

El árbitro rechaza la petición con un gesto. Sabe que el problema no es la pelota; la ha examinado ya antes de lanzársela a Izzy al principio de la segunda mitad de la segunda entrada. El problema es ese engañoso lanzamiento descendente, y eso no es problema de *él.*

Los hinchas de la policía entonan:

—*¡Fuera por strikes! ¡Fuera por strikes!*

Betty abre la puerta de su camerino y sale al cuarto de material.

Jerome, John y Red se levantan del banco y se acercan tranquilamente al ángulo del cobertizo para ver a qué viene tanto griterío.

Los cazadores de autógrafos, excepto los más irreductibles —los ebayeros, que lo hacen por dinero más que por amor—, hacen lo mismo.

—*¡Hace trampa!* —exclama el vozarrón.

—*¡Examina la pelota, a ver si tiene grasa, árbitro!* —exclama Dingley.

Lew Warwick, acercándose a su propia línea de foul al otro lado del diamante, exclama:

—*¡Siéntate y calla, Darby! ¡No seas mal perdedor!*

—*¡Mal perdedor, y un huevo!* —contesta Dingley—. *¡Esa mujer está lanzando una puta bola ensalivada!*

Izzy se desentiende de todo ese ruido. Toma aire. Permanece atenta a una posible señal. Cos apunta un dedo hacia abajo, para que lance la bola rápida y recta.

Izzy lanza y se desencadena el infierno.

6

19.28 horas

George Pill le pega y la bola sale botando por la hierba del cuadro interior entre la primera base y el montículo del lanzador. Por un momento Pill se queda inmóvil en el plato de home, paralizado. Por fin echa a correr. Los Mangueras se ponen en pie, en previsión del primer hit de su equipo.

El hombre de los Armas en primera base es un joven

agente llamado Ray Darcy. Se desplaza hacia la segunda y atrapa la bola con la mano desnuda al tercer bote.

Izzy Jaynes sabe que si el hombre en primera base sale de su posición, le corresponde a ella cubrir la base y recibir el lanzamiento. Se pone en marcha nada más oírse el sonido metálico del bate de aluminio y se sitúa en la línea de la primera base para atrapar el pase. El lanzamiento de Darcy es certero, y ella se gira para tocar a George Pill y descalificarlo, consciente de que él tal vez intente deslizarse por debajo de ella.

No es eso lo que Pill hace. Con una mueca de desprecio en la cara, Pill redobla la velocidad, baja la cabeza y embiste a Izzy, hincándole el hombro en los pechos y el casco en el hueco del hombro. Ella oye un crujido sordo en el momento en que se le separan el hombro y la parte superior del brazo, y el suyo es el primer chillido que oye todo el mundo, tanto allí como en el pabellón Holman. La pelota se le escapa del guante y Pill se planta en la primera base, ahora sin casco, indiferente a la mujer que grita caída en el suelo. Sonríe y —por increíble que parezca— hace la señal de «a salvo». Sigue haciéndola cuando Ray Darcy se abalanza contra él, se sienta a horcajadas sobre su cuerpo y empieza a encajarle puñetazos.

Los jugadores de Armas y Mangueras abandonan sus banquillos a todo correr y se enzarzan en una batalla campal a puño limpio. El árbitro de campo intenta interponerse y lo derriban. Los hinchas del Armas se precipitan hacia allí desde las gradas. En el lado de los Mangueras, Darby Dingley blande los puños por encima de la cabeza y grita:

—*¡A por ellos, bomberos! ¡A POR ELLOS, joder!*

Lew Warwick atraviesa el campo a la carrera, agarra a Dingley y lo tumba de un empujón.

—No seas gilipollas, deja de echar leña al fuego —dice, pero el daño ya está hecho.

Los hinchas de los Mangueras descienden de sus gradas, dispuestos a la pelea. Algunos se caen y se levantan, algunos se caen y son pisoteados. Los seguidores de los dos equipos, Armas y Mangueras, se encuentran en el centro del campo. Por el sistema de megafonía llegan gritos y protestas hasta que la voz desaparece entre pitidos de acoplamiento acústico. En cualquier caso, los llamamientos al uso de la razón no habrían servido. La muchedumbre, enardecida en su mayor parte por la cerveza, el vino y bebidas más fuertes, comienza a vapulearse. Esto no es como la tibia reyerta del auditorio Mingo; aquí la cosa va en serio.

En la zona de foul, un poco al sur de la primera base, Izzy rueda de un lado a otro por el suelo, sujetándose el hombro fracturado con visible dolor, olvidada hasta que Tom Atta la ayuda a levantarse.

—Voy a sacarte de aquí —dice, y dirigiéndose a Ray Darcy al pasar—: Deje de pegarle a ese bombero, agente. El puto descerebrado y mal perdedor ya ha perdido el conocimiento.

Un coche de policía entra lentamente en el campo con las luces de emergencia y las sirenas encendidas. Los hinchas de los Mangueras lo rodean e impiden su avance. Otros hinchas de los Mangueras comienzan a zarandearlo y al final lo vuelcan en el jardín izquierdo.

Un caos.

7

Betty Brady avanza entre pilas de uniformes y utillaje de fútbol europeo y se asoma a la puerta. No sabe qué ha ocurrido ni le importa. Lo que cuenta es que de pronto el camino está despejado. El todopoderoso Jesús ha atendido sus plegarias. En ese momento, al parecer, incluso los cazadores de autógrafos se han ido, pero sabe que volverán. No tiene un segundo que perder.

Echa un último vistazo atrás para asegurarse de que no hay peligro y a continuación, aferrando contra el pecho el bolso con una mano, inicia un premioso trote hacia el tejado redondo del pabellón que se eleva por encima de los árboles circundantes. La sigue un último e irreductible ebayero, un hombre con gafas que Holly habría reconocido de Iowa City, Davenport y Chicago. En una mano sostiene un póster de Sista Bessie, mucho más joven, de pie ante el teatro Apollo. Le grita: *Solo uno, solo uno.*

Betty no lo oye. El bullicio del gentío —voces airadas, voces aterrorizadas, gritos de dolor, un griterío de hombres y mujeres— se redobla. Al llegar a los árboles, se detiene y saca del bolso su frasco de pastillas para el corazón. Toma tres con la esperanza de que impidan el infarto que ha venido eludiendo durante los ocho o diez últimos años de su vida, al menos hasta que haga lo que tiene que hacer.

Aguanta, viejo cacharro, le dice a su corazón. *Aguanta un poco más.* Extrae el arma de Red del bolso.

—¡Sista Bessie! —la llama el ebayero con gafas—. ¡Soy un gran fan! ¡No he podido conseguir una entrada para su concierto! ¿Me firmaría...?

Ella se da la vuelta, revólver en mano, y, aunque no lo apunta hacia él —no exactamente—, el ebayero con gafas decide que, después de todo, no es tan gran fan. Gira sobre los talones y sale corriendo. Pero no se desprende del póster que, si estuviera firmado, en eBay o en alguna otra web de subastas, alcanzaría los cuatrocientos dólares.

Cuatrocientos *como mínimo.*

8

Antes de que Jerome pueda entrar en la refriega (que ahora abarca todo el campo) y empezar a separar a la gente, Red Jones lo agarra por el brazo.

—Betty —dice—. Si se ha ido, quizá sea mejor que vayas detrás de ella.

Jerome lo mira con expresión ceñuda.

—¿Por qué habría de irse? Sigue en el camerino, ¿no?

—Me gustaría creer que sí, pero lo dudo. Me ha pedido que le dejara mi arma.

—¿Cómo?

John Ackerly cruza tambaleante el acceso de la valla del jardín central sangrando por la nariz y la boca.

—¡Putos *borrachos*! —exclama—. ¡Joder, un gilipollas me ha soltado un puñetazo a traición, se ha reído y se ha largado corriendo! ¡Odio a los putos *borrachos*!

Jerome no le presta atención. Sujeta a Red por los flacos hombros.

—¿Qué arma? ¿Para qué la quería?

—Mi revólver calibre 38. No sé para qué. Le ha pasado algo. Debería habértelo dicho antes. Este viejo estúpido no ha sido capaz de decidirse. Iba a hacerlo después del himno, y entonces he pensado: «Bah, con toda esa gente que quiere fotos y autógrafos, le será imposible salir». Pero ahora... —Menea la cabeza—. Este viejo estúpido..., tengo salsa donde debería estar el cerebro. Esa arma está cargada y creo que se propone dispararle a alguien.

Jerome no puede dar crédito a lo que oye. Vuelve al cuarto de material, dejando a los hinchas de Armas y Mangueras que se las arreglen solos. La puerta del camerino está abierta. El pantalón acampanado de lentejuelas y el fajín de estrellas forman un rebujo en el suelo. Betty ha desaparecido. En *ese* momento sí da crédito.

Vuelve a salir y ve a un hombre con gafas correr en dirección al campo de sófbol con un póster a rastras como la cola de una cometa. Mira alternativamente a Red y Jerome y dice:

—¡Le he pedido un autógrafo y me ha apuntado con un *arma*! ¡Está loca!

—¿Dónde está? —pregunta Jerome.

El ebayero con gafas señala con el dedo.

—Ya sé que a algunos famosos no les gustan los cazadores de autógrafos, pero ¿un *arma*?

Jerome corre hacia los árboles. Cuando llega a ellos, ve a Betty un poco más adelante, sentada en el banco de una mesa de pícnic, con la cabeza gacha, pálida y exhausta.

9

En la pista, Trig está sentado en la grada junto a Kate McKay, hombro con hombro. Con ayuda de la lengua, ella ha logrado aflojarse la cinta empapada de sangre que le cubre la boca.

—¿Sabes? —dice él—, algunos de tus argumentos son válidos.

—Déjelas marchar —ruega Kate. Su voz es un gruñido áspero. Intenta señalar con un gesto en dirección a las dos jóvenes inmovilizadas en el banquillo de penalizaciones. Tiene la cabeza tan firmemente amarrada que no puede moverla más de tres o cuatro centímetros, así que se conforma con dirigir la mirada hacia ellas—. Me quiere a mí, yo soy la famosa, déjelas ir a ellas.

Trig ha estado abstraído en sus recuerdos de cuando se sentaba en esas mismas gradas con papá. De cómo papá lo agarraba por el brazo con tal fuerza que le salían moretones. De cómo a veces abrazaba a Trig durante los descansos. La voz de Kate lo devuelve a la realidad. La mira sorprendido.

—¿Cómo puedes ser tan engreída, mujer? ¿Te has vuelto así o lo eres de nacimiento?

—Yo solo...

—No es a ti a quien quiero, tú simplemente estabas *ahí.* Esto no va de política; va de *culpabilidad.* Que es la razón que te ha traído aquí, ¿o no? Más la absurda idea de rescatar a tu colega.

—Pero... usted..., yo pensaba...

—Cuando digo que algunos de tus argumentos son válidos, pienso que ese es probablemente el motivo por el que mi padre mató a mi madre.

Kate lo mira fijamente.

Trig asiente con la cabeza.

—Decía que ella *desapareció*, pero yo sé lo que sé.

—Oiga, necesita ayuda.

—Y tú necesitas callarte. —Bruscamente, le adhiere la cinta a la boca de nuevo, pero esta no se queda sujeta.

—Por favor, si pudiéramos hablar de esto...

Él apoya el Taurus en el centro de su frente.

—¿Quieres vivir unos cuantos minutos más? Si quieres, *cállate.*

Kate se calla. Trig consulta su reloj. Son las 19.38.

No creo que la cantante negra venga, papá. Tendré que conformarme con estas tres. Más yo, claro.

10

Jerome alcanza a Betty y apoya una rodilla en el suelo junto a ella. En el banco, a su lado, hay un revólver con la empuñadura recubierta de cinta adhesiva.

—No puedo —dice ella—. Pensaba que podría, pero no puedo.

—No puede ¿qué? —pregunta Jerome—. ¿Qué?

Betty señala el edificio circular gris, apenas visible por entre los árboles.

—Barbara.

Jerome se tensa.

—¿Qué pasa con Barbara?

—Ahí dentro. La tiene un loco. Gibson. Del Mingo. Me ha dicho que estuviera allí antes de las 19.40 o la mataría, pero no puedo…, las piernas no me dan más de sí.

Jerome se levanta en el acto, pero Betty lo agarra de la muñeca con una fuerza sorprendente.

—Tú tampoco puedes. Quiere que llame a la puerta y diga: «Soy yo». Si oye la voz de un hombre, la matará.

Por un momento Jerome concibe la idea de que eso es un delirio de Betty, quizá incluso un brote de alzhéimer, pero está hablando de Barbara, *Barbara,* y él no puede permitirse ese lujo.

Betty dice algo más, pero él no escucha. Jerome coge el arma y corre hacia el pabellón Holman.

11

19.40 horas

Trig se levanta y se acerca al banquillo de penalizaciones. Apunta con el calibre 22 primero a Corrie y después a Barbara.

—¿Cuál de vosotras va primero? —pregunta—. Creo que la chica blanca.

Apoya el arma en la sien de Corrie. Corrie cierra los ojos

y espera a ver si hay algo al otro lado del mundo conocido. De pronto, la presión del cañón del revólver desaparece.

—De acuerdo, papá. Si tú lo dices.

Corrie abre los ojos. Trig pasa por encima de los tablones de madera en dirección al vestíbulo. Les habla sin volverse.

—Dice papá que le dé otros cinco minutos a esa mujer. Dice papá que las mujeres siempre llegan tarde.

12

Holly no puede creer lo que ven sus ojos: Jerome.

Sale corriendo de entre los árboles con un arma pequeña en la mano. Jerome la ve y se detiene, igual de estupefacto que la propia Holly. Él hace ademán de decir o gritar algo —ella ve que se dispone a eso— y, llevándose un dedo a los labios, niega con la cabeza. Con una seña le pide que se acerque, consciente de que ese es el gesto característico de Kate: *vamos, vamos, vamos.* Cuando él se dirige hacia ella, Holly mueve ambas manos hacia abajo para indicar *silencio.*

Jerome llega hasta ella y le acerca los labios al oído.

—Tienes que decir: «Soy yo». Yo no puedo hacerlo. Y hablar como ella.

—¿Hablar como quién? —susurra Holly.

—Betty —responde él, también en un susurro—. Sista Bessie.

—No puedo…

—*Tienes que hacerlo* —murmura *él—. Llama a la puerta y di*: «Soy yo». O matará a Barbara.

No solo a Barbara, piensa Holly.

Jerome se señala el reloj y susurra:

—Se nos acaba el tiempo.

13

19.43 horas

Trig decide que no quiere disparar contra nadie, excepto contra sí mismo.

Regresa a la pista y pasa por encima de los tablones hasta llegar al recuadro relleno de papel en el centro. Lo rocía con un poco más de líquido inflamable Kingsford, luego saca su encendedor Bic. Cuando se arrodilla, preparándose para encenderlo, se oyen unos golpes en la puerta. Por un momento se queda paralizado, sin saber muy bien qué hacer.

¿Por qué elegir, pedazo de inútil?, pregunta papá. *Puedes hacer las dos cosas.*

Trig decide que papá tiene razón. Enciende la llama y echa el Bic sobre los pósters arrugados. El fuego prende en el recuadro de madera vieja y reseca. Mira a las mujeres inmovilizadas, las tres con expresiones de horror en los ojos.

—Funeral vikingo —dice—. Mejor que el que recibió mi madre. Mi madre *desapareció.*

Y va a abrir la puerta.

14

Holly se sitúa enfrente de la puerta. Jerome se queda cerca con los labios tan apretados que su boca casi se desdibuja. Parece transcurrir mucho tiempo hasta que Gibson habla desde el otro lado con voz baja y tono de confianza.

—¿Es usted, Sista Bessie?

Holly adopta un timbre tan grave como le es posible e intenta imitar el ligero acento sureño de Betty.

—Sí, soy yo —contesta, y tiene la impresión de que es un sonido espantoso, el intento de un racista cretino de reproducir una voz característicamente negra en los antiguos espectáculos de blancos disfrazados de negros.

Se produce otra pausa. Luego Gibson pregunta:

—¿Está aquí porque es culpable?

Holly mira hacia Jerome. Él mueve la cabeza en un gesto de asentimiento.

—Sí —contesta Holly con su voz más grave—. Culpable sin duda.

Es espantoso. Él no se lo creerá.

Finalmente, después de una pausa angustiosa, la luz roja del panel numérico se pone en verde. Holly dispone de ese único instante, esa única señal, para levantar el arma antes de que se abra la puerta. Gibson, con los ojos muy abiertos, fija la mirada en su rostro sumamente caucasiano. Él también va armado, pero Holly no le da oportunidad de disparar. Le descerraja dos tiros: al centro de la masa, tal como Bill Hodges le enseñó. Gibson retrocede tambaleante y se toca el pecho con los ojos desorbitados. Intenta levantar el arma. Jerome aparta a Holly con el hombro y vuelve a dispararle con el revólver de Red.

Gibson pronuncia una sola palabra —«¡Papá!»— y cae de bruces.

Holly le dedica solo una ojeada antes de dirigir la vista hacia el interior de la pista.

—Fuego —dice, y pasa por encima del cuerpo de Gibson de una zancada.

En la zona circular de la pista, los pósters arrugados arden y los tablones entrecruzados alrededor se prenden. Las llamas corren por la madera, pasando de azul a amarillo. Dos de las mujeres están amarradas al banquillo de penalizaciones, una tercera —Kate— a un montante cercano de la gradería.

Holly corre hacia ellas, tropieza, cae y apenas se da cuenta de que se le clavan astillas en la palma de las manos. Se levanta y va hacia las mujeres que se hallan hombro con hombro en el banquillo de penalizaciones. Si tuviera una navaja, podría liberarlas fácilmente, pero no la tiene.

—¡Jerome, ayúdame! ¡Apaga el fuego!

Jerome regresa corriendo hasta el cuerpo de Donald Gibson e intenta quitarle a tirones la americana. Las mangas quedan prendidas en los brazos, y Jerome se ve obligado a forcejear. Pese a estar muerto, Gibson se resiste a ceder la chaqueta. Sus hombros se sacuden a uno y otro lado, la cabeza oscila como la de una grotesca marioneta de ventrílocuo. Por fin, Jerome desprende la chaqueta y entra corriendo en la pista con el forro de seda rasgado a rastras detrás de él. Holly desenrolla la cinta que inmoviliza los brazos de Barbara amarrados al poste de acero amarillo, pero es un proceso lento, muy lento.

Kate escupe la cinta ensangrentada que le tapa la boca y grita con su voz ronca:

—¡Más deprisa! ¡Ve más deprisa!

Tan jefa como siempre, piensa Holly. Agarra trozos de cinta con las dos manos y tira con todas sus fuerzas. Libera uno de los brazos de Barbara. Ella se arranca la cinta de la boca y dice:

—¡Corrie! ¡Corrie! ¡Suelta a Corrie!

—No —contesta Holly, porque Barbara es su prioridad. Barbara no es solo su amiga, sino también una persona muy querida. Corrie será la segunda. La jefa irá la tercera..., si es que llega. Holly tiene las manos resbaladizas a causa de la sangre causada por las astillas. Se extrae la más larga y se pone a trabajar en la otro mano de Barbara.

En el centro de la pista, bajo el resplandor vacilante de las dos lámparas de batería que aún funcionan, Jerome echa la americana de Gibson sobre el fuego y empieza a patearla —pie izquierdo, pie derecho, pie izquierdo, pie derecho— como si pisara uvas.

En torno a él se eleva una nube de chispas. Algunas le traspasan la camisa y siente el escozor en la piel. Una de las perneras del pantalón le humea y al cabo de un momento se le prende. Se agacha y apaga las llamas a golpes, vagamente consciente de que las rumbosas zapatillas Converse han empezado a fundirse en torno a sus pies. *Calcetines deportivos, no me falléis ahora*, piensa.

Holly consigue desenrollar la cinta en torno a la cintura de Barbara. Esta intenta levantarse, pero no puede; intenta levantar las piernas, pero no puede. Tiene demasiado apretada la cinta que le sujeta los muslos al asiento del banquillo de penalizaciones.

—¡El pantalón! —exclama Holly—. ¿Puedes desprenderte de él?

Barbara se baja parcialmente el pantalón, consigue cierto margen de maniobra bajo la cinta, y trata de mover de nuevo las piernas. Esta vez sí lo consigue. Las rodillas le llegan al pecho, luego a los hombros. Se desprende del pantalón con un contoneo y libera las piernas.

La americana de Gibson arde y las llamas corren por las tablas en todas direcciones. Jerome renuncia a tratar de sofocar el incendio y, saltando de un tablón al siguiente, se acerca al banquillo de penalizaciones. Empieza a soltar a Corrie. Dice a Holly:

—Lo he ralentizado, pero ha prendido en esas vigas. Luego saltará a los laterales. Luego al techo.

Sin duda el fuego se está propagando. Jerome hace lo posible por liberar a Corrie, pero ella está amarrada aún más fuertemente que Barbara.

—Eh. Joven Jerome. Coge esto.

Él vuelve la cabeza y ve a Betty. El peinado afro se le ha apelmazado y le reluce la cara por el sudor, pero tiene mejor aspecto del que tenía en la mesa de pícnic. Le tiende una navaja plegable con la empuñadura de madera gastada.

—Siempre la llevo en el bolso. De cuando actuaba en el circuito *chitlin'*.

Jerome no tiene ni idea de lo que es el circuito *chitlin'*, ni le importa. Agarra la navaja. Está afilada y corta con facilidad la cinta que sujeta a Corrie al banquillo de penalizaciones. La deja que acabe de liberarse ella misma y va a por Kate. El techo del viejo pabellón es alto, lo cual, con las crecientes nubes de humo, representa una ayuda, pero también actúa como el tiro de una chimenea, avivando el fuego.

—Ayúdame —dice Jerome a Holly—. Aquí empieza a hacer un poco de calor.

Pero el calor que siente en la espalda no es nada en comparación con el que siente en los pies. Las Converse son ahora masas deformes. Espera que, cuando se las quite —en el supuesto de que salga de esta—, se desprendan los calcetines junto con las zapatillas, pero no la piel. Es consciente de que puede desprenderse tanto lo uno como lo otro.

Holly lo ayuda en la medida de lo posible. Barbara, ahora libre pero descalza y con las piernas al descubierto, intenta ayudar para acabar de liberar a Kate.

—¡No, no, sal de aquí! —le grita Jerome—. ¡Ayuda a Betty, casi se ha desmayado de pie! ¡Ve!

Barbara no discute. Rodea con un brazo la cintura de Betty, y juntas, despacio y tambaleantes, pasan por encima de los tablones camino del vestíbulo.

Corrie se levanta, pero enseguida se desploma.

—No puedo andar. Se me han dormido las piernas.

Jerome la lleva en brazos, arrastrando los Frankensteins deformes que son ahora sus zapatillas, pero logrando mantenerse de pie. Las llamas avanzan rápidamente por las vigas entrecruzadas, trazando un ajedrez anaranjado.

Kate tampoco puede andar. Lo intenta, pero cae de rodillas. Holly pasa una mano por debajo de su axila y, haciendo acopio de unas fuerzas que no sabía que tenía, la levanta.

—Me salvas una y otra vez —dice Kate con su voz ronca como un gruñido. Su mentón y su blusa son un babero de sangre. Los asomos de dientes que Holly ve entre sus labios hinchados son poco más que colmillos.

—Para eso me contrataste. Ayúdame.

Avanzan primero hasta el vestíbulo y después al exterior, arreciando el incendio a sus espaldas. Cuando se encuentran en la bendita frescura de la noche de mayo, Jerome vuelve a entrar y agarra a Donald Gibson por las piernas. Lo saca tirando de él y dice a Holly:

—Hay otro, igual de muerto. No creo que pueda llegar hasta él..., o quizá sea ella..., si no me descalzo.

Se sienta en el suelo y empieza a quitarse una zapatilla medio fundida.

Holly entra. El fuego no ha llegado al vestíbulo, pero la pista en sí pronto quedará envuelta en llamas y el calor es ya sofocante. Agarra por una pierna a la persona que Gibson debe de haber matado: Chris Stewart. Chrissy. Piensa: *No puedo, pesa demasiado*. De pronto aparece Kate a su lado y agarra la otra pierna.

—Tira —gruñe. Siempre la jefa.

Arrastran a Chrissy Stewart hasta el crepúsculo cada vez más oscuro. Barbara, sentada contra el costado de la furgoneta del Mingo, tiene la cabeza apoyada en el hombro de Betty. Jerome ha conseguido descalzarse. Tiene los pies enrojecidos, pero solo en el izquierdo empiezan salirle ampollas.

Kate se deja caer sentada y mira el cadáver que acaban de sacar a rastras del pabellón.

—Este es el cabrón que me acechaba —dice—. *Nos* acechaba.

—Sí. Kate, tenemos que marcharnos de aquí. Ese edificio va a prenderse como una antorcha.

—Un momento. Necesito recobrar el aliento, y ella desde luego necesita recobrar el suyo. —Se refiere a Betty—. Menos mal que ha traído esa navaja; si no, nos habríamos asado como castañas.

Kate levanta el brazo de Chrissy Stewart.

—Un conjunto muy mono. O lo era, antes de esto. ¿Quería tal vez ser chica y su iglesia no se lo permitía? ¿A eso se debe todo esto?

—No lo sé.

Lo que Holly sí sabe es que tienen que ponerse en marcha de inmediato. Se acerca a la furgoneta, y Dios es bueno: las llaves están en el posavasos. Abre la puerta del conductor, luego se vuelve para mirar a los demás, que son siluetas vivamente iluminadas por el resplandor naranja del fuego.

—Nos vamos de aquí —anuncia—. En esto. Ahora mismo.

Barbara y Betty se ayudan mutuamente a ponerse en pie. Jerome renquea hacia el vehículo con ayuda de Kate, que sostiene su peso en la medida de sus posibilidades.

—¿Y esos? —Jerome señala los cadáveres.

—Por Dios, no —dice Corrie, pero se dirige hacia Gibson

y lo agarra de un brazo. Lo arrastra a la parte de atrás de la furgoneta—. Hay otro…, una chica, pero… ya está ardiendo. *Incinerándose.* —Deja escapar un gemido.

Holly no quiere saber nada de ninguno de los dos. Lo que quiere es dormir unas doce horas y luego, al despertar, tomarse un café y un dónut de mermelada y fumarse diez o doce cigarrillos. Pero Kate regresa hacia él…, o ella…, la persona del traje pantalón. Holly la acompaña. Arrastran a Stewart hasta la furgoneta, pero ninguna de las dos tiene fuerzas para cargar los cadáveres. De eso se ocupa Jerome, gruñendo de dolor por verse obligado a sostener ese peso con los pies quemados. Cierra las puertas y se tambalea.

—Tú conduces —dice a Holly—. Yo no puedo. Los pies.

—Ya conduzco *yo* —se ofrece Kate con un asomo de su anterior aplomo.

Y eso hace.

Capítulo 26

1

Una cálida y soleada mañana de finales de junio, unos días después de reabrirse el Dingley Park, Holly está sentada a la mesa de pícnic donde a menudo han comido Izzy y ella. Es la misma mesa (eso ella no lo sabe) donde Betty Brady se detuvo, incapaz de seguir adelante, convencida de que había firmado así la sentencia de muerte de su nueva amiga.

Holly ha llegado antes de hora; siempre llega antes de hora. Los puestos de comida aún no han abierto, pero en la zona de recreo cercana oye los gritos de los niños que juegan al pilla pilla y trepan por la estructura de barras. El cobertizo de material sigue precintado con cinta policial amarilla. Fue saqueado en el punto álgido del altercado y el utillaje allí guardado —uniformes, protectores, pelotas, bates, zapatillas, incluso suspensorios deportivos— quedó desperdigado por el campo de sófbol transformado, junto con botellas rotas, camisetas rojas y azules hechas jirones, y hasta unos cuantos dientes. Arrancaron y se llevaron las bases, quizá a modo de recuerdo. Holly no entiende por qué, pero gran parte del comportamiento humano (incluido el suyo propio) será siempre un misterio para ella.

Su amigo John Ackerly acabó con la mandíbula rota en la melé. No se dio cuenta hasta la mañana siguiente, cuando se miró en el espejo y se vio la mitad inferior del rostro hinchado hasta tal punto que «parecía Popeye en los dibujos animados antiguos, solo que sin pipa». Lo atendieron en el servicio de urgencias del Kiner, donde tuvo que esperar su turno entre otros cincuenta o sesenta heridos del partido de sófbol entre Armas y Mangueras. El médico le recetó comprimidos de oxicodona, que tomó durante tres días y después tiró al váter. Dijo a Holly que esas pastillas le gustaban un poco demasiado.

Izzy y ella antes veían el tejado circular del Holman desde esa mesa, pero ya ha desaparecido; no queda nada del pabellón más que escombros ennegrecidos y humeantes acordonados con cinta policial. Por lo visto, Donald Gibson, alias Bill Wilson, alias Trig, se proponía quemar a sus víctimas como a brujas del siglo XVII. Los inspectores de la Policía del Estado que registraron la vivienda de Gibson en el parque de caravanas Elm Grove han encontrado una pila de cuadernos, algunos con el rótulo *Defectos de personalidad*, como en el programa de AA, y otros con el rótulo *Cartas a papá*. Estos últimos dejaban claro que el asesinato de Annette McElroy fue el primero de Gibson.

En las Crónicas de Papá (así bautizadas por Buckeye Brandon) también se acusa al padre de Donald Gibson del homicidio de Bonita Gibson, que desapareció en 1998, cuando Donald contaba ocho años. Avery McMartin, un inspector de la Policía Municipal retirado hacía mucho tiempo, confirmó (en el podcast de Buckeye Brandon) que el señor Gibson fue sospechoso de la desaparición de su esposa, pero el cadáver de la mujer no fue hallado y el caso de Bonita Gibson lleva años archivado entre los casos abiertos pero inactivos del departamento.

Ahora McKay es la mujer más famosa de Estados Unidos. Su fotografía —boca ensangrentada, cabello alborotado, marcas en la cara y el cuello a causa de la cinta— se ha visto en todo el mundo, incluida la portada de la revista *People*. En el hotel se negó a lavarse hasta que le tomaron la icónica foto. La gira se ha reorganizado para actuar en espacios mucho mayores, donde el gesto *vamos, vamos, vamos* arranca bramidos de aprobación. Millones de mujeres llevan camisetas con el rostro de Kate. En algunas aparece con la boca ensangrentada, en otras no, pero siempre con los dedos extendidos en ese gesto. Más estados, dos de ellos profundamente republicanos, han promulgado leyes que salvaguardan el derecho de la mujer a abortar.

«O no abortar —añade siempre Kate—. Recordad eso. La vida es *siempre* la opción preferida, pero esa decisión corresponde a la mujer».

Corren rumores de que podría presentarse a algún cargo político. Quizá incluso al cargo máximo. Holly considera ridícula la idea. Kate está demasiado centrada en su propia causa para salir elegida. Demasiado obcecada. O eso opina Holly.

Holly ha renunciado a su puesto como responsable de seguridad de Kate. La han sustituido tres mujeres exmilitares. Son más jóvenes que Holly, y más guapas (como tienden a serlo los jóvenes). Se hacen llamar la «brigada de guardas».

Corrie ha vuelto a su casa en New Hampshire.

El Departamento de Policía y el Cuerpo de Bomberos de Buckeye City se metieron y siguen metidos en un sinfín de problemas. Se ha constituido una comisión para analizar las causas del alboroto y para aplicar sanciones por ese comportamiento. Tanto la jefa de policía Alice Patmore como el jefe de bomberos Darby Dingley han dimitido. Sigue poniéndose en tela de juicio la decisión de jugar el partido benéfico mientras andaba suelto un asesino en serie. «Más vale tarde que nunca», dice Buckeye Brandon a ese respecto. *Grazna*, en realidad.

Los chicos de azul y los chicos de rojo sobrellevan la situación con la cabeza gacha, probablemente avergonzados de su comportamiento (tal vez incluso consternados), pero no muy preocupados. Sí, el Alboroto del Sófbol se ha convertido en la comidilla de los humoristas en los monólogos de sus programas nocturnos, pero eso pasará. ¿Y de hecho a cuántos policías y bomberos puede suspenderse de empleo cuando hay delitos contra los que luchar e incendios que apagar? La mitad de los combatientes sostienen que ni siquiera estuvieron allí, y la otra mitad sostiene que intentaron evitarlo. Lo cual, como Holly sabe por Tom Atta y Lew Warwick, es una patraña absoluta.

La mayor parte de los miembros del Departamento de Policía y el Cuerpo de Bomberos quedarán impunes. Hay dos excepciones notables. Ray Darcy, el primera base de los Armas, ha sido suspendido de empleo durante seis meses, los tres primeros sin paga. George Pill ha sido despedido. Por lo que Holly ha oído decir a Warwick e Izzy, ese despido ha sido mejor que el cargo por agresión que Pill se ganó a pulso. Izzy rehusó denunciarlo. Russell Grinsted trató de convencerla, pero Izzy se negó. No quiere volver a verle la cara nunca más a George Pill. Ni a Grinsted, si a eso vamos.

Jerome tenía archivada su novela en una carpeta en su ordenador y la ha retomado. El peligro mortal que corrió —renqueó con muletas durante una semana a causa de las quemaduras de primer grado en los pies y mostró a Holly la constelación de orificios causados por el fuego en su camisa— parece haber dado un nuevo y necesario impulso a su creatividad. Se propone trabajar en el libro sobre el Ejército de Dios cuando haya terminado la novela de detectives. Sostiene que es el ensayo hacia donde lo empuja el corazón. Permanece en contacto con Corrie, y le asegura que las pesadillas pasarán. Corrie dice que eso espera.

Por supuesto, no hubo conciertos de Sista Bessie en Buckeye City; aunque Betty no hubiera sufrido un infarto menor, el Mingo era el escenario de un crimen. Actualmente se encuentra cerrado, y algunos actos de junio y julio —George Strait, Maroon 5, Dropkick Murphys— se han reprogramado en el parque de atracciones. Otros se han cancelado.

El Mingo, ahora con Maisie Rogan al timón, reabrirá sus puertas en agosto con un espectáculo muy especial.

2

El Fabuloso Puesto de Pescado de Franky abre al público. Sentada mientras espera a Izzy, con las manos plácidamente entrelazadas ante sí (por fin ha dejado de morderse las uñas), Holly piensa: *He matado ya a cinco personas, ¿y me quita eso el sueño por las noches? No. Con las cuatro, temía por mi propia vida. Con Donald Gibson…*

—Cumplí con mi deber como guardaespaldas.

Trabajo que nunca, *jamás*, volverá a aceptar.

Betty Brady, también conocida como Sista Bessie, ha vuelto a California en su avión privado, y Barbara Robinson le hace compañía. Han desarrollado una relación muy estrecha, pero Barbara sigue en contacto con sus viejos amigos, y regresará… al menos durante un tiempo. Holly habló con ella por FaceTime anoche. Es la segunda vez que Barbara está cerca de la muerte, y ella sufre sus propias pesadillas, pero afirma que, en conjunto, sale adelante bastante bien, en parte porque tiene un punto de referencia para la comparación. Dice a Holly que por lo menos Donald Gibson alias Trig era un loco *corriente*, si es que eso existe; no como el otro. No aluden al otro por su nombre, Chet Ondowsky, sino que lo llaman «el visitante».

Dice que ha vuelto a escribir poesía, y la poesía ayuda.

3

A sus espaldas:

—Estoy muerta de hambre, pero puede que tengas que ayudarme con la comida.

Holly se vuelve y ve a Isabelle Jaynes avanzar —con sumo cuidado— hacia su mesa preferida. Lleva el brazo en cabestrillo y el hombro prácticamente momificado. Salta a la vista que no ha ido a la peluquería desde la lesión; Holly advierte cinco centímetros de pelo cano por debajo del pelo teñido de rojo. Pero sus ojos son los de siempre: de un gris brumoso y expresión afable.

—Y que ir a por la comida, por supuesto. Para mí, tacos de pescado.

Holly la ayuda a sentarse.

—Yo quiero vieiras, si hoy tienen. ¿Te duelen los clavos del hombro?

—Me duele todo —responde Izzy—, pero aún me quedan diez días de calmantes potentes. Más allá de eso, ni me lo planteo. Dame de comer, mujer. Necesito víveres y litros de Coca-Cola.

Holly va al puesto de pescado y regresa con la comida. Finalmente, no tiene que ayudar a comer a su amiga. Izzy es diestra, y tiene incapacitados el brazo y la mano izquierdos.

Izzy vuelve la cara al cielo.

—Qué sol tan agradable. He pasado demasiado tiempo entre cuatro paredes.

—¿Estás haciendo fisioterapia?

—Un poco. Haré más cuando me quiten las sujeciones del brazo. —Izzy hace una mueca—. No hablemos de eso. —Empieza con su segundo taco de pescado.

—¿Volverás a lanzar?

—Joder, no.

—Vale, siguiente tema. ¿Sabes algo de la Verdadera Santa Iglesia de Cristo?

—Ah. Pues resulta que sí sé alguna otra cosa, y es fantástico. Me lo contó Lew Warwick. Ya sabes que ahora es el jefe de policía en funciones, ¿no?

—Eso he oído. —Se lo ha oído a Buckeye Brandon, de hecho, que siempre tiene las primicias de radio macuto más jugosas.

—Será solo durante un breve tiempo, hasta que traigan a algún figura de una ciudad más grande. Él no tiene inconveniente. Lew se enteró por el Departamento de Alcohol, Tabaco y Armas de Fuego. Todavía no se ha hecho público. ¿Quieres oírlo?

—Ya sabes que sí. —A Holly le brillan los ojos.

—En la iglesia hay una mujer que se llama Melody Martinek, ¿vale?

—¿Habla como si cantara cuando atiende el teléfono?

—Nunca he hablado con ella. Calla y escucha, ¿vale? Era muy amiga de la madre de Christopher Stewart, y una de las pocas personas que sabía que a Christopher le gustaba vestirse de mujer. Lo hacía en honor de su hermana. O porque a veces pensaba que él *era* su hermana, a ese respecto Martinek no tenía opinión. Al final, después de morir sus padres, pasó a ser un asunto de conocimiento general en esa pequeña secta. Martinek, defraudada, dejó la iglesia tras la muerte la señora Stewart. Dijo que no permitieron a la señora Stewart ir al médico porque ellos le curarían el cáncer con sus oraciones.

—Del mismo modo que seguramente intentaron eliminar la mitad femenina de Christopher Stewart con sus oraciones —dice Holly.

—Sí, probablemente. ¿Sabes una cosa, Holly? A mí me parece que las religiones del mundo son las causantes de una barbaridad de problemas.

—Termina de contarlo.

—Martinek habló con la policía de Baraboo Junction. La policía local habló con la del estado, y la del estado habló con el Departamento de Alcohol, Tabaco y Armas de Fuego. Este consiguió una orden de registro basándose en la declaración jurada de Martinek y encontró un enorme arsenal en el sótano de la iglesia. Armas grandes, incluidas ametralladoras de cañón giratorio de calibre 50, granadas de fragmentación M67, morteros..., ya te haces idea. La Verdadera Santa Iglesia de Cristo se estaba preparando para la Verdadera Guerra Santa de Cristo, y la han cerrado.

—¿Y qué se sabe de Andrew Fallowes?

—Por ese lado, no tengo buenas noticias. Tiene abogados. O mejor dicho, un *regimiento* de linces en cuestiones de derecho. Según estos, no sabe nada de nada. Ni sobre Chris Stewart, ni sobre las armas. Supongo que Fallowes piensa que Jesús es un sargento de artillería y trajo del cielo todos esos cachivaches de disparar.

—Ni los federales ni la Policía del Estado de Wisconsin ni... *quien sea*..., ¿nadie tiene *nada* sobre Fallowes en relación con Christopher Stewart?

—No.

—¡Vaya caca! —exclama Holly—. ¡No, vaya *mierda*! Fallowes incitó a Stewart. Lo puso en marcha. Puñeta, me consta.

—Seguro que tienes razón, pero va a salir libre y probablemente seguirá libre. Detrás de esa iglesia hay muchos megapavos, y ya sabes cómo va, ¿no? Poderoso caballero es don Dinero.

Izzy saca torpemente un frasco de pastillas del bolsillo del vaquero y se lo da a Holly.

—¿Me lo abres? Eso es un trabajo de dos manos. Las azules son antibióticos. En principio, tengo que tomarlas con comida. Las blancas son calmantes. Tomaré dos de esas después de comer.

Holly las saca, e Izzy traga una pastilla azul con Coca-Cola. Mira las dos píldoras blancas y dice:

—No puedo esperar.

—No vayas a desarrollar adicción.

—Ahora mismo solo soy adicta al dolor. Y a los tacos de pescado. ¿Podrías ir a buscarme otro?

Holly va gustosamente, porque es obvio que su amiga ha perdido peso. Cuando regresa, Izzy sonríe.

—¿Es verdad?

—Si es verdad ¿qué?

—¿Lo de Sista Bessie? ¿Va a reabrir ella el Mingo con un concierto en agosto?

—Es verdad.

—¿Seguro?

—Seguro. Lo sé por Barbara. Se aloja en la casa de invitados de Betty, y ha accedido a ser una Dixie Crystal honoraria, al menos una vez, y aquí.

—¿Puedes conseguirme entradas?

Holly sonríe. Cuando sonríe, está radiante. Se desprende de los años y vuelve a ser joven.

—Cuenta con ello —contesta—. Tengo amigos en la banda.

4

En el auditorio Mingo, el cubículo del conserje y el cuarto de material contiguo se encuentran en el sótano, y por fin permiten a Jerry Allison volver allí. El Mingo fue cerrado por la policía, y los técnicos del equipo forense, envueltos en buzos de Tyvek blancos, han pasado con sus pinceles, polvo dactiloscópico y Luminol. Tres videógrafos los acompañaron paso a paso, fotografiándolo todo, incluido el escondrijo de Jerry en el sótano.

—Cuidado con eso —dijo Jerry cuando uno de los tipos envueltos en Tyvek se inclinó para examinar el caballo de cerámica en el desordenado escritorio de Jerry—. Es un recuerdo de familia.

Mentía, claro. Lo afanó de la mesa de Don Gibson antes de que se les echara encima la policía. Siempre le gustó ese viejo caballito, ese viejo Trigger.

El día que Holly e Izzy comen en el Dingley Park, cuando Jerry regresa a su cubículo, sin nada en la cabeza más que la tableta de Baby Ruth que lleva en el bolsillo, se detiene frente a la puerta. Desde dentro alguien, en voz baja, dice: «¿Dónde la enterraste, papá?».

Latiéndole el corazón con tal fuerza que le palpita en el cuello descarnado, Jerry entra en su cuarto no mayor que un armario. Está vacío. Solo ve el caballo de cerámica en su escritorio.

Que lo mira.

28 de agosto de 2024

Nota del autor

Escribir este libro fue difícil, en parte porque me sometí a una intervención quirúrgica para reparar una cadera dañada a finales de septiembre de 2023. *No tengas miedo* ha pasado por múltiples revisiones y tres cambios de título. Por fin me doy por satisfecho con la novela. O —seamos sinceros— *suficientemente* satisfecho. Nunca logro todo lo que esperaba, pero llega un punto en el que hay que decir basta.

En el proceso he recibido ayuda, en especial de Robin Furth, que se ocupa de la investigación, me ayuda a evitar gazapos, crea cronologías extraordinarias y sobre todo me proporciona un gran apoyo. Ha habido momentos, en particular durante la recuperación postoperatoria, en los que sin ella este libro podría haber muerto. Una dedicatoria es una compensación pequeña, pero también necesaria.

Liz Darhansoff es mi agente, que ha sustituido a Chuck Verrill y no ha perdido el compás ni un solo instante, pese a tener que sobrellevar ella misma su propio dolor por la muerte del que era su socio en el negocio desde hacía tiempo. Ha sido un apoyo fundamental y constante, en especial durante los fríos meses entre noviembre de 2023 y febrero de 2024, cuando llegué a perder la esperanza de terminar.

Nan Graham es mi editora desde hace mucho tiempo. Todos los cambios que propuso fueron útiles. Más útiles aún —y alentadoras— son las marcas de verificación a lápiz en el margen con las que expresa que algo, en su opinión, es un acierto.

Chris Lotts se ocupa de los derechos internacionales y ha tenido otro hijo: hurra por Hugo.

Katie Monaghan se encarga de la publicidad. Siempre está de buen humor, siempre presta su apoyo, siempre demuestra gran sagacidad con respecto a las diversas oportunidades en relaciones públicas: qué conviene, qué no conviene y qué es directamente lamentable. Además, prepara las mejores galletas del mundo.

Debo expresar mi agradecimiento a mi amigo Naresh Motwani, quien acuñó el término «ebayeros» para los cazadores de autógrafos que me siguen a todas partes y se congregan frente a los hoteles cuando estoy de gira. No son admiradores que quieren un ejemplar o dos firmados para sus colecciones, sino especuladores que consideran que su acoso no es más que otro de los precios que las personas famosas han de pagar por ser famosas. Yo tiendo a discrepar, pero ese es mi modo de verlo..., y «ebayeros» los describe a la perfección, porque en su mayoría gritan tanto como los antiguos boyeros.

Doy las gracias a Jon Leonard, que ejerce un sinfín de oficios y todos los domina. Mantiene mi ordenador en funcionamiento, evita que la casa se nos caiga encima y tiene la custodia compartida de Molly, alias la Cosa del Mal. Ella lo quiere con toda su alma, y viceversa..., pero, caray, ¿cómo iba a ser de otro modo? *Todo el mundo* quiere a Molly.

Jaya Miceli ha diseñado portadas excelentes, incluida esta.

Christina Zarafonitis crea magníficas ediciones en audiolibro de mis textos y siempre muestra paciencia cuando encuentro dificultades con diversas pronunciaciones en sus mensajes de voz.

Doy las gracias a mi mujer, que leyó el primer borrador de este libro y dijo: «Puedes hacerlo mejor». Fue duro recibir esa noticia, pero al final hice caso porque ella tenía razón (como de costumbre). Te quiero, Tabitha.

Por último pero no por ello menos importante, he aquí una lista —por desgracia, incompleta— de los defensores del derecho de las mujeres a elegir que han sido asesinados por cumplir sus obligaciones.

Dr. David Gunn, asesinado el 10 de marzo de 1993 en Pensacola, Florida.

Dr. John Bayard Britton, asesinado el 29 de julio de 1994 en Pensacola.

Voluntario de clínica James H. Barrett, asesinado el 29 de julio de 1994 en Pensacola.

Recepcionista Shannon Lowney, asesinada el 30 de diciembre de 1994 en Brookline, Massachusetts.

Recepcionista Leanne Nichols, asesinada el 30 de diciembre de 1994 en Brookline.

Vigilante de seguridad (y agente de policía) Robert Sanderson, asesinado el 29 de enero de 1998 en Birmingham, Alabama.

Dr. Barnett Slepian, asesinado el 23 de octubre de 1998 en Amherst, Nueva York.

Dr. George Tiller, asesinado el 31 de mayo de 2009 en Wichita, Kansas.

Agente Garrett Swasey, asesinado el 27 de noviembre de 2015 en Colorado Springs, Colorado.

Jennifer Markovsky y Ke'Arre Marcell Stewart, asesinados el 27 de noviembre de 2015 en Colorado Springs cuando acompañaban a una amiga a una clínica de planificación familiar.

Penséis lo que penséis sobre el aborto, un hecho es indiscutible: estas personas fueron asesinadas por sus creencias.